애도의 심연

우찬제 비평집

애도의 심연

펴 낸 날   2018년 6월 29일
지 은 이   우찬제
펴 낸 이   이광호
편   집   최지인 이민희 조은혜 박선우
펴 낸 곳   ㈜문학과지성사
등록번호   제1993-000098호
주   소   04034 서울 마포구 잔다리로7길 18(서교동 377-20)
전   화   02) 338-7224
팩   스   02) 323-4180(편집) 02) 338-7221(영업)
전자우편   moonji@moonji.com
홈페이지   www.moonji.com

ISBN 978-89-320-3116-3 03800

이 도서의 국립중앙도서관 출판예정도서목록(CIP)은 서지정보유통지원시스템 홈페이지
(http://seoji.nl.go.kr)와 국가자료공동목록시스템(http://www.nl.go.kr/kolisnet)에서
이용하실 수 있습니다. (CIP제어번호: CIP2018019834)

:: **우찬제** 비평집

애도의 심연

문학과지성사
2018

애도의 심연과 불가능성에의 꿈, 그 카오스모스

『분노의 포도』『에덴의 동쪽』의 작가 존 스타인벡이 자신을 감동시킨 책 두 권 중의 하나로 꼽았던 마르쿠스 아우렐리우스의『명상록』(키와 블란츠 옮김, 다상, 2014)을 다시 읽다가 이런 구절에 오래 눈길이 머물렀다. "존재라는 거대한 강줄기는 잠시도 멈추지 않고 흘러간다. 그 형체는 끊임없이 움직이며 변화하고, 변화의 원인은 셀 수 없이 다양하며 눈에 띄지도 않는다. 거기에는 무한한 과거의 심연과 무한한 미래의 심연이 가로놓여 있어 현재의 모든 것들은 깊이를 알 수 없는 심연 속으로 사라진다"(p. 91). 스토아철학을 대표하는 이 책이 씌어진 시기가 대략 170년에서 180년 사이라고 알려졌으니 거의 2천 년에 육박하는 시간이 지나온 셈이다. 그럼에도 존재의 심연을 응시하는 아우렐리우스의 눈길은 여전히 깊은 울림으로 다가온다. 그 울림은 우선 불가능성에 대한 성찰적 지혜에서 오는 것 같다. 무한한 과거의 심연과 미래의 심연, 그리고 그 깊이를 헤아릴 수 없는 현재의 심연이 중층적으로 포개어져 더 깊어지고, 더 혼란스러운 것, 그래서 제대로 이해하고 성찰하기란 거의 불가능성에 가까운 어떤 것이 아닐까.

심연 속으로 사라진다고 했다. 실제로 아우렐리우스 이후 역사와 현실에서 심연 속으로 사라지는 많은 것들을 우리는 거의 무한대로 경험했다. 참혹한 전쟁이나 홀로코스트에서부터 크고 작은 사건 사고에 이르기까지 죽음을 통해 사라지는 존재의 형상들은 물론, 나날의 삶에서 늘 지연되기만 하다가 사라지는 가능성의 소진에서도, 우리는 심연 속으로의 사라짐을 절감한다. 가능 세계는 세계 박탈 내지 세계 소진으로 사라진다. 사라진 역사와 세계의 꿈 또한 우리를 우울하게 한다. 나날의 삶에서 '나'의 존재를 제대로 가늠하기 어렵고, 하고 보니 그런 '나'들끼리의 진실한 소통의 지평 또한 심연 속으로 사라지기 일쑤다. 이런 사라지는 경험의 축적은 인간 존재를 스스로 '작은 사람'으로 겸허하게 성찰하게 하지만, 그 심연은 때때로 참혹한 형국을 상연한다. 그래서일까. 철학자 질 들뢰즈는 "어떤 카오스모스Chaosmos인 이 세계의 탄생 안에는, 주체 없는 운동들과 배우 없는 배역들[로 이루어진] 이 세계 안에는 필연적으로 잔혹한 무엇인가가 있기 마련"(『차이와 반복』, 김상환 옮김, 민음사, 2004, p. 469)이라고 언급하기도 했던 것이다. 사정이 그러하기에 산다는 것은 어쩌면 매 순간 심연 속으로 사라지는 어떤 것들에 대한 애도 작업의 연속인지도 모르겠다. 소진된 작은 사람들의 애도는 스스로를 포함해 존재하는 모든 것들에 대한 한없는 연민의 심연으로 내려가는 간절한 정서적 운동이라고 말해도 좋겠다는 생각이 든다.

두루 알다시피 트로이 전쟁 중 전사한 트로이의 왕자 파리스의 장례식으로 종결되는 호메로스의 『일리아드』 이래 세계 문학은, 특히 진지한 문학은 애도의 수행과 긴밀한 친연성을 지녔던 것 같다. 사랑하는 대상의 사라짐에서 개인의 꿈과 집단적 소망의 사라짐에 이르기까지 애도의 주제는 거의 무한대로 반복될 수 있는데, 그 반복 속에서 징후와 스타일의 차이를 보이며 문학적 개성을 획득해나간다. 그 차이는 애도의 심연이 그만큼 복잡 미묘한 카오스모스로 얽히고설켜 있음을 환기하는 것이기도 하다. 특히 세월호 이후 한국 문학은 애도와 멜랑콜리로부터 자유로울 수 없었다. 개인적으로도 집단적으로도 그러했다. 그 깊은 심연에서 때때로 상징적 언어와 은유적 징후를 발견하는 것도 고통스러웠고, 환유적으로 전후 맥락을 이어가기도 곤혹스러웠다. 심지어 언어마저 심연으로 사라지고 소진되는 실어증과 강박 증상까지 보일 정도였다. 물론 세월호 사건만이 문제가 아니었다. 나날의 삶에서 예민한 문학인들은 크고 작은 세월호 사건을 반복적으로 경험해야 했으니, 애도의 심연은 그만큼 복합적인 스펙트럼을 형성하며 심연의 성찰을 거듭 유도한다. 고통스러운 작업임에 틀림없었지만, 애도의 심연을 통해 한국 문학은 가까스로 불가능성에의 꿈을 놓치지 않을 수 있었는지도 모른다. 그 불가능성의 꿈에 대한 가능성의 수사학, 혹은 그 심연에서의 고통스러운 상상적 애도 작업에 깊은 그물을 드리우는 것은 매우 자연스러울 수 있다.

수록된 글들 중에는 한국 문학의 세계화를 위해 외국인 청중이나 독자를 상대로 소통한 글들도 있어 일관되게 애도의 주제를 다루었다고 볼 수는 없겠지만, 그럼에도 그동안 우리 문학의 정황과 내 나름의 관심사를 고려하여 "애도의 심연"이라는 제목으로 여섯번째 평론집을 펴낸다. 꿈꾸었던 비평 주제와 언어, 그리고 그 밖의 여러 가능성이 속절없이 심연으로 사라져버린 나 자신에 대한 비루한 애도 작업의 일환이기도 하다. 책 끝에 처음 발표한 지면을 밝혔다. 의미 있는 소통의 지평을 형성하기도 전에 심연으로 사라질지도 모를 책을 내준 문학과지성사에 심심한 사의를 표한다.

2018년 6월

심우정(尋牛亭)에서 우찬제 삼가

차례

1부 애도와 소통

애도의 윤리와 소통의 아이러니

1. 몸의 말과 아이러니

말은 어디서 오는가. 인간의 '몸'과 '맘'(마음) 사이, 혹은 그 둘을 넘나들며 스미고 짜이는 어떤 형질을 '뫔'이라고 적을 수 있다면, 바로 그 '뫔'으로부터 '말'이 나오지 않을까 생각해본 적이 있다. 몸과 맘을 비비고 섞을 때 말은 새로운 탄생을 알게 될 것이며, 그런 새로운 말들에 새로운 몸을 입혀주다 보면 문학의 스타일 또한 새로운 전위를 알게 될 것이다. 김주연의 비평집 『몸, 그리고 말』(문학과지성사, 2014)은 표제 그대로 몸과 말에 대한 인문학적 성찰의 한 경지를 보여준다. 미셸 푸코와 여러 포스트모더니즘 담론을 비롯해 다양한 페미니즘 논의에서 '몸'은 상당히 '핫'한 주제였다. "푸코와 페미니즘을 거쳐 감염되고 발화된 '몸 문학'은 후기 산업사회를 살아가는 욕망자본주의와 마침 짝을 이루면서 문학의 모든 장르에서 활발하게 전개되었"는데, 김주연은 그 '몸 문학'의 현장을 "때로 공감하고 때로 함께 흥분하고, 더러는 개탄도" 하면서 일종의 "체험적 비평론"[1]을 개진했다고 밝힌다. 이 비평집을 통해 독자들은 몸 문학 "내면의 깊숙한 표정"을 길어 올리는 비평가의 '쿨'한 지성의 표정을 겹쳐 읽을 수 있다. 비평가 김주연에게 몸이라는 "소재나 주제, 혹은 모티프"(p. 11)는 그 "내면의 깊숙한 표정"(p. 10)을 읽는 구체성의 결이고 또 길이다.

특히 제1부 '몸을 내세우는 말' 부분의 글들이 그러하다. 가령 "김훈 소설의 페이소스가 센티멘털리즘을 거부하고 허무의 감동을 유발하는 것은, 순전히 물질과 육체의 와해/소멸의 과정을 지켜보는 그의 옹골찬 시선 때문"이라며, 세상을 "물질과 육체의 실재, 그 실재들이 가득 찬 움직임으로 파악"한다는 점에서 김훈은 "생명의 유물론자"[2]라고 명명한다. 김주연이 보기에 이런 김훈이 형상화한 몸의 유물론은 "사람의 생명과 죽음, 그 이후의 어떤 형이상학적, 종교적 내포와 연관된 요체를 지니고 있다는 믿음이나 지식을 보여주지 않"는데, 이는 양면적이다. 그 몸의 유물론은 한편에서는 "소멸에 따른 허무감 대신 서늘한 비애의 감동을 빚어내는" 미학적 생산성이 있지만, 다른 한편에서는 "죽음 이후의 세계에 대한 사람들의 믿음과 그 축적까지"(p. 43) 헤아리거나 감당하려 하지 않는다는 점에서 아쉬움이 있다고, 김주연은 생각한다. 그런가 하면 이성복 시는 "사회적 상황과 연관된 몸의 부패에 대한 절망감의 소산"(p. 11)이며 "예술적 우울의 소산"(p. 16)이다. 일곱번째 시집 『래여애반다라』가 "이성복 시의 한 절정을 보여주면서, 시가 예술일 수 있는 한 전형을

---

1) 김주연, 「욕망자본주의를 넘어서」, 『몸, 그리고 말』, p. 10.
2) 김주연, 「몸의 유물론」, 같은 책, p. 31.

동시에 보여준"[3] 것은 '추억의 생매장'을 통해 푸른 나무를 식목하는 독특한 몸의 상상력 덕분이다. 하여 김주연은 이렇게 논한다.

이 시(「來如哀反多羅 1」)에는 지금까지의 고통과 증오, 수치가 일거에 푸르른 나무로 집약된다. 그것들은 물론 해소 아닌 '생매장'의 형태로 집약된다. 없어졌으면서도 없어지지 않는 형태. 생매장! 그렇다. 예술은 생매장인 것이다. 그 위에서 푸른 나무가 자라나는 것이다. 고통으로 신음하고 고통을 노래한 숱한 한국 시들의 숲을 헤치고 우뚝 솟은 한 그루의 푸른 나무, 이 시에서 나는 우울을 에너지 삼아 예술로 살아난 탁월한 시인의 개선가를 듣는다. 아, 이성복, 그대 "푸르게 살아 돌아왔구나"! (p. 62, 괄호는 인용자)

또 소설가 김중혁과 시인 김언의 문학을 "기계가 몸을 대체하기 시작한, 혹은 맥루한식으로 말하면, 몸의 연장으로서 기계가 활성화되기 시작한 21세기 문학의 징조들을 예표한다"(p. 11)고 생각하면서, 김중혁의 소설에서는 좀비가 된 몸과 그 몸들이 빚어내는 말들의 엇박자에 주목하고, 김언의 시에서는 기계가 된 말들과 그 말들로 인해 무관해지고 공허해지는 자아와 주체의 위기 상황을 극적으로 환기하고 있음을 읽어낸다. "'모두가 움직'이므로 특별히 '자아'라고 할 것이 없는 세상이 되어가고 있다. 나는 나대로, 너는 너대로. 민주주의라는 이름 아래 모든 권위는 해체되고 가정마저 뿔뿔이 제각각이다. 이들 옆에서, 아니 그 위에서 이들을 관리하는 것은 기계

---

3) 김주연, 「부패한 몸, 우울의 예술성」, 같은 책, pp. 61~62.

다. 그러니 서로서로 무관해질 수밖에 없다."[4]

　이런 식으로 비평가 김주연은 '몸을 내세우는 말'들에 주목해 거기에 합당한 '말'을 붙여주고, 그 말들의 풍경을 통해 몸의 문학들의 다채로운 프리즘을 성찰한다. 그러면서 동시에 말들의 몸, 그러니까 문학의 문학됨에 대한 진지한 고뇌 또한 되풀이한다. 그가 보기에 문학은, 문학의 언어는, 혹은 문학이란 몸의 말은, 그저 있는 대상에 머물러 있는 어떤 것, 인간적 풍속에 매몰되고 마는 어떤 것이어서는 안 된다. 비루한 나날의 시속에 함몰되지 않고 다양한 의미 연관들을 복합적으로 성찰하면서 새로운 트임의 지평으로 초월할 수 있는 예지와 상상력이 긴요하다. 기실 문학과 예술에서 초월성에 대한 추구와 동경은 김주연 문학이 오래 공들인 일종의 '비평적 의지'에 값한다. 이 비평집의 제2부 '몸을 넘어서'는 그런 비평적 의지를 확인하게 하는 대목이다. 그가 보기에 "이미 이데올로기가 되어버린 욕망자본주의의 풍속을 넘어서는 그림을 요구"하는 현 단계 한국 문학은 "비록 건조하고 삭막한 광야와도 같은 풍경일지라도 초월의 상상력이 필요"(p. 14)하다. 그가 성찰하는 초월의 상상력 혹은 초월성은 매우 넓고 깊은 에너지들로 넘쳐난다. 특히 "초월성이 신성을 부르면서 언어에 대한 깊은 인식을 가져"온다고 적시한 부분이 인상적이다. 초월성의 샤머니즘과 깔끔하게 결별하면서, 언어학적·인식론적·존재론적·형이상학적 성찰의 지성적 교집합을 응시하고 있기 때문이다.

---

4) 김주연, 「기계가 된 말, 그리고 몸」, 같은 책, pp. 103~04.

초월의 그림자, 혹은 초월의 부정을 위한 노력도 초월성이라면, 한국 문학에는 그보다 훨씬 밝은 긍정의 초월성도 그 기운이 상당하다. 무엇보다 바람직한 것은, 초월성이 신성을 부르면서 언어에 대한 깊은 인식을 가져오고 있다는 사실이다. 언어가 인간의 존재론적 근원 상황의 표현이라면, 언어가 진실을 담보하지 못하는 인간의 현실은 자연스럽게 인간 조건을 넘어서는 초월에의 동경을 일으킨다. (p. 16)

몸과 말의 아이러니에 대한 인문학적 성찰의 세목들도 우리에게 여러 생각거리들을 제공한다. "인문학의 상징인 낭만성으로 거듭 나야 할 상황에 직면해 있는 것이 우리 사회"[5]임을 직관한 김주연은 2013년 『사라진 낭만의 아이러니』(서강대학교출판부)를 상자한 바 있는데, "감각성 소비성"의 "좀비 문화"를 넘어서 "참다운 낭만성"을 추구하는 그의 태도는 가령 이런 식으로 나타난다. "낭만성의 핵심은 역시 반어적 아이러니가 지닌 비판적 저항정신이며, 그것은 뮤자 예술인 문학을 통해서만 발휘될 수 있는 '기록'이라는 두뇌와 떼어놓을 수 없다. 스마트 시대에도 어문의 반란은 늘 예비되어 있다"(같은 책, p. 344). 그렇다. 아이러니를 통해 김주연은 문학의 '오래된 미래'를 거듭 환기하고 있는 것이다. 몸의 말도, 말의 몸도, 결국 아이러니를 통해 그 자리에 머물지 않고 역동적인 흐름을 형성할 수 있게 된다. 때로 어떤 시의 말들이 욕망하는 기계로서의 몸을 환기할 때도, 혹은 어떤 이야기의 말들이 권력을 각인시키는 장소로서 몸을 형상화할 때도, 외연적 몸과 내포적 몸 사이의 아이러니에서,

---

5) 김주연, 「왜 다시 낭만인가」, 같은 책, p. 342.

현상적 몸과 초월적 몸 사이의 아이러니에 이르기까지 다양한 아이러니의 엔트로피를 통해 문학은 여전히 문자 예술로서의 오래된 가능 지평을 새롭게 열어나갈 수 있을 것이라는 생각을 견지한다. 그러니까 김주연에게 있어 몸과 맘, 혹은 몸과 말은, 매우 복합적인 아이러니의 길항 작용을 통해 새로운 문학을 열어나갈 수 있는 중핵적인 에너지의 원천이기도 하고, 또 동시대 문학의 핵심적인 특성을 포착하는 하나의 유력한 그물코이기도 하다. 그의 독법을 따라가보면 1990년대 이후 탄력적으로 변모해온 몸의 상상력과 초월의 상상력의 아이러니컬한 조합의 새로운 지평들을 역동적으로 확인할 수 있는 기쁨을 누릴 수 있을지도 모르겠다.

2. 애도, 그 살아남은 몸의 윤리

홀로코스트나 전쟁, 혹은 가공할 만한 대재난이 지나간 자리에는 오로지 두 부류의 몸밖에 없다. 그 재난에 휩쓸려 먼저 돌아간 몸들과 살아남은 몸들이 그 둘이다. 아우슈비츠에서도 그랬고, 1980년 5월 광주에서도 그랬고, 또 2014년 4·16 때도 그랬다. 그럴 때 살아남은 몸들의 공통 윤리는 흔히 애도와 통한다. 세월호가 침몰한 4월 16일 이후, 대한민국의 많은 것들이 함께 침몰했다며 애도의 물결로 출렁거렸다. 문학 또한 가장 예민한 애도의 매체였기에, 애도 윤리를 통해 새로운 성찰의 지평을 열고자 했다. 가령 황정은의 「웃는 남자」(『문학과사회』 2014년 가을호)를 보자. "오랫동안 나는 그 일을 생각해왔다"(p. 105)는 문장에서 시작해서, "오랫동안 나는 그것을 생각해왔다"(p. 126)는 문장으로 끝나는 이 소설은 그야말로 오래 생각하고 오래 애도하고 오래 성찰하면서 쓴 소설로 보인다. 서사적 문제의식도 웅숭깊을 뿐만 아니라 잘 짜인 구성이나 빈틈없는 형상화 전략 등 여러 면에서 인상적이다. 나날의 삶에서 저도 모르는 사이에 빠져들게 되는 무반성적 매너리즘에 대한 예리한 성찰을 통해 진실한 애도의 지평을 모색한 소설이다.

먼저 애도에 대해 얘기해보자. 주인공은 사고로 먼저 간 디디를 애도한다. 함께 버스를 탔다가 당한 교통사고의 순간 디디를 붙잡지 않고(못하고) 자기 가방을 붙들었다는 죄책감에 사로잡히기도 하면서 그는 도대체 왜 그랬을까, 생각하고 또 생각한다. 어두운 방에 칩거하면서, 거의 단군 신화에 나오는 곰의 패턴처럼 그렇게 암굴 같은 공간에서, 미친 듯이 단순하게 지내면서, 미친 듯이 깊이 있게 생각한다. 여기서 단순하게 살기는 곧 단순한 몸 - 되기와 통한다. 주인공은 거처하는 공간의 벽에서 시계를 떼어내고 벽지를 뜯어내는 등 공간의 몸을 단순화한다. 마찬가지로 화식을 하지 않고 생식을 하는 것으로 자기 몸도 단순화하려 한다. 육체와 공간의 몸 양자를 공히 단순화하면서 오로지 애도에 집중하려 했던 그의 사정은, 그러나 그리 단순치 않다.

주인공의 아버지 또한 애도 작업을 필요로 했던 인물이다. 늘 당당하기만 했던 아버지가 단 한 차례 자기 실수를 인정한 적이 있었는데, 사고로 목공소 직원을 잃었을 때였다. 혜지 아저씨라 불렸던 직원이 교통사고를 당한 직후 현장으로 달려간 아버지는 보호자로 응급차에 동승했다. 의식은 있지만 머리가 자꾸 부풀어 오르는데, 그는 자꾸 말을 하려고 안간힘을 썼다. 그러자 아버지는 안정을 취하는 것이 좋을 것 같다는 생각에서 "가만히 있으라"고 말한다. 그럼에도 그가 자꾸 말하려고 하자, 아버지는 "가만히 좀 이렇게 닥치고 있으라"(p. 123)고 열불을 낸다. 그 말에 눈을 감더니 혜지 아저씨의 얼굴은 이내 파래지고 끝내 말 한 마디 못한 채 육신을 거둔다. 아내와 딸에게 남긴 마지막 말 한 마디라도 전해 듣고 싶어 했던 그의 아내 앞에서 아버지는 어쩔 줄 몰라 할 수밖에 없었다.

"가만히 있으라"고 했던 아버지의 말과, 그 말을 듣고는 가만히 있다가 말 한 마디 남기지 못하고 죽어간 혜지 아저씨의 서사 단위를 거치면서 누구라도 '세월호' 정국의 알레고리로, 「웃는 남자」를 읽을 수 있다. 그러나 생각이 많은 작가 황정은은 단순한 알레고리를 넘어서, 더 많은 것을 생각하도록 다채로운 서사소들을 복잡하게 배치했다. 은근히 스며드는 서사소들 또한 어지간했다. 주인공은 디디를 애도하면서 지난 시절 자기 행적을 반성적으로 되씹게 된다. 어느 무더웠던 여름날 버스 정류장에서 자기 쪽으로 갑자기 쓰러진 노인이 있었다. 노인의 몸은 가까스로 자기를 비켜난 채 쓰러졌고 기다리던 버스가 다가섰다. 그는 아무 생각 없이 버스에 오른다. 바로 옆에 있던 노인의 위험 상황을 나 몰라라 했음에도 그는 전혀 죄책감을 느끼지 않았다고 했다. 노인이 쓰러진 것과 자기와의 관계를 애써 차단한 채 짐짓 아무 일도 없었을 것이라고 생각하면서 자기 합리화한다. 남의 몸과 나의 몸 사이의 분명한 단독성이 자기 합리화의 근거가 되어주었겠지만, 디디와 사별한 다음에 서서히 그의 생각이 많아진다.

그래서 애도의 주제는 타인에 대한 무관심과 배려 없음의 매너리즘에 대한 반성적 성찰이라는 심층 주제로 옮겨 간다. 디디와 함께

탔던 버스에서 그 위기의 순간에 디디를 잡지 못하고 고작 가방을 붙잡았던 자기, 그 이전에 쓰러진 노인을 방치한 채 그냥 버스에 오른 자신은 물론, 혜지 아저씨에게 "가만히 있으라"고 했던 아버지까지 모두 타인에 대한 진실한 이해나 공감 내지 소통 없이 자기만의 매너리즘에 빠져 한 행동이었음을 반성하게 되는 것이다. 다음의 인용문에서 보이는 것처럼 매너리즘의 패턴화에 대한 숙고가 눈길을 끈다.

아무 생각이 없었을 것이다.
그는 그냥 하던 대로 했겠지. 말하자면 패턴 같은 것이겠지. 결정적일 때 한 발짝 비켜서는 인간은 그다음 순간에도 비켜서고…… 가방을 움켜쥐는 인간은 가방을 움켜쥔다. 그것 같은 게 아니었을까. 결정적으로 그,라는 인간이 되는 것. 땋던 방식대로 땋기. 늘 하던 가락대로 땋는 것. 누구에게나 자기 몫의 피륙이 있고 그것의 무늬는 대개 이런 꼴로 짜이는 것은 아닐까. 그렇지 않을까. 나도 모르게 직조해내는 패턴의 연속, 연속, 연속. (p. 124)

누구나 저마나 해왔던 방식, 패턴으로부터 자유롭지 못하다는 것. 특히 몸의 매너리즘일수록 반성적 성찰을 가리는 경우가 많아 그로 인해 자기 몸 안에 갇히고 만다는 것. 그 자기 안의 매너리즘으로 인해 나와 남의 허심탄회한 소통은 요원할 수밖에 없다는 것. 그런 마당에 누가 누구에게 "가만히 있으라"고 말할 수 있겠느냐는 것. 그렇다는 것은 우리네 실존이 무척 험악하다는 사실을 반증하는 것이 아니겠느냐는 것. 이런 생각들을 저작하게 한다. 실제로 암굴과도 같은 공간에 갇힌 듯 살아가는 주인공은 자신의 실존적 상황에 대해 매우 비극적인 진술을 하고 있다. 그것은 어쩌면 "틀어박혔"거나 틀에 박힌 몸의 우수, 혹은 슬픈 몸의 현대적 초상인지도 모르겠다.

내가 여기 틀어박혔다는 것을 아는 이 누구인가.
아무도 나를 구하러 오지 않을 것이다.
아무도 나를 구하러 오지 않을 것이므로 나는 내 발로 걸어 나가야 할 것이다. (pp. 125~26)

과연 구하러 오는 이 아무도 없는 험악한 세상에서 그는 스스로 걸어 나올 수 있을 것인가! 황정은의 「웃는 남자」에서 보이는 실소(失笑)가 서늘한 이유는 참으로 깊다. 애당초 그 남자는 무반성적 매너리즘에 빠졌다가 디디의 죽음 이후 이를 반성하고 애도의 주체로 거듭났다가, 그것을 넘어서 애도의 대상에 가까이 가기도 한다. 그 전에 애도의 주체로서 자기 처벌을 가하는 양상이 웅숭깊다. 자기 처벌에 의해 스스로의 몸은 감금되고 억압되고 극단적인 형상으로 빚어진다.

조해진의 「영원의 달리기」에서도 애도하는 주체와 절단된 몸의 풍경을 인상적으로 관찰하게 된다. 무엇보다 이 소설은 "오래전 육체를 잃은 자들의 아우성, 허공에 새겨진 피투성이 기억들, 애도의 눈물도 없이 사라진 길 잃은 영혼들의 노랫소리"[6]를 '당신'에게, 나아가 독자에게 들려주기 위한 수사학적 기획의 일환으로 보인다. 신

---

6) 조해진, 「영원의 달리기」, 『목요일에 만나요』, 문학동네, 2014, p. 114.

문 배달을 하며 보급소에서 신산한 잠자리를 해결하면서 아주 곤궁하게 살던 스물한 살 여대생 J는 "생활고를 비관한 대학생의 자살"(p. 131)이란 토막 기사와 함께 세상에서 허망하게 버려진다. 그녀의 처지를 그 몸이 소멸된 이후에야 비로소 알게 되었던 남자의 속절없는 방어 기제로 인해 J는 "애도의 눈물도 없이 사라진 길 잃은 영혼"이 된다. 살아서도 자기 존재를 제대로 증명할 수 없었던 그녀는 죽어서도 제 자리를 알지 못한다. 살아서 제 몸 하나 누일 자리조차 제대로 마련할 수 없었던 그녀는 죽어서 제 몸 형상 하나 제대로 갖추지 못한다. "다리를 제외하곤 정형화된 육체조차" 없는 그녀는 "발가락이 시려, 속삭이면 발가락이 생기고 온몸이 타들어가는 것 같아, 생각하면 그제야 화상 입은 살갗이 만져지는 식"이라고 되뇐다. "어쩌면 없을지도 모르는 육체를 뒤집어쓰고 나는 달리고 또 달린다. 내 심장은 오류를 모르는 기계처럼 두려움을 느끼지 못하고, 두 다리는 기계 같은 심장과 바로 연결된 유일한 기관처럼 아무런 성찰도 없이 반복적인 운동만 계속할 뿐이다"(pp. 115~16). 기계 — 유령, 혹은 유령 — 기계 같은 몸 아닌 몸으로 그녀는 "타인의 꿈으로 이어지는 수많은 문들"(p. 116)을 찾아 '영원의 달리기'를 한다. 왜 달리는가? 왜 타인의 꿈으로 이어지는 문들을 그토록 찾아 헤매는가? 위로받고 싶기 때문이다. 애도하는 눈물의 대상이 되고 싶은 까닭이다.

하지만 많은 사람들은 진정한 상처의 현장을 직면하기를 두려워한다. 기억하고 싶지 않은 장면이라면 애써 회피하고 싶어 한다. 불안에 처하고 싶지 않아서다. 슬픔의 현장을 회피하면서 자기 합리화를 서둘러 획책하려는 사람들은 종종 이렇게 항변하고 싶기도 할 것이다. "폭력과 죽음, 공포와 분노, 슬픔과 고통, 이런 것들을 예민하게 느낀다고 해서 내 인생이 뭐가 달라지는 거냐고. 어? 그런 '당신' 때문에 유령 – 기계의 절단된 몸은 말 못 할 고통에 빠진다. 말을 할 수 있는 몸도 없는 처지니 더욱 딱할 따름이다. "언어도 없고 언어를 조직할 수 있는 혀와 입술도 없는 나는 아무 대답도 하지 못할 것이다. 그저 당신이 거기 있었고 내가 당신을 발견했다는 것을 당신이 알아주길 기도할 뿐, 위로가 되기를 간절히 염원하면서"(p. 117). 위로가 필요하다고 했다. 위로를 간절히 염원한다고 했다. 위로가 필요한 "애도의 눈물도 없이 사라진 길 잃은 영혼"은 물론, 살아서 그녀와 제대로 소통할 수 없었고 그녀가 죽어서도 제대로 애도할 수 없었던 남자('당신') 역시 '결박된' 새의 이미지를 벗어나지 못한다. "하얀 새 한 마리가 강 한가운데를 둥둥 떠다니다가 파닥파닥 날갯짓을 한다. 새는, 날지 못한다. 물에서 채 빠져나오지 못한 새의 두 다리가 그새 얼어버린 강에 결박된 탓이다. 날지 못하는 새가 길게 운다"(p. 130).

그러니까 「영원의 달리기」는 애도의 윤리와 관련한 요구의 서사다. '당신'의 꿈의 문에 틈입해 들어가 애도를 환기함으로써 스스로 위로받고 '당신'에게도 치유의 지평을 마련해주려는 교감의 이야기다. 그러나 결박된 채 날지 못하는 현실에서라면 위로는 멀고 환멸은 가깝기 마련이다. 「빛의 호위」에서 조해진은 환멸을 넘어서는 생명의 이야기를 통해 애도의 윤리가 능동적인 실천성을 획득할 때 빚어낼 수 있는 의미심장한 아우라를 탐문한다. 짧은 단편 안에 다채로운 서사적 레퍼토리들을 인상적인 비유와 장치 들로 엮으면서, 시대정신을 관통하고 인간다움의 한 극점을 성찰하는 수준이 참으로 어지간하다. 소설은 서술자 나와 "분쟁지역에서 보도사진을 찍는 젊은 사진작가 권은"7)의 20여 년 인연과 기억을 복원하는 이야기 안에, 권은이 사진 작업을 하면서 공감했던 알마 마이어라는 유대인 여성의 사연을 끌어안는 구조로 짜여 있다. 이로써 어둠의 상황에서 생명의 빛으로 이를 수 있는 가능성과 죽임의 현실에서 사람을 살린다는 것의 참 의미를 궁리한다.

서술자 '나'는 초등학생이던 열세 살 때, 담임 교사의 권유로 학교에 나오지 않는 권은의 집을 방문한다. 허름하고 어두운 방에서 '스노볼'만이 빛을 발하는 가운데 권은은 가엾게 웅크리고 있었다. 그녀의 처지에 연민을 느낀 나는 집에 있던 후지사 필름 카메라를 가져다준다. 그것이라도 팔아서 일용할 양식을 해결했으면 하는 마음이었다. 그러나 "카메라는 단순히 사진을 찍는 기계장치가 아니라 다른 세계로 이어지는 통로"(pp. 106~07)임을 일찌감치 간파한 권은은, 카메라를 파는 대신 어둠 속에서 셔터를 누르면서 어둠을 가로지르는 빛의 황홀을 감각하는 가운데 죽음과도 같은 고통을 견딘다. "길을 잃은 채 울먹이며 헤매고 다녀야 했"(p. 98)음에도 불구하고 그 카메라 덕분에, 그 카메라를 가져다준 친구 덕분에 살 수 있었다고 생각하는 그녀는 나중에 자신의 블로그를 통해 반장에게 쓴 편지에서 "사람을 살리는 일이야말로 아무나 할 수 없는 위대한 일"(p. 108)이라는 메시지를 전달한다.

그런데 이 메시지는 실상 알마 마이어와 그녀의 아들 노먼 마이어의 이야기에서 비롯된 것이었다. 1916년 벨기에에서 태어난 유대인

---

7) 조해진, 「빛의 호위」, 『한국문학』 2013년 여름호, p. 93.

여성인 알마 마이어는 어렵게 오케스트라 바이올리니스트로 활동했지만 1940년 유대인 등록령으로 해고된다. 유대인 수용소로 끌려가 속절없이 죽음을 맞아야 했던 처지였는데, 호르니스트 장 베른이 그녀에게 은신처를 마련해준다. 창도 없는 어두운 창고에서 알마 마이어는 장이 마련해준 음식과 그가 보내준 악보 덕분에 살 수 있었다. "아픈 건 없다고, 살아 있는 한 그 모든 아픔은 위로받고 치유되기 위해 존재하는 거라고 속삭"이며, "조명이 없는 무대에서, 관객의 박수를 받지 못한 채, 소리가 없는 연주"(p. 104)를 할 수 있었던 것은, 오로지 폭력적 정치 상황과 상관없이 유대인 여성에게 베풀었던 비유대인 남성 장의 사랑 때문이었다. 장이 건네준 악보는 어둠 속을 가로지르는 빛이었다. 상황이 더 어려워지자 장은 국경 밖까지 알마 마이어를 데려가 탈출시킨다. 미국으로 건너가는 배 위에서 알마 마이어는 장의 아이가 자기 배 속에 있음을 알게 된다. 어렵게 미국에서 아이를 낳고 얼마 후 장의 생존 소식을 알게 되었지만, 이미 다른 여자와 결혼한 그를 위해 연락하지 않고 홀로 아들을 키운다. 20세기 세계사적 비극을 안고 태어난 아들 노먼 마이어는 자라나 아버지 장의 인생에서 가장 잘한 일이 전쟁에서 죽을 뻔했던 한 여성(어머니)을 살린 일이라고 생각하며 그 유지를 이어받아 실천하기로 결심한다. 물론 어머니도 같은 생각이다. 그는 팔레스타인 전쟁터의 난민 지역에 구호품을 전달하러 가던 중 피격으로 사망한다. 그가 했던 말이 그랬다. "사람을 살리는 일이야말로 아무나 할 수 없는 가장 위대한 일이라고 나는 믿어요"(p. 110).

그 피격당한 트럭에서 살아남은 생존자 중의 하나가 사진작가이자 다큐멘터리 감독 헬게 한센이다. 서술자 나는 권은이 제공한 정보를 바탕으로 관심을 확대 심화하던 중 헬게 한센의 다큐멘터리 「사람, 사람들」을 관람하게 된다. "피격으로 사망한 노먼 마이어와 하나뿐인 아들을 잃은 그의 어머니 알마 마이어를 통해 역사의 폭력에 맞서는 개인의 가치 있는 용기를" 보았던 헬게 한센이 다큐멘터리 영화를 제작한 이유는 분명하다. "나는 생존자고, 생존자는 희생자를 기억해야 한다"(p. 99). 한센의 다큐멘터리는 곧 애도의 필름이었던 셈이다. 애도의 필름은 애도의 대상 영혼은 물론, 애도의 주체, 그리고 애도 의례의 관람자들에게까지 의미 있는 영혼의 빛을 선사한다. 많은 이들로 하여금 '빛의 호위' 안에 들게 한다.

　헬게 한센의 다큐멘터리를 이해하는 과정에서 서술자 나는 권은과의 기억도 완벽하게 복원한다. 헬게 한센은 살아남은 자로서 죽은 노먼 마이어의 이야기를 다큐멘터리에 담았었다. 애도 작업의 일환이다. 사진에 대한 헬게 한센의 신념과, 사람을 살리는 문제에 관한 알마 마이어/노먼 마이어의 철학을 존중했던 권은은 시리아 난민 캠프로 가 사진으로 현장을 증거하다가 심한 부상을 당한다. 열세 살 때 서술자 나는 카메라를 가져다주었는데, 이제 부상당한 그녀에게 무엇을 주어야 할 것인가? 헬게 한센이 그랬듯이, 그녀의 이야기를 기억하고 증거하는 것, 혹은 그녀의 상처와 고통을 깊숙이 마주하는 것, 그것이 상처를 치유케 하는 길이고 또 그녀와의 과거 기억을 복원하는 데 핵심적인 일이 될 수 있을 것으로 생각한 것 같다. 아울러 시대와 인간을 심오하게 성찰하는 상상적 노력의 일환이 될 것으로 믿은 것처럼 보인다. 그 결과가 소설 「빛의 호위」다.

　그러니까 「빛의 호위」는 단순한 무국적적인 소설이 아니다. 문명의 충돌을 넘어서 탈민족적·초국가적 사유와 상상의 새로운 지평을 모색해야 한다는 현 단계 지구촌의 요구를 넓고 깊게 끌어안은 소설이다. 그동안 유대인과 비유대인 사이에서, 기독교인과 이슬람인 사이에서 크고 작은 폭력과 전쟁 들이 얼마나 많았던가. 그 충돌과 폭력과 전쟁을 넘어서기 위해서는 가장 기본적으로 인간 일반이 지닌 유적 본질을 성찰하는 일이 중요하다. 그 일환이 "사람을 살리는 일"이다. 폭력적 전쟁 상황 또는 그에 준하는 현실에서 "무기력한 환멸"에 빠질 수밖에 없는 사람들을 어떻게 살릴 수 있는가, 하는 문제를 작가는 카메라로 피사체를 찍을 때 어둠 속에서 순간적으로 번쩍하는 빛의 은유와 더불어 고뇌했던 것이다. 그러나 그 문제는 결코 간단치 않다. 어둠 속에서 빛의 에너지를 모으고, 죽음 속에서 삶을 길어내는 일이 어디 그리 쉬울 수 있겠는가? 그래서 작가는 매우 복잡하게, 상당히 촘촘한 그물로, 사건과 질료를 엮어나가려 했던 것이다. 애도 윤리의 적극적 양태는 다름 아닌 "사람을 살리는 일"로 귀결될 수 있다는 메시지를 「빛의 호위」는 웅숭깊게 형상화한다.

3. 몸과 맘의 복합, 욕의 아이러니

　확실히 조해진은 이야기를 통해 고통의 바다에 침례하면서 새로운 위로의 길을 내려는 서사적 수고를 아끼지 않는 작가다. 틀에 박힌 몸에 닫힌 말을 소통 가능한 지평으로 번역해내려는 그녀의 시도는 집요하면서도 고즈넉하고, 슬프면서도 아름답다. 어쩌면 조해진은 "사라진 사람들의 언어", 그 "번역할 수 없는 먼 곳의 언어였지만, 뚜렷하게 감각되는 위로"[9]인 그 언어를 옮기는 감각의 번역가인지도 모른다. 그녀의 「번역의 시작」은 우리 시대에도 여전히 진정한 소설의 탄생이 가능함을 보여주는 탁월한 작품이다. 언제나 그랬듯이 작가 조해진은 이 소설에서도 인간 영혼에 대한 진지한 성찰의 길을 낸다. "허름한 여관의 공동샤워실 세면대에 내팽개쳐진 낡은 칫솔처럼" "대체 가능한 사물"(p. 107) 같은 존재들, 혹은 "한 방울의 빗방울도 막아주지 못할 것 같은 천이 다 찢긴 우산을 들고"(p. 105) 찾아오는 사람들, 혹은 "새장 안"(p. 110)에 갇힌 존재들의 말을 번역하는 마술사 같은 연금술에 도전한다. 끊임없이 버려지면서도 오히려 떠나간 사람을 위로할 수 있는 영혼을 지닌 인물의 꿈 – 사진을 통해, 우리는 포스트-휴먼 시대를 초극할 수 있는 21세기의 고전적 품격을 가늠하게 된다.

비루한 꿈을 곡진하게 번역할 수 있는 감각과 언어를 지닌 작가의 미덕은 이미 첫 소설집 『천사들의 도시』 때부터 넉넉히 확인할 수 있었다. 가령 「기념사진」에서 601호 여자는 망막색소변성증으로 시야가 좁아져 무대에 설 수 없는 몸이 된 전직 배우다. 연극 무대에 서기는커녕 일상생활도 제대로 하기 어려운 몸이다. 610호 남자는 인터넷 회사의 성실한 사후 관리 기사였으나 억울한 누명을 쓰고 수형 생활을 한 후 비루하게 살아간다. 둘 다 타자의 영역에 처해 있는 몸들이지만 그 맘을 번역하여 교감의 지평을 형성한다. "그때 남자에게 절실하게 누군가가 필요했던 것처럼 지금 여자에게도 자신의 말을 들어줄 누군가가 있어야 한다는 것",[9] 그것을 아는 것이 중요하

---

8) 조해진, 「번역의 시작」, 『현대문학』 2014년 7월호, p. 117.
9) 조해진, 「기념사진」, 『천사들의 도시』, 민음사, 2008, p. 170.

고, 그것을 안다는 것을 번역해주는 것이 긴요하다. 그럴 때 "나! 는! 〔……〕 한, 국, 사, 람, 입, 니, 다, 아!"[10]처럼 '몸의 말'이 형성되고, 「PASSWORD」에서라면 몸의 말이 들리게 된다. 네덜란드에 입양되어 한국어로 들을 수도 말할 수도 없는 주인공이 소설의 말미에서 "빨리 나와봐라. 빨리! 니 엄마가 왔다, 니 엄마야!"[11]라는 고모의 한국어를, "나도 모르는 사이에 내가 지나온 길바닥 위에서 몽땅 잃어버렸다고 여겼던 그 언어를" "모두 알아듣게" 되는 이피퍼니의 순간은 확실히 몸과 맘, 그리고 말의 복합적이면서도 긴밀한 번역 작용의 아이러니컬한 순간이라고 할 수밖에 없겠다.

그런데 몸이 맘으로 혹은 말로 번역되는 것은 맘처럼, 말처럼, 쉬운 일이 아니다. 번역 가능한 경우보다 불가능한 경우가 훨씬 많고, 소통 가능한 경우보다 불가능한 경우 내지 불통으로 꽉 막힌 경우가 더 많다. 번역 불가능한 불통의 상황에 처하게 되는 이유는 여럿 있겠지만, 반성 없이 자기 합리화에 빠져 있는 몸의 일상적 매너리즘도 그 주된 원인이 될 터다. 그런 맥락에서, 자기만의 틀에 갇혀 자기 합리화 내지 자기 변명을 일삼는 현대인의 증후에 대한 성찰적 이야기인 황정은의 「상류엔 맹금류」(『자음과모음』 2013년 가을호)가 주목에 값한다. SNS 등 다양한 채널을 통해 남들과 역동적으로 소통하는 것 같지만 실은 점점 더 자기 안에서 독아론적 의식에 갇혀 남과 소통하고 남을 진심으로 환대하지 못하는 경향이 많아지는데도 그런 현상에 책임감을 느끼는 '나'의 실종 현상이 만연한 세태에 대한

---

10) 조해진, 「인터뷰」, 같은 책, p. 79.
11) 조해진, 「PASSWORD」, 『목요일에 만나요』, p. 30.

반성과 비판의 서사다. 소설은 이렇게 끝난다. "나는 그날의 나들이에 관해서는 할 말이 많다고 생각해왔다. 모두를 당혹스럽고 서글프게 만든 것은 내가 아니라고 말이다." 특히 마지막 문장의 아이러니 효과가 이 소설을 사소한 소품으로부터 건져낸다.

　소설의 중심 서사는 과거에 만났다 헤어진 제희네 가족과 수목원으로 나들이 갔던 날의 이야기를 중심으로 이루어진다. 암 투병 중인 제희네 아버지가 수목원에 가고 싶다고 제안하자, 지독하게 신산한 생애를 살아왔던 부모님과 함께하는 나들이에 제희가 서술자 '나'를 초대한다. 애면글면 지내왔던 지난 시절과는 달리 제희네 부모님은 이날을 퍽 기대했던 것이 틀림없었다. 그런데 준비 과정이나 떠나는 여로 자체가 그리 순탄치는 않았다. '나'의 거리감은 수목원에 들어가 점심을 먹는 자리에서 극대화된다. 제희네 어머니는 중간에 계곡 옆으로 내려가 점심을 먹고 싶어 했는데, 그 자리는 서술자가 보기에 적당치도 적절하지도 않은 공간이었다. 식사를 즐겨서는 안 되는 공공장소일 뿐만 아니라 그 점을 백번 양보하더라도 쾌적과는 거리가 먼 장소였기 때문이다. 그럼에도 어정쩡한 분위기 속에서 어설픈 나들이 점심 식사가 이루어지고, '나'는 제희네와 섞일 수 없는 이상한 감정 속에서 상처를 받는다.

　이 나들이 직후에 제희와 헤어진 것도 아니었다. 2년 후쯤이었던 것으로 진술되는데, 놀랍게도 서술자는 헤어질 때 어떤 일이 있었는지 왜 헤어졌는지 기억나지 않지만, 그날의 나들이만은 뚜렷하게 기억하고 있다고 적는다. 이 점이 성찰적이다. 제희와의 연애담을 넘어서 제희네와의 관계에서 자신의 행태에 대해서 반성하고 있기 때문이다. 그날 나들이를 마칠 때 제희의 어머니는 '나'에게 무화과를 선물했었다. "내겐 꽃시절이 없었어"라고 말한 친구의 전언을 노래한 시인 김지하의 「무화과」에서도 그랬지만, 황정은에게도 무화과는 자기 성찰과 내면 성장을 위한 윤리적 상관물이 된다. 꽃시절이 없었던 이들의 사연을 길게 이야기하는 '나'는, 자기 또한 꽃시절이 없었음을 회상하면서도, 꽃시절이 없었던 사람들을 환대할 수 없었던 꽃시절이 없던 시절을 반성한다. 그래서 아이러니를 통해 고해한다. 소설의 전반부에서 제희 부모님의 과거사와 제희네 가족 이야기를 필요 이상으로 길게 서술한 것도 자기 고해를 통해 남들에게 스며들고자 하는 의도가 아니었을까 짐작된다. 고해를 통한 성찰의 서사는 비슷한 시기에 발표된 황정은의 「양의 미래」(『21세기문학』 2013년 가을호)에서도 비슷한 패턴을 보인다. "나는 이런 이야기를 어디에서고 해본 적이 없다"라는 문장으로 끝나는 이 소설 역시 타인과의 관계에서 자기 책임을 다하지 못했음을 성찰하는 윤리적 서사다.

황정은은 환상성과 사회성을 현묘하게 뒤섞어 현실에서 상처받은 사람들의 이야기를 매우 독특한 아우라에 실어 이야기하는 작가다. 타인의 몸으로 스며들고 타인을 내 몸 안에서 환대하면서, 나를 다시 구성하고 공동선을 상상하는 성찰적 작업에 장기를 보였다. 그런 황정은 소설 중에 「누가」(『문예중앙』 2013년 겨울호)나 『야만적인 앨리스씨』(문학동네, 2013) 등은 몸의 정직한 번역어랄 수 있는 욕의 수사학으로 빛나는 작품이다. 「누가」는 "아래층이야 씨발 년아"라는 욕설로 끝나는 소설이다. 그러니까 온몸을 다해 내뱉는 이 욕의 이유 대기의 수사학이 바로 이 소설의 플롯이다. 소설은 새로 이사한 집에서 주인공이 얼룩을 닦아내는 장면으로 시작한다. 누추한 삶의 얼룩을 깨끗하게 청소한 다음 편안한 자기만의 방을 만들고 싶었던 주인공의 소망은, 그러나 여지없이 파탄 난다. 이전에 살던 집은 온갖 소음으로 얼룩진 곳이었다. 그에 반해 새집은 누추하긴 하지만 조용해서 마음에 들었던 터였다. 그런데 거기서 결코 조용하지 않은 사건들이 발생한다. 첫번째 사건은 위층 여자의 느닷없는 방문으로 발생한다. 자기 위층 사람에게서 전날 밤 울고불고 싸워 시끄러웠다는 항의를 받았는데, 자기 집은 그런 적이 없는데 혹시 이 집에서 그런 적이 있는지를 따지는 방문이었다. 주인공의 집은 물론 그러지 않았거니와 그런 소리를 들은 적도 없으므로 위층 여자에 대해 다소 의아하게 생각한다. 두번째 사건은 늦은 밤 아이들이 시끄럽게 노닥거리는 바람에 주인공이 위층에 항의 방문을 하면서 발생한다. 그렇지만 아이들의 후안무치한 태도로 인해 오히려 그녀는 화만 치솟는다. 주체할 수 없는 노여움으로 거의 광기 상태가 되어 위층을 향해, 정확히는 자기 집 천장으로 온갖 물건을 집어던지며 울부짖는다. 그결과 세번째 사건이 발생한다. 아래층 사람이 방문하여 "아래층이야 씨발 년아"라며 격렬하게 욕한다.

그렇다면 「누가」는 아파트 층간 소음 문제를 다룬 사회적인 소설인가? 이 문제는 사회적으로 매우 민감한 문제이자 일상적 주제여서 작가가 이를 주목했다고 해서 전혀 어색할 것이 없다. 더욱이 우리 사회에 만연해 있는 노이즈 해일 현상을 보면 좀 참담하지 않은가? 그런데 작가 황정은은 소음 문제에 대한 사회학적 보고에서 그치지 않는다. 그녀는 적어도 작가이기 때문이다. 소음으로 인해 생긴 인간의 얼룩에 대해 이야기하고 싶어 한다. 황정은이 내세운 주인공은 금융권에서 연체자에게 전화로 상담하고 독촉하는 일을 한

애도의 윤리와 소통의 아이러니 33

다. 그녀와 별로 다른 처지에 있지 않은 어려운 고객들과의 소통에서 매우 곤혹을 느낄 수밖에 없는 감정 노동자다. 상담사와 고객 사이에만 문제가 있는 게 아니다. 동료들 사이도 그렇다. 비정규직으로 언제 쫓겨날지 모르는 불안 속에서 산다. 자리를 잃은 선배는 그녀에게 이렇게 말했다. "니가 내 입장이 되었다고 생각해봐……"(p. 62). 동료, 동류, 이런 말도 예전 같지 않다. 서로의 입장을 생각해주고, 더불어 싸워주고, 힘이 되어주고, 그런 게 쉽지 않다. 비슷한 처지의 집단이나 계급끼리의 연대는 물론 최소한의 이해나 소통도 어려운 현실에 무엇을 어찌할 수 있을 것인가, 이런 고민 앞에 황정은의 주인공은 서 있다. 그녀가 위층의 아이들에게 광분한 것도, 예전에 살던 월촌 사람들에게 서운했던 심층의 원인도 거기에 있었다. 이런 것들이 마음에 얼룩으로 쌓인다. '얼룩의 해일.' 더러운 거실의 얼룩은 힘겨운 청소 작업으로 닦아낼 수 있을지 모르지만, 마음의 얼룩을 닦아낼 방법은 그녀는 결코 알지 못한다. 그녀가 광기처럼 온몸으로 울부짖는 것도 그 때문이다.

니들은 다를 줄 알지? 다른 줄 알고 다를 것 같지? 그런데 니들하고 나하고는 다른 게 없지. 완전 같지. 서로가 서로에게 고객이면서, 시달리면서, 백 퍼센트의 고객으로는 평생 살아보지도 못하고 어? 나는 이게 다 무서워서 불쾌한데 니들은 이게 장난이고 나만 미쳤고 내가 우습지? (pp. 66~67)

그렇다. 황정은은 계급 문제를 새로운 방식으로 환기한다. 계급 안의 얼룩의 해일을 반성적으로 성찰하고 싶어 한다. 그러자고 만국의 계급들에게 제안하고 싶어 한다. 그 일을 '누가' 어떻게 할 수 있을 것인가? 과연 누가? 당장 답할 수도 없고 답해서도 안 된다. 다만 우리 모두 그 '누가'를 피해 갈 수 없다는 것은 분명해 보인다. 그러나 사람들은 점점 더 고립되고 단절되기 일쑤다. 계급 안의 연대는 옛말이 되어가고 취향이나 입장들은 분열을 거듭하는 형국이다. 『야만적인 앨리스씨』에서 배경이 되는 고모리는 고립된 공간이고 그 정도가 더 심해지는 장소다. 고물상이 여럿 있는 고모리는 고물 같은 인물들이 희화적으로 거주하는 고물 같은 공간이다. 대개의 인물들은 동물의 몸과 맘으로 살아가는 것처럼 그려지는 가운데 소설 도처에 욕들이 출몰한다. 예컨대 "그년을 씨발 년이라고 말할 때 그년은 진정 씨발이 된다. 백 퍼센트 농축된 씨발, 백만년의 원한을 담은 씨발, 백만년 천만년은 씨발 상태로 썩을 것 같은 씨발, 그 정도로 씨발이라서 앨리시어는 그녀가 씨발, 하고 말할 때마다 고추가 간질간질하게 썩는 듯하고 손발이 무기력해진다"[12] 같은 대목에서 확인할 수 있는 것처럼, 욕은 단순한 발화가 아니라 온몸을 다해 농축된 말이고, 온몸에 영향을 미치는 몸의 말이다. 특히 앨리시어의 어머니의 경우 욕을 하는 '씨발' 상태가 되었을 때, 욕을 단지 입으로만 하는 것이 아니라 온몸으로 하는 것이고, 그 '씨발' 상태를 속수무책으로 받아들여야 하는 자식들은 짐승 같은 몸으로 전락할 수밖에 없다.

앨리시어의 어머니가 짐승을 다스린다. 씨발 상태가 되어 씨발 년

---

12) 황정은, 『야만적인 앨리스씨』, p. 27.

이 된 그녀는 그녀가 가진 짐승의 머리뼈부터 꼬리뼈까지를 다룬다. 짐승을 향해 팔을 휘두를 때 그녀는 관절을 어깨 뒤쪽까지 젖혀 완전한 힘을 싣는다. 어깨를 움켜잡을 때는 엄지로 쇄골을 쑤시고 배를 때릴 때는 불시를 노리고 짐승의 자세를 바로잡을 때는 정수리에 돋은 머리칼을 쥐고 당긴다. 귀를 꼬집고 뺨을 때리다가 엉뚱한 모서리에 빗맞아 손가락을 삐고 악 소리를 지르며 누웠다가 발딱 일어나 짐승의 목을 쥐고 흔든다. 때리는 쪽도 맞는 쪽도 구토를 하며 보내는 시간이고 그럴 때 그녀의 검은 눈은 쇠구슬처럼 작고 단단하다. 땀이 고인 얇은 턱은 악다물어 터질 듯하고 귀는 창백하다. 반들반들하고 나긋나긋하게 그녀의 기색을 먹은 옷자락에서 타는 듯한 피부 냄새가 난다. (p. 65)

길게 해설할 필요도 없이, 『야만적인 앨리스씨』에서 욕은 몸과 맘의 콤플렉스다. 비평가 김주연이 인문학적 성찰을 통해 개탄해마지 않았던 '사라진 낭만의 아이러니'를 황정은은 온몸으로 하는 거친 욕설의 수사학으로 새롭게 불러들인다. 그로테스크한 욕으로 짐승 같은 몸의 현실, 그 고모리라는 상징적인 고립 공간에서부터 초월하고자 하는 아이러니컬한 욕망을 환기한다. 온몸으로 '씨발' 상태에서 벗어나고 싶기에 계속해서 온몸으로 '씨발'거린다. '씨발'의 게걸음질을 통해 '씨발'을 넘어서기, "아래층이야 씨발 년아" 하며 온몸의 욕을 통해 위층과 소통하기, 바로 이 지점에서 황정은의 절실한 아이러니가 빛을 발한다.

조해진과 황정은은 어조나 스타일 등 여러 면에서 이질적이지만, 둘 다 소설은 아이러니의 소산이라는 고전적 명제에 충실한 작가들로 보인다. 또 다채로운 몸의 상상력과 낭만적 아이러니가 어우러지는 복합적 서사 경로를 통해서 우리 시대의 살아 있는 산문정신을 웅숭깊게 탐문하는 소설가들이어서 더욱 눈길을 끈다.

뫼비우스의 띠와 제3의 지평 융합
─소통의 수사학

1. 소통의 욕망과 불통의 배리

당신은 페이스북에 친구가 새로 올린 사진을 바라본다. 지난주 휘슬러를 다녀왔다고 했다. 친구는 가을 단풍을 보러 갔는데 때아닌 눈으로 겨울과 가을이 공존하는 풍경을 보았다고 했다. 과연 단풍나무 가로수 저편에 설산 풍경이 중첩된 계절처럼 포개어져 있다. 첼리스트 친구는 뉴욕 공연 사진을 올렸다. 청중의 반응이 너무 좋아 정녕 신명 나는 공연이었다며 즐거워했다. 비평하는 한 친구는 신촌에서 술을 마시고 돌아와 비평 행위에 대한 고뇌 어린 글을 올렸다. 과연 우리 시대에 비평이 존재하는가, 문학다운 비평이 존재하는가? 그 친구는 벌써 20년 넘게 그 고민을 저작하고 있다. 시민운동을 하는 친구는 지난 서울 시장 선거 결과에 무척 고무되어 있다. 젊은 세대의 승리라고, 사회 연결망 서비스SNS 시대의 혁명이라고 자못 들떠 있는 표정이다. 물론 페이스북에서 그칠 일이 아니다. 트위터를 따라 시대의 담론에서 유언비어까지 많은 말들이 생산되고 소통되고 소비된다. 포털 사이트를 검색하던 당신은 트위터 역시 아주 주요한 취재 대상이라는 사실을 새삼 절감한다. 트위터를 이리저리 따라다니며 검색하면서 시사적인 이슈에서 사소한 가십까지 이런 저런 뉴스들을 생산해낸다. SNS 덕분에 요즘 기자들은 발로 뛰지 않아도 기사를 쓰는 모양이다. 가상공간에서 불특정 다수와 소통하도록 도와주는 SNS로 인해 당신은 전혀 다른 시간과 공간 감각 속에서 산다. 시공간 감각만이 아니다. 인간관계를 비롯한 여러 관계 감각에도 상당한 변화를 실감한다. 문제는 당신이 어디에 언제 있느냐가 아니다. 어떤 네트워크를 통해 어디에 언제 접속하느냐가 문제다. 우리 시대에 접속은 소통이고, 소통은 곧 접속이다.

요즘 우리 사회뿐만 아니라 지구촌 전반에서 '소통'은 시대의 대세 화두라고 말해도 좋다. 그런데 당신은 의심한다. 소통 얘기를 많이 하는 것은 매우 수상하기 짝이 없는 세상 풍경일 터이기 때문이다. 세계의 그물망인 인터넷을 통해 지구촌 전체가 실시간으로 빠르게 소통 가능하다고 운위되는 세상이지만, 그와 같은 물리적 소통 기제의 이면을 성찰하자면, 세상과 인간의 소통이 그다지 소망스럽게 전개되는 것이 아니기에 소통, 소통, 하는 것이 아니겠느냐고, 당신은 짐작한다. 오히려 외적인 소통의 속도감에 반비례하여 실질적인 소통의 양상은 뒷걸음질하는 것이 아닌가. 사람과 사람, 사람과 자연, 사람과 문화, 문화와 문화, 지역과 지역 사이의 진정한 교감이나 소통은 여전히 혹은 이전보다 훨씬 문제적인 것이 된 게 아닐까. 어쩌면 통하고자 하는 욕망과 통하지 않는 상황에서의 불안 사이의 길항은, 인간의 삶과 사회 일반의 오래된 과제였을 것이다. 그만큼 소통은 인간 삶의 보편적인 문제에 값한다. 그러면서 동시에 현실과 사회문화, 혹은 매체나 수사학적 관습의 변화에 따라 소통의 문제는 역사적이고 구체적인 성격을 띤다. 일견 소통이 역동적이고 원활할 것 같은 SNS 사회 혹은 SNS를 통한 소통의 구체적인 양태들은, 그 자체로 소통의 욕망과 그 맞은편 불통의 배리 사이의 역설을 증거하고 있는 것이 아닐까.

'통'하고 싶다! 이 말은 그 어떤 상황에서도 통할 수 있는 진실이다. 극단적인 자폐증 환자 일부를 제외하면 그 누구라도 진실의 소통을 원하지 않는 경우는 없을 터이다. 문제는 통하고 싶은 마음들이, 그 욕망의 동일성에도 불구하고, 자연스럽게 교환되지 않는다는 것이다. 어떤 통하고 싶은 마음과 다른 마음들은 충돌을 일으키거나 불화하는 경우가 많다. 소통이 원활하지 않을 때, 인간의 마음은 한없이 가난해진다. 무엇이 문제일까. 어디서부터 문제였을까. 사정은 그리 간단치 않다. 소통의 욕망과 불통의 배리 사이의 악순환의 무한 반복. 무한대 기호 '∞'를 만든 사람들이 뫼비우스의 띠의 형상을 참조했다는 말을 당신은 들은 적이 있다. '∞', 뫼비우스의 띠, 소통의 욕망, 불통의 배리, 소통인 듯 불통인 것, 불통인 듯 소통인 것…… 당신은 우리 시대 소통의 풍경을 가늠하기 위한 상상력 탐사 여정을 떠나기로 작정한다. 당신의 눈길은 오랫동안 뫼비우스의 띠를 응시한다. 뫼비우스의 띠를 따라 이동하는 개미들은 안과 밖을 알지 못한 채, 안이며 밖이고 밖이며 안인 그 곡면을 무한 순환하고 있다.

2. 두 개의 세계와 소외된 소통

사실 당신은 뫼비우스의 띠를 응시하기 전에 소통이 차단된 현실에서 발생한 비극적 사태를 조망한 적이 있다. 그것은 세상과 단절된 것 같은 일터에서 벌어졌다. "입구를 제외한 삼면이 시멘트 벽으로 막혀 있어서 주변과 완전히 분리되어 있"는 그 작업장에는 '나 홀로' 작업자 두 명이 교대로 출퇴근한다. '미래 도시의 건설'이라는 역설적인 슬로건이 붙어 있는 이 공간은 "동료도 없고, 책상과 컴퓨터, 프린트기도 없는" "황량한 근무지"(p. 227)이다. 바로 서유미의 「삽의 이력」(『세계의 문학』 2011년 여름호)의 배경이다. 김은 도시의 동쪽 지역에서 사무실 근무하고 있었다. 그러나 반복되는 일상 업무에 대한 지루함과 권태감에 시달리던 김은 서쪽 지역에 있는 현장으로 파견 근무를 가지 않겠냐는 제안을 받고 지체 없이 수락한다. 뭔가 반복을 넘어선 새로운 삶의 감각과 소통하고 싶었던 것이다. 그래서 도착한 곳이 바로 예의 "황량한 근무지"이다. 이 서쪽 현장에서 그의 업무란 고작 땅파기에 불과하다. 그런데 이튿날 출근해 보면 전날 작업한 구덩이가 메워져 있다. 놀란 김은 업무 담당자인 박에게 전화를 걸지만 연결되지 않는다. "김은 마음이 급해서 통화 버튼을 눌렀다가 끊기를 반복했다. 〔……〕 김은 머리칼을 마구 헝클어뜨리다가 쥐어뜯었다. 통화를 몇 번 더 시도했지만 박과는 결국 연결되지 않았다"(p. 232). 그도 그럴 것이 김이 퇴근하면 같은 장소에 윤이 출근하여 구덩이를 메우는 작업을 수행했던 것이다. 대학 졸업 후 2년 동안이나 미취업 상태로 있던 윤은 "시간이 자신을 야금야금 먹어 치운 것처럼 심신이 너덜너덜해"(p. 230)진 상태에서 겨우 구직을 했는데 그 자리가 바로 "황량한 근무지"였다. 그 또한 자신이 메웠던 구덩이가 다시 파져 있자 담당자와 연결을 시도하지만 역시 불통이긴 마찬가지다. "담당자 강은 계속 통화 중이었다. 윤은 통화와 정지 버튼을 번갈아가며 눌렀다. 몇 번 더 시도했지만 강과는 결국 연결되지 않았다"(p. 234). 이렇게 불통의 상황은 거의 유사하게 겹쳐진다. 김이 구덩이를 파면 윤이 이를 메우고, 다시 파면 다시 묻고 하는 일들이 매일 반복된다. 이 황량한 일터에서 벌어지는 이 부조리한 상황은 김과 윤으로 하여금 맥 빠지게 하지만, 그럼에도 그들은 쉽사리 그 일터를 벗어날 수 없다. 현실적인 제약 조건이 그들을 억압하기 때문이다. 사십대 노총각인 김은 치매에 걸린 노모를 봉양해야 하고, 이십대 총각인 윤은 세속적인 애인을 만나기 위해 급여가 필요하다.

이 사태에 대해 당신은 이렇게 정리해본다. 그들은 나 홀로 작업자이다. 김은 '파다'라는 행위 동사를 수행하고, 윤은 '묻다'라는 행위 동사를 수행한다. 무엇보다 그들은 자신들이 하는 일의 의미나 이유를 알지 못한다. 그들은 관리자와 소통할 수 없다. 일방적 지시만 하달될 뿐 그들의 의사를 전할 방법은 전무하다. 알지 못하는 일을 반복적으로 되풀이하는 부조리한 상황에 빠진다. 이 파기와 묻기의 되풀이는 악순환임에 틀림없다. 그 악순환의 끝은 어떠한가. 퇴근하던 김이 술을 마시고 다시 현장으로 복귀해 홀로 작업하고 있던 윤을 작업 도구인 삽으로 타살해 구덩이에 묻는다. 이 공정에서 '묻다'의 행위 주체는 윤이었는데, 그가 행위 대상으로 전복되어 묻히고 마는 것이다. 원래 '파다'의 수행 주체였던 김은 '묻다'까지 감당한다. 이 「삽의 이력」을 처음 읽으면서 당신은 이 대목이 많이 걸렸었다. 아무리 부조리하기로서니 굳이 김에 의한 윤의 살해 행위라는 엽기적인 결구로 이끌 게 뭐람, 당신은 적잖이 불평했다. 예로부터 당신은 소설에서 죽음이 쉽게 다루어진다는 느낌을 싫어했다. 그럼에도 당신은 「삽의 이력」의 작의와 어렵게나마 소통하고 싶어진다. 왜 윤은 굳이 김에 의해 묻혀야만 했을까. 어쩌면 김과 윤은 다른 존재가 아닐 수도 있지 않을까. '파다'와 '묻다'가 대조의 거울처럼 반대로 포개어지듯이 그들은 어쩌면 서로의 그림자가 아니었을까. 김은 윤의 그림자이고, 윤은 김의 그림자에 불과한 것. 그런데 존재와 그림자 사이의 분열이 험악한 것. 소통되지 않는 것. 그러니 주체와 타자(관리자)와의 불통 문제 이전에 주체 내부의 불통이 훨씬 더 문제일 수 있다는 것. 그도 그럴 것이 김이나 윤은 자신이 무엇을 원하는지, 자신이 무엇을 할 수 있는지, 자신이 어떻게 행위해야 하는지, 그리고 왜 주어진 그런 일을 해야 하는지 알지 못한다. 그러니 '파다'와 '묻다' 사이의 의미론적 접점을 발견할 수 없다. 파는 주체와 묻는 주체 사이에 공약수를 발견하기 어렵다. 그러므로 이런 사태를 해결하기 위해서는 폭력적으로 한쪽을 소거하는 방법 이외에 달리 없다고 생각한 것이 아닐까. 혹은 소통이 난망인 시대와 현실 상황에 휘둘리면서 더욱 분열적인 존재가 된 자기 자신을 먼저 전복하려 한 것이 아닐까. 그렇다고 해서 이 사건을 단지 심리학적 사건으로 회귀시켜서는 곤란하다고 당신은 생각한다. 김과 윤이 처한 사회문화적 현실 맥락이 환기하는 바가 뚜렷하기 때문이다. 현대 사회의 노동의 소외가 빚어낸 소통 단절의 비극성이 분명한 까닭이다.

요컨대 「삽의 이력」은 두 세계 사이의 불통 양상과 그렇게 소통이 단절된 극단적 상황에서 저질러질 수 있는 비극적 사태를 예감케

한 소설이다. 이 소설에서 김과 윤은 노동과 삶의 영역 공히 소외되어 있었다. 김이 관리자 박 씨로부터 김 씨가 아닌 임 씨로 불리는 장면은 사소한 혼돈에 그칠 수 없다. 그의 존재값을 입증할 수 없다는 것, 다시 말해 그의 노동의 의미와 가치를 입증하기 곤란하다는 것, 곧 진정한 가치의 소통이 불가능하다는 것을 말해주는 것이 아니겠는가. 본인의 의지와는 상관없이, 그리고 소망스러운 삶을 지향하는 인간들의 일반 의사와는 상관없이, 그들은 땅을 파고 묻는다. 그 '파다'와 '묻다'는 동전의 양면처럼 가깝되 서로 만나지지 않는다. 소통되지 않는다. 결말에서 양자가 만났을 때, 그것은 비극적인 소통으로 귀결될 수밖에 없었다. 이 소외된 노동, 소외된 소통의 안타까운 결말이다. 혹은 '두 개의 세계'가 소통하지 못한 채 충돌할 때 생길 수 있는 잔혹한 비극의 심연에서 구성된 애도의 수사학이다.

3. '세 개의 세계'와 '뫼비우스의 띠'

다시 말하건대 「삽의 이력」에서 비극은 두 세계가 나누고 교감하고 뒤집고 섞이고 할 매개를 확보할 수 없었다는 것이다. 당신은 이 지점에서 소수(素數)를 떠올린다. 1과 자신 이외의 다른 수로는 나누어지지 않는다는 소수 말이다. 어쩌면 김의 '파다'의 세계와 윤의 '묻다'의 세계란 그런 소수의 세계 같은 형상이었을까. 역시 '두 개의 세계'로는 쉽지 않다. 이분법, 양극화를 비롯한 여러 어휘에서 당신은 두 개의 세계의 위험상을 감지한다. 그러면서 자연스럽게 오나영의 「세 개의 세계」(『문학동네』 2011년 봄호)에 눈길을 준다. 일단 표제부터 모리츠 코르넬리스 에셔의 1955년 작 「세 개의 세계」QR01를 떠올리게 하거니와, 이 소설은 소수의 운명을 추적하면서 그 운명을 넘어 소통할 수 있는 가능 지평을 모색한 소수(少數)의 텍스트이다. 교묘한 수학적 계산

QR01

을 바탕으로 수학과 논리학의 난제를 이성적이면서도 미학적으로 형상화했다고 평가받는 네덜란드 출신 판화가이자 드로잉 작가 에셔. 당신은 미술관이나 화집 이전에 미학 저서와 심리 상담 책에서 그의 그림을 먼저 보았던 기억이 난다. 그는 다른 초현실주의 화가들이 이성을 부정하고 감성적으로 판타지를 즐기던 무렵에도 철저하게 이성적인 초현실의 세계를 구성하고자 했다. 우리가 일상적으로 경험할 수 있는 친숙한 오브제를 치밀한 과학적 조작을 통해 초현실적 이미지로 전환하고, 초현실임에도 불구하고 현실보다 더 실감 있게 구성하려 했던 매우 독특한 화가였다. 반복과 순환, 변형과 변형 생성 원리, 무한한 공간, 전경과 배경의 이율배반, 삼차원 환영의 파괴 등의 주제를 매우 그럴듯한 논리적 방식으로 다룬 에셔의 「세 개의 세계」 역시 그의 미학적 깊이를 알게 하는 작품이다.

당신이 응시한 「세 개의 세계」는 매우 중층적이다. 일단 수면이 있고, 물 아래와 물 위, 이렇게 세 개의 세계가 보인다. 그러나 이차원적인 삼분법에서 머물 에셔일 리 만무하다. 수면을 가운데 두고 물 위와 아래의 전경과 배경이 현묘한 명도 대비로 삼차원적으로 얽히고설킨다. 전경이 배경이 되고 배경이 전경이 되는 듯하면서 물 위/아래가 역동적으로 교호한다. 그 역동성은 움직이는 동물인 물고기의 탄력적 에너지로 더욱 힘을 얻는다. 휘어진 물고기의 동작은

물 위/아래와 수면이라는 세 개의 세계를 분별해주었다가 다시 융합해주는 작업을 반복하는 것처럼 보인다. 전경과 배경의 지평 융합은 식물인 세 나무의 형상에서도 마찬가지로 발생한다. 얼핏 늦가을 낙엽을 모두 떨군 채 앙상해진 나뭇가지들이 수면에 투영되어 있는 듯 보이기도 한다. 한 번 더 보면 단순히 나뭇가지가 아니다. 물 아래로 뿌리 내린 형상처럼 비춰진다. 가지이면서 뿌리이고 뿌리이면서 가지인 판타지가 연출된다. 또 수면에 떠 있는 나뭇잎들도 인상적이다. 그냥 단순하게 수면에 떠 있는 게 아니다. 앞면의 나뭇잎들은 수면 위로 약간 부풀어 있고, 뒷면의 나뭇잎들은 수면 아래로 약간 가라앉아 있는 형상이다. 그러니까 수면 위의 나뭇잎들은 물 위이기도 하고 물 아래이기도 하다. 퍼지fuzzy적이다. 아마도 물의 역동성, 유동성 때문일 것이다. 요컨대 '세 개의 세계'는 '물 위/수면/물 아래' 조합일 수도 있고, '나무(식물)/물(광물)/물고기(동물)'의 조합일 수도 있다. 그 어떤 경우든 가운데 존재항을 중심으로 서로 지평을 조정하면서 제3의 지평 융합을 시도한다. 가다머나 리쾨르의 해석학을 참조하자면 현존재들이 처한 자리, 곧 소통할 수 있는 토대로서 자신의 지평을, 넓히거나 좁히는 방식으로 변형을 가하면서 공통의 지평을 마련하게 될 때 우리는 지평 융합을 알게 된다.

실제로 에셔의 미술 주제와 구체적인 작업들은 대체로 그와 같은 지평 융합과 관련된다. 가령 에셔가 가장 좋아했던 주제 중의 하나인 이상한 고리로서의 「뫼비우스의 띠」QR02만 하더라도 그렇다. 미국의 인지과학자 더글러스 호프스태터가 『괴델, 에셔, 바흐』(까치, 1999)

QR02

에서, 에서의 '이상한 고리'를 놓고, 괴델의 '불완전성의 정리' 및 바흐의 '무한히 상승하는 카논'과 함께 '영원한 황금실'로 불렸던 것을 당신은 기억한다. 과연 에셔가 형상화한 뫼비우스의 띠에 처한 개미는 안/밖 혹은 위/아래의 자리를 알지 못한 채 끊임없이 띠에서 순환한다. 이 고리에서 탄성 에너지 밀도가 높은 구부러진 곡면을 지날 때 그 공간 위상은 바뀌게 된다. 이 이상한 고리 형상을 통한 수학적 문제 제기를 통해 에셔는 사람들이 눈을 통해 감지하는 공간 지각과 착각의 문제 혹은 인간들이 진실이라고 여기는 것이 그렇지 않을 수 있는 가능성에 대해 숙고하게 한다. 오나영의「세 개의 세계」는 이 두 그림을 포함한 M. C. 에셔의 작품을 통해 새로운 변형 생성의 에너지를 얻어 발상하고 탈주한 텍스트가 아닐까 당신은 짐작한다.

4. 산업화 시대의 '뫼비우스의 띠'

한국 문학에서 뫼비우스의 띠 이야기를 하려면 아무래도 조세희의『난장이가 쏘아올린 작은 공』(1976)을 경유해야 한다. 그것이 당신 세대의 문학 윤리이기도 하다. 또 등단작「모자」도 그렇고 이번「세 개의 세계」에서도 오나영은 기존의 한국 문학의 영토와 계보, 숨결과 리듬과는 아랑곳없이 오로지 자신만의 문학을 하려는 작가처럼 보이지만, 그렇다고 이 신인이 뫼비우스의 띠 테마로 소설을 쓰면서, 이제는 현대의 고전적 신화에 값하는 조세희의 연작의 맨 앞머리에 놓여 있는「뫼비우스의 띠」를 전혀 도외시했으리라고 도

무지 믿어지지 않기 때문이다.

흔히 알려진 것처럼 『난장이가 쏘아올린 작은 공』은 산업화 시대의 대립적 세계관에서 출발하되 그것을 혁파하고 넘어서는 새로운 인식과 형상 지평을 모색하고자 한 소설이다. 산업화 시대의 대표적인 소외된 신화라고 할 수 있는 이 소설에서 작가는 구조적으로 '난쟁이'와 '거인'이라는 상징적인 두 세계를 대립시킨다. 이를 「환경파괴」 등에 제시된 작가의 주석적 진술을 토대로 정리하면 이렇다. 우선 현상적으로 보아 '못 가진 자/가진 자'라는 '두 개의 세계'의 대립을 비롯하여, '빈곤/풍요::고통/안락::분노/사랑의 결핍::피착취/착취::어둠/밝음::검정/노랑::추움/따뜻함' 등이 병렬적 관계를 이룬다. 이 현상적 대립항들은 사회경제적 조건에서 거인이 '+' 징표를, 난쟁이가 '−' 징표를 지니고 있음을 보여준다. 물론 이는 타락한 교환 가치 측면에서의 징표일 따름이다. 가치 측면에서는 그 징표 체계가 역전된다. 난쟁이는 "사랑으로 일하고 사랑으로 자식을 키"(조세희, 「잘못은 신에게도 있다」, 『난장이가 쏘아올린 작은 공』, 이성과힘, 2000, p. 213)우고 싶어 했다. 반면 난쟁이의 대안에 자리 잡은 거인 자본가의 손자인 경훈은 "사랑으로 얻을 것은 하나도 없다"(「내 그물로 오는 가시고기」, p. 303)고 말한다. 이 화해할 수 없는 거리의 심연, 혹은 문제적인 거리가 현상적인 징표를 역전시킨다. 즉 '사랑/사랑의 결핍//도덕적/비도덕적'이라는 대립항으로 난쟁이가 '+' 징표를, 거인이 '−' 징표를 가지게 된다. 양자 공히 '−' 징표를 지닌다는 점에서 온전한 정상인이 될 수 없는 상황이다. 사회경제적으로 소외된 난쟁이나 그 소외를 가중시키는 거인이나 할 것 없이 공히 진정한 정상인의 삶으로 바뀌어야 한다는 것이 작가의 지향 의식이었다. 변화는 피차 다가서는 지평 융합의 과정에서 가능하며, 그 과정에 작가는 인간의 희망을 부여한다. 난쟁이는 현존을 혁파할 만한 구체적인 분노의 정서를 통해서, 거인은 정의로운 분배를 위한 사랑의 정서를 통해서 희망의 길을 채울 수 있다는 것이 작가의 소신이었다. 그러나 '두 개의 세계'가 격렬하게 대립하는 산업화 현실에서 그런 작가의 소망은 난망이었을까. 두 세계 사이에 소통이 이루어질 그 어떤 가교도 가설되기 어려웠던 까닭일까. 조세희의 난쟁이는 고작 벽돌 공장 굴뚝 위에 올라가 종이비행기를 날리다가 투신자살하고, 그 아들 영수는 적의와 분노의 절정에서 상징적 거인 한 명을 살해하고 사형당한다. 이런 비극 속에서도 그 어떤 거인들도 반성하지 않는다. 여기에 난쟁이의 증폭된 비극이 있었고, 조세희의 고통이 있었으며, 수많은 동시대인들의 아픔이 망라되어 있었다.

과연 산업화 시대에 자본가와 노동자, 거인과 난쟁이라는 '두 개의 세계'는 끝내 소통할 수 없는 것이었을까. 끝끝내 화해할 수 없는 것인가. 이 양쪽의 존재들이 넉넉하게 융섭(融攝)할 수 있는 새로운 사람살이의 지평은 결코 없단 말인가. 서로가 다가서는 지평 융합은 그토록 지난한 과제였을까. 이 지평 융합을 위해 작가 조세희는 무던히도 공들였다. 가령 서술 시점을 양쪽으로 나누어 양쪽의 내면 정경을 포착하려 한다든지, 수학 교사·과학자·노동자 교회 목사·신애·지섭·윤호 등 중간자적 인물의 입상화를 통해 통합의 수사학적 여지를 마련하고자 한다든지, '뫼비우스의 띠'나 '클라인씨의 병'과 같은 개념을 도입한다든지 하는 방식의 시도가 그 세목들이다. 특히 안과 겉의 구별이 없고, 내부와 외부의 구별이 따로 없다는 '뫼비우스의 띠'와 '클라인씨의 병'의 메타포는 웅숭깊다. "그것은 없다"(「클라인씨의 병」, p. 260)라는 과학자의 말처럼 현실에서 존재하기 어려운 새로운 차원의 것이기에 더욱 그러하다.

여기서 당신은 수학 교사의 탈무드 이야기를 환기한다. 이 연작의 프롤로그 격인 「뫼비우스의 띠」에서 수학 교사는 탈무드에 나오는 굴뚝 청소부 이야기를 하며, 얼굴이 새까맣게 된 아이와 깨끗한 아이 중 누가 얼굴을 씻을 것이라고 생각하느냐는 질문을 던진다. 이에 한 학생이 얼굴이 더러운 아이가 씻을 것이라고 대답한다. 지극히 현실적이면서도 평면적인 답이다. 이 대답을 부정하고 그는 답1과 답2를 들려준다.

> 답1: "얼굴이 더러운 아이는 깨끗한 얼굴의 아이를 보고 자기 얼굴도 깨끗하다고 생각한다. 이와 반대로 깨끗한 얼굴을 한 아이는 상대방의 더러운 얼굴을 보고 자기도 더럽다고 생각할 것이다."
>
> —「뫼비우스의 띠」, p. 14

> 답2: "두 아이는 함께 똑같은 굴뚝을 청소했다. 따라서 한 아이의 얼굴이 깨끗한데 다른 한 아이의 얼굴은 더럽다는 일은 있을 수가 없다."
>
> —「뫼비우스의 띠」, p. 15

답1은 탈현실적인 타자성의 철학에 근거한 것이다. 인식 주체와 대상이 스미고 짜이는 가운데 가능한 답변이다. 그러나 이는 답2의 상태를 경유해야 비로소 제 모습을 찾을 수 있을 것이라고 생각한 것 같다. 수학 교사 스스로 답1을 부정하고 답2를 말하고 있으니 말이다. 답2는 과학적이고 구조적인 인식의 소산이다. 답2를 진정하게 초극할 수 있을 때 답1의 의미가 올곧게 드러나는 것이라고 한다면, 곧 답1은 탈현실적이고 탈구조주의적인 인식의 결과라 해도 좋겠다. 현상 그 자체를 체계적이고 구조적으로 인식해야 한다는 답2의 사유 체계는 난쟁이의 현실, 거인의 현실을 적확하게 파악해야 한다는 대립적 세계관과 맞물린다. 앞에서 본 이항 대립의 세계가 그것이다. 그런데 그것은 각각 질적 변환이 필요한 상태다. 각각의 질적 변환과 그 대립의 초극은 어떻게 가능할 수 있을 것인가. 이때 답1의 의미가 새삼 소중해진다. 타자성의 철학에 근거한 질적 변환, 다시 말해 타자를 통한 주체와 대상 및 그 상호작용의 재정립이 중요한 관건이 되는 것이다. 난쟁이는 거인에게 '분노의 사랑'으로 다가서고, 거인은 난쟁이에게 '연민의 사랑'으로 다가설 수 있는 새로운 사랑의 가능성의 지평은 바로 이 지점에서 열릴 수 있는 것이다. 이 새로운 사랑의 가능 지평이야말로 초극의 아름다움을 구현한 지평 융합의 세계다.

그런데 이 지평 융합을 위한 초극의 미학이나 타자성의 철학은 거리가 분명한 직선적 평면에서는, 다시 말해 과학적인 구조 속에서는 구현되기 곤란하다고 생각한 것으로 보인다. 수학 교사가 뫼비우스의 변환을 의식하고 있는 것은 이런 까닭이다. "안과 겉을 구별할 수 없는" '뫼비우스 곡면' 내지 "내부와 외부를 경계지을 수 없는 입체, 즉 뫼비우스 입체"를 상상해보라면서, 수학 교사가 "간단한 뫼비우스의 띠에 많은 진리가 숨어 있"(「뫼비우스의 띠」, p. 29)는 것이라고 말하는 대목이 문제적인 것도 그 때문이다. 뫼비우스 변환은 미분기하학에서 모든 것은 방향을 줄 수 있다는 공리에 대한 반례(反例)이고 탈례(脫例)이다. 아마도 이 구부러진 곡면의 탈례가 지닌 부분 운동의 궤적에 새로운 전체 운동의 구조가 실현되어 있지 않을까 고심한 것으로 생각된다. 그것은 안팎의 구분이 따로 없는 '클라인씨의 병'의 논리와 더불어 분명 기존의 질서를 탈낸 혼돈의 세계임에 틀림없을 터이지만, 그 혼돈의 곡면, 혼돈의 탈례를 통해 새로운 질서를 변형 생성시킬 수도 있지 않을까 하는 지향 의식을 확인할 수 있다. '두 개의 세계' 그 대립적 세계상을 초극하고자 한 작가의 상상적 의지, 그 초극을 통해 진정한 사랑이 구현된 지평 융합을 꿈꾸었던 지향 의식, 그것을 위해 타자와의 진정한 소통과 상호 주관적인 지평 융합이 필요하고 절실하다는 인식을, 작가 조세희는 보였던 것이다.

5. 문화의 시대의 '뫼비우스의 띠'

산업화 시대의 작가 조세희는 대립적인 '두 개의 세계'를 초극하기 위한 소통과 지평 융합의 방법적 기제로 뫼비우스의 띠와 클라인씨의 병을 지목했다. 그러나 현실에서 그것은 구현되기 어려운 것으로 억압되었고, 그래서 비극적이었다. 이제 문화의 시대를 사는 젊은 작가 오나영은 상대적으로 현실에서 자유로운 가운데 문화적이고 논리적인 탐문을 보인다. 조세희의 핵심 기제였던 '뫼비우스의 띠'와 '클라인씨의 병/클라인관'에 관한 각주[1]까지 붙였고, 뫼비우

---

1) 클라인씨의 병: "직사각형 종이를 한 번, 180도 꼬아서 붙인 모형. 이 이차원 도형 위를 따라 개미가 이동한다면 좌우와 앞뒤 없이, 계속해서 안과 밖을 따라 순환하게 된다. 뫼비우스의 띠를 본따서 무한대 기호 ∞가 만들어지기도 했다"(「세 개의 세계」, p. 286);

스의 띠의 각주와 「세 개의 세계」에 대한 각주를 통해 M. C. 에셔와의 소통 과정도 드러냈다. 어찌 보면 쌍둥이 형제의 운명에 관한 이야기라기보다는 예의 두 기제에 대한 논리적 탐문이 이야기의 핵심이라고 해도 좋을 정도로 추론적인 서사를 진행한다.

이란성 쌍둥이인 아이 지페르는 형 리알 지페르보다 2분 41초 늦게 태어났다. 그런데 동생이 보기에 그 2분 41초는 너무나 큰 차이를 빚었다. 형은 "지름, 빛깔, 밀가루와 우유의 비율, 두께, 굽기, 몇 숟갈의 설탕, 어느 조건 하나 모자라거나 넘치지 않"는 "가장 완벽한 형태의 팬케이크"(p. 280) 형상이었다. 반면 동생은 어머니로부터 늘 "2분 41초 늦게 태어난 것뿐인데 어쩜 그렇게 '틀릴' 수가 있느냐"고 한숨 섞인 힐난을 들어야 했던 상처가 있다. 이런 '상처받은 내면 아이'를 지닌 아이 지페르는 "오류와 오답으로 점철된 자신의 인생의 배후에도 어떤 중요한 의미가 숨어 있"을 것이라는 생각에 "소수. 다른 어떤 수로도 나누어떨어지지 않는 것, 본디 그 자신으로 존재한다는 것. 제멋대로 변덕스레 나타났다 사라지는 그 숫자들을 연구하겠다고"(p. 283) 마음먹고 리만의 가설에 관한 박사 논문을 제출해 최종 심사 단계에 있다. 10년 전 갑작스레 미국 유학을 떠났던 형 리알 지페르의 갑작스러운 사망 소식을 접한 동생 아이 지페르는 논문 자격 심사를 포기하고 미국행 비행기에 오른다. 일리노이에서 소수 연맹 소속 변호사로부터 형이 소수를 연구해왔고 죽는 순

클라인관: "가장자리가 없어 내부와 외부가 연결되는 항아리. 삼차원에서는 주둥이 끝이 옆면을 뚫고 들어가 윗면으로 이어지게 만들지만, 사차원에서는 옆면을 뚫지 않고도 두 면을 붙일 수 있다. 이 병에 물을 부으면, 흘러들어감과 동시에 넘쳐 나오게 된다"(같은 글, p. 298).

간까지 241이라는 소수를 연구했다는 것, 그리고 뇌종양으로 죽기 일주일 전 협회와 계약한 악보를 완성했다고 전화했었다는 전언을 듣는다. 그런데 그 악보를 찾을 수 없고, 형의 숙소에서 회수한 것이라곤 지극히 파편적인 일부에 불과하니 혹시 동생이 형의 악보를 찾아줄 수 있겠느냐고 부탁해온다. 이에 동생은 형의 숙소를 예리하게 탐문하고 추리하며 소수 연산과 뫼비우스의 띠의 원리를 이용해 결국 형의 악보를 재구성할 단서와 가능성을 마련한다. 형의 종양 부위를 찍은 CT 필름의 형상이 우선 뫼비우스의 띠로 지각되었고, 벽시계의 톱니바퀴 사이에 끼어 있던 광택을 읽은 은조각 역시 또 하나의 뫼비우스의 띠였다. "무한대(∞) 형태의 리본 한가운데, 매듭처럼 생긴 작은 스위치가 달려 있었다. 그것을 누르자 찰칵 소리와 함께 뚜껑이 열리면서 접속단자가 튀어나왔다. USB였다"(p. 292).

형과 함께 있던 어린 시절 자연도감에서 본 쌍둥이 매미 이야기를 나눈 적이 있다. '매지키카다 트레데킴과 매지키카다 셉텐데킴'이란 학명을 지닌 이 한 쌍의 매미는 "날개의 길이나 더듬이 위치, 다리와 눈의 각도까지 비슷하지만 전혀 다른 종류의 노래를"(p. 291) 부른다. 트레데킴과 셉텐데킴은 각각 13년과 17년을 뜻한다며 형은 이렇게 말했었다. "이 쌍둥이 매미는 각자 소수의 주기를 갖고 있기 때문에, 13과 17의 최소공배수인 221년의 둘째주에만 만날 수 있어. 특히 이 사진에 실린 매지키카다 Xiii종은 북아메리카, 일리노이 주에만 서식하고 있어. 마지막으로 성충이 나타난 게 1990년이니까, 2007년이 되어서야 볼 수 있을걸?"(p. 291). 이렇게 아주 오랜 시간 동안 서로 만나지 못하기 때문에 매미들이 그토록 사무치게 우는 것이라고 했던 형의 설명을 떠올리며, 동생은 뫼비우스의 띠 같은 리본 속에서 튀어나온 USB에 들어 있는 「두 대의 피아노를 위한 협주곡」의 코드를 소수 연산으로 풀어 두 시간 41분짜리 곡을 재생해낸다. 형이 매설해놓은 복잡한 소수 코드를 풀어낸 동생은 결국 놀라운 사실을 발견하게 된다. 소수 연맹에서 그토록 찾으려 했던 형의 원본은 "'창세기 칠 일의 프로그램'에 비견되는, 메르센 소수의 규칙"이었던 것이다. 삼단 논법을 토대로 한 증명의 형식으로 이루어진 형의 곡은 결국 '뫼비우스 띠의 순환' 형상이었음이 밝혀진다. "끝은 처음으로, 밖에서 또 안으로 이어지는 무한 반복에 관해 곰곰이 생각했다. 잠시 후 파라미터의 From과 To 사이에 그는 241과 0을 차례대로 집어넣었다. D.C.의 빨간색이 초록색으로 바뀌면서 제1피아노와 제2피아노의 그래프가 거꾸로 돌아가기 시작했다. 두 대의 피아노는 서로의 멜로디를 바꿔 부르며, 완벽한 대칭의 파도를 자아냈다"(p. 294). 그러니까 형은 메르센 소수의 규칙을 이용해 완벽한 뫼비우스 띠의 화성을 작곡해낸 것이다. 두 대의 피아노가 서로 긴밀하게 소통하며 제3의 지평 융합을 구현해낸 모양새다. 그 비밀스러운 소수의 규칙을 다 풀어낸 다음에야 동생은 비로소 "곡의 처음이자 마지막에" 잠복하고 있던 형의 녹음 파일을 들을 수 있게 된다. 이 형의 목소리를 통해 작가는 이 텍스트의 주제적·미학적 의도를 일목요연하게 설명한다.

먼저 목소리로 남은 형은 소통이 차단된 어둠 속에서 홀로 견뎌야 하는 쌍둥이 매미의 고통과 불안에 대해 말한다. "평행선처럼 영영 만나지 못할 것 같은 굼벵이의 기다림"에 대해서, "뼛속까지 홀로임을 견뎌야 하는" 그 "잔인한 진화의 규칙"에 대해서 절규한다. 그리고 양자를 소통시킬 수 있는 제3의 통로가 꼭 필요함을 강조한다.

"절망밖에 없는, 빛이라고는 한 점 들어오지 않는 땅속에서 어떻게 자신들이 바깥으로 날아오르리라는 사실을 믿을 수 있겠어? 매미와 굼벵이, 빛과 어둠, 두 차원을 연결하는 웜홀 같은 통로가 있어야만 하는 게 아니냔 말이야"(p. 295). 그래서 형은 그 제3의 통로가 되어 줄 악상 기호를 염원했는데, 어느 날 노크 소리를 들으며 "나무의 나이테를 이루는 수축과 확장의 주파수", 서로 긴밀히 소통하며 상호주관적인 지평 융합을 시도하는 그 주파수를 들은 이후 "자연의 모든 소리들은 특정한 대위법으로 만들어져 있고, 그 규칙이 가리키고 있는 것은 소수라는 사실"(p. 295)을 알게 되었으며, 그렇게 악보를 적어나가다가 오랜 소망이었던 2007년 일리노이 매미의 숲에서 "매미의 이중창"을 들었고, 그것을 필사한 것이 「두 대의 피아노를 위한 협주곡」이라는 것이다. 그런데 작곡이 끝날 무렵 종양을 알게 되었고 쌍둥이 매미처럼 이중창을 할 수 없는 처지를 생각하며 예전에 동생이 했던 말이 떠올랐다고 했다. "매미는 서로를 만나기 위해, 함께 노래하기 위해 살아간다고. 상대의 손을 꼭 잡고, 서로의 눈을 바라보며 그 동안의 긴긴 외로움을 부둥켜안아주는 그 짧은 순간이 얼마나 행복하겠냐고"(p. 296). 이는 길게 설명할 필요도 없이 긴 기다림 이후의 만남과 소통, 교감과 지평 융합이 주는 절정의 행복감을 알게 한다. 그 짧은 순간이야말로 바로 '두 개의 세계'를 지양한 '세 개의 세계'의 지향점일 터이다.

그리고 그 소통과 교감을 통한 소망스러운 행복감의 체험이 단지 이상적 꿈의 세계로만 여겨져서는 곤란하다고, 작가는 생각하는 것 같다. 신화적 혹은 생태적으로 이미 예비된 것임을 암시한다. 그 단서는 형의 외투 주머니 속에 있었다며 변호사가 내민 초음파 사진이다. 쌍둥이 지페르 형제의 태아 영상일 것으로 짐작되는 이 사진은 소망스런 소통의 원형적 모습을 상징하는 것처럼 보인다. "부채꼴 자궁 속에 네 개의 팔다리, 두 개의 얼굴이 보였다. 비좁고 어두운 터널 속에서 자리를 다투는 대신, 태아들은 물고기 지느러미 같은 작은 손으로 상대의 손을 잡고 헤엄치고 있다. 새끼손가락을 깍지끼듯 걸고, 바깥세계에서 곧 다시 만나자고 약속하는 것처럼"(p. 297). 이 쌍둥이 태아들의 모습은 빈틈없이 소통하고 교호하는 형상 그 자체이다. 출생 이후 자라면서 "2분 41초 늦게 태어난 것뿐인데 어쩜 그렇게 '틀릴' 수가 있느냐"라는 탄식을 들으리라고는 결코 짐작하기 어려운 정경이다. 이 초음파 사진에서 당신은 또 하나의 뫼비우스의 띠를 보게 된다. 상대의 손을 잡고 헤엄치는 두 태아들의 형상 또한 당신에게는 뫼비우스의 띠와 흡사해 보였던 것이다.

6. 제3의 지평 융합을 위하여

당신이 서유미의 「삶의 이력」에서 읽어낸 것처럼, 그리고 조세희의 『난장이가 쏘아올린 작은 공』에서 확인한 것처럼, 대립적인 '두 개의 세계'는 때때로 위험하다. 비극적인 결과를 낳을 공산이 크다. 그래서 일찍이 M. C. 에셔가 그의 미술 작품에서 그랬고, 조세희가 그의 연작에서 고뇌했던 것처럼, 오나영도 「세 개의 세계」에서 뫼비우스의 띠의 테마를 긴밀하게 원용해 제3의 지평 융합을 논리적으로 추론하고 미학적으로 형상화한다. 최제훈이나 조현처럼 담론의 고고학과 문화적 현상학을 미학적으로 잘 직조하는 재주를 지닌 신예 오나영은, 조세희로부터는 뫼비우스의 띠의 주제를, 에셔로부터는 주제를 논리화하는 미학적 방법론을 물려받아 나름의 방식으로 제3의 지평 융합을 시도하여 효과를 거둔 것으로 보인다. 현실의 개입이 매우 억압적이었던 산업화 시대의 작가 조세희와는 달리 문화의 시대를 활달하게 탈주하는 오나영에게 억압적인 것은 오로지 비논리적인 비약이거나 반문화적인 비속함 혹은 감상적인 감정의 과잉 따위일 것이다. 쉽게 쓰고 쉽게 소진되는 소설이 많은 상황에서 결코 쉽지 않게 쓰고 진지하게 소통을 시도하려는 이 신인의 작법과 미학은 많은 생각거리를 제공한다고 당신은 생각한다. 특히 대립적인 '두 개의 세계'가 초극된 소통 형상의 메타포인 뫼비우스의 띠의 서사 논리적 가능성을 탐구한 것에 당신의 눈길이 오래 머문다. 아울러 그것을 통한 '세 개의 세계'의 의미를 성찰한 것도 의미 있는 숙고의 대상이다.

몇 년 전 인터넷을 통해 당신은 뫼비우스의 띠의 원리에 대한 AFP 통신 기사를 읽은 적이 있다. 직사각형의 길이에 따라 달라지는 '에너지 밀도'가 띠의 모양에 영향을 준다는 것이다. 방향을 바꾸기 위해 구부러진 뫼비우스의 곡면은 탄성 에너지 밀도가 매우 높고, 다른 부분의 평면은 그 밀도가 낮다고 한다. 그 높은 밀도가 제3의 지평 융합의 에너지가 되는 셈이다. 그렇다면 문학의 상상력으로 탐문한 에너지 밀도는 어떤 것일까, 당신은 질문한다. 조세희라면 지평 융합을 위한 사랑과 분노일 터이다. 오나영의 경우는 행복한 지평 융합 혹은 웅숭깊은 소통을 위해 통과 제의적으로 감내할 수 있는 희망의 논리라고, 당신은 생각한다. 그것은 '두 개의 세계'로 분열되기 이전의 신화적 감각과 '두 개의 세계'를 넘어 '세 개의 세계'

로 초극한 이후의 행복감에 대한 믿음이 긴밀하게 소통하면서 융섭할 때 생기는 논리이다. 또는 그 소통의 과정을 논리적으로 추론할 수 있는 에너지이기도 하다. 적어도 오나영의 소설에서 연목구어는 없다. 물론 우리 시대의 작가들은 저마다의 개성과 스타일을 바탕으로 그 밀도 높은 탄성 에너지를 미학적으로 구현하려 시도한다. 그러기 전에 우선 작가들은 서유미의 경우처럼 불통의 현실, 그 '두 개의 세계'의 고통스러운 현실을 구체적으로 탐사한다. 그들이 여전히 불통의 현실에 관심을 두는 것은 어쩌면 우리 시대가 여전히 의사소통의 황무지와도 같은 '두 개의 세계'에 갇혀 있기 때문이 아니겠는가 하는 자조적인 생각도 드는 게 사실이다. 나와 다른 남의 의견을 경청할 귀에 이명 현상이 심각하다. 진실의 자연스러운 소통이 난망하다. 소수 의견은 집단적으로 따돌려지기 일쑤다. 세상의 많은 이전투구의 이면에서 의사소통의 황무지 현상을 발견하는 것은 더 이상 새삼스럽지 않다. 그러니 다시 오래된 천둥소리에 귀 기울여야 할지도 모른다고 당신은 생각한다. 근원적인 생명의 불통 현상을 고통스럽게 직시하면서 '황무지' 메타포에 담았던 T. S. 엘리엇이 전한 천둥소리는 이런 것이었다고 당신은 기억한다. "주라, 공감하라, 자제하라." 이 또한 예의 탄성 에너지의 밀도에 기여해 '세 개의 세계'를 축성하는 데 도움을 준 문학 윤리의 일환일 터이다. 그만큼 소통을 위한, 에너지 밀도의 탐색 작업은 넓게 열려 있고 깊게 심연을 드리우고 있는 셈이다. 그러니 소통을 욕망하는 당신의 여정은 더 구체적이고 다채로우면서도 심원하게 기획되어, 거듭 새롭게 출발해야 한다. 여전히 문제는 소통이다.

벌거벗은 페르소나와 가해자의 상상력

1. 거리의 상상력과 「정거장에서의 충고」

"거리의 상상력은 고통이었고 나는 그 고통을 사랑하였다."[1] 도저한 부정성의 시인 기형도는 「밤눈」의 시작 메모에서 그렇게 적었다. 왜 그에게 거리의 상상력이 고통이었을까? 여기서 굳이 그렇게 물어볼 필요는 없어 보인다. 가계는 위험했고(「위험한 가계·1969」), 추억마저 경멸스러워 "차라리 늙은이였다면!"(「추억에 대한 경멸」) 하고 읊조리는 것이 어색하지 않은, 하여 열망들도 더 이상 내 것일 수 없다는(「빈 집」) 시인의 세계 인식을 헤아려보면, 시인에게 집 안의 풍경은 물론 집 밖 거리의 풍경 또한 고통스러운 암채색으로 비쳤으리라는 것을 어렵지 않게 짐작할 수 있기 때문이다. 가령 시인이 "나는 어디로 가는 것일까, 돌아갈 수조차 없이/이제는 너무 멀

---

1) 기형도, 「시작 메모·기타」, 『기형도 전집』, 문학과지성사, 1999, p. 341. 이하 기형도의 작품은 모두 같은 책을 출전으로 한다.

리 떠내려온 이 길"이라고 중얼거릴 때, 그 중얼거림이 "어둠 속에서 중얼거린다/나를 찾지 말라…… 무책임한 탄식들이여/길 위에서 일생을 그르치고 있는 희망이여"로 이어질 듯 끊어지고 끊어질 듯 이어지며 흐느적거릴 때, 우리는 기형도 시에 나타나는 거리의 상상력의 인상적 특징들을 가늠하게 된다. 그러니까 시인이 처한 상황은 마치 "어디선가 굶주린 구름들이 몰려"(「길 위에서 중얼거리다」)오는 형상이었다. 그래서 어디론가 떠나 거리에서 서성거리거나 헤맬 수밖에 없었다. 그러다 보니 알 수 없는 길을 너무 멀리 너무 오래 떠내려와 돌아갈 회로마저 막혀버린 것 같은 상태, 그래서 무책임한 탄식들만 넘쳐나고 희망은 어긋나고 마침내 인생이 그르쳐지고 마는 형국, 기형도가 응시한 거리의 풍경은 그런 고통들로 넘쳐났다. 거리의 고통을 사랑하였다는 기형도의 시 「정거장에서의 충고」가 주목되는 것은 여러모로 자연스럽다.

미안하지만 나는 이제 희망을 노래하련다
마른 나무에서 연거푸 물방울이 떨어지고
나는 천천히 노트를 덮는다
저녁의 정거장에 검은 구름은 멎는다
그러나 추억은 황량하다, 군데군데 쓰러져 있던
개들은 황혼이면 처량한 눈을 껌벅일 것이다
물방울은 손등 위를 굴러다닌다, 나는 기우뚱
망각을 본다, 어쩌다가 집을 떠나왔던가
그곳으로 흘러가는 길은 이미 지상에 없으니
추억이 덜 깬 개들은 내 딱딱한 손을 깨물 것이다

구름은 나부낀다, 얼마나 느린 속도로 사람들이 죽어갔는지
얼마나 많은 나뭇잎들이 그 좁고 어두운 입구로 들이닥쳤는지
내 노트는 알지 못한다, 그동안 의심 많은 길들은
끝없이 갈라졌으니 혀는 흉기처럼 단단하다
물방울이여, 나그네의 말을 귀담아들어선 안 된다
주저앉으면 그뿐, 어떤 구름이 비가 되는지 알게 되리
그렇다면 나는 저녁의 정거장을 마음속에 옮겨놓는다
내 희망을 감시해온 불안의 짐짝들에게 나는 쓴다
이 누추한 육체 속에 얼마든지 머물다 가시라고
모든 길들이 흘러온다, 나는 이미 늙은 것이다

—「정거장에서의 충고」 전문

검은 구름으로 덮인 저녁 정거장이다. 추억은 황량하고 구름은 을
씨년스럽다. 어디서 왔는지, 어디로 갈지 알 수 없다. 정거장에 닿기
전까지도 "의심 많은 길들은/끝없이 갈라졌"고, 지금도, 앞으로도
또 한없이 갈라질 것이기 때문이다. 의심 많은 길이라 했다. 길도 존
재와 세계를 의심하고, 길 위의 존재도 길과 세계를 의심한다. 의심
은 양방향에서 상호작용을 하며 비상한다. 믿음은 마른 나무에서 떨
어지는 물방울처럼 추락한다. 그러니 희망은 끊임없이 불안에 의해
감시당한다. 하여 시인은 "내 희망을 감시해온 불안의 짐짝들에게"
"이 누추한 육체 속에 얼마든지 머물다 가시라고" 쓴다. "불안의 짐
짝들"과 더불어 "모든 길들"은 정거장으로 흘러온다. 그러니 "미안
하지만 나는 이제 희망을 노래하련다"고 한 첫 행은 지독한 역설이
다. 희망을 노래할 수 없는 상황, 어쩌다 집을 떠나와 고통스럽게 거

리의 풍경으로 생의 희망을 소진하고 있을 뿐만 아니라, "모든 길들이 흘러온다" 하더라도 집으로, "그곳으로 흘러가는 길은 이미 지상에 없으니" 희망을 노래하기 난망함에도 불구하고 "나는 이제 희망을 노래하련다"라고 노래하고 있기 때문이다. 노래할 수 없는 것을 노래하기, 말할 수 없는 것을 말하기, 고통스러운 거리의 상상력은 그런 맥락에서 기형도풍이다. 부재하는 현존, 현존하는 부재의 풍경을 기형도의 정거장은 극적으로 환기한다. 모든 길들이 흘러 들어오지만, 그 어떤 길도 열리지 않는 정거장, 그 정거장에서 시인은 한없이 중얼거린다. 그렇게 중얼거리는 정거장의 "나그네의 말을 귀담아들어선 안 된다"고 기형도는 적었지만, 여러 맥락에서 정거장에서의 중얼거림이 어떤 충고처럼 다가온다. 귀담아듣게 된다.

누구나 짐작할 수 있는 것처럼, 정거장은 경계의 시공간이다. 정거장으로 흘러온 과거의 시간과 어디로 향할 미래의 시간 사이의 경계이고, 떠나온 길과 이동할 길 사이의 경계다. 그 경계의 시공간에서는 종종 좌절과 기대, 불안과 욕망, 절망과 희망, 부재와 존재, 침묵과 발화 등등이 격렬하게 소용돌이치며 새로운 탈주의 감각을 빚어내기도 한다. 기형도의 「정거장에서의 충고」가 그렇고 또 곽재구의 시 「사평역에서」나 임철우의 소설 「사평역」도 그렇다. 최근에 발표된 손보미의 「정류장」도 그런 맥락에서 새삼 주목에 값하는 소설이다.

2. 벌거벗은 페르소나

「길 위에서 중얼거리다」에서 기형도가 "나무들은 〔……〕 황폐한 내부를 숨기기 위해/크고 넓은 이파리들을 가득 피워냈다"고 적은 대목을 읽으면서 나는, 어쩌면 이파리들이 나무의 페르소나일 수도 있겠다는 생각이 들기도 한다. 사람뿐만 아니라 나무와 같은 식물이나 모든 사물들이 보이고 싶어 하는 혹은 그런 모습으로 인정받고 싶어 하는 페르소나에 대한 욕망을 지니는 것은 자연스러워 보이기 때문이다. 물론 황폐한 내부를 숨기기 위한 "크고 넓은 이파리"란 페르소나는 기형도의 비극적 인식의 소산이지만, 여기서 더 문제적인 것은 그런 페르소나마저 지닐 수 없는 상태, 곧 벌거벗은 페르소나 상태라고 할 것이며, 바로 그런 측면에서 손보미의 「정류장」은 많은 성찰거리를 제공한다.

굳이 헤겔의 인정 욕망 담론까지 들먹이지 않더라도 인간은 단순한 자기만족이나 나르시시즘을 넘어서 타인의 인정을 통해 자신의 인격적 개인을 구성하기 마련이다. 원래 가면을 뜻하는 페르소나persona를 통해 개인은, 사회적으로 자신의 역할을 확인하고 정체성을 얻는다. 조르조 아감벤에 따르면 "인정투쟁은 가면을 위한 투쟁"이고 이 가면은 "사회가 모든 개인에게 인정하는 '인격personality'과 (혹은 때로 가면은 사회가 암묵적으로 승인하는 '인물personage'과) 일치"[2]한다. "하나의 개인으로 인정받는 일이 수천 년 동안 사람들이 빈틈없이 지켜온 가장 의미 있는 성취라는 것

---

2) 조르조 아감벤, 『벌거벗음』, 김영훈 옮김, 인간사랑, 2014, p. 80.

은 결코 놀랄 일이 아"[3]니라며, 이때 타인이란 존재가 필수적으로 중요하다는 사실을 그는 거듭 환기한다. 타자가 감지하는 "권력, 명예, 재산은 결국 모두 개인의 정체성의 인정이라는 점에서만 의미가 있"다. "만약 이름, 명예, 재산, 그리고 권력이 단 한 번이라도 '내 것'으로 인정되는 순간이 없다면" "비승인nonrecognition 속에서 평생을 살아야 할 것이고, 결과적으로 내 개인의 정체성도 영원히 사라질 것"[4]이라고 아감벤은 설명한다. 그에 따르면 근대 이전의 노예는 페르소나를 가질 수 없는 존재였고, 자유인으로서의 법적·정치적 지위를 확보할 수 없었다. 그런 신분적 질곡의 상태에 의한 것도 당연히 문제지만, 다른 원인으로 인하여 페르소나가 박탈되고 벌거벗겨지는 것도 심각한 문제일 터인데, 바로 손보미가 이 지점을 착목한 것으로 보인다.

서둘러 말하자면, 손보미의 「정류장」은 "정말로 세상으로부터 버림을 받을까 봐"[5] 불안에 빠져 있는 한 남성이 삶의 흐름이 잠시 멈추어진 정류장에서 성찰하는 이야기 혹은 벌거벗겨진 페르소나 때문에 자기 정체성을 상실한 존재의 정류장 방황기다. 작은 케이블 방송국에서 아나운서로 일하던 주인공은 열다섯 살 때 학교 폭력에 가담했던 사실이 알려지면서 사직한 다음, 일곱 살 터울의 누나가 있는 미국으로 도피 여정을 떠난다. 공항 정류장에서 중국인 학생과 대화하던 중 특정 단어를 발음할 때, 그녀의 표정이 일그러지는 것을 보았는데, 그 단어를 제대로 알아듣지 못했다. 소설 도입부에서

---

3) 같은 책, pp. 80~81.

4) 같은 책, p. 81.

5) 손보미, 「정류장」, 『자음과모음』 2017년 겨울호, p. 43.

는 알아듣지 못했다고 했던 그 단어를 누이의 집 체류를 마치고 귀국하면서 불현듯 떠올리게 된다.

bewildered. 그 단어를 발음할 때 그 여자는 마치 곧 울음이라도 터뜨릴 것 같은 표정이었다. 그 역시 그날 밤에 버스에서 내려서 누나를 기다리는 동안 어리둥절해지는 기분을 느꼈었다. 아무도 그를 데리러 나오지 않을까 봐. 정말로 세상으로부터 버림을 받을까 봐. (같은 곳)

당혹스럽고 어리둥절해 갈피를 잡을 수 없는 상태. 말하자면 주인공은 그런 "bewildered"의 상태에 처해 있었던 것이다. 어린 시절부터 상대적으로 잘난 누나에 비해 상대적으로 못난 열등감에 시달려야 했던 상처받은 내면 아이를 지니고 있는 주인공은 소박하고 성실한 소시민적 삶을 영위하려 했지만, 학교 폭력 사건이 드러나는 바람에 모든 게 수포로 돌아갔다고 느낀다. 혹은 아나운서로서 유지하고 있던 페르소나가 벌거벗겨지는 사태에 대해 속수무책으로 불안하고 불길하다. 그런 가운데도 어쩌면 그 가학적 폭력성을 숨긴 채 거짓말처럼 살았는지 모른다며 반성하기도 한다. 아나운서로서 남들에게 보이고 인정받고자 했고 인정받았다고 느꼈던 모습, 그 페르소나가 한갓 기만의 탈일 수도 있었음에 회한에 젖는다. 두 조카들이 본능적으로 보이는 가학성의 풍경을 관찰하면서 자신의 유년기와 겹쳐 보기도 한다. 남에 대한 동물적 가학성에 즉물적으로 노출될 때, 남을 위해 진정한 교감도 축하도 하기 어렵다. 미국 여정을 통해 서술자는 영어를 세 번 직접 노출하는데, 그것들이 이 소설의 주제적 요소로 기능하는 것도 그런 맥락에서 눈여겨볼 일이다. 앞서 언급한 "bewildered"와 "every body lies."(p. 23) 그리고 "I hate celebration!"(p. 37). 이 셋을 중층적으로 포개어 생각하면 작가가 「정류장」을 통해 어떤 메시지를 전하고 소통하고 싶었는지를 어렵지 않게 짐작할 수 있게 된다.

3. 말할 수밖에 없는 것

기형도는 "내 책은 두 부분으로 이루어졌다. 이 책에 씌어진 부분과 씌어지지 않은 부분이 그것이다. 그리고 정말 중요한 부분은 바로 이 두번째 부분이다…… 우리는 말할 수 없는 것에 대해서는 침묵해야 한다"고 했던 비트겐슈타인의 문장을 인용하면서 이렇게 시적 전복을 시도한 바 있다. "그러나 우리가 '말할 수 없는 것'에 관해 말할 수밖에 없는 것은 거의 필연적이며 이러한 불행한 쾌락들이 끊임없이 시를 괴롭힌다."[6] 손보미의 「정류장」에서 공항 정류장에서 중국인 유학생이 한 "bewildered", 학예회에서 조카 지호가 소리 지른 "I hate celebration!", 그리고 미국 누나네 집 머그잔에 새겨진 "every body lies" 등은 모두 말하기 어렵지만 말할 수밖에 없는 사례에 속한다. 물론 기형도의 경우처럼 그렇게 말할 수밖에 없는 것은 분명 불행한 쾌락에 속할 터이다. 그런데 영어로 제시된 이 세 말들은, 사실 주인공이 말할 수 없지만 말할 수밖에 없는 자신의 이야

---

6) 기형도, 같은 책, p. 342.

기를 곡진하게 풀어 보이기 위한 알리바이처럼 보인다.

우선 말해지는 것은 주인공이 어려서부터 잘난 누나에 치여 살아야 했던 상처받은 내면 아이가 있다는 것, 그리고 고등학교 1학년 때 학원에서 귀가하는 전철 안에서 "훼손된 팔? 파괴된 팔?" 때문에 물건을 팔며 자비를 청하던 장애우가 속절없이 넘어지고 고난을 당할 때 방관자로서 아무런 도움도 되지 못했다는 죄의식의 발로다. 그 죄책감 때문에, 그에 대한 속죄 의식 때문에 욕심 부리지 않는 소시민적 성실성을 자기 페르소나로 삼았는지 모르겠다는 말을 한다. 왜 그럴 수밖에 없었을까. 왜 줄곧 고개를 숙이고 그 "아저씨가 자신을 바라볼까 봐, 자신의 얼굴을 기억할까 봐 두려"(p. 22)워하기만 했을까. 그리고 자기 삶의 태도를 정하는 데 이 사건이 그토록 결정적이었을까? 다른 것은 없었을까? 이 말할 수 없는 이면의 진실을 말하기 위해서는 상당한 서사적 수고를 경유하지 않으면 안 되었다.

중학교 때 친구인 김호영의 연락을 받은 주인공은 마지못해 위암 말기 환자로 죽어간다는 그를 만나러 병원으로 간다. "나 윤종을 찾고 싶어. 죽기 전에 그 애에게 용서를 받고 싶어"(p. 23). 이런 부탁을 받고 어쩔 수 없이 윤종을 찾아가 사정을 전했지만, 결국 윤종은 김호영이 죽기 전에 만나러 가지 않았고, 김호영은 죽기 전에 꼭 사과하고 싶다는 바람을 이루지 못했다. 문제는 그 이후에 불거졌다. 주인공이 학교 폭력 가해자라는 폭로가 SNS에서 들불처럼 번지면서, 주인공의 페르소나는 전격적으로 벌거벗겨지게 된다. 벌거벗겨진 페르소나는 곧 인정투쟁에서 패배했다는 어떤 낙인이었을까. 아나운서로서 정체성을 훼손당한 주인공은 사직할 수밖에 없음을 직감하고 그렇게 한다. 페르소나가 벌거벗겨지는 사태는 여러 국면에서 정체성 위기 내지 정체성 상실로 이어졌다. 먼저 사건 직후 부모님은 "그게 사실이야?"라고 물었다. 사실을 확인하고 싶었던 게다. 인지상정이다. 그런데 작중 서술자는 질문한다. "그걸 확인한 후에는 어떻게 할 것인가? 자신들이 알지 못했던 그의 일부를 받아들일 것인가? 그를 용서할 것인가?"(p. 39). 부모님 입장에서는 아마도 자식의 불행에 대한 근원적 연민 다음으로 자식에 대한 기대-페르소나의 훼손 사태를 무척 걱정했을 것이다. 자식에 대한 기대-페르소나의 문제는 미국 체류 과정에서 두 아들에 대한 누나의 태도에서도 관찰된다. 또 "우리 딸도 자기 아빠를 좋은 사람이라고 생각할 텐데?"(p. 34)라고 말했던 전 여자친구의 말이 되풀이 환기되는 것도 이런 가족 내에서의 기대-페르소나의 문제 때문일 터이다. 즉 가족조차, 그러니까 부모 자식 관계에서마저 페르소나는 타자지향적이기보다 자기중심적일 경우가 더 많다. 자식의 존재에 대한 진정한 연민보다 자기가 설정한 페르소나에 미치지 못하는 자식의 실상을 더 원망한다는 얘기다. 반대의 경우는 더 그렇겠다.

가족이 아닌 타인들은 거짓으로 조성된 위선의 페르소나에 대해 더욱 비판적인 것으로 보고된다. "그가 어떤 사람인지 안다고 떠드는 사람들"은 "그 자신이 그런 짓을 한 적이 있다는 사실을 숨겼다는 것" 즉 "거짓말쟁이"라는 것 때문에 못 견뎌 한다고, 주인공은 생각한다. 그럼에도 그는 그들을 "설득하거나 용서받거나" 하기보다 "나는 그런 사람이 아니야"라고 우기며 자신을 지키고 싶어 한다. 자기와 그들 사이에 관계되었던 페르소나가 꼭 자기만의 책임이 아니라는 생각을 하기도 한다. "만약 자신이 케이블 방송국의 아나운서가 아니었다면 어땠을까" "노숙자였다면? 사회에서 버림받은 사람이었다면?"(pp. 39~40), 그랬더라도 자기에게 그런 비난이 쏟아졌을까 항변하고 싶은 생각도 없지 않다. 그러나 정작 말할 수 없는 것, 그럼에도 말할 수밖에 없는 것은 다른 것이 아니었다. 기형도식으로 "크고 넓은 이파리들"이 아니라 "황폐한 내부"라고 말할 수 있을, 페르소나 이전의 내면의 진실은 이런 형상, 이런 감각이었다.

그는 그걸 기억했다. 열다섯 살 때 자신이 했던 일들을 기억했다. 자신의 주먹이 타인의 배를 파고들 때 느꼈던 쾌감을, 타인의 물건을 훼손할 때 느꼈던 순수한 즐거움을, 욕설을 할 때 느꼈던 자신이 우위에 선 것 같은 기분을, 그는 기억했다. 그건 진짜로 그가 느꼈던 감정들이었다. 그건 그 자신이었다. 그걸 부정할 수 없었다. (p. 43)

바로 이런 고해, 나는 가해자였다,라는 이런 고백으로 이어가기 위해 작가 손보미는 페르소나를 그토록 야속하게 벌거벗길 수밖에 없었던 것이리라. 그 결과 인간의 심연에 내재된 가학적 폭력성 혹은 사디즘의 쾌락성에 대한 전면적 반성의 계기를 제공하는 잘 빚어진 항아리 같은 소설을 형상화할 수 있었던 것으로 보인다.

4. 가해자의 상상력과 애도의 심연

일찍이 이청준은 「가해자의 얼굴」을 통해 가해자 의식을 인상적으로 전경화하면서 반성적 성찰을 유도한 바 있다. 오랜 피해의 역사 속에서 피해자 의식에 익숙해 있던 사람들에게, 그 피해 의식이라는 상처를 치유하기 위해서라도 가해 의식을 바탕으로 발본적 성찰을 해야 한다고 했다.

그런데 한동안 세월이 흐르다 보니, 처음에 피해자의 자리에 있던 사람들은 그간에 피해자로서의 과도한 자위권과 반격권을 누림으로 하여 어느덧 새 가해자의 딱지를 얻게 되고, 이들 앞에 가해자로 억압을 받아온 사람들은 그간의 수난과 자기 회복의 갈망 속에 목소리가 서서히 드높아가면서 새로운 수난자로서의 요구를 내세우고 나서는 형편이었다. 수난자 의식은 그런 식으로 일정한 시간대를 거치면서 항상 새 가해자로 변신해가는 과정을 좇게 되고 그 수난자와 가해자의 자리를 번갈아가면서 복수와 보상, 억압과 수난의 악순환을 되풀이하게 되더란 말이다. 하지만 가해자 의식은 다른 가해자를 용납하려지도 않으려니와 더욱이 새로운 수난자를 요구하지도 않는다. 그것은 용서와 화해를 구하는 자기 속죄 의식을 덕목으로 하고 있기 때문이다. 그래서 그 같은 가해자 의식으로 해서는 가해자와 피해자, 억압과 수난의 악순환의 고리를 끊고 너와 나 사이에 진정한 화해와 이해를 지향하고 만남의 문이 열리게 될 수도 있으리라는 것이다. 세월의 힘을 빌려 가해자와 수난자의 자리가 바뀌는 것도 우스운 일이지만, 그래서 나는 너나없이 늘 가해 당시의 자기 자리에 서서 그때의 제 허물을 생각하고 그 빚을 갚으려는 자세로 임해야 한다는 것이다.[7]

---

7) 이청준, 「가해자의 얼굴」, 『날개의 집』(이청준 전집 23), 문학과지성사, 2015, pp. 111~12.

이 소설에서 주인공 김사일 씨는 어린 시절 전쟁의 와중에 트라우마와도 같은 가해자 의식을 지녀 가지게 된다. 일제강점기 때 좌익 활동을 하던 자형이 보도연맹 사건으로 끌려갔는데, 자형과 함께 있던 청년이 어느 날 몰래 찾아든다. 마침 누이가 출타 중이어서 혼자 있을 때였다. 어린 그는 사정을 충분히 헤아리지 못한 까닭에 그만 청년에게 피신처를 제공하지 못하고 고통스러운 거리로, 결국 사지가 될 수 있는 거리로 몰아낸 형국이 되었다. 어린 무지 때문에 일어난 일이었지만, 이 일로 인해 그는 평생 가해자 의식을 붙안고 살지 않으면 안 되게 되었다. "두려움과 당황결에 자신도 모르게 그 피신처를 찾아온 청년을 쫓아보낸 오랜 자책감, 그 부끄럽고 참담스러운 허물의 값을 끝내 가해자의 자리에서 치르고 싶어하는 질긴 속죄 의식, 그 자형의 출현이나 소식에 대한 두려움을 억누르며 언제까지나 조그만 아이로 불안하게 기다려온 괴로운 자기 견딤"(p. 112)이 이청준이 형상화한 가해자 의식의 요체다. 이런 "가열찬 가해자 의식이나 속죄 의식"에 바탕을 둘 때, 진정한 소통과 화해의 지평이 가능할 것이라는 작가의 웅숭깊은 사상을 엿보게 하는 대목이다. 그것은 또한 타인에 의해서 벌거벗겨지는 것이 아니라 스스로 벌거벗은 페르소나를 자처한다는 점에서 진정성을 느끼게 한다. 그러나 이 소설에서 가해자의 상상력은 일면적으로만 강조되지 않는다. 수난자의 저항에 방점을 두는 운동권 딸과의 좁혀지지 않는 대화, 그리고 딸의 가출로 말미암아 다시 가해자 의식이 가중되고, 어린 시절부터 이어오던 기다림의 내력 또한 한없이 연장될 수밖에 없는 처지기 때문이다. 그와 같은 대화적 토론의 여지를 남기고 있음에도 불구하고, 이청준이 이 소설에서 보인 가해자의 상상력은 역사철학적으로 보나 존재론적으로 보나 퍽 의미심장하다.「숨은 손가락」『인간인』
『자유의 문』등 여러 편에서 역사적 격랑의 와중에 가해와 피해가
얽히고설킬 수밖에 없던 사정을 예리하게 형상화했던 작가답게, 발
본적 성찰을 보였기 때문이다.

　누구나 피해자 의식을 갖고 억울해하기는 쉬워도, 가해자 의식에
입각해 진정한 반성의 지평을 열어나가기는 어렵다. 그런 사람들만
모여 산다면 필시 억울한 사람들만 존재하는 불행한 사회가 될지도
모른다. 가장 나쁜 경우는 억울한 사람들끼리 이전투구를 그치지 않
는, 말하자면 억울한 이들끼리의 만인 대 만인의 투쟁 상태일 것이
다. 그런 사회라면 정녕 인간적인 세상에서 너무 멀리 나간 경우라
고 말할 수밖에 없다. 희망은 소진되고 돌아갈 길을 찾을 수 없는 아
득한 정류장에 포박된 처지에 가깝다. 서로가 "bewildered"의 상태
를 억압적으로 조성하기 일쑤일 터이기 때문이다. 요컨대 가해자 의
식은 인간이 반성적 사유를 보일 수 있다는 깊은 가능성의 원천이
요, 심연의 윤리 감각이다. 그런 윤리 감각을 이청준에 이어 작가 손
보미가 새롭게 가다듬었다. 낯선 정류장에서의 당혹스러움. 세상으
로부터 버림받았다고 느끼는 이들의 어리둥절함. 그런 인생 정류장
의 신산한 풍경을 넘어서 서로를 애틋하게 보듬을 수 있는 정겨운
정류장 풍경으로 전환하기 위해서라도, 가해자 의식에 바탕을 둔 반
성성의 지평은 매우 요긴하다는 사실을 곡진하게 환기한다.

　이런 가해자 의식은 애도 작업과 연계된다.「가해자의 얼굴」에서
주인공은 어렸던 자신이 의도치 않게 사지로 내몬 형국이 되었던 자
형의 친구와 자형의 죽음을 애도하는 과정에서 끈질기게 가해자 의
식과 죄책감을 보인다. 만약 그런 죄책감에 바탕을 둔 속죄 의식이

아니었더라면 주인공의 상처받은 내면 아이는 더 심각하게 고통받고 훼절되었을 수도 있다. 가해자 의식으로 속죄하며 사느라 (찾아올 곳이 그 집밖에 없는 자형을 기다리느라 집을 팔 수 없어서) 재산상의 불이익을 비롯한 여러 어려움이 있긴 했지만, 그래도 자기 잘못을 수긍하고 개인과 공동체의 꿈과 진실에 조금이나마 기여할 수 있는 가능성을 위해 모색했다는 것은, 가해자의 상상력이 보일 수 있는 윤리적 가능성의 어떤 지평이다. 손보미의 「정류장」에서도 일차적으로는 함께 가해 행위를 했던 친구 김호영을 애도하고, 그가 죽기 전에 피해자 윤종에게 사죄하고자 했으나 그러지 못한 것을 애도하고, 나아가 잃어버린 자기 페르소나를 애도하고, 훼손된 자기 정체성을 애도하고, 궁극적으로는 자기 존재의 부재를 애도하는 작업으로 보인다. 부재의 존재뿐만 아니라 존재의 부재까지를 애도한다는 점에서 그 애도의 심연은 넓고도 깊다.

기형도는 "사랑을 잃고 나는 쓰네"(「빈 집」)라고 했다. 잃어버린 사랑과 젊음, 서둘러 허망하게 소진된 희망, 마침내 부재하는 존재 혹은 존재의 부재를 애도하며, 정거장에서 고통의 상상력을 펼쳤던 시인이 바로 기형도다. 마성적 전쟁의 와중에 에둘러 은신처를 원했던 이를 죽음의 거리로 내몰았다는 죄책감에서 피해자와 가해자를 아울러 애도하는 종합에의 의지와 윤리 감각을 보인 작가가 이청준이었다. 그리고 작가 손보미다. SNS라는 변화된 소통 환경에 의해 벌거벗겨진 페르소나를 전경화하면서 가해자 의식의 현재적 지평을 새롭게 문제 삼았다. 어쩌면 이청준보다 훨씬 숙고하고 상상하기 어려운 상황에서 가해자의 애도 작업이 얼마나 중층적일 수밖에 없는지 고뇌한 게 아니었을까. 그토록 골몰하면서 손보미의 서술자는,

기형도의 말법을 빌리자면, 이렇게 말하지 않을까. "벌거벗은 페르소나로 인해, 정체성을 잃고 나는 쓰네."

벙어리 울음과 애도의 지연

— 이동하의 『장난감 도시』 다시 읽기

1. 이식과 파편화

이식된 나무는 흔히 몸살을 심하게 앓는다. 옮겨 심는 사람이 제 아무리 조심한다 하더라도, 이전에 터 잡았던 자리에서 뿌리 뽑혀 옮겨져 새롭게 뿌리를 내려야 하는 나무가, 뿌리에서 줄기까지 몸살을 앓는 것은 차라리 자연스럽다. 땅이며 공기, 물기 등 어느 것 하나 낯설지 않은 것이 없는 마당에 어찌 아무 일도 없었던 것처럼 정정하기만 할 수 있겠는가. 실제로 분갈이를 한 다음에 비실비실 나와 인연을 끊어간 나무들이 많이 있었다. 벤자민이며 해송 등이 연민을 자아내며 멀어져갔다. 지난봄에도 10년 가깝게 기른 모과나무가 새순을 틔우지 못했다. 안타까움과 혹시 하는 마음으로 밖에 내놨더니 아주 오랜 시간이 지난 다음에야 겨우 잎을 피우기 시작했다. 또 글렀나 보다, 하며 마음을 비우려 했는데 이슬 같은 새순을 피워내는 것이었다. 새삼 감동적이었다. 이런 순간, 시인이라면 서정적 촉기를 발휘하곤 한다. 김광규의 시 「이대목의 탄생」은 그런 결실이다.

벽오동 비슷해 그냥 벽오동이라 부르며 화자가 30년 넘게 길러온 나무가 있다. 오랜 세월을 함께 살아왔는데 올해는 하지가 지나도록 새잎이 돋지 않는다. "식물도 늙으면, 죽는구나"라는 연민의 정조와 그래도 혹시 되살아나지 않을까 하는 미련 때문에 틈나는 대로 보살폈는데 좀처럼 소생의 기미가 보이지 않는다. 그런데 "대서를 앞둔 초복날 아침에, 벽오동 밑동의 줄기에서 연초록 이파리가 작은 주먹을 펼치듯 돋아나고 있지 않은가.""때늦게 벽오동의 유복자가 태어난 것이다." 이 생명의 황홀경 앞에 선 시인은 차분한 어조로 거기에 적합한 이름을 붙여준다. "끈질긴 생명의 경이와 환희를 보여준 이 화초의 본명을 찾아주기는 쉽지 않아, 우선 새 이름을 붙여주었다. 대를 이어 되살아난 나무, 이대목(二代木)이라고"(김광규, 『시간의 부드러운 손』, 문학과지성사, 2007, pp. 28~29).

이동하의 연작 장편 『장난감 도시』를 다시 읽으면서 떠올린 시편이 바로 김광규의 「이대목의 탄생」이다. 시골에서 살다가 초등학교 4학년 때 휴전 직후의 도시로 '이식된' 어린이가 '장난감 도시'와도 같은 척박한 환경에서 거의 죽음에 가까울 정도로 고통스러운 통과제의를 경험하면서 빛나는 작품을 쓸 문학적 양식을 비축하여 '이대목' 같은 문학의 이파리를 틔워내는, 그런 형상이기 때문이다. 「장난감 도시」(『신동아』, 1979), 「굶주린 혼」(『한국문학』, 1980), 「유다의 시간」(『문학사상』, 1982) 등 세 중편으로 나뉘어 발표된 이 연작은, 각각 19개, 17개, 16개의 짧은 삽화들로 이루어져 있다. 말하자면 총체성 지향의 장편 형식에서 비켜나 파편들의 불연속적 연속으로 구성된 형국이다. 왜 작가는 이런 스타일을 구사했을까. 이것은 무엇보다 총체성이 철저하게 훼손된 전후 상황이라는 시대적 밑그림, 시골에서 도시로 이식되어 혹독한 허기와 궁핍, 그리고 아버지의 일시적 부재와 어머니의 죽음을 속절없이 체험해야 했던 가족 환경, 초등학교 4학년이라는 어린이의 시선과 성정의 한계, 고통스러운 소년기의 기억을 막힘없이 재현하기 어려운 성년 화자의 심리 등등이 어우러진 복합적 스타일이 아닐까 싶다.

『장난감 도시』는 척박한 전후 도시에 갑작스럽게 이식된 어린이의 고통스러운 통과 제의 이야기다. 느닷없이 뿌리 뽑힌 아이가 감당하는 고통의 스펙트럼이 인상적이다. 전후 도시적 생태의 질곡을 생생하게 보여줌과 동시에 궁핍한 시대의 인간 생리의 현장을 실감 있게 안내한다. 그런 난세에 인간적 자존과 위의를 어떻게 지킬 수 있는가 하는 윤리의 문제를 환기한다. 아울러 뿌리 뽑힌 삶으로 인해 상처받은 내면 아이가 적절히 감정을 치유하고 자기를 성장시켜 나갈 계기를 어떻게 마련하는가, 고통스러웠으되 함부로 울 수도 없었던 상처받은 내면 아이의 고통을 애도하는 작업이 지연되는 가운데 이동하의 문학적 상상력은 어떻게 깊어지는가, 그리고 그 난세에 축적된 고통과 응결된 눈물이 어떻게 훗날 언어의 연금술로 미학화되는가 등의 문제를 숙고하게 하는 작품임에 틀림없다.

2. 갈증과 구토

시골 초등학교 학예회에서 동극과 합창에 출연하고 동화 구연을 하면서 장래의 '면장감'으로 갈채를 받던 주인공은 갑작스럽게 도시로 전학을 가게 된다. 고향을 떠나야 하는 사연이 분명하게 드러나지는 않지만, 『우울한 귀향』이나 「파편」의 삽화와 관련지어 생각하면, 분단 상황과 전쟁의 피해자로 보이는 삼촌의 일과 연계되어 있음을 추론할 수 있다. 어쨌든 주인공은 "낯익은 세계로부터 갑자기 떨어져 나"(p. 18)가는 경험을 하게 된다. 뿌리 뽑힌 주인공이 이식된 공간은 물론 휘황찬란한 도시의 중심부가 아니었다. "촘촘히 들어앉은 판잣집들, 깡통 조각과 루핑이 덮인 나지막한 지붕들, 이마를 비비대며 길 쪽으로 늘어서 있는 추녀들, 좁고 어둡고 질척한 그 많은 골목들, 타고 남은 코크스 덩어리와 검은 탄가루가 낭자하게 흩어져 있는 길바닥들, 온갖 말씨와 형형색색의 입성을 어지러이 드러내고 있는 주민들, 얼굴도 손도 발도 죄다 까맣게 탄 아이들……"(pp. 22~23)과 같은 묘사에서 명료하게 드러나듯, 도시 변두리의 판자촌이었던 것이다. 이 낯선 공간에서 그는 심한 어지럼증을 느낀다. 익숙하게 보아왔던 자기 집안 살림살이마저 이물감이 느껴지게 하는 그런 풍경이었다. "시골집 안방 윗목을 언제나 차지하고 있던 옛날식 옷장, 사랑채 시렁 위에 올려두던 낡은 고리짝, 나무로 만든 쌀뒤주, 크고 작은 질그릇 등, 판잣집들이 촘촘히 들어서 있는 그 골목길 위에 아무렇게나 부려놓은 세간들은 왠지 이물스러운 느낌을 주었다. 그것들은 지금까지 흔히 보고 느껴오던 바와는 사뭇 다른 모양이요, 빛깔이었다"(p. 22).

어지럼증과 더불어 주인공의 갈증이 전경화된다. 사연이나 사정이 어찌 되었든 간에 어린 주인공으로서는 "도시와 그 생활이 주는 어떤 경이와 흥분"(p. 21)을 느끼지 않을 수 없었는데, 그것이 심한 갈증으로 이어진다. 물 대신 오렌지빛 음료를 사서 마시는 과정에서 촌놈 소리를 들은 그는 급하게 그것을 다 마시고 돌아와서는 심한 어지럼증과 갈증 속에서 그것을 다 토하고 만다. 도시 생활의 첫 신체적 반응이 구토였다는 것은 의미심장하다. 낯익은 고향 땅에서 마신 물이었다면, 그런 어지럼증도 갈증도 구토도 없었을 것이기 때문이다. 낮의 구토 증상은 그날 밤 배탈과 설사로 이어진다. 어두운 공동변소를 몇 번이나 들락거리면서 주인공은 이내 "빌어먹을"이라며 "물을 탓하고, 이놈의 도시를 원망"(p. 26)하게 된다. 도시로 이식된 어린 주인공의 첫날 소감은 "우린 어쩌면 장난감 도시로 잘못 이사를 온 건지도 몰라⋯⋯"(p. 24)로 종합된다.

학교에 다니게 되면서 주인공은 다시 혹독한 입사식을 거친다. 타지에서 흘러든 주인공에게 도시의 기득권자들이 행사하는 폭력을 감당해야 하는 사건이 그것이다. 이 일을 겪으면서 주인공은 "이 바닥 태생의 본토박이들과 전쟁 통에 쫓겨온 피난민들과 그리고, 우리 가족처럼 그다지 떳떳치 못한 이유로 고향을 등진 사람들"(p. 31)이 뒤엉켜 사는 이 '장난감 도시'의 생리를 조금씩 터득해나간다. 도시에서 새로 뿌리내리기는 결코 쉬운 일이 아니었다. 아버지가 도모한 풀빵 장사도 냉차 장사도 모두 수포로 돌아간다. 비교적 배신하지 않고 정직한 흙을 상대로 살아왔던 아버지에게 도시는 함부로 믿을 수 없는 상대였던 것이다. "정직한 만큼 아버지는 무능했다"(p. 37). 사정이 이러하기에 도시에 이식된 지 한 달 만에 주인공과 그 가족들은 "도시 생활의 그 냉엄한 질서"(p. 37)를 절감하게 된다. 그래서 아버지는 말한다. "도시로 나온 사람은 누구나 다 한 번씩은 알거지 신세가 되는 거란다. 가진 건 먼지 한 점, 티끌 하나 남김없이 죄다 털어먹고 난 끝이라야 제대로 살길이 찾아진다고들 하더구먼⋯⋯"(p. 69).

아버지는 한편으로 옳았고, 다른 한편으로 옳지 않았다. 알거지 신세가 되는 거라는 점에서는 옳았지만, 그 끝에서 제대로 살길이 찾아진다는 믿음은 배반당했기 때문이다. 살길이 막연해진 가운데 아버지는 장물 수송에 잘못 연루되어 수형인의 신세가 된다. 아버지의 부재로 인해 살길이 무척 막막해진 주인공은 이웃의 소개로 천지 백화점의 심부름꾼으로 가게 된다. 주인공으로서는 처음 접하는 백화점 풍경은 그가 이식된 판자촌의 풍경과는 사뭇 대조되는 것이었다.

나는 진열장 안을 기웃거리며 가게 안을 돌아다녔다. 눈에 띄는 것은 죄다 나의 마음을 사로잡았다. 구매 충동을 일게 하지 않는 것이라고는 하나도 없었다. 나는 그것들을 갖고 싶었다. 목각의 호랑이와 까만 박쥐우산과 금빛 나는 작은 단추와 그리고 여자의 브래지어에 이르기까지 나는 한 가지도 빼놓지 않고 죄다 갖고 싶었다. 내가 만약 거기 진열되어 있는 물건들을 가짓수대로 죄다 한 개씩만 가질 수 있다면, 나는 아마도 세상에서 가장 넉넉하고 행복한 사람일 것이었다. 이 엄청난 행운이 10년 혹은 20년 후에 어쩌면 이루어질지도 모른다고 생각되었다. 때가 오면 주인 부부에게, 장가와 점포 대신에 그 편을 제의해보리라고 나는 마음먹었다. (p. 77)

이 풍경으로 인해 주인공은 더욱 심한 갈증에 시달리게 된다. 한편으로 백화점의 물건들이 환각처럼 제공하는 물신(物神)의 미혹에 속절없이 이끌리면서도, 다른 한편으로는 결코 자신이 머물러서는 안 될 장소에 있는 것 같은 곤혹을 느끼면서 예의 갈증은 정도를 더해간다. 욕망의 장소이면서 동시에 자신이 결코 뿌리내릴 수 없을 것만 같은 배제의 장소이기에 곤혹스러운 갈증이 심해지는 것이다. "누군가가 빨리 나타나서 나를 이 거북스러운 장소로부터 데려가주기를"(p. 78) 소망하던 주인공은, 백화점 여주인을 찾아온 여인의 입에서 "촌뜨기"니 "지난번 아이처럼 손이 검은 녀석은 아닌지……" 같은 말이 거칠게 뱉어지는 장면에서, "불결하고 냄새나는 그 궤짝 방으로 온전히 돌아가"(p. 80)기로 결심하게 된다. 이 결심에 따른 귀환으로 인해 주인공의 물신적 세속화는 단절되고 고난에 찬 '장난감 도시' 생활이 계속된다. 천지 백화점에서 '장난감 도시'로의 귀환은 어린 주인공의 자존감과 정신주의의 소산처럼 보이기도 한다. 만약 그가 천지 백화점에서 서둘러 세속화되었더라면, '장난감 도시' 시절의 생활은 다른 면모를 획득할 수 있었겠지만, 소설 『장난감 도시』와 그 작가의 탄생은 이루어지지 않았을 터이다.

3. 굶주린 혼의 결핍과 불안

천지 백화점에서 돌아온 이후 주인공은 "불행하고 비극적인 것투성이"(p. 35)인 삶을 살아낸다. 학교에서도 합창을 하고, 동극을 공연하고, 동화를 구연하던 시골 학교 시절과는 달리 막막하기만 하다. 동네에서도 절망과 폭력의 파토스만을 경험한다. 삶의 희망이 소진된 가운데 절망의 수렁에서 격정적으로 자학하거나 절망하고 있는 사람들의 풍경을 통해 그는 생의 비극적 심연을 깊이 인식하게 된다. 가령 "지난 생애에 대한 뼈를 깎는 회한과, 그리고 남은 생애에 대한 바닥 모를 절망감"으로 인해 "몸뚱이 속에는 술보다 더 독한 격정이 언제나 소용돌이치고 있"(p. 47)는 목수 주 씨의 행태를 보면서, "모든 것을 잃어버린 주 씨에게는 나무 궤짝 같은 자신의 방만이 오직 유일하게 허락된 우주요, 장난감이었는지도 모를 일"(p. 49)이라고 생각하는 식이다. 교회나 성당마저도, 그 성전을 주관하는 하느님마저도, 어쩔 수 없어 하는 상황에서 주인공은 "우리의 도시가 흡사 거대한 수렁 위에 세워져 있는 듯한 느낌"(p. 55)에 사로잡힌다. 그 수렁에서 허우적거리며 주인공은 더할 수 없는 결핍과 심한 불안 증세에 시달린다.

어둠과 더불어 나는 모든 것을 잃어버렸다. 남은 것이라곤 갑자기 텅 비어버린 마음뿐이었다. 거기, 불안의 그늘이 깊숙하게 드리워져 왔다. (p. 59)

한 떼거리의 아이들 속에 묻어서 가면서도 도무지 불안감을 털어버릴 수가 없었다. 덮은 거리의 도처에 감추어져 있다고 나는 생각했다. 전후의 도시가 아니라 흡사, 공룡들만 우글거리고 있는 중생대(中生代)의 초원을 걸어가고 있는 기분이었다. (p. 99)

확실히 불안의 터널은 길고 깊고 어둡고 가혹한 것이었다. 결핍의 상황에서 "굶주린 들쥐 떼처럼"(p. 124) 몸부림치지만 좀처럼 결핍은 줄어들지 않고, 불안만 가중된다. 세계의 폭력성은 멈출 줄 모른다. 그것은 때때로 지독하게 역겨운 녹슨 쇠 냄새로 주인공을 공포스럽게 하거나 구토하게 한다. 일찍이 '장난감 도시'에 이식되던 첫날 오렌지 음료에서 쇠냄새를 맡고 구토한 바 있거니와, 이후에도 주인공은 때때로 기분 나쁜 "녹슨 총기의 냄새"(p. 196) 때문에 어쩔 줄 몰라 한다. 심지어 누나에게도 적의를 품었을 때는 여지없이 그 냄새를 맡게 되며, 누나가 긍정적 애호의 대상으로 다가올 때는 그 냄새를 맡지 않는다. 극단적인 결핍 상황에서 주인공은 구걸을 하기도 한다. 구걸을 나갔다가 개에 물리던 날, 개 주인으로부터 받은 돈으로 주인공은 온갖 것을 사 먹으며 허기와 결핍을 채우고자 한다. 그러나 결국 마지막 순간에 그가 직면한 것은 "변함없는 재난이었다. 속이 빈 반합과 다시 빈털터리가 되어버린 주머니와 그리고, 여전히 게걸스럽게 껄떡거리고 있는 굶주린 혼 외에 다른 아무것도 나는 가진 것이 없었다"(p. 143).

생존 자체가 결핍이나 불안과 등호를 형성하던 그 무렵, 불안을 결정적으로 가중시킨 것은 병약한 어머니의 존재 방식과 죽음이다. 아버지의 부재 이후 어머니는 물 이외에는 아무것도 섭취하지 않았다. "마치 여위고 굶주린 혼백처럼 더할 수 없이 나약하고 투명한 몸짓"을 보이는 어머니가 "잠자리의 날개로도 견줄 수 없을 만큼 투명한 영혼을 지니고 있다"(p. 92)며 자위하려 하지만, 죽음의 그림자가 드리워진 어머니의 초상은 어린 주인공으로 하여금 불안의 심연 깊은 곳으로 자맥질하게 한다. 그러다가 결국 어머니는 누이가 시켜준 자장면을 먹고 "가족이 다시 모여 함께 사는"(p. 159) 소망을 이루지 못한 채 타계하게 되는데, 이때도 주인공은 제대로 울지 못한다. 비록 눈물을 흘리지는 못했지만 주인공에게 어머니와의 사별 체험은 세계의 파국과 같은 체험이었을 것이다.[1] 그럼에도 그 사별을 애

---

1) "어머니의 죽음은 내 작은 우주의 붕괴였다. 우리의 삶이 지닌 근원적인 비극에 대해

도하는 작업은 쉽게 이루어질 수 없는 것이었다. 나중에 다시 언급하겠지만, 오랜 애도의 지연은 작가 이동하의 소설 작업을 위해 예비되고 있었던 것으로 짐작한다.

병약한 어머니의 죽음과 더불어 부재하는 아버지의 존재 방식 또한 심원한 불안의 작동 기제였다. 땅과 더불어 정직했던 아버지가 도시에서 적응하지 못하는 바람에 가족은 불안의 둥지에 빠지게 되었다. 게다가 아버지는 어머니를 임신케 한 다음에 하찮은 이유로 감옥에 가는 바람에 가족을 더욱 도탄에 빠지게 한다. 만약 아버지가 나름대로 '장난감 도시'에 적응했더라면, 누나가 민며느리로 가는 일도, 어머니가 그토록 허무하게 죽어가는 일도 없었을 것이라고 주인공은 생각한다. 그의 불안 신호는 결코 주린 배에서 발원되는 허기만이 아니었다. 그보다 더한 것은 아버지의 부재였다. "무언가 한사코 목을 메이게 하는 어떤 격정 속에서 나는 뒤늦게 서서히 깨닫는 것이었다. 우리가 그처럼 간절히 기다렸던 것은 아버지였지 결코 허기진 배를 채우기 위한 먹을거리는 아니었던 것이다"(p. 69). 이와 같은 아버지의 부재와 그와 연계된 어머니의 죽음은 어린 주인공으로 하여금 근원적인 "사랑의 결핍"을 체험하게 한다. '장난감 도시'에서의 모든 갈증과 허기, 결핍과 불안의 심층에 바로 "사랑의 결핍"이 자리하고 있었기 때문에 정녕 비극적이었고 문제적이었던

눈을 뜬 것도 바로 그 죽음을 통해서였고, 아직도 코흘리개 중학생의 마음속에, 인생의 보다 깊은 곳을 지나온 듯한 느낌을 심은 것도 바로 그 죽음이었던 것이다. 때문에 나는 이런 것들에 대해 세상 모든 사람들에게 속 시원하게 털어놓아야만 살 것 같은, 참으로 절실한 어떤 감정에 사로잡혀 있었던 것이다. 가슴 밑바닥에 고여 있는, 때로는 목구멍까지 가득 차오르곤 하는 이 절실한 감정 그것은 바로 내가 미처 쏟아버리지 못했던 눈물이었다고 생각한다"(이동하, 「나에게 소설은 무엇인가」, 『한국문학』 1984년 12월호).

셈이다. "헐벗고 굶주리고 학대받은 우리들의 작은 영혼을 부드럽게 안아줄 수 있는 어떤 것—그것을 우리가 사랑이라 이름한다면, 그랬다, 그것은 그 사랑의 결핍에서 오는 어쩔 수 없이 깊은 갈증 때문이었던 것이다"(p. 231).

4. 애도와 자존심

작가 이동하는 자신의 소설관을 밝힌 산문에서 "나에게 있어 나의 소설이란 무엇인가? 무엇보다 앞서, 그것은 눈물이다. 또, 추위다. 그리고, 외로운 나의 초상이다. 나에게 나의 소설은 무엇이기를 바라는가? 그것은 못질하기여야 한다. 보다 크고 완전한 것에다 내 작고 불안한 존재를 단단히 못질하고자 하는 노력이어야 한다"(「나에게 소설은 무엇인가」)고 말한 적이 있다. 눈물과 추위, 고독과 불안을 견디게 하는 힘이 그에게 소설이었던 것이다. 온갖 결핍과 불안의 늪으로 점철되었던 '장난감 도시' 시절을 견디었던 힘도 결국 그의 소설적 심층 에너지와 연관되는 듯 보인다. '장난감 도시'에 이식되기 전, 시골 학교에서 주인공은 학예회 준비를 하던 중 선생님으로부터 이런 말을 들은 적이 있다. "웃고 싶을 때 웃고 울고 싶을 때 울어버리면, 세상에 되는 일이라곤 아무것도 없어. 남을 웃기거나 울리고 싶은 생각을 가졌다면 더군다나 그래. 자기 자신은 결코 웃거나 울어버려서는 안 된단 말이야"(p. 13). 그때 이후 주인공은 함부로 울거나 웃지 않는다. "남을 웃기거나 울리고 싶은 생각을" 일찍부터 지녀 가졌던 때문일까.

수인(囚人)이 된 아버지로 인해 "아버지마저 잃어버린 아이가 되"었다고 낙담했을 때도 그는 울지 않는다. "울음이 목울대까지 차올랐지만 그러나 나는 울지 않았다. 나는 아직 우는 법을 익히지 못한 벙어리였기 때문이다"(p. 85). 고모가 찾아와 다 죽게 된 어머니를 보고 누나와 더불어 오열할 때도 주인공은 결코 울지 않았다. "코가 맹해졌지만, 그리고 횡격막이 부러질 듯 가슴에 결렸지만 그러나 나는 울 수가 없었다. 운다는 일은 무엇인가? 그것은 몸 안에 꽉 차 있는 무언가를 뜨겁게 뱉어놓는 일이었다. 하지만 진실로 내가 뱉어놓을 아무것도 내 작은 몸뚱이 속에는 들어 있지 않았다"(p. 129). 심지어 어머니의 유골을 강에 뿌리고 돌아와서도 "가슴을 후벼 파고 날아드는 통증"에도 불구하고 애써 울음을 삼킨다. "벽에다 등을 기대고 나는 조그맣게 웅크리고 앉았다. 끓어오르는 울음을 더 이상 참을 길이 없었다. 끌어안은 두 무릎 위에다 나는 얼굴을 묻었다. 그러나 눈물은 흘리지 않았다. 그제야말로 벙어리가 어떻게 우는가를 나는 알 것만 같았다"(p. 164). 이렇듯 '벙어리 울음'으로 일관하는 주인공의 태도로 인해 어머니와 사별한 후의 애도 작업은 지연을 거듭할 수밖에 없었다. 그렇다면 과연 무엇이 그 애도 작업을 그토록 지연시켰던 것일까?

우선 어머니와의 어처구니없는 분리를 인정하기 어려웠던 어린, 그렇지만 그윽한, 성정에 대해 생각해볼 수 있다. 아이에게 어머니의 죽음은 양가적인 것이었다. 비극적 세계의 근원을 탐문케 한 입사의 문턱이었던 동시에, 그 비극적 세계를 초월하여 우화등선하는 상상적 장치였던 것이다. 그러니까 문제는 단순히 육신을 지닌 어머니와의 분리를 거부하는 것이 아니었던 셈이다. 그보다는 어머니의 죽음이라는 사건이 가져다준 양면적 인식을 동시에 내면화하면서 비극적 세계를 초극할 수 있는 상상적 에너지를 비축하기 위해서는 당분간 분리를 유예하고 애도를 지연해야 했던 것이다. 둘째는 자존심이다. 이 소설에서 주인공은 매우 자존심이 강한 인물로 그려진다. 천지 백화점에서 귀환하게 한 것도 그렇고, 누나가 두부 집에 민며느리로 갔을 때 심한 거부감을 느끼는 것도 자존심 때문이다. 무엇보다도 허기진 배를 위해 구걸을 했을 때 그는 자존심 때문에 무척 곤혹스러워한다. "우리는 수인(囚人)이었다. 양심을 팔아먹은 아버지와 자존심을 거덜 낸 그 아들은 똑같은 수인이었다"(p. 137). 이렇게 자존심을 중시하는 인물이기에 어머니를 쉽게 보내드릴 수 없었던 것이다. 뭔가 의미 있는 애도의 과정을 제대로 거치지 않으면 안 된다고 생각했을 터이다. 그렇다는 것은 셋째, 의미 있는 진실로 온몸이 꽉 차오를 때만 울어야 한다는 생각과 연계된다. 그러기 위해서는 "어둠이 겹겹이 나를 에워싸고 있"(p. 242)는 현실을 더욱 올곧게 성찰하고 성장해야 한다고 어린 주인공은 생각했던 것 같다. 그 전에는 울고 싶더라도 '벙어리 울음'으로 견디어야 한다는 소신을 지녔던 것이 아닐까 짐작된다.

이런저런 이유로 지연된 애도는 아마도 작가 이동하가 "어둡고 혼탁한 때"(p. 73) 혹은 "유다의 때요 어둠의 시대일 뿐"(p. 242)인 자신의 소년 시절을 견디고 성장을 거듭해나가면서 상상력과 연금술로 단련된 이후에나 본격적으로 이루어질 수 있는 것이었는지도 모른다. 일찍이 주인공은 허기진 배를 물만으로 채우면서 상상 속에서 만찬의 포만을 즐긴 적이 있는 인물이다. "물은 온갖 맛을 지니고 있었다. 결코 맛만이 아니다. 그것은 내가 상상할 수 있는 거의 모든 음식물의 빛깔과 형태와 미각으로 쉽게 환치되었다. 온통 푸짐한 환상의 만찬이었다. 누나와 나는 이불로 몸을 둘둘 감고 마주 앉은 채 번갈아가며 한 모금씩 물을 마셨다. 아니, 만찬을 즐겼다. 그러고는 상상의 포만감 속으로 빠져들었다"(p. 135). 이와 같은 상상의 유희로 난세를 견디고, 잃어버리고 뿌리 뽑힌 영혼을 위무하며 온몸으로 꽉 찬 진실을 예비하고 있었던 것이라고 보아도 좋다. 그러니까 이동하의 자전적 소설인『장난감 도시』는 난세의 어둠과 결핍과 불안을 뚫고 어떻게 한 작가가 탄생할 수 있었던가를 웅숭깊게 보여주는 작품이다. 만약 어머니를 여읜 슬픔을 쉽사리 애도하고 지나쳤더라면, 또 이식된 자의 뿌리 뽑힌 영혼의 애도를 손쉽게 합리화했더라면, 20세기 후반 의미 있는 작가 이동하의 탄생은 다른 형국으로 나타났을지도 모른다. 물론 애도의 지연은 그것을 감당해야 하는 주체에게는 무척 고통스러운 일이었을 것이다. 그러나 심원한 고통을 오래 거친 연후에 원숙한 언어의 연금술로 애도 작업을 본격화함으로써 그 결과는 진정성 있는 문학의 이름을 얻을 수 있었다. 개인적 애도에서 그치지 않고, 전후 척박했던 시대의 삶 전체에 대한 애도로 공감의 자장이 확대되고 심화되었다. 이 대목에서 '벙어리 울음'의 의미망이 새삼 깊어진다. 그러니까 시골 아이의 '이식'은 물리적 공간인 '장난감 도시'에서는 실패한 것이었다. 오로지 소설『장난감 도시』를 통해서만 존재 이식을 성공할 수 있었던 게 아닐까.

거울의 심연

─ 오정희 문학 50년 다시 읽기

1. 불안의 늪에 지은 문체의 집

2007년 『오정희 깊이 읽기』를 엮으면서 나는, "오정희 소설은 구리거울에 새겨진 인생과 우주의 만화경"이라고 말했었다. 그 거울 이미지를 통해 우리는 두려움이나 불안의 늪을 제의적으로 통과하는 섬뜩한 아름다움을 읽어내기도 하고, 선험적인 고향을 상실한 상처받은 영혼들의 존재론적 심연을 성찰하기도 한다. 일상적이고 제도적으로 자동화된 세상의 질서를 낯설게 해부하는 날카로운 시선에 놀라기도 하고, 자기 안의 넋의 우주적 부활을 위한 닫힌 듯 열린 몽상에 동참하기도 한다. 의미를 소진한 죽음의 동굴에서 긴장하면서 환멸의 풍경, 그 심연에서 생과 우주의 다양한 스펙트럼을 그리며 새로운 문학적 우주를 지피는 작가의 현묘한 연금술에 경탄하기도 한다.[1] 그의 소설은 여성적 인식을 새롭게 하면서 존재론적 성찰

---

1) 『오정희 깊이 읽기』, 우찬제 엮음, 문학과지성사, 2007, p. 19.

의 지평을 전복적으로 환기한다. 또 오정희를 통해 한국 소설은 새로운 담론과 문체의 집을 지을 수 있었다.

1968년 단편 「완구점 여인」으로 문학 활동을 시작했으니 올해로 꼭 50주년이 된다. 세상으로부터 버림받았다고 느끼는 한 여자아이의 상실감과 방황을 형상화한 이야기로 시작한 그녀는 「유년의 뜰」 「중국인 거리」를 거쳐 『새』에 이르기까지 미성년자의 이야기를 매우 예민하게 다루었다. 작가 스스로 "청춘기의 참혹한 자화상"이라고 일컫는 초기 문학 세계를 보여주는 첫 창작집 『불의 강』(1977)의 근원적 서사 상황들은 대개 세계로부터 거부당한 영혼들의 독특한 의식의 흐름을 그린 것들이다. 그로테스크한 몸이나 도착적인 성, 불임, 낙태 등을 인상적인 이미지로 전경화하면서 탈난 여성성을 문제 삼았다.

두번째 창작집 『유년의 뜰』(1981)에서 작가는, 한국전쟁 전후를 배경으로 하여, 유년의 여성 인물이 서서히 성장해나가는 모습을 그렸다. 평판작 「유년의 뜰」은 한국전쟁 와중에 훼손된 가족 상황 속에서 일탈 심리를 보이는 여자아이를 주인공으로 하여 기존의 성 (性) 이데올로기를 반성적으로 조망하면서 난세의 풍경첩을 보여준다. 이 시절을 아이는 '부끄러움과 서러움'으로 눈물을 흘린 시기로 기억한다. 공포, 연민, 부끄러움, 서러움 등의 정조는 「중국인 거리」에서도 비슷하게 나타난다. 슬럼가를 방불케 하는 차이나타운에서 어린 여자아이는 새로운 관찰과 경험을 하게 되면서 성장의 의미 있는 국면을 맞이한다. 독특한 상징 감각과 잘 짜인 단편 미학의 정수를 보인 작품이다.

『바람의 넋』(1986)에서는 성장한 중년 여성 인물을 등장시켜 그녀들의 불안과 자기 정체성의 혼돈 양상을 다룬다. 그러면서 이 땅에서 여성으로 산다는 것의 근본적 우수와 그 비애의 심연을 탐문한다.「저녁의 게임」「동경(銅鏡)」등에서 병들었거나 늙은 노인들의 세계를 다룬 작가는「옛우물」(1994)을 통해 여성성 탐문의 절정을 보인다. 옛우물에 대한 창조적 기억과 동경을 통해 정녕 여성적인 것의 심연이 어떠한지 성찰한다.「옛우물」이 수록된 네번째 소설집 『불꽃놀이』(1995)와 장편『새』(1996)에 대해서는 이 글에서 더 살펴보겠거니와, 이러한 오정희의 소설은 한국전쟁과 근대화의 와중에 가부장 중심의 세계와 남성의 폭력에 의해 불안하게 내면화될 수밖에 없었던 여성적 상처를 그 심연에서 고통스럽게 응시하면서, 독특한 스타일의 여성적 글쓰기를 통해 치유의 지평으로 나아갈 수 있기를 성찰한다. 불안의 늪을 건너며 지은 문체의 집이다.

2. 불 거울에서 물 거울까지

작가 오정희는 어린 시절 어머니가 시집올 때 해 오셨다는 직사각형 등신대 거울 앞에서 놀기를 즐겼다고 한다. "혼자 노래를 하고 거울 속으로 들어가는 공상을 하고 거울을 등에 업고(지고) 방 안을 맴돌"곤 하다가, 어느 날 그 큰 거울을 깨뜨리는 바람에 "거울을 업고돌아다니다가깨뜨린계집애"라는 긴 별명으로 불리게 되었다는 것이다.[2] 이런 경험과 별명 때문이었을까. 비평가 김화영이나 오

---

2) 오정희,「거울 앞에서」, 같은 책, p. 46.

생근 등도 지적한 바 있지만, 오정희의 소설에는 유난히 거울 이미지가 많이 나온다. 『불의 강』시절에는 붉은 불이 존재를 비추는 거울이었다. 그러다 「동경」에서는 표제 그대로 구리거울이 등장한다. 달도 없는 밤에 들여다보는 구리거울은 삶과 죽음이라는 양면, 혹은 그 경계를 비추는 응시 기제로 작동한다. 그런가 하면 「얼굴」에서는 얼음 거울이 제시된다. 얼음 밑의 얼굴을 보는 장면에서 "투명한 얼음 아래에서 검고 긴 머리칼을 올올이 푼 흰 얼굴이 그를 보고 있었다. 무엇인가 말하려는 듯한, 자신이 만난 낯선 세계에 대한 공포를 나타내는 순간 얼어붙어버린 듯한 눈과 입이 한껏 둥그렇게 열려 있었다"라고 묘사함으로써 얼음 거울 속에 얼어붙은 불안의 존재론을 되비춘다. 그 어떤 거울이든 오정희 소설에서 거울은 심하게 일그러져 있거나 깨진 거울이기 일쑤다. 거울 선호 경향에 대하여 작가는 "거울에 비친 얼굴에 대한 편집증이 스스로 읽어내지 못하는 나르시시즘이든 지나친 자의식의 반영이든, 고착된 이미지이든 한갓 취향이든 나는 그것을 낯설고 무섭지만 아름답고 이상한 세계, 어쩌면 내가 떠나왔고 또 돌아가야 할 곳에의 꿈"[3]으로 여긴다는 생각을 피력한 바 있다. 이런 작가의 생각이 특히 웅숭깊게 드러난 작품이 「옛우물」이 아닐까 싶다.

「옛우물」에는 네 거울이 나온다. 첫번째 거울은 통상적인 거울이다. 사십대 중반의 여주인공은 시종 상상 속의 '그'를 기억하고 애도하는데, 그런 이야기 속에서, 신문의 부고란을 통해 그의 이름을 보았을 때도, 그녀는 거울을 본다. "왜 그랬는지 어떤 심리가 나를 거

---

3) 같은 글, p. 47.

울 앞으로 이끌었는지 나 자신도 알 수 없었"지만, 그녀는 거울을 통해 자신의 일그러진 얼굴을 확인한다. "거의 무의식적으로 다가 간 거울에 조각조각 균열된 얼굴이 비쳤다. 갑자기 눈에 띄는 주름 살도, 처음의 놀람처럼 거울이 깨진 것도 아니었다. 오랜 세월 길들 여진 관습과 관행이 한순간에 깨진 얼굴이었다."[4] 통상적인 거울에 비추었으되, 그 풍경은 전혀 그렇지 않다. 관습과 관행으로부터 훌 쩍 비켜나 있는 작가의 세계 인식과 상상력 때문이다. 두번째 거울 은 유리 거울이다. 찻집 유리창을 통해 유령처럼 비비적대며 어른 거리는 자신의 모습을 본다. 그 어른거리는 유령의 물상은 한 가지 가 아니다. "텅 빈 공허, 사라짐의 공포"를 응시하는 얼굴이 있는가 하면, "사과가 떨어져도 '툭 하는 소리가' 나지 않는 저편의 세계. 내 가 때때로 송수화기를 통해 듣게 되는, 어둠의 심부로 한없이 빨려 가 사라지는 신호음. 이제는 영원히 과거 시제로 말해질 수밖에 없 는 비인칭 명제. 그러나 나로서는 간신히 온 힘을 다해 '그'라고 부 르는"(p. 20) 유령도 일렁인다. 거울을 보는 자의 무의식의 심연을 헤아리게 하는 대목이다. 그 심연은 물기를 만나면서 더 심원해진 다. 그리하여 세번째 거울은 수증기로 뒤덮인 거울이다. 목욕탕에서 더운 물줄기에 몸을 맡기고 있다가 문득 거울을 바라보다 깜짝 놀란 다. "거울 속에 내가 없다." 존재의 사라짐을 순간적으로 절감하면 서 두려움에 젖어든다. 수증기가 서서히 걷히면서 다시 본 거울 속 의 모습도 온전하지 않다. "거울면에 아주 먼 곳으로부터 다가오듯

---

4) 오정희, 「옛우물」, 『불꽃놀이』, 문학과지성사, 2017(개정판), p. 43. 이하 「옛우물」에 대 한 인용은 모두 같은 책을 출전으로 하며 페이지만 밝혀 적는다.

천천히 얼굴 윤곽이 살아났"는데 마치 "잘못 당겨진 천처럼 좌우대칭이 깨진 얼굴"(p. 42)이었다. 거울이 선명해질수록 첫번째 거울의 경우처럼 "조각조각 균열된 얼굴"이 부각된다. 오래 길들여진 관습과 관행을 거슬러서 새로운 성찰과 상상을 하는 내면 응시 경향 때문일 것이다. 네번째 거울은 우물 거울이다. 서사적 현재 시점에 옛우물은 이미 사라지고 없다. 유년기에는 있었지만 오래전에 묻혀버린 그야말로 옛우물이다. 그러니까 현상적으로 우물은 고갈된 상태이고, 무의식을 통해 꿈으로 현전한다.

꿈속에서 나는 조그만 계집애로 옛우물가에 서서 울고 있었다. 두레박을 빠뜨린 것이다. 까치발을 하고 가슴팍까지 닿는 우물턱에 매달려 내려다보지만 까마득히 깊은 우물 속에서는 아무것도 보이지 않았다. 빠뜨린 두레박도, 아무도 없는 밤이면 슬며시 떠오르기도 한다는 금빛 잉어도 보이지 않았다. (p. 44)

까마득히 깊은 우물 속에서 아무것도 보이지 않았다고 했다. 두레박도, 금빛 잉어도 보이지 않았고, 더욱이 어린 왕자가 사막의 우물에서 들었던 천상의 음악을 들을 수도 없다. 모든 것이 고갈된 것이다. 소설 「옛우물」은 어린 시절 증조할머니로부터 들은 옛우물의 전설을 복기하는 심리적 과정의 서술이다. 즉 "옛우물에는 금빛 잉어가 살고 있단다. 천 년이 지나면 이무기가 되고 또 천 년이 지나면 뇌성벽력 치는 밤 용이 되어 하늘에 올라가지"(p. 45) 정도로 기억하던 주인공이 부재하는 '그'의 존재를 통해 먼 옛날 증조할머니의 말씀을 정확히 기억해내는 과정의 이야기이다. "옛날 어느 각시가 옛우물에 금비녀를 빠뜨렸는데 각시는 상심해서 죽고 금비녀는 금빛 잉어로 변해……"(p. 61). 없는 옛우물을 통해, 부재하는 '금빛 잉어'와 '그'를 상상하고, 그럼으로써 존재하는 자신의 진실에 조금 더 다가서려는 서사다. 이렇게 이 소설은 없는 우물 거울을 통해 생의 비극과 그 비극을 초극하기 위한 신화를 환기하고, 그 여정에서 여성으로서의 정체성을 응시한다. 오정희가 다다른 그만큼 우물 거울은 깊고도 깊다. 『불의 강』 시절 불 우물의 붉은빛은 「옛우물」에 이르러 흰빛으로 변화했다.

3. 여성적 글쓰기와 부재의 존재

'우물'의 이미지와 '옛우물'의 사연에 대해 작가 오정희는 이렇게 말한 적이 있다. "한국인, 특히 어린 시절을 시골에서 보냈거나 저만한 나이의 한국 여자들에게 우물이란 원형적 이미지가 아닐까요. 저절로 물이 차올라 고이고 때로 이유 모르게 물이 말라 적막한 빈 우물이 되기도 합니다. 또한 땅속의 물이 솟아 고이는 것, 둥그렇고 어둡고 깊은 우물은 생산자로서의 여성성을 의미하기도 하고 우물 속의 금빛 잉어는 강렬한 성적인 색채를 띱니다. 〔……〕 각시의 슬픔과 죽음을 통해 금비녀는 비로소 금빛 잉어로 태어나고 우물은 생명과 신화의 공간이 됩니다."[5] 앞에서 우물 거울이 깊다고 한 것도 그

---

5) 오정희·함정임 대담, 「오늘의 문제작: 오정희의 「옛우물」」, 『오늘의 소설』 14호, 현암사, 1995, p. 383.

만큼 우물이 생명을 낳는 신화적 공간이기 때문이다. 김혜순은 오정희의 여성적 글쓰기가 두 시선의 복합으로 이루어진다면서 "그 하나가 소설적 화자의 행위에 따라 진행되는 여성으로서의 성찰적 글쓰기이고, 또 다른 하나는 기억의 재생을 통해 여성적 통과의례를 감당해내는 글쓰기"[6]라고 말한 적이 있다. 그 누구보다도 여성적 글쓰기에 민감했던 시인의 안목이 두드러지는 대목이다.

과연 「옛우물」은 여성성의 성찰과 여성적 글쓰기의 한 전범에 값하는 작품이다. 남편과 공유하는 경험[7]도 있지만 "어린 날의 심한 허기와 도벽, 노란 거품을 게워내던 횟배앓이의 흔적"(p. 15) 같은 경험, 그러니까 「유년의 뜰」 시절부터 오정희의 어린아이들이 경험했던 것들은 남성들과 다른 측면이 있다. 오랜 가부장제의 일그러진 관행 속에서 여성이 '자기만의 방'을 지니기 어려웠음은 물론이려니와 상처받은 여성은 이해받기 쉽지 않았다. 「바람의 넋」에서 주인공 은수가 그토록 바람처럼 떠돌고 헤매야 했던 까닭도 거기에 있었다. 「유년의 뜰」에서 어린 여자아이는 아버지의 가부장권을 대리하는 '작은 폭군' 같은 오빠의 매질에 시달린다. 「중국인 거리」에서는 출산의 고통이 두드러지며, 「번제(燔祭)」에서는 불안과 공포 속에

---

6) 김혜순, 「여성적 정체성을 가꾼다는 것」, 『오정희 깊이 읽기』, p. 237.
7) "전쟁 중에 태어나서 폐허 속에서 성장한 공유의 경험이 있다. 점심이 없던 봄과 여름 긴긴 오후의 허기와 쓸쓸함을, 그 쓸쓸함을 달래주던, 무딘 손칼이나 생철 조각으로 무른 흙을 헤집어 캐 먹던 매 뿌리의 맛을 알고 있다. 춥고 긴 겨울밤 까닭 모를 슬픔으로 잠 못 이루고 뒤척이게 하던 야경꾼의 딱따기 소리와 석양 무렵 오후의 늦은 잠에서 깨어났을 때의 서러운 혼미, 상이군인의 쇠갈고리 손의 공포, 고달픈 부모의 매질과 욕설을 알고 있다. 구구단과 연대기, 우리의 맹세와 혁명 공약을 외우며 자란 작은 아이들"(「옛우물」, p. 32).

서 태아를 지우기도 한다. 「어둠의 집」에서 여성은 아예 어둠에 갇힌 형국이다. 그렇기에 「파로호(破虜湖)」에서처럼 "자신 밖의 모든 것에 대한 적대감과 경계심, 동시에 터무니없는 깊은 연민과 부드러움"이라는 "모호하고 복잡한 고립감과 고독감에 빠져"[8] 있는 경우도 많다. 「옛우물」에서는 여성의 신체성과 더불어 여성성을 전면적으로 성찰한다. 억압의 조건들 속에서 고갈되기만 했던 여성의 삶이 비밀이나 신화가 소실되는 과정으로 받아들여지기도 한다. "무엇인가가 눈 틔워주기를 기다리는 씨앗으로, 열매의 비밀로 조그맣게 존재하는 어린 여자아이"가 "파과기의 소녀" "젊은 여자" "늙어가는 여자" "보다 덜 늙은 여자"를 거쳐 "앙상한 뼈 위로 남루하고 커다란 덧옷을 걸친 듯 살가죽이 늘어진 늙은 여자"(p. 41)로 변하는 것이 단지 신체적인 성장과 노화 현상만을 지시하는 게 아니다. 몸의 노화는 꿈의 사라짐, 생산적인 것의 퇴화, 진실이라는 신화의 소실과 관련되기에 그만큼 더 절박하고 불안하다. 「옛우물」이나 「파로호」에서 종종 우주적 허무의 지평을 응시하는 것도 그 때문이다.

사라지는 것들은 존재를 불안하게 한다. 「옛우물」에서 연당집이나 옛우물의 사라짐, 그리고 '그'의 죽음 사건을 풀어나가지만 실은 사라지는 것들의 실체는 자기 안에서 부지불식간에 무의식적으로 발생하는 사태다. 되돌이킬 수 없는 것들에 대한 안타까움과 불안으로 인해 그녀는 「바람의 넋」의 은수처럼 바람처럼 떠돌며 갈피를 잡기 어려워한다. "그의 떠도는 전화번호를 불러내어 꾹꾹 눌러대는 버릇이 생"(p. 25)긴 것도 그런 불안기가 작동하기 때문이다. "불안

8) 오정희, 「파로호」, 『불꽃놀이』, p. 80.

은 전염성이 있는 모양이다. 나는 파를 썰거나 두부모를 자르는 하찮은 칼질에서도 자주 손을 베고 유리컵을 깨뜨린다. 더위 탓이라고, 두통 탓이라고 변명하지만 봄이 되면 심해지는 두통은 새삼스러운 것이 아니다"(p. 54). 이런 불안기를 통해 작가는 부재와 존재에 관련한 원근법적 성찰을 수행한다.

그가 죽고 내 안의 무엇인가가 죽었다. 그것이 무엇인지 나는 알지 못한다. 아마 알고자 하는 소망조차 없는 건지도 모른다. 내게는 문득 걸음을 멈추고 상점의 진열창에, 슈퍼마켓의 거울에, 물 위에 비치는 내 얼굴을 물끄러미 바라보는 습관이 생겼다. 저녁쌀을 씻다가 문득 눈을 들어 어두워지는 숲이나 낙조를 바라보는 시선 속에, 물에 떨어진 한 방울 피의 사소한 풀림처럼 습관 속에 은은히 녹아 있는 그의 존재와 부재. 원근법이 모범적으로 구사된 그림의, 점점 멀어져가는 풍경의 끝, 시야 밖으로 사라진 까마득한 소실점으로 그는 존재한다. (p. 44)

부재하는 존재에 대한 성찰은 오정희 상상력의 각별한 특장에 속한다. 「어둠의 집」에서 남편 아닌 '그'에게의 이끌림, 「비어 있는 들」에서 오지 않을 상상의 '그'를 기다리는 모습, 「별사(別辭)」에서 실제의 남편이 아닌 상상의 남편의 죽음에 대한 애도 등 여러 장면에서 확인할 수 있다. 「옛우물」에서 '그'를 향한 의식의 흐름은 그동안 오정희가 구사했던 이런 경향의 결정판처럼 보인다. "그가 죽고 내 안의 무엇인가가 죽었다"라고 서술하고 있지만, 사실 이 문장은 "내 안의 무엇인가가 죽었으므로 나는 그것을 애도하기 위해 그의 죽음을 상상한다"로 풀어보아도 좋겠다. 그러므로 그의 존재는 나의 부재를 환기하기 위한 역설적 메타포다. 내 안의 꿈과 욕망이 옛우물의 고갈처럼 사라졌을 때, 특히 여성으로서의 어떤 정체성을 헤아리기 어렵게 되었을 때, 내 안의 잃어버린 팔루스를 애도하며, 구부러진 길 저편에서 생을 견디는 것이다. '그'를 통한 애도 작업 과정에서 주인공은 옛우물의 신화와 관련된 증조할머니의 전언을 온전히 기억하게 되며, 새로운 신화 쓰기의 가능성을 가늠한다. 옛우물도 사라지고, '그'도 죽어 사라졌지만, 물이 낳은 나무〔水生木〕와 더불어 새로운 욕망을 아로새긴다.

어둠이 깃들이는 숲에 발걸음을 멈추고 서 있으면 현자(賢者)가 된 느낌이 든다. 나무의 몸체에 가만히 귀를 대어보기도 한다. 그러나 나는 나무의 말을 알아듣기에는 너무 나이를 먹었다. 나무의 몸에서 귀를 떼고 팔을 벌려 안아보았다. 따뜻한 기운이 느껴지는 것 같았다. 신발을 벗고 나무 위로 기어올랐다. 거친 줄기의 속 깊이 흐르는 수액이 향기롭게 맡아졌다. 나무는 곧게 자라 자칫 주르르 미끄러지거나 떨어질 듯 긴장이 되었다. 나는 다리를 꼬아 힘껏 굵은 줄기를 휘감았다. 돌발적이고 불합리한 욕구로 몸이 뜨거워졌다. 나는 나무를 껴안고 감아 안은 다리에 힘을 주며 온 힘을 다해 비틀었다. 아아, 억눌린 비명이 터져 나오고 나는 산산이 해체되어 흰빛의 다발로 흩어지는 듯한 짧은 희열을 느끼며 축 늘어졌다. (pp. 60~61)

비록 나무의 말을 들을 수는 없더라도, 나무의 따뜻한 기운을 느끼고 수액의 향기를 맡으면서 잃어버린 욕망의 길을 새롭게 내는 이

향락의 풍경을 통해, 고갈된 옛우물의 이미지는 새로운 신화의 지평을 예비할 수 있게 되었다. 옛우물의 물기가 타고 흐르는 나무의 수액을 통해 금빛 잉어에의 꿈을 감각적으로 환기하고, 그 꿈과 더불어 "삭막하게 말라가는 하나의 돌"에 "찬란한 무늬"(p. 51)를 입힐수 있는 수사학적 가능성을 발견한다. 그러니까 옛우물에 대한 창조적 기억과 동경과 꿈은 텅 빈 충만의 우주적 허무의 세계에서 삶의심연을 성찰하게 하는 진정한 에너지다. 요컨대 오정희의 「옛우물」은 여성적 존재론의 심층에서 불안의 늪을 건너면서, 부재하는 존재론의 성찰을 위해 의식의 흐름을 색다른 방식으로 좇고, 그 경계를넘나드는 탈주의 상상력을 통해 여성적 글쓰기의 현묘한 심미성과생산성을 보여준 역작이다.

4. 연민의 심연과 산문정신의 긴장

「옛우물」에서 우리는 사라진 것들이나 사라지는 것들에 그윽한연민의 눈길을 보내는 주인공의 시선을 자주 목격한다. "나는 그 고독하고 허전한 눈빛을 결코 잊지 못할 것이다"(p. 29)를 비롯한 여러 문장에서 그 눈길은, 존재의 심연을 성찰하는 의미심장한 거울을동반한다. 사라진 우물, 사라진 금빛 잉어, 사라지는 연당집 등등을감싸 안으면서 연민은 고즈넉하게 깊어진다. 그렇다고 해서 오정희의 연민이 세상과의 종교적 타협에 가까워지는 것은 아니다. 초기부터 다루어왔던 주제들, 이를테면 분리 불안, 어둠에의 공포, 거절당함의 절망, 상처받은 내면 아이의 두려움, 타나토스에의 충동 등이 얽히고설킨 복합 심리의 심연에서, 웅숭깊은 연민의 숨결을 길어 올린 결과이기 때문이다. 누가 보더라도 오정희는 자기 시절을 정직하게 관통하면서 여성적 글쓰기의 새로운 길을 돌올하게 부각한 인상적인 작가다. 그렇기에 그가 형상화한 연민의 정조 역시 긴장감으로 팽팽한 가운데 심연으로 깊어진다.

알려진 것처럼 오정희는 해방 직후인 1947년에 태어나 유년기에 한국전쟁을 겪었다. 피난살이 이후에도 여러 차례 이사를 해야 했고, 열다섯 살 때는 막냇동생의 죽음을 목도해야 했다. 교통사고를 당한 동생을 본 순간 "머릿속이 텅 비는 백지 상태"[9]가 되었다고 했다. 그 트라우마를 제대로 추스르지 못하고 아끼던 동생과의 사별을 제대로 애도하지 못한 까닭에 그녀는 매우 불안한 사춘기를 보내야 했다. 아득하고 막막한 청춘의 시절이 그녀에게, 김지하의 「무화과」에서 그랬듯이, 꽃시절로 기억될 리 만무했다. 이후에도 정치·경제적으로 불안한 나날을 보내야 하는 경우가 많았다. 어쩌면 오정희에게 문학이란 그러한 불안한 현실에서 자유의 가능성을 향한 간절한 욕망의 형식이었는지도 모른다. 혹은 그녀 안에 깃든 불안과 고독, 비애와 고적함이 문학에로 이끌리게 하고 문학을 사랑하게 한 원동력이었는지도 모른다. 일종의 자기 치유의 미학적 형식이었다. 그리고 그것은 공동의 치유 지평으로 심화 확산되는 상상력의 선물로 승화되는 경지를 보였다.

편안한 둥지를 잃은 채 불안하게 방황하는 어린 새가 깃들 곳은 그 어디인가? 무엇보다 이런 서사적 질문으로 독자들을 긴장케 하

---

9) 오정희, 「자술 연보」, 『오정희 깊이 읽기』, p. 498.

는 장편소설 『새』는 오정희 소설 미학의 정수로 평가받는다. 오정희 문학의 핵심적 특성이 잘 드러난 작품이며,「유년의 뜰」이후 계속되었던 아이들의 존재론과 관련한 연민의 심연과 더불어 우리 시대 산문정신의 벼리를 알게 하는 감동적인 장편이다. 부모로부터 버림받은 어린 남매의 상실감과 불안, 방황을 사려 깊게 형상화했다. 소설은 시종 순수한 영혼을 지닌 열두 살 소녀의 시선을 통해 그려진다. 이 순진무구한 소녀와 그녀의 남동생에게 가해진 결코 순수하지 않은 세계의 정황이 대조되면서, 비애는 심연으로 깊어진다. 불안한 존재의 둥지와 관련한 인간 문제의 한 극점으로 독자들을 안내한다. 오정희는 이 소설로 2003년 독일의 제13회 리베라투르 상을 수상하였고 이때의 수상 소감을 통해 우리는 『새』의 전반적 성격을 이해하는 데 도움을 받을 수 있다.

　"『새』는 한 어린 남매의 이야기입니다. 농촌에서 꽃을 재배하며 단란하게 살아가던 일가족이 홍수로 삶의 터전을 잃고 먹고살 길을 찾아 대도시로 이주하여 도시 빈민으로 전락하면서 가난과 불화와 가정의 해체라는 악순환의 과정을 착실히 밟습니다. 그 과정에서 인간성은 참된 본질을 잃어가고 황폐해집니다. 사회가 불안하고 가정이 무너질 때 가장 큰 희생자는 방어 능력이 없는 어린이들입니다. 버림받음과 폭력과 무관심 속에 방치되어 부서지는 어린 영혼은 성장하여 우리의 어둡고 고통스러운 미래가 된다는 것을 이 소설을 통해 말하고 싶었습니다."(리베라투르 상 수상 소감 중에서)

　"우주에서 가장 예쁜 사람이 되라고 우미라고 이름 짓고 우주에서 제일 멋진 남자가 되라고 우일이라 이름 지어 그렇게 부르던 목소리"[10]가 있었다. 그 목소리에는 사랑의 체온이 스며 있었다. 그런 따스한 목소리를 들을 수 있었을 때 아이들은 가난했지만 행복했다. 그러나 그 목소리를 더 이상 들을 수 없게 되었을 때 아이들은 갈 곳 몰라 방황하고 주눅 들고 한없이 작아진다. 학교에 적응하지도 못하고 정상적인 인간관계도 맺지 못한다. 그런 아이들의 처지는 마치 보호받지 못하는 새의 초상과 흡사하다. 옆집 "이씨 아저씨가 없는 빈방의 검정 보자기 속에서 눈 뜨고 우는 새소리, 벽 저쪽에서 희미하게 들리는 소리 죽인 흐느낌과 중얼거림"(『새』, p. 69)을 들으며 남매는 그런 새의 처지와 자신들의 처지를 동일화한다. 그도 그럴 것이 부모로부터 너무나 일찍 버림받은 아이들은 사랑받을 목소리를 잃었고, 보호받을 안락한 집도 잃은 채 막막한 상태이기 때문이다. 집주인 할머니로부터 월세 독촉을 받을 때마다 아버지가 돈을 많이 벌어 와 곧 갚을 것이라고 말하지만, 스스로도 가망 없는 희망이라 체념한다.

버림받은 아이들은 세상 그 어디에서도 행복한 둥지를 마련하지 못한다. 아이들에게 세상은 마치 무덤과도 같은 공간이다. 가령 이런 풍경이다. "방은 끔찍이 더럽고, 어둡고 밀폐된 공간의 퀴퀴한 냄새, 밤마다 벽을 긁던 흐느낌, 불안하고 나쁜 꿈의 억눌린 비명이 배어 있었다. 세상에! 무덤 같아"(p. 139). 하찮은 시비 끝에 살인을 저지르고 도망 다니는 처지였던 옆방 정씨 아저씨가 신분이 탄로 나 달아난 다음에, 그 방을 들여다본 풍경의 묘사이지만, 이 풍경은 곧 아

---

10) 오정희, 『새』, 문학과지성사, 2017(개정판), p. 171.

이들의 방에도 해당된다. 그런 방에서라면 순수한 어린 영혼이라도 내일을 향해 희망을 지닐 수 없게 마련이다. 오로지 악몽 같은 현실을 속절없이 체험할 따름이다. 하여 동생 우일은 우주에서 제일 멋진 남자가 되기는커녕 기초 학력도 갖추지 못한 채 방황하다가 점점 작아지기만 한다. "그 애는 나날이 말라간다. 나뭇가지같이 불거진 가슴팍 뼈는 가늘게 휘어 있다"(p. 95). 우일의 신체가 환상적으로 작아지면서 역설적으로 광기에 가까운 악몽의 목소리들이 끊어질 듯 이어진다. 만일 그들이 정상적인 가정에서 보호받고 존중받을 수 있었더라면 그와 같은 우일의 신체적·언어적 증상은 나타나지 않을 수도 있었을 것이다. 『새』에서 보이는 우일의 증상은 아직도 세계 도처에서 버림받은 아이들의 고통을 대변하는 상징적 풍경이다.

그런 동생을 돌보던 누나는 소설 결미에서 동생을 방 안에 가둔 채 이씨 아저씨의 새장을 들고 어디론가 떠난다. 도중에 자신을 돌보던 상담사를 만나지만, 그녀를 몰라본다. 이미 그녀로부터 상처받은 터이기도 하지만, 어린 소녀의 입장에서 정상의 영혼으로 살아가기에는 이미 한계치를 넘어선 상황이었기 때문일 터이다. 동생 우일도, 누나 우미도 그런 상황 속에서 제 이름값을 감당하기 어렵게 되었다. 동생의 방은 봉인되었다. "아마 날기 위해 가벼워지려 하는지도 모른다"(p. 95)는 추측도 용도 폐기되었다. 새를 데리고 길을 떠나는 누나 역시, 갇힌 새처럼, 봉인된 동생처럼, 가혹한 세상이라는 쇠우리에 갇힌 형국이다. 길을 떠났지만 길은 열릴 줄 모른다. 이 아이들에게 성장이란 없다. 희망도 없다. 미래도 없다.

오정희의 『새』는 이런 아이들의 시선으로 세상을 그린다. 어떤 감정도 드러내지 않은 채 시종 차분하게 보여준다. 어떤 대안도 거절했다. 혹은 거절당한 대안을 형상화했다. 그럼으로써 역설적으로 세상으로부터 거절당한 채 '버림받은 아이들'이라는 주제의 비극성을 심화했다. 깊은 연민은 손쉬운 타협이나 허튼 해결법과는 전혀 다른 것이다. 긴장하는 산문정신의 벼리를 짐작게 한다. 이 소설을 읽는 내내 어른 독자들은 소설 속 아이들의 눈을 제대로 바라보기 어렵다. 그들에게 어떤 목소리도 건네기 쉽지 않다. 대신 인류의 미래와 희망을 위해 지금, 여기서 어른들의 책무가 무엇인지를 소중하게 일깨워준다. 길을 걷다가 혹 무거운 새장을 들고 힘겹게 배회하는 어린 소녀가 있는지 차분한 시선으로 눈여겨볼 일이다.

다시, 오정희 문학 50년은 특별한 만화경을 통해 조망하고 상상한 여성적 글쓰기의 새로운 풍경이다. 불 거울에서 우물 거울까지, 오정희의 거울들은 세상과 인간의 문제적 심층을 견인하는 역동적 산문 기제다. 복잡한 욕망의 소용돌이 속에서 더한 소용돌이를 묘출하고, 불길한 어둠 속에서 더 깊은 어둠을 빚어낸다. 존재하는 것을 비판적으로 성찰하고, 부재하는 것을 돌올하게 부각시키며, 꿈꿀 수 없는 상황에서도 꿈꿀 수 있는 가능성과 그 한계를 성찰했다. 기억할 수 없는 기억을 추적하고, 기억하고 싶지 않은 불안한 기억과 길항하면서, 묘사의 진정성을 통해 여성적 글쓰기의 섬세한 리듬을 알게 했다. 그 50년 동안 안타까운 세상의 상황이 제대로 호전되지 않았기에, 연민의 심연에서도 산문정신의 긴장을 놓치지 않으려 했다. 그녀의 거울에서 비롯된 마법의 효용이었을까. 여러 면에서 우리가 오정희 소설을 거듭 새롭게 읽어야 할 이유는 넉넉하다. 그렇지 않은가?

역사적 상처와 서정적 치유
— 임철우의 소설

1. 상처 많은 역사, 불안한 실존

폭력과 억압, 불안과 공포, 광기와 좌절 등은 임철우 소설의 밑강물이다. 그 암채색 밑강물은 20세기 전반 일제강점기를 겪고, 1950년 한국전쟁을 거쳐, 1980년 광주항쟁을 관통한 후 오늘에 이르는 도저한 흐름의 역사에 다름 아니다. 20세기 비극적인 한국사의 물굽이를 생각하면, 그것을 성찰한 임철우 소설의 밑강물이 대단히 어둡고 고통스러운 것은 차라리 자연스럽다. 그러나 그는 그 고통의 강물에서 아름다운 문학 혼과 영혼을 길어 올리는 재능을 지닌 작가다. 단적으로 말해 임철우의 소설은 고통스럽지만 아름답다. 그의 소설에서 우리가 폭력과 억압, 불안과 공포, 광기와 절망, 살육과 고문 등의 극단적인 산문적 상황들을 시리도록 접해야 하는 까닭에 고통스럽다면, 그 같은 상황들을 직조하는 작가의 서정적인 문체와 거기에 실린 인문적 숨결과 치유의 리듬을 느낄 수 있기에 아름답다.

흔히 임철우는 1980년, 이른바 '광주 세대'의 상황과 정서를 대표하는 작가로 불린다. 그는 전쟁 직후인 1954년 전남 완도군의 섬마을에서 태어나 열 살 무렵부터 광주에서 성장했다. 광주에 있는 전남대학교를 다니다가 휴학하고 3년간 군 복무를 한 후 복학하여 대학을 다니던 4학년 때가 바로 1980년이었다. 그해 5월, 신군부들이 민주화를 열망하는 수많은 광주 시민들을 폭력적으로 학살했던 그 현장에 그도 있었다. 많은 동료들이 항쟁하다 피 흘리며 죽어갔고, 그는 살아남았다. 비록 살아남긴 했지만, 그것이 그를 더 괴롭혔다. 더할 수 없는 죄의식과 불안에 시달리게 했다. 27세에 체험했던 광주항쟁은 인간적인 측면에서건 작가의 측면에서건 임철우에게 결정적인 원체험으로 작용했다. 살아남은 자의 죄책감을 덜기 위해서라도 광주의 현장과 고통을 소설화하겠다고 결심했고, 또 그 결심을 소설로 완성했기 때문이다.

1981년 등단한 임철우의 소설은 크게 보면 두 줄기로 요약할 수 있다. 하나는 한국의 분단 현실에 대한 새로운 조명이고, 다른 하나는 광주항쟁의 소설화다. 임철우 이전의 한국 작가들은 한국전쟁의 비극적 참상을 증언하는 이야기거나(1950년대), 분단 이데올로기에 대한 성찰이거나(1960년대), 유년기의 시선으로 재성찰한 전쟁의 고통과 트라우마의 묘사거나(1970년대) 하는 식이었다. 임철우는 여기서 한 걸음 더 나아가 역사적 이성으로 투시하고 인문적 상상력으로 한국전쟁을 재조명하는 데 앞선 예지를 보였다. 「아버지의 땅」이나 「곡두 운동회」, 장편 『붉은 산, 흰 새』 등 여러 작품에서 이전과는 다른 시각과 역사철학으로 전쟁과 분단 상황을 다루었다.

「동행」 「봄날」 「직선과 독가스」 「불임기(不姙期)」 「死産하는 여름」 「붉은 방」 등과 장편 『봄날』 등은 광주항쟁을 다룬 작품들이다. 서정

소설적 형식이든, 알레고리 형식이든, 보고문학적 형식이든 간에 대부분의 소설에서 광주항쟁이라는 원체험은 핵심적인 기능을 담당한다. 확실히 한국의 20세기 후반 50년 동안 벌어진 여러 사건들 중에서 최대의 폭력적 수난사는 한국전쟁과 광주항쟁이었다. 이 두 사건이 임철우 소설의 두 기둥을 형성한다고 앞서 말했는데, 사실 그것은 두 기둥이자 하나로 연결되는 임철우 소설의 우주다. 특히 중편 「붉은 방」이나 장편 『붉은 산, 흰 새』 『봄날』 등에서 민족사의 두 비극적 광맥은 하나로 연결된다. 작가가 역사적 인과론을 바탕으로 연결하고 있기 때문이다. 즉 분단 현실로 인한 좌우익의 대립과 갈등, 전쟁 상황 등이 남한 내부의 정치적 갈등과 폭력의 역사로 이어졌다고 작가는 고뇌한다.

특히 시간 지표에 초점을 맞추어 임철우 소설을 살피면 이런 맥락을 잘 알게 된다. 그의 소설에서 사건은 언제나 과거와 현재의 시간적 대화 속에서 전개된다. 특별히 역사적 사건을 취택하지 않은 경우라 하더라도 그에게 있어서 시간은 흔히 역사적 시간으로 다루어진다. 그러기에 그의 소설에서 과거사는 단순한 배경 막에서 그치지 않고 현재의 구체적 전신(前身)으로서 역사적 원인의 근거를 제공하는 필요하고도 충분한 조건이 된다. 특히 임철우 소설의 상상력 발원지라고 볼 수 있는 한국전쟁의 경우, 서사적 현재의 역사적 사건은(광주항쟁 같은) 물론 일상적인 사건에까지 구체적으로 영향력을 행사하는 질곡의 과거사다. 일그러진 역사적 시간의 이어짐은 현존하는 세계에서 자아로 하여금 속절없는 단절감을 체험케 하는 요인으로 작용한다. 임철우 소설의 주인공들이 대면한 서사적 상황은 바로 그러하다. 그들은 대부분, 역사적 시간의 끈질긴 작동으로 말미암아 실존적 시간마저 박탈당할 위기에 불안하게 처해 있는 신세들로 형상화된다.

1984년작 「동행」은 정치적인 이유로 지명 수배자가 된 친구와 그의 고향까지 불안하게 함께하는 동행기를 다룬 작품이다. 2인칭 '너'를 초점 인물로 삼아 서술자 '나'와 직간접적으로 대화를 하며 동행하지만, '너'와 '나' 사이의 거리 때문에 주인공은 어쩔 줄 몰라 한다. 문면에 직접 제시되어 있진 않지만 필경 광주항쟁과 관련해 수배되어 1년이 넘게 도피 행각을 벌이고 있는 '너'에 대해 '나'는 충분히 공감하고 연민의 정을 보내긴 하지만, 또 자기만 편하게 지내는 걸 죄스러워하지만, 다른 한편에서 '너'로 인해 '나'가 피해받지 않을까 불안해하기도 한다. 그러니까 표면적으로는 함께 길을 가고 있지만, 이면적으로는 다른 길을 가고 있는 셈이다. 이렇듯 함께 가는 길에서 다른 길이 생겨날 수밖에 없는 사정을 실존적이면서도 정치적인 차원에서 사려 깊게 탐문하고 있다는 점에서 이 작품의 특징을 찾을 수 있다. 이후에도 그가 "인간과 짐승들이 한데 엉켜 지냈던 그 야만의 시간들"(「관광객들」)이라고 표현했던 그 5월 광주항쟁의 상황은 줄곧 소설로 형상화된다. '악몽 같은 기억의 그림자'는 좀처럼 떠날 줄 모른다. 「달빛 밟기」(1987)처럼 비교적 광주 현장에서 떨어져 일상적 삶을 그린 소설에서조차 그렇다. 다만 이 소설에서 보이는 연민과 화해의 상징은 의미심장하다. 이 소설에는 자신을 배신하고 떠난 아내에게 복수하고자 칼을 들고 아내를 찾아갔다가 용서하기로 마음먹고 복수의 칼을 버리는 장면이 나온다. 이는 폭력적 상황에 폭력적으로 대응하려던 폭력적 마음의 철회를 의미한다. 존재하는 것들에 대한 가없는 연민과 용서의 정조를 진실하면서도 감동적으로 추구하는 작가의 간절한 소망은, 그러나 현실에서 늘 배신당하기 일쑤다. 그래서 작가는 현실의 폭력성을 다시금 소설로 진단하면서 치유를 위한 상상 도정을 계속한다.

1988년 이상문학상 수상작인 「붉은 방」은 작가가 야심적인 2부작 장편(『붉은 산, 흰 새』『봄날』)에 돌입하기 직전에 집필한 것으로서, 분단 상흔(傷痕)이 낳은 엄혹한 실존의 폭력상을 매우 고통스럽게 그린 작품이다. 고문의 시대, 정치적 무한 폭력의 시대이기도 했던 1980년대가 낳은 고문의 문학적 형상화라는 점에서도 주목되는 이 소설에서, 우리는 극단적인 폭력 상황과 대결하고자 한 작가의 인문적 고뇌와 아울러 정치적·역사적 성찰의 깊이를 헤아릴 수 있게 된다. 시대의 어둠을 뚫고 혼돈을 넘어서려는 작가 임철우의 인문적 상상력이 범상치 않은 글틀과 글결 위에서 아름다운 빛을 발하고 있음을 확인하게 되는 것이다.

장편『붉은 산, 흰 새』(1990)는 1977년 3월 현재 어처구니없는 고정 간첩단 사건을 27년 전 한국전쟁이라는 과거 시간에 벌어진 비극적 살상의 역사와 중첩적으로 다룬 작품이다. 한국전쟁 전후 3세대의 인물들이 벌이는 여러 갈등과 살생, 보복의 사건들을 복합 시선으로 그렸다. 과거를 회고하고 현재를 유보하는 변증법적 과정을 통해 역사의 고리를 반복적으로 이어가면서 민족사의 비극과 분단 모순의 상처를 환기한다. 또한 그런 상처들이 1980년 광주항쟁으로 이어졌음을 암시하는 전조(前兆)의 소설이기도 하다.『봄날』(1997~98)은 광주항쟁의 현장을 좀더 직접적으로 그린 큰 규모의 장편이다. 광주 현장에서 열흘 동안 개인적·집단적으로 겪은 공포와 고통, 고뇌와 분노, 폭력과 광기 등이 실존적 한계 상황에서의 총체적 체험으로 그려진다. 그 체험 자체를 사실적으로 그려내는 것이야말로 인간 실존의 진실을 밝히는 것이라는 작가의 생각이 잘 드러나 있다. 그 진실 탐색은 비단 광주항쟁의 진실 밝히기에서 그치는 것이 아니고, 한국의 역사적 진실을 탐문하는 노력과 연결되며, 인간다운 삶의 미래를 탐문하는 진실에의 도정으로 귀결되는 것이기에, 값진 의미를 갖는다.

21세기 들어 임철우는 문학적 관심을 더욱 넓혀 한국의 20세기 전반의 삶을 재성찰하는 소설적 기획을 보인다. 『백년여관』(2004) 이후 6년 만에 낸 장편 『이별하는 골짜기』[1]는 표제 그대로 별어곡역을 무대로 하는 소설이다. 아니 무대라기보다는 주인공이라고 하는 게 더 좋을지도 모른다. 간이역과 간이역 사람들의 운명을 임철우는 매우 섬세하게 다룬다. 단순한 사랑과 이별의 이야기가 아니다. 서정적 분위기 물씬 풍기는 그 간이역의 운명을 투시하면서 작가는 "그 누구도 쉽게 물어볼 수 없는 질문. 너무 무겁고 고통스러워, 차마 함부로 불러내선 안 될 이야기"(p. 227), 그 고통과 불안의 이야기를 성찰적으로 풀어놓는다. 그러나 무겁고 고통스러운 이야기로만 얼룩져 있는 것은 결코 아니다. 아득하게 슬퍼서 아름답고, 아스라이 아름다워서 슬픈 이야기들이 웅숭깊은 흑백 사진처럼 펼쳐진다. 사라져가는 모든 것들은 대부분 아스라한 아쉬움을 주기 마련이지만, 『이별하는 골짜기』에서는 특히 더 그러하다. 빠른 속도로 급변하는 현실에서 밀려나는 것들을, 사라진 간이역의 비유로 담아 성찰의 깊

---

1) 임철우, 『이별하는 골짜기』, 문학과지성사, 2010. 이하 이 책에 대한 인용은 페이지만 밝혀 적는다.

이를 더해준다.

2. 20세기, 그 복합 상처의 단층

『이별하는 골짜기』는 사계절의 미토스에 네 인물이 등장한다. 각 인물들의 이야기는 계절의 미토스에 맞게 전개되면서도, 지금은 사라진 간이역 별어곡을 무대로 서로 얽히고설킨다. 「가을 ─ 별어곡 시인」에서는 유달리 가을을 타는 서정적 시인 기질의 청년 역무원 정동수의 이야기가, 「여름 ─ 이별의 골짜기」에서는 아내와의 고통스러운 이별로 평생 상처에서 헤어나지 못하는 늙은 역무원 신태묵의 사연이, 「겨울 ─ 귀로」에서는 끔찍한 역사적·가족적·개인적 상처로 인해 고향으로 돌아가는 귀로에 오르지 못하는 전순례 할머니의 전율에 가까운 애환이, 「봄 ─ 손가락」에서는 어린 시절 자신의 손가락질 하나 때문에 젊은 군인을 죽음으로 몰았다는 죄책감에 시달리는 양순지의 이야기가 펼쳐진다. 이들은 모두 다른 사람들은 잘 몰라주거나 기억하지 못하거나 추체험하지 못할 아픈 사연을 간직한 채 상처받은 삶을 살아간다.

그중 일제 말 열여섯의 나이에 정신대로 끌려가 모진 고통을 겪었고 해방 이후에도 상처의 '순례'를 거듭해야 했던 전순례 할머니를 초점화한 '겨울' 이야기가 가장 시리게 다가온다. 그녀는 묵중한 보퉁이를 들고 매일 별어곡 역사에 나와 "출발지도 목적지도 없는 빈 승차권"(p. 249)을 받는다. 그녀의 보퉁이 속에는 고향의 가족들에게 전할 선물로 가득 차 있다. 그러나 그녀는 결코 기차를 타지 않는다. 아니, 타지 못한다. 고향으로 돌아가는 '귀로'에 오를 수 없는 운명이기 때문이다. 그럼에도 매일 역사에 나와 빈 승차권을 받는 그녀에게 젊은 역무원 정동수는 이렇게 묻고 싶어 하지만 결코 묻지 못한다. "할머니, 대체 어딜 가시려고요? 그곳이 어디입니까!"(p. 125). 고향에 돌아가지 못하고 간이 역사를 떠돌기는 다른 인물들도 마찬가지다. 전쟁 때 아버지와 동생을 잃고 어렵게 독신으로 살아오다가 비극과도 같은 잠시의 결혼 생활을 한 적이 있는 늙은 역무원 신태묵의 사연 역시 매우 곡진하다. 업무상의 작은 과실로 한 사내가 사망하게 된다. 그로 인해 신태묵은 중징계를 받은 처지였는데, 어느 날 역사에서 다 죽게 된 그 사내의 아내와 딸을 보게 된다. 우선 목숨을 구하고 보자는 생각에 그들을 자기 집으로 데려가 간호한다. 눈앞의 남자가 자기 남편의 죽음과 관련 있는 사람인 줄은 꿈에도 모르던 여자는 남자의 호의에 이끌려 결혼하기에 이른다. 그러나 결혼 생활의 행복감이 늘어날수록 신태묵은 죄책감으로 인해 극도의 불면증에 시달린다. 결국 이 불안한 결혼 생활은 옛 사연을 알게 된 아내가 자신을 저주하면서 자살함으로써 비극적인 종말을 맞는다. 아내가 자살한 다음 아내의 딸마저 저주를 퍼부으면서 떠난다. 이런 상처 속에서 신태묵은 평생 '이별하는 골짜기'를 배회한다.

역사 앞에서 베이커리를 운영하는 양순지는 어린 시절 우연히 고난받던 무장 탈영병의 처소를 지목하여 그를 죽음으로 이끌었다는 손가락 트라우마 때문에 늘 불안을 떠안고 사는 상처의 인물이다. 일찍이 어머니가 그녀에게 "네 등짝엔 허깨비 한 놈이 들러붙어 있어. 그놈을 떼어놓지 못하면 종내는 네가 말라 죽고 말아"(p. 259)라고 말한 바 있거니와, 잠시 어긋난 사랑을 나눈 유부남 사장도 "너에겐 묘한 그늘이 끼어 있어. 음산한 동굴에서만 사는 이끼 같단 말야"(p. 269)라고 지적하고 있는데, 모두 그녀의 손가락 트라우마와 관련된 허깨비요, 그늘이라고 보아도 좋다. 사장과의 부적절한 관계와 그 씨앗인 아이의 죽음을 경험하기도 하여 그녀의 상처는 깊어만 간다. 그녀가 외로워하고 힘들어하는 정동수에게 특별한 감정을 느끼는 것도 그가 죽은 군인과 성씨 및 고향이 같고 그가 죽기 전 언급한 아들의 나이와 비슷할 뿐만 아니라 외모도 그와 닮았다고 생각하기 때문이다. 젊은 역무원 정동수는 아비(존재의 근원)를 모르는 출생으로 인해 자기 정체성의 혼돈과 불안을 느끼는 인물이다. 산문적 현실을 거스르며 아름다운 시를 쓰고자 하지만, 한 젊은 다방 레지의 자살 사건이나 전순례 할머니와의 사건 등을 겪으면서 아름다운 서정시를 쓸 수 없다는 사실을 절감하고 흐느낀다.

이 네 인물들은 20세기 한국 역사의 비극적 단층을 환기한다. 일제 강점기, 분단과 전후 보릿고개 시절, 냉전 시대 상황, 그리고 1990년대 포스트모더니즘 시기 등의 특성을 전순례, 신태묵, 양순지, 정동수는 각각 표상하는 것처럼 보인다. 21세기 들어 서둘러 잊으려고 했지만, 그래서 많은 이들에게는 망각의 강 건너편인 것처럼 멀리하려 했던 그 아픈 상처들을, 작가 임철우는 절제된 어조로 끌어낸다. 이런저런 상처 때문에 평생 곤혹스러울 수밖에 없는 인물의 상처들을 펼쳐놓는다. 물론 이 네 인물의 상처와 비극은 예외적인 개인들의 예외적인 경험과 상처일 수 없다. 20세기 한국사에 깊은 상처로 각인된 인물군들을 각각 표상하고 있어서 역사철학적인 함의를 보인다고 말할 수 있다. 마치 동심원의 파장처럼 각 인물의 내면의 상처들은 그 시대에 비슷하게 고통받고 상처받았던 사람들의 내면으로 확산되면서, 그 상처의 동심원들이 서로 만나고 스미면서, 지난 세기에 대한 인문학적 숙고의 절실한 계기를 제공하게 된다. 소설적 치유를 위한 작가 임철우의 서사적 수고를 짐작하게 하는 대목이며, 상처 많은 20세기에 대한 진지한 성찰의 결실이기도 하다. 아마도 임철우는 21세기의 현란한 현상 이면에서 상처받은 20세기의 내면 아이를 줄곧 응시하고 있었는지도 모른다. 아직 제대로 치유되지 않아서 계기만 주어지면 언제라도 툭 불거질 가능성이 많은 그 상처들을 진지하게 반추하고 어루만지는 치유의 상상력을 통해, 인간과 세상의 어두운 밑강물을 정화하고 싶었던 것일 게다.

3. 어둠·나비·별

임철우는 언제나 역사와 현실과 인간의 현장을 외면하지 않은 작가이다. 이 소설 안에 등장하는 시인 지망생인 젊은 역무원 정동수의 어떤 초상들은 실제 작가 임철우의 면모를 떠올리게 한다. 역사와 현실로부터 일정한 거리를 둔 채 아름다운 서정시를 쓰고 싶었던 정동수는 별어곡역에서 일하게 되면서 사북사태 등 옛 역사적 현실에 대해 숙고하게 되고, 전순례 할머니의 사연을 통해 더욱 추체험하게 된다. 현실에서 벌어진 다방 레지의 자살 사건이나 개의 죽음 등을 경험하면서, 그는 삶의 어둠과 슬픔을 재인식하게 된다. 가령 어둠을 응시하는 다음 장면은 그가 현실 인식의 새로운 계기를 마련하는 대목이면서, 동시에 작가 임철우의 현실 인식 태도를 환기하는 것이기도 하다.

청년은 고개를 내민 채 사위의 어둠을 응시한다. 산골의 어둠은 유난히 깊고 무겁다. 산등성이 너머 한꺼번에 쏟아져 나온 별들이 부지런히 깜박이고 있다. 어둠이 깊을수록 별은 더 투명하고 영롱하다. 이곳에 와서야 그는 비로소 알았다. 밤마다 무수한 별들이 지상으로 유리알처럼 쏟아져 내린다는 걸. 어둠이 얼마나 많은 색깔과 깊이, 부피와 무게를 지녔는가를. (p. 33)

서정 시인을 지망하던 정동수는 어둠보다는 밝은 별을 바라보던 사람이었다. 그런데 별이 빛나는 것이 깊은 어둠의 반작용 때문이라는 것을 새삼 지각하게 된 것은 의미심장하다. 나아가 "어둠이 얼마나 많은 색깔과 깊이, 부피와 무게를 지녔는가를" 헤아리게 된 것은 자기 정체성의 혼돈을 심하게 겪던 그의 인식의 성장 정도를 가늠하게 한다. 어둠의 색깔과 깊이, 부피와 무게를 헤아리게 되면서 "삶은 아름다움만도 슬픔만도 아니라는 것. 아무리 두렵고 끔찍해도, 결코 도망치거나 외면해선 안 될 그 무엇이라는 사실을"(p. 39) 깨닫는 성장의 계기로 나아가기 때문이다. 반복이 되겠지만, 이 지점이 지금까지 임철우의 작가적 태도의 축도라고 보아도 큰 잘못은 없을 것이다. 너무 끔찍해서 쉽사리 보기도 어렵고, 함부로 말할 수도 없는 어둠의 깊이를 정동수는, 임철우는, 보고, 어루만지면서, 사려 깊게 말한다. 이 소설에서 가장 극적인 어둠의 예는 아무래도 전순례 할머니의 이야기이다.

구례군 산동면 두메 마을에서 태어난 순례는 열여섯에 중국 공장에 취직하면 돈을 많이 벌 수 있다는 말에 속아 정신대에 끌려간다.

일본인 정신대장에게 일주일 동안 시달림을 당한 후 환각처럼 나비를 본다. "눈부시게 아름다운 노랑나비 한 마리. 그것은 봄날 고향 마을에 지천으로 피어나던 산수유꽃, 바로 그 환한 노랑이었다"(pp. 141~42). 최대치의 육체적 모독을 당하는 어둠의 현실과 봄날 고향의 산수유꽃 노랑나비는 분명한 대조를 형성한다. 환한 산수유꽃을 쫓아 노랑나비처럼 살기를 소망했던 그녀의 바람과는 반대로 철저한 어둠과 질곡에 내동댕이쳐진 상황이다. 사내들의 폭력이 가중될 때마다 그녀는 혼자 뇌까린다. "'나는 짐승이다. 나는 개다. 나는 고양이고 닭이다.' 그녀는 나무이고 돌멩이이고 진흙 덩어리여야 했다. 눈물 따윈 오래전 말라버렸다고, 감각도 감정도 널빤지처럼 굳어버렸다고 순례는 믿었다. 그래야만 했다. 아니라면, 그 끔찍한 생을 한순간도 견딜 수 없었다"(p. 204). 그녀의 몸에 가해진 끔찍한 세계 – 남성의 폭력으로 인해, 그녀의 몸은 그녀의 것일 수 없었다. 그러니 개나 고양이, 혹은 돌멩이, 통나무, 진흙 덩어리라고 자학하는 것은 차라리 자연스럽다. 그와 같은 자학적 방어 기제 없이는 존재 자체가 불가능한 상황이었기 때문이다. 모진 고통과 자학 속에서 청춘을 소진하던 그녀는 해방이 된 뒤에도 바로 고향으로 돌아가지 못한다. 반년 넘게 북만주 일대를 가랑잎처럼 반쯤 실성한 상태로 떠돌며 "여전히 지옥에 갇혀 있"(p. 222)어야 했던 것이다. 그러다가 순례는 소달섭에 의해 잠시의 구원을 얻는다.

"웬 나비 한 마리가 눈앞을 펄럭펄럭 맴돌지 뭐여. 흔히 보는 나비도 아니고, 반딧불처럼 날개에서 샛노랗고 희한한 빛을 내쏘더라니까. 강물조차 얼어붙은 한겨울에 난데없는 나비라니! 귀신에 홀린양 그 나비를 따라나섰는데, 거기 임자가 쓰러져 있었어"(p. 229)라는 소달섭의 발화에 드러나듯이 나비 환각에 의해, 구해지고 집안의 반대를 넘어 결혼까지 하게 된다. 1948년 5월, 몇 차례의 죽을 고비를 넘긴 순례 부부는 월남에 성공하여 서울에 도착한다. 이듬해 4월, 순례는 오래 미루어두었던 귀향길에 나서지만 결국 고향으로 가지 못한다. 폐허처럼 변해버린 동네 입구에서 마주친 이웃 여인으로부터 가족의 비극적인 사연을 전해 듣고는 구토 끝에 그냥 발길을 돌려야 했기 때문이다. 사연인즉, 여순반란 사건 때 동생 길만이 빨치산 활동을 하는 바람에, 토벌대 서북청년단에 의해 "순례의 부모와 두 동생, 길남의 처, 도합 다섯이 불길 속에서 변을 당했다"(p. 236)는 것이다. 가족과 고향을 잃어버린 그녀는 거의 삶을 체념하려 했는데, 그 순간 그토록 소망하던 임신 소식을 듣게 된다. "생의 막다른 골목에서 기적처럼 새 생명이 찾아왔다. 또 한 번, 그래도 살아남아야 할 이유가 생겼다"(p. 238). 그러나 새롭게 살아야 할 이유도 결코 오래 지속되지 못했다. 전쟁이 일어나자 남편은 불가피하게 의용군에 입대하게 되고, 1·4후퇴 때 아이마저 잃게 된다. 그러자 다시 순례의 하염없는 고통 '순례'는 시작된다.

또다시 순례의 유랑은 시작되었다. 방향도 목적지도 이유도 없었다. 마냥 걷기만 했다. 날도 달도 모르고, 밤낮도 계절도 구분하지 못한 채 그저 걷고 또 걸었다. 봄 가을이 오고, 여름 겨울이 흘러갔다. 꽃 피고, 잎이 물들고, 비가 오다가 금세 눈이 펄펄 날렸다. 충청도, 경상도, 전라도, 서울, 부산, 목포…… 어디라도 흘러들었다가 또 흘러나왔다. 잠자리야 산과 들, 다리 밑, 기차역 어디라도 좋았다. 바가지 하나 쥐고 나서면 굶어 죽지는 않았다. 대문 앞 길바닥에 내놓은 사잣밥도

집어 먹고 총 맞아 죽은 시체들 허옇게 널린 들판에서 피 묻은 호박도 주워다 먹었다. (p. 241)

고통의 순례를 하던 순례는 부지불식간에 고향 마을로 가 버려진 가족 무덤을 확인하고 통곡하다가 이내 죽기로 결심하고 저수지로 가 몸을 물에 맡긴다. 마지막 한 발을 막 내디디려는 순간, 환각처럼 자신을 부르는 어머니의 음성을 듣는다. 그 순간 다시 순례는 나비를 보게 된다. "수천수만 마리의 황금빛 나비였다. 그것들의 날개가 수면 위를 등불처럼 환하게 밝히고 있었다"(p. 244). 나비가 이끄는 어머니의 목소리에 의해 다시 살아났지만, 그녀의 고통스러운 순례는 그칠 줄을 모른다. 그녀가 매일 역사에 나와 "출발지도 목적지도 없는 빈 승차권"을 받는 이유는 그런 까닭이다. "가해자는 기억조차 하지 않는데, 피해자들이 오히려 평생 죄의식으로 고통을 받아야 하"(p. 249)는 속절없는 상황에서 "그녀 홀로 그려온, 한 생애의 멀고도 쓸쓸한 궤적"(p. 147)을 비극적으로 연출한다. 그 궤적을 반추하면서 정동수는 이렇게 생각한다. "저 기이한 걸음걸이를 멈추지 못하게 만드는 힘은 태엽도 톱니바퀴도 아니다. 기어코 찾아야 할 어떤 것, 가 닿아야 할 목적지. 그것이 아직 존재하는 한 그녀의 외출은 죽는 날까지 이어질지도 모른다"(p. 225). 아마도 일제강점기의 엄혹한 정치경제적 현실과 폭력적 성 착취가 넘쳐났던 정신대 체험을 하지 않았더라면, 사뭇 다른 인생 순례를 할 수도 있었을 것이다. 이렇게 전형적으로 깊은 어둠의 현실을 고통 속에서 견뎌야 했던 인물이 바로 전순례 할머니이다. 그녀에게 밝은 별빛은 좀처럼 허용되지 않았다. 노랑나비, 황금빛 나비의 매개도 환각 속에서 잠시 그녀를 위로하거나 때로 목숨을 구하기도 했지만, 그녀가 "기어코 찾아야 할 어떤 것, 가 닿아야 할 목적지"인 밝은 별빛으로 안내하지는 못했다.

이 소설에서 공히 어둠의 현실을 체험하는 네 인물은 공통적으로 환각적인 나비 체험을 하는 것으로 되어 있다. 가령 정동수는 어둠을 인식하고 현실의 비극을 헤아릴 때 나비의 고요한 날갯짓을 본다. "창밖 어둠을 반딧불처럼 환하게 밝히며 흰나비 수십 마리가 허공에서 고요히 맴돌고 있다"(pp. 39~40). 신태묵은 딸아이가 떠나던 날 밤 꿈속에서 호랑나비를 본다. "그 조그만 나비는 눈 덮인 벌판 저편으로 혼자 아득히 날아가고 있었다"(p. 93). 그 딸이 어렵게 아들을 낳았다는 소식을 들었을 때 다시 호랑나비를 본다. "호랑나비 한 마리가 그에게로 팔랑팔랑 날아들었다"(p. 95). 양순지도 종종 나비를 본다. "커다란 부채꼴 날개를 단 주홍색 나비. 온몸에서 핏물이 묻어날 듯 선연한 빛을 발하는 그 나비는 생의 특별한 고비마다 그녀의 꿈속을 찾아들었다"(p. 260). 양순지의 경우는 나비 꿈을 꾸면 어김없이 안 좋은 일이 생긴다고 생각하지만, 전반적으로 이 소설에서 나비는 소망의 이피퍼니에 가깝다. 어둠의 현실에서 밝은 별빛을 환기하는 매개항으로 기능한다. 역사적·현실적 상처를 어루만지며 치유의 가능성을 안내하는 서정적 미학성을 보인다. 그러니까 나비의 날갯짓은 치유의 상징적 리듬이다. 그 리듬에 힘입어 이 소설은 고통스럽지만 아름답다.

4. 서정 시인이 될 수 없었던 서정 시인

작가 임철우는 비극적인 한국 현대사와 이데올로기의 격랑을 섬세하게 성찰하면서, 그 소용돌이 속에서 어쩔 수 없이 생겨날 수밖에 없었던 온갖 상처들, 그러니까 공동체의 상처에서 개인의 상처에 이르기까지 다양한 상처들을 위로하는 이야기로 독특한 소설 세계를 구축해온 작가이다. 그는 비극적인 이야기 대상들 앞에서 오래 아파하고 깊이 고통스러워하면서도 막상 소설로 형상화할 때는 감정을 적절히 절제하여 비극적인 아름다움으로 공감의 자장을 확대해나간다. 빠르게 변화하는 현실과 문화의 풍속 가운데에서도 여전히 고전적 품격을 지닌 이야기가 감동적으로 독자들에게 전달될 수 있음을 증거하는 작가라고 할 수 있다. 특히 이야기 가치의 측면에서 크게 의심받고 있는 작금의 소설 상황을 고려할 때, 여전히 의미심장한 이야기 가치를 인문학적으로 역사적으로 탐문하고 있는 그의 소설 세계는 매우 소중한 것이라고 하지 않을 수 없다.

그가 1984년에 첫 소설집 『아버지의 땅』을 펴냈을 때, 김현은 "탁월한 서정 시인"이라고 그를 부른 바 있다. 인물의 내면 정조를 전경화한다거나 서정적인 문체를 구사하는 경향 때문에 그랬을 것이다. 그의 기본적 정서와 문체는 확실히 서정적인 것에 가깝다. 그러나 광주항쟁이라는 체험이 그로 하여금 서정 시인으로 남게 하지 않았다. 브레히트였던가. 아우슈비츠 이후에도 서정시를 쓸 수 있는가라고 역설했던 이가. 그렇다. 임철우는 광주 이후에 본격적인 글쓰기를 시작했기에 서정시를 쓸 수 없었을 것이다. 『이별하는 골짜기』에서 아름다운 서정시에 절망하는 정동수의 초상에서 작가 임철우의 단면을 추측해본 것은 그 때문이다. 서정시를 쓸 수 없는 서정 시인은 소설가가 되었고, 소설 속에서 산문적인 것과 시적인 것을 동시에 추구하고자 했다. 그의 소설이 고통스럽지만 아름다운 이유는 바로 여기에 있다. 임철우와 동행하는 별어곡 여로의 미학적 의미도 바로 이런 지점에서 찾을 수 있다.

'숨은 아버지'의 역설

1. 폐허의 거리에서 꾼 번영에의 몽상

이 발표에서 나는 '숨은 아버지hidden father' 테마를 중심으로 1970년대 이후 한국 소설의 몇몇 양상을 살피면서, 폐허에서 번영을 바라보게 된 한국과 한국 문학의 어떤 측면에 대한 생각을 나누고자 한다. 7년 전 미국의 한 대학 도서관에서 미국에서 발간된 한 주간지를 보다가 깜짝 놀란 적이 있다. 표지에 남한의 게임방 장면과 북한의 집단 행군 장면을 클로즈업해놓고, 본문에서는 남한은 컴퓨터 게임과 나이트클럽의 환락에 미쳤고, 북한은 집단 이데올로기에 미친 집단이라는 식의 보도를 했다. 전혀 근거가 없는 것은 아니지만, 한국에 대한 세계의 이해 정도가 객관적인 수준에 이르기 위해서는 시간이 더 필요함을 절감했다.

지난 20세기에 한국은 일제 식민지를 경험했고, 비극적인 한국전쟁을 감당해야 했다. 전쟁이 끝난 1953년 1인당 GNI는 고작 67달러였으니 세계 최빈국에 가까웠을 것이다. 1970년에 254달러였는데 이때부터 비약적인 경제 성장을 실천해 2007년에는 2만 달러를 달성했다. 30여 년 정도의 짧은 시간 동안 경제 성장과 정치의 민주화, 문화적 성숙과 심화를 실천했다. 신속한 따라잡기로 부작용도 생겨났지만, 시간적으로 한국의 전통적 지혜와 문화와 대화하고, 공간적으로 세계와 역동적으로 대화하면서, 작지만 강한 강소국(强小國)으로 번영할 수 있기를 소망했다.

1960년에 『광장』을 썼던 최인훈은 1970년대 초에 「소설가 구보씨의 일일」에서 문화적 자부심을 지닌 나라의 작가가 되기를 소망했었는데, 1994년에 쓴 『화두』에서 그는 비록 세계의 변두리 작은 나라에서 태어난 작가이지만, 세계 인식과 문학적 스타일 창조의 측면에서는 당당히 첨단의 세계인일 수 있었음을 드러낸 바 있다. 오늘이 자리에 참석한 세 작가뿐만 아니라 더 많은 한국 작가들은 더 이상 1970년대 초에 최인훈이 가졌던 소망을 지니고 있지 않다. 이미세계 문학 작가로서 당당한 자부심을 지니고 있기 때문이다. 물론그 과정은 결코 쉽지만은 않았는데, 그 험로 중의 하나로 '숨은 아버지'의 역설과 관련한 한국 문학의 특성에 대해 말해보고자 한다.

2. '숨은 아버지'의 역설

나의 '숨은 아버지' 테마는, 루마니아 출신의 문학사회학자 뤼시앵 골드만Lucien Goldmann의 저서 『숨은 신 Hidden God』을 떠올리게 한다. 골드만은, 니체와는 달리, 신은 사라진 게 아니라 단지 숨어 있을 뿐이라고 생각했다. 숨은 채 자신의 존재를 드러내지 못하기 때문에 비극적 세계관으로 표출된다는 것이다. 숭고한 신이 사유와 존재의 중심을 차지했던 중세를 경험했던 유럽의 전통과는 달리, 한국의 전근대에는 숭고한 신의 자리까지는 아니라고 하더라도 분명 아버지가 중심적인 위치를 차지하고 있었다. 근대 이후 한국 사회에서 아버지는 점차로 숨어들 수밖에 없었는데, 작가에 따라 그 '숨은 아버지'를 현대적으로 찾아 나서거나 더욱 숨기는 등 여러 상상적 전략을 펼쳤다. 그 과정은 한국의 전통적 가치와 현대적 가치가 길항하고, 한국의 집단의식이 세계의 집단무의식과 대화하며, 새로운 삶의 양식과 문학적 스타일을 탐문해가는 과정이었다.

조선왕조(1392~1910) 5백 년을 관류한 중심 이념이었던 유교에서 으뜸으로 강조한 것이 효(孝)였다. 공자가 부모를 부양하고 공경하는 것을 효의 절대적 요건이라고 강조한 이래 효가 중시되었다. 유교의 또 다른 핵심 이념인 충(忠)도 효(孝)를 확대한 것으로 이해된다. 한국이나 중국에서 집[家]을 확대한 것이 국가(國家)였다. Nation을 지시하는 국가(國家)라는 단어에 집[家]이 포함되어 있는 것은 매우 자연스럽다. 그래서 『효경(孝經)』에서는 군주에 대한 신하의 충(忠)도 임금에 대한 효(孝)라고 명시했던 것이다. 효의 이데올로기가 가부장적 가족 제도와 관료 질서를 형성했고, 그런 상황에서 자식의 인격이나 개성은 종종 유보될 수밖에 없는 처지였다. 이렇게 근대 이전 조선에서 아버지의 권능은 서양의 숭고한 신의 광휘에 버금가는 것이었다. 가톨릭이 조선에 전래된 초기인 18세기 말에서 19세기 전반기까지 여러 차례 박해 사건이 있었던 것도, 실은 교회가 표상한 '하느님 아버지'와 조선의 유교가 신봉하던 '가부장적 아버지' 이념 사이의 충돌이었다. 물론 가톨릭 박해 사건에는 정치적인 역학 구조도 크게 작용했던 것이 사실이었는데, 그 어떤 경우에도 박해의 명분으로 내세운 것은 전통적인 효를, 그러니까 아버지를 위해하게 된다는 것이었다.

그러나 서구에서 근대 이후 '숨은 신' 현상이 나타나듯이, 한국에서도 '숨은 아버지'의 양상이 서서히 전개된다. 정치적으로는 일제의 식민지 지배에 따른 국가의 상실이 큰 원인이 되었다. 국가의 상실은 일종의 상징적 아버지의 죽음이나 마찬가지였다. 해방 이후 대한민국을 건설했을 때, 초대 대통령에게 국부(國父)라는 칭호를 부여했던 것도 상징적 아버지에 대한 오랜 갈망이었을 터이다. 그러나 그 상징적 아버지가 장기 집권하다가 4·19혁명으로 퇴진하고 그 뒤를 이은 군부 독재에 의해 상징적 아버지에 대한 집단적 실망은 점점 깊어만 간다. 또 남북 분단 상황도 의미 있는 배경이 되었다. 좌익 이데올로기를 신봉했던 남한의 아버지들의 일부가 한국전쟁을 전후한 시기에 월북한 사례가 있었는데(물론 반대의 경우도 있었다), 이렇게 월북한 아버지로 인해 분단 시대의 '숨은 아버지'는 의미심장한 코드가 된다. 예컨대 한국의 작가 중에 김원일이나 이문열은 그런 아버지로 인해 고난을 겪었고, 그 고난을 가로질러 서사적 상상력을 펼친 이들이다.

경제적인 측면에서 식민지 침탈 과정이나 전쟁 이후 폐허와도 같은 거리에서 먹고살 길이 막막해진 많은 사람들이, 특히 아버지들이, 고향을 떠나 돈벌이를 하러 타향으로 이국으로 떠났다. 이 때문에 어쩔 수 없이 아버지 없는 아들의 형상들이 많았다. 사회문화적 측면에서도 아버지는 더 이상 법을 제시하고 가문을 규율하고 통솔하는 실질적 자리는 물론 상징적 자리도 점유할 수 없게 되었다. 특히 산업화가 본격적으로 진행된 1970년대 이후 한국의 아버지들은 노동 시간의 과다로 인해 가족과 함께할 수 있는 적절한 시간을 확보하기 어려웠다. 게다가 가부장권에 대한 해체적 여성 담론을 비롯한 현대의 젠더 문화의 유입으로 인해 급격하게 해체의 대상이 되었다. 여기에다가 인류의 집단무의식의 일종인 살부(殺父) 충동까지 고려하면, '숨은 아버지'의 테마는 문학에서 문제적인 테마가 된다고 할 수 있겠다.

특히 1980년대 한국 문학의 중요한 특징 중의 하나는 아버지 해체하기 혹은 부성(父性) 거세하기였다. 1980년대 한국 시의 화자나 소설의 주인공이 편모슬하에서 자란 경우가 많았다. 페미니즘 담론과 더불어 이와 같은 숨은 아버지의 양상은 한국적 가부장권이 본격적으로 해체되는 징후였다. 그러다가 포스트모더니즘의 문예 사조가 실험된 1990년대에는 부성뿐만 아니라 모성까지 거세하는 고아 의식을 강조하는 양상도 나타났다. 부모로부터 완벽하게 자유롭고자 하는 발랄한 신세대 의식을 바탕으로 이질 혼성적인 탈주의 경험을 자유롭게 이야기했다. 이런저런 과정을 거쳐 한국 소설에서 '숨은 아버지'의 양상은 심화되었다. 미리 말하건대, 숨은 아버지의 테마는 숨은 신의 경우처럼 비극적인 것만은 아니었다. 진정한 아버지를 탐문하는 의미 있는 계기를 부단히 제공했을 뿐만 아니라 다양하고 실험적인 문학 생산의 기제가 되었기 때문이다. 그중 오늘 이 포럼에 참가한 세 작가와 그들이 속한 창작 세대(집단)의 특성을 중심으로 이야기해보고자 한다.

3. 숨은 아버지의 존재론과 서사의 기원

김주영은 시골 출신(경북 청송) 작가이다. 유년기 고향을 배경으로 한 「아들의 겨울」『고기잡이는 갈대를 꺾지 않는다』『홍어』등의 성장소설들은 김주영 소설의 기원을 가늠하게 해준다. 이 소설들에서 어린 주인공의 아버지는 숨어 있다. 가정에서 아버지는 부재 상태이고, 어머니는 없는 아버지의 몫까지 의식하여 과부하 상태에 놓이기 일쑤여서 아들과 종종 갈등을 빚는다.『홍어』(1998)에서 열세 살 주인공(세영)의 아버지는 마을 술집 주인의 부인과의 부적절한 관계가 들통나 야반도주하는 바람에 집으로 돌아오지 못한다. 대신 어머니가 삯바느질로 가계를 꾸리면서 주인공이 후레자식 소리를 듣지 않게 하기 위해 엄격하게 훈육한다. 이런 모자 관계 중심의 가족 구도는 폭설이 내린 날 삼례라는 소녀가 이 집안으로 입사해 들어오면서 바뀌게 된다. 어머니와의 수직적인 관계에 또래 소녀와의 수평적 관계가 겹쳐지면서, 주인공으로 하여금 새로운 성장의 계기를 부여한다. 어머니와의 동일시 욕망을 거두고 소녀와의 사랑을 욕망할 때, 소년은 본격적으로 개성을 갖춘 주체로 거듭난다. 이성에 눈뜨기 시작하면서 주인공은 다채롭게 감성을 일깨우고 환상적 몽상의 세계를 확대한다. 이는 삼례가 집을 떠난 이후 더 심화된다. 삼례의 거처를 심리적으로 추적하면서 세영은 멀고 아득한 곳까지 상상의 떠돌이가 된다. 그러다가 6년 만에 아버지가 돌아온다. 그다음 날 새벽 삼례가 집을 떠날 때와 똑같은 방식으로 어머니는 가출한다. 어머니가 쉽게 돌아오지 않을 것임을 직감한 세영이 어머니의 가출의 의미를 곱씹는 것으로 소설은 끝난다.

이와 같은 『홍어』의 이야기에서 유추할 수 있는 김주영과 그의 문학 세대의 특성을 몇 가지로 정리해보면 다음과 같다. 첫째, 김주영 소설에서 아버지에 의한 교육 내지 아버지가 주관하는 성인식은 발견되지 않는다. 대개 아버지는 부재 상태이거나 숨은 아버지의 형상으로 제시되기 때문이다. 이와 같은 숨은 아버지의 테마는 근대적 전통과 교양의 부족이라는 배경과 관련하여 볼 때 유럽, 특히 독일식의 성장소설bildungsroman과는 다른 제3의 성장소설을 가능케 하는 요인이 되기도 한다. 성장의 이데아를 아버지로부터 전수받을 수 없었기에, 스스로 그것을 발견해야 하는 능동적 탐색 여로에 나설 수밖에 없었다. 그런 측면에서 '숨은 아버지'는 분명히 아들에게 고통스러운 것이었지만, 작가 김주영에게는 역설적으로 차라리 다행스러운 일이었는지도 모른다. 아버지에 의한 이성적 교육이나 계몽의 기획에 휘둘릴 시간이 없었기에 감성적 교감이나 생기발랄한 탐색, 환상적 몽상 등을 통해 자연스럽게 작가로 성장할 수 있었던 게 아닐까 싶다. 또 숨은 아버지로 인해 얻은 역설적 이점이 있다. 안정적이고 넉넉한 가정의 아버지를 둔 아들과는 달리 아버지로부터 물려받은 것이 거의 없다고 생각하는 이들, 다시 말해 정치·경제·사회·문화 전반에 걸쳐 안정적으로 구축된 무언가가 없는 가난한 상태에서 일정한 시스템을 갖추고 성장을 모색하고 실천해야 했던 한국의 산업화 세대의 초상은, 바로 김주영의 소설에서 다룬 숨은 아버지의 가정에서 자란 아들의 모습이었던 것이다. 김주영을 비롯해 박경리, 홍성원, 황석영, 조정래 등 그 세대들이 한국 문학사에서 전무후무할 정도로 긴 대하소설을 많이 썼는데, 이 또한 이전 세대들이 기록하지 않았거나 이야기하지 않은 것들이 너무나 많았던 탓이 크다. 그들의 아버지 세대란 곧 식민지를 겪고 한국전쟁으로 고통받았으며 주린 배로 보릿고개를 넘겨야 했던 세대들이다.

둘째, 어머니의 양면성이 주목된다. 김주영과 동세대 작가인 김원일의 『마당깊은 집』(1988)에서 좌익 운동을 하다가 월북한 아버지로 인해 홀로된 어머니는, 때로는 스스로 아버지와도 같은 어머니가 되기도 하고, 때로는 아들에게 아버지 – 아들의 복수 역할을 주문하기도 한다. 김주영 세대의 소설에서 그런 홀어머니의 모습을 많이 찾아볼 수 있다. 이 어머니들은 끈질긴 생명력과 근면 성실, 넉넉한 이해심, 그리고 진실한 윤리 감각을 지녔다. 그들은 열악한 생존 상황을 견디며 자식을 키운 한국 근대기의 전형적 어머니들로서, 한국의 경제적·문화적 성장을 일군 심층 에너지를 제공한 것이 사실이다. 그렇다고 해서 이들 세대의 작가들이 이 어머니들에게 무제한의 희생의 미덕을 강요한 것으로 보이지는 않는다. 다시 말해 대지적 모성 신화를 자기의 어머니들에게 덮어씌우는 남성 중심적 무모함을 드러내지는 않는다. 『홍어』의 경우라면, 결말 부분에서 어머니의 가출 사건이 그것을 결정적으로 증거한다. 가출 이전의 어머니는 인고의 미덕이라는 전통 윤리를 잘 실천하는 전형적인 어머니에 가깝다. 그렇기에 뒷부분에서 돌연한 가출이 더 낯설고 충격적으로 다가오는 게 사실이다. 아버지는 집을 떠나 자유롭게 떠돌며 부적절한 관계의 씨앗(호영)을 집으로 보내는데, 어머니는 집을 지키며 그 모든 것을 참고 감당한다는 것은 과연 어디까지 가능할 것인가? 아무리 가부장적 분위기 속에서라도 인간적으로 견딜 수 있는 한계 지점이 존재하지 않을까? 이런 질문과 더불어 김주영은 남성 중심적 모성 신화를 해체하면서 단호하게 어머니의 가출을 서사적으로 단행한다. 1980년대 이래 풍미했던 페미니즘 운동과도 문화적으로 관련되는 지점이면서, 전통적 모성상을 견지했던 어머니의 가출을 극적으로 다룬 이혜경의 『길 위의 집』(1995)의 문제의식과 일맥상통한다. 신경숙의 『엄마를 부탁해』(2008) 역시 어머니의 실종 사건을 통해 가족 속의 어머니의 의미를 섬세하게 반추케 하는 소설이다.

셋째, 아버지로부터 성장의 자양분을 제대로 제공받지 못했지만, 그럼에도 김주영 소설의 인물들은 그 아버지를 크게 원망하지 않는다. 어머니로부터는 끈질긴 생명의 언어를 물려받고 숨은 아버지로부터는 떠돌이 기질을 물려받은 작가가 바로 김주영이다. (이와 비슷한 상황에서 젊은 작가 김애란은 「달려라, 아비」에서 한 걸음 더 나아가 아버지의 탈주를 적극적으로 후원한다.) 정주와 유랑의 긴장은 구심적 상상력과 원심적 상상력의 긴장으로 이어졌고, 정주민의 시선과 감각으로는 포착하기 어려운 다양한 민중들의 삶의 실상과 생명의 언어를 길어낼 수 있었다. 그가 『객주』『야정』『화척』과 같은 대하소설을 쓸 수 있었던 것은 떠돌이의 생기 있는 관찰과 교감의 능력 덕분이었을 것이다.

요컨대 숨은 아버지와 홀어머니의 양면적 에너지(배경화된 아버지와 전경화된 어머니)를 긍정적으로 승화하여 자기 소설의 기원으로 삼아 상상력을 펼치며 끊임없이 이야기 길에서 유랑해온 작가가 바로 김주영이다. 그 유랑길에서 한국과 한국 문학은 의미 있는 성장을 실천했다. 이 특성은 그와 동세대의 시골 출신 작가들의 특성과도 상당 부분 통한다.

4. 숨은 아버지의 양면성과 해체적 서사의 효과

김주영과 그의 세대들은 한국 산업화의 주축이었고, 한국 문학의 르네상스를 위한 다양한 기반을 마련했다. 그들은 전통적 교양을 비판적으로 계승할 수 있는 감각이 있었고, 4·19혁명에서 얻은 자유의 비전을 추구했으며, 보릿고개 체험을 넘어서려는 경제 성장의 비전을 동시에 추구했다. 고도 성장기였던 1970년대를 거쳐 1980년대가 되면 자유와 더불어 평등의 이념도 중요한 화두가 된다. 그런 가운데 성장기에 제대로 성찰하지 못한 여러 세목들이나 각종 시스템들에 대한 반성적 인식을 하게 된다. 소설에서 선형적 이야기의 흥미를 넘어서 반성적으로 숙고하려는 메타픽션의 경향을 비롯한 여러 실험적 소설의 움직임들이 생겨났다. 사회경제적 시스템에서 문학 시스템에 이르기까지 재성찰을 시도한 것이 1980년대 전위적인 문학 집단의 움직임이었다. 최윤과 정영문은 그런 맥락에서 의미 있는 소설 실험을 펼친 작가들이다.

최윤은 휴전 협정 직전에 서울에서 태어난 여성 작가이다. 그녀에게는 경험의 아버지보다는 인식의 아버지가 문제 된다. 그리고 부자 간의 상호 비판과 상호 존중의 인식을 통해 새로운 세계 인식의 진정성을 탐문했다. 『너는 더 이상 너가 아니다』(1991)에서 그녀는 한국 사회의 허구적인 경직성을 즉자적인 이데올로기(1세대)와 즉물적인 욕망(2세대)의 측면에서 전복적으로 성찰한다. 부자 관계에서 어느 한쪽이 아닌 양쪽 모두 비판을 단행함으로써 진정한 인식의 단초를 마련하고자 했다. 숨은 아버지 테마와 관련해 주목되는 「아버지 감시」(1990)는 부자가 처음으로 해후하는 이야기다. 아버지는 한국전쟁 때 남쪽의 가족을 버리고 월북하여 북한에 살다가 다시 중국으로 망명하여 산 기구한 운명의 인물이다. 아들은 그런 아버지를 둔 탓에 남한에서 불안하게 살다가 프랑스에 유학, 거기서 식물학연구소의 연구원으로 정착하여 살고 있다. 아버지가 이데올로기를 추구하며 살아온 인물이라면, 아들은 그 이데올로기로 인한 불안과 상처 때문에 반이데올로기적으로 살아온 인물이다. 이 같은 아버지와 아들이 동구의 공산권이 몰락하던 시기에 파리에서 처음으로 만나게 된다. 이 만남은 혈족의 운명적 만남임에 틀림없지만, 거기엔 분단의 역사와 이산의 설움, 그리고 이데올로기적 거리가 온축되어 있다. 현실적으로 아버지가 추구했던 사회주의는 실패했다. 실패한 사회주의를 추종했던 부당한 아버지 때문에 철저하게 상처받았다고 생각하는 아들은, 아버지가 자신에게 용서를 구해야 마땅하다고 믿으며 아버지를 감시한다. 그러나 아버지는 비록 실패했지만, 실패했기 때문에 부당했다고는 생각지 않는다. 더욱이 실패했기 때문에 용서를 빌어야 한다고는 생각지 않는다. 사회주의적 이상주의라는 자신의 신념만은 그대로 견지하고 있으며, 그것이 자신의 실체임을 아들에게 그대로 보여주고자 한다. 그래서 아들에게 페르 라 셰즈 공동 묘지의 코뮌 병사들의 벽을 구경시켜달라고 부탁하는 것이다. 부자가 코뮌 병사의 벽으로 가는 길 위에서 이데올로기의 망령은 거두어지고, 둘 사이에 드리워졌던 이데올로기의 장벽도 제거된다.

이렇게 최윤은 인식과 감각의 전면성으로 허구적 이데올로기를 비판하고 진정한 인식과 관계에 바탕을 둔 삶의 지평을 모색한다. 그녀는 정서적 해결보다는 합리적인 인식과 추론에 입각한 상상적·수사학적 해결을 원한다. 그러기에 다양한 스타일의 서사 전략을 통해 상상력과 감각의 전위성을 추구했다. 상호 주관적인 세계 관찰로 인식과 상상의 정당성을 확보하고, 서사의 기원이나 효과로부터 자유롭게 탈주하면서, 서사 텍스트 그 자체의 완성도를 추구한다. 1980년대 경직된 민중문학의 분위기 속에서도 자유주의 문학의 스타일과 방법적 정신을 실험적으로 추구했던 일군의 문학적 경향을 최윤의 소설은 대변한다. 그녀의 소설에서 비판의 대상인 아버지는 부서지고 뒤로 숨어들면서 이질 혼성적인 새로운 의미 맥락을 안내한다. 아버지는 결코 그냥 사라지지 않는다.

그렇다는 사실을 정영문은 낯선 방식으로 형상화한다. 숨은 아버지를 아들이 찾아냈는데, 옛 신화 「유리왕자」에서처럼 영광의 왕관을 물려줄 준비를 하기는커녕, 아들과 실수로 그런 아들을 둔 자신을 부정하려는 시도에 골몰하는 아버지의 모습이다. 「무게 없는 부피」(2001)에서 정영문은, 아들에 의해서 아버지가 부정되던 방식에서, 방향을 정반대로 바꾸었다. 「더없이 어렴풋한 일요일」(2001)에서도 주인공은 목사인 아들을 철저히 부정한다. 아들을 부정함으로써 자신도 부정되면서 숨은 아버지가 되고, 그럼으로써 여러 숨은 서사 효과를 낳는 역설적인 양상이다.

매우 독특한 작가인 정영문의 특성을 그의 몇몇 소설 제목을 조합해 설명하자면 이렇다. '겨우 존재하는 인간'이 시종 '보이지 않는 균열'을 응시하면서, '무게 없는 부피'만을 지닌 혹은 '핏기 없는 독백'과도 같은 '검은 이야기 사슬'들을 '중얼거리다'. 그는 누구보다도 '존재의 무거움'을 견딜 수 없어 한다. 드러내면서 지우는 서술전략을 구사하는 그는, 존재를 드러내면서 무화하고, 삶에서 죽음을 응시하고, 의미에서 무의미를 환기하면서, 그동안의 존재론과 인식론 전반을 전복적으로 재성찰하고자 한다. 그에게 이미 있는 어떤 질서는 권태의 대상이거나 사라져야 할 어떤 것일 뿐이다. 그래서 그는 종종 「더없이 어렴풋한 일요일」의 경우처럼 무차별성의 정치학을 구사한다. 그와 그녀의 끊어질 듯 이어지는 대화, 소통되는 듯 소통되지 않는 대화, 한없는 중얼거림의 단속(斷續)처럼 보이는 대화들에서 자주 눈에 띄는 말 중에 이런 것이 있다. "아무 차이도 만들어내지 않을 테니까. 차이라곤 없는 차이가 빚어질 뿐일 테니까." 이 도저한 무차별성, 혹은 무차별적 등가성의 논리는 정영문의 경우 진부한 일상적 존재에 대한 전복의 상상력으로 표출된다. 아무런 차이도 없다고 시큰둥하게 내뱉고 마는 그런 말을 발화하기 위해, 세상의 "저 단단한 어둠을 응시"(「끝」)하는 작가적 진정성의 결과이다. 그 응시를 통해 작가는 자폐증, 분열증을 비롯한 여러 증후의 언어들을 낚아 올린다. 자잘한 일상의 권태와 매너리즘에 대해 별 감정 없이 중얼거릴 수 있는 말하는 주체로서의 에너지를 확보한다. 그 결과 미처 인식되지 못했거나 발화되지 못했던 전의식 단계의 많은 문제적 삽화들을 활달하게 펼치게 되었다. 삶의 인식론이나 서술 프로그램 등 여러 면에서 정영문은 독특한 신경계를 지닌 작가다.

그렇기에 그는 "항상 내가 말하고자 하는 것은 내가 말하지 못한 것들 속에 있다는 생각"(「무게 없는 부피」)을 견지하는 것 같다. 마찬가지로 드러내고 싶은 아버지(아들)는 드러내지 않은 아버지(아들) 속에 있을 것이다. 드러난 아버지가 아들을 부정하면서 스스로 숨은 아버지가 되는 사연도 심층적으로는 거기에 있다. 오이디푸스 콤플렉스와 살부 충동을 거꾸로 뒤집었다. 이상적 아들에 대한 욕망이 현상적 아들에 대한 실망과 살해 충동으로 치달을 수 있는데, 경제 성장 이후 한국의 부모들이 지나치게 자식에게 기대하는 경향에 대한 비판의 담론과 연계된다. 이렇게 해체와 재구축의 순환 속에서 부자 관계를 포함한 인간관계 전반과 문학의 시스템은 새로운 변형 생성 지평에 역동적으로 다가설 수 있었다. 최윤과 정영문을 비롯한 한국의 실험적 작가들이 그 지평 위에서, 한국 문학과 세계 문학을 혁신해나가기를 소망하면서 구체적으로 탈주하는 인식과 형상의 탄력성이 주목된다.

고통의 역설과 상상의 향유

─ 20세기 후반 한국 문학의 표정

1. 고통의 역설

오래전부터 동양에서는 진흙 속에서 피어나는 연꽃의 참 의미와 지혜를 강조해왔다. 물론 동양만 그런 것은 아닐 터이다. 매우 어려운 과정, 고통을 수반하는 통과 제의를 거친 연후의 결실에 대한 존중은 인류학적으로 보편적인 것이라고 말해도 좋다. 연꽃으로 상징되는 불교의 깨달음뿐만 아니라, 예술적인 큰 성취나 뛰어난 발명의 세계까지 대개 고통의 역설은 통하기 마련이다. 그러다 보니 동서고금을 막론하고 문학에서 고통의 역설을 읽어내는 것은 그리 어려운 일이 아니다. 특히 역사적으로 고통이 심했던 시기일수록 그 역설의 의미는 더욱 빛난다. 또한 좋은 문학일수록 고통의 심연에서 상상을 향유하는 역설을 보인다.

지난 20세기는 세계적으로 매우 고통스러운 시기였다. 두 차례에 걸친 세계대전을 비롯한 여러 전쟁들, 제국주의의 발흥과 식민지인들의 고난들, 아우슈비츠와 같은 대학살들, 크고 작은 혁명과 반혁명들 등등, 수많은 고통의 역사들이 20세기에 명멸했다. 한국도 마찬가지였다. 일본 제국주의의 침탈로 36년간 식민지 지배를 받았고, 1945년 해방된 후에는 타의에 의해 남북으로 분단되었다. 1950년부터 3년간 한국전쟁을 치렀고, 전후의 폐허의 거리에서 혹독한 가난에 시달려야 했다. 1960년 4월 혁명으로 오랜 독재 정권을 타도하고 민주주의를 실천하려 했지만, 1961년 군부 쿠데타로 인해 오랜 군부 독재 시절을 보내야 했다. 1980년 5월에는 광주민주화운동의 와중에 많은 사람들이 목숨을 잃었다. 이런 고통스러운 현실을 딛고 한국인들은 경제적 성장, 정치적 민주화, 사회적 안정, 문화적 성숙을 모색해왔다. 이 과정에서 한국 문학은 현실의 변화를 반영하면서 고통의 역설을 통해 역동적인 문학사를 일구어왔다. 여기서는 해방(1945) 이후 20세기 후반 한국 문학의 표정을 세 시기로 나누어 개략적으로 소개하고자 한다. 해방과 전후문학(1945~59), 민주화·산업화 시대의 문학(1960~88), 후기 산업 시대의 문학(1989년 이후) 등 세 시기가 그것이다.

2. 해방과 모국어의 회복, 전후(戰後)문학

한국은 1945년 8월 15일, 36년간의 일본 식민 통치로부터 해방되었지만, 근대적 민족국가의 건설이라는 역사적 과제를 수행하지 못했다. 한반도 주변 상황과 민족 내부의 이념적 분열로 인해 남북으로 분단된 채 두 개의 독립 정부가 세워졌다. 나아가 1950년 남한과 북한 사이에 전쟁이 발발하여 3년 동안 계속되었다. 휴전 이후, 남한 사회와 북한 사회의 이념적·정치적 경직성은 심화되었다. 전후의 피폐한 국가 경제로 인해 1950년대의 한국인의 삶은 매우 궁핍했다. 부정 선거를 저지른 부패한 이승만 정권은 1960년 4·19혁명으로 붕괴되었다.

식민지 시대 후반기에는 한국어(한글)도 마음대로 사용하지 못하였다. 해방이 되자 한국인들은 나라와 함께 한국어를 되찾았다. 문단 조직과 문학 제도의 변화와 함께 새로운 문학인들이 등장할 수 있는 공간이 생겨났다. 그러나 분단은 새로운 이념적 억압을 문학인들에게 부과했다. 남한의 경우, 정치적인 이유 때문에 좌파적인 문학 활동이 금지되었고, 보수적인 민족주의 문학 이념이 세력을 얻었다.

이 시기의 소설들은 구체적이고 역사적인 현실 문제보다는 인간의 보편적인 문제에 관심을 보였다. 토착적인 정서와 샤머니즘적인 사상을 바탕으로 한 김동리와 오영수 등의 작품들이 이에 해당한다. 특히 김동리는 전통적인 민족 정서와 민속학적 질료들을 바탕으로 서구적이고 근대적인 것과의 대결 속에서 바람직한 정신의 방향을 모색했다. 1950년대 전후문학은 전쟁 후 피폐한 시대에서의 암울한 생존을 다루었다. 전후의 붕괴된 사회 윤리와 풍속의 혼란을 리얼하게 그리는 작품들과, 전쟁의 참혹함에 대한 고발과 인간의 존엄성에 대한 실존적 탐구를 보여주는 작품들이 그것이다. 황순원, 최인훈, 손창섭, 장용학, 이범선, 서기원, 하근찬, 이호철 등의 작가들이 이에 속한다. 황순원은 민족의 공통된 기억과 휴머니즘 정서를 바탕으로 잃어버린 시대의 정신적 좌표를 모색하는 소설들을 창작했다. 손창섭은 전후 분위기 속에서 '작은 인간'들의 극단적 소외 양상을 그렸고, 서기원, 이호철 등은 전쟁의 상흔과 분단의 비극을 환기했다.

시의 경우, 모국어를 회복하려는 노력의 일환으로 전통적인 서정시의 창작 방법에 대한 심화가 이루어졌다. 식민지 시대부터 활약한 서정주, 유치환, 박목월을 비롯하여 박재삼, 이형기, 전봉건, 김광섭, 김종삼, 김종길 등의 작품이 서정시의 전통을 새롭게 했다. 서정주는 서구적인 것과 한국적인 것을 종합하면서 정서적인 세목을 구체화하여 한국 서정시의 차원을 업그레이드한 대표적인 시인이다. 유치환은 생에 대한 의지와 생명에 대한 열애를 바탕으로 삶의 허무를 도덕적 의지로 극복해보려는 시적 경향을 보였다. 이형기는 자연의 섭리를 서정적으로 환기하는 시를 지었고, 김종길은 자연과 정신의 교감을 통해 난세를 견디려는 문학 정신을 펼쳤다. 한편으로는 이와 다른 모더니즘적인 지향도 나타났다. 새로운 도시적 정서를 보여준 실험적이고 산문적인 시들과, 기존의 권위와 부조리한 현실을 비판하는 시들이 등장하기도 했다. 여기에 김수영, 김춘수, 박인환, 송욱 등의 시인을 들 수 있다. 특히 김수영과 김춘수는 전위적인 충동을 바탕으로 실험적인 창작을 많이 해 한국 시의 지평을 크게 넓혔다.

3. 민주화·산업화 시대의 문학

1960년 4월 혁명에서 분출한 민주주의를 향한 열망은 1961년의 군사 쿠데타로 좌절되지만, 한국 사회의 정치적 패배 의식을 극복할 수 있는 계기가 되었다. 쿠데타로 집권한 군사 정권은 민주주의 실현은 유보한 채 경제적 근대화를 강력하게 추진한다. 1970년대 한국 사회는 군부 독재가 장기화되면서 정치적 자유가 억압되었고, 사회적 분위기도 경직되었다. 그러나 '한강의 기적'이라고 불리는 놀라운 경제 발전을 이룩한 시대이기도 하다. 1971년에는 10억 달러이던 수출액이 6년 뒤인 1977년에는 100억 달러를 넘어섰다. 정부의 강력한 경제 개발 정책에 의해 산업 근대화가 성공적으로 진행되었던 것이다. 그러나 이러한 경제적 성공에는 많은 희생과 부작용이 뒤따랐다. 농촌 사회는 붕괴되었으며, 빈부의 격차가 커졌고, 급격한 도시화는 환경의 오염과 전통의 파괴 그리고 풍속의 타락을 낳았다. 특히 경제적 분배에서 소외당한 노동자들의 불만이 고조되었다. 그런가 하면, 통기타와 청바지, 장발과 미니스커트로 대표되는 새로운 청년 문화는 자유와 저항의 분위기를 낳았고, 이는 민주화 운동으로 연결되었다.

1979년 말, 18년 동안 지속되었던 박정희 정권이 끝나자 정치적 민주화가 실현될 것이라는 기대가 팽배했다. 그러나 1980년 광주민주화운동이 좌절되고, 또다시 군사 정권이 들어선다. 이로써 지식인, 노동자, 학생들의 정치적 저항이 한층 강해졌으며, 국민들의 민주화에 대한 갈망도 증폭되었다. 정치적 억압은 강했지만, 기존의 질서와 권위는 사회 곳곳에서 무너지고 있었다. 그러면서도 한국 사회는, 1986년 제10회 아시안 게임과 1988년 제24회 서울 올림픽을 치르면서 변화와 발전을 거듭했다. 국가의 경제 규모도 커졌으며, 국민들의 생활의 질도 향상되었고, 문화적으로도 자유로운 개성 시대가 열렸다. 또한, 1987년의 개헌과 대통령 선거를 통해 정치적 민주화도 어느 정도 확보되었다.

1960년 4·19혁명은 정치적 사건이자 문화적 사건이었다. 정치적 민주화뿐만 아니라 문화적·문학적으로 새로운 에너지를 충전할 수 있었다. 해방 이후 본격적으로 교육을 받은 순한글 세대의 등장과 더불어 이전과는 다른 인식과 창작 방법론 및 스타일을, 작가들 스스로 절실하게 열망하게 되면서 문학의 혁신이 이루어진다. 비록 현실은 불우하고 고통스러웠지만, 작가들은 고통의 역설을 견디며 예리한 산문정신으로 1970년대를 '소설의 시대'로, 날카로운 시적 직관으로 1980년대를 '시의 시대'로 만든다.

먼저 분단 현실에 대한 새로운 탐색을 보인 작가들로 최인훈, 이호철, 홍성원, 전상국, 김원일, 조정래, 황석영, 유재용, 윤흥길, 현기영, 임철우, 이창동 등이 있다. 1960년 한국의 분단 상황을 이지적인 성찰의 안목으로 해부한 소설 『광장』을 쓴 최인훈은 1994년에는 한국의 분단 상황을 내포하는 20세기 세계 체제 전반을 성찰한 장편 『화두』를 창작했다. 윤흥길은 「장마」에서 샤머니즘의 세계를 통해 분단 상처를 치유하려는 서사적 노력을 보였다. 1970년대 이후 오랜 시간 동안 분단 상황으로 인해 정치적·이념적 억압이 많은 것을 비판해왔던 황석영은 2001년에 소통과 용서와 화해를 통해 분단 상황을 극복하려는 노력을 보이는 소설 『손님』을 발표해 주목을 받았다. 둘째로 정치적 억압과 자유의 변증법에 대한 서사적 형상화를 보인 작가들로 최인훈, 전상국, 이청준, 이병주, 정을병, 호영송, 이문열 등이 있다. 특히 이청준은 『당신들의 천국』을 비롯한 여러 소설에서 자유와 사랑이 어우러진 소망스러운 세계를 응시하면서, 자유가 억압된 현실에 대한 날카로운 비판을 보였다. 『우리들의 일그러진 영웅』 등 여러 소설에서 이문열은 정치적 억압이 개인을 얼마나 고통스럽게 하는지, 그리고 그것은 얼마나 극복되기 어려운지의 문제를 심층적으로 탐문했다.

셋째, 1970년대부터 본격화된 산업화 시대에 대한 소설적 대응도 다채롭게 이루어졌으니, 최일남, 박태순, 황석영, 조세희, 이문구, 윤흥길, 문순태, 이동하 등의 소설들이 주목된다. 이들은 산업화 시대의 노동자와 도시 빈민의 소외 및 빈부 격차 문제, 물질 만능주의와 풍속의 타락, 전통적인 농촌 사회의 붕괴 문제 등에 서사의 렌즈를 맞추었다. 조세희는『난장이가 쏘아올린 작은 공』에서 산업 시대의 노동자와 자본가의 대립상을 분명히 하면서, '뫼비우스의 띠'처럼 그 대립이 해소되고 사랑과 평등으로 이루어진 소망스러운 세상에서 살 수 있기를 염원했다. 이문구는 산업화로 인해 한국의 전통적인 가치가 붕괴된 것을 안타까워하는 소설을 썼다. 이동하는『장난감 도시』에서 경제적·정신적으로 황폐했던 전후(戰後)의 도시를 배경으로 어린아이의 고통스러운 통과 제의 과정을 형상화했다. 넷째, 산업화 시대의 소설적 대응은 1980년대에 이르면 노동소설과 중산층소설 등으로 다채로워진다. 김원우는 중산층의 허위의식을 이지적인 어조로 비판하는 소설을 썼고, 박영한은 중산층의 풍속도를 리얼하게 보여줌으로써 반성적 의식에 이를 수 있도록 했다. 김영현, 정도상, 방현석, 정화진 등은 노동자 계급의 투쟁 의식을 선명하게 보여준 노동소설을 창작했다.

다섯째, 도시소설의 풍성함이다. 1960년대에 감수성의 혁명을 가져왔다고 평가되는 김승옥과 한국 리얼리즘 소설의 신개지를 실험적으로 열어 보인 서정인, 1970년대적 감수성의 혁신을 보였다고 거론되는 최인호를 비롯해 박완서, 김용성, 이동하, 조해일, 조선작, 한수산, 박범신 등은 새롭게 형성된 도시적 삶의 빛과 그림자를 역동적으로 펼쳐 보였다. 여섯째, 여성소설의 본격적인 전개 양상도 이 시기 소설사의 뚜렷한 풍경이다. 최정희, 한무숙, 박경리, 박완서, 오정희, 서영은, 김지원, 김채원, 양귀자 등의 여성 작가들은 가장 여성적인 것들로 고통스러운 세상을 견딜 수 있을 것인가를 탐문했다. 『토지』의 박경리, 『미망』의 박완서는 한국의 여성 가족사를 유장하게 그렸고, 오정희는 한국 페미니즘 소설의 품격을 높였다. 일곱째, 고통스러운 현실에서 구원의 가능성 혹은 현실 타개의 가능성에 대한 서사적 모색도 다채롭게 이루어졌다. 이제하, 이청준 등은 예술적 차원에서, 김동리, 황순원, 박상륭, 이청준, 한승원, 김성동, 이문열 등은 종교적 차원에서, 안수길, 박경리, 홍성원, 황석영, 김원일, 김주영 등은 역사적 차원에서, 윤후명은 폐허와 허무의 역설적 상상력을 통해 그와 같은 가능성을 소설적으로 타진했다. 여덟째, 전위적 서사 충동을 바탕으로 한 실험소설의 전개를 보인 작가들로 허윤석, 최상규, 이인성, 최수철 등을 들 수 있다. 특히 이인성과 최수철은 1980년대 한국 실험소설의 정점을 보였다.

시의 전개 과정 또한 다채로웠다. 우선 한국 시의 혁신을 위한 모더니즘의 노력이 역동적으로 전개되었다. 일군의 시인들은, 언어와 형식의 실험을 통해 산업화 과정 속에서 왜곡된 인간의 모습을 지적인 언어로 표현하기도 했다. 황동규, 정진규, 정현종, 마종기, 오규원, 김광규, 김형영, 최승호, 황지우, 이성복, 박남철, 장정일 등은 새로운 감수성과 새로운 언어로 개인적 관점에서 시대와 삶의 모순을 노래했다. 황동규의 시는 길의 포에지라고 불러도 좋을 정도로 길의 미학을 많이 형상화했다. 길 위에서 만난 풍경과 사람살이의 세부를 섬세하고 아름다운 언어로 환기하면서 인간적인 삶의 진실한 지평을 응시했다. 정현종은 현실과 인간에 대한 실존적 탐구에서 시작하여 생태학적 동일성의 세계까지 매우 다채로운 레퍼토리로 다양한 시 창작을 했다. 그의 자유로운 호흡과 리듬에 의해 존재하는 모든 사물들은 교감과 감동의 지평으로 안내된다. 오규원은 산업화된 도시를 배경으로 한 실험적인 도시시를 많이 창작했다. 황지우, 이성복, 박남철, 장정일 등은 1980년대 실험적인 한국 시를 대표한다. 특히 황지우는 개성적 언어 감각으로 현실을 깊이 있게 인식하고 의미심장하게 변용하여 실험적 상상력의 한 절정을 보였다. 일상적이고 사소한 것, 비속한 것에서도 그는 결코 범상치 않은 새로운 인식과 발상을 이끌어냈다. 혹은 새로운 경계를 넘기 위한 발작적 몽상을 보였다. 그의 낯선 감각과 심화된 인식은 독자들로 하여금 새로운 인지의 충격의 정수를 알게 했다. 특히 현실에서 갖은 비(非)시적인, 혹은 산문적인 사건을 체험하면서 그것을 시적인 것으로 변용하는 역동적 에너지를 지녔다는 점이 놀랍다.

　서정시 본연의 아름다움을 살려 한국 시의 격조를 높인 시인들도 많다. 오세영은 전통적인 서정시를 통해 존재의 심층을 탐문했다. 서정성과 철학성의 결합을 통해 비속한 물질문명을 비판하고, 인간성 회복의 소망을 노래했다. 문정희는 여성의 섬세하고 심원한 시각으로 관능적 세계를 서정적으로 재해부하고, 생명의 고귀함과 아름다움에 대한 새로운 성찰의 지평으로 독자들을 안내한다. 그녀는 여성과 남성, 문명과 자연, 자유와 억제, 욕망과 이성 등의 대립과 화해를 다양한 방식으로 시도하면서 이분법의 세계를 넘어선 본원적 생명의 세계를 응시한다. 조정권은 동양적 정신주의를 모더니즘의 언어 감각으로 형상화한 시인이다. 그는 정신적 깨달음의 세계에 이르기 위해, 현실에서 자질구레한 체험들을 하면서도 늘 청정한 정신을 유지하려고 노력한다. 그의 정신주의적 모색의 절정을 보이는 시집이 『산정묘지』이다.

현실 비판적인 시도 많이 창작되었다. 김지하, 신경림, 고은, 조태일, 이성부, 정희성, 이시영 등은 전통적인 판소리나 민요에 담긴 민중적 정서를 되살려서 정치적 현실을 비판했다. 김지하는 한국적 정서와 사상을 한국적 형식에 담은 담시들을 발표하여 정치적·문학적으로 충격을 주었다. 1970년대와 1980년대에는 가장 정치적인 목소리로 정치 현실을 비판하고 민주를 외쳤던 김지하는 1990년대 이후 생명 사상에 입각한 유장한 생태학적 상상력을 보였다. 신경림은 이전에는 별로 시인들의 주목을 받지 못했던 변두리 농민 현실과 정서를 적극적으로 시 세계 안에 끌어들였다. 아울러 공동체 사회 붕괴 이후 뒷전으로 밀려났던 민요 가락 등 전통적 리듬을 오늘의 현실에 되살려 시의 새로운 스타일을 창조했다. 고통스러운 민중 현실을 신명나는 가락으로 형상화한 그의 시는 역설의 미학을 보여준다. 고은은 매우 다채로운 소재와 이야기를 바탕으로 왕성하게 시 창작을 한 시인이다. 1960년대에는 불교적 영감과 선적(禪的) 직관을 바탕으로 허무와 소멸을 노래했지만, 1970년대에는 허무주의적 색채를 탈피하고 정치적 현실과 정면으로 대결하는 시를 썼다. 분단과 독재로 얼룩진 역사적 현실을 응시하고 격렬한 투쟁의 의지를 노래하는 시를 발표했다. 역사에 대한 강한 신념으로 연작시「만인보」와 서사시「백두산」등의 방대한 규모의 저작을 낳았다.「만인보」는 민족 구성원의 개체적 삶의 진실을 서정의 언어로 통합시키는 작업이며,「백두산」은 민족사의 고난과 진보에의 신념을 형상화한 서사시다. 이시영은 모더니스트로 출발했으나 1970, 80년대 민주화 운동의 흐름과 더불어 구체적 현실과 비판적 지성을 결합하는 리얼리즘 시를 썼다. 그는 평범한 농촌 현실에서도 평범하지 않은 날카로운 감각으로 심원한 문제의식을 포착하고 이야기가 있는 풍경을 길어냈다. 고통스러운 현실과 역사의 이면에 어렵게 숨어 있는 아름다운 진실을 순정한 언어로 환기하는 압축적인 서정시를 많이 창작했다.

1980년대에는 민주화 운동의 열기를 타고 좀더 과격하게 현실을 비판하는 시들이 많았다. 박노해, 백무산, 하종오, 김남주, 김정환 등은 노동 계급 의식을 환기하는 노동시를 창작했다. 다른 한편 최승자, 김혜순, 강은교, 김승희, 고정희 등의 여성 시인들은 한국 여성시를 넓고 깊게 하는 데 기여했다.

4. 후기 산업사회와 문학의 탈주

1988년 서울 올림픽 이후 한국은 후기 산업사회로 접어들었다. 정치적 민주화도 상당히 실현되어 1980년대 같은 집단적 저항 운동은 잦아들었다. 1980년대 말 동구 사회주의의 붕괴와 같은 세계사적 지각 변동과도 관련되는 일이었다. 거대 담론이 퇴행하고 미시 담론들이 명멸했다. 정치적 이념이나 공공선(公共善)보다는 개인의 행복이나 욕망을 추구하고자 했다. 특히 젊은 세대들은 사회적 관습이나 의무, 윤리에서 벗어나 화려한 대중문화와 풍요로운 소비 생활 속에서 개인의 욕망을 보다 적극적으로 추구하는 경향을 보였다. 이들의 새로운 가치관과 새로운 생활 양식이 사회 전반으로 확산되었다. 미래를 향한 희망의 담론보다는 일상생활이 강조되는 분위기였다. 생활 감각도 변화했고, 자유로운 외국 여행도 일상화되어 공간 감각도 변화했다. 대중문화 산업과 레저 산업이 크게 발전했다. 또 인터넷을 통한 디지털 문화도 크게 약진했다. 사람들은 대중문화와 인터넷의 적극적인 소비자가 되어 그곳에 접속하여 새로운 욕망과 감각을 배우고, 또 새로운 관계와 쾌락을 얻었다. 디지털 공간은 확실히 신천지였다. 21세기 들어서도 그런 양상은 더욱 확산되었다. 산업화는 늦었지만 정보화는 앞서자는 기치 아래 추진된 디지털 정책과 더불어 한국은 디지털 강국으로 성장했다. 그러나 IMF로부터 구제 금융을 받아야 했던 1998년 이후 주기적으로 찾아온 경제 위기감은 청년 실업 문제와 함께 2000년대 한국의 과제였다. 새롭게 현실 문제에 관심을 가지게 되었지만, 현실과 가상현실을 넘나드는 시대가 되었기에 1970년대나 1980년대의 현실 문제와는 다른 것일 수밖에 없었다.

이 시기에 한국의 시인들은 도시적 일상시와 자연적 생태시라는 양축 사이에서 다양한 서정적 스펙트럼을 보였다. 물론 도시적 일상성의 문제를 다룬 시편들이 더 많았다. 소비 사회의 도시 공간에서 일상적으로 물질적 쾌락을 좇는 경향을 보이는 상황에서, 예외적 개인으로서 시인들은 소비 사회의 모순에 환멸을 느끼거나 허무의 지평을 응시하곤 했다. 최승호, 기형도, 이문재, 이갑수, 최영철, 김기택, 정해종 등은 세속 도시의 환멸의 풍경들을 극적으로 묘파했다. 특히 1990년대 감수성에 많은 영향을 미친 기형도의 시는 부조리한 세속성의 체험을 축축하고 불길한 색조의 언어로 묘사한 것으로서 지속적인 관심의 대상이 되었다. 다른 한편에서는 세속 도시 소비 문화에 대한 미혹과 반성의 길항 작용을 보여준 시편들이 창작되었다.『햄버거에 대한 명상』의 장정일이나『바람부는 날이면 압구정동에 가야 한다』의 유하,『자본주의의 약속』의 함민복을 비롯하여 함성호, 장경린, 하재봉, 이승하 등의 시편들에서 그런 경향은 뚜렷했다. 대중 상품 미학이 판을 치는 소비 문화 공간 속에서 인간의 부황한 욕망을 드러내고 거기에 대한 반성적 사유를 모색하는 가운데 자본주의 체제에 대한 비판적 성찰을 시적으로 형상화한 경우들이다. 김태형, 이원, 성기완, 서정학 등의 시에서도 타락한 대중문화를 조타하는 후기 산업사회의 메커니즘에 대한 반응이 여실하게 나타났다. 김신용은 휘황찬란한 듯 보이는 후기 산업사회의 어두운 그림자들을 응시했다. 실제로 매우 고통스럽게 일상을 유지했던 그는 현실에서 고난받는 존재들에 세심한 관심을 보이며 서정적 위로를 시도했다.

소비적 세속 도시의 건너편에서 탈도시적 서정 공간의 모색이 뚜렷하게 하나의 흐름을 형성했으니, 일련의 생태시편들이 거기에 속한다. 시의 자연 탐구는 매우 자연스러운 일에 속하지만, 현대 소비 자본주의 시대라는 위기의 상황에 대면했을 때 그것은 보다 의미 있는 서정의 지평으로 다가오게 마련이다. 현실 도시 문명의 위기와 인간 중심주의의 위기를 본질적으로 성찰하고 더 큰 범주로서의 자연이나 환경, 생태 의식을 보인다는 점에서 그렇다. 이 시기의 생태시들은 세속 도시의 타락상에 대한 대안 명제로 자연 탐구를 보인다거나, 훼손된 자연 환경을 증거한다거나, 혹은 근원적인 생명의 탐구 경향을 보인다거나, 나아가 생태학적 윤리의 실천을 강조한다거나, 정신주의를 강조하면서 선시(禪詩)의 경향을 띤다거나 하는 등매우 다채롭게 전개되었다. 김지하, 정현종, 김광규, 조정권, 최승호,

고진하, 김사인, 이문재, 고재종, 이윤학, 차창룡, 최계선, 박형준, 이정록, 문태준, 김근 등의 시인들이 여기에 속한다. 김사인은 풍경의 깊이를 응시하며 세상의 거친 흐름에서 비켜난 사람들의 처지와 상황을 따스하게 품어 안으면서, 그들에게 넉넉한 영혼의 숨길이 트이기를 소망한다. 풍경의 깊이에서 잃어버린 우주적 비의와 인간적 본성을 회복할 수 있기를 지향한다. 문태준은 "낮고 부드럽고 움직이는 고요"를 성찰하는 넉넉한 투시안을 지닌 시인이다. 현재의 경험과 오래된 기억 내지 생태학적 무의식 사이의 교감을 통해 자연 상태에서 서정시의 본원적 고향을 찾아간다. 김근 역시 자연과 사람 사이의 교감을 통해 부드러운 생명력이 넘치는 리듬을 지향한다.

여성적 정체성을 추구하는 여성 시인들의 시적 표현 또한 두드러졌다. 탈근대성 논의와 페미니즘 미학의 대두라는 사회문화적 조건과 맞물리면서 여성시들은 기존의 남성 중심주의 이데올로기와 왜곡된 모성성의 신화를 해체하고 진정한 여성성의 추구를 통해 훼손되고 타락한 현실을 되살리고 진정한 가치를 탐문하려는 경향을 보였다. 천양희, 김승희, 최승자, 김혜순, 김정란, 황인숙, 조은, 허수경, 나희덕, 이진명, 최정례, 안현미 등 많은 여성 시인들의 시편들은 각각의 개성에도 불구하고 남성 중심적 질서에 의해 억압되었던 여성적 타자성의 복원 가능성과 그것을 통한 새로운 존재론의 가능성을 탐색한 서정적 노력의 결실이다.

여성성의 문제와 더불어 육체성의 테마 또한 이 시기 시의 주요 관심사였다. 이성 중심주의에 대한 반성과 탈근대성의 미학과 더불어 육체성과 육체 이미지에 대한 관심은 새로운 서정의 미학을 알게 했다. 정진규, 김명인, 이창기, 채호기, 유하, 김기택 등의 시들이 그러하다. 또한 이승훈, 박상순 등의 시에서 보이는 욕망의 상상력은 해체적이고 전복적인 실험 정신을 동반하면서 미적 혁신을 알게 했다. 2000년대 들어 황병승은 아주 독특한 실험시로 주목받았다. 이 병률은 혼돈스러운 현실의 심연에서 모호한 듯 보이는 진실의 자리를 가늠해보려는 모호성의 미학을 펼쳤다. 김경주는 이 세상에 없는 시간과 공간을 동경하면서 음악의 세계에 이끌린 시인이다. 리듬을 통해 이를 수 없는 시공간을 간절하게 응시하는 그의 시는 언어와 음악의 순교자 같은 모습을 보인다.

  작가들에게도 화려하고 쾌락적인 소비 사회는 매혹의 대상이면서 동시에 거부와 비판의 대상이었다. 윤대녕, 이순원, 김훈, 김영하, 박민규 등의 소설 속에는 대중문화의 적극적인 소비자들이며, 사회의 질서와 관습으로부터 자유로운 삶을 사는 인물들이 등장한다. 이들의 삶은 대중 소비 사회의 새로운 생활 양식과 가치관을 보여준다. 그러나 작가는 결국 그러한 인물들의 삶이 얼마나 무의미하고 허무한 것인가를 보여주면서 새로운 세상을 비관적으로 진단한다. 그 비판의 방식으로 윤대녕은 신화적 상상력을 택한다. 「은어낚시통신」에서 「제비를 기르다」에 이르기까지 많은 소설에서, 현실에서 절망한 윤대녕의 주인공들은 존재의 시원(始原)으로의 귀환을 꿈꾼다. 남성 인물은 낯선 여성 인물을 매개로 일상의 범속함으로부터 벗어나 진정한 자아와 삶의 의미를 추구해나간다. 현실에서의 절망과 분리, 시원으로 향하는 영원 회귀 여행, 귀환과 신생의 발견이라는 윤대녕의 서사적 문법은 단원 신화mono myth의 구조를 지닌다. 그의 소설은 1990년대의 소설 미학을 선도하면서, 정신적으로 부유하고 있는 당대 젊은이들의 우울한 내면을 인상적으로 그렸다는 점에서 큰 호응을 얻었다. 이순원은 『압구정동엔 비상구가 없다』에서 소비 사회의 폐해를 직접적으로 비판했다. 그는 종종 그 대안적 에너지를 전통적 삶의 미덕과 지혜에서 발견한다. 『수색, 그 물빛 무늬』나 『해파리에 관한 명상』 등 여러 소설을 통해 그는 교환 가치가 아닌 순수한 가치를 추구했던 전통 시대의 미덕을 떠올리게 한다. 김훈은 역사적 상처를 형이상학적으로 성찰하면서 인문적 상상력을 펼친다. 『칼의 노래』는 이순신이라는 역사적 인물의 기록을 바탕으로 하되, 그것을 넘어서 인간의 절실한 존재론적 질문을 한다. 여기서 역사적 상상력은 역사를 초극하여 형이상학적 상상력으로 승화되었다. 죽음으로써 죽음을 초극한 이순신의 내면을 김훈 나름의 독특한 상상력과 스타일로 웅숭깊게 보여주었다. 김영하와 박민규는 문화적인 아방가르드이다. 문화적 놀이 충동으로 현실의 고통과 불안을 넘어서려 하는 김영하는 기존의 서술 프로그램을 가로질러 새로 쓰는 텍스트를 향해 탈주한다. 김영하의 인물들은 대개 어떤 근원적인 심리적 공허의 경험을 가지고 있으며, 그 경험을 바탕으로 환각을 체험한다. 주체의 위기, 존재의 위기 감각을 뚜렷이 드러내는 그들은 소비 사회와 포스트모던한 징후들이 구성한 새로운 심리적 복합체들이다. 『나는 나를 파괴할 권리가 있다』는 삶이 죽음보다 더 병들었다고 생각하는 세기말의 작은 악마의 이야기다. 현실과 문화, 실재와 가상, 에로스와 타나토스를 넘나들며 동시대의 우울과 권태에 묘한 구멍을 낸다. 박민규 또한 대중문화, 스포츠 등의 세계를 넘나들며 전복적 서사 인식을 펼쳐 보인다. 각종 문화 정보들에 역동적으로 접속하여 그 문화적 섬망들을 제유적으로 축약하면서 새로운 이야기를 만들어낸다. 그는 사회적 소수자의 입장에서 다수자를 조롱하고 비판한다. 『죽은 왕녀를 위한 파반느』에서도 미적 소수자를 위한 진실한 상상적 변명을 시도한다.

　젊은 여성 작가들의 활동이 돋보인 것도 이 시기 한국 소설의 한 특징이다. 신경숙, 공지영, 은희경, 김인숙, 서하진, 조경란, 전경린, 천운영, 하성란, 배수아, 권여선, 윤성희, 편혜영, 김숨, 한유주, 김애란 등은 남성 중심적인 사회 질서와 관습을 비판하고 여성들의 욕망을 대변한다. 이들의 소설은, 가정의 굴레를 벗어나 성의 해방을 통해 자아를 실현하려는 여주인공들을 통하여 여성의 해방과 자유를 옹호한다. 신경숙은 독특한 문체 미학을 보여준 작가다. 그녀는 다가설 수 없는 그리움이나 이루어지지 못하는 사랑을 독특한 문체로 표현했다. 그녀의 문체는 말해질 수 없는 것들을 말하고자, 혹은 다가설 수 없는 것들에 다가서고자 하는 소망으로 예민하게 긴장하고 있는 감각의 음표들이다. 은희경은 섬세하면서도 원숙한 여성의 시선으로 현대 사회에서 인간관계의 문제성을 탐문했다. 주체와 타자가 허심탄회하게 소통할 수 있기 위해서는 무엇을 어떻게 해야 할 것인가의 문제가 그녀의 주요 관심사다. 그녀의 첫 장편인 『새의 선물』은 역사적 이성이 회의의 대상이 되던 시절에 삶의 의미를 천착한 성장소설이다. 권여선의 「사랑을 믿다」 또한 균열된 인간관계와 그 상처의 문제를 성찰하면서, 왜 늘 인간에게 깨달음은 뒤늦게 오는가의 문제를 이야기한다. 헤어진 이후에 사랑의 의미를 안다는 것은 곧 상처를 보탠다는 것이다. 윤성희의 소설은 겨우 존재하는 주변인들에게 건네는 위무의 서사이다. 그녀는 주변인들의 존재와 감각을 예민하게 감지하여 섬세하게 보여준다. 줄거리로 소설을 쓰지 않고 순간의 감각의 기운에서 그물코를 얻어 이리저리 능란하게 상상해나가는 소설을 쓰는 작가이다. 좀처럼 다가가기 어렵고, 치유되기 힘든 단독자의 상처 난 감각과 절망에 몰입하면서, 그 치유의 가능성을 길어낸다. 21세기 들어 가장 인상적인 그로테스크 리얼리즘을 구사하고 있는 편혜영은 『재와 빨강』에서 재난의 상상력의 한 절정을 보인다. 그녀는 현실의 절망을 더 아프게 인식하기 위해 하드고어에 가까울 정도의 끔찍한 상상력을 펼친다. 공포와 연민을 수반하는 끔찍한 것들을 통한 인상적인 카타르시스를, 독자들은 경험하게 된다. 한유주는 말의 대홍수 시대의 언어 학대증에 도전한다. 그런 면에서 한유주의 소설은 현존 세상과 인간, 말과 이야기 문화에 대한 항의의 서사다. 너무나 쉽게 말하고 아무렇지도 않게 소비해버리는 말 문화, 흔한 이야기를 편한 스타일로 아무 고민 없이 전달하려는 이야기 문화의 속악함에 작가가 절망하고 있기 때문일 터이다. 이런 절망 때문에 작가는 희소성의 스타일로 희소성의 서사 가치를 추구한다. 이야기를 하기보다는 이야기의 가능성을 되씹기, 능란한 대화로 이야기를 이끌기보다는 잔뜩 웅크린 독백 조로 말과 의미의 긴장을 새롭게 일구어내기, 등 여러 면에서 한유주의 소설은 독창적이다.

한국 문학에 대해 언급한 것보다 언급하지 못한 게 훨씬 많다. 이 특별호에 수록된 한국 문학 작품들을 진지하게 읽다 보면, 이 글에서 언급되지 않은 더 많은 한국 문학의 매력을 느낄 수 있을 것이다. 한국 문학은 세계 문학 독자들과의 소통을 위해 언제나 열려 있다.

2부 비행운의 꿈과 허공의 만돌라

진실의 숨결과 서사의 파동
── 한강론

1. 여수의 미학과 고통의 심연

한강은 매우 개성적인 숨결로 이채로운 말결을 파동처럼 빚어내는 작가이다. 그 어떤 제재를 다루더라도 자신만의 고집스러운 스타일과 상상력, 주제 의식으로 오로지 한강만이 빚어낼 수 있는 그윽하고 깊은 파동을 독자들에게 선사한다. 그녀가 다루는 인물들은 대체로 세상의 온갖 허물들을 모아 앓는 자, 상처 깊은 자의 형상을 하고 있다. 상처의 심연으로 내려가서, 왜 현존재는 이토록 탈나지 않으면 안 되었던가, 왜 세상은 그토록 고통스럽지 않으면 안 되었던가, 탐문한다. 그 탐문은 대체로 여로에서 이루어지고, 여로의 현존은 깊은 여수(旅愁)의 심연에 갇힌 여수(女囚) 형상을 한 경우가 많다. 첫 소설집 『여수의 사랑』(문학과지성사, 1995) 시절부터 줄곧 그러했다. 온갖 포스트모던한 포즈들로 넘쳐나던 당시의 문화적 상황에서 탈(脫)소설적 혹은 초(超)소설적 경향으로 튀는(?) 다른 신진 작가들과는 달리 한강은 다분히 고전적인 소설 감각을 보였다. 문장이나 언어 감각, 구성, 주제 의식 등 여러 측면에서 그녀의 소설은 그러했다. 해체적이거나 영상적이거나 키치 스타일이 범람하는 1990년대식 포스트모더니즘의 분위기 속에서 그녀의 고전적인 스타일은 역설적으로 낯설게 다가왔던 게 사실이다. 그렇다고 해서 그녀가 전적으로 구식 소설을 썼다고 말하려는 것은 결코 아니다. 고전적인 소설에서 찾아질 수 있는 신화소를 현대적 혹은 탈현대적 이상(異狀) 심리로 변형, 생성하려는 한강 나름의 특징적 경향은, 옛것으로부터의 새로운 탈주를 시도한 것으로 읽혔고, 그런 독법은 지금도 여전히 유효한 것처럼 보인다.

첫 소설집 『여수의 사랑』에서 우리는 희망이 소진된 상황을 견디는 고통의 흔적을 시리도록 발견하게 된다. 대부분 이십대의 주인공들인데도 불구하고, 한강의 소설적 프리즘 안에서 그들은 이미 청춘이 아니다. 발랄하고 경쾌한 젊음의 풍속이나 세태와는 아랑곳없다. 그들은 고아처럼 버려졌거나 버려졌다고 생각하고, 그래서 정처 없이 떠돌이 삶을 살며, 신체적 통증과 정신적 질환에 시달리고, 또 때때로 살기도 전에 죽어간다. 또한 고독하고 우울하며 피로에 지쳐 있다. 그들에게 세계는 매우 혹독한 것이다. 가령 「여수의 사랑」에서 "바람은 오래 기다렸다는 듯이 내 어깨를 혹독하게 후려쳤다. 무겁게 가라앉은 잿빛 하늘은 눈부신 얼음 조각 같은 빗발들을 내 악문 입술을 향해 내리꽂았다"(『여수의 사랑』, p. 58)라는 묘사 부분만 보더라도 우리는 그것을 얼마든지 확인할 수 있다. 그 같은 "잿빛 하늘" 아래 드리워진 길고 짙은 어둠의 그림자 속에서 그들은 "얼음 조각"에 피격당한 듯한 현존을 부정하고 신생을 낭만적으로 동경하고 열망한다. 영혼의 숨결을 잃어버린 세대의 고통스러운 초상이다.

현실을 성찰하는 한강의 낭만적 전략은 현대의 신화를 추구하는 하나의 방편이기도 했다. 그녀가 탐색한 신화소의 하나는 버려진 아이라는 의미에서 기아(棄兒) 의식이다. 모태로부터 분리되는 순간의 고통, 부모로부터 버려졌을 때의 아픔, 사회와 현실로부터 철저하게 소외당했다고 느낄 때의 우수 등이 피투성이같이 던져진 피투성(被投性)의 존재로서의 인간 초상을 떠올리게 하지만, 신화적인 맥락에서는 역시 기아 의식이라는 다발 안에 포괄되는 것들이라 할 수 있다. 원초적 혹은 선험적 고향으로부터 분리를 경험할 때 모든 존재는 자기 동일성을 상실한 채 고통스러운 방황을 거듭하게 마련이다. 이때 단원 신화는 입사식이라는 통과 제의를 거쳐 귀환하는 과정을 보여줌으로써 상실했던 자기 동일성을 회복하는 이야기로 마무리되는 게 통례지만, 현대에 이르러 그것은 해체되었고, 신화는 좀처럼 완성될 줄 모른다. 신화의 해체 이후 인간의 삶은 고통의 흔적으로 점철된다. 그럴 때 인간의 여로는 곧 여수(旅愁)의 길이 된다. 귀환을 보장해주는 통과 제의적인 성격을 상실했기 때문이다. 상실한 자기 동일성의 회복은 그야말로 난망이다.

　첫 소설집의 표제작 「여수의 사랑」은 이렇듯 희망이 봉인된 상황에서 펼쳐지는 현대의 소외된 신화 속에서의 기아 의식을 웅숭깊게 형상화한 소설이다. 기본 구조는 정선이라는 주인공이 기차를 타고 서울에서 여수까지 가는 여로 위에 축조되어 있다. 흔히 여로형 소설에서는 왜 떠나는가, 어떻게 가는가, 어디로 갔는가, 출발지와 도착지 사이에서 영혼의 초상은 어떻게 변화하는가, 등등이 문제 된다고 할 수 있다. 그런데 이 작품은 기존의 여로형 소설의 많은 요소들을 의도적으로 생략하고 있다. 모든 것이 불분명하기 때문이다. 분명한 것이 혹 있을 수 있다면, 고통의 흔적 찾기 내지 상실한 자아의 궤적 찾기, 그것일 따름이다.

여수가 고향인 주인공 정선은 다섯 살에 어머니를, 일곱 살에 아버지를 차례로 잃었다. 스물다섯 살의 나이로 세상을 등진 어머니의 죽음도 문제적이지만 아버지의 죽음이 더 문제적이다. 아버지는 술에 젖은 역한 숨결로 여수 앞바다에서 동반 자살을 시도했던 것이다. 아버지와 동생이 죽은 그 사건에서 정선만 살아남았다. 아니 홀로 버려졌다. 이 고통은 트라우마의 극치에 값한다. 그로부터 참담한 여수(旅愁)의 나날은 계속된다. 위경련과 결벽증으로 시달리고 있는 그녀가 특히 후각 공포증 혹은 냄새 강박증에서 벗어나지 못하는 것은 바로 이 때문이다.

이런 정선에게 자흔의 출현은 고통스럽다. 왜냐하면 비슷한 운명의 그림자를 안고 떠돌며 사는 인물이기 때문이다. 두 살 무렵 강보에 싸인 채로 여수발 서울행 열차에 버려졌던 자흔은 이 버려짐의 트라우마 때문에 자기 길을 제대로 찾지 못한다. 아니 자기 길이 있을 수 있다는 희망마저 제대로 지녀 갖지 못한다. "어느 곳 하나 고향이 아니었어요. 모든 도시가 곧 떠나야 할 낯선 곳이었어요. 매일 아침 눈을 뜰 때마다 길을 잃은 기분이었어요"(『여수의 사랑』, p. 41). 이와 같은 여수(旅愁)의 어두운 그림자 속에서 속절없이 살아가는 자흔이고 보니, 주인공의 존재의 거울일 수밖에. 거울을 통해 자신의 상실한 모습을 확인하는 심정은 처연하다. 주인공 정선의 고통이 가중되는 것은 그 때문이다. 그러던 중 자흔이 또다시 여수(麗水)인지 여수(旅愁)인지 모를 길을 떠난다. 그래서 정선도 여수(旅愁)의 여수(麗水) 여로를 택한다. 하지만 그 여로는 고통의 흔적 찾기 이상의 어떤 은총도 허락지 않는 것처럼 보인다. 그 고통의 흔적들은 탈 난 후각이나 위장 등등 여러 육체적·심리적 증상으로 소설 속에 아프게 새겨져 있다. 그것들은 해체된 혹은 유폐된 현대 신화의 파편들이다. 한강이 점묘하는 누추하고 비루한 현대의 신화들은 차라리 예전의 신화들을 추문화하면서 동시대적 고통의 심연을 비추고 생경하게 드러내는 탈신화적인 어떤 것인지도 모른다.

2. 동물성에의 구토와 식물성에의 연민

고통의 심연을 향해 한없이 자맥질하는 한강의 여수(旅愁)의 미학은 이후의 작업에서도 되풀이 변형 생성된다. 두번째 소설집인 『내 여자의 열매』(창비, 2000)는 물론 장편 『검은 사슴』(문학동네, 1998), 『그대의 차가운 손』(문학과지성사, 2002)을 거쳐, 연작소설 『채식주의자』(창비, 2007), 장편 『바람이 분다, 가라』(문학과지성사, 2010)에 이르기까지 한강의 소설들은 대체로 비루한 현대의 탈/신화와 관련된다. 많은 인물들이 여전히 누추하게 태어나고, 출생보다 더 비참하게 버려지거나 버림받았다고 느끼며 여수(旅愁)의 심연에 젖어든다. "이미 나는 오랫동안 이 집에 속하지 않았다. 이제 와서 나에게 진짜 집이 없다면, 나는 이 세상의 어느 곳에도 속할 곳이 없는 것이었다. 찾아갈 곳도 없었고 행복할 곳도 없었다. 긴장 어린 시선을 접고 안도할 곳도 없었다"(『그대의 차가운 손』, p. 51) 같은 부분에서도 확인할 수 있듯이, 고전적 영웅 신화의 조짐을 한강의 서사 현실에서 가늠해보는 것은 무망한 노릇이다. 희망을 위한 모종의 빈틈조차 발견하기 쉽지 않다. 설령 자식을 직접 버리지는 않았다고 하더라도 어떤 어머니들은 알코올 중독이거나 정신 이상으로 아이를 전혀 돌보지 않는 것으로 극진한 모성 신화를 해체한다. 그렇게 여로에서 고통스럽게 자란 인물들은 대부분 구토 증세에 시달린다. 첫 소설집 『여수의 사랑』에서 정선이나 자흔을 비롯한 여러 인물들이 그랬거니와 『내 여자의 열매』의 아내, 『그대의 차가운 손』의 L, 『바람이 분다, 가라』의 이정희나 서인주 등 많은 인물들이 구토의 고통스러운 박물지를 형성한다.

가령 「내 여자의 열매」에서 아내는 어릴 적부터 자유롭게 살다가 자유롭게 죽기를 꿈꾸었던 인물이다. 그런데 소망과는 달리 "보이지 않는 사슬과 묵직한 철구(鐵球)가 발과 다리를 옴쭉달싹하지 못하게 하고 있는 것처럼"(『내 여자의 열매』, p. 225) 일상의 억압에 가위눌려 살다가 심한 구토 증세를 보인다. "하루에도 몇 번씩 토하는 기분이 어떤 건지 알아? 맨땅 위에서 멀미를 하는 사람처럼, 허리를 펴고 걸을 수가 없어. 머리가…… 오른쪽 눈이 후벼 파는 것같이 아파. 어깨가 나무토막처럼 딱딱해지고 입에 단물이 고이고, 노란 위액이 보도블록에, 가로수 밑동에……"(pp. 221~22). 이토록 고통스럽게 구토에 시달리는 그녀는 오래전부터 "바람과 햇빛과 물만으로 살 수 있게 되기를 꿈꿔"(p. 236)왔던 인물이었다. 마침내 그녀는 어느 날 식물화하는 경계에 선다. 출장을 갔다가 오랜만에 귀가한 남편은 식물로 변신하는 그녀를 목도한다. "아내는 베란다의 쇠창살을 향하여 무릎을 꿇은 채 두 팔을 만세 부르듯 치켜 올리고 있었다. 그녀의 몸은 진초록색이었다. 푸르스름하던 얼굴은 상록활엽수의 잎처럼 반들반들했다. 시래기 같던 머리카락에는 싱그러운 들풀 줄기의 윤기가 흘렀다"(p. 233). 동물적 육체를 넘어 식물화하려는 아내의 요구에 따라 남편은 물을 뿌려준다. "그것을 아내의 가슴에 끼얹는 순간, 그녀의 몸이 거대한 식물의 잎사귀처럼 파들거리며 살아났다"(p. 234). 물세례를 통해 청신하게 피어나는 아내를 보면서 남편은 "내 아내가 저만큼 아름다웠던 적은 없었다"(p. 234)고 느낀다. 카프카의 『변신』에서 벌레로 변한 남자의 이야기를 우리는 잘 알고 있거니와, 한강의 소설에서 식물로 변신하여 열매까지 맺게 하는 환상적 변신 이야기는 연작 장편 『채식주의자』에서 좀더 면밀한 실감을 얻게 된다.

　『채식주의자』에서 영혜는 악몽을 꾼 다음에 채식주의를 선언한다. 악몽은 다채롭게 변주되지만 단속적으로 덮쳐오는 짧은 장면들은 대개 "번들거리는 짐승의 눈, 피의 형상, 파헤쳐진 두개골, 그리고 다시 맹수의 눈"(『채식주의자』, p. 43) 같은 것들로 점철된다. 동물적인 공격성과 폭력성, 죽음을 몰고 오는 세계 파국의 공포와 불안 같은 것들 때문에 잠도 못 자고 먹지도 못하다가 내린 결단이었다. 동물적 공격성으로 넘쳐나는 세상에서 그녀가 원하는 것은 식물적 평화였다. 그녀가 유일하게 옹호하는 젖가슴의 상징도 그런 면에서 주목된다. "내가 믿는 건 내 가슴뿐이야. 난 내 젖가슴이 좋아. 젖가슴으론 아무것도 죽일 수 없으니까. 손도, 발도, 이빨과 세치 혀도, 시선마저도, 무엇이든 죽이고 해칠 수 있는 무기잖아. 하지만 가슴은 아니야. 이 둥근 가슴이 있는 한 난 괜찮아. 아직 괜찮은 거야"(p. 43). 그러나 그렇다고 해서 이분법적 대립을 단순하게 지양하여 식물성으로 종합하려는 어설픈 시도를 보이지는 않는다. 「내 여자의 열매」에서도 식물성을 추구하는 아내가 연민의 대상이었듯이, 『채식주의자』에서 영혜 역시 단호한 추구에도 불구하고 연민의 대상이 아닐 수 없다. 남편은 물론 부모나 형제자매들에게조차 이해받지 못한 상태에서 몸도 마음도 상하고 다친 상태가 되고 만다. 그녀 스스로도 뜻대로 되지 않는 상황과 자기 몸에 대해 "*그런데 왜 자꾸만 가슴이 여위는 거지. 이젠 더 이상 둥글지도 않아. 왜지. 왜 나는 이렇게 말라가는 거지. 무엇을 찌르려고 이렇게 날카로워지는 거지*"(p. 43)라며 자탄하고 있거니와, 결국 그녀는 형부와의 예술적/성적 일탈을 거쳐 정신병원에 갇혀 광기의 영역에 묻히고 만다. 물과 바람과 공기와 더불어 숨 쉬며 초록빛 나무가 되려 했던 그녀의 소망은, 그 진정성에도 불구하고 현실에서는 계속 미끄러질 수밖에 없다. 그녀의 둥근 가슴이 날카로워지는 것은 충분히 일리 있는 몸의 항의로 받아들여진다. 그런 점에서 다음과 같은 결구가 매우 인상적으로 다가온다. "조용히, 그녀는 숨을 들이마신다. 활활 타오르는 도로변의 나무들을, 무수한 짐승들처럼 몸을 일으켜 일렁이는 초록빛의 불꽃들을 쏘아본다. 대답을 기다리듯, 아니 무엇인가에 항의하듯 그녀의 눈길은 어둡고 끈질기다"(p. 221).

한강의 여성 인물 대부분은 기아 의식이나 그에 준하는 트라우마를 지닌 채 살아가지만 타인이나 세상을 향한 동물적 공격성이나 이렇다 할 적의를 보이지는 않는다. 그 대신 식물로 변신하는 과정을 통해 평화의 바람을 일으키기를, 아니 평화의 바람을 일으키지는 못하더라도 최소한 평화로운 숨결 속에서 자유롭게 살아갈 수 있기를 바란다. 그럼에도 동물적 공격성으로 점철된 현실이나 사람살이의 상황은 그런 소망을 지닌 사람들로 하여금 제대로 숨도 쉬지 못하게 혹은 질식하게 하는 경우가 많다. 만약 세상이 생태학적 진실에 따라 조금이라도 평화로운 식물성의 기미를 보여주었더라면『채식주의자』에서 영혜는 그토록 가혹한 악몽에 시달리지 않아도 좋았을 것이다. 그녀가 간절하게 숨을 쉬면서 세상을 쏘아보는 것은 그런 사정 때문이다. 이 연작에서 영혜는 세상의 변두리로 밀리다 못해 그 존재를 위한 최소한의 공간조차 혹은 뿌리내릴 한 뼘의 자리조차 마련하기 어려운 처지다. 그녀는 식물적 젖가슴으로 세상의 동물적 공격성에 대응했지만 턱없이 유약할 따름이었다. 수동적일 수밖에 없었다. 세상이 광기의 영역으로 금줄 쳐놓은 정신병원에 갇히게 되는 운명 역시 그녀의 존재를 제한적이게 한다. 물론 그녀는 행하지 않고 말하지 않는 곳에서 존재한다. 보이지 않는 곳에서 부재하듯 존재하면서 성찰적 메시지를 제공하는 그늘의 존재이다. 그늘 속에 음울하게 존재하는 그녀를 대하면서 독자들은 그녀에게 한없는 연민의 시선을 보낸다. 그러면서도 그녀가 조금 더 기운을 내어 그늘 밖의 뙤약볕 아래서도 숨 쉬면서 뭔가를 보여주었으면 하는 마음도 없지 않았다. 어떻게 그럴 수 있을까. 그 그늘진 식물성의 진정성과 아쉬움을 반추하고, 새롭게 숨 쉴 수 있는 가능성 내지 새로운 생에의 의지의 가능성을 조심스럽게 타진하면서 작가가 기획한 소설이 바로 장편『바람이 분다, 가라』이다.

3. 숨의 진실과 숨 쉴 틈

『바람이 분다, 가라』는 숨과 관련된 이야기다. 들숨과 날숨의 원활한 순환으로 생명이 유지되는데, 그러지 못했을 때 어떻게 할 것인

가 하는 문제와 관련된다. 소설의 끝부분에 호흡 충돌breath fighting
의 상황에 대한 의사의 설명이 제시된다.

> 환자가 갑자기 스스로 숨을 쉰 겁니다.
> 그게 인공호흡기가 넣어주는 숨과 부딪친 겁니다.
> 일단 호흡억제제를 투여했습니다.
> 그래도 계속 부딪치면 호흡기를 뗍니다.
>
> —『바람이 분다, 가라』, p. 384

의식 불명 상태에서 인공호흡기에 의해 숨을 유지하던 환자가 갑
자기 자기 숨을 쉴 때, 자기 숨과 인공 숨 사이의 충돌 상태를 말하
는 것이다. 이 호흡 충돌의 상태는 먼저 죽어간 친구 서인주가 경험
했고, 그녀의 죽음과 관련된 진실을 탐문하던 주인공 이정희가 다시
겪게 된다. 왜 그녀들은 호흡 충돌을 일으키지 않으면 안 되었던가,
무엇이 그녀들의 들숨 날숨을 억압했는가, 억압된 상황 속에서 그녀
들은 어떻게 숨을 되찾고자 하는가, 그 결과는 어떠한가, 그리고 그
녀들에게 숨의 의미는 무엇인가, 등등이 이 소설의 주요한 서사 문
제에 해당한다.

이정희와 서인주는 어릴 때부터 친구 사이이다. 달리기를 잘했고 장
대높이뛰기 선수였던 서인주는 병약한 외삼촌과 함께 살았다. 우주
의 비밀과 과학적 탐문에 관심이 많았던 외삼촌은 생태적인 원리에
입각한 화법을 구사하는 화가였다. 친구의 집에 자주 놀러 갔던 이
정희는 삼촌과 천체 우주와 과학 이야기도 나누고 그림 작업도 함께
하다가 사랑에 빠지게 된다. 그러던 어느 날 삼촌이 죽게 되고, 부상

으로 육상을 그만두었던 서인주는 삼촌의 화법을 따라 그림을 그린다. 몇 차례의 전시회를 통해 화단의 관심을 끌던 서인주는 눈이 많이 내리던 어느 날, 미시령을 넘다가 자동차 사고로 돌연 죽고 만다. 그녀가 죽은 다음 미술평론가 강석원은 그녀의 죽음을 자살로 단정하고 서인주를 신화화하는 작업에 돌입한다. 소설의 발단은 그런 강석원의 판단과 처사가 옳지 않다고 판단한 이정희가 강석원을 만나 진실 게임을 하는 장면에서부터 시작된다. 현실적으로 문화적으로 많은 권력을 지닌 강석원은 이정희의 말에 귀 기울일 생각이 전혀 없는 사람이다. 그의 생각은 확고하다 못해 편집증적이다. 그러나 이정희는 친구와 친구의 아들을 위해 진실을 밝히기 위해 백방으로 애쓴다. 그 진실 발견의 몸부림은 매우 격렬하다. 화랑 주변 사람들은 물론 서인주의 어머니를 짝사랑했고 그 때문에 곡절이 많았던 류인섭 상담소장을 찾아 진실의 단서를 축적한다. 특히 류인섭으로부터는 서인주와 미시령 풍경에 관한 많은 단서를 얻게 되고, 사고 당일 강석원도 인근 병원에서 치료를 받았음을 확인하게 된다. 그런저런 단서들을 모아 서인주의 죽음을 자살로 단정하고 쓴 강석원의 평전과는 다른 서인주 이야기를 이정희는 집필한다. 그런 과정에서 강석원은 이정희의 집에 침입하여 그녀를 테러하고 방화를 저지른다. 자신의 단정과 신화와는 다른 모든 단서와 증거 들을 인멸하기 위한 잔혹한 공격성의 방식이었던 것이다. 이에 이정희는 가까스로 문을 밀고 나가 구급차 안에서 인공호흡기를 쓰고 호흡 충돌 상태에 빠진다. 요컨대 죽은 자기 친구의 진실을 밝히기 위해 애쓰다가 속절없이 호흡 충돌 상태에 빠질 수밖에 없었던 한 여성의 핍절한 이야기를 한강은 상당히 중층적인 방식으로 형상화하고 있다.

우선 이정희에게 두 관계가 있다. 숨 쉴 수 있는 관계와 숨 쉴 수 없는 관계가 그것이다. 삼촌이 전자이고, 강석원이 후자의 대상 인물이다. 삼촌은 한지에서 먹물이 자연스럽게 스미고 번지면서 스스로 형상을 이룰 수 있도록 하는 작법을 모색했던 화가였다. 그에 따르면 닥나무 껍질로 만든 한지에는 모세혈관들 같은 무수한 섬유질의 길들이 있다. 그 길들을 따라 퍼져가는 먹의 모양을 나름의 방법으로 잡아주는 게 자신의 일이라고 했다. "가끔은 그의 몸에서 피가 흘러나와 종이의 핏줄들을 타고 흐르는 것같이 느껴진다"(p. 94)고도 했다. 그래서일까. 흔히는 먹은 검고 피는 붉지만, 그에게는 반대로 생각될 때도 있다. "먹은 *붉고*, 피는 *검다고*"(p. 106). 그러면서 그림이 자기가 아닌 물이 그린 것이라고 그는 말한다. "물이 그린 거지. 난 잘 흘러가게 터주고 막아주고 한 것밖에 없어. 식물 키우는 거랑 비슷한 거야"(p. 93). 그래서 그는 "식물이 자라는 속도와 비슷"(p. 32)하게 그림 작업을 진행한다. 이에 주인공은 "1밀리미터 두께도 안 되는 한지가 마치 한없는 깊이를 가진 듯 물과 먹이 흐르는 공간이 된다니"(p. 94)라며 한지의 깊이와, 그 깊이를 발견하고 거기에 길을 내 먹과 피가 소통하며 숨 쉬게 하는 삼촌의 예술가적 깊이와, 삼촌의 식물성의 겸손의 미덕 등을 아득하게 절감하게 된다. 확실히 삼촌은 식물성의 인간으로 그녀에게 다가왔다. 스무 살에 가까운 나이 차이에도 불구하고 그는 그녀에게 어떤 명령도, 의지가 실린 충고도, 은근한 강요도 하지 않았다. 그저 자연스러운 감정이 스미고 번지고 퍼지게 했다. 그야말로 자연스럽게 숨 쉴 수 있도록 숨의 통로를 열어주었던 인물이었던 것이다.

그에 반해 강석원은 주인공을 질식하게 하는 인물이다. 전형적으로 자기중심주의자인 그는 입은 크고 귀는 막혀 있는 인물이다. 그가 바라는 것은 오로지 서인주 신화를 자기 방식대로 만드는 것이다. "서인주라는 이름을 불멸하게 할 겁니다. 서인주가 가진 건 단순한 미술적 재능만이 아니었습니다. 신화가 될 수 있는 모든 조건을 그 여자는 가지고 있습니다. 젊은 나이, 아름다움, 압도하는 그림, 불행한 개인사, 자동차 자살이라는 극적인 최후까지…… 그 여자를 신화로 만들 겁니다. 그걸 위해 내 전 재산을 바쳤습니다. 재산 이상의 것을 바쳤습니다. 앞으로도 바칠 겁니다"(pp. 135~36). 자신의 신념을 위해 타자를 환대하기는커녕 대화할 여유조차 없는 강석원 앞에 설 때마다 주인공은 숨 막히는 경험을 한다. 일찍이 삼촌의 "믿을 수 없게 낮고 연한 그 파동"으로부터는 "한없이 따스한, 부드러운 공기의 기척을"(p. 139) 느꼈던 주인공이었다. 이제 강석원으로부터는 반대로 "오싹한 기척"을 속절없이 느낀다. "살기, 억제된 고통, 끈적이는 슬픔으로 얼룩진 덩어리를"(p. 140) 말이다. 숨 쉴 틈을 주지 않는다. 이와 같이 상반된 관계에 따른 상반된 숨의 조건은 곧 또 다른 호흡 충돌을 야기한다. 이정희의 고통은 이처럼 진실의 숨을 쉴 틈을 마련하기 어렵다는 데서 기본적으로 형성된다.

4. 불안한 기울기와 삶에의 의지

이 두 관계는 왜 중요한가. 이 소설에서 이정희는 20여 년 전, 삼촌의 서가에서 발견한 과학 책들을 읽으면서 이런 생각을 한 적이 있다. "일반상대성의 원리대로, 물질의 질량에 비례해 주변의 공간이 휘어진다면—그게 행성처럼 거대한 것들에만 적용되는 원리가 아니라면—타인의 몸 주위로 구부러진 공간의 만곡 안으로 들어갔다 나오며, 자신의 구부러진 공간 속으로 타인을 불러들였다 내보내곤 하며 우리는 살아가는 것이리라고"(p. 139). 주체와 타자의 관계에 대한 과학철학적 해명의 방식을 작가는 취하고 있거니와, 이때 의미 있는 것은 "한 사람이 가진 고유한 파동이 그 휘어진 공간의 경계까지 퍼져나가는"(p. 139) 것이며, 그 경계의 윤곽에서 느낄 수 있는 아우라다. 그 경계에서 아우라를 교감하고 나눌 수 있을 때, 낮고 부드러운 파동으로 소통하고 숨 쉴 수 있을 때, 주체와 타자의 관계는 행복의 지평에 가까이 갈 수 있다. 그런 측면에서 앞의 두 관계는 지극히 대조적이다. 부드러운 식물성의 아우라를 빚어내는 삼촌과의 관계와는 달리 공격적인 동물성을 극화하는 강석원과의 관계는, 이정희로 하여금 치욕의 나락에 떨어지게 한다. 게다가 더욱 안타까운 것은 삼촌과의 관계는 이미 끝난 과거이고, 강석원과의 관계는 현재 진행형이라는 사실이다. 그래서 더욱 *"치욕은 너덜너덜하다"*(p. 152). "너덜너덜 찢어진 치욕의 한가운데"(p. 156)서 주인공은 불안에 떨기도 하고, 분노와 적의를 발산하기도 한다.

   ① 조용한 우물 밑을 들여다보듯 나는 치욕을 들여다본다. (p. 126)
〔……〕 그 너덜너덜한 것의 밑바닥을 들여다본다. (p. 152)

   ② 내가 아픈 곳은 달의 뒷면 같은 데예요. 피 흘리는 곳도, 아무는 곳도, 짓무르고 덧나는 곳, 썩어가는 곳도 거기예요. 당신에게도, 누구에게도…… 나 자신에게도 보이지 않아요. (p. 219)

③ 함부로 요약하지 마라. 함부로 지껄이지 마. 그 빌어먹을 사랑으로 떨리는 입술을 닥쳐.

나는 더듬을지도 모른다. 비명을 지를지도 모른다. 내 말들로 그의 말에 부딪칠 거다. 부서질 거다. 부술 거다. 조각조각 부수고 부서질 거다. (p. 41)

④ 모르겠어. 이 모든 게 미친 짓이었는지. 무엇을 위해 나는 떠벌이고, 미소 짓고, 변명하고, 애원하고, 간절하고, 진지하고, 걷고, 뛰고, 인파를 헤치고, 먹고, 굶고, 목마르고, 계단을 오르고, 엘리베이터 단추를 누르고, 명함을 받고, 화장실에서 루주를 바르고, 눈을 맞추고, 미소 짓고, 고개를 끄덕이고, 결의에 차고, 기다리고, 메모를 남기고, 전화번호를 받아 적고, 사과하고, 감사하고, 수없이 네 이름을 말하고, 휴대폰 배터리를 바꿔 끼우고, 계단을 내려가고, 시계를 보고, 걷고, 간판을 읽고, 발뒤꿈치가 벗겨지고, 그리고 (pp. 210~11)

먼저 내성적인 한강 소설의 인물 속성에 걸맞게 ①처럼 심연의 치욕을 응시하고 탐문하고 성찰한다. 나와 남, 주체와 타자 사이의 구부러진 만곡에서 형성되는 관계는 태초의 그것처럼 혼돈스럽게 다가온다. 때때로 치욕은 조용하다고 느끼기도 하지만 그보다 많이 치욕을 격렬한 혼돈처럼 체험한다. 치욕이, 상처가 ②처럼 나 자신에게도 보이지 않는 곳에, 즉 "달의 뒷면" 같은 곳에서 짓무르고 있기 때문이다. 그러므로 내가 볼 수 없는 달의 뒷면까지 볼 수 있는 성찰적 예지가 필요하다. 그래서 그녀는 여러 신화적·과학적 담론들을 융합하면서 성찰의 폭을 넓히고 깊이를 깊게 한다. 전한 시대의 『회남자(淮南子)』와 제주 무가, 『산해경(山海經)』을 거쳐 고대 바빌로니아 신화 및 몽고 신화, 중국의 반고 신화 등을 가로지르며 태초의 혼돈의 형상을 상상하고 탐문하기도 한다. 발본적인 질문의 형식이고 탐문의 진정성이다. 한편으로 신화적이면서 다른 한편으로 과학적이다. 물리학, 생물학, 지구과학에서 천체 우주과학에 이르기까지 다양한 과학적 정보를 바탕으로 태초의 혼돈상에서 현상의 존재태에 이르기까지 존재하는 모든 것의 신비로운 의문과 치욕의 근원을 탐문하려 한다. 그래서일까. 한강의 소설에는 의문문이 많다. "혼돈이 부르는 노래와 혼돈이 추는 춤은 어떤 것이었을까. 가락이나 장단이 없는 노래, 춤사위가 없는 춤이었을까. 노래와 춤 이전의 열띤 덩어리, 불은 불덩어리의 회오리 같은 것이었을까"(p. 43). "왜 인주가 삼촌의 먹그림을 그렸는가. 둘째는, 왜 그날 밤 미시령에 갔는가"(p. 84). 이런 질문들과 더불어 그녀는 플랑크의 시간에 몰입하면서 탐문의 밀도를 강화한다. "오랜 혼돈이 갈라지고 천지가 창조되는 짧은 시간, 우주는 급팽창하고 물질이 생성된다. 놀랍도록 신화에 가깝게. 플랑크의 시간이라고 불리는 10^{-43}초, 그 찰나의 찰나에"(p. 44). 이 찰나에 몰입하는 방법도 삼촌으로부터 터득한 것이었다. 그림을 그릴 때 "한 번의 획에 모든 걸 담아봐" 하고 삼촌은 말했다. "네가 경험한 모든 것이 한 번의 획에 필요하다고 생각해봐. 자연, 너를 키운 사람, 기르다 죽은 개, 네가 먹어온 음식들, 걸어 다닌 길들…… 그 모든 게 네 속에 있다고. 네가 쥔 붓을 통과해 한 획을 긋는 사람은, 바로 그 풍만한 경험과 힘을 가진 사람이라고"(pp. 55~56). "여러 조건들, 시간까지 모두 한꺼번에 볼 수 있는 눈이"(p.

62) 필요하다고도 했다. 삼촌과의 그런 대화 과정에서 정희는 "머릿속에서 빠르게, 풍화되는 대지와 마르는 강물, 폭발하는 별들이 스쳐"가고 "모든 것이 하나로 꿰어지는 순간의 격렬함을 경험"하기도 한다. "슬픔도 고통도, 그렇다고 기쁨도 아닌 그 순간을"(p. 62) 말이다. 그러면서 그림의 한 획에 모든 것을 응축하듯이 단 하나의 단어로 압축된 경지를 떠올려보기도 한다. "*모든 언어가 단 하나의 단어로 압축된다면, 그런 단어가 존재한다면, 우리가 입술을 열어 그걸 발음할 때 무슨 일이 벌어질까. 마찬가지로, 세계의 모든 형상이 하나의 결정, 단 하나의 점으로 응축된다면, 그때는……*"(p. 122). 이와 같은 성찰 연습의 세목들이 하나로 응축되어 ③과 같은 다부진 결기를 낳는다. 그리고 그런 결연한 의지가 ④와 같은 진실 탐문의 고단한 여정을 수행하도록 한다. 물론 그 과정은 간단치 않다. ②~④의 인용문에서 보듯이 비스듬히 기울어진 이탤릭체의 본문은 곧 불안의 기울기이기도 하기 때문이다. 진실 탐문을 향한 결연한 의지에도 불구하고 불안이나 두려움과 싸우지 않고는 한 발도 내디딜 수 없는 형국이다. 그러나 진실의 발견이란 얼마나 어렵고 또 위험한 일인가. 이 소설에서 이정희가 봉착한 자리도 결국 그와 같은 진실의 자리를 새삼 환기한다.

살고 싶다.
포기하고 싶다고 생각할 때마다 가슴과 배가 벌레처럼 필사적으로 꿈틀거렸다. 한 뼘, 또 한 뼘. 폭발하는 소리를 내며 책상이 부서져내렸다.
살고 싶다.

살고 싶다.

불길은 이제 발뒤꿈치를 태울 듯 뜨거웠다. 굉음을 내며 다른 무언가가 터져나갔다. 눈을 뜨지 못한 채 몸부림치며 더 기었다. 〔……〕

자물쇠가 비틀린 순간 나는 기침을 토해내며 바닥에 엎어졌다. 욱신거리는 상체를 뒤틀어 일으켰다. 숨을 멈춘 채 턱과 왼손으로 문고리를 잡고 비틀었다. 문고리가 도로 제자리로 돌아오기 전에 가슴으로 문을 밀었다. 바깥의 빛이 느껴졌다. 머리부터 밖으로 내밀었다. 문 사이에 긴 몸을 벌레처럼 밀어내며 기었다. 불길의 열기는 하반신을 태울 듯 뜨거웠다. 빗소리가 들리는 바깥으로 내밀어진 머리는 믿을 수 없을 만큼 차가웠다. 눈을 흠뻑 적신 피 때문에 아무것도 보이지 않았다. 눈을 감은 채 나는 앞으로, 깨끗한 공기가 있는 쪽으로, 차가운 쪽으로 기었다. 〔……〕

나는 기침을 토해낸다. 한순간 의식을 잃었다 되찾는다. 소리들이 하얗게 끊어진다. 쒜엑, 쒜엑 하는 소리가 불현듯 어디선가 들려온다. 숨이 막힌다. 나는 눈을 뜨려 애쓴다. 가까스로 눈꺼풀이 벌어졌다 닫힌다. 누가 피를 닦아준 건가. 바닥이 흔들린다. 내가 구급차에 실려 있고 인공호흡기가 내 얼굴에 씌워져 있다는 것을 깨닫는 데 오랜 시간이 걸린다. (pp. 381~83)

서인주에 관한 진실의 이야기를 집필하고 있는 이정희의 집에 침입한 강석원이 모든 자료를 없애고 파괴한 다음 그녀에게 테러를 가하고 방화하여 자신의 주장과는 다른 증거들을 완벽하게 인멸하려고 한다. 그 결과 이정희는 매우 치명적인 상태에 놓인다. 그럼에도 그녀는 간절하게 "살고 싶다"는 의지를 불태우면서 가슴으로 기

어 밖으로 나온다. 이런 생에의 강렬한 의지는 다른 데서 오지 않는
다. 오로지 진실을 밝히겠다는, 그래서 진실한 숨을 쉬며 살 수 있었
으면 좋겠다는 소망에서 비롯된 것이리라. 이때 "생명이란 가냘픈
틈"(p. 385)은 진실 발견의 가능성과 통한다. 나는 이 대목을 쓰기
위해 한강이 소설『바람이 분다, 가라』를 쓴 것이 아닐까 짐작한다.
그리고 이 격렬한 생에의 의지가 이전의 소설『채식주의자』와 변별
되는 지점이기도 하다.『채식주의자』에서 주인공은 한없이 응시하
기만 했었다. 그럴 수밖에 없었다. 그런데『바람이 분다, 가라』에서
는 고통 속에서도 격렬하게 기어 나간다. 이러한 변화를 설득력 있
게 하기 위해 작가는 이 소설 곳곳에 사회문화적 맥락에서 가족적·
심리적 맥락에 이르기까지 다채로운 맥락을 중층적으로 구성했다.
신화적·문화적·과학적 담론들도 의미심장하게 가로질렀다. 그러
한 수고로움에 힘입어 진실의 소생 가능성은 어렵사리 피어난다. 서
사적 감동의 파동 또한 만만치 않다.

　다시 말하지만,『바람이 분다, 가라』는 매우 아픈 소설이다. 소설
어느 곳에나 통증이 있다. 격렬하다. 존재의 통각들이 생생하게 되
살아난다. 깊은 심연으로부터 절실하다. 존재의 고통과 불안을 온몸
으로 밀고 나가는 나약한 사람들의 이야기가 웅숭깊다. 나약하지만
눈 밝은 사람들의 이야기다. 달의 뒷면을 보고, 처음의 빛을 보려는
사람들의 이야기다. 격렬한 혼돈 속에서 빚어지는 처음의 빛은 너무
나 환해서 그것을 보려는 사람으로 하여금 숨 막히게 하기 십상이
다. 긴장감 넘치는 숨결로 작가 한강은 질문한다. 우리 과연 숨 쉴 만
한가. 우리 정녕 안녕한가. 우리 진정 진실한가. 세속과 세속적 이야
기의 타락을 거슬러, 진실한 숨결의 틈, 생명의 틈을 모색하려는 작

가 한강은 오로지 자신만이 쓸 수 있는 가장 고통스럽고 그래서 가
장 진실한 소설 한 편을 독자들에게 선사한다. 21세기에도 진정한
소설의 바람이 불 것인가.

비루한 운명의 볼록 렌즈
─천운영론

1. 접속 시대의 감각을 넘어서

접속 시대의 문화적 세태와는 달리 자기 스타일로 새로운 리얼리티를 찾아 나서는 천운영의 서사 감각이 이채롭다. 잘 알려진 것처럼 미국의 사회 비평가 제러미 리프킨은, 산업 자본주의를 대체한 문화 자본주의 시대의 핵심적 특성을 반영한 용어로 '접속의 시대'를 제안한 바 있다. 새로운 문화·경제를 구성하는 수많은 시뮬레이션 세계에 척척 적응하는 새로운 닷컴 세대들이 열어나가는 접속의 시대는, 사회·경제적 패러다임뿐만 아니라 문화적 패러다임의 변화를 알린다. 문학적 상상력이나 감성의 변모는 물론 구체적인 커뮤니케이션 과정의 변화도 가져온다. 이를테면 직접 체험 또는 원(原)체험보다는 문화적 체험이 중심을 이루고, 그로 인해 다양한 서사적 탈주가 진행된다. 물론 그 탈주는 긍정적인 문화적 에너지로 승화될 수도 있고, 부정적인 포즈에서 그칠 수도 있다. 접속의 시대도 그 빛과 어둠, 양면이 혼성적으로 공존한다. 실제로 1990년대 이래, 특히

2000년대 들어 많은 작가들이 접속 시대의 상상적 탈주를 보였다. 특히 인터넷이나 영화는 접속 시대의 핵심적인 매재(媒材)였다. 혹은 접속 시대의 상상력의 보물 창고처럼 여겨졌다. 수많은 인물들이 인터넷에서 삶과 상상력의 일용할 양식을 구하고, 영화를 통해 문화적 감각을 가다듬는다. 발상의 계기 혹은 서사의 계기를 마련하기 위해서 많은 이들은 인터넷이나 영화에 접속하는 경향을 보였다. 비록 그들이 표 나게 슬로건을 내걸지 않더라도 우리는 그것을 어렵지 않게 짐작할 수 있다. 나는 접속한다, 고로 존재한다! 나는 접속한다, 고로 상상한다!

천운영은 2000년에 등단한 작가지만 자기 세대의 두드러진 세태와는 썩 다른 작풍으로 출발했다. 등단작인 「바늘」에서 펼쳐 보인 강렬한 인상을 나름대로 변주하며, 문화적 접속이 아닌 생 체험의 진정성을 알게 한다. 이 작가에게 삶은 스크린으로 편안하게 감상하거나 관조할 수 있는 대상이 아니다. 인터넷에 부단히 명멸하는 한갓 정보의 부나비일 수 없다. 삶은 결코 그런 것이 아니다. 영화의 한 장면이었으면 좋겠고, 꿈이었으면 좋겠지만, 결코 몽유록이 아닌 고통의 생생한 파노라마가 바로 삶이다. 아무리 세기가 바뀌고 세상이 변했다고 하더라도 여전히, 변함없이, 혹은 더욱이 가중되는 삶의 고통스러운 현장을, 천운영은 한시라도 외면하고 싶어 하지 않는다. 그렇다고 해서 남들도 다 짐작할 수 있는 고통의 현장, 그러니까 유형적이거나 전형적인 고통의 현장을 체험하고 싶어 하는 것 같지는 않다. 가능하면 다른 사람들의 눈길이 성긴 외진 곳에서, 변두리에서, 벌어지는 고통스러운 사건들에 새로운 성찰의 빛을 투사하고 싶어 한다. 고통의 현장을 탐사하는 성찰의 빛이 강렬할수록 비극적 세계관은 깊어진다.

「바늘」은 여러모로 주목에 값하는 텍스트지만, 특히 천운영의 작가적 특질을 짐작하게 하는 몇몇 대목들이 눈길을 사로잡는다. 먼저 작중 여주인공이 전쟁기념관에서 귀주대첩 기록화를 보면서 그 화풍을 인정할 수 없다고 강하게 부정하는 대목을 본다. "내가 생각한 전쟁은 이렇게 수묵화로 그려진 풍경화가 아니라 원색의 고통과 절규로 점철된 사실화다. 그런데 전쟁에 반드시 있어야 할 피와 살상은 어디서도 찾아볼 수 없다"(『바늘』, 창작과비평사, 2001, p. 21). 부드러운 수묵화가 아니라 "원색의 고통과 절규로 점철된 사실화"여야 한다는 진술은, 자세한 설명의 필요도 없이 작가의 현실 인식안과 세계관을 가늠케 한다. 물론 전쟁과 전쟁 기록화와 관련된 진술이긴 하지만, 이를 바탕으로 전체적인 현실 인식안을 유추한다 해도 큰 무리는 없을 것으로 보인다. 천운영에게 현실은 곧 전쟁 상태를 방불케 하는 "원색의 고통과 절규로 점철된 사실화"다. 그러나 그런 사실화를 쉽게 그릴 수 있는 것은 결코 아니다. 마찬가지로 그런 사실적인 이야기를 어렵지 않게 전할 수 있는 것도 아니다. 그런 면에서 작가가 구사하는 충치 이미지가 전경화된다. "내 의사를 전달하고자 하는 발설의 욕구는 일종의 충치 같은 거였다. 혀끝에서 거치적거리며 고통을 주는, 그러면서도 잇몸 깊숙이 박혀 늘 자신의 존재를 알리는 충치. 그것을 뽑아 세상에 보이려 하면 이미 더러운 냄새를 풍기며 바스러져버리곤 했다"(pp. 11~12). 이런 충치의 존재 방식처럼 작중 그녀는 자신의 발설 욕구를 제대로 발산하지 못한다. 그런 제어와 긴장 속에서 그녀는 바늘로 그림(문신)을 그린다. 소설의 끝에서 "세상에서 가장 아름다운 건, 힘이야"(p. 29)라고 말하는 이웃집 남자의 가슴에 그녀는 새끼손가락만 한 바늘을 하나 그려준다. "티타늄으로 그린 바늘은 어찌 보면 작은 틈새 같았다. 어린 여자아이의 성기 같은 얇은 틈새. 그 틈으로 우주가 빨려들어갈 것 같다"(p. 33). 존재하는 고통스러운 현실에 "얇은 틈새"를 내되, 가능하면 "우주가 빨려들어갈" 수 있을 정도의 틈이기를 소망하는 것처럼 보인다. 소용돌이와도 같은 그런 틈을 소망하기에 그는 단지 접속 시대의 일반적 감각이나 상상력의 물결에 자기 소설의 배를 띄울 수 없다고 생각하는 것 같다. 그것을 넘어서, 거슬러서, 새로운 틈을 내고 새롭게 탈주하여 새로운 리얼리티를 지닌 새로운 스타일을 갖춘 새로운 이야기를 만들려고 하는 것 같다. 그녀에게 이야기의 바깥은 없어 보인다.

2. 비루한 몸과 비범한 눈

천운영이 내놓은 "얇은 틈새"를 통해 우리는 비루한 운명 때문에 고통받는 장삼이사들을 보게 된다. 그들은 대개 누군가로부터 버림받은 자들의 형상을 하고 있다. 가령 「모퉁이」와 「세번째 유방」에서 반복적으로 등장하고 있는 큰아들은 태중에서 임신 중절에 실패해 태어난 인물이다. 아버지는 거침없이 "죽이려다 살려준 아이"(『명랑』, 문학과지성사, 2004, p. 143)라고 말한다. 「숨」의 남자 또한 어린 나이에 부모가 연탄가스 중독 사고로 죽는 바람에 버림받았고, 유일한 혈육인 할머니 또한 위안을 주는 존재이기는커녕 대단히 억압적인 인물이다. 「눈보라콘」에서 표용수 역시 비슷한 정황이다. 「아버지의 엉덩이」「행복고물상」「등뼈」「그림자 상자」 등에 나오는 남자들 또한 사정은 엇비슷하다. 「입김」의 남자는 사회·경제적 이유 때문에 가족과 사회로부터 버림받은 인물이다.

버림받은 자들이긴 여성들 또한 마찬가지다. 아니 어쩌면 더 가혹하게 버림받은 존재들이다. 「월경」의 그녀는 붉은 보름달이 낮게 뜬 날 은행나무 아래서 만난 아버지와 어머니 때문에 태어났지만 이내 부모로부터 버림받고 대단히 비루한 몸의 실존을 겨우 버틴다. "은행나무가 잘려나가면서 몸의 생장점 또한 사라졌는지 내 몸은 작정이라도 한 듯 자라기를 멈추었다. 젖가슴은 열세살 몽우리로 남아 있고 키도 150센티미터가 안된다. 열두살에 시작한 생리도 이젠 하지 않게 되었다. 무슨 신경인가가 끊어지고 호르몬 작용에 이상이 생겼기 때문이라고 한다. 내 몸에서 자라는 것은 머리통뿐이다. 이 순간에도 쑥쑥 크는 소리가 들리는 듯하다. 커다란 머리통은 곱추의 등허리처럼 부담스럽고 거치적거리기만 한다"(『바늘』, p. 62). 이 정도로 기형적 비루 상태는 아니라 하더라도 「모퉁이」의 음화(陰畵) 속의 그녀 또한 비루먹은 몸의 형상을 하고 있다. "여자의 손에는 상처와 멍이 가실 날이 없었다. 얇은 쇠붙이에 벤 자국도 있었고 나뭇가지에 긁히거나 누군가에게 할퀸 자국도 있었다. 녹슨 못에 찔린 후 제대로 보살피지 않아 검은 자국이 선명한 상처도 있었다. 약지손가락에는 뼈가 드러날 정도로 깊게 파였던 상처가 남아 있지만 세월이 지나면서 상처의 색깔이 연해지듯 상처의 사연이나 시기도 함께 잊혀졌다"(『명랑』, p. 113). 「바늘」의 '나', 「등뼈」나 「행복고물상」의 그녀, 「명랑」의 할머니와 어머니, 「늑대가 왔다」의 양치기 소녀, 「포옹」의 그녀들과 「그림자 상자」의 그녀 역시 사정은 비슷하다.

또한 많은 그녀들은 추하거나 기괴한 얼굴과 몸을 지니고 있다. 「바늘」의 그녀는 "툭 튀어나온 광대뼈와 곱추를 연상케 할 정도로 둥그렇게 붙은 목과 등의 살덩이. 눈살을 찌푸리게 하는 목소리, 뭉툭한 발가락"(『바늘』, p. 13)을 지녔으며, 「포옹」의 그녀는 결핵 보균자였던 아버지로 인해 "아버지의 정자가 엄마의 자궁 안으로 들어와 수정되는 그 순간부터" "이미 곱사등이"(『바늘』, p. 220)였다. "누군가 먹고 난 뼈를 다시 주워들거나 애써 조개의 관자를 뜯어내는" 「등뼈」의 여자의 모습은 "궁핍하고 비천한 동물을 연상"(『바늘』, p. 153)시킨다.

이렇게 천운영이 다루는 인물들은 대개 비루한 몸의 형상을 하고 있을 뿐만 아니라 버림받아 소외되고 차단된 고독의 상태에서 쉽사리 벗어나지 못한다. 또한 때때로 그들은 고통스럽게 길들여지는 사람들이기도 하다. 「숨」의 남자는 할머니의 지독한 동물적 육식성에 길들여진 인물이어서 어떤 경우에도 할머니의 사슬로부터 벗어나기가 쉽지 않다. 「행복고물상」의 남자는 행복하지 않은 아내의 폭력에 길들어야 한다. 「세번째 유방」의 남자는 "아버지가 던져둔 불행의 자장에서는 벗어날 수 없는"(『명랑』, p. 150) 저주받은 운명으로부터 자유롭지 못하다. 버림받고 길들여져 어쩔 수 없는 사람들이다. 그들의 처지를 「모퉁이」에 나오는 한 문장으로 표현하면 이렇게 된다. "궁지에서 벗어나면 새로운 궁지가 나타났다"(『명랑』, p. 112).

물론 천운영의 인물들도 지독한 구강기적 결핍 상태에서 벗어나고 싶어 한다. 그것은 몇몇 방향으로 나타나는데 우선은 아버지로부터 벗어나기가 급선무다. 앞에서 언급했다시피 「세번째 유방」의 아버지는 주인공으로 하여금 저주받은 운명에 포획될 수밖에 없게 한 인물이다. 본문은 주인공의 오이디푸스 콤플렉스를 이렇게 정리한다. "나는 아버지를 죽일 용기가 없었지. 나는 나약하고 힘도 없고 불행한 도망쟁이였어. 그것이 애초부터 정해졌던 운명이었던 거야. 아버지가 나를 죽이지 않고 살려놓았을 때부터 말이야. 아버지는 도무지 보복할 수 없는 신이었어. 신이란 아무리 불행을 가져다준다 해도 저주해서는 안 되는 성스러운 대상이잖아? 결국 내가 할 수 있는 일이란 아버지에게서 가능한 한 멀리 도망가는 일뿐이었어. 나는 빈 몸으로 집을 나섰어. 아버지에게서 벗어날 수만 있다면 무엇이든 할 수 있을 것 같았어. 그것만이 내 삶을 구할 수 있는 유일한 길이라고 생각했거든"(『명랑』, p. 150). 그러나 아버지로부터 벗어나기는 쉽지 않다. 아무리 노력해도 벗어나지 못하는 아들을 위해(?) 아버지는 추방 결정을 내린다. 아들이 다시 집을 찾았을 때 새로 지어진 집에 문패가 달려 있었는데, 아버지 이름 밑에 자기 이름만 제외하고 가족들의 이름이 모두 들어 있었다는 에피소드가 그것이다. "더 이상 아버지를 죽일 이유가 없었어. 나는 이미 아버지의 낙원에서 쫓겨난 인간이었으니까"(pp. 151~52). 그렇다고 그냥 덧없이 돌아설 수도 없었던 그는 들고 있던 칼로 아버지의 문패를 흠집 내는 행위로 보복 아닌 보복을 단행한다. 이렇게 아버지로부터 벗어날 수 없었던 콤플렉스는 그녀의 유방에 대한 집착을 가중시키고, 그녀의 유방이 자신을 떠나려고 하자 충동적으로 그녀의 유방을 칼로 난자하는 극단적 폭력을 저지르고 만다.

거세 공포를 야기하는 아버지로부터 벗어나는 다른 방식은 사랑의 대상을 찾는 일이다. 그 또한 쉽지 않다. 이미 살핀 것처럼 「세번째 유방」에서 남자는 그녀와의 사랑을 갈구하지만 이내 실패한다.

「숨」의 남자는 아버지적인 할머니로부터 벗어나 그녀(미연)와 결합하고 싶어 하지만, 할머니의 노추(老醜)로 인해 방해받는다. 「모퉁이」의 음화 속의 남자는 끝내 여자를 이해하지 못한 상태에서 떠나갔으며, 「그림자 상자」에 등장하는 남녀들의 불우성 역시 마찬가지다. 다만 「아버지의 엉덩이」에서 아버지나 아들 공히 그 찾음의 가능성을 다소 내비치긴 하지만 매우 어설픈 정도에 불과하다. 이것도 저것도 여의치 않을 때 천운영의 인물들은 때때로 증발을 꿈꾸기도 한다. 마치 「등뼈」의 남자처럼 말이다. "한번쯤 영원한 증발을 꿈꾸어보지 않은 사람이 있을까? 아무런 이유나 설명도 없이 일상에서 완전히 떠나고 마는 사라짐. 엑스레이 사진을 찍기 위해 방사선실에 들어와 있거나 철지난 잡지를 들고 화장실 변기 위에 앉아 있다가 문득. 명확한 해명도 납득할 만한 근거도 없는 완벽한 사라짐"(『바늘』, p. 143). 증발은 확실히 실존 속에서 고통받는 모든 존재들의 공통적인 집단무의식에 값하는 것이겠지만, 쉽게 허용될 수 있는 게 아니다. 그래서 「등뼈」의 남자는 여자를 찾아 나서지만 결국 "아무 질량도 부피도 느낄 수 없고 시간도 공간도 없는 제로상태의 낯선 공간"(p. 155)에서 "어느새 광막하고 의문투성이인 우주가"(p. 156) 되어버린 여자만을 환각처럼 가늠할 뿐이다. 남자 앞에 펼쳐진 "어떠한 물리이론이나 가설로도 명확한 해답을 내릴 수 없는" 그 "우주는 점점 더 팽창하여 암흑만 남기고 무한히 광활해"(p. 156)진다. 이처럼 불확실한 우주를 향한 증발에의 꿈은, 환상적으로 처리되면 아슴아슴하고 그럴듯해 보이기도 하지만 실은 매우 비극적인 현장 보고에 다름 아니다. 예컨대 「입김」의 남자가 그렇지 않은가. 그는 열심히 혹은 바르게 살려고 해도 끊임없이 패배하고 버림받기만 한 인물이다. 낫으로 '바르게 살자'란 표석 글자를 일그러뜨리던 그가 마지막으로 할 수 있는 일이라고는 자기를 내친 주상복합건물(그는 그 건물 관리인이었다)에 들어가 엘리베이터를 강제로 열고 그 아래로, 그 칠흑 같은 블랙홀 속으로 빠져드는 것뿐이었다. 가족과 세상으로부터 버림받은 비루한 몸이 아니었던들, 그는 그렇게 살다가 죽어가지는 않았을 것이다.

이러한 비루한 몸을 지닌 인물들의 몸과 마음을 천운영은 결코 비루하지 않고 비범한 눈으로 관찰한다. 아니 그의 비범한 눈으로 그 비루한 몸들을 체험한다. 혹은 작가의 비범한 눈으로 비루한 몸들에 깃든 비범한 눈들을 보아낸다. 그들은 비록 몸은 비루하되 그들의 눈마저 비루하지는 않은 까닭이다. 일종의 낭만적 아이러니라고 할 수도 있을 이런 인물들의 운명을 작가 천운영은 매우 적극적으로 탐사한다. 이를 위해 작가는 남들의 관심에서 비켜나 있던 비루한 몸들에 자신만의 독특한 볼록 렌즈를 가져다 댄다. 그 볼록 렌즈에 비친 비루한 몸들은 천운영의 특징적인 묘사력에 의해 새로운 생기를 얻게 되고, 그 생기는 고통스러운 현존에 대한 매우 심층적이고 반성적인 성찰을 유도한다. 화려한 광학 렌즈에 비친 온갖 현란한 몸들의 축제가 진행되고 있는 이면에서 여전히 고통받는 몸들의 고난 행렬이 이어지고 있음을 천운영의 서사는 서늘하게 환기시킨다. 또한 우리가 지금, 여기서 무엇 때문에 더 고통받아야 하고 아파해야 하는지를 숙고하게 한다.

3. 수성화(獸性化) 담론의 정치적 무의식

천운영의 비루한 몸들은 흔히 동물적인 수사학으로 그려진다. 강렬한 이미지들로 넘쳐나는 「숨」의 할머니를 먼저 보자. "네 발을 땅에 짚고 사냥하는 육식동물의 그것과 닮"은 "단단하고 둥긋한" 할머니의 외양은 "몸의 가장 위쪽에 등뼈를 두고 급격한 각도로 떨어지는 날렵한 몸체"를 하고 있다. "공기저항에 구애받지 않고 초식동물을 향해 돌진할 수 있는 몸"(『바늘』, p. 37)이다. 그런 육식동물 형상의 할머니는 손자에게 "육식 속으로 몰아넣고 속박하는 늙은 마녀"처럼 비친다. "길고 흰 머리칼을 산발한 늙은 마녀는 도롱뇽 눈알이나 닭 피, 박쥐 뇌 따위의 주술성이 강한 재료들을 모아 커다란 솥에 넣고 묘약을 만들어내고 있는지 모른다"(p. 38). 할머니의 몸은 아무리 보아도 여든이 넘은 몸이 아니다. "야생의 초원"을 지닌 것으로 묘사되는 「행복고물상」의 아내의 형상도 비슷한 수사를 얻는다. "아내는 야생의 초원을 가졌다. 아내의 몸속에는 날카로운 이빨을 가진 맹수와 성난 발길질을 하는 암말과 살진 들소가 산다. 맹수의 시체를 향해 덤벼드는 검은머리독수리와 독수리에 쫓기는 연약한 새도 있다. 나는 수많은 동물들의 발굽소리를 들으며 초원 위를 서성일 수밖에 없다"(『바늘』, p. 164). 이토록 동물적인 아내는 남편을 발작적으로 때린 다음 무서울 정도로 왕성한 식욕을 보인다. 마치 남편을 구타하느라 소진한 몸을 보충하기라도 하려는 듯 막무가내로 먹어대는 것으로 그려진다. 「모퉁이」의 여자 또한 "제 속에 난폭한 짐승을 키우고"(『명랑』, p. 119) 산 인물로 얘기된다. 「등뼈」에서의 여자도 "궁핍하고 비천한 동물"을 연상시키거니와 그런 여자를 짓밟는 남자 또한 "추악하기 이를 데 없는 괴물"(『바늘』, p. 147)로 호명된다.

많은 경우 천운영의 수성적인 인물들은 충동적이고 폭력적인 행동으로 남에게 고통을 주거나 파괴 본능을 발산한다. 그들은 이기적이며 타인에게 억압적이다. 「행복고물상」의 경우는 충동적 발작이 멈춘 다음에 남편에게 사과하는 모습을 연출하기도 하지만 다른 경우는 그런 수치심이나 죄의식도 보이지 않는다. 이렇게 발작적이고 폭력적인 광기 행동을 수성적으로 보이는 인물군의 저편에 「숨」의 미연이 자리한다. 지금까지 천운영이 쓴 소설 전체를 통틀어 가장 식물적인 인물의 상징적 초상이다. "이렇게 위안과 안도를 느끼게 하는 눈이 또 있을까? 처량하면서도 결코 가볍지 않은 순박함, 그녀의 눈에는 초식동물에게서만 볼 수 있는 목신의 여유가 있다"(『바늘』, p. 43). 물론 남성 주인공에게 비친 미연의 모습이다. 수성적 인물의 전형으로 보이는 할머니의 대극에 자리하고 있는 미연의 모습이기에 주인공에게는 더더욱 간절한 욕망의 대상이 아닐 수 없다. 주인공은 "육식 속으로 몰아넣고 속박하는 늙은 마녀"(p. 38)인 할머니로부터 벗어나, 미연의 품속에서 "숲의 향기를 마시듯 깊게 숨을 빨아들"이며, "고기냄새가 아니라 향긋한 바람냄새를 느끼며 식물처럼"(p. 58) 살고 싶은 욕망을 강렬하게 내비친다. 동물적인 할머니와 식물적인 미연이라는 대립항에서 주인공의 지향이 미연인 것은 당연하다.

그렇다고 해서 「숨」을 식물처럼 숨 쉬며 살고 싶은 욕망을 그린 소설이라고 단순하게 읽어도 괜찮은 것일까. 꼭 그럴 것 같지는 않다. 마장동의 정육 거리 풍경 등의 강렬한 인상에도 불구하고 이 소설에서 할머니나 미연은 정적이고 평면적인 인물이다. 할머니는 도대체 왜 그토록 늙은 마녀의 형상을 하게 되었는지 알 길이 막연하다. 미연 또한 남성 주인공의 시선에 의해 포착된 모습만으로 독자에게 희미하게 드러날 뿐이다. 그렇다면 시선의 문제가 부각될 수 있다. 특히 남성적 시선이 지닌 남성 중심주의의 위험성 혹은 편협성에 대해서 말이다. 할머니가 그렇게 비친 것은 남성 주인공의 욕망의 대상인 미연을 극화하기 위한 무의식의 소산일 수 있다. 또 미연을 지극한 식물성의 존재로 성격화하려는 것도 남성 일반이 욕망하는 온순한 여성성에 관한 콤플렉스 탓이기 십상이다. 이 시선의 문제는 상호 텍스트적 조망을 통해 좀더 설득력을 얻을 수 있다. 가령 「등뼈」의 이런 대목을 눈여겨보자. "여자를 거부하게 된 것은 순전히 처음 접한 여자의 시선 때문이었다. 이 끝에서 저 끝을 꿰뚫어보는 것 같은 여자의 시선. 가까스로 잡히기는 했으나 아직까지 위험이 도사리고 있는 불길이 여자의 눈 속에 들어 있었다. 여차하면 남자를 송두리째 집어삼키겠다는 듯 쏘아붙이는 그 달콤하게 위협적인 시선은 남자의 욕망을 겨냥하여 설치된 덫이었다"(『바늘』, p. 155). 남자는 여자의 시선이 부드럽지 않고 너무 강했기 때문에, 남자의 시선에 다소곳하지 않고 거꾸로 남자를 압도하려 했기 때문에 여자를 거부하게 되었다고 발설한다. 이런 남자의 의식으로 볼 때 여자는 「숨」의 미연 같아야 적당하다. 바로 이 지점을 작가 천운영이 파고든 것이 아닐까. 그러니까 천운영의 소설에서 「숨」의 미연은 일종의 트릭이다. 마찬가지로 수성적인 할머니와 남편을 구타하는 폭력적인 아내의 초상 역시 전복적 인식을 위한 일종의 덫이다. 미연의 식물성만을 욕망하는 남성들에게 반성적 성찰을 유도하게 하기 위해「등뼈」의 여자가 등장하고「행복고물상」의 폭력적 아내가 활보한다. 또「세번째 유방」의 경우처럼 자애로운 할머니, 손자가 원할 때는 언제나 가슴을 내어주는 온유한 할머니를 욕망하는 이 땅의 수많은 폭력적 손자들을 위해「숨」에서처럼 마녀 할머니상을 작가가 형상화한 것처럼 보인다. 나아가「바늘」을 비롯해 여러 작품에서 대부분의 여성 인물들이 비루한 몸과 얼굴의 형상을 하고 있는 것 역시 이런 맥락에서 재성찰할 수 있다. 끊임없이 여성의 몸을 상품화하고, 아름다운 몸, 섹시한 몸만을 요구하는 남성적 시선에 대한 전복적 문제 제기의 일환인 것이다. 아울러 천운영의 소설에는 여성뿐만 아니라 남성들 또한 대부분 비루한 몸의 형상을 하고 있고 수성적 담론으로 흐르는 경향이 있다고 얘기했는데, 이는 일차적으로는 현대 문명의 파시스트적 가속도에 밀려 소외되고 고통받는 그림자 존재들에 대한 고통스러운 애정의 소산이며, 경쟁 사회에서 버림받은 이들을 경원시하는 강자들의 폭력적 시선에 대한 추문화의 일환으로 보인다. 더 큰 맥락에서는 인간 중심주의에 대한 반성적 자의식의 소산이기도 하다.

실제로 천운영의 대부분의 소설에서 사람 사이의 관계는 이리들의 관계를 방불케 하며 나아가 전쟁 상태를 연상케 한다. 질투의 정념에 관한 이야기인「멍게뒷맛」에서 주인공 여자는 모든 것을 다 갖춘 것처럼 보이는 이웃집 여자를 한없이 질투하다가 그녀가 불행에 빠지는 것을 보면서 삶의 활기를 찾는다. 그러다가 그 여자가 마침내 불행의 극지에서 자살하자, 즉 그녀가 더 이상 불행해질 수 없게 되자 자기 생의 활기도 사라져버렸다고 고백한다. 이처럼 사람과 사람 사이에 진정한 교감과 배려의 윤리가 소거된 채 이리들의 관계로 치달을 때, 인간은 무엇으로 살아야 할까. 이에 대한 작가의 질문이 그토록 강렬한 이미지들로 제기된 것이 아닐까. 「모퉁이」에 형상화된 '위안'의 담론도 이와 관련하여 주목된다. 사랑이란, 위안이라고 생각하는 남자가 있다. "위안이 아니겠니. 그 말을 하고 나서 한참 뒤에 남자는 사랑이란, 하고 덧붙였다. 또 한참 뒤에 남자가 말을 이었다. 서로에게 위안이 되지 않으면 그걸로 사랑은 끝인 거야. 남자가 떠나는 이유는 여자에게 위안이 될 수 없기 때문이라고 남자는 말했다"(『명랑』, p. 124). 어디 사랑뿐이겠는가. 서로에게 위안이 되지 못하고 불안만을 가중시키는 동시대 삶의 세태에 대한 작가 천운영의 서사적 질문법이 새삼 예각적으로 다가온다.

4. 새로운 이야기의 가능성

다시, 천운영의 소설은 비루한 운명에 가져다 댄 볼록 렌즈의 소산이다. 그 볼록 렌즈에 비친 비루한 몸과 삶의 세목에 대한 작가의 묘사력은 이미 정평이 난 것이거니와, 선택과 배제의 서사적 황금률을 그녀는 잘 유지하고 있는 것처럼 보인다. 선택된 초점 대상에 대한 세부 묘사 못지않게 배제된 부분에 대한 여백의 미학 처리 또한 어지간하다. 작가의 표제 설정 전략 또한 특징적이다. 두 소설집에 실린 17편을 보면 6음절 두 단어를 넘지 않는다. 그중 10편이 한 단어로 된 제목이다. 간결하면서도 순도 높은 상징성을 겨냥하고 있다고 해야 할 것이다. 부질없이 길어지고 설명적인 제목이 많아지고 있는 경향과는 다른 특징이다. 「행복고물상」이나 「아버지의 엉덩이」같은 소설에서 보이는 일부 예외적인 조짐을 제외하면 그녀의 소설은 "행복한 결말은 날계란보다 더 비리다"(「그림자 상자」, 『명랑』, p. 229)는 소신을 적극적으로 실천한 경우에 속한다. 이 땅에서 버림받고 저주받아 불행하고 고통받는 자들을 향한 천운영의 볼록 렌즈는 사뭇 현묘하다.

　때때로 그녀의 볼록 렌즈는 고통의 현장을 과잉 투사하기도 한다. 볼록 렌즈의 빛이 강하면 피사체가 타버리듯이, 그녀의 소설에 등장하는 초점 인물들도 과장된 고통을 겪거나 과잉 행동을 벌이는 경우가 없지 않다. 가령 「바늘」에서 「입김」 「세번째 유방」 「그림자 상자」 등 많은 텍스트들에 죽음 사건들이 출몰하고 있는데 어찌 보면 죽음에의 과잉 충동 현상이라 할 수 있다. 「바늘」에서 어머니가 현파 스님을 바늘 끝으로 살해해야 할 이유를 제대로 헤아리기 어려우며, 「입김」에서 주인공의 죽음 처리 또한 손쉬운 결말이라는 느낌이다. 개인적으로 가장 아쉬웠던 것은 「세번째 유방」에서 마녀사냥식 잔혹한 살인 장면이다. 현실에서도 그렇고 대중문화 일반에서 엽기적 폭력이 난무하는 세상이긴 하지만, 그런 세태일수록 죽음이란 사건을 다루는 것은 조심스러워야 한다는 생각이다.

　「바늘」「숨」 등 초기작에 비해 『명랑』에 수록된 작품들은 소재나 이미지의 강렬성이 순화된 느낌이다. 발로 쓴 생생한 묘사력이 줄어들고 초점 이동이나 시점의 변화, 소재에 대한 해석적 깊이, 심리적이거나 환상적인 사건 활용 등이 더해졌다. 물론 전혀 이질적인 스타일 변화까지 나간 것은 아니다. 여전히 실제 경험을 중시하며 고통스럽고 산문적인 삶의 현장을 서사적 문제의식으로 팽팽하게 긴장한 채 지키려 하는 의지는 뚜렷하게 감지된다.

천운영은 아직 도정의 작가이다. 지금까지 쓴 이야기보다 앞으로 쓸 이야기를 훨씬 더 많이 지닌 작가다. 이미지의 강렬성으로 밀고 나갔던 초기작들의 특성이 작가 자신에게 부담이 되었을 수도 있다. 접속 시대의 흐름에서 비켜나 생생한 체험을 요령 있는 스타일로 서사화하는 그녀의 소설은 이제 더욱 다양한 물꼬를 틀 수 있을 것으로 보인다. 아직도 삶의 현장에 의미 있고 감동적인 이야기가 많다는 것을 천운영이 더욱 탄탄하고 활달하게 보여주길 바란다. 천운영의 새로운 이야기, 새로운 리얼리티, 새로운 스타일과 더불어 포스트리얼리즘의 신천지가 열릴 수 있기를 기대한다.

포스트잇의 언어로 지하철 타기

― 김애란론

1. "말을 줍고 다니는 사람"?

김애란은 2004년작 「영원한 화자」에서 "말을 줍고 다니는 사람"(『달려라, 아비』, 창비, 2005, p. 114)으로 자신을 호명한 적이 있다. 「영원한 화자」는 이미 그 표제에서도 시사하는 것처럼, 이야기꾼의 존재 방식에 대해 작가 나름대로 흥미로운 질문을 던지는 소설이다. 이 텍스트에서 작가는 "말을 줍고 다니는 사람" 이외에도 여러다채로운 이름으로 자신을 호명했다. 이를테면 "내가 어떤 인간인가에 대해 자주 생각하는 사람"이라거나, "낯선 이들을 웃기고 난 뒤안도하는 사람" 혹은 "나의 편견을 아끼는 사람" "내가 어떤 인간인가에 대해 자주 질문하는 사람" "당신이 어떤 인간인가에 대해서도자주 질문하는 사람"(p. 116)…… 같은 식이다. 이렇게 미끄러질 듯접속되고, 끊어질 듯 이어지는 '영원한 화자'에 대한 호명은 끝이 없어 보인다. "나는 자신에 대해서는 '당신들이 모르는 내가 있다'고생각하면서, 타인에 대해서는 언제나 '다른 사람들은 모르지만 나는

다 알고 있다'라고 생각하는 사람이다. 나는 동의하지 않아도 끄덕이는 사람, 나는 불안한 수다쟁이, 나는 나의 이야기, 나는 당신이 생각하는 사람, 나는 나의 각주들이다"(p. 117). 이와 같이 '나'에 대한 호명은 논리적 질서와는 거리를 둔 채 카오스처럼 탈주한다. 거기에는 환유적 인접성도 은유적 유사성도 자리하기 어렵다. 그렇기에 그 화자는 영원히 탐문되어야 할 존재인지도 모른다. 그래서일까. 뒷부분에 가서 작가는 이렇게 적는다. "나는 이 많은 말들 속에서도 당신이 끝끝내 나를 찾아내지 못할 것이라는 걸 알고 있는 사람이다." 그러면서도 또 말한다. "나는 이해받고 싶은 사람"(p. 138)이라고 말이다. 자신을 찾아내지 못할 것을 알면서도 이해받고 싶어 하는 것은 분명 지독한 역설에 속하겠지만, 그게 또한 작가의 운명이 아닐까 싶다. 대체로 분명하게 찾아내고 이해할 수 있는 것은 범상한 범주에 속할 터이다. 그러나 뚜렷하게 찾아지지 않음에도 이해할 수 있는 것은 비범한 것을 떠올리게 한다. 그런 비범한 독자와 허허롭게 소통하고 싶어 하는 화자였을까? 김애란의 화자는. 그러기 위해서 김애란의 '영원한 화자'는 부단히 말을 줍고 다녀야 했을까. 주워도, 주워도 모자라는 게 말이라면, 아니 틀림없이 그러할 터이기에 김애란의 화자는 또한 이렇게 자신을 호명한다. "아직 잔뜩 남겨진 자"(p. 116). 이 소설의 여러 호명 방식 중에서 내게 가장 매력적으로 다가왔던 부분이다. 그렇다면 남긴, 혹은 남겨진 것의 정체는 무엇이었을까. 거칠게 말해 말이고, 삶이고, 글이었을 것이다. 모든 면에서 남겨진 것이 많기에 계속 말을 줍고 다니며 이야기를 짓는 사람이기를 욕망했을 것이다. 그 언저리 어디쯤에서 독자들은 작가 김애란의 초상을 그려보게 된다.

첫 소설집 『달려라, 아비』에서 김애란은 여기저기서 떠도는 말들을 수집하며, 그렇게 수집한 말들을 조금은 특별하게 그러나 가볍게 엮어냈다. 파편적이고 장면적인 에피소드들을 빠른 속도로 가로지르며 기지 넘치는 문장으로 독자들과 소통하고자 하는 화자의 에토스를 분명하게 보여준다. 또한 김애란은 결코 가볍지만은 않은 투명한 시선으로 결코 투명하지 않은 현실의 고통과 질곡을 관찰한다. 「그녀가 잠 못 드는 이유가 있다」에서 주인공은 "사람들이 A를 그냥 A라고 말하지 왜 C라고 말한 뒤 상대방이 A라고 들어주길 바라는지 이해할 수 없"(p. 104)다고 생각한다. 많은 경우 김애란은 A를 A라고 말한다. 그러나 '그냥 A'라고 말하는 것 같지는 않다. 투명한 렌즈의 심연에 관찰자의 웅숭깊은 마음이 들어 있기에 '그냥 A'인 것처럼 보이지 않는다. 그렇다는 것은 투명한 렌즈로 부감하는 관찰 대상의 성격과도 관련된다. 그녀가 바라보는 대상들은 대체로 비루한 군상들이다. 물리적인 연대는 분명히 21세기인데, 여전히 20세기 같은 혹은 19세기 같은 현실의 비루함을 투명하게 들추어내면서 동시대의 아픈 사연들로 어우러진 공감의 자장을 형성한다. 그 공감의 자장에서 외환위기 시절의 젊은이들의 우수와 절망의 문제라든지, 가족의 삼각형과 그것을 넘어서는 사회적 안티오이디푸스 문제, 소통의 불가능성과 오해의 문제 등을 비롯한 무거운 주제들도 가볍게 환기하면서 가볍지만은 않은 생각을 유도하는 문체를 길어낸다.

두번째 소설집 『침이 고인다』(문학과지성사, 2007)에서 김애란의 투명한 시선은 그 깊이를 더해가고 있는 것처럼 보인다. 비루한 관찰 대상에 대한 관심을 넓게 확산하고 깊게 심화하면서 동시대 젊은이들의 주변부 풍경을 시리게 점묘한다. 거기서 김애란은 단지 "말을 줍고 다니는 사람"이 아니다. 대상에 대한 투명하되 애정 어린 시선은 비루한 대상들에서 새로운 말들을 발견해나가는 의미심장한 지평으로 이끈다. 가령 「칼자국」에서 주인공은 엉덩이를 들썩이며 숫돌에 칼을 가는 어머니를 보면서 이렇게 웅얼거린다. "어머니는 좋은 어미다. 어머니는 좋은 여자다. 어머니는 좋은 칼이다. 어머니는 좋은 말(言)이다"(p. 170). 어머니의 치맛자락을 부여잡고 칭얼대던 아이가 어머니의 진면목을 발견해나가는 일련의 에피소드들도 어지간하거니와, 그 발견의 세목들이 눈길을 끈다. 첫 소설집의 표제작 「달려라, 아비」에서 어머니도 그랬지만, 김애란이 그리는 어머니는 신산한 세월의 고난 속에서도 유머와 위트로 낙천성을 잃지 않고 견디며 살아가는 생명력을 보여준다. 그런 "좋은 어미"가 "좋은 말(言)"로 다가왔다는 것이 주목의 핵심이다. 아니, 정확하게 고쳐 말해야 한다. "좋은 말(言)"로 다가왔다기보다는 "좋은 어미"를 관찰하는 딸의 투명하고 좋은 눈이 "좋은 말(言)"을 찾아낸 것이다. 다시 말하자면 딸은 좋은 어미의 말을 줍는 자가 아니다. 딸은 좋은 어미의 좋은 말을 길어내는 자이다. 물론 좋은 말은 관찰자와 대상 혹은 인식 주체와 대상 사이의 면밀한 상호 주관적 지평에서 형성되는 어떤 것이다. 김애란의 경쾌한 이야기가 그냥 가볍지만은 않은 이유 중의 하나도 여기에 있다. 물론 소설에 따라서 김애란은 "말을 줍고 다니는 사람"에서 '말을 길어내는 사람'에 이르기까지 다양한 스펙트럼을 보이는 게 사실이다. 그러나 시간 순차적으로 관찰하면 "말을 줍고 다니는 사람"에서 '말을 길어내는 사람'으로 전환하고 있다는 점을 알아차리게 된다. 어린 시절 "나는 체르니를 배우고 싶기보단 체르니란 말이 갖고 싶었다"고 말하는 「도도한 생활」의 주인공이 그러듯, 진실한 말을 길어내는 김애란의 투명한 시선이, 그녀의 소설을 흥미롭게 읽으면서도 결코 가볍지 않은 의미론적 자장에서 머뭇거리게 한다.

2. 편의점 · 포스트잇 · 지하철

『달려라, 아비』 시절, 김애란 소설의 주요 아이콘은 편의점과 포스트잇이었다. 「나는 편의점에 간다」에서 김애란은 "내가 편의점에 갈 때마다 어떤 안심이 드는 건, 편의점에 감으로써 물건이 아니라 일상을 구매하게 된다는 생각 때문인지도 모르겠다. 비닐봉지를 흔들며 귀가할 때 나는 궁핍한 자취생도, 적적한 독거녀도 무엇도 아닌 평범한 소비자이자 서울시민이 된다"(『달려라, 아비』, p. 41)고 적었거니와, 여기서 편의점은 서울이라는 대도시의 일상과 등가이다. 두루 알다시피 편의점은 균질화되고 자동화된 소비 공간이다. 거기서 대부분의 소시민들은 일상을 위해 소비하며, 소비를 통해 '서울시민'으로서의 일상을 확인한다. 그러니까 「칼자국」에 나오는 어머니의 칼국숫집과는 질적으로 변별되는 공간인 셈이다(편의점에서 칼국숫집으로의 관심 이동이 김애란의 첫 소설집과 두번째 소설집의 주요한 변화이기도 하다). 지방 소읍에 위치한 어머니의 칼국숫집은 칼국수의 가격이나 교환 가치보다는 인간의 양식이나 인정이 우선하는 가치의 공간으로 그려진다. 예컨대 국수를 썰다 손가락을 벤 어머니의 핏자국이 묻어 있는 국수 그릇을 보고 "어이구, 여기 피가 묻었네유"하면서도 "조글조글한 입으로 면발을 호로록 빨며" "많이 안 다

쳤슈?"(『침이 고인다』, p. 157)라고 묻는 할머니의 초상이 돌올하게 전경화되는 그런 공간인 것이다. 그러나 대도시 서울의 편의점은 다르다. 오로지 돈과 물건만이 교환될 뿐 사람의 숨결이나 진정한 말은 교환되지 않는다. 「나는 편의점에 간다」의 주인공이 갑작스러운 일로 자기 집 열쇠를 부탁하려 할 때, 주인공에게 보인 편의점 청년의 반응이 그것을 잘 나타낸다. 평소에 매번 같은 물건을 사 가기 때문에 카운터 청년이 자기의 많은 것을 알고 있을 것이라고 우려했던 그녀였는데, 막상 "저, 이 근처 사는…… 항상 제주 삼다수랑, 디스플러스랑 사갔었는데……"(『달려라, 아비』, p. 50)라며 자기 신원을 알아봐줄 것을 요청했으나 돌아온 대답은 매우 썰렁했던 것이다. "손님, 죄송하지만 삼다수나 디스는 어느 분이나 사가시는데요"(p. 51). 오직 삼다수나 디스라는 상품과 화폐만이 교환되었을 뿐 다른 것은 정당한 교환과 소통이 이루어지지 않는 양상을 이런 단면으로 포착한 것이다. 인정에 바탕을 둔 타인과의 소통이 단절된 채 철저하게 홀로 처함의 상태에 놓이는 것, 그것이 서울시민이 되는 것이었음을 시골 소읍 출신의 주인공은 아마 짐작하지 못했을 것이다. 오직 소비를 통해 소비할 수 있는 나름의 능력을 입증할 뿐 자신의 존재를 입증할 수 없는 익명성의 소외 양상이 서울의 일상을 관철하는 하나의 지배 원리라는 점을, 김애란의 편의점은 우회적으로 환기한다.

이런 편의점의 세계는 포스트잇의 세계와 통한다. 지속적이기보다는 순간적이고 찰나적인 혹은 탈착적인 관계를 환기하는 데 포스트잇만큼 적절한 아이콘도 드물 것이다. 김애란의 「종이 물고기」에서 포스트잇에 썼던 자기 소설을 재생할 수 없게 된 것은 그 같은 특성 때문이기도 하다. 「종이 물고기」뿐만 아니라 「영원한 화자」「노크하지 않는 집」 등 여러 소설에서 이와 같이 순간적이고 휘발적이며 탈착적인 인간관계들이 생생하게 그 모습을 드러낸다. 그런 관계 속에서라면 대개 "얼굴 없는 사건"(「노크하지 않는 집」, 『달려라, 아비』, p. 223)들만이 출몰할 따름이다. 이런 사건이나 에피소드, 혹은 인간관계에 관한 이야기들을 김애란은 투명한 듯 재치 있으면서도 쿨한 어조로 풀어내면서, 지금 여기에서의 삶의 실질에 대한 반성적 성찰을 유도한다.

김애란의 인물들이 주로 편의점을 이용하는 것은, 일차로 그들이 젊은 세대이기도 해서이겠지만, 좀더 숙고해보면 그들의 경제 사정과 관련되는 것이기도 하다. 시골 소읍 출신의 젊은이들은 아직 서울시민으로서 제대로 정착한 상태가 아니며, 백화점이나 명품점을 이용할 수 있는 사정과는 거리가 먼 것으로 제시된다. 아마 명품점이었다면 편의점과는 전혀 다른 양상이 펼쳐졌을 터이다. 단골 명품점에서 편의점 청년같이 대하는 경우란 거의 없을 것이기 때문이다. 김애란의 소설에 백화점이나 명품점이 등장하지 않는 것과 궤를 같이하여, 그녀의 소설에 스포츠카나 은색 렉서스 같은 고급 승용차도 등장하지 않는다. 고작 등장해야 가난한 이삿짐을 나르는 트럭이거나(「도도한 생활」), 이름을 내세울 것도 없는 가난한 차(「성탄특선」), 혹은 오토바이 따위가 간헐적으로 희미하게 모습을 내비칠 따름이다. 그런 까닭에 김애란 소설의 인물들은 대개 지하철을 이용한다. 특히 『침이 고인다』에 수록된 많은 소설들에서 이야기의 기본 동선은 지하철과 연계되어 있다. 대부분의 젊은 주인공들은 지하철로 이동하며, 지하철 역명이 공간 방위의 기본 척도가 되는 양상을 보인다. 그러나 그 지하철은 교통 체증과 상관없이 빠르게 약속을 지켜주는 편리한 대중교통 수단으로 받아들여지는 게 아니다. "지하철은 턴테이블 같아요. 땅속에서 온종일 빙글빙글 돌며, 고독과 신산함의 음악을 만들어내는"과 같은 발화에서도 알 수 있는 것처럼, 좋지 않은 바람과 더불어 지하철이 연출하는 소리란 한갓 "고독과 신산함의 음악"(「네모난 자리들」, p. 227)을 넘지 못하는 어떤 것이다. 그렇다는 것은 그 지하철을 타고 이동하는 김애란의 젊은 주인공들의 처지를 그대로 환기하는 것이기도 하다. 요컨대 김애란의 인물들은 포스트잇의 정서와 언어로 지하철을 탄다. 포스트잇처럼 어디에 강고하게 붙박여 있지 않고 탈영토화된 상황에서 자유롭게 유목민적 탈주를 하고 싶어 하는 젊은 영혼들이 말달리듯 스포츠카를 몰지 않고, 지하철을 탄다는 것은 무슨 의미인가. 스포츠카처럼 자기가 원하는 시간과 장소에서 마음대로 서거나 출발할 수 없는 것이 지하철이다. 노선과 시간 등 여러 면에서 제약이 분명한 지하철을 통해 김애란 소설의 젊은이들은 현실의 지도를 새삼스럽게 확인하게 된다. 지하철은 곧 현실의 상징적 그물이다. 포스트잇의 세계와 지하철의 세계는 마치 상상계와 상징계로 구분되는 것처럼 보이지만, 김애란은 그것을 허허롭게 가로지른다. 그러면서 포스트잇의 언어에 지하철의 현실감을 부여하고, 지하철의 현실을 응시하고 체험하되 예의 "고독과 신산함의 음악"에만 빠져 있지 않겠다는 포스트잇의 판타지를 꿈꾼다. 그 가로지름의 과정은 대개의 경우 재기발랄한 위트로 담론화되기에 독자들은 흥미로운 독서 체험을 하게 되는 것이다.

3. 청년 실업 시대의 우수와 불안

소설집 『침이 고인다』는 작가(혹은 작가와 비슷한 처지에 있는 동세대의 젊은이들)의 성장 이력을 간접적으로 어렴풋하게나마 짐작하게 한다. 「칼자국」은 시골 소읍에서의 어린 시절을 배경으로 부모님의 초상을 그려볼 수 있게 하고, 「도도한 생활」은 일부 「칼자국」 시절의 내용을 포함하면서 고등학교를 마치고 서울로 이주하는 경계적인 시간대의 이야기이다. 「자오선을 지나갈 때」는 시골에서 상경하여 노량진 학원가에서 재수하는 인물의 이야기이고, 「네모난 자리들」은 대학 시절의 이야기, 「침이 고인다」 「기도」 「성탄특선」은 어렵게 대학을 마쳤지만 소망하던 직장을 얻지 못한 채 구직 상태에 있거나 원하지 않는 일자리에서 소외된 노동에 시달리는 젊은이들의 이야기로 이루어져 있다. 이들은 일부 나이 차이를 보이기는 하지만 대체로 환란 직후에 상경하여 재수를 하거나 대학에 입학한 세대들이다(「자오선을 지나갈 때」의 재수생은 1999년에 한강을 건넌 것으로 되어 있다). 재수 시절의 신산한 풍경이 「자오선을 지나갈 때」에 매우 실감 있게 그려지거니와, 대학 진학 이후에도 고단한 시절은 계속된다. 품격 높은 '도도한 생활'은 이미 그들 편이 아니었고, 비가 오면 물에 잠기는 반지하방에서 그야말로 낮은 데로 임해야 하는, '미파솔라'로 올라가는 음을 연주하지 못하는 채 오로지 '도, 도' 하면서 허덕이는 생활을 해야 하는 처지다(「도도한 생활」). 그렇기에 서울에서 살아남기 위한 그들의 노력은 매우 눈물겨운 것이 아닐 수 없었다. 앞서 언급한 '지하철적인 현실'이 그들 앞에 크게 가로놓여 있었기 때문이다.

나는 학교 시간표와 겹치지 않고 집에서 너무 멀지 않은 곳을 찾기 위해, 고만고만한 보습 학원 중 차악(次惡)을 골라야 했다. 학원에 늦지 않기 위해 저녁을 굶기 일쑤였고, 지하철역에서 풍겨오는 달콤한 '델리만쥬' 냄새에 다리가 후들거리기도 했다. 여름엔 덥고 겨울엔 추운 국철. 자고 나면 돌아오는 아이들의 중간고사와 기말고사. 배차 시간이 긴 국철을 놓치지 않기 위해 한 손에 토스트를 들고 지하에서부터 숨이 막히게 뛸 때면, 구두코에 머스터드소스와 케첩이 묻어 있곤 했다. 그리고 속절없이 멀어져가는 도시의 풍경을 바라보며— 대체 나아진다는 게 무엇일까 생각했다.

—「자오선을 지나갈 때」, p. 147

그렇게 발버둥 쳤음에도 불구하고 그들은 대개 세속적인 의미에서 성공적인 서울 입성에 다가서지 못한다. 도대체 그들의 삶에서 나아질 기미가 제대로 보이질 않는다.「자오선을 지나갈 때」「기도」등 여러 편에서 청년 실업의 풍경은 을씨년스럽게 전개된다. 그들의 우수와 불안은 대체로 다음의 세 문장으로 요약될 수도 있겠다.

① "출구는 대체 어디 있는 것이냐?" (「네모난 자리들」, p. 231)

② "대체 나아진다는 게 무엇일까" (「자오선을 지나갈 때」, p. 147)

③ "나는 왜 이렇게 빤한가……" (「성탄특선」, p. 84)

「네모난 자리들」에서 주인공 남녀는 공히 길눈이 어두워 길을 제대로 찾지 못한다. 그들은 종종 "기다랗고 복잡하며 꼬불거리는 골목"을 헤매며 분노에 젖기도 하고 좌절에 빠지기도 한다. 그래서 그들은 ①처럼 푸념을 내뱉지 않을 수 없다. 이런 푸념이 어찌 한갓 골목길 찾기에서 그칠 것인가. 환란 이후 '이태백' 운운하던 청년 실업 시대에 청년들의 출구 없음의 막막함과 우수를 ①과 그대로 겹쳐놓아도 좋을 것이다. 그러기에 ②처럼 희망을 제대로 품어볼 수도, 신뢰할 수도 없게 된다. 그와 같은 우수와 좌절, 불안의 나날이 계속되다 보면 희망 없음도, 출구가 막막함도, 거기에 갇혀 빤한 상상력과 생각에 침윤되고 마는 경향도 되풀이되기에 ③ 같은 탄식도 자연스럽게 전달된다.

김미월, 윤이형 등과 더불어 김애란은 외환위기와 청년 실업 시대에 대학을 다닌 세대이다. 그들이 그보다 조금 앞선 세대, 그러니까 조경란, 하성란, 천운영, 윤성희, 편혜영 등과 변별되는 문학사회학적 지표의 하나는 바로 이것이다. 포스트모더니즘 경향과 더불어 1990년대에 잠시 뒤로 미루어두었던 먹고사는 문제에 대한 감성적 관심을 그들은 대학 초년 시절에 나름의 세대적 무의식으로 지녀 가지게 된 것이 아닐까 짐작한다. 아니 단순하게 먹고사는 문제라기보다는 자신이 하고 싶은 일을 하면서 먹고살 수 없거나 어려운 세상에 대한 우수와 불안의 심리와 통한다고 하는 게 더 좋겠다. 이런 세대 공통의 무의식을 바탕으로 하고 있는 것처럼 보임에도 불구하고 윤이형과 김애란의 개성은 사뭇 대조적이다. 윤이형이 지독하게 비극적인 세계관을 드러낸다면, 상대적으로 낙관적인 세계관 혹은 축제적 세계관을 보이는 작가가 김애란이다. 어쨌거나 김애란의 『침이 고인다』가 『달려라, 아비』의 세계를 심화 확대한 결과로 해석할 수 있는 근거는, 포스트잇의 정서와 언어, 위트는 지속적으로 보이되, 편의점의 세계보다는 칼국숫집 내지 지하철의 세계에 더 밀착하여 자기 세대, 자기 시대의 의미 있는 단애를 상징적으로 그려내려 했다는 점에서 찾을 수 있겠다.

4. 불안을 위한 배려, 혹은 배려의 불안

김애란은 청년 실업 시대의 위기 상황을, 당시 청년들의 우수와 불안의 풍경을 통해 점묘하되, 결코 흥분하거나 과장하지 않는다. 이 지점에서 나는 다시 앞에서도 언급한 「영원한 화자」에서 "나는 사려 깊은 사람"이라는 호명이 떠오른다. 그녀는 아직 너무 젊지만 사려 깊은 작가이다. 또 "나는 따뜻한 사람이지만, 당신보다 당신의 절망을 경청하고 있는 나의"(『달려라, 아비』, p. 117) 모습도 상기된다. 첫 소설집의 해설 자리에서 비평가 김동식이 "아버지와 관련된 두 번의 긍정이 정신적 상처를 만들지 않으려는 의지로 나타나며 더 나아가서는 자신의 무의식에 대한 자기배려로 나타났던 것"을 지적하며, "정신적 상처의 기원(아버지)을 유목시키는 독특한 상상력은, 김애란이 보여준 한국문학의 새로운 풍경"(「달려라, 작가: 생의 도약과 영원회귀의 잠재적 공존」, 『달려라, 아비』, p. 249)이라는 진단도 비슷한 맥락에서 여러 생각거리를 제공한다. 첫 소설집의 「달려라, 아비」에서도 그랬고, 두번째 소설집의 「칼자국」에서도 그렇듯이, 김애란은 신산한 처지에서도 부모를 탓하지 않는다. 아비의 무능함도 무책임한 행동도 이해의 대상이지 원망의 대상이 아니다. 이런 정신적 성숙미는 아마도 두 작품에서 공히 드러나는 어머니의 기질적 특성에서 말미암은 것이기도 할 터이다. 그 원인의 전부는 아니라고 할지라도 부분적으로 김애란의 인물들은 어머니의 넉넉한 낙관성과 유머 감각에 의해서 길러졌고, 그것이 고단한 처지를 유머로 탈주할 수 있게 하는 근본 에너지로 작용하지 않았을까 짐작된다. 따지고 보면 무능하거나 무책임한 존재로 등장하는 아버지도 불안한 실존의 극한에서 고통받았던 인물로 이해될 수 있었던 것도 그런 까닭이다.

아버지만이 아니다. 김애란의 인물들은 그 자신이 불안하고 불우한 처지에 있으면서도 비슷한 처지에 놓인 타인들을 기꺼이 환대하는 모습을 보인다. 「도도한 생활」에서 언니의 술 취한 남자친구, 「침이 고인다」에서 후배, 「자오선을 지나갈 때」에서 독서실 언니들, 「기도」에서 조사원 사내, 「네모난 자리들」에서 선배 등이 주인공에 의해서 환대받는 타인들의 목록이다. 불안한 타인을 환대하면서 주체는 결코 경제적으로는 물론 정신적으로도 우월한 지위를 점하지 않는다. 비슷한 약점을 드러내면서 환대받는 타인들을 편안하게 끌어안는다. 「침이 고인다」가 대표적인 경우인데, 주인공은 어쩔 수 없이 받아들였지만 후배가 불편해서 견디기 힘들어하다가 그 심사를 직접 노출하기도 한다. 그러다가 정작 후배가 떠나자 가슴 아파한다. 그러니까 김애란의 인물들은 유형적으로 착한 사람들이 아니다. 불안의 시대에 걸맞은 배려의 윤리를 지닌 인물들이라고 보아야 한다. 불안의 인물들을 나름대로 배려하려 하되, 그 스스로도 배려하는 자의 존재론적 불안으로부터 자유롭지 않다. 불안은 상호 교환되면서 탈승화를 일으킨다.

김애란의 소설은 "실패한 농담들의 쓰레기장"(「종이 물고기」, 『달려라, 아비』, p. 194)이 아니다. 그녀는 "실패한 농담들의 쓰레기장"을 즐겁게 뒤지면서 썩 그럴듯하게 성공한 농담을 경쾌하게 만들어낸다. 그러면서 청년 실업 시대의 존재론적 고뇌에서 사회적 의미망까지 중층적으로 코드화한다. 무엇보다도 젊은 세대의 이야기를 사사화하거나 단지 풍속적인 것으로 기울게 하지 않고, 나름의 평형감각을 가지고 다채로운 의미소들을 유기적으로 서사화하고 있는 점이 2000년대 작가로서 김애란의 미덕이다. 그러한 서사 원리의 심층에서 불안한 시대의 배려의 윤리와 농담의 수사학을 적절하게 배치하고 구사하고 있는 점도 미덥다. 그러나 여전히 김애란은 "아직 잔뜩 남겨진 자"(「영원한 화자」, 『달려라, 아비』, p. 116)에 속한다. 그녀가 길어낸 말들의 일부만이 두 권의 소설집으로 우리에게 전달되었을 것이다. 아직 잔뜩 남겨진 말들을 위해, 또 새로운 말들을 길어내기 위해 오늘도 김애란은 지하철을 타고 있을지 모를 일이다. 혹시 지하철에 오르거든 눈여겨보시라. 동그란 두 눈을 크게 뜨고 당신의 절망을 투명하게 경청하기 위해 두리번거리는 '귀여운 소녀(?)'가 어느 구석에서 부지런히 감각의 그물을 펼쳐놓고 있지는 않은지 말이다.

비행운의 꿈, 혹은 행복을 기다리는 비행운
— 김애란과 그 막막한 친구들

1. '비행운'을 위한 서사적 변명

"힘든 건 불행이 아니라…… 행복을 기다리는 게 지겨운 거였어"
(「호텔 니약 따」,『비행운』, 문학과지성사, 2012, p. 277). 그렇게 말한
젊은이가 있다. 그는 얼마 전 오래 사귀었던 여자친구와 헤어진 터
였다. 해외여행 중이던 그녀로부터 국제 전화가 걸려온다. 누군지
알지 못한 상태에서 전화를 받은 그에게 그녀는 적잖이 당혹스러
운 질문을 해온다. "너 나 만나서 불행했니?" 글쎄, 바로 답하기 곤
란하다. 이내 그는 나직하게 말한다. 불행한 것은 아니었다고, 행복
을 기다리는 게 지겹고 힘들었다고 말이다. 별스러울 것 없어 보이
는 이 대화 장면에 마음이 오래 머문다. 그의 목소리가 이명처럼 귓
가를 맴돈다. 소설은 이 두 남녀의 관계를 중심으로 한 이야기가 아
니었다. 그렇기에 잠깐 끼어들었다가 이내 물러난 사소한 위성 삽화
에 불과한 대목이었다. 그런데도 나는 왜 그의 목소리에 끌릴 수밖
에 없었을까. 아마도 그의 목소리에서, 그 목소리에서 연상되는 그

의 포즈와 마음의 처지에서, 우리 시대 젊은 세대의 어떤 집단무의식 내지 아비투스를 발견하는 우울을 경험한 탓이 아니었을까. 또는 그런 목소리를 위무하고 그런 우울을 애도하는 작가 김애란의 '이야기 약손'에 시나브로 공감하고 몰입했던 까닭이 아니었을까. 어쩌면 김애란의 세번째 소설집『비행운』읽기는 예의 목소리와 관련한 모종의 판타지와 대화하는 형국이 될 것 같은 예감이 들기도 한다.

「호텔 니약 따」에서 서윤의 옛 남자친구 경민이, 어떤 처지에서 어떤 행복을 기다렸는지는 구체적으로 얘기되지 않는다. 다만 그는 아직 행복을 욕망해야 하는, 혹은 준비해야 하는 상황에 놓여 있고, 그 행복에의 욕망은 여전히 차연되고 있을 뿐만 아니라 오히려 실존적 상황은 악화일로에 있어, 젊은 청춘의 사랑 하나 제대로 품을 가슴조차 지니지 못한 신산한 상태라는 것을 유추할 수 있을 따름이다. 그다음 장면에서 서윤은 여행에 동행한 친구 은지에게 백석의 시 「남신의주유동박시봉방」을 거론한다. 이는 이역 여행자의 처지인 자신들의 모습을 떠올리게 하지만, 앞선 경민의 처지를 연상하게도 한다. 백석의 화자는 아내도 집도 없는 사내였다. 추운 겨울날 목수네 헛간에 들어 자신의 불우한 처지를 생각한다. "나는 내 뜻이며 힘으로, 나를 이끌어가는 것이 힘든 일인 것을 생각하고,/이것들보다 더 크고, 높은 것이 있어서, 나를 마음대로 굴려가는 것을 생각하는 것인데" 같은 시구에서 명료하듯, 사내의 "어지러운 마음"에는 "슬픔"이나 "한탄" 따위가 앙금처럼 가라앉아 있었다. 한없이 속절없는 주체의 처지와 그런 주체를 압도하는 가공할 만한 대타자의 억압 사이에서 비탄의 앙금은 심연처럼 깊어지고, 그 심연에서 역설적으로 인식의 의지적 지평을, 백석의 화자는 마련하고자 한다. 드물게도 "굳고 정한 갈매나무라는 나무를 생각하는 것"이 바로 그것이다. 그러나 백석의 화자와는 달리 김애란이 응시한 젊은 영혼에게는 "갈매나무"라는 장치마저 준비되어 있지 않은 것 같다. 갈매나무마저 생각할 수 없는 처지에서 행복을 마냥 욕망해야 하는데, 그에 반비례하여 행운이 아닌 비행운(非幸運)만 가중되는 형국이니, 정녕 문제적인 정경이 아닐 수 없겠다.

김애란의 두번째 소설집 『침이 고인다』(문학과지성사, 2007)에 수록된 「자오선을 지나갈 때」「도도한 생활」 이후 대부분의 인물들은 그런 경민들이거나, 그 친구들이거나, 아니면 적들이다. 한없이 막막하고 아득한 상황에서 그보다 더 나쁜 상황으로 치닫는다. 대학을 졸업하고도 변변한 일자리를 얻지 못하거나(「호텔 니약 따」「너의 여름은 어떠니」), 취업을 했다 하더라도 만족할 수 없는 수준이다(「큐티클」「서른」). 중년 하층민의 고단한 처지를 다룬 「그곳에 밤 여기에 노래」나 「하루의 축」에서는 그 핍절함이 더욱 곡진하다. 사정이 딱하다 보니 이야기 속의 인간관계는 더욱 나빠지기 일쑤다. 「호텔 니약 따」에서 두 친구 사이는 매우 소원해지고, 「너의 여름은 어떠니」나 「서른」에서는 자신이 좋아했던 남자에게서 어이없이 배신당한다(김애란의 여러 소설에서 옛 남자친구들은 종종 느닷없이 배신자의 기호로 등장한다). 나아가 「서른」의 경우는 남자친구에게 배신당했던 여주인공이 자기 제자를 배신하는 것으로 그려져 충격을 더한다. 「물속 골리앗」은 악화일로 플롯의 한 절정을 보인 소설이며, 그런 가운데에서도 과연 신생의 가능성이 있을지의 문제를 곤혹스럽게 탐문한 이야기가 「벌레들」이다. 장편 『두근두근 내 인생』(창비, 2011) 역시 매우 극적인 플롯에 바탕을 둔 서사다. '두근두근'의 아이러니는 희망과 좌절, 욕망과 절망의 함수를 교란하며 악화일로의 존재상을 역동적으로 의미화한다.

　이런 이야기들에 대해 우리는, 이 소설집의 표제인 '비행운'의 모호한 메타포와 관련지어 그 맥락을 재구성해볼 수도 있겠다. 현실에서 안주할 정처를 마련하지 못한 이들은 지금, 여기가 아닌 다른 곳을 종종 동경한다. 작가가 『두근두근 내 인생』에서 들려준 음악 「글라이드Glide」(영화 「릴리 슈슈의 모든 것」의 사운드 트랙)의 노랫말처럼, "멀리 날아올라/또다른 곳으로/모든 것에서 멀리 떨어져"(p. 247) 비상하고 싶어 한다. 가령 「그곳에 밤 여기에 노래」에서 택시 기사 용대는 중국에서의 새로운 삶을 동경하고, 「하루의 축」에서 공항 청소 노동자 기옥 씨는 비행운(飛行雲)을 보며 자신도 어디론가 훨훨 떠나고 싶어 한다. 하지만 결코 그들은 자신들의 구역을 벗어나지 못한다. 「큐티클」에서 직장 여성도 사정은 크게 다르지 않다. 「호텔 니약 따」처럼 비행운을 그리며 떠났다고 하더라도 동경했던 세계와 조우하지 못한 채 더 나쁜 상황으로 전락하고 만다. 다른 소설들에서도 비행운을 동경하며 기획했던 꿈들은 대개 이루어지지 않는다. 그래서 경민의 발화처럼 행복을 기다리느라 지치는 경우가 많다. 김애란의 소설에서 대개 비행운의 꿈은 아이러니컬하게 구조화된다. 비행운의 꿈을 꾸면 꿀수록, 그러니까 비행운에 대한 동경이 핍절할수록, 비행운(非幸運)의 악순환에 빠지게 된다. 이렇게 비행운(飛行雲)과 비행운(非幸運) 사이의 속절없는 거리에서, 작가 김애란은 우리 시대의 의미심장한 서사 단층을 마련하고, 감동적인 이야기 그물을 짠다. 비행운(飛行雲) 구름 그림자에 가려진 비행운(非幸運)의 속사연을 웅숭깊게 펼친다. 그 이야기 궤적을 통해 우리는

2010년대 소설의 가장 진실한 숨결과 교감하는 행운을 누리게 된다.

2. 막막한 존재들과 악화일로 플롯

"사람들이 비행운이라 부르는 구름"(『비행운』, p. 176)을 매일 보며 인천공항에서 청소 일을 하는 오십대 중반 여성 기옥 씨의 하루 일을 다룬 「하루의 축」 이야기부터 시작해보자. 어디론가 떠나거나 어디에선가 돌아오는 사람들을 위한 장소인 공항에서 그녀는 나름의 비행운을 동경하지만 제 날개를 달지 못한다. "현대의 복잡하고 거대한 시스템이 정적(靜的)으로 평화롭게 돌아갈 때, 그 무탈함이 주는 이상한 압도, 안심, 혹은 아름다움 같은 것"(p. 176)이 느껴지는 공항에서, 그녀는 "마치 많은 이들이 재떨이와 재떨이 청소부를, 승강기와 승강기 청소부를 동격으로 대하듯"(p. 200) 화장실 취급을 당하는 사물화된 화장실 청소부이다. 그녀의 일상은 남루하고 때때로 수치스럽다. "취향도 계통도 없이 어지러이 놓인 세간도 그렇고 애석하다 못해 어딘가 참혹한 느낌을 주는 기옥 씨의 머리도 그랬다"(p. 172). 아들 영웅이 어렸을 때 남편은 실족사로 가족을 떠났다. 그럼에도 애써 아들 하나는 잘 키우려 했는데, 어학연수 비용을 마련하기 위해 택배를 훔쳤다가 붙잡힌 영웅이는 그만 실형을 살게 된다(영웅이라는 소망의 이름과 좀도둑이라는 현실 사이의 이 참혹한 아이러니라니!). 너무나도 허망하게 한 가족의 단란한 희망이 무너져 내리던 그 순간부터 그녀는 스트레스성 탈모 증상을 보인다. 이야기의 현재 시간은 마침 추석 전날이다. 집에서 나름대로 대보름맞

이를 하다가 배달된 편지를 미처 읽지도 못한 채 가방에 넣고 공항에 출근한다. 일하던 내내 내일은 결코 일하지 않고 쉴 것이라고 다짐하던 그녀는, 사식 좀 넣어달라는 아들의 편지를 공항에서 읽고는 자신의 흉한 머리를 가렸던 챙이 넓은 모자를 벗고 있다는 사실조차 망각한 채 파트장에게 달려가 내일 추가 근무를 해도 되겠느냐고 말한다. 이런 그녀의 모습을 본 파트장은 "마치 놀라운 게 아니라 무서운 걸 보기라도 한 듯"(p. 201) 파르르 떤다. 추가 근무는커녕 자기 근무 시간도 박탈당할지 모른다는 불안감을 자아내는 형국이다. 남편의 실족사, 아들의 도둑질, 자신의 스트레스성 탈모와 실직 위기, 이런 연쇄를 통해 기옥 씨 가족은 단란하고 행복한 꿈으로부터 너무나도 멀리 떨어져 나간다. 자신들의 의지와 상관없이, 그야말로 속절없이, 악화일로 플롯에 갇히게 된 형국이다.

「그곳에 밤 여기에 노래」의 택시 기사 용대는 어려서부터 주위의 홀대를 받았고, 하는 일마다 행운이 따라주지 않았던 비행운(非幸運)의 인물로 형상화된다. 그나마 자신의 생에서 가장 행운의 시기로 기억될 명화와의 만남은 너무나 안타깝게도 짧기만 했다. 서른일곱에 만난 조선족 여성 명화는 그와 결혼하여 함께 행복을 일구어나가는 듯했지만, 불과 몇 달 만에 위암 진단을 받아 투병하다 이내 지상에서 육신을 거두어 간다. 둘은 함께 '기회의 땅'으로 여겨지는 중국에서 새로운 출발을 하려 했다. 용대가 중국어를 배우기 시작한 것도 그래서다. 그러나 용대가 기초 중국어를 제대로 익히기도 전에, 그러니까 함께 탈 비행기 근처로 가기도 전에, '비행운(飛行雲)의 꿈'은 추락하고 만다. 여기서 그가 마지막까지 웅얼대는 중국어 회화 대사가 "제 자리는 어디입니까?" "여기서 멉니까?"(p. 168)라는 것은 재삼 눈길을 끈다. 어려서부터 행운이 따라주지 않던 용대는 아직 지상에서 '제 자리'를 찾지 못한 비행운의 인물인 것이다. 그곳이 어디인지, 얼마나 먼지 알지 못하기에 막막하기만 하다. 그러니까, 그것은 단순한 중국어 회화가 아니라, 매우 간절한 실존적 소망의 질문에 속한다. 이런 질문을 거듭 계속하며 기다려야 하기에, 경민이 그랬듯이 용대 역시 지겹고 힘들기만 하다. 경민의 나이 이후로도 10년 가까이 용대에게 그 비행운이 지속되었다는 것은 매우 안타까운 일이 아닐 수 없다.

「벌레들」의 주인공은 전세금이 저렴하다는 이유로 재개발 지구로 전세를 얻어 들어간다. 이제까지 살던 집 중에서 가장 넓고 환한 집이어서 더욱 행복할 수 있기를 꿈꾼다. 그러나 아래쪽 재건축 구역에서 베어낸 오래된 나무에서 기어 나오는 무수한 벌레들의 침입으로 그녀는 무척 곤혹스러워한다. 벌레와의 전쟁으로 허둥대던 순간 수납장 위의 반지 케이스에 담겨 있던 결혼반지가 창밖 절벽 아래 공사장으로 떨어진다. 당황한 그녀는 남편에게 전화하지만 연결되지 않는다. 할 수 없이 직접 만삭의 몸으로 절벽 아래 공사장으로 내려가서 반지를 찾으려 하지만 그만 양수가 터져 아무도 도와줄 이 없는 공사장 돌무덤 위에서 고립 상태로 출산을 해야 할 위기에 처한다. 싼 전세를 얻은 것은 얼마간 행운이었지만, 그것은 아이러니컬하게도 비행운의 연쇄를 부르는 행운이었던 셈이다.

「너의 여름은 어떠니」에서 서미영의 처지 또한 딱하기는 마찬가지다. 어렸을 적 고향에서 물에 빠진 자신을 구한 적이 있는 병만의 사고사 소식을 들은 그녀는 고향으로 문상을 가려던 참에, 케이블방송에서 일하는 대학 선배의 전화를 받는다. 대학 신입생 시절부터 그녀가 마음을 주었던 선배여서 나갔지만, 선배는 기대와는 달리 그저 먹기 대회 프로그램에 엑스트라로 출연해줄 것을 강권한다. 뚱뚱하고 잘 먹는 후배를 이용하려 한 것이다. 미영은 차마 거절하지 못하고 촬영에 임하지만 매우 참담한 느낌에 빠진다. 선배에 대한 기대가 좌절로 급전직하 추락하는 순간이다. 결국 그녀는 최악의 상황이 되어 예정했던 문상도 포기한다. 어렸을 적 물에 빠졌을 때, 그녀는 "아무도 내가 죽어가고 있다는 걸 모른다는 고립감. 그리고 그걸 누구에게도 전하지 못한다는 갑갑함"(p. 41)에 포획되는 트라우마를 경험한 바 있다. 이런 고립감과 갑갑함은 김애란의 여러 소설에서 되풀이되는 문제적인 증후에 속한다. 장편 『두근두근 내 인생』에서도 그렇고, 「벌레들」이나 「물속 골리앗」에서도 마찬가지인데, 「너의 여름은 어떠니」에서 서미영은 어린 시절 물속에서 경험했던 고립감을 기대했던 선배에 대한 좌절의 심상으로 재체험하면서 상처받는다.

「큐티클」의 여주인공은 사정이 한결 나은 편이다. 아마도 김애란 소설에 등장하는 주 인물 중에서 경제적 형편이 가장 좋은 인물에 속할 것이다. 대학 졸업 후 3년 동안 언론사 시험에 낙방하자 바로 외국계 제약 회사로 방향을 틀어 취직해 있는 상태이다. 시골 출신이지만 "이런저런 곁눈질과 시행착오 끝에 가까스로 얻게 된 한 줌의 취향"(p. 210)도 지니게 되었고, "내가 나를 돌보는 느낌"(p. 212)도 감각하게 되었다. "만약 그런 '기분'도 구매할 수 있는 거라면 그걸 '계속하고' 싶다고 생각했다. 이 정도는 낭비가 아니라 경제적인 행복이라고." "설렘과 만족" 혹은 "경제적 행복"을 추구하고 싶어하고, 자기 "또래 여자들의 유행과 문법을 잘 따라가는 편"(p. 213)

인 그녀는 "단순히 깨끗한 피부가 아닌 그 사람의 환경, 영양 상태, 심리적 안정감, 여가, 자신감 등 모든 것이 어우러져 드러나는 '총체적인 안색'"에 대한 욕망 또한 상당한 편이다. 그런데 그녀의 욕망은 현재의 능력(구매력)에 비해 늘 한 뼘 정도 초과하는 것이었기에, 미래의 능력에서 가불하곤 한다.

서울 변두리에 자리한 그저 그런 원룸이었지만 그간 세를 산 집 중 가장 넓고 쾌적한 데였다. 처음에는 안도가 그다음엔 욕심이 찾아왔다. 정착의 느낌을 재생반복하기 위해 자꾸 이것저것을 사들이고 집을 꾸미기 시작했다. 월급날에 대한 확신과 기대는 조금 더 예쁜 것, 조금 더 세련된 것, 조금 더 안전한 것에 대한 관심을 부추겼다. 그러니까 딱 한 뼘만…… 9센티미터만큼이라도 삶의 질이 향상되길 바랐다. 그런데 이상한 건 그 많은 물건 중 내게 '딱 맞는 한 뼘'은 없었다는 거다. 모든 건 늘 반 뼘 모자라거나 한 뼘 초과됐다. 본디 이 세계의 가격은 욕망의 크기와 딱 맞게 매겨지지 않았다는 듯. 아직 젊고, 벌 날이 많다는 근거 없는 낙관으로 나는 늘 한 뼘 초과되는 쪽을 택했다. 그리고 그럴 자격이 있다 생각했다. (pp. 213~14)

이러한 가불을 통해 자신의 취향을 업그레이드하고 경제적 행복을 추구하려 하지만 늘 부족함을 느낀다. "분위기가 다르고 선이"(p. 223) 다른, 그야말로 "인정과 보상을 섭취하는 사람이 내뿜는 기운이 느껴"지는 대학 선배와의 대비를 통해 결여를 더욱 확인한다. 유난히 빛나던 선배의 손에 자극받은 그녀는 모방 욕망처럼 손톱 관리를 받는다. 선배의 손을 본 이후 그녀는 "손톱에 '사로잡혀' 있었"(p.

221)던 것이다. 친구 결혼식장에 가는 길에 손톱 관리를 받은 그녀는 환해진 느낌 속에서 "어쩌면 몸이야말로 가장 비싼 액세서리일지도"(p. 227) 모른다고 생각한다. 그러나 행운은 거기까지였다. 예상보다 많이 걸린 손톱 관리 시간 때문에 서둘러 결혼식장에 가야 했던 그녀는 겨드랑이에 땀이 찬다(「큐티클」의 그녀와 「그곳에 밤 여기에 노래」의 용대는 유난히 땀을 많이 흘리는 인물로 설정되어 있다). 예기치 않게 부케를 받게 되었는데 겨드랑이 땀을 들키지 않으려다 아주 우스꽝스런 장면을 연출한다. 결혼식이 끝난 후 사은품으로 여행용 캐리어를 준다는 신용카드를 신청한다. 친구가 얼마 전 해외여행을 가자고 제안했는데 자기에게는 적당한 캐리어가 없었던 것이다. 그런데 막상 그 친구를 만나니 사정상 여행을 못 가게 되었다고 한다. 지친 몸을 달래려고 친구가 권한 캔맥주를 따다 예쁘게 관리 받은 손톱도 쪼개진 상태였다. 경제적 행복과 취향의 업그레이드를 위한 욕망과 노력에도 불구하고, 이런저런 비행운(非幸運)들이 겹쳐지면서, 비행운(飛行雲)의 꿈은 좌절된다.

이 소설집에서 비행운(飛行雲)을 직접 일으키는 경우는 「호텔 니약 따」가 유일하다. 대학 동기로 입학 이래 단짝 친구로 지내온 은지와 서윤이 동남아 여행을 함께한다. "같은 과, 같은 나이에 비슷한 감수성과 문화적 취향을 지녔고, 가정 형편도 고만고만해 통하는 게 많은 친구. 유쾌하고 압축적인 말장난을 즐기고, 대화 도중 서로 같은 문법을 사용하고 있단 느낌에 안도하는 관계"(pp. 249~50)인 그들이었다. 그러나 여행이 계속되는 가운데 둘 사이의 틈은 서서히 벌어지게 된다. 외향적이고 실천적이고 행동력 있는 활력을 지닌 은지와 신중하고 책임감이 강한 머리형인 서윤의 다른 성격은 평소에는 나름대로 균형을 이루고 조화를 이룰 수 있는 것이라고 피차 생각했었다. 그러나 몸의 피로가 더해지고 예상치 못한 사태들이 생기게 마련인 여행지에서 서로는 균형의 지렛대를 잃게 된다. 견해 차이가 생기고, 사소한 말다툼과 시비가 벌어지고, 또 반복되고 하면서 피차 앙금이 두터워진다. 베트남에서 동참하기로 한 제3의 친구 다빈이 사정상 오지 못하게 되었다는 소식을 접한 그들은, 그리고 그들의 관계는 그야말로 '멘붕(멘탈 붕괴)' 상태에 빠진다. 「호텔 니 약 따」의 결구는 이렇다.

은지는 서윤으로부터 두어 자리 떨어진 곳에 주저앉았다. 그러곤 대체 이 여행을 어떻게 마무리해야 좋을지 몰라 맥없이 먼 곳만 바라봤다. 서윤 역시 부루퉁한 얼굴로 공항 천장을 응시했다. 이들의 발길이 어디로 향할지 또 어디에 머물지는 아직 예측할 수 없었다. (p. 286)

이 소설집의 다른 인물들과는 달리 직접 비행운(飛行雲)을 일으킨 유일한 경우이지만, 그들의 비행운은 제대로 된 날개를 지니지 못한 것이어서 결국 비행운(非幸運)으로 추락하고 만다. 이 또한 악화 일로 플롯에 속한다 할 것이다. 이 소설뿐만 아니라 여러 편에서 김애란은 막막하고 아득한 심연처럼 결말을 구성한다. 사정은 점점 더 나빠지다 보니 그런 처지의 인물들이 겪는 막막함의 광장 공포 내지 불안은 매우 극적인 구성적 상징을 획득한다. 이 점이 소설집 『비행운』을 관통하는 공통된 서사 문법의 하나이다.

아랫도리에서 칼로 에는 듯한 고통이 전해졌다. 나는 힘주어 콘크

리트 조각을 쥐었다. 멀리 보이는 장미빌라는, 모텔과 교회는, 아파트는 여전히 평화로워 보였고, 나는 이 출산이 성공적일 수 있을지 확신할 수 없었다.

—「벌레들」, pp. 80~81

나는 다시 기다려야 했다. 비에 젖어 축축해진 속눈썹을 깜빡이며 달무리 진 밤하늘을 오랫동안 바라봤다. 그러곤 파랗게 질린 입술을 덜덜 떨며, 조그맣게 중얼댔다.

"누군가 올 거야."

칼바람이 불자 골리앗크레인이 휘청휘청 흔들렸다.

—「물속 골리앗」, p. 126

결국 나는 두 손으로 얼굴을 가린 채 크게 울어버리고 말았다. '손톱으로 그렇게 눌리면 아팠을 텐데……' '많이 아팠을 텐데……' 하고. 천장 위 형광등은 여전히 꺼질 듯 말 듯 불안하게 흔들렸다. 아직 상복을 벗지 못한 채 울고 있는 나를, 여름옷을 주렁주렁 매단 2단 옷걸이가 무심히 그리고 오랫동안 굽어보고 있었다.

—「너의 여름은 어떠니」, p. 44

3. 고립감의 절정 혹은 막막함의 광장 공포

김애란의 이야기 속 친구들은 「너의 여름은 어떠니」의 서미영처럼 어린 시절 트라우마가 있든 없든 간에 종종 심한 고립감과 그 막막힘의 심연에 빠져든다. 혼자 남는 경우는 물론이려니와 「호텔 니약 따」처럼 둘이 여행하는 경우에도 각각 고립감에 사로잡힌다. 그 고립감의 절정을 보인 인상적인 소설이 바로 「물속 골리앗」이다. 20년 전부터 살아온 아파트의 주택 담보 대출을 다 갚았을 즈음 재건축을 위한 철거 명령이 내려진다. 그때 느닷없이 진짜 집주인을 자처하는 사람이 나타난다. 이 어처구니없는 문제를 해결하려고 애쓰던 와중에 아버지는 40미터 높이의 타워크레인에서 추락해 사망한다. 사건은 실족사로 처리되었지만, 이 사고는 썩 의심스러운 구석이 많다. 다른 주민들은 모두 이주를 마치고, 갈 곳 없는 주인공네만 홀로 남겨졌다. 예정대로 단전, 단수 조치가 취해진다. 그리고 엄청난 큰물이 진다. 길이 끊기고 학교도 갈 수 없다. 아파트 소유권을 빼앗긴 사회경제적 인재(人災)로 고립되었던 주인공네는 설상가상 홍수라는 수재(水災)로 고립이 가중된다.

① 자연은 지척에서 흐르고, 꺾이고, 번지고, 넘치며 짐승처럼 울어댔다. 단순하고 압도적인 소리였다. 자연은 망설임이 없었다. 자연은 회의(懷疑)가 없고, 자연은 반성이 없었다. 마치 어떤 책임도 물을 수 없는 거대한 금치산자 같았다. (pp. 94~95)

② 그렇게 비가 오는 날에 할 수 있는 일은 거의 없었다. 티브이와 라디오는 나오지 않았고, 양초는 되도록 아껴야 했다. 나는 창밖을 내다보거나 이런저런 몽상에 잠기는 일로 시간을 때웠다. 그러곤 눅눅한 방바닥에 누워 지구의 살갗 위로 번져 나가는 무수한 동심원의 무늬를 그려봤다. 〔……〕 우리의 수동성을 허락하고, 우리의 피동성을

명령하며, 우리의 주어 위에 아름다운 파문을 일으키는 동그라미들. 몹시 시끄러운 동그라미들. 그렇게 빗방울이 퍼져가는 모양을 그리다 보면 이상하게 내 안의 어떤 것도 출렁여 세상을 이해할 수 있을 것 같은 기분이 들었다. 하지만 나는 나약한 사춘기 소년에 불과했고, 당장 뭘 이해하고 어떻게 움직여야 하는지조차 모르고 있었다. (p. 95)

고립을 가중시키는 자연에 대해 사춘기 소년이 느끼는 감각은 ① 과 같은 것이었다. 회의도 반성도 없는 무책임한 자연의 자연성 앞에서 어린 주인공은 속절없이 타자화되고 만다. ②에서 보는 것처럼 피동성의 수인이 된 채 몽상의 판타지에 사로잡히는 것이다. 그럼에도 가공할 만한 비는 그치지 않는다. 그렇듯 악화일로 플롯도 그치지 않는다. 당뇨를 앓던 어머니가 약이 다 떨어져 그만 절명하고 만 것이다. 아버지 죽음의 진실을 알아주는 사람들이 아무도 없었는데, 얼마 안 되어 이제 어머니의 죽음을 아는 이가 아무도 없는 고립된 상황에서, 어린 주인공이 홀로 두 죽음을 감당해야 하는 처지에 놓인 것이다. 게다가 그치지 않는 폭우로 고립된 상태에서 말이다. 어쨌든 여길 빠져나가야 한다고 다짐하지만 막막하기 그지없다. "사람들이 우리를 잊은 게 아닐까"(p. 108), 불안의 늪은 깊어만 간다. 할 수 없이 나무 문짝으로 간이배를 만들고 어머니 시신을 거기에 태워 탈출을 시도한다. 물 위에서 허기를 때우려고 먹을거리와 사투를 벌이다가 그만 어머니 시신을 놓치게 된다. 얼마 후 다시 정자나무 뿌리에 단단히 박힌 채 부유하는 어머니 시신을 발견하지만 인양에는 실패한다. 날이 저물자 주인공은 무시무시한 어둠 속에서 물 위로 솟아 있는 타워크레인에 매달리게 된다. 살려달라는 그의 외침은 공허한 메아리에 불과하다. "나는 우주의 고아처럼 어둠 속에 홀로 버려져 있었다. 마치 물에 잠긴 마을이 아닌 태평양 한가운데에 떠 있는 기분이었다"(p. 117). 어린 주인공은 고립감의 절정에서 아득한 광장 공포에 시달리면서 이렇게 흐느낀다. "왜 나를 남겨두신 거냐고. 왜 나만 살려두신 거냐고. 이건 방주가 아니라 형틀이라고. 제발 멈추시라고⋯⋯"(p. 118). 다음 날 다시 막막한 고립의 항해를 계속하던 그는 해 질 녘 한 타워크레인의 꼭대기에서 아버지를 닮은 사람이 앉아 있는 환각을 보고, 그리로 기어 올라간다. 텅 빈 고요만이 오롯한 꼭대기에서 다시 한번 주인공은 혼자 남겨졌음을, 무섭고 서럽게 확인한다. 거기서 아버지의 죽음을 추체험하면서 파랗게 질린다. 앞으로 어떻게 될지 알 수 없는 막막한 고립의 절정에서, 그럼에도 그는 "누군가 올 거야"라고 중얼거리며 고공의 칼바람을 견딘다.

이렇게 「물속 골리앗」은 자연재해와 인재가 중첩되어 비극적인 고립의 절정을 보이고 있다. 사춘기 어린 소년으로서는 홀로 감당키 어려운 상황이어서 그 비극미가 높은 크레인처럼 고조된다. 그런데 이 소설에서 주인공이 발견한 인상적인 두 나무의 풍경이 있어 주목된다. 하나는 아파트 앞의 고목이고, 다른 하나는 물속 철골 나무이다.

③ 태풍에 몸을 맡긴 채 쉴 새 없이 흔들리는 고목이었다. 나무는 대낮에도 검은 실루엣을 드리우며 서 있었다. 이국의 신처럼 여러 개의 팔을 뻗은 채, 두 눈을 감고──그것은 동쪽으로 누웠다 서쪽으로 휘기를 반복했다. 그리고 바람이 불 때마다 포식자를 피하는 물고기 떼처럼 쏴아아 움직였다. 천 개의 잎사귀는 천 개의 방향을 가지고 있

었다. 천 개의 방향은 한 개의 의지를 가지고 있었다. 살아남는 것. 나무답게 번식하고 나무답게 죽는 것. 어떻게 죽는 것이 나무다운 삶인지는 알 수 없지만, 그런 게 종(種) 내부에 오랫동안 새겨져왔다는 것만은 분명했다. 고목은 장마 내 몸을 틀었다. 끌려가는 건지 버티려는 건지 모를 몸짓이었다. 뿌리가 있는 것은 의당 그래야 한다는 듯, 순응과 저항 사이의 미묘한 춤을 췄다. 그것은 백 년 전에도 똑같은 모습으로 서 있었을 터였다. (pp. 85~86)

④ 물에 잠겨 크기를 가늠하기 어려웠지만 가로로 뻗은 기다란 철골의 길이로 보아 대부분 골리앗크레인이 틀림없었다. 그것은 물속 곳곳에 들쭉날쭉한 높이로 박혀 있었다. 마치 지구상에 살아남은 유일한 생물처럼 가지를 뻗고 물안개 사이로 음산하게 서 있었다. 그것들은 대부분 한쪽 팔이 길었다. 그래서 마치 한쪽 편만 드는 십자가처럼 보였다. 먼 데서도 그보다 더 아득한 수평선 너머로도 타워크레인의 앙상한 실루엣이 드러났다. 세계는 거대한 수중 무덤 같았다. 세상에 이렇게 많은 타워크레인이 있었나 싶을 정도로 잦은 출현이었다. 그리고 그때 나는 비로소 전 국토가 공사 중이었음을 깨달았다. (p. 112)

③에서 자연의 나무는 천 개의 잎사귀에 천 개의 방향을 가지고 있다고 했다. 그러나 그 천 개의 방향도 모두 "살아남는 것"이라는 한 개의 의지로 귀결된다고 어린 주인공은 생각한다. 고립감의 절정에서 죽음으로 내몰리는 처지를 고려하면 비교적 자연스러운 생각으로 받아들여진다. 그 나무는 "순응과 저항"의 자연스러운 리듬을 보여준다. 그런데 그 자연의 나무는 결국 살아남으려는 의지를 빼앗

긴 채, 폭우에 저항하지 못하고 순응하여 뿌리 뽑히고 물속을 떠다니게 된다. 그 또한 자연의 일이다. 살아남는다는 것은 운명적 과제이다. 그런데 뿌리 뽑히고 물에 잠기고 하여 자연의 나무가 사라진 다음에 인공의 철골 나무만이 물 위로 가지를 뻗는다. 골리앗크레인은 마치 지상의 유일한 생물인 것처럼 가지를 뻗고 있다고 했다. 그 인공 나무에는 뿌리가 있는 자연의 나무가 보여주는 순응과 저항의 미묘한 리듬이 없다. 마치 거대한 수중 무덤의 표지목처럼 서 있는 그 나무들을 보면서, 어린 주인공은 두 가지를 생각한다. 첫째는 한쪽 팔이 길어 한쪽 편만 드는 십자가 같다는 생각이다. 자연과 인간의 일을 공정하게 관리하지 못하고 있다고 여겨지는 절대자에 대한 항의의 시선이다. 둘째는 전 국토가 공사 중이라는 사실의 재인지이다. 크레인은 건설의 도구이다. 자연의 나무를 베고 쓰러뜨린 다음에, 그렇게 자연을 정복한 다음에 인공물을 하늘 높이 지어 올린다. 그런 인공적 조작이 무반성적으로 진행될 때 인간은 자연으로부터 부메랑처럼 역습을 당할 수도 있다. 기후 이변으로 인한 피해를 실제로 경험하고 있으며, 이 소설 속의 큰물 또한 기후 이변의 문제로부터 자유롭지 않을 터이다. 김애란의 「물속 골리앗」은 이런 생태 문제의 심층을 건드리고 있으며, 근원적으로 인간이 어떻게 살아남을 수 있을 것인가, 살아남는다는 것은 무엇인가와 관련된 깊고 넓은 문제의식을 보이고 있다. 자연재해와 인재를 중첩적으로 경험하면서 졸지에 부모를 모두 여의고 우주의 고아가 된 어린 영혼이, 고공의 물속 골리앗 꼭대기에서, 그 고립감의 절정에서, 아득한 광장 공포를 느끼면서 고뇌한 살아남는다는 것의 문제이기에 그 환기력이 참으로 어지간하다.

살아남는다는 운명적 과제와 맞씨름하는 또 다른 모습을 우리는 「서른」에서도 절감한다. 이 소설은 작가가 동세대의 실존적 고민을 담아 심혈을 기울여 쓴 것으로 보인다. 이 작품은 컴퓨터로 활달하게 친 소설이 아니라, 한 땀 한 땀 시대의 비석에 새기듯, 한마디 한마디 고해성사하는 것처럼 가슴에 쓴 소설일 것으로 짐작된다. 「자오선을 지나갈 때」에서 재수를 하던 김애란의 친구들은 이제 어느덧 서른의 나이가 되었다. 그중 어떤 친구들은 취직도 했고, 어떤 친구들은 여전히 막막한 처지임을 우리는 앞에서 확인할 수 있었다. 「서른」의 주인공 수인은 어떠한가.

저는 지난 10년간 여섯 번의 이사를 하고, 열 몇 개의 아르바이트를 하고, 두어 명의 남자를 만났어요. 다만 그랬을 뿐인데. 정말 그게 다인데. 이렇게 청춘이 가버린 것 같아 당황하고 있어요. 그동안 나는 뭐가 변했을까. 그저 좀 씀씀이가 커지고, 사람을 믿지 못하고, 물건 보는 눈만 높아진, 시시한 어른이 돼버린 건 아닌가 불안하기도 하고요. 이십대에는 내가 뭘 하든 그게 다 과정인 것 같았는데, 이제는 모든 게 결과일 따름인 듯해 초조하네요. 언니는 나보다 다섯 살이나 많으니까 제가 겪은 모든 일을 거쳐갔겠죠? 어떤 건 극복도 했을까요? 때로는 추억이 되는 것도 있을까요? 세상에 아무것도 아닌 것은 없는데. 다른 친구들은 무언가 됐거나 되고 있는 중인 것 같은데. 저 혼자만 이도 저도 아닌 채, 아무것도 아닌 것이 되어가고 있는 건 아닐까 불안해져요. 아니, 어쩌면 이미 아무것도 아닌 것보다 더 나쁜 것이 되어 있는지도 모르고요. (pp. 293~94)

군소리를 보탤 필요도 없이 실패의 점철로 이십대를 보냈다고 생각하는, 그래서 "이미 아무것도 아닌 것보다 더 나쁜 것이 되어" 있는지도 모르겠다고 생각하는 서른이다. 대학 졸업 후에도 이렇다 할 직장을 구하지 못한 채 아르바이트를 전전하던 그녀는 어느 날 전혀 "다른 사람"이 되어 있는 자신을 발견하게 된다. "이전에도 채무자. 지금도 채무자. 예나 지금이나 빚을 진 사람이라는 건 똑같은데. 좀 더 나쁜 채무자가 되었다고 하는 게 맞을까요"(p. 298). 이렇게 그녀를 결정적으로 악화시킨 인물은 옛 남자친구였다. 「서른」에서 수인의 남자친구는 「너의 여름은 어떠니」에서 미영의 남자 선배보다 훨씬 질이 좋지 않다. 예전에 학원에서 함께 강사를 할 때만 하더라도 나름 정의감이 있는 남자라고 생각했던 그가, '꿈'이라는 말로 유혹하며 "선진국형 신개념 네트워크 마케팅"이라는 비인간적인 다단계 판매 집단에 그녀를 끌어넣은 것이다. 주인공은 거기 가서 보니 예전에는 대학생이 학생운동을 했는데, 지금은 다단계 판매를 한다는 것을 알게 되었다고 고백한다. 그리고 그 과정이 얼마나 끔찍한지 아주 구체적으로 고해한다. "21세기에 그런 일이 벌어지다니 그것도 서울 한복판에서 미래가 창창한 젊은이들에게 일어나다니 안 믿겨지시죠? 근데 그랬어요. 〔……〕 어느 날 정신을 차리고 보니 제가 팔고 있는 게 물건이 아니었더라고요. 제가 팔고 있던 건 사람이었어요, 언니. 그런데도 저는 끝까지 그 일이 결국 '모두에게' 좋은 일이라고 생각하려 애썼어요. 하부 판매원이 늘어나면 늘어날수록 모든 판매원들에게 득이 되는 일. 그러니까 나 역시 그 순환에 기여하고 그 구조를 받쳐주면 나쁜 아니라 모두에게 돌아갈 몫이 커진다고 착각했던 거죠. 그리고 제가 그렇게 단순한 논리에 매료된 건, 피라미드 제일 아래에 있는 사람을 애써 보지 않으려 했기 때문인지도 모르겠어요. 그게 내가 되리라곤 생각지 않았거나. 나만 아니면 된다는 식으로요"(pp. 307~08). 그럼에도 그곳에서 벗어날 방법이 없던 그녀는, 옛 남자친구가 그랬던 것과 똑같은 악행을 저지르고 만다. 자기를 무척 좋아하고 따르던 학원 제자 혜미를 끌어들인 다음 벗어난 것이다. 그러곤 혜미가 청하는 연락이나 도움을 거절했는데, 그만 엄청난 빚에 시달리고 파탄 난 인간관계로 고통스러워하던 혜미가 자살을 기도해 식물인간이 되었다는 소식을 듣고는, 자신이 한 일이 무엇인가에 대해, 자신이 살아남기 위해 어떤 일을 저질렀는가에 대해, 새삼 절감하게 된다. 그래서 서른에 이미 삶의 구체적인 동력을 잃고 말았다고 마치 갇힌 수인(囚人)처럼 주인공 수인은 고백한다. 이십대의 과거가 서른이 된 현재는 물론 미래 시간까지 앗아갔음을 느낀다. "마흔의, 환갑의 나는 어떤 얼굴로 살아가게 될지, 어떤 말을 붙잡고 어떤 믿음을 감당하며 살지 모르겠어요"(p. 317). 그래서 초조하게 "어찌해야 하나"(p. 316) 하고 되뇌던 수인은 이십대의 시작 무렵에 함께했던 언니에게 편지 형식으로 고해를 하게 된다. 혜미에게 사죄하러 가기 위한 전 단계의 고해 내지 자기 단죄에 해당한다.

이십대 태반이 백수라는 이른바 '이태백' 세대의 불우한 풍경을 배경으로 진심 어린 자기반성과 고해성사를 하고 있는 「서른」은 매우 곡진한 어조로 인해 진정성이 느껴진다. 특히 신종 다단계 판매의 피라미드 사슬에 걸려 혹독하게 청춘을 탕진하고 생명을 소진하는 젊은 대학생들의 사회경제적 문제를 사려 깊은 시선으로 조망하면서 시대의 산문정신을 고뇌한 작가의 진지성이 웅숭깊다. 남에게 이용당하고 자신이 살아남기 위해서는 또 남을 위악적으로 이용해야만 하는 현실에서라면 인간관계도 미풍양속도 아무런 의미를 지닐 수 없게 될 것이다. 이런 상황을 구성하면서 작가는 단지 사회 구조적 모순을 드러낸다거나, 그 안에서 이전투구하는 인간관계의 난맥상을 그린다거나, 하는 데서 그치지 않는다. 무엇보다, 나는 가혹한 시대의 피해자일 뿐이다, 나는 어쩔 수 없었다, 같은 그 어떤 부류의 면죄부를 위한 알리바이도 대지 않은 채, 자신을 반성적으로 성찰하는 것으로부터 문제의 근원을 전면적으로 재탐사하려는 태도야말로 진정성의 벼리를 알게 한다. 인간과 사회 구조의 양면을 전면적으로 성찰하면서 산문적 탐문을 새로이 하려는 이 「서른」의 상상력과 서사 윤리는, 이 소설집뿐만 아니라 이후의 소설집에 우리가 더 많은 기대를 걸어도 좋을 것이라는 사실을 넓고 깊게 환기한다.

4. 보이지 않는 심연과 더불어 앓는 서사 윤리

「호텔 니약 따」로 시작했으니, 그 이야기로 끝을 맺기로 하자. 이소설에서 표제가 된 캄보디아의 '니약 따'는 을씨년스러운 분위기를 풍기는 오래된 호텔이다. 다른 데 비해 숙박비가 무척 비싸지만 은지가 이 호텔에 투숙하기를 고집하는 이유가 있었다. 거기서 자면 "주위에 죽은 사람 중 자기가 가장 보고 싶어 하는 사람을 본"(p. 274)다는 것이다. 그날 밤 서윤은 5년 전 돌아가신 할머니를 환각처럼 만나고 서럽게 운다. 생전에 폐지를 모아 자신을 키운 할머니였다. 그런데 꿈속에서 할머니는 손녀도 못 알아본 채 거리에서 폐지를 줍고 있었다. "할머니가 죽어서도 박스를 줍고 계시다는 사실"(p. 281)이 서윤으로 하여금 북받치는 설움에 빠지게 했다. 이 장면에서 작가는 자기 세대를 넘어 다른 세대까지, 더 나아가 현실을 넘어 죽음 이후의 세계까지 포괄해 고뇌하는 시선의 깊이를 보인다. 장편 『두근두근 내 인생』에서 열일곱에 여든의 신체 나이로 서둘러 늙을 수밖에 없었던 아름이의 인생 압축 프로그램과 임사 체험 이야기를 통해 삶의 전 영역을 포괄하려는 의지적 상상 행위를 펼친 김애란이었다. 그렇다는 것은 대개 『달려라, 아비』(창비, 2005), 『침이 고인다』 시절 김애란이 다룬 세계, 그러니까 주로 십대 후반에서 이십대에 이르기까지의 인물들이 겪는 세계와 존재론을 다루었던 점을 떠올리게 한다. 작가가 서른 즈음에 「서른」이라는 소설을 썼거니와, 이제 김애란은 더 이상 청소년기를 탈주하는 젊은 작가가 아닌 것이다. 서윤의 할머니 꿈 모티프는, 그러니까 김애란의 서사 세계의 확대, 심화 양상과 동궤를 이룬다. 「그곳에 밤 여기에 노래」에서 삼십대 후반 용대가 등장하고, 「하루의 축」에서 오십대 기옥 씨가 등장하는 것도 「호텔 니약 따」에서의 상상적 체험과 상호 연관되는 것이 아닐까 짐작한다.

물론 외적으로 서사 세계가 확대되고 인물군이 다양해지고 폭이 넓어지고 하는 데서 그치는 것이 아니다. 외적인 세계의 확대는 내면의 심화와 더불어 서사의 체적을 주밀하게 한다. 무엇보다 현실과 동시대인들의 고통의 구체적 세목을 함께 앓는 서사 윤리를 작가가 내면화하고 있다는 사실을 주목하고 싶다. 김애란은 장편에서 서둘러 인생을 통과할 수밖에 없었던 아이 - 노인을 통해서, 타인을 배려하고 상처를 치유하고 마음을 감싸 안는 서사 윤리를 환기한 바 있다. "어른이 되는 시간이란 게/결국 실망에 익숙해지는 과정을 말하는 것이겠지만/글이란 게 그걸 꼭 안아주는 것은 아닐지라도/보다 '잘' 실망할 수 있게 만들어주는 무엇인지도 모르겠어"(『두근두근 내 인생』, pp. 260~61). 거기서 아름이는 예전에 중생이 아프니 나도 아프다고 했던 유마힐(維摩詰) 거사의 법문처럼, 네가 나의 슬픔이라 기쁘다는 메시지를 역설한 바 있다. 타인의 슬픔을 나의 것으로 받아들이고 함께 더불어 아파하는 마음은 '서른'을 넘기면서 작가가 새롭게 다잡아 심화한 서사 윤리가 아닐까 싶다. 이를테면 소설 「서른」에서 이런 마음이 그렇지 않을까. "사실 오늘 언니가 8년 동안 임용이 안 됐었단 얘기를 들었을 때 가슴이 먹먹했어요. 8년. 8년이라니. 괄호 속에 갇힌 물음표처럼 칸에 갇혀 조금씩 시들어갔을 언니의 스물넷, 스물다섯, 스물여섯…… 서른하나가 가늠이 안 됐거든요. 합격자 발표를 기다리는 동안 마음속에 생기는 온갖 기대와 암시, 긴장과 비관에 대해서라면 저도 꽤 아는데. 자식 노릇, 애인 노릇 등 온갖 '도리'들을 미뤄오다 잃게 된 관계들에 대해서도 전혀 모르는 바는 아닌데. 좁고 캄캄한 칸에서 오답 속에 고개를 묻은 채, 혼자 나이 먹어갔을 언니의 청춘을 생각하니 마음이 아팠어요"(pp. 292~93). 타인의 고통에 대해 함께 아파하기와 자기에 대한 진정한 반성을 동시에 수행하는 인물이 바로 김애란의 서른이었다. 서른의 기품이고 품격이었다. 그리고 그것은 「호텔 니약 따」에서 할머니에 대한 진정한 애도 작업을 수행하면서 타인에 대한 관심을 확산했던 것과도 연계된다.

그와 같은 애도와 더불어 함께 아파하기를 통해, 막막한 심연을 성찰하려고 한 서사적 수고의 결과가 바로 세번째 소설집 『비행운』

이다. 앞에서 함께했던 것처럼 이 소설집에서 '비행운'은 셋이다. 그 하나는 비행운(飛行雲)을 보며 새로운 삶을 꿈꾸는 동경의 형식이요, 둘째는 잠시의 형상일 뿐 이내 무화되는 비행운의 모습처럼 그 어떤 동경을 향한 실천적 움직임도 의미 있는 궤적을 산출하지 못한다는 비루한 존재론적 전락 혹은 비존재감의 형식이요, 그 셋째는 행복을 동경하는 주체들에게 끊임없이 가해지는 비행운(非幸運)의 연쇄가 암시하는 불우한 상처와 그 아픔을 함께 아파하기의 형식이다. 본래 추락하는 것에는 날개가 없다지만, 함께 아파하기를 통해서라면 새로운 날개를 달 수 있을지도 모른다고 김애란은 생각하는 것 같다. 악화일로 플롯을 통한 구체적 비행운(非幸運) 탐색의 열정도 인상적이지만, 특히 이 소설집에서 세 편의 소설적 성취는 매우 눈부시다. 두 번의 장례식과 한 번의 혹독한 침례 의식으로 고립감의 절정을 극화하면서 현존재의 불안한 상황을 구체적으로 검증한 「물속 골리앗」, 신생의 가능성이 현실에서 얼마나 고통스러울 수밖에 없는가를 인상적으로 그린 「벌레들」, 그리고 고해를 통한 반성 및 타인의 아픔을 제 것으로 함께 앓기라는 성숙한 성찰의 벼리를 보인 「서른」 등 세 편이 그것들이다. 여기에 적은 것과 적지 않은 더 많은 이유들까지 더하면, 성숙한 삼십대 작가로서 김애란의 면모를 가늠해볼 수 있을 터이다. 「노크하지 않는 집」으로 제1회 대산대학문학상을 수상하며 등단했던 2002년의 대학생 작가 시절과는 매우 다른 모습이다. 그 시절에는 생각이 많았는데 이제는 사려 깊은 구체적 체험이 많아진 게 무엇보다 미덥다. 요컨대 김애란은 행복에 대한 욕망이 하염없이 지연되는 비행운(非幸運)의 현실을 정직하게 성찰한다. 그것을 지연시키는 대타자의 향락을 분석하고, 그로 인한 주체의 불안과 고통을 함께 아파하고자 한다. 특히 악화일로의 존재상을 극적으로 서사화하면서, 비극적인 것에 몰입하고 공감하고 치유에 이를 수 있게 할 수 있는 책임감 있는 서사 윤리를 궁리한다. 그 과정에서 보인 동시대의 상징적 윤리 감각도 어지간할 뿐만 아니라, 신자유주의 체제 강화 이후의 사회경제적 현실 문제, 계급별로 구별 짓는 취향과 아비투스의 문제에 이르기까지 서사적 문제의식이 다각적이고 예리하다. 무엇보다 진정한 소통이 어려운 우리 시대의 산문적 지형을 자기 스타일로 혁파하면서, 가장 감동적이면서도 의미심장한 이야기로 진정한 소통의 자장을 넓고 깊게 하고 있는 점이야말로 김애란 소설의 최대의 미덕이다. 끝으로 행복을 기다리느라 지켜웠던, 행복을 기다리는 동안 비행운(非幸運)과 맞씨름하느라 힘들었을, 「호텔 니약 따」의 경민에게, 그리고 그의 막막한 친구들에게 한마디 들려주고 싶다. 그동안 너무 막막하고 힘들었지? 그러면 김애란 소설을 천천히 읽어봐. 깊은 위로가 될 거야. 새롭게 역동하는 비행운(飛行雲)을 일으킬 수 있을지도 모르고. 행운을 빌어!

수사학 시대와 독백의 다성성

—한유주의 「달로」

1. 언어 학대증과 실어증

꼭 선거철이 아니라도 세상은 온갖 말들로, 소음들로, 소란스럽다. 이 말, 저 말, 되는 말, 안 되는 말들이 세상을 어지럽힌다. 작가 최수철의 비유대로 '말(馬)처럼 뛰는 말(言)'들의 경마장에 우리가 꼼짝없이 포획되어 있다는 느낌마저 든다. 세상의 많은 말들은 작가 최윤의 진단처럼 "예고하고 촉구하고 명령하고 요구하며 독촉하고 광고하고 비판하고 위협하"(「푸른 기차」, 1994)기 일쑤다. 실제로 그렇다. 흔히 정보화 사회라 불리는 이 시대의 우리는 너무나도 많은 명령과 지시, 금지와 경고의 말들에 휘둘리며 속절없이 살아간다. 이런 말들은 개개인들의 저항 의지마저 무기력하게 하는 경향이 있다. 말이 말들을 낳고, 더 많은 말들이 세상을 쓰나미처럼 덮칠 때, 개인들은 존재의 능동성을 알지 못하고, 말들은 사물의 질서를 지시하지 못한다. 진실은 한없이 위협받고, 진실한 희망은 가망 없는 난망처럼 스러진다. 말이 제자리에 있지 않을 때 존재자도 존재의 제

자리를 알지 못하는 법이다. 개인의 자유로운 현실 참여는 봉인되기 일쑤고, 그에 따라 자폐의 늪이 깊어질 수 있다.

가령 르 클레지오의 『홍수*Le déluge*』(1966)에서 주인공은 실어증에 걸리고 만다. 너무나 위험한 말들, 경고의 메시지, 지나치게 자극적이고 강렬한 말들에 자극받은 주인공이 마침내 벙어리가 되는 모습은 상당히 인상적으로 다가온다. 그런가 하면 「양치기 소년」에서 소년의 경우는 어떤가. 자세히 설명할 필요도 없이 언어 학대증의 표본에 다름 아니다. 말의 홍수 시대를 사는 작가들은 예의 언어 학대증과 실어증을 넘어서 진실한 말을, 그럴듯한 이야기를 펼쳐야 하는 운명에 처해 있는 자들이다. 매우 가혹한 운명이 아닐 수 없을 터이다.

젊은 작가 한유주는 말의 대홍수 시대에 절망하고, 언어 학대증 내지 이야기 학대증에 절망한 것처럼 보인다. 그녀는 어쩌면 이렇게 말하고 싶었는지 모른다. '이제 그만 이야기하자. 다만 노래하자.' 물론 그 전언은 입 밖으로 표출되지 않는다. 내적 독백처럼 옹알이하듯 속으로만 웅얼거린다. 그녀는 좀처럼 쉽게 입을 열지 않고 이야기하려 들지 않는다. 도대체 무슨 소리인가. 작가가 이야기를 하려 들지 않다니! 이야기를 하지 않는 것으로 이야기하고, 건네지지 않는 독백으로 대화하려 하는 역설의 담론을 한유주는 나름대로 고안한 것처럼 보인다. 사정이 그러한즉 한유주의 소설은 쉽게 읽히지 않는다. 잔뜩 긴장하고 집중해서 읽어야 한다. 그것도 여러 번 되풀이해 읽어야 한다. 읽기 과정에서 상당한 수고를 지불할 용의가 없는 독자들에게 소통될 그 어떤 메시지도 담고 있지 않다. 다만 긴장해서 텍스트의 비좁은 틈을 헤집고 심연을 응시하려는 수고를 지닌 독자에게만, 겨우, 가까스로, 매우 독특한 소설로 다가온다.

겨우 존재하는 소설임에도 불구하고, 한유주의 소설은 일단 읽힌다면, 현존 세상과 인간, 말과 이야기 문화에 대한 강력한 항의의 서사로 받아들여진다. 너무나 쉽게 말하고 아무렇지도 않게 소비해버리는 말 문화, 흔한 이야기를 편한 스타일로 아무 고민 없이 전달하려는 이야기 문화의 속악함에 작가가 절망하고 있기 때문일 터이다. 세상과 인간이 폐허처럼 절망적인 상황에서 편하게 말과 이야기를 주고받을 수 있다는 것은 죽음보다 더한 절망일 것으로, 작가는 생각한다. 이런 절망 때문에 작가는 희소성의 스타일로 희소성의 서사가치를 추구하는 게 아닐까 싶다. 이야기를 하기보다는 이야기의 가능성을 되씹기, 능란한 대화로 이야기를 이끌기보다는 잔뜩 웅크린 독백 조로 말과 의미의 긴장을 새롭게 일구어내기, 등 여러 면에서 한유주의 소설은 우리의 주목에 값한다.

2. 수사학 시대를 거스르는 감각과 수사

한유주는 「그리고 음악」에서 "우리의 세대는 수사학이 선인 세대야. 우리는 아무것도 가진 것이 없는 세대지"(『달로』, 문학과지성사, 2006, p. 118)라고 적는다. 또 쓴다. "우리의 과거는 전파로 얼룩져 있고 그러므로 우리는 어떠한 반성도 회의도 추억도 갖지 못한다. 텔레비전의 화면은 한 가지 전파만을 송신하고, 그마저도 뒷면을 갖고 있지 않으므로, 우리에게는 영혼이 없다. 오직 전파만이 영혼의 속도로 직진하고 있을 뿐이다. 그것이 우리의 야만이다"(p. 118). 동시대의 언어 현실과 문화에 대한 작가의 절망감은 이미 등단작 「달로」에서부터 뚜렷했다. "지겨운 이야기들, 처음의 몇 페이지를 넘기기 어려운 이야기들과 빛바랜 수사와 다닥다닥 붙은 행간들"(p. 13)에 대한 절망을 비롯한 여러 절망들이 작가로 하여금 새로운 글쓰기를 시도하게 하는 것처럼 보인다. 한유주가 언급하는 수사학은 소극적이고 부정적인 개념이다. 진실이나 실재에 가닿지 않는 위장과 허위적인 말들, 겉치레만 그럴듯한 치장된 말들을 선(善)으로 치부하는 세대라고 자기 시대에 대한 비판적이고 자조적인 성찰을 보인다. 일방적인 소통을 강요하는 텔레비전 전파에 속절없이 속박된 나머지 반성적 영혼을 지니지 못한 세대로서 야만적인 삶을 살고 있음에 절망한다. 한유주는 이런 야만적인 삶과 문화에 혀를 내두른다. 야만적인 세계는 그 내두른 혀조차 위협한다. 이야기마저 제대로 하지 못하게 협박한다. 이에 작가는 그런 세계를 혐오한 나머지 제대로 이야기를 나누고 싶어 하지 않는다. 혹은 제대로 이야기를 나눌 수 없다.

물론 한유주는 매우 독특한 작가에 속한다. 누가 읽더라도 세계 인식과 소설 스타일 양면에서 오로지 그녀만이 보일 수 있는 풍경을 제시하는 작가가 바로 한유주라는 사실에 동의하게 될 것이다. 그녀는 무엇보다도 작금의 소설 수사학 시대를 거스르려는 감각과 태도를 분명히 한다. 주지하다시피 지난 1980년대를 넘기고 포스트모더니즘 경향과 더불어 전개된 1990년대 소설에서부터 수사학의 시대는 열렸던 것 같다. 그럼에도 그 시절에는 1980년대적 실재에의 강박이 위대한 유산(?)처럼 남아 있어서 실재와 수사 사이에서 덜 자유로웠던 것이 사실이다. 그러다가 2000년대 이후 더욱 자유롭고 파격적인 탈주가 이루어졌다. 그 누가 실재의 사막이라 조롱하고 야유하더라도 실재로부터의 자유로운 탈주는 매우 경쾌하게 진행되었다. 이런 경쾌한 탈주의 수사학에 대해 한유주는 거부감을 분명히 한다. 그리고 거기서 새로운 소설 수사학의 가능성을 길어내고자 한다.

우선 한유주는 "경험은 초라했고 그래서 가진 것이 없었다"(「지옥은 어디일까」, p. 187)고 생각하는 작가다. 그렇다는 것은 세상에 "슬프고 광포한 일들"은 무수히 일어나지만, "슬픈 일들은 어떤 사람들의 기억하지 못하는 꿈과 기억하고 싶지 않은 꿈들을 환영처럼 드리우고 세계의 뒷면으로 숨어들어"(「달로」, p. 30)가는 사정과 관련된다. 혹은 무수히 많은 사람들이 엄혹하게 사라져가지만, "사라져간 사람들은 음성의 뒷면에 숨겨"(「죽음의 푸가」, p. 40)지고 말기 때문이다. 세계의 뒷면, 음성의 뒷면으로 숨어들기에 "누구나 혼자"이기 일쑤이고, 그럼에도 "아무도 그 혼자를 벗어나려 하지 않"(p. 41)는 형편과도 연관된다. 주체는 결코 세계의 앞면, 음성의 앞면을 보거나 들을 수 없다. 그러니 서사적 대상으로서 실감 있는 경험의 풍경은 주체 앞에 현전되기 어렵다. 그런 까닭에 주체는 다음과 같은 모순 어법의 독백에 빠진다. "나에게는 과거가 없거나, 아니면 온전히 과거만이 존재한다. 거짓말이다. 평화, 평화, 나는 어떤 사건도 겪지 못했다. 한 줄의 문장, 한 줄의 전파, 나에게는 과거가 없다. 거짓말이다. 한 줄의 폭력, 한 줄의 평화, 나는 한 줄의 과거로 스크랩된다. 거짓말이다. 거짓말이다. 거짓말이다"(「그리고 음악」, p. 111). 경험의 풍경이 거세되었기에 상상이나 환영에 의지해보기도 하지만, 그럴수록 고립과 독백의 늪은 깊어만 간다. "상상은 소리를 제거한다. 공백. 환영은 참일까, 거짓일까. 공백. 상상은 나와 그들을 떼어놓는다. 공백. 그들은 나와 완벽하게 분리된다"(「그리고 음악」, p. 110).
상상이 소리 혹은 말들의 풍경을 길어내는 것이 아니라 그것을 제거
한다고 했다. 환영도 마찬가지다. 공백만 깊어진다. 공백이 깊을수
록 주체와 대상/풍경과의 거리는 아득해진다. 이 공백, 주체와 풍경
과의 거리의 심연은 현상적 경험을 왜소화하면서 역설적으로 새로
운 소설 인식의 가능성으로 환기된다.

그러나, 뒷면으로 사라지는 것은 세계인가, 말인가, 시선인가, 인
식인가. 왜 한유주의 화자는 어떤 사건도 겪지 못했다고 말하는가.
그리고 왜 그런 진술이 거짓말이라고 반복적으로 진술하는가. 그 모
순어법에서 어디까지 거짓이고, 어디까지가 진실인가. 우리는 이런
사태에 대해 다시 물어봐야 하지 않을까. 가령 이런 상황은 어떤가.

2001년 9월 11일……, 우리는 새로운 광경을 목도한다. 미디어란
얼마나 재빠른가? 세상에서 가장 거대한 첫번째 빌딩이 무너지고, 몇
분 지나지 않아 세상에서 가장 거대한 두번째 빌딩이 무너지기도 전
에, 무슨 일이 벌어지고 또 곪고 있는지 알아차리기도 전에, 카메라는
이미 그곳에 당도해 있다. 장면은 0과 1로 전환되어 잠시 대기권 밖을
떠돌다가, 곧바로 세계 곳곳의 안테나로 흡수된다. 전광판, 텔레비전,
갑작스런 호외. 우리의 세대는 너무나 공시적이다. 고통을 느끼기 위
한 순간의 여유도 만들어내지 못한다. 사람들은 거지의 바구니에 동
전을 떨어뜨리듯 무심한 시선으로 그 장면을 본다. 장면은 간결하고,
아무런 부연도 하지 않는다. 장면은 감각 너머에 있다. 그것이 우리의
야만이다.

—「그리고 음악」, pp. 118~19

21세기 초반의 국제 정치 질서에서 가장 극적이고 상징적인 사건이었던 9·11사태를 한유주가 미디어의 정치학으로 조망한 대목이다. 특히 현재의 미디어나 네트워크 상황에서 "우리의 세대는 너무나 공시적이다"라는 전언을 이끌어낸 것은 의미심장하다. 차별화된 단독자를 가장한 공시적 등질화 집단의 무반성적 혹은 속절없는 삶에 대한 환멸의 표지다. 다시 말해 초고속 미디어망으로 인한 공시성 내지 즉시성은 개개인으로 하여금 사태를 차분하게, 시간을 두고 중첩적으로 바라보거나 인식하게 하지 않는다. 그런 까닭에 "장면은 감각 너머에 있다"고 적는 것이다. 장면을 감각하지 않거나 감각할 수 없기에 장면과 주체 사이의 공백은 심화되고, 그것이 심화될수록 장면도 주체도 공히 무화될 처지에 놓인다. 미디어 현실이 이러하기에 "세계는 같은 시간에, 같은 내용의 꿈을 꾸기 시작했다"(「달로」, p. 24)고 한유주는 직관한다. 미디어 전체주의로 인해 개인은 더욱 왜소화된다. "내 기억들은 전파를 타고 왔으므로. 세계는 14인치 텔레비전 화면 하나로 축소되어 있었다. 흑과 백으로 명멸하는 세계는 나를 어두운 방 한구석으로 밀어낼 뿐이었다"(「그리고 음악」, p. 99). 첨단 문명의 이기처럼 보이는 미디어에 의해 개인의 야만은 역설적으로 증폭된다?

그런데 실상은 어떤가. 9·11사태만 하더라도 그렇고, 그 밖의 크고 작은 사태들에 의해 "슬프고 광포한 일들"은 무수히 일어난다. 다만 그 장면을 제대로 인식할 감각으로부터 소외되어 있거나, 감각하더라도 진실로 고통을 느낄 여유를 박탈당한 상태다. 그러니 죽음은 안팎에 두루 편재해 있는 셈이다. 장면에도 죽음이 있고 감각에도 죽음이 있다. 죽음은, 죽음의 실상은 매우 도저하다. 그런 사태를 한유주는 야만적인 상태로 인식하고 고통스러워한다. 그러니 파울 첼란의 「죽음의 푸가」에서 한유주가 가져온 대로 "우리는 허공에 무덤을 판다"의 세계를 응시하는 것이 차라리 진실한 것인지도 모르겠다.

3. '허공에 무덤 파기'의 은유와 윤리

한유주의 화자는 자기 시에 각운을 쓴다면 그것은 오만이라며 서정시를 쓰기 힘든 시대라고 고뇌했던 브레히트나, 아우슈비츠 이후 더 이상 서정시를 쓰는 것은 불가능하다고 말했던 아도르노의 전언을 떠올리곤 한다. 그러면서 "그들의 야만적인 시대를 지금 다시 본다." 그에 비하면 "나를 둘러싼 세계는 야만적이지 않다". "나는 자꾸 살아남는"데 그것이 거꾸로 "나의 삶을 위협한다"(「그리고 음악」, p. 114). 브레히트도 그랬듯이 한유주의 화자도 살아남은 자의 아픔 때문에 수치스러워한다. 그런데 "그 수치스러운 감정이 계속해서 깨어 있게 한다." "치욕과 망각으로 점철된 삶"(p. 114)이라는 명제에 대한 각성이야말로 한유주 소설의 존재 근거다. 아도르노의 예견을 넘어서, 아니 예의 야만의 시대를 가로질러 서정시 「죽음의 푸가」를 발표했던 이는 루마니아 태생의 독일 시인 파울 첼란이었다. 그는 "우리는 허공에 무덤을 판다. 거기서는 사람이 갇히지 않는다"라는 진술을 「죽음의 푸가」에서 반복적으로 제시했다. 땅의 현실이 오죽했으면 그랬으랴. 쇼스타코비치의 교향곡 4번 1악장이나 11번 2악장이나 닐센의 교향곡 5번, 혹은 말러의 교향곡 9번 3악장처럼 죽음 앞에서 몸부림치는 '죽음의 푸가'의 세계에 한유주는, 불행하게도, 그러나 소설적으로는 다행스럽게도, 매우 익숙한 편이다. 한유주의 서사적 자아는 "전방위적 사건, 동시다발적으로 일어나는 죽음으로 가득 찬 세계"(「베를린·북극·꿈」, p. 129)와 속절없이 대면한다. "잘 못된 가정과 올바른 오해와 잘못된 희망"(p. 136)으로 가득한 그 세계에서 사람들은 불안과 공포, 분노, 절망, 질투, 슬픔, 죽음 따위의 징후들에 갇혀 있다. 「죽음의 푸가」에서는 이렇게 표현된다. "푸른 줄무늬 물고기들이 하나 둘씩 노란별을 떼어냈다. 그러자 암흑이 찾아왔고, 비린 물내음이 어디선가 끊임없이 풍겨왔다. 확성기를 타고 둔탁한 자음의 명령들이 흘러나왔다. 신이 사라진 자리에 태양이 빛나고 있었다. 시린 햇빛 아래 곳곳마다 숨어 있는 어둠, 아득한 어둠의 덩어리들…… 한낮에도 유령은 사라지지 않았고, 살아남은 그를 저주했다"(pp. 42~43). 또는 갑자기 텅 비어버린 세계의 적요 속에서 주체는 사라지며, "자꾸만 내 삶이 위협받고 있다는 생각"(「그리고 음악」, p. 108) 때문에 불안은 가중된다. 그러니 이런 명제의 제출은 차라리 자연스럽다. "우리는 모두 상처 입은 자들이다"(「베를린·북극·꿈」, p. 136). 또 "꿈은 어느 누구에 의해 저격되었는지 좀처럼 찾아오지 않"(「지옥은 어디일까」, p. 194)는다. 그들에게 죽음은 쉽게 다가오고, 삶은 한갓 우연처럼 존재한다. 겨우 존재하는 자들마저 죽음에로 이르는 질병에 걸려 있기 일쑤다. 그러기에 그들은 제대로 된 전언을 생산하거나 전달할 수 없다. 이런 사태를 작가는 매우 예리하게 포착한다. "언제나 전쟁은 잘못된 전언으로 시작한다. 그리고 어제, 사람들은 자신 안에 전쟁터를 일군다. 오늘, 그 모든 전쟁들은 바깥으로 터져나온다. 내일, 크고 작은, 모든 전쟁들은, 마침내 하나의 전쟁이 된다"(「베를린·북극·꿈」, p. 132).

잘못된 전쟁 상태와 잘못된 전언 상황의 악순환을 직관하는 작가의 눈은 참으로 어지간하다. 세상과 말의 현실에 대한 도저한 인식의 결과가 아닐 수 없다. "언제나 잘못 전해진 이야기들이 문제였다"고 강력하게 문제 제기하는 작가이기에 그 나름대로 제대로 전해질 수 있는 이야기의 생산에 골몰할 수밖에 없다. 그러나 그것은 결코 쉽게 마련될 수 없다. 이에 작가는 세상의 단애(斷崖)에서 이야기의 벼랑에 도전한다. 등단작 「달로」에서라면 세상의 끝은 달이고, 그것도 달의 뒷면이고, 「죽음에 이르는 병」이나 「죽음의 푸가」에서라면 죽음이고, 「베를린·북극·꿈」에서라면 북극이며, 「지옥은 어디일까」에서라면 지옥이다. 대개 예의 세상의 끝으로 가는 여정은 나와 너/그, 혹은 우리가 동행한다. 흔히 동행이란 말은 참으로 포근하고 안정적인 것으로 받아들여진다. 그러나 한유주의 소설에서 언제나 그것은 파탄으로 귀결된다. 「달로」에서 동행자 '그'는 달을 향해 장대높이뛰기를 하다가 강에 빠져 죽는다. 「죽음에 이르는 병」에서 '환희'는 죽음의 상태로 동행한다. 「베를린·북극·꿈」에서 '당신'(너)은 홀연 사라진다. 「그리고 음악」에서 환영과의 동행 역시 환영처럼, 거짓말처럼 사라지고 만다. 동행자를 잃은 채 홀로 남은 자가 동행의 기억이나 환영을 죽음처럼 반추하며 상상하는 방식이 한유주 소설의 기본 패턴이다. 이때 먼저 사라졌거나 죽은 동행자는 단지 남이 아니라 나의 다른 존재이기도 하다. 그야말로 나의 환영이다. 한유주의 서사적 자아는 처절하게 자기를 잃은 영혼들이다.

「베를린·북극·꿈」에서 우리는 1인칭의 독특한 변형태로 복수 인칭을 접한다. '나는'과 더불어 '우리는'이 함께 주어부를 형성한다. 물론 '우리는'에 '나는'과 '너는'이 함축된다. 이 복수 인칭을 통해 동행의 소망은 형태론적이면서도 심리적으로 강렬하게 환기된다. 또한 동행에의 집단무의식을 짐작하게 한다. 그러나 '우리는'은 절망적 현실에서 '나는'과 '너는'으로 분열될 수밖에 없고, '너는' 사라지고 '나' 또한 소멸 여행을 단행한다. "테러범에서 집시로" 후퇴한 "우리"의 카드는 한 장, 한 장 버려진다. 결혼, 전언, 적군, 슬픔, 희망 등등의 카드가 버려지는 장면을 작가는 매우 특별한 방식으로 묘사한다. 이 카드 버리기를 포함해 반복 강박처럼 되풀이되는 "고래들이 자살한다"는 문장 등 여러 곳에서 우리는 작가의 독특한 은유 전략을 확인한다. 그런 은유는 절망적 세계로부터의 탈주라는 의미론과 더불어 꿈의 기제와 호응한다. 탈현실의 소망이나 은유가 꿈꾸기와 연결된다는 것이다. 그러니까 「베를린·북극·꿈」은 현실의 지도에 그려진 여행기가 아니다. 묵시록적 꿈 내용을 은유의 전략으로 농축한 시적인 이야기다. 그러면서 전쟁을 야기하는 잘못된 전언이 아닌, 평화를 위한 진정한 전언을 꿈꾼다.

여러모로 한유주는 참을 수 없는 존재의 무거움 때문에 고통스러워한다. 이미 언급한 대로 「그리고 음악」의 주인공은 "싸움터에서 밥을 먹고 살인자들 틈에 눕고 되는대로 사랑을 한다"(p. 114)는 브레히트의 시 구절이나, 아우슈비츠 이후에도 서정시를 쓰는 것은 야만이라고 한 말들을 떠올리면서, 야만적인 세계를 거듭 곱씹는다. 브레히트도 그랬지만 "치욕과 망각으로 점철된 삶"에 대한 한유주의 감각은 깊은 여운을 남긴다. 살아남은 자의 무거운 슬픔이 심원하다. 「달로」는 물론 「죽음에 이르는 병」이나 「그리고 음악」 등 여러 소설들은 그 심원한 감각이 최소한의 표정을 지닌 수사로 드러난 소산이다. 타인의 죽음 곁에 겨우 가까스로 견디며 존재한다는 것, 그 때문에 타인의 죽음에 대해서도 살아남은 자의 고통에 대해서도 결코 쉽게 이야기할 수 없다는 것, 「암송」에서 뚜렷하듯 말하고 싶지만 말해지지 않는다는 것, 아울러 야만적인 세계에 야만적인 감각으로 견디는 상태기에 기승전결로 완결된 이야기 형식을 만들 수 없다는 것, 뚜렷한 표지를 지닌 서사적 명제를 제출할 수 없다는 것, 그러기에 안으로 닫혀 존재의 심연으로 깊어지면서 은유적인 독백 조로 웅얼거릴 수밖에 없다는 것…… 이런 점들이야말로 한유주 소설의 기본 특성이라고 할 수 있다. 또 그런 면에서 한유주 소설은 가장 개인적인 독백이면서도 동시에 가장 윤리적인 담론이 되고 있다고 말할 수 있겠다.

4. 독백·음악·다성성(多聲性)

한유주의 소설은 차라리 시적이다. 세계와 마주하여 직접 대결하기보다는 세계와 마주 선 자신과 중층적으로 대결한다는 점에서 그렇고, 수신자에게 건네는 대화나 이야기가 아니라 발신자 자신에게 다짐하듯 되뇌는 독백, 즉 엘리엇이 말한 시의 첫번째 목소리를 떠올리게 한다는 점에서도 그렇다. 사정이 이러한 까닭에 어떤 이는 한유주의 소설에서 서사적 구체성의 결여를 읽거나 환유의 지옥을 읽어내고, 또 다른 어떤 이는 고통의 감각적 포즈를 읽어낼지도 모른다. 그러나 새로운 소설의 가능성이란 측면에서 세계 파국의 고통을 껴안고 독백의 독무(獨舞)를 연출하는 고통의 축제를 읽어내는 독자들도 없지 않으리라. 왜 독백의 독무인가. 반복이 되겠지만, 수사학 시대에 대한 작가의 인식에서 기인한다. 한유주는 그렇게 말했었다. "우리 세대는 수사학이 선인 세대다. 수사를 제외하면 우리에게 대체 무엇이 남을까? 우리에게 언어는 다만 치장일 뿐이다. 치장된 언어는 윤리적으로 거짓말보다 더 나쁘다. 그러므로 우리는 옳지 않다. 가상의 세대에 걸맞은 가상의 언어──우리는 닥치는 법을 배워야 한다. 나는 두 입술을 맞물린다. 그러나 이 텅 빈 상태가 사라지지는 않는다. 거부. 무엇에 대한? 우리는 레토릭으로 무장된 세대다"(「그리고 음악」, pp. 110~11). 타락한 수사학의 시대에 절망하고 그 문화를 아파하면서 작가가 된 자이기에 한유주는 지금, 여기의 서사적 수사학을 넘어서려 한다.

이를 위해 작가는 불가피하게 음악의 세계를 동경한다. 말에 절망한 작가는 음악을 통해 진정한 말의 회복을 모색한다. "음악은 눈에 보이지 않았으므로, 아무 곳에나 내려앉을 수 있었고, 유령과 비밀과 기억들에도, 붉고 푸른 뼈들에도 가리지 않고 무심히 내려앉았다"(「암송」, p. 224). 음악은 무심히 내려앉는다고 했다. 말은 무심하지 않다. 말은 "가라앉지 않은 열기"(p. 225)로 들끓는다. 무심한 음악과 무심할 수 없는 말 사이에서 "내밀한 독백들"이 자란다. 그것이 "자라고 자라 증오가 되거나 희망이 되었고, 음악이 되었고, 세계가"(pp. 225~26) 된다. 예의 "내밀한 독백들"을 언어로 겨우 붙잡은 것이 한유주의 소설이다. 그렇기에 그것은 필경 고통의 축제와도 같은 형국이며, 거기서 독백들은 세계고(世界苦)의 음표를 지닌 채 다성적 의미의 화음으로 연출된다. 이제 그 고통의 축제에는 화자 안에서 각기 다른 속도로 도망친 많은 사람들이 초대된다. 내 안에 가까스로 거주하거나, 내 안에서 죽은 많은 도망자들을 위한 독백의 독무는 그렇게 진행된다.

　모든 사람들이 도망 중일 때, 그들은 결국 어디에 있는 것일까? 그들은 어디에 있는 것일까? 삶이 되돌아오고, 그렇게 누구나 익사자들의 생을 살게 되는 그때. 하나의 음악에 두 귀가 휩쓸려가지 않도록, 자신만의 음악을 입 안에 단단히 매어두는 그때. 사람들은 손바닥을 세게 누르며 생각한다. 사람들은 생각하고, 또 생각한다. 그렇게 세상에서 가장 비밀스러운 동시에 모든 사람들이 알고 있는 독백들이 움튼다. 말하고 싶다, 말하고 싶다, 말하고 싶다. 입 속의 세 치 뼈, 한 덩어리의 혀가 감추고 있는 유령과도 같은 기억, 기억들. 말하고 싶다. 사람들은 생각하고, 또 생각한다. 말하고 싶다, 말하고 싶다. ……말하고…… 싶다.

―「암송」, pp. 226~27

　이러한 말하고 싶은 욕망, 내밀한 독백의 욕망이 한유주 소설의 기반이다. 이제 그녀의 독백은 홀로 되씹는 말이되, 그 안에 초대된 여러 도망자들의 숨결을 중층적으로 재현하는 기제가 된다. 강고한 동일자 주체의 계몽의 언설이나 감상적인 주체의 흐느적거림이 아니라 무수한 타인들의 의식과 시선, 무의식과 응시가 얽히고설킨 고통의 불협화음이 된다. 하나의 목소리로 제시되는 말들이 아니기에 한유주의 내밀한 독백은 그 자체로 소용돌이고 카오스다. 그러나 세상의 진실과 인간의 희망을 갈구하는 고통의 카오스다. 혼돈스럽기는 하되, 카오스의 사태에 가장 적절한 언어로 내밀하게 독백하자는 것, 절대로 허황하게 치장하지 말자는 것, 그러면서 이야기 가치도 포장하지 말자는 것 등을 고려하면, 한유주의 소설은 가장 진실한 코스모스에 가까이 있는지도 모른다.

「그리고 음악」에 나오는 환영의 경우처럼 한유주는 "언어에 대한 결벽"증을 지니고 있는 듯 보인다. "일방적인 전언들, 돌아서는 순간 대부분 증발해버리고 마는 덧없는 것들"(p. 114)을 혐오한다. 그리고 "우리는 함구해야 하지. 완전한 이해, 완전한 묘사는 불가능하니까"(pp. 117~18)라고 다짐한다. 그럼에도 자꾸 말하려 하는 것을 '야만'으로 단죄한다. 또 한유주는 목이 졸려 숨이 넘어가는 그 순간에도 "문어체로 사고"(p. 117)하는 경향을 보일 정도다. 자기 세대의 나날의 삶에서 범람하는 일상 언어들을 무분별하게 자동적으로 옮겨놓는 경향이 많은 시절에 이와 같은 문학 언어에 대한 인식은 매우 각별한 것이 아닐 수 없다. 그녀의 묘사는 물론 소설 전체가 낯선 것은 이런 문학 언어 때문이다. 그녀는 자신만의 문학 언어를 통해 영화와 음악이 이르지 못하는 세계에 고통스럽게 도전한다. 그런 면에서 그녀야말로 독특한 묘사를 바탕으로 한 진정한 수사학의 시대를 열어갈 수 있는 작가다.

내밀한 독백의 독무, 지독한 묘사로 이루어진 한유주식 고통의 축제는 어떻게 이루어지는가. 등단작 「달로」의 다음 대목에서 우리는 그 공정을 여실하게 확인할 수 있다. 묘사의 세공이 이쯤 되면 썩 믿음직하지 않은가. 한유주 소설에 대한 아득한 그리움이 오래, 두루 퍼질 수 있기를 바란다.

최초의 사진은 은을 입힌 판 위에서 나타났다. 두꺼운 은판을 공을 들여 문지르고, 요오드 증기를 씌운 다음 사진기의 구멍에 갖다 대고 얼마간을, 조금 오래, 기다린다. 피사체 또한 긴 시간을 인내해야만 한다. 은판 위에 상이 맺히고 나면, 그 밑에서 수은을 달인다. 가장 밝은 곳으로 수은 증기가 모여들고, 소금물에 담갔다가 꺼내지면, 잠상의 양성 반응이 나타난다. 가장 은밀한 기억의 순간들은 이렇게 세밀하게 보존되었다. 오래되어도 상하거나, 변해버리지 않았고, 다만 아득하고 덧없는 그리움이 더해갈 뿐이었다.

— 「달로」, pp. 18~19

허공의 만돌라

— 김성중의 『개그맨』

1. 허공의 만화경

소설을 일러 현실을 비추는 거울에 비유했던 스탕달은, '1830년
대의 연대기'라는 부제가 붙은 『적과 흑』에서 자기 시대의 현실을
반영하기 위해 애썼다. 그는 그 책에서 1830년 7월 혁명 직전 프랑
스 왕정복고 시대의 정치적 연대기를 구성하면서 사회 체제 전반
의 변화상을 담아내고자 했다. 두말할 필요도 없이 스탕달에게 거울
은 길 위의 현실을 비추는 기제였다. 스탕달 이후 많은 시간이 흐르
면서, 작가들의 거울은 변화무쌍해졌다. 개성을 지닌 작가라면 누구
나 저마다의 독특한 거울로 저마다의 소설적 대상으로서의 현실/비
현실/초현실을 비추었다. 21세기 작가 김성중 또한 그녀만의 거울
을 지녔다. 물론 그녀에게 거울은 하나가 아니다. 복수의 다채로운
거울이다. 나는 그것을 뭉뚱그려 '허공의 만화경'이라 부르고 싶다.
그녀는 길 위를 비추는 거울이 아니라 허공을 조망하는 다각적인 거
울들을 독특하게 조작하고 있기 때문이다. 가령 「허공의 아이들」에

서 소년과 소녀는 땅 위의 집이 아닌 허공의 집 거주자들이다. 거기서 생명은 허공으로 증발된다. 「그림자」에서 그림자를 떼고 붙이는 소녀의 비현실적인 공정은 허공에서 이루어진다. 「머리에 꽃을」에서 가장 아름다운 꽃은 허공에서 피어난다. 「순환선」에서는 지하의 허공, 「간」에서는 바닷속의 허공을 비춘다. 「버디」에서 "죽은 바다와 썩은 땅 사이에서 우리 셋은 허공으로 도약한다"(『개그맨』, 문학과지성사, 2011, p. 117). 「내 의자를 돌려주세요」에서는 사물과 사람 사이의 허공에 대화창을 열어둔다. 이렇게 대부분의 소설에서 김성중의 기반 공간은 길이나 집이나 방이 아니다. 그렇다고 사이버 스페이스의 윈도도 아니다. 허, 공, 다름 아닌 허공이다. 허공에 때로는 자유롭게 때로는 위태롭게 만화경을 가설하고, 그 만화경에 비치는 것처럼 여겨지는 것들을 이야기로 짜 맞춘다. 어쩌면 김성중은 소설이라는 이름으로 허공에서의 직소 퍼즐 놀이 혹은 '희한한 패치워크'를 하고 있는지도 모른다.

「내 의자를 돌려주세요」로 2008년 중앙신인문학상을 받으면서 등단한 김성중은 개성적인 상상력과 스타일로 2010년대 문학의 신선한 가능성을 열어온 작가로 주목받았다. 무엇보다 김성중은 삶과 세계에 대한 '또 다른 렌즈'를 지닌 작가다. 그것은 매우 역동적인 허공의 만화경이다. 허공에서 공허한 세계의 심연을 비추는 거울이다. 때로는 자질구레한 일상을 섬세하게 해부하기 위한 현미경 같기도 하지만, 더 많은 경우 현실 너머로 초현실 혹은 탈현실의 광활한 허공을 탈주하는 마법의 거울 같기도 하다. 때로는 현상을 일그러뜨리는 볼록 렌즈나 오목 렌즈처럼 변신의 거울이 되어 존재 성찰의 기제가 된다. 그녀의 다초점 만화경은 현실과 환상을 자유롭게 넘나들게 하는 활달한 상상의 창이다. 그것을 통해 작가는 견딜 수 없는 존재의 무거움을 가볍게, 참을 수 없는 존재의 가벼움을 무겁게 조망하는 흔치 않은 수완을 보인다. 「내 의자를 돌려주세요」나 「그림자」 등 여러 소설에서, 그녀는 환상적 전제를 바탕으로 경쾌하게 행동을 엮고 리드미컬하게 사건을 전개시킨다. 환상적으로 새로운 세계를 창설하면서, 동시에 기존의 세계를 해체하고, 있는 존재론을 반성적으로 성찰케 한다. 경쾌하게 탈주하는 김성중의 개성적인 문장들을 재미있게 따라 읽다가 독자들은 돌연 숙연해지는 경험을 하기도 하는데, 그녀의 소설에서 마냥 재미만 있는 가벼운 이야기만 보는 것이 아니라 존재의 심연으로 내려가는 상상의 깊이와 마주치기 때문이다.

함께 확인하게 되겠지만, 김성중이 던지는 서사적 질문들은 대개 이런 것들이다. 첫째, 이 세상은 과연 살 만한 곳인가, 혹은 이 세상에서 우리는 무탈하게 살 수 있는가, 두려움과 불안을 자극하고 공포의 도가니로 몰아넣는 재난 상황에서도 세계의 길은 여전히 열릴 수 있단 말인가? 둘째, 나는 내 삶의 주인이 될 수 있는가, 혹은 나는 내 삶을 선택할 수 있는가, 나는 나의 그림자의 주인인가, 내 몸에 깃든 여러 자아는 누구의 것인가? 셋째, 분열되고 차단된 존재들끼리의 소통은 가능한가, 의식과 무의식, 현실과 꿈, 빛과 그림자, 나와 타인, 인간과 사물 사이의 진정한 소통은 가능한 것일까? 등등. 물론 이것들은 별개의 질문들일 수 없고 서로 연계되고 어우러진 것들이다. 특히 등단작 「내 의자를 돌려주세요」 이후 지속적인 관심사라고 볼 수 있는 진정한 소통에의 욕망은 김성중의 이야기하기 욕망의 핵심사이자 핵심적 질문에 육박한다. 진정한 소통을 위한 접점을 마련하고 그 거점이 될 공간의 체적을 넓히려 한 것이 그녀의 상상 도정이라고 말해도 크게 틀리지 않는다.

허공의 만화경을 통해 김성중은 허공의 만돌라mandorla를 서사적으로 기획한다. 김성중의 서사 상황은 대개 혼돈과 질서를 넘나든다. 그야말로 카오스모스다. 이런 카오스모스 상황에서 만돌라는 만다라와 비슷하게 나름의 치유 효과를 보일 수 있다고 얘기된다. 만돌라는 아몬드 모양인데, 그 형상은 대극처럼 여겨졌던 두 원이 겹쳐지면서 형성된다. 반대와 반대가 섞이고 중첩되는 가운데 새로운 화학 반응처럼 분열된 세계를 치유하고 통합하는 효과를 보인다는 것이다. 그러니까 김성중은 허공의 만화경을 통해 허공의 카니발과 허공의 비가를 중첩적으로 구성하면서, 분열적이고 대극적인 것들의 소통과 치유를 위한 만돌라 서사에 관심이 많은 작가처럼 보인다. 다채롭고 흥미로운 이야기를 통해 세계의 심연을 탐사하면서 진정한 소통의 가능성을 탐문하는 김성중의 소설 쓰기가, 매 순간 활달한 탐색의 도정으로 구성되는 것도 만돌라 기획과 관련된다. 그러나 그것은 매우 위험한 것이기도 하다. 마치 아주 높은 허공에서 외줄을 타는 것처럼 하염없는 추락의 가능성이 매 순간 존재하기 때문이다.

2. 세계 파국의 불안과 재난의 상상력

김성중의 시점자가 허공의 만화경으로 위태롭게 허공을 응시하는 것은 세계 파국의 불안 때문이다. 불안의 신호는 전천후로 온다. 「허공의 아이들」이나 「그림자」「머리에 꽃을」「순환선」 등 여러 소설에서 기본적인 서사 마디는 재난이거나 그것에 준하는 상황에서 이루어진다.「허공의 아이들」에서라면 속절없이 땅이 무너지고 있기에 최후의 집은 허공에 가설될 수밖에 없다.「순환선」에서는 지상으로 올라가는 모든 출구가 막혀 있다.「머리에 꽃을」의 경우 불모의 땅과 불임의 몸이 극단적으로 문제 된다.「그림자」에서는 그림자가 바뀌어 아비규환이다. 이런 재난 상황에서 존재의 둥지는 훼절되고, 일상의 리듬은 균열된다. 존재감은 증발되고, 생명은 살림의 지평을 알지 못한다. 불안은 들끓고 공포는 극화된다.「허공의 아이들」에서처럼 "병도, 사고도, 살인도 없"(p. 14)이 생명이 소멸되기도 하거니와,「머리에 꽃을」에서는 갑자기 대부분의 사람들이 탈모를 겪고 머리에 꽃이 생겨나는 기형적인 상황에 처하기도 한다.

「허공의 아이들」은 땅의 몰락 이야기다. 땅이 서서히 무너지고, 사람들의 생명은 증발하고 만다. 처음에는 허공의 계단부터 시작되었다.

집으로 들어간 소녀는 반복적인 일상의 리듬이 미묘하게 흐트러진 것을 알아차렸다. 소녀는 고개를 갸웃거리며 다시 밖으로 나왔는데 평소와 달리 네 개의 계단이 아닌 다섯 개의 계단을, 그러니까 마지막에는 보이지 않는 허공의 계단을 내려온 것을 깨달았다. 집이 떠 있어요! 소녀가 집과 땅 사이에 한 뼘쯤 생겨난 빈 공간을 쳐다보며 큰 소리로 부모님을 불렀다. 평소에도 존재감이 적은 아버지는 그날따라 모습이 희미해 보였다. 즉각 눈치채지 못했지만 소녀의 부모는 점점 투명해지는 중이었다. 세상의 다른 모든 사람들과 마찬가지로. (p. 13)

집과 땅 사이의 틈은 점점 더 벌어진다. 허공의 계단은 그 높이와 개수가 점증한다. 그럴수록 허공의 아이들의 불안 증세는 심해진다. 소녀의 꿈속에서 소녀를 위협하는 '시드'는 "이 세상을 거두고 다른 세상을 건축하려는 신"(p. 20)으로 환기된다. 이 신과 맞서고 "땅의 몰락에 대항하"(p. 21)기에 소녀는 너무 무력하다. "거센 빗줄기에 토사가 빠르게 씻겨나가자 막연했던 불안이 또렷한 형상으로 변했다"(pp. 22~23). 허공의 계단이 높아질수록 아이들은 땅에 남아 있는 것과 허공에서 살아가는 것 가운데 하나를 선택해야 했다. 양쪽 어디나 위험하기는 마찬가지였다. 지상은 언제 무너질지 모른다. 그렇다고 허공을 택한다면 곧 지상과의 소통이 끊어지고 고립될 것이다. 소년과 소녀는 결국 허공을 택하지만, 소녀의 몸은 빠르게 투명해진다. 해와 달이 된 옛이야기와는 달리 신은 허공의 소년, 소녀에게 그 어떤 동아줄도 내려주지 않는다. 아이들이 "허공의 금빛 무덤들"(p. 25)이라 부른 허공의 집에서 다만 투명해질 따름이다. 허공에서도 아이들의 성장은 멈추지 않는다. 이런 상황에서 작가는 의미심장한 질문을 던진다. "사라지는 세계에서 성장하는 것은 무슨 의미가 있을까?"

식사를 반으로 줄였는데도 소년의 키는 계속 자라났다. 재앙이 시작된 이래 소년의 키는 8센티미터가 넘게 컸다. 멸망 직전의 세계에서도 소년의 성장판은 닫히지 않았고, 소녀는 달거리를 거르지 않았다. 성장은 그들에게 통조림의 계산법을 요구했고 유희의 수준과 정도까지 간섭했다. 그래 봐야 소년은 노동할 곳이 없고 소녀에게는 아이를 낳을 세계가 사라졌는데 말이다. 때문에 소녀는 한 가지의 커다란 질

문을, 반쯤 저버린 신에게 물어야 했다. 사라지는 세계에서 성장하는
것은 무슨 의미가 있을까? (p. 26)

바로 이 대목이 이 소설의 중핵적인 메시지를 환기한다. 그러니까
① 소년이 노동하고 소녀가 아이를 낳을 세계가 사라지고 있다; ②
그럼에도 성장은 멈추지 않는다; ③ 사라지는 세계에서 성장하는 것
은 무슨 의미가 있을까? 이렇게 세 문장으로 요약될 수 있는 이야기
가 바로 소설 「허공의 아이들」이다. 더 흥미로운 것은 이 소설의 끝
에서 작가가 이와 같은 공상적인 이야기의 현실 맥락을 환기하고 있
다는 사실이다. 마지막 장면에서 소년은 마지막 땅이 무너지는 소리
에 겹쳐지는 또 다른 소리를 듣는다. 그 소리에 대해 서술자가 "뼈가
자라는 소리였다"라고 덧붙이는 것으로 소설은 끝난다. 결국 무엇인
가. 성장통에 대한 이야기가 아닌가. 성장을 위한 혹은 성장 과정에
서의 육체적·정신적 고통의 이야기 말이다. 특히 미래 희망이 소진
되고 청년들의 일자리가 거의 봉인되다시피 하고 새로운 기약은 거
듭 차연되는 극단적인 불안의 상황에서 아이를 낳는다는 것은 무슨
의미이고, 낳아진 아이가 자란다는 것은 무슨 의미겠는가. 아주 뼈
아픈 질문의 방식이 아닐 수 없다. 희망이 봉인되다 못해 세계 파국
의 불안이 가중되는 반성장 시대의 성장통 이야기가 바로 「허공의
아이들」이다.

「허공의 아이들」에서 소녀는 결국 투명해지다 못해 소년만 남겨
둔 채 증발해버렸다. 그러지 않았다고 하더라도 제대로 생명을 유
지·재생산할 수 있으리라는 가망을 지니기 난망하다. 「머리에 꽃
을」에서 화원의 안주인 수하일라가 그런 여성이다. 그녀가 살고 있

는 도시에 갑작스럽게 어처구니없는 재난이 닥쳤다. 어느 겨울에 대부분의 사람들이 급탈모 현상으로 대머리가 되더니, 다음 해 봄에 사람들의 머리에 갖가지 꽃이 피기 시작한다. 그러면서 꽃의 등급에 따라 사람의 우열이 전도되는 차마 웃기 어려운 사태가 발생한다. 그런 와중에 수하일라의 머리에 꽃이 피지 않는다. 평생 자식을 낳아보지도 못했던 그녀였기에, 자기 머리에 꽃이 피지 않는 일 또한 받아들이기 어렵다. "저는 평생도록 자식을 가져보지 못했어요⋯⋯ 그런 제게 남들은 다 피워 올리는 꽃 한 송이 허락되지 않는 건 너무 잔인하지 않은가요? 불모의 땅, 어떤 생명도 틔울 수 없는 쓸모없는 황무지, 그게 저예요. 저는 이런 조롱을 참을 수가 없어요⋯⋯"(pp. 222~23). 이런 재난 상황에서 황무지 의식은 재난을 더욱 가중시킨다. "기이하고도 잔혹한 연쇄살인"(p. 222)을 통해 신에게 복수를 감행하기 때문이다. 결국 그녀는 식물학자인 얀센에게 모든 사실을 고백하고 목숨을 끊는다. 죽음 후에 그녀의 머리에는 매우 희귀하고 아름다운 꽃이 피어난다. "이 마을 최고의 꽃은 죽은 여자에게서 피어나 이제 막 시들기 시작한 눈앞의 황금 꽃이라는 것이다"(p. 227).

이렇게 김성중은 세상의 표면적 풍요와 환락의 심연에서 절망적인 재난의 예후와 머잖아 파국의 위험에 직면할지도 모를 세계의 위기 상황에 대한 징후 읽기에 매우 민감하다. 그것에 민감하면 민감할수록 불안은 가중되고 혼돈의 거품은 배가된다. 그리고 악몽에 시달리는 빈도 또한 늘어나기 마련이다. 「허공의 아이들」에서 소녀도 그랬지만, 김성중이 그린 대부분의 인물들은 악몽으로부터 자유롭지 못하다.

3. 악몽과 혼돈의 카니발

어쩌면 「허공의 아이들」은 "뼈가 자라는 소리였다"라는 마지막 문장과 등가를 형성하는 소설이다. 바로 이 문장에 기술된 소리에서 발상을 얻어, 이 문장을 쓰기 위해 그 많은 이야기 다발을 풀어놓은 셈이다. 달리 말하면, 그 성장통의 소리를 듣다가 잠든 소년이 꾼 악몽의 이야기인지도 모른다. 자신의 악몽 안에서 다시 소녀의 악몽 속으로 들어가는 중층적 악몽의 이야기 말이다. 첫 소설집에 수록된 대부분의 소설에서 작가는 악몽/꿈 모티프를 구조적이고 주제적인 층위에서 적극적으로 활용하는 모습을 보인다. 「순환선」에서는 아예 "나는 악몽이다"라고 분명히 선언한다. "내가 태어난다. 누군가의 꿈속에서. 나는 악몽이다. 악몽이 스스로 생각할 수 있다니, 기이한 일이다. 이 꿈에서 나는 남자의 모습을 하고 있다. 꿈에서 그런 것은 저절로 알게 되는 법이다"(p. 263).

마치 악몽이 주인공 행세를 하는 것처럼 보이기도 하는 「순환선」은, 서울의 많은 서민들이 이용하는 2호선 선로 절단 사고를 배경으로 하여, 지상의 현실 세계와 지하의 환상 세계 혹은 악몽 같은 꿈 세계 사이의 대비와 혼효를 기축으로 하고 있다. 세무사 사무실에 근무하는 주인공은 어느 날 밤 악몽에 사로잡힌다. 지하철 역사에 정전 사고가 일어나고 출구 여덟 곳이 모두 막혀버려 암담한 상황이 되는 끔찍한 꿈이다. 이런 악몽에서 깨어 안도의 한숨을 내쉬고 출근하는데, 자신이 이용하는 지하철 2호선 전 구간 운행 중단이라는 소식에 망연자실하게 된다. 이 순간부터 그는 지하철 사고에 관심을 기울이는데, 그 관심은 악몽을 통한 지하 세계 여정과도 통한다.

지상의 현실 세계에서 그는 평범한 소시민이다. 집과 회사, 그리고 회사 업무를 위해 수강하는 학원을 순환하는 삶을 반복하는 게 그의 일상이다. 섣불리 다른 삶에의 희망을 지닐 수도 없고, 반복 순환하는 일상의 궤도를 벗어나 상승하는 수직선에의 꿈을 꿀 수도 없다. 희망의 봉인, 그것이 출구가 막히는 악몽으로 인화된 것이 아닐까 싶다. "이곳의 모든 출구는 막혀 있지. 아무리 발버둥 쳐도 밖으로 나갈 방법은 없다. 순환선의 다른 역들과 마찬가지로"(p. 264). 그 악몽 이후 순환선 사고를 경험한 그는 이제 다른 순환 행로에 들어선다. 현실 세계에서 순환선을 이용하지 못하는 대신에 가상의 순환 채널에 휘둘리게 되었기 때문이다. "순환선은 더 이상 순환하지 않는다. 아니다. 순환선은 내 꿈속에서 미칠 듯이 순환한다. 나는 두 세계를 순환한다. 궤도를 이탈한 전동차처럼"(p. 278). 현실의 장과 꿈(악몽)의 장을 교차 반복하는 구성을 취하고 있는 이 소설에서, 현실의 장의 주인공은 순환선 선로 사고로 순환하지 않지만, 꿈의 장에서는 악몽으로 순환하게 되며, 현실과 꿈의 순환 반복 또한 문제된다. 악몽으로 점철되는 꿈의 장에서 주인공의 행위와 의식은 보다 문제적이다. "탈혼망아(脫魂忘我)의 잠 속"(p. 284)에서 극단적인 자기 정체성의 혼돈을 겪기 때문이다. 그는 종종 비몽사몽간에 "또 꿈 속이구나"라고 중얼거리는데, 그러는 주체에 대해 알지 못한다. "나인가, 그인가? 나는 내 '본체'에 대해, 그러니까 매일 밤 악몽을 생산하는 그에 대해 아는 것이 없다. 내가 겪는 일이 현실의 그와 어떤 고리를 가졌는지도 모른다. 짐작하는 것이라곤 그가 공포와 분노를 원한다는 것. 나를 둘러싼 세계의 적대감이 그걸 말해준다"(p. 269). 요컨대 나와 그, 나와 내 본체로 분열되어 있다. 그는 내 악몽을 생산

하는 본체이다. "나는 본체의 꿈속에 등장한 신기루일 뿐이"(p. 286)
다. 그런데 그는 공포와 분노를 욕망한다. 그 때문에 나를 둘러싼 세
계는 식인귀들과의 대결로 이루어져 있다. 그런 악몽 속에서 나는
속절없는 뱀파이어 놀이를 하고 있다. 악몽은 그치지 않고 순환을
계속한다. 때때로 지하 세계의 악순환이라는 악몽을 끊고 지상으로
올라가고 싶어 한다. "나도 밖으로 나갈 수 있을까?"(p. 276).

　나는 고통도 경험도 순환되는 이 세계가 증오스럽다. 탄성 좋은 고
무 인형처럼 매번 순환선 어딘가에서 깨어나 괴상한 일들을 겪는 것에
도 신물이 난다. 나는 직선을 원한다. 상황 속에 선택 없이 놓인 내가
싫고, 뫼비우스의 띠처럼 꼬여 있는 이 지겨운 여행을 종결짓고 싶다.
　그는 이제 어떤 '동행자'도 내려보내지 않는다. 미워하거나 죄의식
을 느끼는 존재가 하나도 없다는 것이 본체의 무력감을 입증한다. 반
면 내 욕망은 점점 더 커지고 있다. 식인귀와 나의 차이점이 있다면
내게는 식욕 외에 탈출의 욕망이 있다는 것이다. 그에게 신호를 보내
야겠다.
　순환선을 끊어버려야겠다.

　하지만 그 악순환의 고리를 끊을 방도가 없다. 이런 주인공에게
지하 세계의 노인은 '지상병(地上病)'이라고 말한다. 주인공은 뱀파
이어 놀이에 휘둘릴 수밖에 없는 지하 세계는 꿈일 뿐이므로, 언젠
가는 밖으로 나가 지상에서 자기 현실을 살고 싶은 욕망을 보였다.
그러나 노인은 그 반대라고 말한다. "본체라고 믿는 삶이야말로 자
네의 꿈이야. 아침마다 전철을 타고 회사에 출근하는 구식의 삶? 인

간이 땅 위로 나가지 못한 지가 언젠데"(p. 286). 무릇 그 악몽의 정도가 심할수록, 이게 꿈이었구나,라고 인지하는 순간 안도의 한숨은 깊어지게 마련이다. 주인공은 이건 꿈일 거야,라고 하지만 노인은 아니라며 꿈과 현실의 전도를 언급하는 것이다. 이럴 때 주인공의 불안과 공포, 분노와 적의는 깊어질 수밖에 없다. 그런 가운데 지상 세계의 주인공은 회사 동료 N과의 미래를 위해 공금을 유용하다가 들통나 회사에서 쫓겨나고 N과도 파혼하기에 이른다. 지상 세계든 지하 세계든, 그러니까 현실에서든 꿈에서든, 주인공은 자기 욕망과는 다른 방향의 세계에서 살고 있는 셈이다. 그러니까 이런 핵문의 생성은 차라리 자연스럽다. "이 세계가 어떤 식으로든 전복되기를 기다린다"(p. 293). 그러나 이런 욕망은 실현으로, 지평으로 나아가지 못하고 전복되기 일쑤다. 삶의 속절없는 역설이라고나 할까. 소설의 뒷부분에서 악몽에서 깨어난 주인공은 순환선이 다니지 않는 소도시에서 소시민적인 삶을 살아간다. 그러나 이것이 그가 소망하던 전복적 삶의 풍경일 리 만무하다. 그러니 어느 곳에서도 전복은 없었다. 현실에서도, 꿈에서도…… 다시, 전복은 없다. 그러니 전복되기를 기다린다는 이 소설의 핵문은 여전히 유효하다.

이렇게 뭔가 전복되기를 소망하지만, 여전히 반복 순환하는 세상에서 평균 수명이 길어졌을 때, 긴 노년의 순환선은 어찌 될 것인가를 고민한 소설이 바로 「버디」이다. 평균 수명이 140세로 늘어난 미래에 여든이 넘은 우울한 나와 한쪽 눈이 불구인 아나키스트 버디, 그리고 평균 수명의 절반 수준에서 곧 생명을 마치게 될 여인 R, 이렇게 두 남성과 한 여성의 기이한 동거 무대를 배경으로 사건이 전개된다. "단지 추락을 윤색하기 위한 환상이 필요했던 것이 아닐까? 그러나 R은 늘 말한다. 네가 좋아. 너의 무기력한 다정함을 사랑해. 우리는 서로에게 몸을 빌려주는데, 영혼이 비어 있는 육체만 얻을 수 있을 뿐이다. 버디가 나와 R처럼 절망하지 않는 것, 자기 공상에만 집중하는 것이 위태로운 관계의 유일한 균형추다. 우정과 애증이 멋대로 튀어나오는 순간 때문에 우리는 점점 젊어진다"(pp. 104~05). 동성애와 이성애, 양성애 그리고 애정과 우정의 방향이 뒤죽박죽인 셋의 "위태로운 관계"는 매우 혼돈스러운 질서를 유지할 따름이다. 특히 "새로운 상황이면 뭐든 흡수하지 않고는 못 배기는 사람"인 버디는 이 소설의 초점 인물로서 전복과 탈주를 지향하는 인물이다. "어제와 다른 일이 벌어진다면 무턱대고 환영이었다"(p. 112). 이런 버디는 물론, 일상이 지루하고 우울한 나 역시 무탈한 것을 싫어한다. "아무 탈이 없다는 뜻이지만 어떤 가면도 쓰지 않고 살아간다는 말 같거든. 즉 끔찍하게 단조로운 시간이란 뜻이지"(p. 100). 평균 수명 연장으로 인해 경제 활동 이후의 시간이 많이 늘어난 상황에서의 단조로움과 지루함, 권태감, 피해 의식 등이 이들로 하여금 실버 갱이나 노인 테러리스트 활동에 나서게 한다. 길어진 노년기의 권태와 맞서는 폭력과 혼돈의 비가를 그린「버디」는, 죽음을 대비할 시간이 지루할 정도로 길어진 시대의 역설적 악몽을 환기한다. 평균 수명의 연장으로 인해 늘어난 삶의 시간이 정녕 인간적으로 의미 있는 시간이 될 수 있는지, 그것을 위해서는 무엇을 준비해야 하는지 하는 인류의 당면 과제와 맞씨름하려 한 작가의 의도가 보인다.

「계발선인장」도 그런 맥락에서 관심을 끈다. 지방 대학에 진학한 관찰자는 성경과 마르크스를 동시에 읽던 초년생 무렵, 자기가 세든 집이 일주교라는 사이비 종교의 본산임을 알게 된다. 교주 1인과 신도 1인만 남아 있는 기형적인 이 일주교의 흥망성쇠를 탐문하는 과정에서 믿음과 불신 사이의 역설을 체험하고 나름의 성장을 모색하는 이야기다. 현실에서 온갖 고난과 역경을 거듭하던 한 사내는 일련의 신비 체험을 거쳐 교주로 떠받들어지면서 말씀을 통해 흥행가도를 달리다가, 교통사고를 분기점으로 하여 급격한 내리막길을 걷는다. 결국 할머니 한 사람만 신도로 남게 된다. 그녀의 믿음은 너무나 깊고 확실했다. "이단의 가지에서 저 혼자 피어난 꽃이 뿌리가 시들어도 도무지 질 생각을 안 하"(p. 145)는 그녀의 믿음과 행동 앞에서 관찰자는 혼란스러운 심정을 금치 못한다. 교주 노인이 보기에도 그녀는 "자신이 만들어낸 괴물이었지만 자신을 넘어서는 괴물이었다. 너무나 완고하게 너그러운 그녀. 어떤 의심으로도 어지러워지지 않고 어떤 악감정으로도 흐트러지지 않은 채 빛나는 선함. 무시무시한 선함. 신의 자리에서 내려와 인간의 길로 가지 못하도록 고통을 안겨주는 선함"(p. 145)이었다. 그러나 사이비 교주는 끝내 그녀를 배반한다. 재개발 사업의 와중에 할머니 명의의 집을 사업자들에게 넘기고 받은 돈을 챙겨 달아난 것이다. 이렇게 "배덕의 결과물을 가지고 그는 범부의 삶으로 망명해버"(p. 150)렸지만 문제는 할머니였다. "내리기를 완강히 거부한 기차가 마침내 종착역에 도달했는데 천국은커녕 사방이 황량한 불모의 땅이나 다름없는 형국이었"(p. 151)기 때문이다. 이와 같이 말씀이 토대를 구축하는 사이비 교주의 흥행과, 토대가 말씀을 구축하는 사이비 교주의 사기 행각을, 복합 렌즈로 포착한 소설이 「계발선인장」이다. 흥미와 가독성, 서사적 설득력을 두루 갖춘 가작이거니와, 탈난 인간 현장의 심층을 투사하는 눈길이 어지간하다.

「게발선인장」에서 종갓집 며느리였던 할머니는 자식을 잃은 후 일주교에 빠져 집에서 내쫓긴 인물이다. 결국 일주교에서도 교주의 배덕으로 내쫓긴 신세가 되었다. 더하여 자기 집마저 사기당하고 말았으니 오갈 데도 없는 처지가 된 것이다. 물심양면에 걸쳐 엄청난 상처를 지니게 된 이런 사연은 비단 그녀 한 사람에서 그치지 않을 터이다. 「버디」의 에피소드 중에 R이 들려주는 이야기가 있다. 어느 우유부단한 귀족 남자가 자기를 보살피는 하녀와 이웃집 처녀를 희미하게 좋아한다. 어느 날 모친상을 당한 하녀가 자기 집으로 돌아가야 한다며 무심했던 남자를 원망하자, 남자는 하녀에게 청혼을 한다. 하녀는 기뻐하지만 그를 믿을 수 없었기에 그냥 사라진다. 그래서 이웃집 처녀와 결혼해서 '무탈'하게 살지만 그 '무탈'한 것이 남자에게는 지독한 상처가 된다. 하녀에 대한 남자의 사랑을 알고 있는 아내의 노련함이 조종해온 "끔찍하게 단조로운 시간"으로 인해 생긴 상처이다. 그러나 상처를 입은 자가 어디 남자뿐이겠는가. 남자는 아내를 노련하다고 했지만 그렇다고 그녀에게 상처가 없을 수는 없는 일. 그 상처의 심연으로 내려가본 소설이 바로 「개그맨」이다. 이 작품의 주인공은 한 개그맨과 사랑했지만, 사랑 없는 남편과 결혼해 14년을 무탈하게 산다. "그와 사별했을 때 눈물이 많이 났지만, 그건 다른 옹이를 가슴에 지닌 채 충실한 아내 노릇을 했던 내가 가증스러웠기 때문이다"(pp. 76~77). 자신이 능동적으로 선택하지 않은 삶을 나름대로 충실하게 운영해왔지만 그게 그녀에게는 상처였던 것이다. 이렇게 가고 싶은 길이 아닌, 어쩌다가 어떤 인생길에 접어들어 그러구러 걸어온 사람들은 가지 않은 길에 대한 상처가 깊은 법이다. 그래서 지난 삶은 가능하면 지우려 애쓰기도 한다. 옛 애인인 개그맨의 사망 소식을 듣고 달려간 미국에서 만난 "괴짜와 아웃사이더"(p. 88) 같은 사람들도 대개 그런 상처를 지닌 인물이다. 그들은 개그맨에 대해 이렇게 말한다. "그는 1권이 없는 책 같았지요. 어떻게 살아왔는지는 통 말하지 않더군요"(p. 81). 「버디」에서 귀족 남자가 그랬듯이, 「개그맨」에서 여자는 자기가 정녕 사랑하는 사람을 선택하지 않고 다른 삶을 살았다. 그 결과 시간과 인생을 낭비한 것 같은 상처를 가지게 된다. "나는 인생이 낭비되어버린 것을, 어떤 선택지에도 동그라미를 치지 않으려고 발버둥치는 동안 이곳의 누구보다 외롭고 비참해져 있는 것을 깨달았다"(p. 90). 때로는 악몽으로 인해, 때로는 선택의 불가능성이나 비능동성으로 인해 상처받은 내면의 고통과 심리적 혼돈의 궤적을, 작가 김성중은 다채로운 겹무늬로 형상화하고 있는 셈이다.

4. 만돌라의 상상력과 치유 가능성

그래서 「간」에서는 조금 다른 방식으로, 그러니까 우화적으로 상처와 치유에 관한 이야기를 전개한다. 옛이야기 「토끼전」을 그녀만의 방식으로 패러디한 이 소설에서 작가는 슬픔 속으로 깊게 서사적 그물을 드리운다. 거북이 토끼의 간을 구하는 것은 거기에 "상처랄까 트라우마랄까…… 이런 게"(p. 240) 붙어 있다고 용궁에서 생각하기 때문이다. "간은 치유와 재생의 장기입니다. 육(肉)의 눈으로 보면 몸의 독소를 해독하는 장기지만 영(靈)의 눈으로 보면 상처와 슬픔을 치유하는 곳이죠. 심장이 사랑을 알려주고 위장이 사회성을 담당하는 것과 마찬가지로 간장은 슬픔을 해독합니다. 놀라운 것은 당신 종족입니다. 대부분의 슬픔은 강력한 효소로 녹이지만 무의식 속에서 끝내 녹지 않는 상처는 통째로 간에 넣어두더군요. 많은 동물 중에 오직 토끼만이 이렇게 상처를 저장해둔다는 사실을 용궁의 과학자들이 밝혀냈습니다"(pp. 240~41). 용왕이 그 슬픔과 상처를 일용할 양식으로 하여 연명한다며 상처 있는 간들을 구한다는 설정을 하고 있다. 거북들이 세계 도처에서 상처 많은 토끼들을 구해 경연을 거쳐 상처가 가장 깊은 토끼를 선정하여 용왕께 바치는 형식이다. 이런 우화 같은 이야기에 작가는 현실 맥락을 슬그머니 끼워 넣는다. "정신을 차려보니 방세는 몇 달째 밀려 있고 카드까지 막혔지만 이상한 오기 때문에 손 놓고 파국만 기다리는 상황이었다. 거북이 준 계약금으로 급한 불을 끄고 나니 정말 간이라도 팔 수 있을 것 같았다"(p. 241). 바로 경제적 형편이 어려워 불가피하게 장기 매매에 나설 수밖에 없는 사람들의 깊은 상처와 관련짓는 것이다. 이런 지점에서 우리는 김성중의 소설이 우화나 공상의 포즈를 활달하게 취하면서도 현실의 시대적 맥락에 다양한 방식으로 관여하려는 산문정신의 흔적을 지니고 있음을 발견하게 된다. 그녀의 상상력은 허공 높이, 바다 깊이 탈주하지만, 그럼에도 뒷발은 땅에 맞닿아 있는 페가수스를 연상케 한다.

「그림자」는 상처로 얼룩져 탈난 인간의 무의식과 더욱 역동적인 대화를 시도한 문제작이다. "난시의 눈으로 세상을 보면 사물에 겹쳐 있는 또 하나의 상을 만날 수 있다"(p. 37)는 문장으로 시작되는 이 소설에서 우리는 일단 '보다'와 관련한 서사 문제에 동참하게 된다. 그것도 인식론과 존재론의 문제가 복합적으로 얽히고설켜 있는 문제이다. 왜곡되고 전도된 그림자들로 인해 혼돈의 도가니가 된 초현실적인 섬으로, 작가는 우리를 안내한다. 가령, 등이 심하게 굽은 팔십 노파의 발밑에 긴 생머리에 허리가 꼿꼿한 처녀의 그림자가 붙어 있는 식이다. 목사의 그림자를 지닌 살인범은 기도를 하고, 연쇄 살인범의 그림자를 뒤집어쓴 사람은 자신도 모르는 사이에 살인 행각을 저지른다. 또는 아예 그림자를 지니지 못한 사람들도 있다. 이와 같이 "뒤바뀐 빛의 사생아들"(p. 40)로 인해 빛과 어둠은, 존재와 그림자는, 질서를 알지 못하고 혼돈으로 치닫는다. 이런 혼돈을 틈타 여러 일탈 행동 내지 파격 행동 들이 연출된다. 또 혼돈을 거두어 질서를 회복하겠다는 각종 사이비 행각들도 넘실댄다.

'정체를 알 수 없는 그림자들이 춤추는 한낮의 거리에 나서는 일은 위험하다. 그것은 살아 있는 유령 속으로, 그 자신이 유령이 되어 걷는 것이다. 언제 핸들을 꺾을지 모를 운전자와 눈이 먼 간호사, 네발로 기어 다니며 사람들을 물어뜯는 목사와 마약에 취한 공무원들의 거리를 배회하다가는 영영 집으로 돌아오지 못할 수도 있다. 이제 상식의 보호 서클이 깨지고 보이지 않는 틈새로 비이성의 광기가 숨어들었다. 존재의 수동적인 추격자였던 그림자가 거꾸로 존재를 넘어뜨리고 그 위에 자신의 위엄을 드러낸 것이다.

섬사람들에게 찬사를 받던 태양은 외로운 신이 되고 말았다. 추방당한 신은 창문마다 배교의 표식처럼 드리워진 검은 천을 핥으며 쓸쓸히 뜨고 졌다. 빛은 백색 공포가 됐고 하늘에서 떨어지는 덫으로 변했다. 함부로 거리를 나서는 자들은 어김없이 그 덫에 걸려 가족과 친

구들을 잊었다……'

존재자가 제 그림자를 지니지 못한다는 것, 이 문제적 지점에 대한 작가의 도전이 도저하다. 근대 이후 세속적 자아의 추구를 위해 방치되었던 그림자, 이성 중심 사회에서 억압되었던 무의식의 영역에 섬세한 관심의 촉수를 펼치면서, 전체성 혹은 전일성을 상실한 채 부분성 내지 파편성에 시달리는 동시대인의 풍경을 일종의 알레고리로 보여준 것이라 하겠다.

굳이 카를 구스타프 융에 기대지 않더라도 삶의 균형을 위해서 현대인들은 자신의 그림자를 대면하고 이를 통합하는 과정이 필요하다. 그런데 대부분의 현대인들은 그림자를 방치한 채 살아가기 일쑤다. 그 극단적 결과를 희화한 것이 이 섬의 풍경이다. 그림자가 전도되어 아수라장이 된 이 섬에서, 그림자를 찾아주는 "기적의 소녀"의 행동이 전경화되는 것은 차라리 자연스럽다. 소녀는 뒤바뀐 그림자를 찾아주는 기적을 펼친다. 놀라운 신비 체험은, 그러나 양가적이다. 정상적인 그림자를 되찾아준다는 점에서는 전일성을 향한 값진 노력이지만, 그 결과가 종종 존재의 비극적 국면을 환기한다는 점에서 전일성을 향한 도정의 대가 또한 만만치 않다. 그것은 어쩌면 존재 그 자체의 역설이기도 하다. 긍정적인 것과 부정적인 것, 희극적인 것과 비극적인 것, 행복한 것과 불행한 것, 선과 악, 빛과 어둠, 평안과 불안이 서로 얽히고설켜 있는 존재 그 자체의 불가해한 역설 말이다. 혼돈과 질서를 넘나드는 이 카오스모스적인 상황에서 만돌라는 나름의 치유 효과를 보인다. 대극적인 것들이 스미고 중첩적으로 짜이는 가운데 새로운 화학 반응처럼 분열된 세계를 치유하고 통합하는 효과를 보인다는 것이 바로 만돌라이다. 그런 맥락에서 "기적의 소녀"는 일종의 만돌라의 메타포로 보인다. 물론 현실에서 만돌라는 완벽하게 구현되기 어렵다. 자아와 그림자가 통합되어 전일성을 확보하는 일이 그리 쉽겠는가. 잃어버린 자아, 혹은 잃어버린 그림자를 찾는 것이 어디 말처럼 쉽겠는가. 하여 소설의 결미에서 소녀는 군중들로부터 오히려 불신의 대상이 되고, 불신과 불안 혹은 공포의 분위기는 고조된다. 그리고 겨우 되찾았던 그림자는 어둠과 광기 속에 휩싸이고 만다. 그럼에도 불안의 존재론을 성찰하면서 만돌라의 치유 가능성을 모색했다는 점에서 김성중의 「그림자」는 매우 의미심장한 주제적 효과를 발산한다. 더 인상적인 것은 만돌라 주제와 만돌라 스타일을 중첩적으로 구성한 서사 전략이다. 인물 구성(쌍둥이 자매), 자아의 담론과 그림자의 담론 사이의 중첩, 빛의 언어와 그림자의 언어 사이의 중첩, 현실과 환상의 중첩 등을 통해 만돌라의 수사적 효과를 극화하려 했다. 이런 대극적인 것들의 중첩과 융합으로 인해 김성중의 서사적 허공은 공허를 넘어선다. 아니 매우 역동적인 에너지로 허공을 춤추게 한다.

5. 허공의 소설 쓰기와 가능 세계의 확장

「그림자」에서 여러 층의 그림자, 혹은 다양한 그림자로의 변신 양상은, 매우 심각한 상황이다. 한 세계가 속절없이 파국을 맞이하고 새로운 세계는 아직 도래할 기미도 보이지 않는 그런 혼돈의 상황처럼 말이다. 그럼에도 작가는 특유의 위트와 유머로 경쾌한 리듬을 유지한다. 이미 살펴보았듯이 김성중은 슬픔이나 상처에 대한 인문학적 관심이 많은 작가이다. 그런데 따지고 보면 슬픔이나 상처에 깊은 그물을 드리우지 않는 작가가 또 어디 있으랴. 그것들을 다루는 방식에서 개성을 보여야 할 것이다. 이때 김성중은 전혀 눅진하지 않은 경쾌한 방식을 택한다. 김성중만의 위트와 유머를 통해 역동적인 텍스트 효과를 묘출한다. 그렇다는 것은 이미 그녀의 등단작 「내 의자를 돌려주세요」에서부터 확인 가능하다. 어떻게 보면 이 소설은 매우 단순하다. 무생물 주체인 의자에게 말이라는 기호를 능동적으로 부여한 일종의 탈현실적 의인체소설이다. 여기서 의자는 보는 자, 경험하는 자에서 말하는 자에 이르기까지 능동적인 커뮤니케이션을 수행한다. 그에 반해 주인공은 단지 의자의 말을 받아 치는 타자수에 불과한 존재로 얘기된다. 그러니까 의자에 앉는 여러 사람을 중첩적으로 보고 체험하고 그 결과를 전달할 수 있는 역할을 의자가 해주는 것이다. 의자들은 "자신을 개성적인 고독을 지닌 견자(見者), 즉 세상을 끝없이 바라봄으로써 비밀을 꿰뚫는 존재라고 생각했다. 그리고 자신이 본 세상에 대해서 지구가 끝나는 날까지 떠들고 싶어 했다"(p. 158). 이런 그들의 소원인 "진솔한 대화"에 응하는 '나'는 "타자수"에 불과하다.

이렇게 "타자수"를 자임할 수 있는 것은, 김성중이 세상에 존재하는 것들은 물론 존재하지 않는 것들과의 감각적인 대화나 상상적인 소통을 위한 남다른 수고를 하고 있는 작가이기 때문이다. 이런 교감, 대화, 소통은 서사적 가능 세계의 확장과 심화로 이어진다. 우리가 앞에서도 확인할 수 있었듯이, 김성중은 그 누구보다도 인공적인 가능 세계의 확장에 관심이 많은 작가다. 현실과 환상을 넘나들고,

사실과 허구를 가로지르며, 순수 상상의 환영과 패러디 사이를 교란하고 있는 것도 사실 가능 세계의 확장이라는 서사 전략과 일맥상통한다고 보아도 좋다. 그 결과, 김성중의 소설은 하나의 소설이 아니라 복수로 분산하는 가능 담론들로 이루어져 있다. 그만큼 다양한 의미망들로 중첩되어 있기에 다양한 징후 독법이 가능하다는 말이다. 의자의 경험과 말, 소망과 상처에서부터 공상적인 그림자의 교란과 치유의 이야기까지 다채로운 레퍼토리로, 다채로운 이야기를 펼치면서, 다채로운 방식으로 가능 세계를 확장하고 있는데, 이렇게 조성된 가능 세계들은 매우 역동적인 것이어서 어떤 맥락에서 대화하느냐에 따라 다른 방식의 소통 지평이 탄력적으로 형성될 수 있다. 그렇다는 것은 기본적으로 김성중의 거울이 허공의 만화경을 닮았기 때문이고, 또 그 만화경들이 복합적으로 중첩되면서 다각적인 만돌라 효과를 낳는 것과도 관련된다. 그것이 바로 김성중이 구상하는 허공의 만돌라 효과이다. 그녀의 허공은 일종의 탈현실의 공간이다. 여러 소설에서 김성중의 서술자들은 시간적으로나 공간적으로 매우 자유롭게 탈주하는 모습을 보인다. 특정한 시간대에 특정한 공간에서만 이루어질 수 있는 이야기보다는 역동적으로 시간과 공간을 초극하는 모습을 연출한다. 그렇다고 해서 현실의 시간과 공간을 초월하여 초현실의 지평으로 완전히 이륙하는 것도 아니다. 이를 탈시간성, 탈공간성에 기초한 탈현실성이라고 부르면 어떨까. 이런 탈현실성을 위한 기제가 바로 허공의 만화경이다. 김성중의 그 거울은 현실적인 것과 현실을 넘어선 것을 중첩적으로 비춘다. 현실의 표면과 심연 및 현실 너머까지 중층적으로 투사한다. 그러면서 불안한 상처의 심연에서 치유의 가능성을 길어내고, 차단된 관계에서 소통의 실마리를 발견해내고, 닫힌 현실에서 전복적 탈주를 통한 신생의 지평을 모색한다. 김성중의 허공의 만돌라는 그런 점에서 인상적이다. 이제 그 허공에서 어떤 새로운 궁리를 할지 궁금하다. 옛 선사들이 말했다. 허공의 백척간두까지 오르는 일은 그리 어렵지 않다. 문제는 백척간두에서 허허롭게 한 걸음 내딛는 일이다. 바로 백척간두에서 진일보! 그 순간 허공의 만돌라는 매우 이채로운 효과를 새롭게 발하게 될 것이다.

3부 난장의 문화 공학

난장의 문화 공학과 그 그림자

—최제훈의 『퀴르발 남작의 성』

1. 난장의 글쓰기

"프랑켄슈타인 박사는 왜 시체들을 조각조각 꿰매어 썼을까요?"
(『퀴르발 남작의 성』, 문학과지성사, 2010, p. 250).「괴물을 위한 변명」
에서 최제훈의 서술자는 원작자 셸리에게 그렇게 질문한다. "온전
한 시체 한 구를 쓰는 게 훨씬 수월하고 잘만 고르면 비주얼도 괜찮
았을 텐데"라면서 말이다. "개인적으로 좋아하는 모티프라서" 더욱
관심 있다며 집요하게 묻지만, 끝내 셸리의 답변을 얻어내지는 못한
다. 매우 개성적인 작가 최제훈은 프랑켄슈타인 박사처럼, 아니 오
히려 더욱, 조각조각 맞추고 꿰매는 일을 좋아하는 것 같다. 그의 첫
소설집에 실린 대부분의 소설들은 그런 퍼즐 놀이와도 같은 퍼포먼
스 그 자체이거나 바느질 모티프의 소산이라고 보아도 크게 틀리지
않는다. 프랑켄슈타인, 셜록 홈즈, 드라큘라 계열의 퀴르발 남작과
같은 인물이거나 마녀사냥 같은 문화사적 글감들, 혹은 흔하디흔한
멜로드라마의 삼각관계 모티프 등등 이전의 문화사적 질료들을 이

리저리 뒤섞고, 시간과 공간을 가로지르며 리믹스하여 매우 이질 혼성적인 이야기를 조각조각 꿰맨다. 프랑켄슈타인이 그랬듯이 최제훈 역시 온전한 하나의 이야기 재료를 쓰지 않고, 여러 이야기 파편들을 역동적으로 합성한다. 때로는 물리적으로 결합하고 때로는 화학적으로 합성하여 새로운 물질 – 이야기를 오믈렛처럼 형성한다. 그 결과는 종종 기존의 소설들과는 달리 썩 이채로운 괴물 같은 형상으로 나타난다. 그러나 작가 최제훈은 꿰매고 난 결과로서 어떤 '괴물 – 이야기' 혹은 '이야기 – 괴물'을 미리 상정하는 것 같지도 않다. 다만 그 꿰매는 과정을 즐기고, 그 바느질의 틈에서 우연처럼 길어지는 새로운 상상의 에너지를 난장처럼 즐기려는 것 같다.

난장판의 바느질, 혹은 바느질의 난장판이라고 불러도 좋을 최제훈의 장기를 결정적으로 경쾌하게 드러낸 것은 두말할 필요도 없이, 이 소설집의 에필로그 격인 「쉿, 당신이 책장을 덮은 후……」이다. 마치 TV 드라마의 최종회처럼 이제까지 자기 소설에 출몰했던 거의 모든 인물들을 등장시킨다. 그런데 그 등장 방식이 독특하고 역동적이다. 등단작 「퀴르발 남작의 성」에서 1953년에 제작된 영화 「퀴르발 남작의 성」을 2004년 「도센 남작의 성」으로 리메이크한 일본 감독으로 등장하는 나카자와 사토시가 「쉿, 당신이 책장을 덮은 후……」에서 "시공을 뒤섞어 한바탕 난장을 벌여봅시다"(p. 282)라고 말하는데, 이는 이미 「퀴르발 남작의 성」에서도 그가 했던 말이다. "시공을 뒤섞어 한바탕 난장을 벌일 작정이다"(p. 19). 동일하게 반복되는 이 메시지야말로, 21세기 작가로서 최제훈이 하고 싶은 말의 핵심을 담고 있는 게 아닐까.

그렇다. 서둘러 말하자면 최제훈의 소설은 한바탕 난장이다. 격렬한 말의 소용돌이, 이야기의 격랑, 흥미로운 추리와 진지한 추론, 그런가 하면 추론의 무거움을 시원하게 덜어주는 경쾌한 유머 감각, 기상천외한 발상과 기발한 전개, 뒤집기와 비틀기, 격렬한 소용돌이 이후의 성찰적 여진 등등이 그의 난장판에 신명을 지핀다. 시공을 뒤섞고 각종 서사소들을 얽히고설키게 하여 경쾌한 서사적 탈주를 단행한다. 그 난장의 탈주를 통해 다채로운 이질 혼성적 이야기들이 변형 생성된다. 그 난장판에서 독자들은 새로운 문학적/문화적 성찰을 얻는 신명의 말놀이에 동참하는 즐거움을 누린다. 확실히 최제훈의 소설은 문화 공학적인 새로운 출구다. 등단작인 「퀴르발 남작의 성」에서 영화와 소설 등 기존의 문화 지형을 가로지르며 드라큘라 계열 이야기의 문화적 맥락을 의심하고 그 리얼리티에 균열을 내면서 새로운 문화적 리얼리티를 창안하려 했던 그는, 이어지는 여러 소설들에서도 현실과 문화 양쪽에 동시다발적으로 구멍을 내면서 새로운 이야기의 가능성을 유머러스하게 길어 올린다. 세상에 넘쳐나는 각종 정보/문화 콘텐츠와 맞씨름하며 서사 콘텐츠를 형성해나가는 재주가 어지간하다. 그 과정에서 손쉬운 패스티시나 헐거운 패러디를 넘어서 새로운 탈주선을 격렬하게 혹은 유쾌하게 그리려 했다는 점에서, 그러면서도 매우 치밀한 논증적 서사를 시도하고 있다는 점에서, 최제훈의 소설은 21세기 소설의 새로운 출구를 예감케 한다.

2. 문화 공학적 기지와 새로운 성찰

등단작인 「퀴르발 남작의 성」을 비롯해 「마녀의 스테레오타입에 대한 고찰」「괴물을 위한 변명」 등 인상적인 여러 소설들이 실제로 퍼즐 맞추기 혹은 조각 바느질하기로 이루어져 있다. 가령 「퀴르발 남작의 성」은 표제 이야기에 개입하는 복수의 인물과 시점자 들의 이야기 파편들이 해체 분열하면서 역동적으로 조응하는 형상이다. 앞에서 언급한바 나카자와 사토시 감독의 발화처럼 "시공을 뒤섞어 한바탕 난장"을 벌이고 있는 형국인데, 그 시공의 범역과 탄력성이 인상적이다. 1697년 6월 9일(이하 월일은 동일) 프랑스 크뢸리에서 르블랑 부부와 딸 카트린느가 퀴르발 남작의 성을 찾아가는 이야기, 1897년 프랑스 크뢸리에서 자네트 페로 할머니가 손주들에게 들려주는 퀴르발 남작 이야기, 1932년 미국 뉴욕에서 작가 미셸 페로와 출판사 편집장이 나누는 소설 『퀴르발 남작의 성』 이야기, 1951년 미국 할리우드에서 영화 제작자 토마스 브라우닝과 감독 에드워드 피셔의 이야기, 1952년 미국 할리우드 영화배우 로버트 허드슨과 그의 애인 이야기 및 영화배우 제시카 헤이워드와 제작자 토마스 브라우닝 이야기, 1953년 미국 『저널 아메리칸』의 제임스 허스트 기자의 영화 「퀴르발 남작의 성」에 관한 기사, 1993년 한국 서울 K대학교 교양과목 「영화 속의 여성들」 이야기, 2000년 한국 인천 M대학교 인문학부 학생의 리포트, 2004년 일본 도쿄에서 피셔 감독의 「퀴르발 남작의 성」을 리메이크하여 「도센 남작의 성」을 만든 영화감독 나카자와 사토시의 인터뷰, 2005년 한국 MBC 뉴스데스크 기사, 2006년 네이버 블로그에 컬트소녀가 쓴 영화 에세이 등을 조립식으로, 시간 순서를 교란하고, 허구와 실제를 넘나들면서, 합성한 소설이다. 물론 그 모든 시퀀스들을 관통하는 것은 퀴르발 남작의 이야기이다. 3백여 년의 시간 거리를 두고 같은 이야기가 어떻게 달리 수용되고 변형 생산되는지를 흥미롭게 조감하고 있다는 점이 특징이다. 형식적으로는 이질 혼성적 편집의 미학이 돋보이고, 수사학적으로는 은유의 적층 속에서 환유의 미끄러짐을 통해 문화사적 의미망을 재해석하려 한 점이 눈에 띈다.

기고문의 형식을 차용한 「마녀의 스테레오타입에 대한 고찰」에서도 다양한 신화적·문화적 질료들을 뒤섞어 혼성적 화학 변용을 일으키는 작가의 바느질 솜씨가 어지간하다. 판도라 상자 신화의 연원과 관련된 맥락을 뒤집어 상상하는 것을 비롯해 마녀사냥과 연계된 일련의 세계사적 정보들을 역주행하면서 매우 이채롭게 세계 문화사를 재구성한다. 그 과정에서 작가는 그리스 신화에서 서사시, 셰익스피어의 드라마를 비롯해 판타지 『오즈의 마법사』에 이르기까지 다양한 이야기 조각들을, 서로 어울릴 것 같지 않은 편린들을 조금씩 비틀어가며 엮어놓는다. 「괴물을 위한 변명」도 마찬가지다. 『프랑켄슈타인』의 원작자인 메리 셸리가 1816년 마거릿 사빌 부인에게 보낸 편지, 원작자 셸리와 서술자의 가상 통화 및 원작자에게 보내는 서술자의 패러디 편지, 프랑켄슈타인 박사의 최후를 보았다는 월턴 선장과 박사의 동생인 에르네스트 프랑켄슈타인의 가상 대화 등등이 엮여 있다.

특히 「괴물을 위한 변명」에서 작가의 추론을 대리하는 인물처럼 보이는 동생 에르네스트 프랑켄슈타인의 다음과 같은 말은 주목할 필요가 있다. "퍼즐을 맞추듯 여기저기서 조각들을 찾아 모았죠. 그런데 이상하죠. 조각을 하나하나 끼워갈수록 편지 내용과는 다른 그림이 나타나더군요"(p. 259). 이 발화야말로 최제훈의 소설 쓰기 과정의 특징을 명료하게 드러낸 것이 아닐까 싶다. 그러니까 어떤 형상이 과제처럼 주어진다. 그러나 그 그림은 최소한의 단서만 있을 뿐 빈자리가 너무나 많다. 시공을 넘나들며 여기저기서 찾아낸 문화적 퍼즐 조각들로 그 빈자리들을 채워야 한다. 그런데 그 과정은 최초의 형상을 확인하거나 주어진 밑그림을 채우는 데서 그치지 않는다. 오히려 발견된 단서들 그러니까 새로운 퍼즐 조각들로 인해 밑그림이 해체되고 새롭게 변형 생성된다. 이 변형 생성의 탄력적인 상상 길은 인지의 충격과 신선한 발견으로 이어진다. 그 길은 최초의 수행자인 작가에게는 물론 이후의 동행자인 독자들에게도 진지하면서도 즐거운 길이 된다. 진지하다는 것은 새로운 진실을 치밀하게 탐문하는 길이기에 그러하고, 즐겁다는 것은 그 탐문의 여로가 시종 무거움으로 착색되지 않고 위트와 유머로 가볍게, 그러나 결코 가볍지만은 않게 이루어지고 있는 까닭이다. 요컨대 최제훈의 새로운 소설 길은 그런 식으로 열린다. 기지 넘치는 문화 공학적 가로지르기와 그것을 통한 새로운 리얼리티의 지도 그리기가 최제훈 소설의 핵심적 특징이다.

그런 최제훈의 소설 길은 대개 시작도 끝도 분명치 않다. 중간도 모호하거나 애매하기는 마찬가지다. 부단히 변형 생성될 수 있는 열린 서사 기획은 다양한 맥락을 탄력적이고 역동적으로 동원한다. 중층적 맥락을 포개어놓거나, 호응되지 않을 것 같은 맥락들을 가로지르며 다른 방식의 조응으로, 새로운 진실을 탐문하고, 기성의 사고나 관념 들을 부정하거나 비판한다. 그러기에 최제훈의 독자들이 그 맥락의 코드에 제대로 접속하면 퍽 의미심장한 현실 비판의 담론이나 심원한 시대정신을 읽어낼 수도 있다. 이를테면 작가는「퀴르발 남작의 성」에서 자본주의적 '무한 욕망의 성'을 비판적으로 견인하기도 한다. 동명의 소설이 나온 시기가 미국이 대공황의 소용돌이에 빠져 있을 때인 1932년이었음을 환기하면서, "미셸 페로의 눈에 자신의 팽창을 주체하지 못하고 터져버린 자본주의는 출구 없는 암흑으로 보였을 것이다. 체제를 유지하기 위해 끊임없이 욕망을 재생산할 수밖에 없는 자본주의를 페로는 퀴르발 남작의 성으로 형상화했다"(p. 18)고 적은 다음에, "양상은 바뀌었을지라도 그 본질은 지금도 마찬가지다. 서서히 다가와 목을 조르는 검은 형체가 바로 자신의 그림자라는 사실을 확인하는 순간보다 더한 공포가 있을까?"(pp. 18~19)라는 식으로 자본주의 비판을 단행한다. 신자유주의가 한창 기승을 부리던 무렵에 창작된 소설임을 감안하면, 이 작가가 단순히 유희 본능만으로 소설을 쓰는 작가가 아님을 실감하게 된다. 「마녀의 스테레오타입에 대한 고찰」에서도 자본주의 비판은 이어진다. 마녀의 입장에서의 문화사적 변론 형식으로 씌어진 이 소설에서 문제 삼고 있는 것 중 하나는 허위적 환상이다. 인간들이 사냥한 것은 마녀가 아니라 '마녀라는 환상'이었다는 진술에서도 명료하게 드러나듯이, 환상적 광기에 허우적거리면서 인간과 세계의 혼돈을 가중시켰던 문화사에 대한 반성적 성찰을 시도한다. 그러면서 자본주의의 광기와 기형적 희생양의 형식에 대해서도 속 깊은 눈길을 주고 있다. "만일 우리가 현실에 안주하여 인간들이 기형적으로 만들어낸 마녀 상에 맞춰 살아간다면, 그건 대단히 위험한 선택이 아닐 수 없다. 인간의 광기는 언제든지 또 폭발할 수 있다. 중세 말의 그때처럼 명분도 없는 전쟁이 빈발할 때, 원인 모를 질병과 자연재해가 덮칠 때, 사회가 불안하고 시기와 차별이 만연할 때, 그들은 또다시 희생양을 찾기 시작할 것이다"(p. 194). 특히 자본주의의 잉

여로서 기형적 이미지나 환상 혹은 상업적으로 각색된 이미지에 대한 비판적 환기력이 상당하다. 실제와 멀어진 채 부황하게 부유하는 이미지의 정치경제로 인해 깊은 불화의 늪에 빠진 자본주의 세계에 시사하는 바 크다. 그러니까 퀴르발 남작의 식인육적 광기와 도착적 욕망, 마녀사냥에 관련되었던 이들의 환상과 광기, 그리고 그런 것들을 야기하거나 감싸고 있던 당대 사회 체제의 문제틀을 종합적으로 문제 삼으면서, 그것이 한갓 예전 이야기에서 그치는 것이 아니라, 지금, 여기의 상황에서도 여전히 문제적인 사안임을 암시하고 있는 것이다. 다시 말해 인간의 욕망에서 체제의 욕망까지 두루 조감하면서 비판적으로 점검해보려는 의도를, 기지 넘치는 서사 전략 이면에 매설해놓고 있는 작가가 바로 최제훈이라고 말할 수 있겠다.

「괴물을 위한 변명」도 그렇다. 진화론자 찰스 다윈 탄생 2백 주년을 맞아 진화론과 창조론, 유전적 요인과 환경적 요인 및 생명공학 관련 다양한 이슈들이 더욱 활발하게 토론되었던 2009년의 세계 지식 사회의 풍경 및 담론의 지형과 분위기를 떠올리게 하는 소설이다. '근대의 프로메테우스'라는 부제가 붙은 『프랑켄슈타인』이 메리 셸리에 의해 발표된 것은 1818년의 일이었다. 다윈의 『자연 선택에 의한 종의 기원에 관하여』가 출간된 것은 그로부터 40여 년 후인 1859년이었다. 다윈보다 훨씬 앞질러 "자식을 낳고 번성하여 온 땅에 퍼져서 땅을 정복하여라. 바다의 고기와 공중의 새와 땅 위를 돌아다니는 모든 짐승을 부려라!"라며 특별한 존재로 인간을 창조했다는 신의 뜻을 거부하고자 했던, 그래서 종의 경계를 허물고, 무생물에 생명을 부여할 수 있는 방법을 알아내고, 실천에 옮긴 이가 바로 셸리가 만든 허구 속의 물리학자 프랑켄슈타인이었다. 원래 소설에서 프랑켄슈타인 박사가 만든 피조물은 이름을 지니지 못했다. 그런데 1931년 동명의 영화가 제작되면서 괴물과도 같은 피조물에 창조자의 이름이 붙여졌지만 그 대신 말(언어)을 잃게 되면서, 괴물 프랑켄슈타인의 이미지가 왜곡되기 시작했다는 문제의식을 바탕으로, 작가는 상상의 틈새를 넓혀나가며 중층적으로 새로운 성찰을 시도한다. 원저자인 메리 셸리와 그 주변 인물들, 소설 속의 프랑켄슈타인 박사와 그 가족들, 괴물 프랑켄슈타인 등을 복합적으로 되살려 다성적 대화를 시도하면서, 프랑켄슈타인 테마를 21세기의 것으로 새롭게 합성한다. 특히 최초의 프랑켄슈타인 테마에서는 미미한 위성 요소에 불과했던 프랑켄슈타인 박사의 동생인 에르네스트 프랑켄슈타인을 초점화하여 이 테마를 전복적으로 재조명하려 한 시도가 매우 흥미롭다. 에르네스트는 형의 생명 창조 동기로 트랜스 젠더 욕망을 포함한 마성적 광기를 주목한다. 그것이 끔찍한 비극을 낳은 씨앗이 되었다는 것이다. 그러면서 유전공학을 비롯한 과학 기술 혁명 시대에 대한 윤리적 성찰을 간접적으로 제안하고 있는 것처럼 보인다. 이질 혼성적 편집의 미학과 위트를 바탕으로, 과학적 광기와 생명 윤리를 맞세워 이 시대의 핵심 문제에 육박하려 한 작가의 시도가 날렵하다.

3. 그림자와 분열증의 음화

「퀴르발 남작의 성」에서 시종 희미한 그림자 같은 존재에 불과하나, 버전에 따라서는 남작을 처치하는 종결 과정에서 의미심장한 조력자 역할을 하는 벙어리 소녀가 있다. 그 소녀에 대해 소설 속의 영화감독 나카자와 사토시는 "하루가 멀다 하고 성대한 연회가 벌어지는 성에서 늘 우울한 표정으로 주변을 맴도는 벙어리 소녀는 언어를 잃어버린 현대인의 남루한 영혼을 상징한다"(p. 19)라고 해석한 바 있거니와, 이 벙어리 소녀와 「괴물을 위한 변명」에서 말을 잃어버려 스스로를 변명하기 어려운 괴물, 「그림자 박제」에서 말을 심하게 더듬는 상처받은 내면 아이 제리, 그리고 「마녀의 스테레오타입에 대한 고찰」에서 인간계의 광기 어린 환상에 의해 사냥당해 역시 존재론적 정체성의 위협을 받을 수밖에 없다고 얘기되는 마녀들은 정도의 차이에도 불구하고 한 다발로 묶일 수 있다. '그림자 존재'라는 것이 바로 그것이다. 흔히 현상계의 본체에 비해 부수적인 딸림 존재로 혹은 하찮은 타자로 밀려나기 쉬운 그런 소수자들을 상징한다. 이들의 핵심적인 특징은 제대로 된 이름과 자기 정체성을 지니지 못한다는 것, 언어를 통해 자기 존재 증명을 하기 어렵다는 것 등이다. 언어화되기 이전의 상상적 가치를 지니고 있지만 로고스가 주재하는 상징계에서는 억압되기 쉬운, 바로 그런 존재들을 위한 변론에 최제훈의 소설은 그 이야기 가치를 나름대로 부여하는 것 같다. 이와 같은 '그림자 존재'에 대한 언어적·윤리적 가치 부여와 더불어 그에 대한 해석학적·존재론적 탐색 작업도, 최제훈은 소설 담론을 통해 수행한다. 다시 말해 그림자에 대한 심원한 해석학적 탐구를 통해 그와 관련한 존재론적 이해의 깊이를 모색하려는 작업을 펼치고 있다는 것이다. 물론 이때 그림자는 양면적이거나 다면적인 존재 혹은 분열적인 존재로 이해되어야 한다. 앞에서 논급한바 소수자를 상징할 때, 그런 그림자가 억압된 것에서 풀려나 귀환 장정에 오를 기회를 얻도록 작가는 애쓴다. 언어적으로 소설적으로 변명해주고 싶은 대상이기 때문이다. 그런가 하면 비판의 대상이 되는 그림자도 있다. 이미 거론되기도 했지만「퀴르발 남작의 성」에서 남작의 광기 어린 욕망은 자본주의 체제의 그림자 또는 비유이다.

사실 그림자에 대한 최제훈의 관심은 지대한 것이어서, 이 소설집 전체가 이런저런 그림자들이 꿈틀대고 있는 형국이라고 해도 좋을 정도이다. 나머지와 창작 방법 면에서 약간 달리 보이기도 하는「그림자 박제」「그녀의 매듭」「마리아, 그런데 말이야」등이 함께 묶일 수 있는 이유도 바로 이 지점에서 찾아진다. 한마디로 이 소설들은 그림자를 통해 존재를 찾아 나서는 포스트모던한 임상 보고서이다. 내가 누구인지 알 수 있으며, 내가 생각하는 것, 내가 행동한 것을, 제대로 기억하거나 헤아릴 수 있는 자는 과연 그 누구인가. 이런 의문에 대한 발견적 탐문의 이야기들이다.「마리아, 그런데 말이야」에서 이혼남인 한성민은 결혼을 앞둔 대학 동아리 후배 수연을 우연히 만난다. 예비 신부와 이혼남 사이의 금기인 결혼 얘기를 피하다보니 할 얘기가 많지 않은 그들의 틈새에 허공처럼 존재하는 인물이 바로 제목에 등장하는 '마리아'다. 수연과 같은 학원 강사로 제시되는 마리아 이야기로 그들은 만남을 이끌어간다. 차츰 한성민은 수연이 말하고 자신이 궁금해하는 마리아가 아바타 같은 존재가 아닐까 생각하게 된다. 마치 역할놀이 게임을 하듯이 마리아라는 캐릭터를 둘 사이에서 키워온 것이 아닐까 하는 생각 말이다. 현실에서 수연이 하고 싶지만 하지 못하는 것, 욕망하지만 충족하지 못하는 어떤 것을 투사한 대리 환상이 바로 마리아요, 한성민의 입장에서도 아니마 여성을 향한 자기 환상의 일정 부분을 투사한 그림자가 바로 마리아에 다름 아닌 것이다. 그렇다고 해서 마리아가 아주 특별한 인물로 그려지는 것도 아니다. 이렇다 할 역할 모델을 찾기 어려운 시대의 아바타 놀이 풍경이라 할 만하다.

「그녀의 매듭」과 「그림자 박제」에서는 박제화된 기억 내지 기억상실의 문제를 천착하면서 분열된 그림자들의 틈새에서 존재의 문제를 탐문한다. 「그녀의 매듭」은 회피하고 싶은 부분에 대한 기억상실 증세를 보이는 인물의 이야기다. 주인공 차화연은 고등학교 때 집안 형편이 어려워 원조 교제로 학원비를 충당하던 친구 이현정을 도와주었는데 그것이 계륵이었다. 결과적으로 이현정은 대학에 합격했지만, 자신을 도와준 친구에 대한 양가적인 감정에서 자유로울 수 없었던 것이다. 고마운 친구라는 감정과 자신의 과거 치부를 알고 있는 인물에 대한 피치 못할 피학적 경계 감정이 그것이다. 그러다가 친구가 자기 남친에게 접근하는 것 같은 의혹이 들었을 때 피학적 경계 감정은 가학적으로 돌변하기도 한다. 치명적 비밀을 친구에게 만들어주고 그것을 자신만이 독점하는, 비밀의 교환을 통해 피학적 경계 감정에서 벗어나고 싶었을지도 모른다. 비록 소설에서는 간접적으로 모호하게 처리되어 있지만 이현정은 차화연이 운전하는 차에 동승하게 된 날, 그와 같은 독점적 비밀의 교환에 성공한다. 비가 쏟아지는 칠흑같이 어두운 밤길에서 운전하던 중 차에 뭔가가 부딪혀 깔렸다는 느낌이 들었을 때, 운전하던 차화연에 앞서 확인하겠다고 먼저 내렸던 이현정은 아이가 깔려 죽었다고 말한다. 너무 놀란 차화연은 본인이 직접 확인할 엄두도 내지 못한 채 이현정과 눈빛으로 공모한 다음 뺑소니를 친다. 그러나 결과적으로는 차화연이 역공세를 취해 이현정의 과거를 소문내고 이에 격분한 이현정이 심한 행패를 부리게 된다. 그러나 차화연은 이후 자신이 이현정의 소문을 냈다는 사실은 물론 그녀의 존재 자체를 기억하지 못할 정도로 그녀와의 매듭을 끊어버린다. 이렇듯 작가는 회피하고 싶은 기억과 그 상실에 관한 문제를 현실과 환상의 전복적 교호 기제와 더불어 다룬다. 차화연은 오랜 이성 친구 성호의 애인 강지민에게 질투를 느끼고 훼방하기 위한 목적으로 합성사진을 만든다. 흔한 여성 이름으로 이현정을 고른 다음 인터넷에서 블로그를 찾아들어가 사진을 내려받아 성호의 사진과 합성해 성호의 블로그에 올린다. 그 후 그 합성사진이 직접적인 원인이었는지는 확인할 수 없지만 어쨌든 둘이 헤어졌다는 소식을 차화연은 접한다. 문제는 그 이후였다. 자신이 가상공간을 이용해 합성한 사진이 실제가 된 것이다. 합성사진처럼 이현정과 성호가 애인이 되어 자신 앞에 실제로 나타났을 때, 차화연은 황당한 느낌을 주체할 수 없게 된다. 지나치게 작위적인 요소가 없지 않으나 디지털 복제 시대의 주술적 특성을 흥미롭게 가미한 상상적 추론으로 보인다(예전에는 말이 씨가 된다고 했는데, 이 디지털 복제 시대에는 컴퓨터 그래픽 합성사진이 씨가 되고 있는 것일까?).

「그림자 박제」에서 기억상실과 분열적 사도마조히즘의 문제는 절정을 이룬다. 소설 전체가 기억나지 않는다고 말하면서 기억을 이끌어내는 아이러니 구조로 이루어져 있다. 이 소설에서 작가는 분열증 환자의 비극적 행태를 결코 눅진하지 않게, 경쾌한 시치미의 말법으로 풀어 보인다. 주인공 강철수는 교통사고로 조실부모하여 고아원에서 자라고 자수성가한 회계사다. 자식의 조기 유학으로 현재는 이른바 기러기 아빠 처지다. 해리성 정체감 장애를 보이던 그가 어느 날 공중 화장실에서 한 남자를 멍키스패너로 살해하는 잔혹극을 연출하고 만다. 소설은 주인공이 정신과 의사를 수신자로 하여 기억나지 않는다는 이야기를 풀어내는 형식으로 이루어진다. "내 안의 또다른 나"(p. 121)를 만나고 여럿으로 분열된 '나'들끼리 환상적으로 대화하기도 하다가 결정적인 사건으로 빠져드는 과정을 끊길 듯 이어지는 방식으로 이야기한다. 강철수는 터프가이 톰이 되기도 하고, 상처받은 내면 아이 제리가 되기도 하고, 심한 대인기피증을 보이는 강우빈이 되기도 한다. 이런 '내 안의 또 다른 나'들은 '가슴속 지하실'에서 길어 올려지는 존재들로, 모두 강철수의 그림자들이다. 그의 욕망의 대상이자 원인이 된다. 상처받은 어린 시절의 내면 아이모습을 연출하는 제리와 강우빈은 강철수로 하여금 억제와 불안의 원인이 되기도 하면서 그 자체로 심한 존재의 결여를 함축하기 때문에 욕망의 탈주선으로 치닫게 한다. 상처받은 내면 아이의 억제와 불안을 과도하게 넘어서 욕망을 추구하고 행위로 이동할 때 톰이 연출된다. 그는 내키는 대로 행동하고 충동적으로 소비하고 쾌락을 즐긴다. 제리나 강우빈의 상처와 결여의 반작용이다. 상처받은 내면을 억제하지 않고 충동적으로 행동화할 때 극단적으로는 자살이나 살인 같은 것으로 치달을 수도 있는데 「그림자 박제」에서 강철수도 같은 경우이다. 백화점에서 소극적인 어린아이가 남자로부터 상처받고 있다고 여겨질 때, 톰이 주체하지 못하고 충동적으로 잔혹한 공격성을 드러냈던 것이다. 이렇게 최제훈의 '그림자 이야기'는 인간내면의 난장을 역동적으로 형상화한다. 이성이나 규범, 의무나 책임에 의해 제약되거나 위축된 상처받은 내면 아이들의 다각적인 양태들을 다루면서, 맺힌 것들을 조금은 풀어내면서 자신의 진정한 내면에 다가설 수 있는 계기를 마련하기 위해 기억상실이나 분열증의 모 티프를 극화하고 있는 것이다. 도무지 알 수 없는 나를 찾아서, 기억 나지 않는 기억의 심연을 쫓아서, 나도 알 수 없는 내 행동의 원인을 찾아서, 나도 이해하기 어려운 내 마음의 밑자리를 찾아서 부단히 격렬하게 자맥질하는 상상적 도정이 바로 '그림자'라는 존재의 음화 탐색 여정이다.

4. 난장의 신명과 새로 쓰는 텍스트

복잡한 그림자들이 수시로 명멸하면 존재의 자리를 헤아리기 어 렵다. 주체나 이성의 위기에 대한 담론은 벌써 오래전부터 유포된 것이지만, 최제훈은 그것을 존재론적으로 앓는다. 존재의 상처는 곧 말이나 담론의 상처를 가져오는 것이어서, 진정한 의미의 소통이 나 교감도 쉽지 않다. 내가 누구인지도 알 수 없고, 내가 인식하거나 기억하거나 생각하는 것도 불확실하다고 할 때, 내가 하는 말은 어 떨 것이며, 내가 들은 말은 또 어떨 것인가? 과연 진실의 자리는 어 디인가? 이런 질문들을 앓아내면서 소설적 발상을 얻어가는 작가 가 바로 최제훈이 아닐까 짐작된다. 가령 「괴물을 위한 변명」의 이 런 진술을 눈여겨보기로 하자. "이 다중액자 기법의 핵심은 서술의 객관성을 담보하는 제스처를 취하지만 실은 모두 전해들은 말의 연 쇄, 일명 '카더라 통신'이라는 것. 괴물이 빅터에게, 빅터가 월턴 선 장에게, 선장이 사빌 부인에게, 사빌 부인이 메리 셸리에게, 셸리 여 사가 우리에게…… 과연 진실만을 말했다고 믿어야 할 이유가 있을까?"(p. 254). 이와 같은 진실에의 갈구가 언어와 정보, 사실에 대한 비판적 회의를 낳고, 진실 탐구를 위한 내밀한 추론에의 열정을 북돋운다. 아예 기고문이나 논문의 형식을 취한 소설도 있거니와, 최제훈의 소설은 추론적 서사의 새로운 지평을 모색했다는 점에서도 그 의의를 찾아볼 수 있다. 그렇다고 탐정 서사 얘기를 하려는 것은 아니다. 개인 감정이나 내면에 사로잡혀 지나치게 사사화되던 이야기나 이야기 방식을 지양하여 이야기의 객관적 소통 지평을 모색하기 위해서는 서사적 문제를 공동으로 탐문하는 반성적 기획이 요청된다는 사실을, 그는 잘 알고 있는 것 같다.

이 문제와 직접 대면하면서 구체적으로 형식화한 소설이 바로 「셜록 홈즈의 숨겨진 사건」이다. 의사이자 추리소설 작가인 도일 경의 죽음 사건을 탐문하는 셜록 홈즈의 추론 과정을 다룬 이 소설은 두 가지 측면에서 관심을 끈다. 현실과 허구의 순환이 그 하나라면, 저자의 죽음 문제가 그 둘이다. 「그녀의 매듭」에서도 디지털 복제 시대의 허구의 현실화 실태를 거론한 바 있거니와 이 작품에서 도일 경은 그가 허구 속에서 만든 인물과 대결하는 과정에서 목숨을 건 쟁투를 벌인다. "현실의 제약을 초월한다고 여겼던 가상 세계가 또 하나의 현실이 되어 목을 옥죄어올 때,"(p. 73) "작가가 자신이 창조한 인물에 대한 열등감으로 그를 죽이고, 다시 부활한 그가 복수를 하듯 작가를 실제 죽음으로 내"모는 "참으로 무익하고 서글픈 순환"(p. 74)에 대해 홈즈는 언급하고 있다. 도일 경의 사건에서 그가 창조한 추리소설 주인공의 현실적 명성이 높아질수록 실제 작가는 '저자의 죽음'에 가까이 가게 되는 역설을 홈즈는 또한 헤아린다. "피조물이 점점 현실의 신화가 되어갈수록 창조주는 모든 가능성을 거세당한 채 신전 한구석의 석상으로 굳어간다"(p. 72). 창조주와 피조물 사이의 위계 문제는 「마녀의 스테레오타입에 대한 고찰」 「그녀의 매듭」 「괴물을 위한 변명」 등 다른 소설에서도 다루어지는 테마다. 세상의 창조주가 세상을 다 책임질 수 없듯이, 허구 세계의 창조자도 자신의 허구를 모두 감당하기 어렵다. 전이와 역전이, 영향의 주고받음, 단서와 추론 등 여러 과정에서 저자/발신자는 독자/수신자와의 역동적인 커뮤니케이션을 필요로 한다. 아무리 저자가 나름대로 정교하게 서사적으로 추론해나간다고 하더라도 균열의 틈이 없을 수 없을 터이므로, 의문점은 "호기심 많은 독자들의 몫으로 남겨"(p. 269)지게 마련일 터이므로, 아니 "호기심 많은 독자들의 몫으로 남겨"지는 잉여의 서사가 넓고 깊을수록 다시 쓰는 텍스트가 될 수 있을 것이므로, 다시 쓰는 과정에서 불확실성은 다소 줄어들 수 있고 서사적 추론은 심화될 수 있을 것이므로, 그럴 때라야 서사적 난장은 그 신명기를 더할 수 있을 것이므로, 확정된 소설을 작가가 고집할 이유가 없다. 「셜록 홈즈의 숨겨진 사건」에서 도일 경이 완벽한 미스터리를 위해 "조작된 가짜 단서들과 사건을 해결할 수 있는 진짜 단서들을 교묘하게 겹쳐놓고" "존재의 딜레마에 마침표를 찍을 무기로 덧없이 녹아 사라지는 얼음 칼을 선택한 아이러니까지"(p. 77) 동원하면서 홈즈와 내기를 벌였지만, 홈즈는 완벽한 미스터리는 없다는 사실을 밝혀낸다. 또한 수신자로서 홈즈 자신이 발신자로서 도일 경이 매설한 완벽한 미스터리를 풀지 않는 한 그것은 존재하지 않는다는 역설도 드러낸다. 그러나 그 자신이 추론한 것도 최종적인 것이 아닐 수 있음을 간파한 홈즈는 다른 사건과는 달리 이 사건을 미제의 사건으로 남겨둔다. 바로 이런 상상의 지점이야말로 최제훈이 독자를 초대하고 환대하는 지점이라고 할 수 있겠다. 이렇게 초대된 독자들과 더불어 최제훈의 소설은 끊임없이 다시 쓰일 수 있겠다.

삐딱하게 보기, 뒤집어 보기, 물구나무서서 보기와 같은 식으로 사태를 전복하면서 최제훈은 탄력적인 위트와 유머 감각으로 서사적 난장에 신명을 지피는 작가이다. 그는 기존 문화의 지도, 생각의 지도를 가로지르고 거스르면서 지도 바꾸기를 격렬하게 시도한다. 문화의 지도, 생각의 지도 바꾸기는 곧 서사의 지도 바꾸기와 통한다. 바뀐 최제훈의 서사 지도에는 기존의 서사 문법으로부터 활달하게 벗어난 가능성의 공간들이 많다. 실제와 허구, 상상, 환상, 망상 등을 자유롭게 넘나들면서 독자의 상상과 추론의 범역을 유쾌하게 넓혀준다. 그러면서 새로운 상상 지도에 독자들을 기꺼이 초대하고자 한다. 독자들은 거기서 신명 나는 서사적 추론의 향연을 함께 주재할 수 있다.

삐딱한 욕망의 카니발

─ 이기호의 『최순덕 성령충만기』

1. 잃어버린 청중/독자를 찾아서

그에게도 있었을 것이다. 왜 없었겠는가. 문학과 함께하는 황홀한 몽상, 말이다. 문학의 광장에서 작가와 독자가 만나 울고 웃고 감동에 젖어 다른 세상을 꿈꾸는 그런 장면들을, 그 역시 무던히도 꿈꾸었을 터이다. 혹은 자기 소설을 읽던 독자들이 줄줄이 호흡 곤란을 일으키는 사태를 몽상했을 수도 있다. 소설에 몰입한 나머지 숨조차 제대로 쉴 수 없는 질식 상태에 빠지는 독자들을 상상하는 미학적 사디스트였을지도 모른다는 얘기다. 이야기의 끝, 그러니까 이야기의 죽음과 더불어 독자의 죽음을 몽상하는 것은 이미 그 자체로 미학적 황홀감에 젖어들게 하는 셈이니 말이다. 어떤 경우든 문청 시절의 꿈은 황홀할 수 있다.

하지만 어쩌랴. 그가 본격적으로 문학의 길에 들어섰을 무렵 이미 문학의 상황은 그리 좋지 않았다. 어떤 이들은 대담하게 역사의 종언과 더불어 서사의 종언을 설파하기도 했고, 또 어떤 이들은 그보다는 덜 대담하게 문학의 시대가 지나가고 영화의 시대가 도래했다고 단언하기도 했다. 과연 문학의 독자들은 영화관으로 몰려들기 바빴으며, 그도 아닌 대중들은 주말의 행락 인파 속에서 존재감을 확인하느라 부산했다. 혹은 백화점에서, 쇼핑센터에서, 보란 듯이 과시 소비를 하면서 자신의 존재값을 가늠하기도 했다. 그렇게 문학의 독자들은 구식 문청들의 황홀한 몽상을 외면하거나 반역을 도모했다. 그러기에 황홀한 몽상은 이제 결코 황홀할 수 없는 황혼의 분위기를 자아내게 되었다.

그런 즈음에 작가가 되었으니 어찌 보면 그는 좀 한심한 사람인 편이다. 도대체 뭐를 어찌하겠다고? 안개로 자욱한 문학 환경, 앞길도 첩첩하고 뒷길도 아득한 안개 속을 겨우 백미러에 의지해 운전하는 격이 아니었을까. 그 와중에서도 그는 아마 예전에 이야기판 안에 있었던 독자들을 다시 불러 모으고, 이야기판을 몰랐던 예비 독자들도 새롭게 끌어들여, 제법 흥성한 이야기 마당을 꾸미고 싶었을 것으로 짐작된다. 그러자니 그는 좀 다른 이야기꾼이 되어야 했을 터이다. 이를 위해 그는 일단 예전의 이야기꾼들을 모조리 불러 모았을 것이다. 예로부터 동서를 막론하고 길거리에 떠도는 이야기 혹은 저잣거리나 항간에 떠도는 자질구레한 이야기〔가담항어(街談巷語), 패설(稗說), 도청도설(道聽塗說) 등〕를 구연(口演)하던 이야기꾼들도 불러 모으고, 근대 이후에 저자의 이름이 새겨지고 그 권위가 썩 그럴듯했으며 정전(正典)으로서의 이야기를 추구했던 이야기꾼들도 불러들이고, 그 이후 여러 방식으로 다채롭게 차연의 전략을 구사했던 아방가르드 이야기꾼들도 불러 모았을 터이다. 그들을 해체하고 가로지르면서 그는 이기호라는 새로운 이야기꾼으로 태어나기를 소망한다. 그러나 그는 결코 폼을 잡는 이야기꾼이기를 바라지 않는 것 같다. 누구보다도 이야기꾼이 어떤 존재였는지 잘 알고 있기 때문이다. 그는 장식으로서의 문학을 거부한다. 그는 활달한 이야기꾼이기를 소망한다. 그러면서도 다른 이야기꾼을 꿈꾼다. 그러나 그의 이야기는 저잣거리를 떠도는 자질구레한 것들이다. 혹은 잡동사니들이다. 이렇게 잡다한 레퍼토리를 가지고 그는 닦고 조이고 기름을 쳐서 제법 윤택한 이야기를 만들어낸다. 폼 잡으며 거론하는 서사의 종언 담론 따위를 슬며시 조소한다. 이기호, 그에게 이야기의 바깥은 없다!

다시, 그는 왜 이야기꾼이 되었는가. 왜 이야기를 짓는가. 또 하필이면 왜 그런 스타일로 이야기를 하는가? 우선 짐작에 가깝지만 대답 하나. 잃어버린 청중/독자들을 다시 이야기 마당으로 불러 모으기 위해서다. 다시 모여든 듣는 이야기꾼과 더불어 이야기 문화를 나누고 즐기기 위해서다. 그러기 위해 그는 재미있는 이야기꾼이 되었다. 가장 재미없고 신산한 시절에 말이다.

2. 이야기하는 욕망과 대화적 상상력

무엇보다 이기호의 소설에서 이야기꾼은 독자와 직접 대면하기를 소망한다. 이야기 마당에 모여든 청중 - 독자들과 직접 소통하기를 바란다는 얘기다. 그의 소설은 대개 1인칭 화자에 의한 직접화법의 세계에 가깝다. 가령 "왔어왔어, 그녀가 왔어, 나를 찾아왔어, 사무실로 왔어, 우릴 보러 사무실로 왔어"(『최순덕 성령충만기』, 문학과지성사, 2004, p. 7)로 시작되는 「버니」는 현대의 판소리랄 수 있는 랩 가사의 형식으로 이야기를 직접 전달한다. 아니 이야기를 랩의 리듬으로 부른다. 혹은 경쾌하게 노래한다. 「햄릿 포에버」는 피의자 조서의 형식으로 심문관 앞에서 직접 말하는 문답 이야기를 채록한 것처럼 꾸몄다. 또 「옆에서 본 저 고백은 — 告白時代」의 경우는 흥미로운 고백체의 형식을 취한다. 「최순덕 성령충만기」는 기(記)의 형식을 가탁(假託)하고 있지만 성경의 의고체 말법을 패러디한 말 건네기 형식에 가깝다. 이렇게 여러 소설에서 작가 이기호는 이야기하는 욕망을 직접 드러내는 스타일의 화법을 취한다. 간접화법의 형식을 피하고 직접화법의 세계를 지향한다.

가령 액자소설 형식을 취한 「발밑으로 사라진 사람들」의 경우 "이 소설은 우리 곁에 머물다 어느 날 갑자기 사라져버린 한 모자(母子)에 관한 이야기이다"(p. 265)라는 한 문장으로 이루어진 도입 액자로 시작한다. 물론 1인칭 서술자에 의한 진술이고 독자에게 직접 말 건네는 화법이다. 그런 다음 모자에 관한 본 이야기를 들려주고, 다시 마감 액자에서 서술자는 독자들과 직접 대화하기를 시도한다. "이제 이 이야기는 모두 끝이 났다. 〔……〕 하지만 지금, 당신이 이 글을 읽고 있는 바로 그 순간에도, 그들 모자는 어느 곳 어느 땅에서 씨감자를 심고 있을지 모른다. 〔……〕 주변이 온통 시멘트 천지라고? 철물점에 가서 시멘트 깨부수는 망치를 사라, 이 친구야. 시멘트 밑에 뭐가 있겠는가? 제발 상상 좀 하고 살아라"(pp. 308~09). 이렇게 결말에서 독자를 직접 끌어들여 묻고 대화하면서 자기 이야기가 거듭 소통될 수 있기를 바란다. 독자를 직접 끌어들일 뿐만 아니라 독자에게 매우 적극적이고 능동적인 역할을 요구한다. 이 부분의 문장은 철저하게 독자/청자 지향의 화법으로 이루어져 있음이 주목된다. 그 사동문에서 작가의 이야기하기 욕망은 물론 이야기를 통해 독자들과 공유하고 싶은 게 무엇인지, 혹은 독자와 세계를 어떻게 변화시키고 싶어 하는지, 하는 것들도 어렵지 않게 유추할 수 있다. 이런 결말 방식은 「백미러 사나이」에서도 비슷하게 시도된다. "그를 직접 만나보고 싶은 사람들이 있다면 지금이라도 한강시민공원이나 남산 계단 길로 나가보면 된다. (……) 대신 그에게 말을 걸거나 사인을 해달라고 졸라선 안 된다. 왜 안 되는지는 다들 알고 있을 테니 더 이상 긴말은 하지 않겠다"(p. 194).

물론 이런 스타일이 이기호만의 전유물일 수 없다. 브레히트의 연극이나 1960년대 김기영 감독의 영화 「하녀」, 또는 여러 소설 텍스트들에서도 이미 그럴듯하게 시도된 바 있기 때문이다. 다만 여기서 말하고 싶은 것은 그만큼 이기호는 독자들과 이야기하기를 좋아하는 작가라는 점이다. 분명히 서술자를 통해서 하는 얘기지만, 가능하면 작가와 서술자와의 거리를 지워 작가가 독자를 실제로 만나 이야기하는 듯한 느낌이 들 수 있도록 직접화법의 세계를 지향하는 것이다.

그렇다면 이기호가 추구하는 직접화법의 세계란 무엇인가. 무엇보다 소통의 진정성 내지 대화적 진정성의 추구라고 얘기해야 할 것이다. 흔히 서술자의 중개 혹은 매개 정도가 심할수록 이야기꾼으로서의 작가의 존재는 아슴아슴 뒷걸음질 치게 마련이고, 그럴 때 흔히 독자들은 따분하게 느낄 수도 있다. 그런데 매개의 정도를 약화하거나 부정하면 대화의 순정성이 높아지고, 장면적 진실성을 추구하기가 용이하다. 독자들은 마치 작가를 직접 만나 얘기를 듣는 것 같은 환상을 품을 수도 있으며, 이에 따라 이야기하는/말하는 주체의 자리를 거듭 확인하게 되기도 한다. 그러나 서술자의 매개/중개 기능을 부정하거나 덜 활용한다는 것은 한편으로는 매우 위험한 일이기도 하다. 왜냐하면 자칫 에세이의 세계에 가까이 갈 수 있기 때문이다. 자신의 정체가 금방 들통날 수 있기 때문이다. 그러기에 직접화법의 세계를 추구하는 작가는 결코 단조롭지 않은 다양한 이야기 스타일을 계발해야 하고 재미있는 말법을 구사해야 한다. 그래야 이야기 마당에 독자들이 모여들고 또 모여든 독자들이 서둘러 떠나지 않겠기 때문이다. 이기호의 이야기하는 욕망은 바로 이 지점에 있다. 이야기 마당의 회복, 서사성의 회복, 그것이 이기호가 작가가 된 이유일지도 모른다. 그런 작가의 욕망은 행복하게도, 썩 잘 읽히는 이기호 소설을 짓게 하는 결과로 나타났다.

3. 탈영토화와 재영토화

그렇지만 어떤 이야기를 해야 이야기 마당에 독자들을 불러들일 수 있을까. 이기호는 기존의 이야기 영토에서 벗어나기와 기존의 이야기 영토의 변두리이거나 혹은 속해 있지 않았던 영토의 이야기를 끌어들이는 전략을 구사한다. 이 탈영토화와 재영토화 전략을 위해 작가는 종종 합의된 리얼리티로부터 탈주한다. 새로운 지점에서 2차 세계를 구축한다. 상상적 2차 세계에서 새로운 내적 리얼리티를 갖춰 기존의 1차 세계에 대한 전복과 해체 효과를 노린다. 다른 얘기가 아니다. 작가 이기호는 종종 기성의 리얼리티로부터 벗어난 자리에서 새로운 서사의 동인 혹은 사건의 발단을 찾는다는 것이다. 비록 그것이 좀 우스꽝스럽고 엉성해 보이더라도 새로운 발단의 계기혹은 서사 작인(作因)을 구축하여 거기에서 비롯되는 상상의 물꼬를 좇아가는 모습을 우리는 그의 소설에서 종종 확인하게 된다.

「백미러 사나이」는 뒤통수에 눈이 생겨 앞으로 보지 않고 뒤로 본다는 가정법의 세계에서 출발한다. "두 눈을 감으면 뒤통수 너머의 세상을 볼 수 있는 신기한 재주를 가진 청년"(p. 185)의 이야기다. 그것을 "부활한 박 대통령의 두 눈"이라 믿었던 청년은 "박 대통령 덕분에 손쉽게 대학에 들어갔고, 백만 학도의 선봉일꾼이 되었으며, 한 여자를 만나게 되었다. 그러나 청년은 한 여자를 사랑하게 되자 자신의 뒤통수에 생긴 박 대통령이 귀찮아지기 시작했다. 청년은 의도적으로 박 대통령과 멀어지려 노력했다. 사랑을 새마을 운동처럼 할 순 없는 거라고, 새마을 운동이 오히려 사랑을 방해할 수도 있는 거라며……"(p. 185). 물론 뒤로 걷는 사내의 이야기는 최상규의 장편『새벽기행』(예림기획, 1999)을 비롯한 여러 이야기에서 선보인 바 있으나, 이기호는 그것을 자기 세대의 정치적 무의식으로 새롭게 빚어낸다. 일종의 정치의 희화화 전략이라고 불러야 할 그의 상상적 책략에 의해 정치적인 것들은 한갓 조롱받고 강등된다. 독재 정권의 상징이었던 박 대통령은 물론 그에 저항했던 운동권 학생들의 불온한 정치성도 시니컬한 조명의 대상이 된다. 그렇다고 해서 단순한 양비론자라고 해선 곤란하다. 이 소설에는 '사물이 눈에 보이는 것보다 가까이 있음'이라는 부제가 붙어 있다. 짐작하다시피 자동차 백미러 하단에 적혀 있는 문구를 패러디한 것이다. 그렇다. 눈에 보이는 것이 전부가 아니다. 혹은 눈에 보이는 것과 다를 수 있다. 단순한 대상은 부정된다. 작가 이기호는 아마도 눈에 보이는 것 이상과 눈에 보이는 것 이하의 단락(短絡)에서 파생되는 경계선의 어떤 것을 보고 즐기며 이야기를 만들려는 것 같다. 마치 전기 회로의 두 점 이상의 사이를 전기 저항이 작은 도선(導線)으로 접촉하듯 말이다. 혹은 리쾨르P. Ricœur가 프로이트의 꿈을 해석하면서 "꿈은 언어 이상과 언어 이하 사이의 단락에서 파생한다"고 말한 것처럼, 이기호의 이야기 꿈 역시 그 단락에서 파생되는 것처럼 보이는 것이다. 이런 단락의 지점에서 그는 기존의 영토화된 시각과 응시, 세계관 모두에 탈을 내면서 새로운 응시의 지점을 마련하고자 한다. 물론 일정한 흐름을 벗어난 이상이나 이하에는 전파 방해음과도 같은 혼돈의 획책자들이 많을 수 있다. 그럼에도 거기서 새로운 것을 듣고 새로운 것을 보아내는 자, 그가 곧 작가가 아닐까. 그렇기에 「백미러 사나이」 모양으로 백미러와도 같이 뒤통수에 달린 눈을 통해 보는 사람의 이야기, 아니 뒤통수의 눈과 앞의 눈 사이의 단락에서 보는 젊은이의 이야기를 만든 게 아닐까.

이런 맥락에서 「햄릿 포에버」에 나오는 "때론 현실보다 더 생생한 환각도 있으니까요……"(p. 73)라는 문장이 주목된다. 고등학교 시절 친구들과 본드를 흡입하다 걸려 소년원 생활을 한 적이 있는 주인공 이시봉은 극단의 잡역부로 들어왔다가 배우가 된 인물이다. 어려서부터 안온한 생활과는 먼 거리에서 살았던 그는 눈에 보이는 현실에서 자기 자리를 발견하지 못한다. 혹은 세상이 그의 자리를 용납하지 않는다. 그는 자기 주위의 모든 것이, 심지어 자기 자신까지도 가짜가 아닐까, 하는 생각을 자주 한다. 또 "세상은 아무 변화가 없는데 나만 혼자 미쳐 날뛰고 있는 듯한 두려움, 혹은 외로움"(p.

73)에 빠지기도 한다. 이런 사내의 환각 체험기를 극적 형식의 소설로 꾸민 것이「햄릿 포에버」다. 본드를 불고 환각의 세계로 입사하여 햄릿을 직접 만나 희곡의 내용은 물론 연기 지도까지 받는다는 설정이 이 소설의 주춧돌이다. 이 주춧돌 없이 서사 전개는 불가능하다. 이 소설의 끝 장면은 본드 환각 속에서 만난 햄릿과 주인공이 대화하는 것으로 처리되어 있다.

"왜 이렇게 늦게 온 거야?"

"파라과이에 갔다 오느라고…… 너보다 더 날 원하는 배우가 생겼거든. 너도 알잖아. 난, 네가 원할 때만 보인다는 거."

〔……〕

"너, 정말 네 아버지를 만났어?"

"그런 너는?"

"내가 먼저 물었잖아."

"나……? 난, 너와 똑같아."

"넌, 정말…… 나쁜 새끼야."

"그것도 너와 같지."

"……"

"……"

"세상 정말 엿 같지……?"

"본드 같지."

"불까?"

"지금 분 거 아니었어?"

"그랬나……? 그것도 모르겠어…… 그냥 몽롱해…… 다 몽롱하기

만 해서……"(pp. 74~75)

　햄릿은 "난, 네가 원할 때만 보인다"고 말한다. 말하자면 그는 주인공 이시봉의 욕망의 대상이자 원인이라는 소리다. 그렇다면 본드 환각을 통해 햄릿이 보인다고 해서 다 햄릿인 것은 아니다. 때때로 보고자 하는 햄릿은 나타나지 않고 실종된 자신의 아버지를 만나게 되는 것도 그 때문이다. 굳이 라캉을 상기하지 않더라도 주체는 결코 욕망의 대상이자 원인에 다가설 수 없다. 그렇기에 주인공은 "그랬나……? 그것도 모르겠어…… 그냥 몽롱해…… 다 몽롱하기만 해서……"라는 말만 되뇌는 것이다. 전파 방해음을 무릅쓰고 보이는 것 이상과 보이는 것 이하의 그 단락의 세계, 혹은 언어 이상과 언어 이하의 환각적 꿈의 세계로 입사해 들어갔지만 결국 거기서도 몽롱하기는 마찬가지였다는 것, 아니 더 몽롱했다는 것이다. 그렇다면 "현실보다 더 생생한 환각"은 무엇을 지칭함이었을까. 더욱 몽롱함으로 몽롱한 현실을 반성케 하는 생생함이 아니었을까. 아울러 이 대목에서 우리는 이기호 소설에서 다루는 인물들의 세계관과 자아관도 확인 가능하다. 길게 언급할 필요도 없이 세상은 정말 '엿' 같고 자신도 '나쁜 새끼'라는 인식이다. 그런 인물들이 때로는 위악적으로 때로는 자조적으로 묘출하는 내면 풍경과 외면 정경이 다채로운 의미망을 구성한다.

　「백미러 사나이」와 「햄릿 포에버」가 주체와 대상의 시각 체계의 교란 문제와 관련된 이야기를 가정법의 세계로 풀어본 소설이었다면, 「머리칼 傳言」은 그 교란의 결과로서 대상의 환상성이 극적으로 문제 되는 양상을 다룬 이야기다. 고아원 출신 여자아이를 입양한 지종은 아이의 머리를 깎아주려다가 이상한 신비 체험을 하게 된다. 가윗날과 가윗날이 부딪치며 시린 쇳소리를 내더니, 여자아이의 머리칼이 일제히 천장을 향해 직립하는 것이었다. "마치 보이지 않는 손이 천장에서 내려와 아이의 머리칼을 낚아챈 듯, 대기의 흐름을 타고 하늘로 치솟는 불기둥처럼, 그렇게 단호한 이글거림으로…… 여자아이의 고개 또한 그 충격으로 인해 뒤로 젖혀지고 말았다"(p. 110). 이에 지종은 갑자기 "방 안 전체가 거꾸로 뒤집힌 듯한 현기증"(p. 110)을 느낀다. 여자아이의 머리칼은 살아 있었던 것이다. "미세한 바람에도 제 몸을 보존치 못하고 나부끼는 그런 연약한 섬유질이 아닌, 중력을 이겨낸, 여자아이의 소유물이 아닌, 또 다른 생명체"(pp. 110~11) 말이다. 이와 같이 머리칼이 살아 있는 소녀가 자라 처녀가 되고, 그 머리칼로 인해 현직 교사와 엉뚱한 혹은 어설픈 애정 행각을 벌이게 되는 이야기다. 남자는 여자의 머리칼이 정말 살아 있는 것인지 의구심을 품으며 "정말 너하곤 상관없는 거야?"라고 묻는다. 상관이 있다고 하자 "하지만 네 맘대로 움직이지도 못하잖아?"라고 되묻는다. 이에 여자는 이렇게 대답한다. "그건 맞지만…… 내가 모르는 내 마음이라는 것도 있잖아…… 그게 머리카락 한 가닥 한 가닥 속에 숨어 있을 수도 있고……"(p. 126). 이 부분이 이 소설의 이면적 주제를 짐작게 하는 대목이 아닐까 싶다. 그리고 또 그녀는 말한다. "단지 난, 내 몸이 이끄는 대로 움직일 뿐이야. 그게 전부야……"(p. 126). 이 몸의 담론 또한 언어 이상이거나 언어 이하의 단락으로 우리의 사유를 이끈다. 상징적인 질서를 거부한 채 새로운 판타지에의 입사식을 펼쳐 보이는 것이다. 「발밑으로 사라진 사람들」 역시 그런 몸의 담론으로 빚어진 텍스트다. '검은 소'에게 겁탈을 당한 순녀가 그 소를 닮은 아들을 낳게 된다는 전제, 이런 환상적 2차 현실을 가지고 1차 현실로 들어온다. 그러니까 사람인 것 같기도 하고 소 같기도 한 '몽롱한' 아들과 그 어미에 관한 이야기다. 이렇게 이 소설집에 수록된 작품의 절반에 해당하는 네 편이 환상적 전제를 바탕으로 서사의 실마리를 마련하며, 그것을 통해 탈영토화와 재영토화 전략을 수행하는 것, 이것이 이기호 소설의 큰 특성의 하나다.

4. '삐딱하게 보기'의 카니발

슬로베니아의 비평가인 슬라보이 지젝이 효과적으로 활용한 대목이지만 셰익스피어의 희곡 『리처드 2세』의 2막 2장의 도입부를 잠시 에둘러 가기로 하자. 왕은 전쟁에 나갔고 왕비는 안 좋은 예감과 왠지 모를 슬픔으로 가득 차 있다. 이에 시종 부시는 왕비가 느끼는 비판이 환영적이고 허깨비 같은 것임을 지적함으로써 위로하려고 하는 대목에 나오는 말이다. "각 슬픔의 실체마다 스무 개의 그림자가 있어서 그것이 슬픔 그 자체인 것처럼 보이지만 실은 그렇지 않습니다. 슬픔에 잠긴 눈은 눈물로 흐려져서 단 하나의 사물도 여러 개로 보이는 법입니다. 마치 사선 원근법 화면과 같이 그걸 정면에서 보면 무언지 가릴 수 없지만 비스듬히 삐딱하게 보면 그 형태가 뚜렷하게 구별되는 것과 마찬가집니다. 폐하께서도 대왕폐하의 충정을 왜곡해서 보시기 때문에 실제 이상으로 상심하여 그런 슬픔을 보고 계신 것입니다. 실재하는 것처럼 보이는 그것은 단지 존재하지도 않는 그림자에 불과합니다." 이 말을 전후한 대목을 지젝은 일그러져 보이는 왜상(歪像, anamorphosis)의 은유로 풀어가면서 왕비의 근심이나 걱정이 실은 아무것도 아니라고 주장하려 했던 부시의 의도와는 달리 역설적으로 왕비에게 전달될 수도 있음을 분석한다. 그리고 이렇게 적는다.

여기서 우리가 발견하는 것은 따라서 두 개의 현실, 두 개의 '실체'다. 첫번째 은유의 차원에서 우리는 "스무 개의 그림자를 갖는 실체"로서, 우리의 주관적인 시각에 의해서 수많은 반영들로 분열된 하나의 사물로서, 요컨대 우리의 주관적인 관점에 의해 왜곡된 실체적 '현실'로서 나타나는 상식적인 현실을 깨닫는다. 만일 우리가 그리고 실제에 입각해서 하나의 사물을 본다면 우리는 "실제 그대로" 그것을 보게 될 것이다. 반면 우리의 욕망과 불안으로 혼란스러워진 응시("삐딱하게 보기")는 우리에게 왜곡되고 흐려진 이미지를 제공한다. 하지만 두번째 은유의 차원에서 그 관계는 역전된다. 만일 우리가 똑바로, 실제에 입각해서 무관심적으로, 객관적으로 사물을 본다면 우리는 오직 형태 없는 오점spot만을 보게 될 것이다. 대상은 오로지 우리가 "비스듬히", 즉 욕망이 지탱시키고 침투하고 '왜곡하는' '관심적' 시각으로 볼 때에만 명확하고 변별적인 특징을 띠게 되는 것이다.
— 슬라보예 지젝, 『삐딱하게 보기』, 김소연·유재희 옮김, 시각과 언어, 1995, p. 31.

이와 같은 지젝의 논의를 다른 식으로 삐딱하게 풀자면, 이기호 소설 역시 예의 두 개의 현실을 삐딱한 상상력으로 문제 삼고 있다고 할 수 있다. 이야기 속의 인물들은 대개 욕망과 불안으로 혼란스러워진 응시를 보이고 그 삐딱하게 보기로 말미암아 왜곡되고 흐려진 이미지를 우리에게 보여준다. 「버니」의 주인공이 그렇고, 「햄릿 포에버」의 이시봉은 물론 그러하며, 심지어 아주 신실한 기독교 신자로 묘사되는 「최순덕 성령충만기」의 최순덕도 이 범주를 벗어나지 못한다. 이런 삐딱한 인물들의 삐딱한 응시를 작가/서술자 또한 삐딱한 응시로 포착한다. 그러니까 지젝이 말하는 두번째 은유의 차원은 작가/서술자의 층위에서 거론될 수 있다는 것이다. 이기호는 대상을 삐딱하게 바라보면서 몽롱함 속에서 생생함을, 혼돈 속에서 질서를 나름대로 포착한다. 이러한 삐딱하게 보기의 양면성이 교호하면서 이기호 소설 텍스트는 새로운 탄생을 알게 된다.

작가가 아주 삐딱한 응시를 시도했을 때 앞에서 본 것과 같은 환상적 가정법의 세계에 기초한 서사가 축성된다. 그 정도를 완화하면 삐딱한 응시를 보이는 삐딱한 인물들의 일탈 행위를 문제 삼는 일련의 소설이 탄생한다. 환상적 전제는 없지만 삐딱한 인물들의 이야기이기는 마찬가지다. 가령 「버니」는 "세상이 좆같다는 걸 충분히"(p. 9) 아는 열아홉 양아치 소년이 랩의 리듬으로 들려주는 버니라는 랩퍼의 이야기다. "나는 버니를 몰라, 버니라는 랩퍼를 몰라, 버니의 본명이 순희라는 것도 몰라, 순희가 내 밑에서 일했다는 것도 몰라, 순희가 밤마다 여관으로, 여관으로 출장 간 걸 몰라, 몰라 몰라, 아무것도 몰라"(p. 8)라고 하는 부분에서 명료하듯 소설 전체는 아이러니의 담론으로 이루어져 있다. 그런 가운데 각 장의 끝 부분에서 후렴구처럼 반복되는 부분에 있는 이런 구절이 주목된다. "아무도 나에게 말하는 법을 가르쳐주지 않았어/하지만 난 이렇게 말하지/나도 가볍고 너희들도 가벼워/내 말도 가볍고 너네 말도 가벼워." 특히

"아무도 나에게 말하는 법을 가르쳐주지 않았어"라고 진술한 대목이 인상적이다. 실제로는 그럴 리 없지만 그렇게 진술하는 것은 세상의 말과 법, 즉 상징적 질서에 포획되지 않겠다는 무의식을 드러내는 것이기 때문이다〔한편으로는 "백제 근초고왕이 일본 왕에게 하사한 검의 이름을 쓰시오"(p. 10) 하는 국사 주관식 문제를 내는 교육 제도, 그 질문에 '사시미'라고 썼다고 "싸가지 없는 놈"이라며 뺨을 때리는 교사가 있는 교육 제도에 대한 조소적 비판 의식이 들어 있는 것으로 보이기도 한다〕. 그는 가볍게 말하며, 가볍게 탈주하기를 바란다. 그래서 버니라는 랩퍼로 성공한 순희의 매니저가 순희의 과거를 함구하라는 말을 듣고도, 그 말에 주눅 든 척하면서도 결코 거기에 억압되지 않고, 가볍게 그 말을 위반한다. 그 위반의 서사를 통해 작가는 썩 흥미로운 하이틴 블랙 유머 한 편을 상큼하게 선사하고 있는 것이다. 그것을 통해 직접적으로는 버니의 매니저의 말과 법에 탈 내고, 간접적으로는 세상의 말과 법에 탈 내고자 시도한 것으로 보인다.

「옆에서 본 저 고백은」에서도 사정은 비슷하다. 고아원 출신으로 앵벌이 노릇을 10년 넘게 해오던 나와 친구 시봉이, 자기 소개서를 쓰기 위해 PC방에 갔다가 만난 '팔대이'로부터, 자기 소개서를 쓰려면 우선 고백을 해야 한다는 말을 듣고 자기들의 지난 삶을 고백하는 이야기를 흥미롭게 다룬다. '형님들의 회사'에 시봉이 취직하기 위해 자기 소개서를 쓰려고 했던 것인데, 결국 시봉은 자기 소개서를 다 완성하지 못한다. 미완성인 회사 취직용 자기 소개서가 같은 앵벌이 식구인 덕자에 의해 앵벌이를 위한 호소문으로 둔갑하게 된다는 설정 또한 흥미롭다. 세상의 말이나 격식으로 자신들의 삶과

의식을 진실하게 소개하기 어려운 그늘진 사람들의 이야기를, 그야
말로 언어 이상이거나 언어 이하의 단락에서 찌지직거리며 형성되
는 사태들을, 그럼에도 아주 실감 나는 언어로 형상화한 것이다. 「햄
릿 포에버」의 이시봉 역시 세상을 삐딱하게 보는 인물이기는 마찬
가지다(이 소설집에는 「옆에서 본 저 고백은」 「햄릿 포에버」 「백미러
사나이」 등 세 편에 서로 다른 이시봉이 등장한다. 삐딱하게 보는 작가
이기호의 왜상의 은유의 파편 각에 따라 앵벌이가 되기도 하고, 소년원
출신으로 본드를 흡입하는 배우가 되는가 하면, 뒤통수에 눈이 달린 대
학생이 되기도 한다. 같은 이름으로 불리는 그들은 작가의 욕망과 응시
의 분열상을 알게 하는 다중 자아들이다). 「버니」에서는 말하는 법을
배우지 않았다고 짐짓 시치미 떼는 모습을 볼 수 있었는데, 「햄릿 포
에버」에서는 세상의 말과 법의 주재자로 간주되는 아버지를 거세하
는 작업을 보인다. 햄릿의 아버지 역을 하는 이시봉이 본드 환각 속
에서 햄릿을 만나 그의 아버지에 대해 문의하려던 중 자기 아버지를
보게 되고 정신을 잃게 된다는 대목에서 그 의식을 명료하게 확인할
수 있다. 비록 「햄릿 포에버」의 경우처럼 직접적으로 오이디푸스 콤
플렉스와 탈오이디푸스 콤플렉스의 역학을 문제 삼는 이야기가 아
니라고 하더라도 대부분의 이기호 소설은 아버지의 질서를 거부한
다. 그의 이야기 지도에 아버지의 자리는 없다. 그만큼 강등의 수사
학을 구사하기 때문이다. 인물들의 삐딱한 응시에 의해 대부분의 대
상들, 예컨대 「버니」의 매니저나 학교 선생님, 「햄릿 포에버」에서 햄
릿과 이시봉의 아버지, 그리고 극단주 차서화, 「백미러 사나이」에서
박 대통령 등 거개가 그러하다. 「최순덕 성령충만기」에서 추상적 이
상주의에 들려 있는 주인공 또한 강등의 대상이 된다. 기독교적 이

상에 들려 현실을 제대로 파악하지 못하는 인물의 우스꽝스러운 에피소드를 가장 성스러운 담론의 스타일인 성경의 문체로 진술하고 있는 것이다. 이기호의 소설에서 보이는 이러한 강등의 수사학은 상호 강등의 담론으로 이루어져 있다. 즉 흔히 볼 수 있는바 주체에 의한 대상 격하 혹은 비판의 담론과는 거리가 있다는 얘기다. 이기호 소설의 어떤 주체도 스스로 강등되면서 대상도 강등시키기에 자연스럽게 억압 없는 웃음을 이끌어낸다. 웃으면서도 나름대로 세상의 겉과 속 혹은 그 사이에 대해 반성적 사고를 지닐 수 있게 한다. 엉뚱하게 보이기도 하면서 나름의 설득력과 호소력을 얻게 되는 것은 그 때문이다.

이기호야말로 러시아의 문예 이론가 바흐친이 논급한 카니발적 세계관을 생래적으로 지닌 작가가 아닐까 싶다. 이야기 마당, 그 언어 놀이판에서 흥겹게 놀 수 있는 에너지가 어지간하다. 첫 소설집이니만큼 그가 보여줄 수 있는 것 중에서 지극히 일부분만 여기에 들어 있다고 해야 할 것이다. 그가 더욱 다양한 화제와 스타일을 가지고 더욱 신명 나는 이야기판을 만들어주기를 우리는 기대한다. 우리네 이야기판에 더 이상의 바닥이 있어서는 안 되겠기에, 이기호 같은 신진 작가들이 새롭게 지필 신명기가 더욱 기다려지는 것이다.

악몽의 탈주와 혼돈의 수사학
── 박형서의 『토끼를 기르기 전에 알아두어야 할 것들』

1. 퍼즐과 이야기장(場)

박형서의 소설은 아주 특이하다. 어떤 때는 1,200조각짜리 고난이도의 퍼즐이 떠오르기도 하고, 또 어떤 때는 12조각짜리 저난이도의 퍼즐처럼 싱겁다는 생각이 들기도 한다. 가령 넓은 바다나 광활한 하늘 풍경의 퍼즐은 대단히 어려운 수고를 요하는데, 박형서의 야심작은 그런 경우에 속한다. 왜 그런가. 그의 상상력이 보이는 세상의 재현 대상에서 비롯되는 게 아니기 때문이다. 그의 의식과 시선은 나날의 삶의 구체적 세목을 관찰하지만, 그것은 무의식적 적층을 위한 예비 작업으로서만 의미를 지닌다. 그의 상상력과 이야기는 무의식의 혼돈스러운 지대, 바로 꿈의 지대에서 비롯된다. 그것도 악몽, 차라리 지독한 악몽에서 박형서의 상상적 탈주는 시작된다. 단지 꿈과 현실, 무의식과 의식, 혹은 환상과 현실이 날 선 채로 충돌하는 것도 아니다. 꿈과 꿈, 꿈속의 꿈들이 얽히고설킨 상태에서 충돌하고 부유하거나 산화된다. 그러므로 박형서의 이야기장(場) 안에서는 당연하게도 이야기의 선조적 연속성은 대체로 보장되지 않는다. 한 줄 한 줄 차례대로 읽어나가다가는 길을 잃은/잊은 독자가 되기 십상이다. 사건이나 행동의 인과론도 어지간히 해체되어 있다. 우연의 동기화 전략이나 새로운 가능 세계에 대한 낯선 탐색 전략에 의해 기존의 서사적 핍진성이나 현실적 개연성은 파문의 상태에 가깝게 방치된다.

박형서 소설집 『토끼를 기르기 전에 알아두어야 할 것들』(문학과지성사, 2003)의 인물들은, 이유는 불분명하지만, 대체로 현실에서 철저하게 절망한 자들이다. 「물 한 모금」의 양파는 '물 한 모금' 마실 몇 초 정도 늦는 바람에 공들여 만든 작품이 특허를 받지 못한 채 "형편없는 모조품"(p. 153)으로 전락되는 비극을 겪게 된다. 「하나, 둘, 셋」에서는 "불완전한 몸으로 태어났으니 애초에 내 몫의 선택이란 없었다"라고 진술되는 인물의 초상이 제시된다. 「토끼를 기르기 전에 알아두어야 할 것들」에 나오는 아내는 토끼의 죽음에 절망하여 토끼처럼 죽어간다. 「이쪽과 저쪽」에서는 사소한 우연 때문에, 무의식중에, 살인자가 되고 마는 인물이 나오는가 하면, 「불 끄는 자들의 도시」에서는 식인육적 카니발리즘이 화염처럼 자행된다. 사정이 이러한 까닭에 「사막에서」처럼 대부분의 인물들은 정처 모를 사막에서의 방황을, 악몽처럼 겪어내지 않으면 안 된다. 그들은 대체로 지독한 악몽을 체험하면서 현실에 대한 복수 욕망을 추동하거나 타나토스 충동을 보인다. 혼돈을 즐기면서 혼돈스러운 현실을 더욱 혼돈스럽게 교란하고자 하는 수사 전략을 지닌 작가가 바로 박형서다. 그가 보이는 묵시록적 상상력이나 타나토스에의 충동은 지금, 여기의 현주소를 나름대로 진단하는 임상학적 성격도 지닌다. 작가 박형서는 끊임없는 탈주 전략을 통해, 산문정신이 훼손된 불안한 우리 시대를 불안하게 증거한다. 매우 서늘하면서도 불길한 상상력의 일환이 아닐 수 없다.

2. 사막의 백일몽과 백일몽의 사막

「사막에서」는 이미 표제가 많은 것을 암시하는 것처럼, 우리 현실이 사막처럼 불모성의 생존 장(場)이 되고 있다는 불길한 조짐을 이야기장 곳곳에 매설해놓고 있는 작품이다. 복수(複數)의 꿈들이 복수(復讐)하듯 이야기를 교란하는 형국이어서 매우 복잡하고 모호하기 짝이 없는 작품이지만, 그래도 다음과 같은 본문을 통해, 우리는 이 소설의 기본적 서사 상황을 유추해볼 수 있다.

사막은 끝없이 탐욕을 부리며 더더욱 많은 것을 집어삼켰다. 더 이상 견디지 못할 만큼 비대해졌으며, 한없이 질량을 키워나갔다. 내 앎과, 내 느낌과, 빼앗기기가 죽기보다 싫었던 모든 것들. 그들은 사막에 갇혀 소리 죽여 울었고, 때가 되자 하나씩 소멸해갔다. 절대 벗어날 수 없는 것들에서 벗어나기 위해 필요한 것은 사막을 닮은 망각뿐이었다. 나는 너무 늦지 않게 이를 깨달았고, 어떻게든 순응하기 위해 애쓰며 살아왔다. 그러던 먼 훗날의 어느 밤, 나는 꿈을 꾸었다. (p. 51)

여기서 사막은 내가 대면한 세계의 상징이다. 마치 자본주의 체제 자체가 그러하듯 사막은 끝없는 탐욕으로 더더욱 많은 것들을 삼켜버린다. 그러니 사막과의 대결에서 나는 "빼앗기기가 죽기보다 싫었던 모든 것들"까지 빼앗기며, 소진되고, 소멸된다. 사막은 시커먼 아가리이고, 나는 삼켜진 것들을 망각하는 방어 기제만을 발동시킬 따름이다. 그런 사막 – 세계와의 처절한 대결이 나를 꿈의 세계로 유인한다. 물론 악몽의 세계로 말이다. 그의 악몽은, 그러나 그가 가급적 피하고 싶었던 과거 현실에서의 악몽이 되풀이되는 형국으로 유영한다. 꿈의 주요 표상으로 제시되는 세목들, 이를테면 "이름마저 잊혀진 고양이, 우습게 죽어버린 아버지가 그곳에 있었다. 병상에서 보낸 여섯 해의 내 젊음, 아득히 먼 곳으로 가버린 원주의 옛집, 이국의 보석처럼 끝없이 무엇인가 이글거리는 아우의 검은 눈동자" 따위가 "마치 사막이라는 오르골에 매달려 빙글 도는 꼭두각시"(p. 51)처럼 악몽으로 현현된다. 이런 나의 꿈은 과거의 악몽 같은 현실에 대한 반사몽(反射夢)의 성격을 지니면서, 동시에 샤갈의 그림을 통해 꿈의 세계로 입사하는 접속몽(接續夢)의 성격도 지닌다. 곧 나의 사막은 나의 사막이기도 하면서 곧 샤갈이 만들어낸 사막이기도 하다.

또 다른 사막이, 또 다른 악몽이 있다. "노란 히아신스를 좋아하던 여인", 내게 "그녀의 머릿속을 가득 채운 기이할 정도로 정교한 톱니바퀴"(p. 30)를 보여주었던 광인(狂人), "기이한 굴곡과 형용할 수 없이 진한 보랏빛의 황혼으로 꿈틀거리는 한 광인의 뇌 속"(p. 52)에서 펼쳐지는 사막이 그것이다. 이는 "완전히 차원이 다른 어느 저주받은 여인의 사막"이다. 그 "보랏빛 톱니바퀴의 사막"(p. 30)에서는 네 명의 사내가 정처 없이 걷다가 차츰 한 명, 한 명씩 떨어져 나가는 이야기가 전개된다.

조금도 벗어날 수는 없어. 낙타는 그렇게 말하고 있었다. 그 낙타로서도 전혀 짐작할 수 없는 보랏빛 사막을 방황하는 네 명의 사내가 여전히 있다. 그들은 심히 지쳤음에도 이상하게 갈등과 허기를 느끼지 못했다. 이봐, 어떻게 된 거지? 한 사내가 드디어 입을 열어 말하자, 모두들 그의 용기를 칭찬했다. 실은 아무도 모르지, 하고 제법 앞장서서 씩씩하게 걷던 사내가 말했다. 이 보랏빛 사막에서 우리는 대체 무엇을 하고 있는지, 왜 여기 있는지, 아니 우리가 누구인지조차 모르고 있단 말이야. 그럼에도 불구하고 우리는 각각 완벽한 하나의 인격체이고, 이런 것이 세상에 가능이나 할까? 야트막한 벽 하나 없는 사막은 인간을 가두기에 지상에서 가장 완벽한 감옥이다. (p. 38)

따온 부분에서 낙타는 나의 사막, 나의 꿈속에 등장하는 상상적 존재다. 나의 사막 이야기가 전개되다가 슬그머니, 낙타를 매개로 하여 보랏빛 톱니바퀴의 사막으로 옮겨 간다. 그러니까 보랏빛 광인의 사막/악몽은 나의 사막 속의 사막이요, 나의 꿈 속의 꿈(夢中夢)의 성격을 지닌다고 볼 수도 있다. 나의 사막 이야기의 실감보다 광인의 사막 이야기가 더 아슴아슴하게 느껴지는 것은 그 때문인지도 모른다. 그 깊은 꿈속에서, 혹은 사막 속의 사막에서 사내들은 도대체 자기가 누구인지, 무엇을 하고 있는지, 왜 거기 있는지, 어디로 가고 있는지, 어디로 가야 할지 등등을 도무지 알지 못한다. "야트막한 벽 하나" 없음에도 불구하고, 역설적으로 사막은 "지상에서 가장 완벽한 감옥"(p. 38)이기 때문일까. 어쨌든 "위치의 불확정성과 운동량의 불확정성의 곱"(p. 39)의 운동이 교란하는 가운데, 사내들은 한 명, 한 명 떨어져 나간다. 그리고 그 존재들은 사막의 보랏빛 톱니바퀴 속에 완전히 묻혀버리고 만다. 그러니까 그 "각각 완벽한 하나의 인격체"(p. 38)였던 사내들은 넷이면서 동시에 하나였고, 하나이면서 넷이거나 그 이상인 존재태였다. 마치 나의 사막에서 내가 그림자를 지닌 육체와 그림자 없는 영혼으로 분열되어 서로 희화적인 시선과 응시를 교환하는 것과 같은 양상이다. 넷이었던 존재들이 서서히 무화되는 이야기를 혼돈스럽게 전개하던 작가는 이렇게 질문한다. "보랏빛 사막을 걷고 있던 마지막 사내는 어찌 된 것일까. 기이한 굴곡과 형용할 수 없이 진한 보랏빛의 황혼으로 꿈틀거리는 한 광인의 뇌 속을 영원히 방랑하는 것이 자신의 운명이리라 여겼던 그는, 이 많은 사연을 부둥켜안고서 도대체 어디로 간 것일까"(p. 52). 사막에서의 영원한 방랑자의 운명에 대한 탐색의 방식은 그러나 사막의 위력 때문에 제대로 전개되기 곤란하다. 질문은 뚜렷한데 대답은 보랏빛 사막에 갇혀버린다.

위대한 황제가 죽어버린 사막을 아직도 항해하고 있을 것인가, 아니면 그 무슨 요사스런 병균이라도 되어 이미 죽어버린 광인 대신 나에게로 옮아온 것인가. 이도 저도 아니라면 혹시 그 광인의 죽음과 더불어, 그 영혼의 소멸과 더불어 애초 그랬던 것처럼 무의 형태로 돌아간 것은 아닐지. 하지만 이미 저 광활한 사막에 뿌리를 내리고 방랑자들의 습기 섞인 한숨과 보랏빛 잔광을 흡수해가며 끈질기게 존재하던 욕망과 기억과 형상이 이제 와 어떻게 모든 것을 부유하는 모래의 안개 속에 묻어버린 채 온전히 무로 돌아갈 수 있단 말인가? (pp. 52~53)

사막에서의 영원한 방랑자의 운명에 대한 탐색의 열정은 발본적이지만, 결국 질문의 형식으로 소설은 끝나고 만다. 그럼에도 무화될 운명과, 무화될 수 없는 "욕망과 기억과 형상" 사이의 날카로운 대립은 대단히 문제적이다. 무화될 운명을 거스르는 "욕망과 기억과 형상"으로 인해 인간은 거듭 "깊은 꿈의 경계를 향해 걷"(p. 52)게 되는 것이다. 달리 말한다면 그것은 꿈의 형식을 빌리지 않고서는, 현실에서 실재화되기 곤란한 것이다. 말하자면 도저히 실재계에 가닿을 수 없는 운명이다. 그러니 사막의 악몽에서 어찌 벗어날 수 있겠는가. 이렇게 박형서의 「사막에서」는 현존 인간의 존재론을, 그 보랏빛 사막의 존재론을, 그 보랏빛 톱니바퀴의 존재론을 악몽의 형식으로, 단락 나누기의 휴지조차 멀리한 채 전체를 한 단락으로 하여 숨 막히는 방식으로 탐문한 텍스트다. 무화될 운명을 거스르는 욕망의 에너지를, 사막에서의 불안한 기운으로 그려낸 작품이다. 그리고 이런 탐문의 방식과 태도는 정도를 달리함에도 불구하고, 그의 소설적 인식의 근간이 되는 게 아닐까 싶다.

박형서의 소설에 등장하는 악몽은 대체로 일종의 순교자형 백일몽의 성격을 지닌다. 사막과도 같은 현실은 주체의 욕망 실현을 강력하게 저지하게 마련인데, 이때 주체는 그 저지 상황에서 벗어나기 위해 꿈의 세계로 입사하는 경우가 종종 있다. 꿈을 통해 실패와 무능, 고난에 처한 주인공과 자기를 동일시하거나, 그 실패와 곤란을 과장함으로써 자신의 존재 가치를 확보하려는 백일몽의 세계로 말이다. 「사막에서」의 경우도 그렇거니와 「하나, 둘, 셋」에서도 그런 양상이 현저하다. "증오와 고통보다 강한 것은 두려움이었다. 몽환처럼 강이 나타나고 허공으로 돌아갔다"며 몽환의 세계를 강조하고, 그러므로 "내게는 백일몽이 필요치 않았다"(p. 116)라고 적고 있지만, 실제로는 심각하게 백일몽의 사막에 포획되어 있는 형국이다. "애초 방향 감각이 결여된 퍼런 배추벌레에 지나지 않았는지도 모른다"(p. 128)고 말하는 주인공이 사로잡힌 백일몽의 표상은 가히 위악적이다. "검은 배꼽"의 어둠에 포획되거나, "불결한 여자의 음모로 둥지를 튼 새들의 수면 사이를 꿈처럼 유영"(p. 119)한다. 혹은 "완벽하게 파괴된 자궁"(p. 131)이거나, 상처 입은 짐승이 스며드는 "파괴된 무덤"이거나 "병신의 시체가 숨겨진 도로의 맨홀"(p. 124)의 표상으로 나타나기도 한다. 골수를 숙주로 하여 살아가는 악령에 시달리는가 하면, "거짓된 희망을 주려는 듯 꼬불꼬불 길기만 한 무덤" 내지 "출구 없는 터널"(p. 131)에 봉착하기도 한다. 암흑 속에서 "내 머릿속에는 고속도로가 있다네. 맑은 날이면 빨간색 스포츠카를 타고 그곳을 질주하지. 흐린 날은 자전거를 타고 어슬렁대기도 하고. 하지만 비라도 내리면, 그곳에 누군가의 커다란 트럭이 굉음을 내며 달린다네. 그러면 내 머릿속의 도로는 무참히 파손되어 피를 토하지"라는 여자의 말을 듣고는 자신의 머릿속에 생긴 고속도로에서 "사방에 튀는 선홍색 피"(p. 121)를 목도한다. 이런 백일몽에 시달리면서 때때로 "왜 나는 나를 사랑하지 않고 복수를, 자학을, 쓰레기 같은 분노의 형상을 사랑해왔던가"(p. 132)라며 죄책감을 느끼기도 하지만, 악몽처럼 백일몽은 검은 심연으로, 심연으로 내려간다. 그럴수록 주인공은 소멸의 영점 지대를 향해 탈주하는 형국이 된다.

영, 혹은 무, 그리고 영원한 회귀의 기억, 불완전한 몸으로 나는 오랜 시간을 견뎌내었다. 하지만 영원할 수는 없었다. 한없이 비대해진,

뒤집혀진 내 속의 구멍은 삼키지 않아도 좋을 많은 것들을 끝내 삼켜
버렸다. 또 반대로 마땅히 삼켜야 할 것들은 철저히 토해내며 나를 망
가뜨렸다. 맥박보다는 경련에 가까운 움직임을 전신에 느끼며, 밤이
면 불 꺼진 거리를 나는 배회했다. 〔……〕

연못이었다. 완전히 열려버린 맨홀 속의 세계는, 그야말로 밑도 끝
도 없는 연못이었다. 나는 멍하니 주저앉아 좁고 깊은 연못을 마주했
다. 몸은 흔들흔들 중심을 잃었다. 머릿속은 텅, 비어 아무것도 아닌
것보다 깨끗해졌다. 아하, 그렇구나, 간단한 거구나. 나는 깨달았다.
하나, 둘, 그리고 셋이었구나. 이제 나는 알겠다. 더 이상 변명하지 말
자. 조금씩 들려온다, 저 공간이 찢어지는 지독한 소리. 그 소리가 끝
나기 전, 추락하듯 허리가 꺾이며 나는 시커먼 도로 위에 피를 쏟았
다. 내 피에서는 고통보다 진한 비린내가 났다. (pp. 133~34)

주인공은 지상에서 불구의 몸으로나마 고향으로 돌아가고 싶어
했지만, 고향으로 돌아가는 길을 잊어버렸으므로, 결코 돌아갈 수
없었다. 어쩌면 그에게는 상상적 합일을 위한 유년기적 기억도 존재
하지 않았는지 모른다. 유년기에도 그를 맞아준 "세상의 공기는 너
무나 차가"웠으며, 아무렇지도 않게 나를 피하던 아버지는 앵두를
먹다가 "나를 살짝 밀어 아래로 떨어뜨렸"기에 댓돌의 모서리에 눈
이 찔린 나는 "생애의 첫 아픔"(p. 115)을 느낄 수밖에 없었던 것이
다. 그러니 그가 영원한 회귀의 기억에 매달리는 것도 차라리 이해
가 된다. 그렇지만 영원한 회귀란 무엇인가. 저주받은 세상에서의
"까마득한 심연" 속으로 침잠해 들어가면서 "일생을 결박하던 밧
줄"(p. 135)을 벗겨내고 돌아갈 그곳은 어디인가. 죽음. 이 죽음에

이르는 타나토스에의 충동은 매우 절박하다. 삶이 죽음보다 더 병들었을 때, 죽음은 차라리 영원 회귀의 대상 공간이 되는 것이다.

「토끼를 기르기 전에 알아두어야 할 것들」은 "30년이나 같이 살아온 아내가 단 한 번의 뒤숭숭한 백일몽으로 인해 토끼로 변모해가는 것을 지켜보아야 하는"(p. 13) 몹시 고통스러운 나의 관찰기이자 탐문기다. 3주 동안 기르던 토끼 부부가 죽자 아내는 정신적 공황 상태에서 토끼처럼 행세하다가 토끼를 닮은 죽음을 맞이한다. 이 과정을 나는 아무렇지도 않게 보고하면서, 왜 아내는 그럴 수밖에 없었을까 하는 이유를 탐문해 들어간다. 그 몇 가지 탐문 중에 타자 되기의 형이상학은 깊은 생각거리를 제공한다. "외로움"을 넘어서기 위한 타자 되기의 적극적 전략으로 인해 죽음으로까지 입사해 들어가는 추론 말이다. 그런가 하면 「불 끄는 자들의 도시」에서 변 기자는 Y시에서 겉으로는 "의로운 사람들"로 칭송받던 불 끄는 자들의 실체를, "'의로운 사람들'이 아니라 '인육을 즐기는 사람들'"(p. 198)이라는 실체를 규명하려 하다가 결국 불에 타 죽는다. 주체의 진실이든, 타자의 진실이든 할 것 없이, 진실을 알고자 하는 사람들은, 박형서의 소설에서 죽음을 면치 못한다. 그들은 대체로 죽음을 담보로 죽음을 희미하게 밝힐 수 있을 따름이다. 그렇지만 이미 죽었으므로 그들은 영원히 진실을 알지 못한다. 묵시록치고도 아주 고약한 묵시록처럼 보인다.

3. 불길한 우연 혹은 혼돈 속의 혼돈

「사막에서」에는 이런 문장이 있다. "모든 것은 한순간이고, 삶이란 그러한 우연한 순간들의 연속이므로, 그리고 죽음이란 그 마지막 우연에 불과하므로"(p. 44). 또 이런 문장도 있다. "위치의 불확정성과 운동량의 불확정성의 곱은 플랑크 항수를 4π로 나눈 값보다 크거나 같으므로 그 각각의 성질을 정확히 파악하는 것은 불가능하다"(p. 39). 죽음마저 감당하며 인간의 운명과 진실을 탐문하고자 했지만, 그 진실에 이르는 것도, 이르지 못하는 것도 확정적일 수 없는 상태라는 것 혹은 혼돈스러운 우연의 소산이라는 생각에 가닿은 것은 퍽 쓸쓸한 일이다. 실제로 박형서는 우연의 모티프를 많이, 어쩔 수 없이 활용하고 있다. 「하얀 발목」「K」「물 한 모금」「이쪽과 저쪽」 등 여러 소설들은 불확정성 혹은 우연성 때문에 인간이 얼마나 불행할 수 있는가 하는 점을 극단적인 방식으로 보여준다.

「하얀 발목」의 경우 아내의 꿈속에 등장하는 인물들은 한결같이 죽어간다. 「물 한 모금」에서는 아주 똑같은 특허품을 발명했지만, 물 한 모금 마실 시간의 차이 때문에 특허 등록을 하지 못하고, 치사한 모조자의 신세로 전락하는 운명의 사내가 있다. 발명품의 일치도, 특허 등록을 위한 도착 시간의 차이도 우연이 아니면 설명되기 어려운 성질의 것이다. 「이쪽과 저쪽」에서 양 씨는 오랜 버릇처럼 "이쪽"만을 택하다가 우연히 살인자의 신세가 된다. 이들 작품에서 우연의 모티프는 어찌 보면 황당하기도 하고, 희화적이기도 하다. 그러나 작가는 이런 불길한 우연의 궤적을 조작적으로 배설하면서 인간 삶과 세상의 일들이 얼마나 혼돈스러운가를 역설적으로 증거하고 싶었던 것이 아닐까 짐작된다. 혼돈 속의 질서는 희망처럼 속기 쉬운 것이지만, 그것은 애초에 없거나 불가능한 것이라고 작가는 생각하는 것 같다. 질서는 물론, 혼돈 속에서 어렵사리 찾아들 혼돈 속의 질서도 불가능하기에 남는 것은 오직 혼돈 속의 혼돈일 뿐이다. 신진 작가 박형서가 착목한 핵심 문제 영역은 바로 이 지점일 터이다.

혼돈 속의 혼돈을 더욱 혼돈스러운 방식으로 탐문하기 위한 서사 기제 중의 하나가 다름 아닌 불길한 우연의 모티프다. 그러나 이 계열의 작품들은 혼돈스러운 백일몽 계열의 작품들에 비해 단순하게 느껴지는 게 사실이다. 당연하게도 현실 설명력도 환기력도 상대적으로 취약한 편이다. 불길한 우연의 그럴듯함을 위한 서사적 수고가 더욱 요구되는 대목이다. 그런 면에서 등단 초기의 작품인 「사막에서」나 「하나, 둘, 셋」의 세계를 더욱 확대, 심화하지 않은 것이 다소간 안타깝게 느껴지기도 한다. 지독한 묵시록의 세계, 그 검은 궁륭의 심연에서 모색하던 '혼돈 속의 혼돈'의 서사 전략에 새로운 에너지를 보태 더욱 새롭고, 더욱 깊고, 더욱 고통스러우면서도 진정성이 느껴지는 그런 소설의 방향으로 상상적 탈주의 여로를 보여줄 수 있기를 바란다.

달리와 달리

― 원종국의 「그래도」

1. 밀레, 달리, 원종국

파리 센강 좌안에 위치한 오르세 미술관은 건축물 자체만으로도 볼거리가 넉넉하다. 1900년 세계만국박람회를 기념해서 지은 이 건물은 기차역으로 사용되다가, 1970년대에 미술관으로 개조되었다. 거대하면서도 품격 있는 아치형 중앙 홀부터 그 흡인력이 압도적이다. 빨려들듯 오르세 미술관으로 들어서면, 관람객들은 내로라할 인상파 화가들의 컬렉션 속으로 환각처럼 입사한다. 인상적인 흡인력 앞에서 우리는 시나브로 전율한다. 모네의 「점심 식사」, 마네의 「풀밭 위의 점심 식사」, 빈센트 반 고흐의 「자화상」「아를의 별이 빛나는 밤」, 르누아르의 「피아노 치는 소녀들」, 쿠르베의 「오르낭의 매장」「화가의 아틀리에」, 그리고 밀레의 「만종」「이삭 줍는 여인들」「봄」 등 미술사를 수놓은 걸작들과 일목요연하게 소통하는 기쁨을 누린다. 그중에서도 밀레의 「만종」(1859년작)^{QR01} 앞에서 우리네 발길이 오래 머무는 것은 차라리 자연스럽다. 돌이켜보면 난 어릴 적

322

고향의 이발소 그림으로 「만종」을 처음 보았
다. 푸시킨의 "생활이 그대를 속일지라도 슬
퍼하거나 노하지 말라"는 시구와 더불어 밀레
의 그림도 유행했던 때였던가 보다. 석양 무렵
멀리 성당의 종소리가 울리자 밭에서 일하던

QR01

부부가 잠시 일손을 멈춘 채 삼종기도를 올리는 모습. 참으로 고즈
넉한 분위기 속에서 감사의 기운이 느껴지고 평화로운 느낌이 전해
지던 그림이었다. 빛바랜 사진으로 본 것이어서 아슴아슴 더 아련한
느낌이었던 것 같다. 밀레가 누구인지 제대로 알지 못했던 아주 어
렸을 적의 희미한 풍경이다. 헐벗은 나목(裸木) 아래 아이 업은 여인
의 풍경을 즐겨 그렸던 박수근이 어릴 적 이 그림을 보고, 밀레 같은
화가가 되게 해달라고 간절히 기도했다는 사실을 알지 못할 무렵이
었다. 또 빈센트 반 고흐가 "이것은 시(詩)"라며 밀레를 가장 위대한
화가로 칭송했다는 일화도 들어본 적이 없는 때였다. 그러다가 학교
에서 미술 시간에 다시 「만종」을 접했고, 또 많은 시간이 지난 후 비
로소 오르세에서 진품 앞에 섰을 때 벅찬 전율이 복합적으로 다가왔
다. 2008년 7월이었다. 어렸을 적 복제본 사진에서는 감지할 수 없
었던 겹겹의 환영들이 일렁거렸다. 평화를 간구하는 아우라가 스미
다가 원인 모를 결핍과 연루된 불안기가 느껴지기도 했다. 그 어떤
불안을 덜기 위해 저토록 간절히 기도하는가. 부부의 등 뒤에서 저
물어가는 노을은 정녕 아름답기만 한 것일까. 그렇다면 어릴 적 이
발소 그림에서는 느낄 수 없었던 불안은 과연 어디서 연원한 것이었
을까. 이런저런 불안 담론에 관심을 쏟던 무렵이었기 때문에 나 자
신의 실존적 관심의 발원일 수도 있었으리라. 혹은 「만종」과 관련한

이야기에 영향을 받은 불안기였을지도 모른다.

　그랬다. 나보다 훨씬 이전에 이 그림 앞에서 엄청난 불안을 느끼며 「만종」의 심연에서 그 불안의 근원을 찾으려던 불세출의 화가가 있었다. 다름 아닌 스페인 출신의 천재적인 화가 살바도르 달리. 「만종」에서 평화를 호흡했던 어렸을 적의 나와는 달리 어찌하여 달리는 불안을 느꼈을까. 천재 화가다운 직관이었을까. 『밀레의 만종과 비극적 신화』(1938)에서 달리는 1932년 6월 밀레의 「만종」이 강렬한 인상으로 다가왔다고 밝히고 있거니와, 그가 거기서 비극적 불안기를 느꼈던 것은 여인의 뒤쪽 수레 안이나 두 사람 앞에 놓인 감자 바구니 속 어딘가에 아이의 시신이 있을 것만 같은 환각을 무의식적으로 느꼈기 때문이라고 한다. 원제를 "삼종기도"라 했던 밀레는, 생전에 만종이 울리면 하던 일을 잠시 멈추고 가엾게 죽어간 이들을 위한 삼종기도를 경건하게 올리게 하셨던 자신의 할머니를 떠올리며 그린 그림이었다고 말했다. 어쨌든 적어도 이 그림의 표층에서 아이를 잃은 부모의 간절한 애도를 읽어낼 표지는 그다지 넉넉한 편이 아니다. 그러나 달리의 환각처럼 훗날 X선 투시를 통해 감자 바구니 심연에 관처럼 보이는 상자가 있었다는 사실이 밝혀졌다. 그럼에도 그 상자를 꼭 아이의 관으로 볼 근거가 희박하다는 논란이 이어지기도 했다. 이런 논란이 거듭된 데는 또 그럴 만한 사연이 있었다. 시골 농부 부부에게 아이가 있었는데, 가난으로 인해 굶어 죽게 된다. 그러자 부부는 죽어서라도 감자가 나오는 밭에서 잘 먹으라는 의미에서 감자밭에 묻어주기로 하고 매장하기 전에 아이를 위해 마지막으로 기도를 올린다. 이런 얘기를 들은 밀레가 그림으로 재현했는데, 그것을 본 친구는 너무 침울하다는 반응이었다. 이에 밀레

QR02

는 관 위에 덧칠하여 감자 바구니로 바꾸었다
는 얘기다. 물론 적층이 두터울 수 있는 유화
의 특성상 그 텍스트의 심연을 다 헤아리기 어
려우므로, 주변의 이런저런 설로 확정적인 진
실을 말하기는 쉽지 않다. 그럼에도 감자 바구
니의 심연에 죽은 아이의 관이 그려져 있었다는 이야기는 내게 오래
남았던 모양이다. 오르세에서 처음으로 진품「만종」을 볼 때, 그 이
야기의 영향으로 불안기를 느꼈거나, 혹은 그 이야기에 영향을 받을
것만 같은 불안 때문에 또 다른 불안에 시달렸을지도 모르겠다.

반 고흐나 박수근도 그랬지만,「만종」의 화가 밀레에 대한 달리의
오마주는 대단한 것이었다.「달리의 만종」「건축적인 밀레의 만종」
「갈라와 밀레의 만종」을 비롯한 여러 변주를 창작하는 한편『밀레의
만종과 비극적 신화』란 책을 출판하기도 했다. 살바도르 달리의 변
주 중「갈라와 밀레의 만종」[QR02](1933년작)은 여러 가지 생각거리를
제공하는 문제작이다. 건축적 원근법으로 인상적인 이 그림의 가장
안쪽에는 달리의 연인 갈라가 의자에 앉아 있다. 갈라의 맞은편에
뒷모습만 보이는 대머리 사내가 팔을 기댄 채 비스듬히 앉아 있다.
흔히 레닌으로 해석된다. 그리고 열린 문의 뒤에 숨어 문의 모서리
를 잡고 머리 위에 바닷가재를 얹은 우스꽝스러운 사내는 흔히 러시
아의 작가 막심 고리키로 얘기된다. 이 세 인물들이 한 그림에서 어
울리는 듯 어울리지 않고, 어울리지 않는 것 같으면서도 어울린다.
이 구도에 대해 종종 프로이트적인 해석이 덧붙여지곤 한다. 달리는
열 살 연상의 연인 갈라에게 모성애를 느꼈다. 어머니 같은 연인이
다. 그 맞은편 레닌은「윌리엄 텔의 수수께끼」에서도 그랬던 것처럼,

법과 금기를 주재하는 아버지의 변형이다. 실제로 달리의 아버지는 같은 초현실주의 그룹의 시인 폴 엘뤼아르의 부인이었던 갈라를 자기 여인으로 만들기 위해 금기를 넘어 온갖 기행을 벌였고, 이를 포함한 여러 이유로 그의 부친은 아들과 의절하기도 했다. 사정이 이러하기에 문밖에 어정쩡하게 서 있는, 바닷가재를 머리에 얹은 사내를 달리 본인으로 해석하는 것은 비교적 자연스럽다. 방 안쪽의 갈라와 동일시를 욕망하지만, 당시로서는 '가까이하기엔 너무나 먼 당신'의 자리에 있는 것처럼 느껴질 뿐만 아니라, 아버지가 둘 사이를 가로막은 채 아들의 욕망을 억압하는 형상이다. 저 오래된 오이디푸스 콤플렉스와 그로 인한 불안을 극적으로 환기한 구도가 아닐 수 없다. 이런 구도 위에 밀레의「만종」액자가 걸려 있다. 일부에서는 이를 밀레에 대한 달리의 한없는 오마주로 해석하기도 하지만, 그보다는 복잡한 구도를 생각해볼 수 있다. 달리가「만종」에서 죽음의 타나토스에 이끌려 불안을 느꼈다는 사실을 상기하면, 욕망과 불안의 길항이라는 측면에서 액자 속「만종」과 그 아래 세 인물의 구도는 상동적인 것으로 볼 수도 있다. 욕망은 결코 그 대상에 다다르지 못한 채 결여의 가장자리를 형성하면서 불안을 배태하는 어떤 것이다.「만종」에서 기도하는 부부와 그 대상과의 관계, 달리의 그림에서 바닷가재를 얹은 달리와 갈라의 관계는 그런 지점에서 한 다발로 묶일 수 있다. 또 다른 측면에서 생각해보면 달리는 밀레를 극도로 존경했지만, 바로 그 점 때문에 예술적 친부 살해의 대상으로 삼을 수도 있다. 농민들의 실제 생활을 진지하게 그렸던 바르비종파의 대표적인 화가였던 밀레와는 달리, 살바도르 달리는 독창적인 상상력으로 인간과 세계를 보는 새로운 눈을 강조했던 초현실주의 화가였으니, 존경과 거부라는 양가감정은 차라리 당연한 것일 수 있다.

살바도르 달리의 화실에 밀레의 「만종」 실물 액자가 걸려 있었다면, 이제 우리 시대의 한국 작가 원종국의 서재에는 디지털 액자가 있고, 거기엔 언제나 달리의 그림들이 흐른다(이 문장을 쓰기 위해 우리는 얼마나 먼 길을 돌아왔던가). 특히 대단히 인상적인 원종국의 〈믹스언매치Mix-and-Match〉 연작 안에 삽입된 살바도르 달리의 디지털 액자 그림들은 소설의 기본적 모티프나 이미지 혹은 구조적 핵자로 기능한다. "비합리주의적 니체 되기"(살바도르 달리, 『달리, 나는 천재다!』, 최지영 옮김, 다빈치, 2004, p. 17)를 꿈꾸며, "순도 백 퍼센트의 초현실주의자"(같은 책, p. 18)를 지향했던 살바도르 달리는 밀레를 달리 그렸고, 원종국은 달리를 달리 이야기했다. 밀레의 현실성과 달리의 초현실성이 복합적으로 스미고 짜이면서 원종국 소설의 독창적 상상력과 스타일의 비범함을 알게 한다. 비빔밥 나라의 작가다운 비범한 비빔 스타일이 인상적이다. 그러니까, 미리 말하건대, 원종국의 소설은 독특한 상상력의 복합적 만화경이다. 그는 현실과 가상현실, 생시와 꿈, 리얼리티와 판타지를 가로지르며 현묘한 연금술의 줄타기를 한다. 그의 소설에서 복합적 서사소들은 어울리지 않을 것처럼 어울리고, 어울리는 듯 어긋난다. 이렇다 할 접점이나 교점을 마련하기 어려운 요소들이 슬며시 어울려 새로운 서사의 육체를 형성하는 상상의 콜라주가 참으로 어지간하다. 그렇게 어울리지 않을 것처럼 어울리는 풍경은 이제껏 작가 원종국이 탐사한 서사의 핵심 원형질에 속한다. 아마도 21세기 초반의 한국 서사에서 가장 인상적인 연작으로 기록될 〈믹스언매치〉 연작은 그 내용과 형식 양면에서, 원종국 소설의 구근 구조를 짐작하게 한다. 어울리지 않을 것처럼 보이는 것들이 겹쳐지고 호응하는 교란의 풍경, 혹은 관계없는 것끼리의 짝짓기는 아마도 작가가 새로운 소설의 섬으로 나아가기 위한 불가피한 상상적 책략이었을지도 모른다. 그러나 작가의 상상적 의지에도 불구하고 그 어울리지 않는 것들은 결국 어긋나는 경우가 많다. 어긋나면 어긋날수록 비극의 심연은 깊어지기 마련이다. 오랜만에 상자하는 두번째 소설집에서 원종국의 탐색은 더욱 웅숭깊다. 그가 응시한 성찰의 심연, 비극의 심연은 한없이 깊어져 있다. 희망이 소진되고, 생명이 마모되고, 기억은 단절되고, 몸은 피로해진 군상들이, 원종국의 영혼의 콜라주를 통해 우리 앞에서 현현될 때, 우리는 종종 아득한 느낌에 젖지 않을 수 없게 된다. 그러나, 그럼에도 불구하고, 그래도, 삶은 지속되어야 하고, 희망의 불씨는 새롭게 탐문되어야 하고, 기억의 소생을 위해서, 다시 말해, 다시 살아가기 위해서 우리는 당분간 모종의 상상적·의지적 노력을 포기할 수 없음을 작가는 곡진한 언어로 환기한다.

2. 달리처럼

원종국의 〈믹스언매치〉 연작은 첫 소설집 『용꿈』(문학과지성사, 2006)에 수록된 「믹스언매치」 「욕망의 수수께끼, 어머니, 어머니, 어머니」 「슬픈 아열대」에 이어 이번 소설집 『그래도』(문학과지성사, 2013)에 실린 「두 사람이 보이는 자화상」 「나는 달리다」 「다시, 살아가는 일」까지 총 여섯 편으로 이루어져 있다. 연작의 기본 구도는 이미 「믹스언매치」에 상당 부분 담겨 있다. 그 단초는 살바도르 달

리의 운명에서 비롯된다. 살바도르는 너무나
도 서둘러 지상에서 육신을 거두어 간 형의 이
름이었다. 사망 신고와 출생 신고의 번거로움
을 덜기 위함이었는지, 일찍 아들을 보낸 참척
의 고통을 다소나마 덜기 위해 그 이름을 없애

QR03

지 않은 것인지, 살바도르 달리의 부모 속마음을 헤아릴 길 없다. 어
쨌든 이름을 재활용한 것, 살바도르라는 이름을 지속시킨 것만큼은
분명한 사실이다. 이 가족 사건은 달리 개인에게도 커다란 심리적
사건이었으리라. 나 고유의 삶이라는 기원의 해체, 그 주체의 뿌리
가 뽑히는 그런 사건이 아니었을까. 「거울을 통해 입체적으로 표현
한 달리와 갈라」[QR03]나 「나르시스의 변모」[QR04]등에서 보이는 실험적
자아 해체 양상은 그런 심리적 사건의 예술적 표현과 관련되는 것이
아닐까.

작가 원종국 역시 달리처럼, 달리를 닮은 운명적 인물을 형상화한
다. 원종국의 이야기에서 달리의 부모는 사이좋은 잉꼬 부부였지만
10년이 넘도록 자식을 얻지 못한다. 그러다가 체외수정으로 아이큐
200이 넘는 천재 아들 명주를 얻는다. 고전적 영웅소설의 이야기 패
턴과 왠지 닮아 있다. 그러나 그 닮음은 오래가지 못하고 급전직하
위반을 경험한다. 월반을 거듭하던 천재는 불
세출의 물리학자를 꿈꾸며 일찌감치 미국 유
학을 갔지만, 얼마 안 되어 총기 사고로 사망
한다. 그의 부모는 이 엄혹한 참척의 현실을
받아들일 수 없어, 복잡한 절차와 막대한 경
제적 부담을 감수하면서, 복제 인간을 만들어

QR04

그대로 명주라고 부르며 천재 물리학자의 재현을 기원한다. 영웅소설의 플롯이 이어지기를 소망했던 것이다. 그러나 복제된 명주는 천재가 아니었다. 물리학에는 관심조차 없었다. 유치원 선생님으로부터 살바도르 달리의 이야기를 들은 다음부터 '나는 달리다'라는 강력한 자의식 속에서 달리처럼 그림 그리기를 욕망한다. 즉 부모로부터 각인처럼 호명되는 이름은 명주이고, 스스로 환기하는 이름은 달리다. 명주와 달리가 호환될 수 없는 이름이듯이, 부모와 복제 아들 달리 사이의 욕망은 소통되기 어렵다. 부모는 천재적 물리학도였던 원본-아들 명주처럼 복제-아들도 천재 물리학자가 되기를 욕망한다. 그러나 복제-아들 달리는 살바도르 달리를 모방하여 화가로 살기를 욕망한다. 이렇듯 욕망들이 상충하는 가운데 그의 실제 직업은 복제사다. 그것도 단순 업무를 반복하는 평범한 인물일 따름이다. 자신을 일컬어 스스로 천재라 불렀던 살바도르 달리와 달리 원종국의 달리는 천재성과는 거리가 멀다. 원본-아들과 멀어진 복제-아들로 인해 부모는 매우 불안하다. 처음엔 근심하고 걱정하다가 당황해하고 이내 불안에 빠져 더 이상은 어렵겠다는 생각이 들었을 때, 그들은 새로운 복제를 욕망한다. 1차 복제의 실패를 수긍하고, 자식을 결혼시켜 손자 대에서 다시 한번 영광을 보려 하는 부모에게 달리는 결혼을 안 할 것이고 하더라도 아이를 낳지 않을 것이라 말한다. 그러면 달리의 체세포를 떼어내 새로이 복제를 하겠다고 실랑이를 벌이다가 아버지가 계단에서 굴러떨어져 사망하는 불상사가 발생한다. 이 사건으로 달리는 파렴치한 패륜 범죄자가 된다. 이 사건이 언론에 비상한 관심을 끄는 것까지가 첫 소설집 『용꿈』에 수록된 연작 1, 2, 3의 이야기였다. 물론 자기 정체성을 확인하기 위한 달리의 다각적인 노력이 전개되었던 것도 사실이다. 가령 두번째 연작인 「욕망의 수수께끼, 어머니, 어머니, 어머니」에서 가족법상의 어머니 외에 난자를 제공한 어머니인 임미란, 복제 태아를 열 달 동안 키워 출산한 대리모 김박민주의 사연과 그녀들의 이야기를 추적하는 것도 좋은 예가 된다.

그러나 복제 인간으로서의 정체성은 모호하기만 하다. 아니 오히려 자기가 누구인지 알면 알수록 달리는 다른 존재로 더욱 타자화된다. "차라리 고아였더라면 좋았을 텐데, 생각한 적이 있어요. 아버지 어머니가 누구인지, 내가 어떻게 태어나게 되었는지 몰랐더라면 좋았을 텐데, 꿈꿔왔어요. 이제 부질없게 되었지만. 아버지 어머니가 빨리 죽어줬으면 좋겠다고 늘 생각했어요. 그래서, 내가 왜 태어나게 됐는지, 내 존재의 의미를 스스로 밝혀가며 살아갈 수 있기를, 아니, 하루라도 빨리 내 존재의 의미가 완전히 사라져주기를 간절히 기도했었어요. 이제는 모든 게 부질없게 되었지만요"(「두 사람이 보이는 자화상」, p. 9). 부모를 부정하고 자신을 부정하는 극적 의식의 단면을 보여준다. 자기 '존재의 의미' 밝히기와 지우기가 함부로 착종되는 가운데 부정의 탈주는 가속화된다. 네번째 연작 「두 사람이 보이는 자화상」에서 달리는 그런 심정으로 그저 하염없이 달리기만 하는 인물로 그려진다. 그런데 "그 순간 달리에게 달리는 것 말고 달리 할 수 있는 일이 아무것도 없다는 듯"(p. 10) 달리는 달리를 바라보는 시선의 주인은 과연 누구인가? 허구 스토리 세계 속의 내부 시점자인가, 아니면 밖의 외부 시점자인가, 이 지점이 이 소설에서 매우 흥미롭다. 많은 부분들이 외부 시점자에 의해 그려진다는 느낌을 주지만 다음의 경우에는 명백하게 내부 시점자 '나'의 지표가 드러나 있다.

　달리는 그림이라도 감상하듯이 팔짱을 끼고 앉아 창밖을 내다보
았고, 이따금 고개를 돌려 나를 힐끔힐끔 쳐다보기도 했다. 해가 지면
서 창밖의 풍경보다 창에 비친 사무실 안쪽이 더 또렷하게 보이기 시
작했다. 그림 속에 자신의 모습을 들여다보고 있는 달리가 앉아 있고,
또 달리 뒤에는 **내가** 어렴풋하게 서 있었다. 그리고 그 모든 전경이
유리창에 비쳤다. (p. 14, 강조는 인용자)

　여기서 '나'는 누구인가? 아버지의 사망 사건 이후 경찰서와 구
치소, 정신병원 등지를 떠돌던 달리는 또 다른 자아인 '검은 그림자'
에게 시달리는 망상증 혹은 분열증 양상을 보인다. 그렇게 본다면
위 인용문에서 '나'는 일단 '검은 그림자'일 것으로 추정된다. 그런
데 이 시선 또한 살바도르 달리의 그림 「거울을 통해 입체적으로 표
현한 달리와 갈라」와 상호 텍스트성을 보인다. 잘 알려진 이 그림에
서, 달리는 거울을 앞에 두고 거울을 보고 있는 갈라의 뒤태를 그리
고 있다. 그림 속의 그림은 그리는 달리의 머리에 가려 제대로 보이
지 않는다. 다만 거울에는 그림의 대상인 갈라와 그리는 주체인 달
리가 동시에 비친다. 여기서 흥미로운 것은 달리의 뒤에서 이 모든
것을 바라보는 시선이 있다는 점이다. 그림 속의 그림, 혹은 거울 속
의 거울을 통해 심연으로 내려가는 미장아빔의 실험을 하는 동시에
그림 안에서 밖으로 향하는 원심력 또한 만만치 않다. 화가는 무엇
보다 보는 자, 즉 시선의 주체다. 그런데 살바도르 달리는 보는 자이
면서 스스로 보이는 자를 자처한다. 이 시선과 응시의 역동이 그의

초현실주의 효과를 강화하는 주요 인자다. 살바도르 달리의 그림에서는 감추면서 암시한 시선을 원종국은 '나'를 통해 극화하면서 겹의 그림자놀이를 한다. 네번째 연작의 표제에서도 분명히 하고 있듯이 원종국의 자화상에는 '두 사람'이 보인다. 앞의 인용문에서 그림 속 자신의 모습을 들여다보고 있는 '달리'와 그 뒤에 어렴풋하게 서 있는 '내'가 그렇고, 또 미술 치료 과정에서 달리가 그린 자화상에도 '두 사람'이 그려져 있고, 또 그 그림을 놓고 의사와 대화하는 장면에서도 '두 사람'이 있다.

아! 역시…… 그런데 이, 옆에 있는 이 사람은 누군가요? 자화상을 그리라고 했더니…… 혹시…… 이 사람이 검은 그림자 사낸가요? 납골 묘역에서부터 따라왔다는……

달리는 나를 힐끗 쳐다보았다.

그 사람은 명주 형인데요.

그럼, 검은 그림자 사내요? 그치는 이제 완전히 사라진 건가요?

아뇨. 사라지지 않았어요. 여기에도 있잖아요, 제 그림 옆에.

아하! 그러니까 명주 형이 검은 그림자 사내였던 거군요?

아뇨. 두 사람은 다른데……

이 사람이 검은 그림자 사내라면서요?

네, 아니…… 맞아요. 이 사람이 명주 형…… 그러니까……

혹시, 검은 그림자 사내는, 달리 씨의 의식에서 분리되어 나온 명주 형의 형상 같은 건 아닐까요? (pp. 32~33)

아니, 이 장면에서는 단지 '두 사람'이라고 말해서는 안 된다. 우선 달리가 그린 자화상 속에 두 사람이 있다. 달리와 그림자 사내/명주 형이 그 두 사람이다. 그리고 그 그림을 가운데 놓고 의사와 상담을 하고 있는 달리와 그 뒤에 서 있는, 그래서 달리가 "힐끗 쳐다보"는 '나' 이렇게 두 사람이 등장한다. 게다가 이 모든 것을 조망하는 또 다른 존재를 우리는 감지한다. 이들을 통해 이 소설은 중층적이고 복합적인 형성력을 보인다. 이는 단지 "정신분열, 망상, 조정망상"이라는 진단을 받을 수 있는 2049년형 미래 복제 인물을 서사 대상으로 초점화하기 때문에 생긴 게 아니다. 그보다 더 복합적인 이유가 있다. 그것에 답하기 위해 우리는 먼저 달리의 상대역인 유리를 통과해야 할 필요를 느낀다.

살바도르 달리에게 갈라가 있었다면 원종국의 달리에게는 유리가 있다. 아니마 여성의 전형이라는 점에서 갈라와 유리는 비슷하다. 유리는 "부모에게 버림받았던, 그래서 스무 살 어림까지 고아원에서 살아야 했던 과거를 몹시 원망스러워했"(「소멸의 흔적」, 『용꿈』, p. 115)던 「소멸의 흔적」의 아내의 경우처럼 어려서 버림받아 고아원에서 자랐고 레즈비언 부부에게 입양되어 성장했는데 최근 기른 엄마가 남성인 애인을 만나 결혼 방식을 바꾸는 바람에 홀로 남은 이모와 함께 살아간다. 대학원에서 생물학을 전공한 그녀는 헌팅턴 무도병이라는 유전병을 앓고 있다. 「믹스언매치」에서부터 정보가 산발적으로 주어지다가 「다시, 살아가는 일」에 요약 제시되어 있는 것처럼, 자신을 버린 생모가 쥐여준 우유병에서 우유가 새어 나와 개미 떼가 몰려들자 울음을 터뜨리게 되고, 그로 인해 보육원 사람들에게 발견되었던 유리였다. 그녀는 대학원에서 개미 연구를 하고 있는데, 순간적으로 무도병에 들리면 개미 떼를 보고 전갈이라며 기겁

을 하고 도망치기도 하고, 종종 현실과 환상, 현실과 가상현실을 넘
나들곤 한다. 유리는 기르던 애완견 도라가 사고로 죽자 달리가 근
무하던 키스캠벨 사무실을 찾아, 죽은 도라를 은행나무로 태어나게
해달라고 부탁하면서 달리와 인연을 쌓아간다.

　유리는 이 연작에서 달리의 배경적 인물이었는데, 다섯번째 연작
「나는 달리다」에서부터 서서히 전경화된다. 살바도르 달리에게 갈
라는 그림 그리게 하는 여인이었던 것처럼, 「나는 달리다」에서 유
리 또한 달리에게 그림을 그릴 수 있게 하는 여성이다. 명주 형의 납
골 묘역에 갈 때마다 달리는 "명주 형의 영정사진에서 쿨럭쿨럭 쏟
아져 나오는 검은 그림자를 해마다 보"면서 "언젠가는 자신의 몸속
으로 영원히 들어와버릴지도 모른다는 공포"(p. 56)에 휩싸이곤 했
었다. 그런 달리가 정신병원에서 돌아와 집 안의 모든 집기들을 들
어내고 마침내 자기 배 속도 다 비워내 아사 직전의 상태가 되었을
때 유리가 방문하는데, 달리는 그 "시커먼 그림자"(p. 49)를 보며, 이
전의 그림자와는 사뭇 느낌이 다른, 좋은 냄새가 난다는 생각을 한
다. 그 이후 유리와 함께 지내게 되면서 달리는 스페인의 초현실주
의 화가 달리의 그림을 빈 벽면에 그린다. 그러고는 "나는 달리다"
라고 서명한다. 개미를 연구하는 유리는 개미 떼가 그려진 옆에다가
"나는 유리다"라고 서명한다. 달리와 함께 그림 작업을 하면서 유리
는 이전까지 편집적으로 집착을 보이던 사이버 공간으로부터 나름
의 자유를 얻게 된다. 그런 유리 곁을 홀연 달리가 떠난다. 「나는 달
리다」에서 달리가 택시를 타고 지하로 지하로 하염없이 내려가는
장면의 편린들은 죽음으로 향하는 무의식의 심연을 환상적으로 보
여준다. 매우 인상적인 구성을 보이고 있는 「나는 달리다」는 달리를

초점자로 한 서사와 유리를 초점자로 한 서사로 나뉘는데, 달리를 초점자로 하는 서사 중 택시를 잡아타고 지하 560층인가 650층인가 쯤 내려가는 이야기는 곧 죽음에로 이르는 과정의 환상적 재현에 다름 아닌 것이다. "달리는 도무지 자신의 것이 아닌 것처럼 아무런 감각도 느껴지지 않는 팔을 들어 기사가 앉아 있는 쪽으로 팔을 뻗어 보았다"(p. 64).

연작의 마지막을 장식하는 「다시, 살아가는 일」에서는 유리의 이야기가 전면에 등장한다. 대학원에서 지도 교수와 의견이 맞지 않아 논문을 중단했던 그녀는 게임 시나리오를 쓰며 심리 치료를 받는다. 떠나간 달리는 실종 중이고, 유리는 달리의 아이를 임신한 상태다. 복제 인간의 아이라는 이유로 산부인과에서 중절 수술을 종용할까 봐 홀로 모든 것을 견딘다. 유리는 신경정신과 의사의 안내로 "현실 복귀 프로그램"인 행복동 프로젝트에 참여한다. 가상공간인 행복동에 집을 분양받은 다음 편안하게 마음을 주고받을 수 있는 아바타를 만들어 같이 살아보라고 제안했던 것이다. 유리는 행복동에서 그야말로 행복하다. 유전병에 정신 질환까지 앓고 있던 그녀였다. 무엇보다 어려서 유기(遺棄)되었던 유리였고, 자라나서는 다시 양모와 헤어지게 된 유리였다. 너무 힘들고 사는 게 지겨워 '자살 기계'가 있다는 개마고원을 찾는다. 그러나 그녀는 끝내 자살 기계를 선택하지 않고 달리에게로 돌아왔다. 그녀 나름의 생명 감각 때문이다. 일찍이 키우던 강아지 도라가 죽었을 때 은행나무로 복제해달라고 부탁했던 그녀였다. 달리가 은행나무 화분을 가져오자, 유리는 자기 나이만큼 이파리가 달리면 아파트 앞 화분에 옮겨 심어주기로 약속했는데, 그 약속을 지켜야 해서 발길을 돌렸다고 했다. 그런 생명 감각을 지닌 유리에게 행복동은 최상의 장소이고, 그곳에 대한 유리의 토포필리아는 참으로 어지간하다.

도라가 우리 주위를 뛰어다니며 멍멍멍 짖었다. 그 앞으로 흰나비 한 마리가 팔랑팔랑 날았다. 그제야 정원이 많이 달라진 걸 알았다. 달리가 이끄는 대로 걸어가자 어느새 노랗게 물든 은행잎이 지천이었다. 바람이 불 때마다 하트 모양의 은행잎이 난분분 떨어져 내렸지만 아름드리로 자란 나무에는 아직도 노란 은행잎이 빼곡했다. 뿌리를 잘 내린 모양이구나! 언뜻 보기에도 은행나무는 아주 탄탄해 보였다. 그래, 너야말로 제대로 다시 태어난 거야! 굵직한 나무둥치에 손을 얹고 있자니 새카만 점들이 부지런히 오르내리는 게 눈에 띄었다.

〔……〕

달리의 팔을 베고 잔디밭에 나란히 눕자 노란 은행잎들이 하늘하늘 날아와 우리 주변으로 내려앉았다. 어느 땐 눈 위에도 떨어져 정말로 온 세상이 노랗게 보이기도 했다. 달리는 모든 게 만족스런 표정이었다. 여긴 아무것도 신경 쓸 필요가 없는 곳이니까. 자신의 태생을 문제 삼는 사람도, 부모님과 얽힌 불미스런 과거들도…… 무엇보다 그리고 싶은 그림을 실컷 그릴 수 있으니까.

나무 밑에서 올려다보고 있자니 노란 은행잎들 사이로 뻗은 줄기들이 마치 심장에서 뻗어 나온 혈관들처럼 맹렬해 보였다. 영양분들이 줄기를 타고 쭉쭉 빨려 올라가 마침내 가장 끝 부분의 가지에까지…… 햇빛에 반짝거리는 노란 은행잎의 덩어리가 터져버릴 것처럼 출렁였다. (pp. 82~83)

유리가 아끼던 도라, 도라를 복제한 은행나무, 연인인 복제 인간 달리 등 모두가 서로 어울리며 교감하고 활기차다. 생명력이 넘쳐나고 만족감도 높다. 비록 소망적인 가상공간에서 상상적으로 축조된 공간이지만, 행복동이라는 이름값을 하는 충일의 공간이다. 생명적인 모든 것, 생태적인 모든 것이 서로 자연스럽게 스미고 짜이며 행복의 감각을 증진하는 에코토피아에 가까운 공간인 것이다. 거기에 서라면 유리도, 달리도, 마음껏 행복할 수 있다. 이런 행복동에 대한 유리의 욕망은 현실의 결여에 대한 거울이기도 하다. 현실에서 도라는 이미 죽은 지 오래고, 연인 달리도 곁에 없다. 곁에서 달리가 그림을 그리던 시절 유리는 사이버 공간을 별로 궁금해하지 않았다. 그러나 달리가 없는 지금 그녀는 행복동이라는 가상공간에 입사하지 않고는 행복의 체험을 할 수가 없다. 생사를 알지 못한 채 실종 상태에 있던 달리의 죽음을 유리는 끝내 부인하지만 아이러니컬하게도 부인으로 더 강한 긍정을 하지 않을 수 없다. 그러기에 끝에서 유리는 "안개에 휩싸인 만추(晩秋)"(p. 100) 속 남자의 장소와 "함박눈이 펑펑 쏟아지"(p. 101)는 "여기" 유리의 장소 간 거리를 분명하게 인식하게 된다. 만추의 가상공간과 겨울의 현실공간 사이의 접속은 꿈길과도 같은 사이버길에서만 가능하다. 그래서 어울리지 않는 것들끼리 짝짓기가 문제적인 테마로 정리된다. "어울리지 않는 것끼리의 짝 지움. Mix-and-Match"(p. 101). 단절과 접속이 반복되는 단속(斷續)의 상황, 다시 말해 욕망의 대상 혹은 사랑의 대상과 단절된 상태에서의 가없는 절망과, 가상적인 환영(幻影)을 통한 상상적 실현의 희망 사이를 속절없이 넘나드는 가운데서도 유리는, '다시 살아가는 일'에 대해 고뇌한다. 그 어떤 고통이 닥치더라도, 혹은 그것을 가까스로 비껴선 후라서 이렇다 할 생의 의지를 추동하기 어려운 상황 속에서라도, 그럼에도 불구하고 살아야 할 이유를 어떻게 찾을 수 있을 것인가, 이런 절박한 질문 앞으로, 절실한 유리는 우리를 안내한다.

3. 달리와 달리

이처럼 유전병에 겹친 정신 질환에 시달리고 여러 고통에 직면하면서도 유리는 나름의 자기 프로젝트를 수행하려고 의지적인 노력을 보인다. 무엇보다 자기 이름을 가꾸려고 애쓴다. 이에 비해 달리는 이렇다 할 자기 추구의 면모를 보이지 못한다. 그는 속절없는 고아 형상이나 마찬가지다. 넘치는 게 모자라는 것보다 못할 때가 많은 법이어서일까. 어머니를 셋이나 둘 수밖에 없었던 복제 인간으로서의 그의 운명 때문이었을까. 어려서 버려져 진짜 고아로 자라난 유리보다 더 가혹하게 고아의 형상에서 벗어나지 못한다. 그가 고아라는 것은 단지 버려졌다는 맥락에서가 아니다. 자기가 거세된, 애당초 자아는 거세되고 자아 이상만 존재하는 형국이기 때문이다. 그에게는 이름도, 기억도 없으므로, 흔적도 없이 그의 존재는 휘발되고 만다. 그의 최후가 흔적 없이 사라지는 것도 그 때문이다. 자기를 찾으러 무의식의 심연으로 하강하고 또 하강하다가 결국 제자리를 찾기 어려울 정도의 깊이에서 침몰되고 만 형상이랄까. 어쨌든 그는 떠들썩했던 것과는 너무나 대조적으로 초라하게 사라졌다. 세상에 있는 동안 그는 고작 사소한 복제 보조 일만 했을 따름이다. 직장에서도 복제 일을 했고, 직장을 그만둔 이후에도 달리의 그림을 복제하는 데서 그쳤다. 그는 그 자신의 영혼을 입증할 만한 그 어떤 일도 수행할 수 없었다. 그것이 그의 비극이고 그를 둘러싼 환경의 비극이었다. 첫 소설집 『용꿈』을 해설한 비평가 김진수는 원종국이 그려낸 달리를 "자기 사랑과 자기 파멸이 역설적으로 결합된 전형적 이미지"(김진수, 「생명과 기억의 존재론, 혹은 알레고리」, 『용꿈』, p. 303)로 파악한 바 있거니와, 이를 포함해 매우 복합적인 문제의식을 원종국의 달리와 그 연작은 보여준다.

우선 한국적 가족주의에 대한 반성적 성찰과 함께 여러 가족 형태들에 대한 실험이 이 연작에 다채롭게 펼쳐지고 있다는 사실은 그다지 놀랄 일도 못 된다. 해마다 명절이면 귀성 행렬로 전국의 길들이 몸살을 앓는 풍경이야말로 한국적 가족주의의 한 인상적인 단면이라고 할 터인데, 가족에 대한 애호와 가문의 지속 번영과 관련된 명예욕은 매우 뿌리 깊은 것이다. 이 연작에서도 달리의 부모는 자식의 출세와 가문의 명예를 위해 거의 전 재산을 바쳐 복제에 올인하다시피 한다. 전근대적 가족주의와 탈근대적 유전공학의 '믹스언매치'인 셈이다. 어쨌거나 원종국은 가족주의에 대한 의미심장한 해체의 시선을 통해 다양한 가족 형태들을 실험한다. 복제를 통한 가족 구성원 대체, 레즈비언 가족(유리의 양부모) 등을 비롯하여 다른 소설들에서도 우리는 원종국이 탐사한 다채로운 가족 형태들을 목도하게 된다. 그렇다면 왜 원종국은 가족에 대한 심원한 상념 속에서 가족의 경계를 넘나들며 다양한 형태의 가족 실험을 하고 있을까.

원종국의 가족사에는 좀 독특한 데가 있었다고 한다. 한국전쟁의 와중에 행방불명된 백부의 뒤를 이어 가문의 대통을 세우기 위해, 조부는 원종국의 형을 적장손으로 하여 백부의 아들로 입적시킨다.

한국적 가문주의 분위기에서 흔히 있을 수 있는 사건이었다. 그렇다고 분가한 것은 아니고 한집에서 할아버지, 큰어머니, 아버지, 어머니, 입적한 형과 원종국 등이 함께 사는 형태였다. 그러니까 원종국의 형은 한집에 두 어머니를 둔 셈이었다. 백모의 조카이자 아들이며, 생모의 아들이자 조카라는 이중 위상 속에 살아야 했던 것이다. 그런 사정은 동생인 원종국에게도 마찬가지였을 것이다. 자기 부모의 차남이면서도 장남이 되는 운명, 친형의 친동생이자 사촌 동생이 되는 운명을 동시에 감당해야 했던 것이다. 이런 상황이 원종국의 유년 시절의 마음 풍경 그 심연에 적잖은 영향을 미쳤을 것이라는 짐작이 가능하다. 꼭 그런 이유 때문만은 아니겠지만, 〈믹스언매치〉 연작과 여타의 소설을 통해 작가가 여러 형태의 가족 구성에 대한 실험적 상상을 펼치는 먼 원인 중의 하나로 그런 것을 지목해도 좋을 것으로 나는 생각한다.

아울러 직계 순혈주의에 대한 해체적 의식 또한 떠올려볼 수 있다. 달리의 부모는 자기네서 천재–아들 명주에게로 이어지는 직계 순혈에 대한 애호와 집착이 대단했다. 그 어떤 기회비용을 지불하고서라도 잇고 싶은 욕망의 처음이자 끝이었다. 그러나 그들의 욕망과는 달리 그 직선은 결코 이어질 수 없었고, 친부 살해 충동과 더불어 끊임없이 게걸음질 치다가 관련된 가족 모두 결코 소망스러울 수 없는 최후를 맞이하게 된다. 이런 줄거리 자체가 작가의 해체적 의식을 반영한 것이라 할 수 있겠으며, 달리의 세 어머니를 상정하고 탐문하는 과정은 이질 혼성성의 '믹스언매치'를 드러내기 위한 상상적 책략이다. 또 다른 소설인 「벌초」에서 벌초 날을 전후해 벌어지는 일련의 사건들을 통해 작가가 보여주고자 했던 것도 해묵은 가족주의의 해체 주제와 관련된다. 요컨대 원종국은 기존의 가족 패러다임을 넘어서 새로운 가족 패러다임을 창안하고 그에 따른 가족 안의 존재론에 대한 새로운 성찰을 보이고자 했던 것이다. 그러나 이것을 단지 가족 패러다임 안에서만 이해하는 것은 소극적 이해에 속한다. 작가 원종국은 가족 패러다임의 새로운 창안을 넘어서 '믹스언매치' 전략을 통한 소설이라는 서사 패러다임의 새로운 창안에 더 근본적인 관심을 두고 있는 것처럼 보이니까 말이다.

4. 하이브리드 스타일과 품격의 전위

직선성을 넘어선 혼성적 하이브리드 전략은 원종국의 다른 소설들에서도 흥미롭게 드러난다. 작가가 보기에 인간은 기억의 존재다. 그런데 기억은 매우 중층적이고 복합적이다. 무엇보다 기억은 그 기억의 주인에게는 물론 타인들에게 함부로 복제되지 않는 경향을 보인다. 형 명주의 기억이나 취향을 복제하지 못하는 한 달리는 결코 형이 될 수 없다. 이 기억의 존재론으로 시간의 과거와 현재, 미래가 중층적으로 연결될 수 있으며 기억과 관련한 공간적 흔적을 통해 자기 존재의 증거를 확보할 수 있다. 원종국이 기억이나 흔적에 관심을 많이 둔 까닭도 그런 연유에서였을 것이다. 「소멸의 흔적」이나 「기억과 흔적」「이름이 사라졌다」 같은 작품들이 주목되는 것도 이런 맥락에서이다.

「기억과 흔적」은 문구 유통업을 동업하다가 파산한 다음 헤어진 옛 연인과 살던 곳을 찾아가지만 재개발로 인해 그 흔적조차 찾을 수 없는 상황에서 자신의 기억을 통해 흔적으로 추스르고, 흔적을 통해 기억을 재반추하려는 안타까운 노력을 벌이는 이야기다. 그럼에도 "막무가내식 재개발 사업을 조롱하는 어느 예술가의 퍼포먼스쯤으로"(「기억과 흔적」, p. 217) 오해받아 경찰에 연행되어 곤욕을 치르기도 한다. 「이름이 사라졌다」에서 노파는 두 해 전 뇌경색으로 기억력을 상실한 이후 자신의 이름조차 모르는 상태다. 낙마 사고 이후 완벽에 가까운 기억력을 갖게 된 푸네스(보르헤스의 「기억의 천재, 푸네스」의 주인공)와 대척점에 있는 이 노파는 자기 이름과 기억을 복원하려는 반복적인 노력을 기울이지만 안타깝게 실패하기만 한다. 〈믹스언매치〉 연작에서도 언급되고 있거니와, 「기억의 영속」에서 살바도르 달리는 현존하는 모든 견고한 것들을 와해시키고 일그러지게 했다. 흐물거리다 축 늘어진 시계, 근대적 기계 시간에 대한 강력한 항의의 이미지라 할 만하거니와 거기에 달려든 개미 떼는 진정한 존재의 죽음에 대한 애도에 값한다. 원종국의 「기억과 흔적」에서도 마찬가지로 출세 지향의 속물근성, 사주에 이끌리는 운명론 등이 속절없이 뒤죽박죽 '믹스언매치'되는 가운데 흐물거리고 늘어져 있는 형국이다. 그럼에도 작가는 기억의 연금술에 대한 마지막 신뢰의 끈을 놓치지 않고 되새김질을 한다. 첫 소설집 『용꿈』과 두번째 소설집 『그래도』를 함께 놓고 읽어보면 누구나 다 알 수 있는 일이지만, 원종국은 자신의 서사적 관심사를 끊임없이 되새김질하면서 스타일을 새로 짜고, 같은 이야기에서도 다양하게 변형 가능한 역동적 콘텐츠를 그물질하는 작가처럼 보인다. 가령 〈믹스언매치〉 연작만 하더라도 그 첫 이야기인 「믹스언매치」를 부단히 되새김질하며 이어지는 연작 다섯 편을 썼다. 「소멸의 흔적」을 되새김질한 소설이 「기억과 흔적」이고, 「용꿈」을 반추한 후속작이 바로 「개꿈」
이다. 「기억과 흔적」에서 주인공은 팔지 못한 카드에다 예전에 헤어
진 애인에게 부쳐지지 않는 편지를 쓴다. 비록 기억은 흐물거리다
못해 다 녹아내렸지만, 기억의 재생에 대한 소망은 매우 심원한 까
닭이다. 그 도저한 기억에의 의지가 카드의 형식이라는 역동적 콘텐
츠를 낳은 것이다.

그런가 하면 「개꿈」에서는 CCTV 시점을 통해 새로운 이야기의
가능성을 그물질한다. 여기서 서술의 눈은 현대 생활의 파천황적 조
감자처럼 보이는 CCTV이다. CCTV가 본 것은 이야기되고 CCTV가
보지 못한 것은 서사적 추론의 영역으로 상상된다. 그런가 하면 판
소리 투 서술로 전달의 역동성도 극화한다. 원조 교제의 사회적 병
폐와 꿈을 잃어버린 채 위악적인 행동을 일삼는 청소년 문제를 에
둘러 다룬 「개꿈」이 인상적인 것은 단지 CCTV 시점과 판소리 투 서
술 때문만은 아니다. 전작인 「용꿈」과 이번 「개꿈」에 등장하는 '놈'
과 '년'들은 내키는 대로 '막' 사는 경향을 보인다. "난 막 살아도 되
는 게 인생이라고 생각했"다는 '년'은 "내가 죽고 나면 내 삶에도 기
록될 게 있을까?"(p. 159) 묻는다. 이 질문, 이 기록에의 열망은 무엇
인가? CCTV도, 기억도, 흔적도, 어쩌면 모두 기록의 문제와 관련된
다. 때로는 사회·경제적 이유로(「K 지하상가 사람들」「기억과 흔적」
「서울, 2009년 봄」「용꿈」「개꿈」 등), 때로는 정치적 이유로(「연」「기
둥」 등), 때로는 가족적 이유로(〈믹스언매치〉 연작, 「벌초」 등) 기억은
억압당하거나 왜곡당하거나 소실되기 일쑤다. 혹은 살바도르 달리
의 상상력처럼 흐물거리듯 녹아내린다. CCTV는 기억을 위한 보조
장치이자 감시 및 억압 장치라는 양면성을 지닌다. 기술 복제 시대

의 산물인 CCTV나 카메라, 그 이전부터 지속되어왔던 문자 등은 기록을 하거나 보조하는 기제들인데, 기록을 위한 대표적인 갈래가 바로 이야기다. 작가 원종국의 서사 의지도 이와 관련된다. 기억이 억압당하는 시절의 진실한 기록 장치의 하나로 소설을 택한 장인적 노력의 흔적을, 그의 소설에서 읽을 수 있는 것은 우리 모두의 행운에 속한다.

「개꿈」에서 "막 살아도 되는 게 인생"이라고 생각했던 '년'은 "아무튼 난 새로 태어나고야 말 거야"(p. 160)라고 말한다. 「서울, 2009년 봄」에서 작가 K는 "환승" 역에서 작가적 태도의 "환승"을 결심하고 '착하지 않은 돈'과 거래하려 했던 좋지 않은 욕망을 끊어내려 한다. 「이름이 사라졌다」에서 이름을 되살리려 애쓰는 노파를 바라보는 서술자의 시선 또한 인상적이다. "죽은 줄 알았던 나무에서는 새잎이 더 많이 돋아나 있었다"(p. 190). 그리고 「다시, 살아가는 일」에서 유리는 이렇게 되뇐다. "짝짓기, 재생, 무한반복…… 시간의 연장, 기억의 영속, 그리고 그다음은…… 나는 차에서 내리는 대신 이런 낱말들을 혀로 여러 번 굴려보았다. 짝짓기, 재생, 무한반복…… 아이를 낳는다거나 출산이라고 말하지 않고 재생이라고 부르니 느낌이 많이 달랐다. 다시 쓰거나 다시 살아나는 일. 재생(再生)"(p. 72). 부연할 필요도 없이 이 소설집의 표제가 왜 '그래도'인지를 생각하게 하는 대목이다. 작가 원종국은 화가 살바도르 달리와 달리 죽음의 응시를 넘어서 죽음을 통한 재생의 가능성을 가늠해보는 사려 깊은 모습을 보인다. 몸/기억의 지속과 단절 문제를 통해 인간 존재론의 심연을 탐사하면서도 동시대의 산문적 현실을 두루 탐문하는 원종국의 소설에는, 오래전 밀레를 거친 살바도르 달리의 고뇌가 새로운 방식으로 몸살을 앓고 있다. 그 몸살의 흔적을 해체적으로 가로지르며 원종국은 그만의 특별한 이야기를 남겼고, 앞으로도 더 좋은 이야기를 남길 것으로 기대된다. 여러 면에서 원종국은 미덕이 많은 작가다. 속성 폴라로이드 감각, 모든 견고한 것들을 휘발시키는 디지털 감각을 가로지르고 넘어서서 숙성된 감각으로 자신만의 스타일과 상상력을 고집해왔다. 나는 그의 소설을 그윽한 품격의 전위라고 부르고 싶다. 하이브리드 상상력과 품격의 전위로 거듭 탈주하여 원종국이 다른 소설의 가능성을 계속 환기해줄 것을, 나는 믿고 싶다. 이제까지와는 또 다른 소설의 경계를 부단히 넘어가며, 여전히 "나는 달리다"라고 활달하게 외치면서도 '달리와 달리' 달리는 작가 원종국의 모습을, 나는 환하게 떠올려본다.

'한 박자 쉬고', 그 시간의 대화
— 백가흠의 『사십사』

1. 자기 세대를 위한 '구리거울' 닦기

다시, 백가흠 소설 앞에 선 당신은 자연스레 강렬했던 초기 백
가흠 소설의 풍경을 떠올린다. 가령 『귀뚜라미가 온다』(문학동네,
2005), 『조대리의 트렁크』(창비, 2007) 시절, 그의 소설을 읽으며 당
신은 늘 서늘하게 전율했다. 어쩌면 아무 일도 일어나지 않을 것 같
은, 어제 같은 오늘, 오늘 같은 내일이 지루하게 반복되는 일상을 날
카롭게 해부하여 거친 폭력성의 심연으로 데려가고, 거기서 인간 존
재와 '문명의 환상통'을 이야기하는, 무슨 일이든 일어날 수 있겠다
는 이 다부진 진실 탐문 작업을, 오로지 자신만의 스타일로 보여주
었던 백가흠을 당신은 기억한다. 그의 소설을 읽는 것은 불편한 진
실에 가닿는 고통스러운 일이기도 했다. 가능하면 마주하고 싶지 않
거나 외면하고 싶은 모습들을 속절없이 경험해야 했기 때문이다. 저
간의 사람들이 문명이란 이름으로 짐짓 가려두고자 했던 폭력성이
나 악성의 풍경들을 날것으로 마주쳐야 했을 때 당신은 종종 손사래

를 치곤 했다. 가령 가학적 도착 상태에서 늙은 노모를 사정없이 구타하는 패악한 아들의 이야기(「귀뚜라미가 온다」), 아이를 방치하여 죽게 하는 철부지 어미나 아이를 돈으로 사려 하는 한심한 여성의 이야기(「웰컴, 마미!」), 아무런 죄의식 없이 아이를 낳아 유기하는 이야기(「웰컴, 베이비!」), 사업 실패와 인생을 비관하여 아내를 살해하고 노모를 유기한 다음 자살을 기도하는 사내 이야기(「조대리의 트렁크」), 자신을 진심으로 도와주는 사람을 향해 가혹한 배신을 자행하는 인물들의 이야기(「광어」「매일 기다려」), 알몸 비디오 촬영 등으로 협박하며 두 여자에게 동시에 가학적 폭력을 가하는 남자의 이야기(「굿바이 투 로맨스」) 등 여러 이야기에서 불거지는 위악적 폭력성은 일상적으로 날카로운 발톱을 세우고 있는 형국이었다. 많은 사람들이 아우슈비츠 대학살이나 베트남전쟁, 보스니아 사태나 이라크전쟁 같은 극단적이고 집단적인 폭력에 관심을 집중하는 동안에도 여전히 그 이면에서 자행되었던 크고 작은 일상의 폭력성이나 가학성에, 미시적인 눈길을 주었던 작가 백가흠의 시선을 당신은 인상적으로 응시하곤 했을 것이다. 그러면서 그가 가까스로 열어 보인 진실 발견의 서사 행로를 통해서 당신은, 한국 소설의 새로운 가능성을 확인하기도 했다.

거대 서사에 값하는 폭력의 문제가 아니라 미시적 일상의 폭력을, 백가흠이 응집적으로 문제 삼는 것은, 허울 좋은 하눌타리 같은 현대 문명에 대한 불만과 불안 의식 때문이 아니었을까, 당신은 짐작했다. 그의 여러 소설에서 유추해볼 때, 현대 물질문명은 근대적 이성의 과잉 거품에 의해 부황하게 포장되었거나, 진실한 이성이 제대로 소통되지 않는 억압적인 상황에서 속 빈 강정처럼 몸집만 불려온 형국이다. 참된 이성이 거세된 사회의 상징적 표상으로서의 폭력이다. 그런데 이런 폭력의 경우 국가나 계급에 의해 자행되는 큰 폭력도 문제지만 개인들에 의해 일상적으로 행해지는 작은 폭력들이 더 문제적일 수 있다. 그것이 비록 작은 얼룩 같은 지점에서 시작된다 하더라도 그것을 숙주로 하여 폭력은 눈덩이처럼 불어나게 마련이고, 소망스럽고 행복한 세상을 구성하는 데 '열린 적들'로 기능하기에 충분한 것이기 때문이다. 특히 지난 세기에는 민중 이데올로기에 의해 가려질 수밖에 없었던 서민들의 폭력성에 대한 백가흠의 특징적 탐문은, 남성 판타지에 텃밭을 둔 폭력상의 조명과 더불어, 인간과 사회에 대한 정당한 문학적 질문의 하나로 여겨진다.

그 시절 가학적 도착증을 보이는 백가흠 소설의 여러 인물들은 대체로 자기가 하는 일을 알지 못하는 것처럼 보였다.「귀뚜라미가 온다」에서 달구가 그렇고 또 다른 많은 인물들이 그랬다.「웰컴 마미!」에서 순미는 어린 나이에 아이를 낳았는데 사내가 달아난 후 혼자 아이를 기르다가 이내 유기하여 치사케 한다.「매일 기다려」에서 연주를 비롯한 아이들도 자신들이 노인에게 무슨 짓을 하는지 알지 못한 채 가학적 폭력을 서슴지 않는다. 그들은 자기가 하는 일을 알았더라면 결코 그렇게 행동하지 않았을 것이다. 그런 기미들이 이와 같은 위악의 현상학 가운데서도, 혹은 어둡고 참혹한 문명의 그늘 속에서도 희미한 빛을 발견하게 한다.「매일 기다려」의 노인과「조대리의 트렁크」의 조대리는 그러한 그늘의 빛과 같은 존재이다. 그들은 거짓과 사기와 폭력이 난무하는 가운데서, 진실은 어디에 있는가,라는 질문을 아이러니컬하게 제기하는 인물들로 겉보기에는 어리숙한 패배자들이지만, 적어도 자기가 하는 일을 알고 있다. 연민과 동정, 자기 분수를 지키려는 절제 등의 정서가 가치를 환기하는 그들과 더불어 폭력적 현실을 넘어설 수 있는 어떤 가능성을 발견하게 한다.

그러나 당신이 보기에 작가 백가흠은 거기에 큰 기대를 거는 것 같지 않았다. 해결의 가능성보다는 그와 같은 에이런을 통해 인간 안에서의 내부 고발 작업을 더욱 충실하게 수행해야 한다고 여기는 것처럼 보였다. 그런 면에서 당신은 「로망의 법칙」에 나오는 환상통 모티프에 오래 눈길을 주었다. 환상통은 흔히 팔다리를 절단한 사람들이 없는 팔다리가 아픈 통증에 시달리는 병증이다. 임상의학적으로는 분명한 병증일 터이지만, 그것은 곧 문학적 인식이 출발하는 지점이 아닐까. 눈에 보이는 것이 전부일 수 없다. 자기가 하는 일을 알지 못하는 자들은 눈에 보이는 것에 집착하기 쉽다. 그러나 정녕 자기가 하는 것을 아는 자들은 눈에 보이지 않는 것에서 새로운 삶과 진실의 가능성을 탐문하게 마련이다. 그러니까 그 시절 백가흠이 펼쳐 보인 가학적 폭력이나 도착증 같은 증상들은, 환상통의 심연에서 성찰한 문명의 문제적 그늘이다. 백가흠은 그 그늘의 풍경을 점묘하면서, 그늘에 스치는 "가냘픈 바람 소리"까지도 섬세하게 조응하는 작가였다.

백가흠이 사람살이의 그늘을 응시하는 동안 줄곧 가슴 저미는 고통의 소용돌이에 있었던 것처럼, 그 시절 당신도 그 비슷한 환상통에 시달려야 했다. 그런 점에서 당신과 백가흠의 소설은 제법 잘 통했다. '광어' 회 뜨기에서 비롯되는 백가흠의 생체 정치의 상상력은 『힌트는 도련님』(문학과지성사, 2011)에 수록된 「그리고 소문은 단련된다」를 전후하여 소문의 심리 정치로 진전된다. 환상통의 신체적 증상을 넘어서 사회심리적 차원에서 인간 문제를 넓고 깊게 재성찰한다. 그리고 「힌트는 도련님」 「P」 등을 거치면서 실존적 개인과 소설가로서의 존재 사이의 발본적 성찰을 비롯해 소설 쓰기의 진실과 삶의 진실이 겹쳐질 수 있는 미학적·실존적 공분모에 대해서도 번민한다. "나는 내 소설에게 진실했어. 자신에게조차, 과거에조차 진실하지 못한 사람이 소설에게는 진실했다구요? 소설의 이름으로 자신을 정당화시키지 마세요."

이런 고민, 저런 번민이, '한 박자 쉬'게 한 것이 아닐까, 당신은 짐작한다. 그러니까 소설적 대상을 섬세하게 육박해 들어갔던 생체 정치의 시절을 보내고, 그것을 사회심리적으로 심화했던 시절을 거치면서, '한 박자 쉬고' 자신을 돌아보는 존재론적 성찰의 미학으로 이행해온 게 아닐까. 그리하여 당신이 새롭게 마주한 소설집은 『四十四』(문학과지성사, 2015)다. 이 소설집의 여러 인물들이 그 나이 즈음이기도 하려니와, 작가의 연배 또한 그에 근접했다. 사십대의 이야기. 대체로 고등학생 때 88올림픽을 경험하고 1990년대 초반에 대학을 다니면서 이전 세대와는 달리 탈물질주의적 존재 가치를 추구했지만 머잖아 외환위기라는 난세를 견뎌야 했고, 이후 신자유주의 물결 속에서 물질주의로부터 자유로울 수 없었던 세대. 고작 실존적 울분을 월드컵 응원전에서나 집단적으로 풀어보려 했던 세대. 그러니까 지향하고픈 가치와 누추한 현실 사이에서 존재의 어설픈 운명을 온몸으로 감당하면서, '아프니까 청춘이다' 부류의 힐링 포즈에 나름대로 저항하는 세대. 그렇다고 해서 우리는 이런 세대다,라고 단호하게 자기 호명을 하기도 어렵고, 이전과 이후 세대와의 변별적 특징을 내세우기도 쉽지 않으며, 더욱이 동세대 안에서 응집성이 약해 개별적으로 파편화되기 쉬운 세대. 그런 세대의 '구리거울'을, 작가 백가흠이 정성스럽게 닦으며 보여주고 있는 것처럼 보인다.

2. '사사' 세대의 코호트와 정치적 무의식

잉글하트Inglehart를 비롯한 세대 연구 사회학자들이 출생 코호트의 역사적·문화적 공유 경험을 통해 세대 간 가치 변화 이론을 탐색했던 것을 당신은 떠올린다. 코호트 효과cohort effect란 "비슷한 시기에 출생하여 역사적 사건들의 경험을 공유함으로써 유사한 가치관, 태도, 행위 양식을 갖게 되는 효과"를 말하는데, 청소년기에 형성된 가치관이나 사고 등이 어른이 된 이후에도 지속되는 것으로 가정한다. 『四十四』에 등장하는 사십대 인물들이 유형적인 특징을 보이는 것은 아니지만, 개별 인물들의 경험을 가로질러 줄거리를 만들어보면 작가 백가흠이 포착한 자기 세대의 문제적 지점을 헤아리는 데 도움이 된다.

이를테면 「메테오라에서 외치다」의 이경섭 집사는 중학생 때인 1980년, 광주에서 도청에 갔다가 목전에서 여동생을 잃은 트라우마에서 좀처럼 헤어나지 못한다. 그가 교조적 기독교인으로 전신한 것도 그 트라우마에서 기인한 방어 기제의 일환으로 보인다. 「한 박자 쉬고」의 양재준은 고등학교 시절 학교 폭력에서 자신을 지키기 위해 동급생인 정균수와 그 추종자들에게 비굴해야 했다. 그것은 결코 기억하고 싶지 않은 기억, 일종의 '개' 같은 삶이었다. 「더 송The

Song」의 장문철은 가난한 처지로 애면글면 대학을 다녔으나 운동권 여학생 미현과의 불편한 관계로 인해 훗날 "분노나 화, 짜증, 신경질, 피해의식, 강박증 같은 것들"(p. 58)에 시달리며 정상적인 생활을 하지 못하다가 직장에서 쫓겨날 위기에 놓인다. 「흰 개와 함께 하는 아침」의 주인공 역시 경제적 곤경 속에서 대학을 다녔다. "잠은 늘 부족했고, 학비와 생활비 모두를 벌어야" 했기에 고된 나날로 점철되었다. "스무 살, 그때도 세상에 쉬운 일은 하나도 없었다. 덕분에 그는 살기 위해 자기를 버리는 법을 일찍 체득했다. 자신을 잊어야만 생존할 수 있었다. 자기의 주장도 없어야 했고, 정치나 그 밖의 사회에 대한 인식 같은 것도 불필요했다. 그에겐 생존만이 필수적인 것이었고 나머지는 모두 쓸모없고 쓸데없는 일이었다"(pp. 95~96). 「아내의 시는 차차차」의 주인공은 은행에서 퇴직하고 치킨가게를 열었지만 오래 버티지 못하고 현재는 아내의 수입에 기대어 문화센터 시창작교실을 다니며 시를 생산(?)한다. 하지만 '시적 정의'와는 확연한 거리를 두고 있다. 「四十四」의 제민은 마흔네 살의 대학교수이지만 공황장애를 겪으며 현실에서 사막의 존재처럼 지낸다. 「四十四」로부터 5년 후의 시점에서 이야기되는 「네 친구」의 제민, 혜진, 은수의 레퍼토리도 비슷하게 전개된다. 이런 소설 속의 인물들은 그래도 일정한 수입이 보장되는 처지지만, 「사라진 이웃」에서 경배는 그렇지 않다. 외환위기 때 실직한 충격과 울분으로 아내와 이혼하고 딸과 함께 살지만 삶은 매우 척박하기만 하다. 하루 벌어 하루 먹기도 어려운 상황에서 할 수 없이 잡은 일이 강제 철거 용역인데, 예전에 잠시나마 행복하게 살던 옛 동네의 이웃들에게 쇠파이프를 휘둘러야 하는 처지이기 때문이다. 이처럼 백가흠이 눈길을 준 자기 세대들의 풍경은 신산하기 짝이 없는데, 그 상징적 축도를 당신은 「흉몽」에서 인상적으로 확인한다. 한때 꿈 많은 문청이었지만 창작의 길을 뒤로 미룬 채 문학 편집자 생활을 하던 주인공은 어느 날 입술을 잃게 된다. 말을 할 수도 없고, 정상적인 소통과 사회생활이 불가능해진다. 하여 출판사에서 쫓기듯 밀려나고 홀로 강제 귀향하지만, 흉몽의 정도는 좀처럼 줄어들지 않는다. 말을 할 수 없게 입술을 잃었다는 것, 이 흉몽의 메타포는 가히 웅숭깊다. 여러 사정으로 인해 진실의 소통이 억압되는 쪽으로 역진행하는 세속의 풍향계를 반영함과 동시에 작가로서 문학의 말들에 대해서도 반성적 성찰의 기제로 활용한 것으로 보인다. 보통 사람들도 제대로 말할 수 없고, 작가들도 진실한 말을 제대로 하지 못한다, 이것만큼 끔찍한 흉몽이 어디 있겠는가, 이런 성찰의 지평에서 백가흠은 오래 입술을 오물거린 것 같다.

그러니까, 백가흠의 소설집 『四十四』를 읽으면서 작가가 고민한 자기 세대의 코호트를, 당신이 이런 식으로 정리해본다 해도 그리 이상할 일은 아니다. 첫째, 백가흠의 세대들은 행복한 꿈을 기획할 수 있는 변변한 기회를 지니지 못했다. 오히려 트라우마 같은 악몽으로부터 자유롭지 못하다. 그러다 보니 둘째, 개인의 밀실로 퇴행하는 경우가 많은데, 그것은 많은 경우 혼자인 삶으로 형상화된다. 가정을 지녀도 행복하지 못하지만, 그렇다고 독신주의 때문에 독신인 것도 아닌 경우, 매우 피폐하고 소모적인 삶으로 점철되기 일쑤이다. 셋째, 과거 기억과 현재 실존 사이의 불안한 길항으로 얼룩진 경우가 많고, 그 흉몽으로부터 혹은 모멸적인 삶으로부터 수직적 초월에의 기회는 좀처럼 주어지지 않는다. 그러므로 백가흠이 그린 '사사'들은 일정한 성취라든가, 안정이라든가, 지천명(知天命)을 예비하는 차분한 성찰이라든가, 하는 부류의 이미지와는 거리가 멀다. 그것이 정녕 문제인데, 그 문제를 풀어나갈 개인적·사회적 방정식이 아직 준비되지 않았기에, 그들은 질병보다 더 심한 절망을 앓고 있다.

3. 누추한 홀로인 삶을 애도하는 노래

도대체 어쩌다 그리되었을까. 왜 그들은 그럴 수밖에 없었을까. 하지만 누가 속 시원하게 대답을 해줄 수 있으랴. 차분히 그들의 동선을 따라가보는 수밖에. 먼저 권력의 역학 관계에서 상처받은 영혼의 풍경에 당신의 눈길이 머문다. 「한 박자 쉬고」의 양재준. 가련하면서도 한심한 영혼의 초상. 21년 만에 고등학교 동창생 정균수를 우연히 만나게 된 그는 결코 재회하고 싶지 않은 만남 때문에 다시 힘들어진다. 뿐더러 21년 전과 다르지 않게, "다시 그의 똘마니가 된 느낌"(p. 13) 때문에 화가 나고 분노를 이기기 어렵게 된다. 똘마니처럼 살 수밖에 없었던 그 시절, 그는 정균수의 의지에 속절없이 매여 있던 처지였다. 자기 생각이나 뜻대로 할 수 있는 것이 없었다. 생각하는 대로 살 수 없다 보니 사는 대로 생각하는 경우가 대부분이었다. 그러고 보니 자연스레 분노나 화를 꾹 참을 수밖에 없었던 것이다. 이후 나이가 들면서 그 시절을 보상이라도 받으려는 심산이었는지, 달라졌다. "한 살 한 살 나이를 먹으며 즉각적으로 분노를 표출하고 화를 내는 것에 익숙해져 있었다. 영화를 만들며 누구에게 싫은 소리를 듣고 견디는 일에 익숙하지 않게 되었다. 가진 것은 없었지만, 얻은 것은 있었다"(p. 20). 「세상에서 가장 아름다운 노래」(p. 24)라는 영화를 만들었던 주인공과 "인생에서 단 한 번도 내 말을 들은 적이 없는 사람"(p. 25)인 정균수와의 재회는 참으로 고약했다. 물론 정균수는 실수를 하거나 화를 낼 만한 일을 하지 않았지만, 주인공의 내면에서는 분노의 포도송이들이 알알이 영글고 있었다. 현재의 정균수에게가 아니라 과거의 그에게, 아니 과거 속 관계 때문에 분노가 치밀어 올랐는데, 놀랍게도 다시 화를 즉각 낼 수 없는 자신을 발견하게 된다. "어떻게 된 일인지 그에게 화를 낼 수가 없었다. 아주 오래전처럼 나는 속마음과 다르게 행동하고 있었다"(p. 20).

그러니까 21년 전 자신의 처지에 대한 억압된 분노가 있었다. 일찍이 황석영의 「아우를 위하여」(1979), 이문열의 「우리들의 일그러진 영웅」(1987), 고원정의 「사랑하는 나의 연사들」(1993), 이순원의 「강릉 가는 옛길」(1997) 등 여러 소설에서 다루었던 학교 내 폭력과 희생양의 문제 속에 처해 있었던 것이다. 그런데 이전의 소설들에서처럼 모종의 해결 방향은 탐색될 수 없었고 오로지 희생양에 머물면서 또 다른 희생양을 낳아야 했던 상황, 그럼에도 화를 내거나 분노를 표출할 수 없었던 처지에 대한 억울함과 반 아이들에 대한 원망감, 그것을 속수무책으로 당하기만 했던 스스로에 대한 자책, 게다가 그 기억 때문에 오랜 시간 줄곧 고통받아야 했던 심리 비용도 만만치 않았다. 어처구니없게도 정균수는 아무런 저어함 없이 주인공의 삶 안을 틈입해 들어온다. 일방적으로 저녁 약속을 하고, 홀로인 양재준에 대한 배려 없이 아내를 부른다. 지난 시절의 일이 아주 사소한 것이었다는 듯이 이렇다 할 사과도 하지 않는다. 그의 자연스러운 태도로 인해 "내가 왜곡된 기억을 가지고 있는 것인지, 과장해서 그를 기억하고 있는지, 미친 것인지, 정말이지 혼란"(p. 30)스럽게 된다. "두려움을 느꼈고 뭔가를 판단할 능력마저 사라진 것 같았"기에, "때론 실제로 그와 같이 있는 것을 즐기는 것처럼 느낄 때도 있었기 때문"에, "진짜로 개가 된 것 같았"(p. 26)기에 자해공갈단의 일원으로 행동했는가 하면, 교회 친구 희정에게 씻지 못할 상처를 남기기도 했던 기억을 풀어낸다. 떨치지 못한 기억 때문에 얼마나 고통받으며 살아왔는지, 털어내고 싶던 주인공이었다. 그러나 실제 그와의 대화는 사막이었다. 그러므로 나누지 못했고, 어쩌면 애당초 나눌 수 없는 것이었는지도 모른다. 다만 정균수와의 관계에서 지녔던 피해자로서의 의식이 희정의 사건에 이르러 가해 동조자 혹은 가해로서의 고해성사로 이어진다는 점은 무척 윤리적이다. 비록 희정을 직접 폭행한 것은 균수였지만, 그가 개(?)처럼 균수의 명령에 억압되지 않았더라면 그런 일이 발생하지 않을 수도 있었기에, 주인공의 고해는 진정한 반성의 지평을 안내한다. 그럼에도 문제는 주인공의 존재감이다. 21년 전이나 지금이나 왜 그토록 작은 인간, 왜소한 인간, 비루한 인간일 수밖에 없는가. 이런 질문 앞에서 주인공은 난감하기만 하다. 21년이라는 시간의 대화에서도 질적인 변화를 느낄 수 없다는 점이 큰 문제다. 여전히 "세상에서 가장 아름다운 노래"는 차연될 수밖에 없는 것일까.

인생이란 가도 가도 황량한 사막이기만 할 것 같은 막막함 앞에서 어쩔 줄 몰라 하는 「한 박자 쉬고」의 양재준의 처지를, 이어지는 다른 인물들과 비슷한 코호트로 맥락 지을 수 있다는 논의를 앞에서 한 바 있다. 양재준처럼 「더 송The Song」의 장문철도 홀로 사는 사십대 남성이다. 위선적이고 무책임한 그는 자기 필요에 따라 인간관계를 맺고 이해득실에 따라 움직인다. 일찍이 대학 시절부터 "개건 사람이건 혼자 살아야 한다는 건 자기 파괴의 시간"(p. 53)인 것 같다는 생각을 했던 인물이었다. 그것을 피하기 위해 결혼도 하고 아이도 낳았지만, 현재 아이들은 미국에 거주하고 있고 아내는 가출을 한 뒤라 홀로 사는 기러기 처지와 같다. 게다가 아내로부터 이혼 소송을 당한 터라 속절없이 도로 혼자가 될 가능성이 농후하다. 설상가상으로 제자 성추행 사건으로 인해 학교에서 쫓겨날 위기에 놓였다. 그러니 다시 혼자 사는 연습을 할 수밖에. "혼자 사는 연습을 한다는 것은 자기 파멸이나 파괴 없이는 불가능한 일일지도 모른다. 부쩍 혼잣말이 많아졌다"(p. 57). 그토록 발버둥을 쳤음에도 불구하고 말짱 도루묵이었던 것일까. 제목 '더 송'에서 당신이 이처럼 비루한 존재들에게 바치는 비가(悲歌)를 떠올리는 것은 차라리 자연스럽다. 비루한 존재들을 애도하는 노래는 쉽게 멈출 수 없다. 「흰 개와 함께하는 아침」의 주인공도 대학교수지만 모욕에 가까운 삶을 견뎌왔던 인물이다. 10년 전 제자인 현수와 동거하던 중 그녀보다 후배인 수옥이 막무가내로 쳐들어와 현수를 쫓아내는 바람에 어쩌지 못한 채 수옥과 반강제로 기거하는 상황이다. 그러다가 술자리에서 평소 그를 못마땅해하는 후배 교수로부터 현수의 자살 소식과 함께 "개새끼" 취급에 가까운 혹독한 비아냥거림을 듣게 된다. "사는 게 힘들었나 봅니다. 힘들었겠지요. 못생겼으니 힘들었을 겁니다. 사랑도 못 받았을 테니 그랬을 겁니다. 오래전에 상처 입은 게 괴로웠을 겁니다. 그런데 대부분은 죽지 않고, 또 개새끼들은 잘 살지 않습니까"(pp. 110~11). 그럼에도 주인공은 "삶에 너무나 순응적인 사람"

으로서, "사랑이 어딨나. 나는 아무것도 잘못한 것이 없다"(p. 116) 고 생각하고, "현수에 대해 자세한 것은 기억이 나지 않"(p. 115)는 다며 자기를 합리화하기에 급급하다. 이런 자기 보신적인 인물의 심리적 기저에는 이런 시간 의식이 자리 잡고 있다. "그에겐 매일이 그저 그런 하루였다. 오늘도 마찬가지였다. 특별하게 좋은 일도 없었고 아주 나쁜 일도 없었다. 아무 일도 일어나지 않은 어제와 같고, 별일 없었던 그제와 같은 오늘이었다"(p. 115). 역사적 이성은 물론 시간의 질적 변화에 대한 믿음을 철회한 상태에 가깝다. 그럴 때 권태나 무의미, 무관심의 늪에 빠지기 쉽다. 그런 그에게 현수의 죽음 소식은 나름 각별하게 들리기도 했다. "집으로 돌아와 생각해보니 아무 일 없었던 어제나 별일 없었던 그제와는 다른 오늘이었다"(p. 115). '같은'에서 '다른'으로의 변화, 이것은 모종의 가능성일까? 그런데 말이다, 이어지는 문장을 보면 그렇지도 않은 것 같다. "순간 불쑥 짜증이 일었다. 그게 다였다"(p. 115). 결코 간단치 않은 아이러니로 읽힌다. 질적 변화를 모색해야 하는데, 그러기 어려운 상황에 대한 아이러니컬한 형상화는 고작 "상황이 바뀌면 당연히 사랑도 바뀌어야" 한다며 "사랑이란 감정이 자연히 바뀌는 것이 아니라 의지로 감정을 바꾸는 것"(p. 116)이라는 믿음을 내비치며, 수옥이 애지중지하던 애완견 '김수영'을 제2자유로에서 차창 밖으로 집어던져 유기하는 것으로 나타난다. 실제의 "개새끼"를 버렸다고 해서 자기 안의 "개새끼"를 버릴 수 있는 게 아니어서 모멸에 가까운 문제적 삶의 해결은 막막하게 미끄러지기만 한다.

이렇게 백가흠의 눈길에 초점화된 사십대들은 가정에서든 직장에서든 홀로인 삶으로 고립되기 일쑤다. 하물며 이웃과 더불어 살 수 있겠는가. 척박한 현실 논리에 의해 공동체적 교감은 추락하고 상생의 가능성은 아득해진다. 「사라진 이웃」의 경배는 철거 용역으로 일한다. 외환위기 때 실직하여 이혼하고 딸과 함께 지내지만 거의 혼자 사는 것이나 마찬가지다. 그는 '자본 평등, 인간 불평등'의 현실을 내세우며 한때 더불어 살았던 이웃에게 쇠파이프를 휘두르는 행동을 강요받는 처지기에 무척 고통스럽다. 개인의 실존을 위해 이웃의 실존을 파괴해야 하는 상황에서 그는 맥을 추지 못한 채 밀려나고 만다. 이 소설의 제목 '사라진 이웃'의 의미는 중층적이다. 일차적으로 이웃과의 단절을 의미하면서, 세대 간의 단절 및 세대 안에서의 단절 문제도 환기하기 때문이다. 경배는 집안에서 딸 희선에게 거의 이해받지 못한다. 사십대만 그런 게 아니다. 희선 세대인 이십대도 사정은 비슷하다. 희선과 승규의 만남은 매우 자기중심적인 관계에 불과하다. 그들에게 만남이란 타자에게로 열리는 게 아니라 자기에로 닫히는 경험이다. 그렇다는 것은 "사랑은 주는 거지, 받는 게 아니야"라는 사십대 경배의 말에 "아저씨 세대랑 다른 거죠. 사랑도 어쨌든 이익이 있어야죠. 주는 게 있으면 받는 게 있어야 하니까"(p. 283)라는 이십대 승규의 발화에서 극명하게 확인된다. 이 세대 단절의 심연을 좁힐 방도를 그 누구도 알지 못한다. 단절을 위한 세대 게임이라도 하는 형국처럼 보인다.

홀로인 삶은 때때로 공황장애를 일으키기도 한다. 「四十四」에서 제민은 남들보다 더 허하고 외로운 감정이 과장되기도 하고, 불안과 두려움이 많아지는 공황장애를 겪는다. 대학교수로서 나름대로 그럴듯한 삶을 사는 듯 보이지만 안절부절못하는 경우가 많다. 백화점에서 명품 구두를 구매하고 교환하기를 반복하는가 하면, SNS상에서 알게 된 작가와 오프라인에서 만나 곤욕을 치르기도 한다. 홀로인 삶의 극한 풍경을 당신은 「흉몽」에서 목도한다. 이미 오래전에 가족도 사라졌고, 고지식한 처신으로 친구들도 멀어져갔다. 황당하게도 입술을 잃어버리자 다니던 출판사에서도 밀려난 주인공. 누군가에게 보복하고 싶지만 제대로 복수하지도 못한 채 고독의 나락으로 떨어진다. "나를 찾아온 사람은 아무도 없었다. 여름이 되어도 친구나 경찰로부터 아무런 연락이 없었다. 철저히 혼자였다"(p. 188). 제대로 먹기도 불편하고 말도 못하는 상태, 그 입술 없는 고독한 주인공의 형상이야말로, 백가흠이 세심하게 관찰한 사십대의 문제적 표상이다. 제대로 말할 수 없는, 입술 없는 고독자가 의욕 과잉으로 말하려 할 때 탈이 날 수 있음을 「아내의 시는 차차차」의 에피소드가 입증한다. 실직과 사업 실패로 인한 '백수'의 처지로 시창작교실을 다니지만, 제대로 시를 쓸 수 없어 반 여성들에게 무시당하는 것 같은 스트레스에 시달리던 박대일은, 시를 쓴다는 것의 불가능성을 간파하고 "시를 만들어야겠다고 결심"(p. 146)한다. 국립도서관에서 오래전의 문학 잡지에서 남들이 잘 알지 못할 것 같은 시를 오려내 "근사해 보이는 한 구절씩을 발췌해서 짜깁기"(p. 147)하여 시를 만든다. 훔친 시 열 편으로 자기 시 한 편을 만드는 방식이었다. 그렇게 발표한 시로 호평을 받게 되고, 그 박수 소리를 잊지 못하여 그는 점점 더 심한 시 도둑질을 한다. 시적 정의는 물론 문학적 위의로부터 너무 멀리 떨어진 이 삽화를 통해, 작가 백가흠이 현 단계 우리 문학의 어떤 수준에 대한 반성적 성찰을 주문하고 있는 게 아닐까, 당신은 짐작한다. 이토록 누추하고 그토록 비루하기 짝이 없는, 입술 없는 삶의 비애를 애도하는 노래를 짓고자 다각적으로 공들였을 작가의 뒤안길을, 당신은 떠올린다.

4. 모멸의 수직적 초월 가능성?

안팎에서 모멸이 밀려든다. 혹은 짙은 안개처럼 모멸이 존재를 휘 감는다. 하여 홀로인 존재는 더욱 고독한 단독자로 밀려난다. 스스 로 소외시키고 소외되는 경우도 많다. 특히 기억의 주인이 되지 못 할 때 자기 모멸감은 부풀어 오른다. 「한 박자 쉬고」에서 양재준도 21년 전의 기억이 혹 왜곡된 것이 아닐까, 떠올린 적이 있다. 이 소 설집에서 많은 사십대들이 그런 기억 착란으로부터 자유롭지 못하 다. 「네 친구」에서 혜진은 같은 교회의 봉사자 김 집사 때문에 난감 하다. 자기를 정말 기억하지 못하느냐며, 기억을 종용하는데, 전혀 기억할 수 없기 때문이다. 물론 그녀는 짐짓 괜찮다고 말하지만 혜 진으로서는 결코 괜찮지 않다. "괜찮아요. 저는 아무렇지도 않아요. 손 집사님, 벌써 다 용서했고, 지난 일이고, 예수 믿고 구원받았으니 까. 같이 구원받고 천국 갈 거니까. 이젠 감정 없어요"(p. 236). 과거 에 뭔가 용서받아야 할 정도로 그녀에게 잘못한 일이 있는 것 같은 데, 좀처럼 떠오르지 않으니, 곤혹스럽기 짝이 없다.

시간은 지나가면 사라지는 것이 아니라 차곡차곡 쌓여 사람 마음 속 깊숙한 곳을 향해 탑을 쌓는다. 기억 속에 가라앉은 시간의 끝은 뾰족한 바늘처럼 생겨서 복원해내면 따끔하게 마음의 가장자리를 찌 르곤 한다. 그래서 사람들은 날카로운 시간의 기억을 다시 찾지 않을 만큼 깊숙한 곳에 숨겨놓는다. 그리곤 어디에 그 시간을 두었는지 잊어버리고선 우왕좌왕한다. 서로 사랑할수록, 함께한 시간이 많이 쌓일수록 그 끝은 버려진 바늘과 같아진다. 그 끝을 기억하지 못해서 서로가 서로에게 왜 상처받고 상처 주는지 모른 채 시간은 계속하여 흘러만 간다. (pp. 244~45)

육체적으로든 정신적으로든 인간은 살아남으려는 본능적 움직임을 보이기 마련이다. 뾰족한 시간의 바늘에 가닿지 않으려는 반동기제 또한 그 일환일 터이다. 그 바늘 끝을 기억하지 못해, 서로가 서로에게 상처 주고 받았는지도 모르는 채 시간만 지나간다고 서술자는 말했다. 혜진이 기억하지 못하는 그녀와의 과거 바늘 끝은 무엇이었을까? 혜진도 끝내 풀지 못했지만, 당신도 역시 헤아릴 수 없었다. 다만 소설 결미에서 혜진, 제민, 은수, 이렇게 셋이 대학 시절 캠퍼스에서 노닥거리던 풍경이 제시되는데, 혹시 그 풍경에 김 집사가 들어 있었던 것은 아닐까. 그랬다가 그 어떤 계기로 김 집사만 홀로 떨어지게 되고 상처받게 된 게 아닐까. 그래서 제목이 '네 친구'인 게 아닐까. 셰프 남자를 네 친구의 범주에 포함시키는 것은 아무래도 무리일 테니 말이다. 그러나 그런 추정의 근거는 매우 모호하기만 하다. 그것이 「네 친구」의 숨은 의도이자 매력이기도 할 텐데, 어쨌든 괄호 쳐진 기억의 심연 속에서 탐색은 더 계속되어야 할 듯하다.

모멸감에 가까운 상처와 기억의 문제는 「메테오라에서 외치다」에서도 인상적으로 환기된다. 이 텍스트에서 이경섭 집사는 1980년 광주에서 가족을 잃은 트라우마를 지닌 인물이다. 그리스에서 비슷한 상황을 접하면서 그 트라우마는 반복적으로 귀환한다. 극도의 불안과 공포에 빠진다. 분명히 기억나지 않지만 그 공포로부터 벗어나기 위해 그는 믿음의 세계에 의지하게 된다. 그럼에도 그는 종종 악몽처럼 그가 섬기는 "신을 제외한 다른 영적인 존재가 실재하는 것 같"(p. 316)은 환각에 시달린다. "무엇인지 모르는 정체불명의 그 무엇, 뒤에서 자기의 몸을 조르고 있던 그 무엇에게 살려달라고 애원하며, 풀어주기만 하면 무슨 일이든지 하겠다고 말한 것이 생경하게 떠올랐다. 떠오른 생생한 기억은 보이지 않는 존재가 보내는 메시지 같았다. 기억을 지배하는 어떤 존재가 있다고 생각하니 두려웠다"(p. 316). 예의 기억을 지배하는 어떤 존재와 대결하거나 공조하면서 자신의 과거를 기억해내려 애쓰지만 쉽지 않다. "상처로 얼룩진 기억은 불현듯 솟아났다. 그런 기억은 자신의 내면이 끊임없이 거부하기 때문에 뭔가 떠올랐다고 하더라도 그것이 자기에게 실재했었는지조차 기억하지 못하는 경우가 많았다. 그가 어린 시절부터 신에게 매달려 삶 전체를 내맡긴 데는 그럴 만한 이유가 있었을 것이다. 때로 그것을 운명이라고 믿기도 했을 것이다. 그러나 그는 그 처음이 기억나질 않았다. 〔……〕 가족 모두를 잃고 번번이 고아라는 환경 때문에 좌절해야만 했던 순간들이 생각나지 않았다. 그가 겪었던 쓰리고 아픈 과거는 신에 대한 믿음 안에 모두 함몰되었다"(pp. 322~23). 떠오르지 않는 기억 때문에, 혹은 그렇다는 불안과 공포 때문에 그는 더더욱 자기 신앙에 몰입한다. 그럴수록 아이러니컬하게도 고립된다. 함께 나누는 김 목사나 박 장로를 비롯한 봉사자들과 소통하지 못한다. 일행의 만류에도 불구하고 폭설이 내린 겨울 절벽 위의 메테오라 수도원을 향해 홀로 오르는 것도 그 고립과 불통의 증거가 된다. 결국 그는 악천후로 인해 끝까지 오르지 못한다.

돌아서 내려가는 길도 불가능한 것처럼 보였다. 백가흠이 성찰한 자기 세대의 비극적 단면을 유추케 하는 풍경이다.

천 길 낭떠러지가 눈에 들어왔다. 그 깊이가 눈에 들어오지도 않았다. 거대한 홀, 마치 시커먼 심연을 바라보고 선 것 같았다. 그가 슬금슬금 옆으로 걸음을 옮겨보았지만, 왔던 길도 상황은 마찬가지였다. 아니, 더 좋지 않았다. 바위가 그가 있는 쪽으로 치우쳐 있고 경사도 심해서 아예 넘어갈 수조차 없었다.

돌계단을 오른 지 두 시간여 그는 옴짝달싹 못하게 되었다. 그는 앞으로 나아가지도 돌아오지도 못한 채 절벽 위에 서 있었다. 바위와 바위 사이에 갇혀 오도 가도 못하는 신세였다. 그가 할 수 있는 일이라곤 구름을 몰고 오는 바람에게 살려달라 외치는 일뿐이었다. (pp. 333~34)

입술을 잃은 「흉몽」의 메타포와 메테오라 수도원 절벽의 블랙홀 메타포를 겹쳐놓으면서 당신은, 작가의 상황 인식이 얼마나 도저한가를 가늠해본다. 자기 세대가 얼마나 고통스러운지, 그리고 어쩌다 길을 잃게 되었는지도 알지 못하는 가운데 길에서 밀려난 모멸감이 얼마나 자심한지, 앞으로 나갈 수도 뒤로 물러날 수도 없는 '시커먼 심연'에 갇힌 세대의 불안과 공포가 얼마나 큰지, 반성적으로 성찰하고 싶었던 것이 아닐까 짐작한다. 소설의 끝에서 이경섭은 결국 "살려주세요. 제발, 살려주세요"(p. 334) 외친다. 물론 동세대의 간절한 염원을 담은 절박한 기도이리라. 그러나 이 간구를 통해 모멸의 수직적 초월이 가능할 것이라고 생각하지는 않았을 터이다. 다만

'한 박자 쉬고' 살피면서 구리거울을 닦는 성찰의 시간, 삶과 문학의 진정한 방향을 모색하고 실천할 수 있는 예지의 시간이 필요하다고 생각한 것이 아닐까, 당신은 추론한다. 바로 이 순간이 소중하다. 고통의 극한, 기억의 경계, 모멸과 상처의 끝자리, 거기서 새로운 상상이 실천되고 삶의 실질적 지혜도 마련될 수 있겠기 때문이다. 작가 백가흠이 거기까지 밀고 나갈 수 있었다는 점, 그 위태로운 지점에서 '한 박자 쉬'면서, 시적 정의와 미적 감흥을 동시에 추구할 수 있는 새로운 상상력의 공간을 마련하려 했다는 점이 인상적이다. 비록 실존의 수직적 초월은 불가능하더라도, 전위적 미학의 수직적 초월은 그렇게 가능 지평을 예비하는 법이다. 작가 백가흠이 자기만의 스타일로 간단없이 이야기의 구리거울을 닦는 이유도 바로 그 때문이 아닐까?

도서관 작가와 콜라주 스토리텔링
─ 정지돈 소설에 다가서기

1. '책 익는' 마을, 도서관

도서관에 없는 것이 있을까? 없는 것이라곤 단지 없는 것 아닐까. 일찍이 "도서관에는 모든 것이 다 있다"고 갈파했던 이는 아르헨티나 출신의 환상적 리얼리즘 작가 호르헤 루이스 보르헤스(1899~1986)였다. 그는 세상이 미궁이고 현실이 미로 같다고 생각했던 작가다. 그가 보기에 신은 매우 정교한 설계도를 가지고 미궁의 세상을 만들었다. 따라서 인간이 제아무리 합리적이고 이성적인 질서의 눈으로 세계를 성찰하고 판단한다고 하더라도, 세계의 질서를 제대로 알 수 없다. 오히려 불완전하고 무질서하고 혼돈스러운 사실들만 확인할 수 있을 따름이다. 세계는 영원한 미궁인 데 반해, 인간은 그 미궁의 설계도를 훔쳐낼 수 없는 까닭이다. 그러니 겸허하게 미궁 속의 존재임을 수긍하는 쪽이 차라리 낫다. 바벨탑을 쌓으려는 만용은 위험하다. 미궁을 상상하고 추리하는 일이 가장 인간적인 일인지도 모른다고 보르헤스는 생각한다. 그렇다면 인간의 길은 어떻게 열릴 수 있을까. 보르헤스가 보기에 인간의 길은 대체로 도서관을 통해서 어렵사리 가능성을 탐문할 수 있다.

1899년 아르헨티나 부에노스아이레스에 살았던 아버지의 도서관에서 태어난 보르헤스는 도서관에서 유년을 보냈고, 하급 사서에서 국립도서관장에 이르기까지, 그의 생애는 거의 도서관을 배경으로 엮였다. 그러니 "보르헤스는 도서관에서 태어나 도서관에서 살다가 도서관에서 죽어 도서관에 묻혔다"고 말해도 지나치지 않을 정도로 "도서관의 작가"였다. 1936년 보르헤스는 미겔 카네 시립도서관에서 사서로 일하기 시작했다. 그 당시 도서관 일은 그리 많지 않았다. 모두 50여 명이 일하고 있었지만 고작 15명이면 처리할 수 있는 일이었다. 보르헤스가 속한 정리실에는 20여 명의 동료들이 있었다. 책을 분류하여 목록을 작성하는 일을 맡았는데 그에게는 무척 간단한 일이었다. 책이 제한적일뿐더러 내용도 복잡하지 않았기 때문에 도서 분류표를 보지 않더라도 얼마든지 처리할 수 있었다. 첫 출근 날에 열심히 일한 보르헤스는 무려 4백 권 정도를 분류했다. 그런데 문제는 다음 날 아침에 발생했다. 두번째 날 출근하니 몇몇 동료들이 따로 불러 그런 식으로 일하면 안 된다고 충고했다. 그렇게 열심히 일하면 동료들 상당수가 직장을 잃게 될 것이라고 우려했다. 그들은 보르헤스가 첫날 처리한 것의 4분의 1에 해당하는 1백 권 남짓 처리해왔던 터였다. "그들은 내게 말했다. '당신이 계속 그런 식으로 일한다면 부장이 우리를 내쫓을지도 모르오.' 그들은 내게 충고하기를, 현실을 무시하지 말고 첫날은 83권, 다음 날은 90권, 셋째 날은 104권……, 이런 식으로 일을 하라고 권했다."[1] 이런 분위기의 도서관이었기에 보르헤스는 사서로서는 불행했지만, 그 대신 독자로서의 권리를 누릴 시간을 많이 확보할 수 있었다. 일찌감치 그날 할 일을 마치고 지하 서고에 내려가 홀로 책 읽기를 즐기며 끊임없이 글을 써나갔던 것이다. 그에게 도서관은 '책 읽는' 마을이자, '책(이) 익(어가)는' 마을이었던 셈이다. 그의 삶에서 읽고, 생각하고, 상상하고, 쓰는 일이 '혼돈 속의 질서'처럼 격렬하게 융합되면서 전혀 다른 차원의 이야기들을 창안할 수 있었던 것으로 보인다. 말하자면 생각하는 인간Homo Sapiens, 읽는 인간Homo Legens, 허구적으로 꾸미는 인간Homo Fictus이 서로 스미고 짜이며 끊임없이 갈라지는 새로운 이야기들을 빚어낸 것이다. 그러면서 세상이란 미궁으로부터 비상할 수 있기를 꿈꾸었다.

가령 「끝없이 두 갈래로 갈라지는 길들이 있는 정원」은 미로 정원의 이야기다. 1차 대전을 배경으로 추리소설적 구성을 하고 있는 이 소설에서 독일 스파이 유춘과 그가 존경하지만 살해해야만 하는 영국인 앨버트, 유춘을 쫓는 영국 첩보대 장교 등이 벌이는 사건은 현실이 속절없는 미궁임을 환기한다. 그들은 선과 악, 적과 동지라는 가치와 상관없는 모순과 혼돈 속에서 행위하며 죽거나 죽인다. 이와 관련된 취팽의 미궁에 관한 이야기는 보르헤스 나름의 미궁의 형이상학을 보여주는 대목이다. "취팽의 작품에서는 모든 결말들이 함께 일어납니다. 각 결말은 또 다른 갈라짐의 출발점이 됩니다." 결말만 분열적인 것이 아니다. 중간도, 아니 시작마저도 여러 갈래로 갈라질 수 있다. 온통 미궁이다. 그것은 혼돈이면서 동시에 열린 가능

---

1) Jorge Luis Borges, "An Autobiographical Essay", *The Aleph and Other Stories, 1933–1969*, ed. and trans. Norman Thomas di Giovanni, New York: E. P. Dutton, 1970, p. 241; 김홍근, 『보르헤스 문학 전기』, 솔, 2005, p. 266에서 재인용.

성이다. 그런 성격의 미궁일 수밖에 없는 세계를 보르헤스는 도서관 혹은 책이라는 개념으로 이해하기도 한다. 보르헤스는 「바벨의 도서관」에서 도서관을 무한한 우주라고, 책을 신이라고 적는다. 인간이 우주의 신비와 질서를 성찰하기 위해서는 신이 쓴 책을 다 읽고 이해할 수 있어야 한다. 그러나 그것이 어찌 가능하랴. 그러니 우주와 세계는 영원히 미궁일 수밖에 없다. 보르헤스의 도서관이 다름 아닌 바벨의 도서관인 것도 까닭이 있다. 바벨은 아시리아 말로는 신의 문을 뜻하지만, 히브리 말로는 혼돈을 뜻한다. 그러므로 바벨의 도서관이란 "우주의 신비가 담겨진, 그러나 인간의 능력으로는 그 신비를 알 수 없는 혼돈스런 도서관"[2]인 셈이다.

아울러 「피에르 메나르, 『돈키호테』의 저자」는 호모 레겐스의 창조적 형성력을 알게 하는 매우 흥미로운 소설이다. 독자에서 작가로의 탄력적인 호환 양상을 보이는 독-작자(讀-作者)의 문제에 대해 많은 생각거리를 제공한다. 20세기 초 프랑스 상징주의 계열의 작가 피에르 메나르라는 허구적인 인물이 세르반테스의 『돈키호테』 중 일부를 글자 한 자 틀리지 않게 베껴 썼음에도 불구하고 『돈키호테』를 넘어서는 훌륭한 작품을 만들 수 있게 되는 독특한 과정을 다룬 이야기다. 그리고 그것이 왜 훌륭한 작품일 수 있는가를 매우 흥미롭게 논증하고 있는 소설이다. 17세기 세르반테스의 『돈키호테』보다 20세기 피에르 메나르의 『돈키호테』가 문체나 주제 의식 등 여러 측면에서 더 뛰어나다고 말한다. 오랜 다시 읽기의 과정에서 『돈키호테』의 내용이 훨씬 풍부해질 수 있었기 때문이라는 것이다. 똑같

---

2) 이남호, 『보르헤스 만나러 가는 길』, 민음사, 1994, p. 227.

은 문장과 표현이라고 하더라도 3백 년의 시간 거리와 직업과 스타일이 다른 사람이라는 저자의 차이에 의해서 얼마든지 다른 수용 지평을 형성할 수 있다는 생각이다. 읽기를 바탕으로 한 새로운 글쓰기, 수용의 생산적 전환의 사례를 아주 극단적으로 보여준 것이 아닐 수 없다.

"도서관이라 불리는 이 우주" "도서관이라 불리는 무한공간의 미로"와 같은 표현을 보르헤스가 왜 그리 즐겨 썼는지, 길게 설명하지 않더라도 우리는 잘 알 수 있다. 「바벨의 도서관」의 한 대목을 보자. "도서관에는 모든 것이 다 있다. 미래 세계의 상세한 역사, 천사들의 자서전, 도서관의 믿을 만한 서지 목록, 수백만 개의 가짜 서지 목록, 그 가짜 서지 목록들의 허구성을 증명한 책, 진짜 서지 목록의 허구성을 증명한 책, 바실리데스의 그노시스적 복음, 이 복음의 주해서, 그 주해서의 주해서, 당신의 죽음에 대한 진정한 해명서, 각각의 책에 대한 모든 번역본들, 모든 책들의 증보판들."[3] 그러니까 도서관은 무한하며, 혼돈스럽다. 진실에서 허위까지 다양한 스펙트럼들이 펼쳐진다. 카오스chaos(혼돈)와 코스모스cosmos(질서)의 합성어인 카오스모스chaosmos의 공간이 도서관이다. 그러므로 호모 레겐스는 혼돈 속에서 질서를 찾아나가는 구도자와 비슷하다. 그들은 도서관 – 우주에서 늘 새로운 꿈을 몽상한다. 전혀 새로운 가능성을 탐문한다. 세상의 모든 호모 레겐스들은 저마다의 방식으로 환상 발전소를 가동하는 창의적 독-작자들이다.

---

3) 같은 책, p. 234.

2. 호모 레겐스의 꿈, 혹은 도서관 작가

호모 레겐스들은 어쩌면 도서관에서 책을 찬양하는 신도들이 아니었을까. 예컨대 가스통 바슐라르 같은 탁월한 호모 레겐스도 그 신도의 일원인 것처럼 보인다. "새 책들은 얼마나 우리에게 은혜를 베푸는가! 정말 매일 새로운 이미지들에 대해 말해주는 책들이 바구니 가득 하늘에서 떨어졌으면 좋겠다. 이 서원은 자연스럽다. 이 기적은 쉽다. 저기 하늘에서는, 천당이란 거대한 도서관이 아닐까 싶어서다."⁴⁾ 그래서 그는 아침부터 책상 위에 쌓인 책 앞에서 독서의 신에게 게걸스러운 독자의 기도를 올린다. "오늘도 우리에게 일용할 굶주림을 주시옵고⋯⋯"⁵⁾ 널리 읽힌 움베르토 에코의 『장미의 이름』에서 중세 신학자 역시 매우 신실한 호모 레겐스 신자에 속할 터다. "내 이 세상 도처에서 쉴 곳을 찾아보았으되, 마침내 찾아낸, 책이 있는 구석방보다 나은 곳은 없더라."⁶⁾ 아울러 이런 호모 레겐스는 어떤가?

문득 그가 최근에 읽은 책의 저자 이름이 생각났다. 랑베르, 랑글르와, 라발레트리에, 라스텍스, 라베르뉴다. 분명하다. 나는 독학자의 방법을 알았다. 그는 책을 알파벳순으로 읽는다.

나는 일종의 감탄을 느끼며 그를 쳐다본다. 그렇게도 방대한 규모의 계획을 천천히 끈기 있게 실현하기에는 어떠한 의지가 필요한 것

---

4) 가스통 바슐라르, 『몽상의 시학』, 김현 옮김, 홍성사, 1978, p. 37.

5) 같은 책, p. 37.

6) 움베르토 에코, 『장미의 이름』 상, 이윤기 옮김, 열린책들, 1992, p. 23.

일까? 칠 년 전 어느 날(그는 칠 년째 책을 읽고 있다고 나에게 말한 바 있다) 그는 의기양양하게 이 방에 들어왔던 것이다. 벽마다 가득 차 있는 수많은 책들에 시선이 미치자 그는 거의 라스티냐크처럼, "인류의 지식이여, 자 이젠 그대와 나와의 대결이다"라고 말했을 것이다. 그리고 그는 맨 오른편 끝의 첫 서가에 꽂힌 첫번째 책을 가서 뽑아왔다. 그는 첫 페이지를 존경과 두려움의 감정이 섞인 확고부동한 결심과 더불어 폈다. 그는 지금 L까지 와 있다.[7]

『구토』에서 이 독학자는 도서관의 책을 모조리 읽은 다음 모험을 떠나겠다고 꿈꾼다. 본격적인 발견과 시련을 준비하기 위해 책을 읽어야 한다고 생각한 호모 레겐스다. 그 발견의 열린 우주에서 어떤 체험이나 성취를 하는가는 함부로 예단할 수 없다. 무척 다양하게 만화경처럼 펼쳐질 터이기 때문이다. 그 다채로운 스펙트럼 중의 하나가 작가이고, 그 대표적인 사례가 바로 앞에서 언급한 보르헤스다. 세상의 모든 호모 레겐스들이 보르헤스 같은 작가가 되는 것은 아니지만, 그렇다고 보르헤스만을 도서관의 작가라고 한정할 수 없다. 현재 우리 문단에서 가장 주목받는 젊은 작가 정지돈만 하더라도 그렇다. 그는 추리소설을 읽다가 어느 순간부터 자연스럽고 신나게 글을 쓰게 되었다고 밝힌 적이 있거니와,[8] 그의 등단작 「눈먼 부

---

7) 장 폴 사르트르, 『구토』, 강명희 옮김, 하서, 1999, p. 57.
8) 황정은과의 인터뷰에서 정지돈은 "처음엔 추리소설을 읽었는데 무척 재미있어서 이 정도는 나도 쓸 수 있겠다고 생각하고 신나게 시도도 해보"다가 "추리소설은 단념하고 판타지로 넘어가 판타지를 읽고 쓰기 시작했는데 이것도 무척 재미있어서 이 정도는! 하고 내가 판타지소설을 썼거든"(황정은, 「모든 크레타人은 거짓말쟁이」, 『문학동네』 2015년 봄호, p. 71)이라고 밝힌 바 있다.

엉이」에 등장하는 인물도 그런 계열에 속한다. 이 소설에서 에릭은 추리소설을 거쳐 고전으로 넘어가 하디, 톨스토이, 입센, 스탕달, 누보로망 계열의 작가나 영미권의 포스트모더니즘 작가들을 읽은 호모 레젠스다. "그렇게 읽다 보니 에릭은 어느새 글을 쓰고 있었다."[9] 정지돈은 2013년 문학과사회 신인문학상으로 등단하여 2015년 5월 현재 모두 여섯 편의 소설을 발표하였는데, 대부분이 읽으면서 쓰고, 쓰면서 다시 읽는 스타일이었다. 일찍이 롤랑 바르트가 다시 쓰는 텍스트에 대한 논의를 개진한 바 있거니와, 2010년대 한국 작가 중에서 정지돈은 가장 진지하면서도 가장 격렬하게 다시 쓰는 텍스트의 향연을 연출하는 기예를 보인다고 말해도 크게 잘못은 없을 것이다. 정지돈보다 조금 앞서 창작 활동을 한 조현이나 김희선이 사물들의 박물학이나 계보학에 상상적 전복을 시도했고, 최제훈이 온갖 정보들의 문화 공학적 텍스트 향연을 구가했으며, 정지돈과 비슷한 세대인 이상우가 대중문화나 하위문화적 질료들을 가로지르며 교란의 향유를 펼치고 있는 상황을 고려하면, 그들과 정지돈의 닮음과 다름에 대한 생각들을 추스를 수 있다. 특히 문학 안에서 문학 바깥을 꿈꾸고, 문학 밖에서 다시 문학을 상상하는, 문학의 탈존(脫存)과 외존(外存) 방식에 대한 모색의 스타일 측면에서 주목에 값한다. 동시대의 여러 작가들 중에서 정지돈은 가장 탄력적으로 도서관 작가로서의 자기 스타일을 모색하는 작가이고, 무한 우주인 도서관에서 무한 우주인 이야기를 가로지르는 소설가다. 황정은과의 인터뷰에서 정지돈은 비트 세대의 "애티튜드"를 좋아한다면서, "기존의 것

---

9) 정지돈, 「눈먼 부엉이」, 『문학과사회』 2013년 여름호, p. 454.

을 무너뜨리고 어떻게 말할 것인가의 싸움을 제대로 한번, 해본 사람들이기 때문"[10]이라고 말한 적이 있는데, 이런 자의식을 스스로 견지하는 게 아닐까 싶다. "자기 장르에 대한 자의식" 혹은 "자기 미디어에 관한 의식"[11]을 지닌 사람들을 좋아한다는 정지돈 또한 그런 작가에 가깝다.

3. 도서관 작가의 형성 기억과 콜라주 스토리텔링

문학의 안과 밖의 역동적 회통을 위해 어떤 작가들은 영화관을, 어떤 작가들은 박물관을, 어떤 작가들은 미술관을, 어떤 작가들은 인터넷 포털을, 자주 이용한다. 정지돈은 단연 도서관을 가는 작가다. 그에게 문장은, 책은, 상상력의 강력한 원천이다. "간접 텍스트가 훨씬 더 나를 상상하게 만들어. 내 경우 영화도 아니고 문장, 나를 가장 상상하게 만드는 게 문장이야……"[12] 그렇기에 책 모티프는 정지돈 소설의 핵심 인자에 속한다. 가령 「미래의 책」에서 프랑스 출신 저자로 한국 문학을 무척 아끼는 알랭은 온몸으로 읽고 쓰는 모습을 보인다. 그는 운전을 하면서 자기가 읽은 진의 소설 속의 한 대목을 떠올리곤 다른 문장들과 겹쳐 생각하며 영감이 샘솟고 있음을 느낀다. "어두운 도로 위에서 자신이 운전을 하는 것인지, 글을 쓰고 있는 것인지 혼란스러워짐을 느꼈다. 알랭의 몸은 운전을 하고 있었

10) 황정은, 같은 글, pp. 72~73.

11) 같은 글, p. 73.

12) 같은 글, pp. 73~74.

지만 그의 정신은 책의 모티프 속으로, 밤의 도로가 깨워주는 영감 속으로 들어가 기억과 아이디어를 끝없이 생산해냈다. 어느새 운전대는 펜으로 변해 도로 위에 문장들을 쓰기 시작했다."[13] '책의 모티프'를 매개로 몸과 정신이 얽히고설키며 영감의 자장 속으로 빠져든다. '기억과 아이디어'들이 무리 지어 강력한 자석에 달라붙는 쇳가루처럼 그를 충동한다. 그러다 보니 자연스레 운전대는 펜이 되고, 도로는 원고지가 되며, 운전은 글쓰기로 전환되기에 이른다.

장은 지난여름 내게 소설을 보냈다,라는 문장으로 글을 시작해야 겠다고 알랭은 생각했다. 그는 유학생과 진을 사랑한 자신의 이야기와 장의 이야기, 그리고 그들의 소설에 대한 해제로 구성된 형식의 책을 구상하고 있었다. 알랭의 책은 에세이이자 소설이며, 그만의 비평서가 될 것이었다. 알랭의 머릿속에 사랑의 메커니즘은 문학 행위와 동일하다는 생각이 떠올랐다. 그것은 연결되어 있으나 동시에 떨어져 있었다. 우리는 독서를 하며 작가를 이해한다고 생각하지만 그것은 불가능했다. 그러나 동시에 우리는 책을 통해 전혀 다른 의미의 이해로 저자와 연결된다. 알랭에게 있어 책이란 바로 사랑이었다. 그러니까 책을 통해 작가와 독자가 연결되는 것처럼 사랑을 통해 개개인이 연결되는 것이다. 우리는 책─사랑이라는 매개가 없다면 닿을 수 없었다. 우리는 책─사랑이란 매개를 통해서만, 그것이 만들어낸 공간속에서만 서로를 느끼고 만지고 생각할 수 있었다. 그렇지 않다면 우리라고 말할 수 있는 관계조차 존재하지 않으리라. 우리가 끊임없이

---

13) 정지돈, 「미래의 책」, 『제5회 문지문학상 수상작품집』, 문학과지성사, 2015, p. 117.

글을 쓰고 글을 읽는 것은 바로 그런 맥락이었다.

　생각이 여기에 이르자 알랭은 일종의 전율을 느꼈다. 자신의 형식에 대한 합리적인 설명을 찾아낸 것만 같았다. 또한 자신이 왜 이렇게 평론이나 글쓰기에 집착하는지, 작가들에게 빠지는지도 설명할 수 있을 것 같았다.[14]

다소 긴 인용이 되었지만, 정지돈 소설의 핵심 특성을 짐작하게 하는 데 도움이 되는 대목이다. 우선, 정지돈은 형상화된 알랭의 초상처럼, 읽으며 쓰는 작가다. 그에게 책 모티프는 상상력의 수행적 원천이다. 이 수행은 저자와 독자, 독-작자, 다시 저자와 독자 사이의 역동적인 소통을 낳는다. 그 소통은 결코 단선적일 수 없으며, 각각의 매듭마다 변형 생성의 탄력도가 큰 편이어서, 다양하고 다성적이다. 둘째, 책 모티프는 '책-사랑' 모티프로 심화된다. 단지 수동적 책 읽기만으로는 진정한 연결이나 새로운 창달의 지평을 알지 못한다. 진정한 사랑이 필요하다. 알랭은 진과 진의 소설을 진심으로 사랑했다. 그 결과 그와 그의 소설과 진정한 교감과 역동적 소통의 지평을 마련할 수 있었다. 인간의 소통은 물론 문학의 소통 역시 사랑이라는 매개 없이 어렵다. 셋째, '책-사랑' 모티프는 기억들을 역동적으로 가로지르며 영감을 불러일으키고 상상력의 불꽃을 점화한다. 어떤 문장들은 그물코처럼 이전에 읽었던 문장들을 소환하는 강력한 자석이 된다. 아울러 그의 경험 세계들을 적절히 융합할 수 있는 상상적 예지를 발동시킨다. 하여 넷째, 융합의 콜라주 스토리텔

---

14) 같은 글, pp. 117~18.

링의 스타일에 접근한다. 「건축이냐 혁명이냐」에서 주 인물 이구는 르 코르뷔지에의 이런 말을 주문처럼 외우고 다녔다고 한다. "건축은 땅 위에 시를 짓는 일입니다."[15] "시간과 인물에 전혀 다른 위치를 부여"[16]하는 운동 양상을 보이는 필립 그랑드리외의 영화처럼, 진정한 건축은 이질적인 요소들을 콜라주 작업으로 융합하여 전혀 새로운 스토리텔링에 도전한다. 마찬가지로 정지돈은 자기 소설 스타일을 그렇게 재구축하려 한다. 다채로운 책 모티프와 책-사랑 모티프를 바탕으로 새로운 문학의 테마를 형성해나가는 정지돈의 문학 하기, 기존의 자리를 바꾸어 새로운 운동성으로 새로운 이야기와 의미 맥락을 형성하는 정지돈의 소설 쓰기에, 나는 콜라주 스토리텔링이라는 이름을 붙여주고 싶다.

4. 탈경계의 상상력과 교란의 리듬

당선 소감에서 "그저 쏟아지는 농담 속에서 아름다운 장면 하나 둘 건지고 싶다"[17]고 언급했던 정지돈은 탈경계의 상상력으로 교란의 역동적 서사 리듬을 창안한다. 「건축이냐 혁명이냐」에서 이구는 사실상 무국적자로 평생을 살았거니와, 다른 소설의 인물들도 사정은 비슷하다. 무국적성 혹은 탈국적성은 21세기 문학의 핵심 화두 중의 하나임에 틀림없는데, 정지돈 역시 그 지점을 예민하게 파고든

---

15) 정지돈, 「건축이냐 혁명이냐」, 『문학들』 2014년 겨울호, pp. 205~06.

16) 같은 글, p. 212.

17) 정지돈, 「신인문학상 소설 당선 소감」, 『문학과사회』 2013년 여름호, p. 449.

다.「눈먼 부엉이」에서는 노르웨이 출신 에릭 호이어스나 테헤란 출신 작가 사데크 헤다야트, 한국 출신 장 등이 다채롭게 이야기를 엮는다. 이처럼 대부분의 소설에서 정지돈은 여러 국적의 인물들을 마주치게 하는데, 그렇다고 생물학적인 혹은 법적인 국적이 문제 되는 경우는 없다. 아니 국적을 의식하는 인물들은 전혀 없다고 말해도 좋다. 기존의 국적 의식, 영토 의식으로부터 탈영토화하여 바깥으로부터 새로운 존재성을 획득하려 한다. 아니, 그렇다기보다도 그저 스쳐 지나가는 과정에서 돌연히 결합되는 것들을 콜라주처럼 즐긴다.

정지돈의 탈경계 상상력의 두번째 특징은 성 정체성 해체와 관련된다. 여러 소설에서 동성애 코드를 활용하고 있거니와, 국적에 이어 생물학적 성 정체성을 해체함으로써 열린 의식의 지평으로 나아가게 하고 열린 행동과 열린 이야기의 기초가 되게 한다. 그러기에 그가 관심하고 있는 인물들은 대개 편집적이기보다는 분열적이다. 분열적 이방인으로 정주민이나 내지인을 해체함은 물론 스스로도 해체의 대상이 된다. 고여 있거나 머물지 않기에 흐름 위에서 새로운 리듬을 알게 된다. 기성의 것들을 전복하고 교란하는 리듬으로 현대의 문제성에 도전하는 형국이다.「건축이냐 혁명이냐」를 쓰기 전에 정지돈은 "문학에 대한 문학인 동시에 정치적이고 사회 비판적이며 사랑과 섹스, 동성애와 죽음, 자본주의와 사회주의의 역사, 도시와 범죄, 망명과 머무름, 혁명과 밤에 대한, 그러나 궁극적으로는 오렌지에 대한 소설이 될 것 같습니다……"[18]라고 말한 적이 있다는데, 동시대와 대결하는 정지돈의 문제의식을 역력히 보여주는

---

18) 황정은, 같은 글, p. 73.

대목이다. 이를 바탕으로 그는 '새로운 유령의 이야기'에 다가서는 것처럼 보인다. 예컨대 「건축이냐 혁명이냐」에서 사진전 대목을 보자. 서술자는 조르주 디디 위베르만이 사진작가 아르노 지쟁거와 파리의 '팔레 드 도쿄'에서 「환영의 새로운 역사」라는 전시를 진행 중인데, 그 전시의 부제가 '새로운 유령의 이야기'라는 정보를 제공한다. 그런데 그 전시장에 대한 소개가 흥미롭다. "언뜻 봐서는 연관을 찾을 수 없는 다양한 이미지와 수집물로 가득하며 그러한 이미지는 통상 말하는 예술적인 무언가가 아닌 단순한 기록 사진과 사소한 물품이 뒤섞인 것들로 이를 통해 기획자들은 이미지의 도서관, 그러나 원하는 정보를 정확히 찾을 수 없고 고정된 정보가 존재하지 않으며 기묘한 확장성과 통일성이 있는 이미지의 궁전을 만들어 냈다." 그러니까 "고정된 정보가 존재하지 않으며 기묘한 확장성과 통일성이 있는 이미지의 궁전"과도 같은 "이미지의 도서관",[19] 바로 이것이 정지돈의 탈경계 상상력과 교란의 리듬이 가닿으려는 세계와 흡사하다. 최근작인 「창백한 말」도 그런 소설이다.

　오래전 청황색 '창백한 말'이 있었다. 그 위에 탄 자의 이름은 사망이고, 지옥이 그 뒤를 따르고 있다. 말 탄 이가 그 땅의 4분의 1의 권세를 얻어 칼과 기근과 죽음과 들짐승으로 주민들을 사망으로 몰아간다. 말이 창백할 수밖에 없는 것은 당연하다. 「요한계시록」 6장 8절은 그런 말씀을 전하면서 성찰과 회개를 권한다. 이 '창백한 말'을 인유하여 20세기 러시아 근대기의 혁명주의자이자 문학가였던 보리스 빅토로비치 사빈코프Борис Викторович Савинков는 자전적

---

19) 정지돈, 「건축이냐 혁명이냐」, p. 213.

작품『창백한 말』을 발표한다. 문학가로서의 심미적 의지와 혁명주의자로서의 사상과 열정이 충돌하면서 빚어지는 고뇌와 환멸 등이 독특한 아우라를 형성한다. 테러를 통해 미래를 바꿀 수 있다고 확신했던 테러리스트의 이어지는 실패와 좌절, 곤경의 드라마는, 테러의 당위성에 대한 현실적 이유와, 그럼에도 불구하고 역사적 이성이 한없이 유예될 수밖에 없는 '창백한 말'의 상황에 대해 여러 성찰의 세목을 제공한다.

그런 정보들이 산재한 도서관에서 정지돈의 「창백한 말」이 새로 씌어진다. "21세기는 허무의 시대다. 그러나 가짜 허무의 시대다"라고 말하는 초점 인물 '장'은 "진정한 이상주의자만이 진정한 허무주의자가 될 수 있다"고 생각하는 인물이다.[20] 그는 "사회주의가 무너지고 이념의 시대가 끝났다"[21]는 말들을 단호히 거절하며, 다른 이들과는 달리 "20세기 초반"을 살고 있다. 변화된 21세기 현실에 사보타주하며 스스로 '창백한 말'의 운명을 입증하려 한다. 일기 형식이었던 사빈코프의『창백한 말』처럼 '장'도 일기 형식의 단상들을 남긴다. 사빈코프의 무대였던 러시아에서 목도한 풍경들을 비롯해 알료사의 연극을 보면서, 진정한 이상주의자이자 허무주의자가 되고자 현실을 탈주하려 했던 영혼의 움직임을 따라, 현실과 예술에 대한 상념을 펼친다. 그리고 서술자 '나'는 '장'의 일기를 전유하면서 새롭게 풀어 쓴다.

이 소설에서 서술자의 지위는 모호하고 복잡하다. 간혹 이야기 상

---

20) 정지돈,「창백한 말」,『창작과비평』 2015년 봄호, p. 212.
21) 같은 글, p. 213.

황 안에 참여하기도 하지만, 많은 경우 서술자는 상황 밖에서 읽으며 상상한다. 이런 서술 상황과 서술자의 특성이 이 소설의 독특한 텍스트 형성력이 된다. 새로운 텍스트는 그렇게 엮이면서 또한 균열된다. 경계를 넘나들고 탈주하는 서술자의 대화적 탄력성이 더욱 웅숭깊었더라면 하는 아쉬움이 있다. 하지만 그 균열이, 어쩌면 '창백한 말'의 운명에서 이미 예비된 것인지도 모른다는 생각이 들기도 한다. 「요한계시록」의 시절에도, 사빈코프의 세기에도, 그리고 정지돈의 시대에도 창백한 말의 현실을 혁파하는 혁명은 매우 지난한 과제임에 틀림없다. 그것이 공통점이라면 차이는 사빈코프의 시절보다 어쩌면 정지돈의 시대의 서술자의 입지가 훨씬 가혹해졌다는 점이다. 체험도 상상도 의지도 마음대로 건축하기 어렵다. 그런 상황에 대한 곤혹이 서술자로 하여금 '창백한 말'의 운명에 이끌리게 했는지도 모른다. 여전한 '창백한 말〔馬〕'의 시절을 성찰하면서, 그에 추수하여 '창백한 말〔言〕'들이 스스로의 비루함을 반성하지 않는 경향이 많은 상황을 반성하면서, '창백한 말〔馬〕'과 '창백한 말〔言〕'의 운명을 공히 게걸음 치듯 밀고 나가려는 정지돈의 서사적 의지는 우리로 하여금 존재의 안과 밖에 대한 여러 생각들을 저작하게 한다.

5. 독 - 작자 주체와 '미래의 책'

「미래의 책」도 정지돈의 창작 방법론의 핵심적 특성을 짐작하게 하는 텍스트다. '미래의 책'이라니? 모리스 블랑쇼의 제목을 과감히 자신의 소설 표제로 삼은 젊은 작가 정지돈은 과감하다. 혹은 무모하다. '현재의 책'도 구성하기 어려운 터에, 하물며 '미래의 책'이라니. 그것은, 작중 인물 알랭의 평론 제목처럼 "존재하지 않는 책들의 존재 가능성"에 대한 탐문의 서사이고, 또 그것을 위한 "무한한 대화"(작중 작가 장의 소설 제목이기도 한)의 도정을 카오스처럼 극화한 이야기다.[22] 불확실하거나 불가능한 미궁을 헤매며 역설적 가능성을 모색한다. '미래의 책'은 주체의 안에서 오지 않는다. 언어의 안쪽에서 발원되지도 않는다. 차라리 주체의 바깥, 언어의 바깥에서 가까스로 불가능의 풍경으로 다가오는 듯 멀어진다. 발화된 것보다는 침묵한 것, 내 컴퓨터보다는 남의 컴퓨터, 내가 쓴 것보다는 남이 쓴 것, 의식의 층위보다는 무의식의 심연에서 단속(斷續)적으로, 혹은 그 사이 어딘가에서, 부재처럼 존재한다. 시선과 응시 사이에서, 초점화와 비초점화 사이에서, 부재하는 것으로 존재를 역설하고, 존재하는 것으로 부재를 암시한다. 경우에 따라 "오해와 착오로 쌓아올린 서사의 벽"[23]이 되기도 한다. 그러니까 정지돈이 '과거의 책'과 '현재의 책' '미래의 책'을 싸잡아 문화적이면서도 수사학적 싸움을 벌이는 형국이다. 그 싸움이 이제 막 시작되었다. 이 텍스트에서 보여준 것보다 보여주지 않은 것들이 훨씬 더 많다. 그가 욕망하고 독자가 소망한 '미래의 책'은 아직 미래의 시간 너머로 밀려나 있다. 미끄러짐은 언제나 교활하다. 더 활달하게 탈주하고, 더욱 전위적으로 대화하면서 이제까지 존재하지 않은 소설의 존재 가능성을 열어나간다면, 젊은 신인의 무모함도 그때 가서 나름대로 이해와 소통의

---

22) 정지돈, 「미래의 책」, p. 102.
23) 같은 글, p. 113.

지평을 형성하게 될지 모르겠다. 아직 '미래의 책'은 도래하지 않았다. 그래서 '미래의 책'이란 말인가?

정지돈이 구상하는 미래의 책은 독-작자 주체에 의해서 그 수행적 단서를 마련할 수 있다. 읽으면서 콜라주처럼 엮어 쓰는 서술 주체의 역동성이 새로운 이야기의 변형 생성 가능성을 산출한다. 연결될 것 같지 않은 서사소들을 돌연히 결합하고 융합하면서 미묘한 줄거리를 형성하는 서사 기획은 무척 도전적이다. 선조적 전개가 아닌 방사형의 복잡한 그물코들로 끊어질 듯 연결되는 미로의 글쓰기, 그 현묘한 서사 리듬에 독자들은 조금은 복잡하게 견디어야 하지만, 견디면서 행복한 글 읽기의 다른 차원을 경험하게 된다. 그러면서 정지돈의 독자들도 스스로 새로운 글쓰기 과정에 돌입할 수 있는 독-작자의 유쾌한 에너지를 얻을 수 있다. 이미 언급한 것처럼 정지돈 소설에서 '책-사랑' 모티프는 영혼의 근력 운동을 위한 확실한 비책의 일환이기도 하다. 이 '책-사랑' 모티프를 통해 이야기의 종언, 문학의 종언과 관련한 불안을 넘어설 수 있는 혜안을 마련할 수도 있겠다. 역동적 갱신의 기억으로 한계 텍스트를 부단히 넘어서는 것, 정지돈과 더불어 동시대의 젊은 문학은, 그런 꿈을 '농담'처럼 수행한다. 아마도 '미래의 책'은 그렇게 열릴 터이다.

4부 방법적 어스름

어스름의 시학

—정현종의 『견딜 수 없네』

1. 방법적 어스름과 더불어

시인 정현종은 '눈'사람이다. 겨울철 포근히 눈 내린 날 유난히 영혼이 맑은 아이가 만든 눈사람처럼 보는 이들을 흐뭇하게 하고 찬탄케 하는 그런 눈사람이기도 하지만, 그 누구보다도 형형한 두 눈으로 빛나는 눈사람이다. 뿐더러 온몸이 특별한 감각의 눈들로 이루어져 있는 것만 같은 그런 눈사람이다. 귀로 듣는 것도 눈사람에게는 보이고, 코로 맡아지는 냄새도 눈사람에게는 역시 보인다. 손발의 촉각 역시 눈사람에게는 보인다. 모든 감각들을 망라한 관음의 눈사람이다. 일찍이 "바라보는 일은 그것 자체로서 완전한 행동이다. 그리고 마음의 평정 속에서 바라보는 일은 가장 아름다운 일 중의 하나이다"(「재떨이, 대지의 이미지」, 『날아라 버스야』, 백년글사랑, 2003, p. 18)라고 말한 바 있던, 이 눈사람 시인이 보이는 관음의 경지는 무엇보다 그가 특별한 시적 감각으로 온 삶을 밀고 왔다는 것을 상기하게 한다. 팽팽한 실존적 긴장을 견지하면서도 그것이 어디까지나 시적 긴장으로 승화되기를 소망했던 초기의 시적 방법론을 그는 줄곧 갱신하면서 끊임없이 새로운 시적 우주로 우리를 초대해왔다. 일찍이 김현이 "능청과 말의 침묵에 대한 고뇌"(김현, 「바람의 현상학」, 『정현종』, 김병익·김현 엮음, 은애, 1979, p. 35)를 의미화한 바 있거니와, 정현종은 '고통의 축제'에서 우주적 환대와 황홀경에 이르는 시인이 볼 수 있는 마지막 자리까지 고즈넉하게 응시하면서 그만의 독특한 '인공자연'의 리듬을 우리에게 선사해왔다. 뮤즈가 시기하지 않을 정도의 아슬아슬한 경지에서 우주적 선율을 빚어내면서 특별한 신명 잔치를 열어, 시인이 독자를 환대하는 특별한 방식을 창안할 수 있었던 드문 시인이 바로 정현종이다.

그가 세상의 독자들을 환대할 수 있었던 것은 무엇보다 세상과 사람살이를 대하는 허허로운 마음 바탕에서 비롯된 것이 아닐까 싶다. 2001년 제1회 미당문학상을 수상한 표제작을 비롯한 일련의 시편으로 2000년대 초반 한국 시 독자들을 행복하게 했던 시집 『견딜 수 없네』(시와시학사, 2003; 문학과지성사, 2013)를 10년 만에 다시 만나게 된 것은 우리 모두의 행복이다. 1990년대에 시인은 『세상의 나무들』(문학과지성사, 1995), 『갈증이며 샘물인』(문학과지성사, 1999) 등을 통해, 부박하기 이를 데 없는 현실과 문화를 견디며 어떻게 우주적 황홀경의 감각에 이를 수 있는지, 자연의 노래를 통해 인간 삶과 의식이 어떻게 거듭날 수 있는지, 독자와 더불어 탐문했다. 그러다가 이른바 밀레니엄 시기를 거치면서 시인은 지속되었던 공간 감각에 시간 감각을 실어 새로운 방식으로 삶의 구경(究竟)을 성찰한다. 밤에서 새벽으로 바뀌는, 그러니까 "새벽 노을 번지는 기미"(「아침」)가 느껴지는 시간이거나, 낮에서 밤으로 저무는 시간, 그 '어스름'의 시간대에 시인은 관음의 눈을 허허롭게 부려놓는다. 어스름의 시간은 정적인 것과 동적인 것이 얽히고설킨 역설의 시간이다. 역설의 감각 없이는 제대로 볼 수 없는 순간의 시간이기도 하다. 게으른 눈으로는 그냥 지나치기 쉬운 허망한 시간이다. 이 어스름의 시간을 응시하는 시인의 눈은 매우 도저하다.

가령 시인이 "저녁 어스름 때/하루가 끝나가는 저/시간의 움직임의/광휘,/없는 게 없어서/쓸쓸함도 씨앗들도/따로따로 한 우주인,/(광휘 중의 광휘인)/그 움직임에/시가 끼어들 수 있을까"(「광휘의 속삭임」,『광휘의 속삭임』, 문학과지성사, 2008)라고 노래할 때, 우리는 금세 어스름을 바라보는 시인의 눈매에 매료되고, 어스름에 끼어들어 어스름의 리듬을 제대로 살려내는 시인의 감각에 "끼어들"지 않을 수 없게 된다. "어스름 때"의 "시간의 움직임의/광휘"에 자연스럽게 끼어드는 시적 광휘를 찬탄하지 않을 수 없게 된다. 여기서 시적으로 끼어든다는 것은 곧 어스름이라는 순간의 역동성의 깊이를 심화하고 풍경을 확산한다는 것과 한가지다. 그래서 시인은 "어스름 때는 나의 명함이다"라는 은유를 자연스럽게 길어 올린다. "얼굴들 지워지고/모습들 저녁 하늘에 수묵 번지고/이것들 저것 속에 솔기 없이 녹아/사람 미치게 하는/저 어스름 때야말로 항상/나의 명함이리!"(「나의 명함」). 명함이란 무엇인가. 존재 증명을 위한 개인의 증표가 아니겠는가. 어스름이 곧 시인의 존재 증명을 위한 핵심 기제라는 시인의 진술은 결코 그냥 흘리고 넘어갈 일이 아니다.

그랬다. 정현종은 산문 「박명의 시학」에서 "낮과 밤이 서로 스며들고 있는 시공" 혹은 "낮과 밤이 화학 변화를 일으키고 있는 시공"(『날아라 버스야』, p. 196)인 '박명'의 "푸른빛"을 응시하면서 이렇게 적은 바 있다. "서로 다른 두 사물이 만나는 접점은 우리 마음을 설레게 한다. 하늘과 땅이 만나는 지평선, 하늘과 바다가 만나는 수평선은 우리의 가슴에 불을 지르는 엄청난 물건들이다. 바다와 땅이 만나는 해변, 물과 공기가 만나는 파도 같은 것들도 그렇다. 그것들은 우리의 그리움의 표상이며 낭만적 상징물들이다. 하늘과 땅, 하늘과 바다가 만나는 수평선의 팽팽하고 하염없는 긴장은 우리의 꿈과 열망의 표상이다. 지평을 연다는 말은 그러므로 아주 좋은 말이다"(「박명의 시학」, 『날아라 버스야』, p. 197). 어스름 때의 박명(薄明)은 시간적으로 박명(薄命)이기 쉽다. 아주 짧은 순간만 역동적으로 푸른빛의 움직임을 보이다가 밝음이나 혹은 어둠으로 몸을 맡긴다. 그러나 그 박명인 어스름 때의 리듬에 시인의 시적 리듬이 끼어들 때 박명(薄命)한 박명(薄明)은 비루한 운명을 넘어서 푸른 상징으로 역설적 박명(博明)의 새로운 지평을 열 수 있게 된다. 어스름 때에 시가 끼어든다는 것은 그런 상징 생산의 푸른 지평에 시인이 깊게 동참한다는 의미다. 그렇기에 적어도 정현종에게 있어서 어스름은 세계 성찰을 위한 '상징적 어스름'이면서 동시에 시적 승화를 위한 '방법적 어스름'이라고 불러도 좋을 것이다.

이를 위해서는 무엇보다 어스름의 '기미'와 교감하는 느린 듯 '기민'한 시인의 눈길이 선행되어야 한다. 더 정확하게는 어스름의 풍경을 또는 그와 비슷한 대상들을 어루만지듯 응시하는 대화적 눈길이어야 시의 길을 열 수 있다. 「나방이 풍경을 완성한다」나 「동물의 움직임을 기리는 노래」 같은 시편들에서도 확인할 수 있듯이 세계의 풍경을 혁신하는 동적인 움직임에 대한 시인의 기민한 탐색은 공감하는 대화적 눈길에 바탕을 둔다. 이미 그 표제에서부터 시인의 주제 의식을 여실히 확인할 수 있는 「나방이 풍경을 완성한다」에서 시인은 넓은 창 바깥을 바라본다. 비 내리는 어스름 때의 창밖이다. 먹구름이 낀 가운데 비가 내리고 바람이 분다. 그런 풍경 위로 "나방 한 마리가 휙 지나간다". 수직적인 비의 움직임과 수평적인 나방의 움직임이 스미고 짜이면서 하나의 풍경이 완성되었음을 시인은 이 내 직관한다. 그리고 그 풍경에 시인은 찬탄해마지않는다. "나방이 풍경을 완성한다!" 그럴 수 있었던 것은 나방의 움직임의 깊은 속성을 간파할 수 있는 시인의 눈의 깊이가 있었기 때문이다. 시인은 말했다. "네 눈의 깊이는 네가 바라보는 것들의 깊이이다"(「네 눈의 깊이는」). 우리는 고쳐 말할 수 있겠다. '네가 바라본 것들의 깊이는 네 눈의 깊이다.'

저녁 무렵 "어스름 때"(「나의 명함」)는 태양이 자기를 벗어날 때다. "자기를 벗어날 때처럼/사람이 아름다운 때는 없다"(「사람은 언제 아름다운가」)면 태양이 자기를 벗어날 때인 "어스름 때" 역시 태양이 가장 아름다울 때일 것이다. 그 어스름 때, 그 순간을 응시하고 교감하는 시인의 가슴의 눈이 참으로 웅숭깊다. 대상과 주체 사이의 교감을 통해 대상도 주체도 서로 스미고 짜이며 서로 깊어지는 놀라운 체험은 정현종 시력 50년의 내공을 알게 한다. 방법적 어스름이 정현종 시학의 심층이 될 수 있다는 심미적 단서를 우리는 「새로운 시간의 시작」에서도 거듭 발견한다.

눈이 내리기 시작하는 순간을 보아라
하나둘 내리기 시작할 때
공간은 새로이 움직이기 시작한다.

늘 똑같던 공간이

다른 움직임으로 붐비기 시작하면서

이색적인 선(線)들과 색깔을 그으면서, 마침내

아직까지 없었던 시간

새로운 시간의 시작을 열고 있다!

그래 나는 찬탄하느니

저 바깥의 움직임 없이 어떻게

그걸 바라보는 일 없이 어떻게

새로운 시간의 시작이 있겠느냐.

그렇다면 바라건대 나는 마음먹은 대로

모오든 그런 바깥이 되어 있으리니……

—「새로운 시간의 시작」 전문

  여기서 "늘 똑같던 공간이/새로운 움직임으로 붐비기 시작"하는 "순간"과 마주한 시인의 눈길은 참으로 어지간하다. '밖'의 새로운 움직임을 통해 '안'을 충격하고, '안'의 움직임을 통해 '밖'의 풍경을 새롭게 실감한다. 이 밖과 안의 변증법을 통해 풍경과 마음은 새로운 지평을 열게 된다. 무릇 "새로운 시간의 시작"은 그렇게 열리는 법이다. 마찬가지로 정현종의 새로운 시도 그렇게 열린다. 안과 밖의 역동적 교감은 사물의 시원(始原)을 가늠케 할 뿐만 아니라, 정현종 시의 시원(詩源)을 짐작게 한다. 그 시원과 하염없이 교감하는 시인은 가이아의 숨결을 신명 나는 시의 리듬으로 풀무질하는 느낌의 영매자(靈媒者)다. 그런 면에서 정현종은 어스름의 모든 존재자들의

숨결과 함께 교감하며 찬탄해마지않는 '더불어 시인'이며 '찬탄하는
시성'이다.

2. 시원(始原/詩源)에의 의지와 하염없는 교감

　"새벽노을 번지는 기미"(「아침」)는 어디서 오는가. "여명의 자궁"
그 어스름 빛의 광원(光源)으로부터 온다고 정현종의 눈은 본다. 광
원에 대한 정현종의 사랑은 매우 도저하다. "사랑에 대한 기다림은
'유일한 한 사람'이 나타나서 사랑이 싹트는 순간, '지금이 아니면
결코 오지 않을' 최고의 순간에 초점이 맞춰져 있다"(스티븐 컨, 『사
랑의 문화사』, 임재서 옮김, 말글빛냄, 2006, p. 5)고 말한 이의 말법을
빌리자면, "시에 대한 정현종의 기다림은, '유일한 시의 빛/시의 꽃
망울'이 나타나서 시상이 싹트는 순간, '지금이 아니면 결코 오지 않
을' 최고의 순간에 초점이 맞춰져 있다." 어스름 무렵 시를 기다리는
정현종의 눈길이 꼭 그러하다. 가령 「빛 – 꽃망울」을 보면 그렇지 않
은가. 시인은 "여명의 자궁"을 "내 사랑" "당신"으로 호명하며, 그
당신과 최고의 순간을 나누고 싶어 한다. 꽃망울은 아직 꽃이 아니
다. 꽃으로 개화되기 직전, 부풀어 터지기 직전의 역동적 에너지로
빛나는 화원(花源)이 꽃망울이다. 마찬가지로 "여명의 자궁"은 아직
태양이 아니다. 그럼에도 "터질 듯한 빛"이고 "더없는 광원(光源)"이
다. 하여 "당신을 통과하여/나는 참되다, 내 사랑"이라는 문장의 생
성을 가능케 한다. "당신을 통과하면/모든 게 살아나고/춤추고/환
하고/웃는다"고 느끼기 때문이다. "더없는 광원(光源)이/빛을 증식"

할 때 "모든 공간은 꽃핀다!"라는 시적 추론 또한 매우 자연스럽다. 이렇듯 "여명의 자궁"은 무한 에너지를 지닌 무한 우주다. 그것을 직관할 수 있는 시인은 새로 태어날 수 있다.

> 당신을 통해서
> 모든 게 새로 태어난다, 내 사랑.
> 새롭지 않은 게 있느냐
> 여명의 자궁이여.
> 그 빛 속에서는
> 꿈도 심장도 모두 꽃망울
> 팽창하는 우주이니
> 당신을 통과하여
> 나는 참되다, 내 사랑.
>
> ―「빛-꽃망울」 부분

그러니까 "여명의 자궁"은 "더없는 광원(光源)"이기에 모든 존재의 시원(始原)이면서 시인의 시원(詩源)이 된다. 이 시원에의 의지는 "여명의 자궁"과 하염없이 교감하며 생겨난다. 또 시원에의 의지를 통해 이 하염없는 교감은 깊어간다. 정현종 시의 밑자리를 알게 하는 대목이며, 정현종 시학의 심층 구조를 짐작하게 하는 장면이다. 모든 순간을 "꽃봉오리"로 개화시키는 영험한 눈길을 지닌 시인은 언제 어디서나 순간을 영원으로 승화하는 현묘한 서정시인의 벼리를 알게 한다. 그러기 위해서 시인은 "여명의 자궁"을 깊이 있게 통과하려 한다. 칠흑 어둠을 응시하는 시인의 눈길이 결코 예사롭지 않다. '어둠을 기리는 노래'라는 부제가 붙은 「싹트는 빛에 싸여」를 보자. 1연에서 우리는 기본 시적 상황에 끼어들게 된다. "홍천 수하리 웅봉산 두 봉우리 사이로/상현달이 떠오른다"며 시를 열고 있다. 두루 아는 것처럼 도시의 밤은 칠흑 어둠일 수 없다. 오염된 공기와 온갖 네온사인 불빛으로 인해 어둠도 어둠일 수 없으며, 그렇기에 달빛이나 별빛도 제 빛을 내기 어렵다. 그러나 시인이 처한 홍천 수하리 웅봉산 골짜기는 다르다.

> 산속에서
> 맑은 공기 속에서
> 칠흑 어둠 속에서
> 떠오르는 달을
> 내 두 눈은 본다.
> 본다는 건 이런 것이다!
> 더 놀라운 거,
> 달은 온몸이 눈이다!
>
> ──「싹트는 빛에 싸여」 부분

어둠 속에서 본 달빛은 놀랍도록 밝은 빛이다. 이 부분을 우리는 세 문장으로 나누어 이해할 수 있다. ① (칠흑 어둠 속에서 떠오르는 달을) 내 두 눈은 본다. ② 본다는 건 이런 것이다! ③ 달은 온몸이 눈이다! 통상 시인은 시각적으로 본 것의 이미지를 언어로 육화하여 보여주기 마련인데, 정현종은 ①에서 '본다'는 시각 동사를 전경화했다. 과연 '눈사람─시인'답지 않은가. '본다'는 시각 행위 자체를 중시하는 시인의 의지적 창작론에 값한다. 깊은 투시안으로 수행한 '본다'는 행위의 심층에서 '본다'의 어떤 본질에 대한 발견으로 이어진다. 그 결과 ②의 문장이 형성된다. 이를 두고 성급한 일반화라고 말해선 안 된다. 시적 특권이고 시적 승화의 일환이다. 더 놀라운 것은 ③이다. '내 두 눈'에서 촉발된 시선의 깊이는 '달의 온몸 눈'의 응시와 대화할 수 있게 된 것이다. 나의 눈을 응시하는 달의 눈의 발견으로 인해 나의 눈이 더 깊어질 수 있음은 물론이다. 그런데 나의 눈과 달의 눈 사이의 대화적 교감과 소통은 빛의 대화에서 그치지 않는다. 아니 오히려 어둠을 성찰하는 기제로 작동한다. 이어지는 2연은 빛을 싹 틔우는 어둠에 대한 의미 있는 성찰의 기록이다. "달이 잘 익으려면/(즉 제 빛을 내려면)/칠흑 어둠이 필요하다"라고 시인이 적었을 때, 어둠은 배경의 자리를 박차고 일어나 새롭게 꿈꿀 수 있다.

> 칠흑 어둠은 만물의 모태,
> 그 속에서 곡식은 살찌고
> 영혼은 싹트는 빛에 싸이며
> 동식물, 광물들
> 그 알 수 없는 깊이 속에서
> 일제히 꿈을 꾼다.
>
> ─「싹트는 빛에 싸여」부분

결국 시적 성찰은 "어둠은 만물의 모태"로 이어진다. 모든 사물들을 꿈꾸게 하는 모태다. 만약 시인이 빛과 어둠을 이항 대립의 세계관으로 파악했더라면 도저히 이를 수 없는 역설적 인식이다. 시인은 빛 속에서 어둠을 보고, 어둠 속에서 다시 빛을 보았다. 이항 대립의 세계를 넘어서 대립 변전하고 융합하면서 서로 길항하는 태극 음양의 조화를 직관했다. 시인에게 조화와 불화는 다른 것이면서 동시에 닮은 것이다. 빛과 어둠도 그렇다. 시인이 "「도덕」이라는 말이 없는 세상에서의/도덕을 그리"워한다거나 "흐트러짐이/흐트러지지 않음의 극치로서 꽃피어"(「흐트러지다」)나는 경지를 동경하는 것도 그런 이유에서다. 앞에서 본 문장 ① ② ③이 논리적 비약이 아니라 시적 통찰로 보이는 것도 이런 맥락에서 말미암은 것이다.

　내 눈과 달의 눈 사이의 하염없는 교감을 청각적으로 수행한 시가 「경청」이다. "내 안팎의 소리를 경청할 줄 알면?/세상이 조금은 좋아질 듯"하다고 했다. 경청의 상호 수행을 통한다면 "세계는 행여나/한 송이 꽃 필 듯"하다고 했다. '보다'의 상호 수행, '듣다'의 상호 수행은 시인의 시적 발상법이 촉발되는 순간의 노력이면서 동시에 관음의 경지로 다가설 수 있는 윤리적 방법이 될 수 있다. 그러고 보면 사람살이의 행복 또한 결코 먼 곳에 있는 게 아니다.

　행복감은 늘 기습적으로
　밑도 끝도 없이 와서
　그 순간은
　우주를 온통 한 깃털로 피어나게 하면서
　그 순간은
　시간의 궁핍을 치유하는 것이다.
　시간의 기나긴 고통을

잡다한 욕망이 낳은 괴로움들을
완화하는 건 어떤 순간인데
그 순간 속에는 요컨대 시간이 없다.

　　　　　　　　　　　　　　　—「행복」 부분

　사람살이의 시간은 대체로 궁핍, 고통, 혹은 "잡다한 욕망이 낳은
괴로움들"로 점철되기 일쑤다. 그 시간들에서 벗어나는 무시간의 순
간에 행복이 찾아온다는 생각은 단순한 듯 보이지만, 실상 그렇지
않다. 괴로운 현실 시간 안에서 그것을 넘어서 초극의 순간을 상상
하고 응시하는 것은 결코 쉬운 일이 아닐 터이기 때문이다. 시인에
게 있어서 이 순간을 응시하는 것은 바로 시원(詩源)에 접근하는 한
방편이 된다. 그러나 그 일은 쉽지 않다. '난경'에 가깝다. "모든 문
학 작품은 실은/난경의 소산일 것이다./인생이든 작품이든 무슨 일
이든/모든 시작과 중간과 끝은/난경 아닌 게 없기 때문이다./그게
모두 힘들기 때문이다"(「난경」). 그럼에도 시인은 시원(詩源)을 향한
관음의 의지와 하염없는 교감에 집중한다. 일생을 시로 살아온 시인
의 온 생애가 그의 온몸을 그런 의지와 교감의 육화된 형태로 자연
화했기 때문이다. 시 「풀잎은」이 주목되는 것도 그런 맥락에서다.

바람결 따라
풀잎은 공중에 글을 쓰지 않느냐.
어디로 가겠는가.
나는 손과 펜과 몸 전부로
항상 거기 귀의한다.

거기서 나는 왔고
거기서 살았으며
그리로 갈 것이니……

──「풀잎은」 전문

3. 시간 거울과 가이아 숨결

"바람결 따라" "공중에 글을 쓰"는 "풀잎"의 리듬을 직관할 수 있는 정현종은 허허로운 바람의 멜로디를 관음하며 공간성을 탐색하는 데 오랜 장기를 보였다. 그런데 밀레니엄 시기에 출간된 이 시집에서는 시간성에 대한 시인의 성찰 또한 의미심장하게 중첩된다. "생명의 온갖 기미"(「일상의 빛」,『갈증이며 샘물인』)들이 시간의 흐름에 따라 어떻게 변전하는지를 심층적으로 바라본 결과가 아닐까 싶다. 이 시집이 출간되고 얼마 후 원재훈 시인과 만난 자리에서 정현종은 이렇게 말했다. "늙음에 대한 고전들. 키케로의 『노년에 대해서』, 세네카의 『인생은 왜 짧은가』와 같은 책들을 흥미롭게 읽고 있어요." 생과 관련한 다른 주제도 그러하겠지만 특히 노년에 대해서 혹은 늙음에 대해서라면 쉽게 말할 수 있는 것이 아니다. 다만 성찰하고 또 성찰하면서 이른 도정의 진실만을 담을 수 있을 따름이다. 시간성에 대한 정현종의 탐문은, 외적으로 밀레니엄 시기를 통과하면서 시간에 대한 성찰의 계기가 잦았을 뿐만 아니라, 내적으로 서서히 노년에 접어드는 시기의 흔들리는 생에 대한 성찰 의지가 원숙해지면서, 그 심연의 깊이를 더해간다. 어쨌거나 노년의 시간성을 탐구하는 정현종의 어조는 매우 독특하다. 견딜 수 없을 정도로 아쉽고 적막한 심사를 탐사하면서도 결코 감상적인 어조에 빠지지 않는다. 대신 "눈의 깊이"와 "바라보는 것들의 깊이" 사이에서 벌이는 하염없는 관음-놀이로 신명을 지핀다. 적막한 애수와 동심의 유머가 회통하고, 생의 깊이 있는 희비극이 교차하면서, 삶의 심연과 우주적 진실에 다가서는 유쾌한 기지를 보인다. 삶의 무거움과 가벼움은 서로를 위무하고 상호 회통하며 무거운 것을 가볍게, 가벼운 것을 무겁게 받아들이고 변전하는 경지가 어떤 것인지를 궁리하게 한다. 시간의 안과 밖에 대한 심층적 성찰 덕분이다. 가령 7행으로 된 짧은 시「끝날 때는」을 보자.

모든 일은
시작되고 끝난다.
시작할 때는
시간의 안쪽에 있는 것 같고
끝날 때는
시간의 바깥이다.
적막하다.

—「끝날 때는」 전문

군더더기라고는 전혀 찾아볼 수 없는 담백한 시다. 일의 시작과 끝이, 시간의 안쪽과 바깥과 맞물리면서, 대조의 거울상을 형성한다. 그 거울 사이에 엄청난 심연이 존재한다. 그러니 적막할 수밖에 없다. 이 "적막하다"라는 4음절은 단순한 표현으로 엄청난 수사학적 효과를 길어낸다. 언어 경제의 극한까지 이른 것 같다. 여기서 "적막하다"는 표현은 시간의 바깥에 처한 주체의 적막한 내면이기도 하지만, 시간의 바깥 풍경의 적막함이기도 하고, 혹은 시간의 안쪽과 바깥 사이에 드리운 아득한 생의 골짜기의 적막함이기도 하며, 더 나아가 시간의 안쪽과 바깥 모두의 적막함이기도 하고, 그러니까 생 전체, 우주 전체의 적막함이기도 하다. 이 우주적 적막함을 바라보게 하는 기제가 바로 시간 거울이다. 그 거울로 비추어 볼 때 "흐르고 변하는 것들"은 참으로 견딜 수 없는 어떤 것으로 감지된다. 시간의 바깥, 그 심연으로 내려가보지 않고는 도저히 붙잡을 수 없는 감응이다. 표제작 「견딜 수 없네」가 눈길을 끄는 것도 이런 이유에서다. 그 거울에 시간이 흐른다. 시간과 더불어 사람살이의 흔적들이 흐른다. 그 어떤 정지된 장면으로 흔적의 정체성을 구명하기 어렵다. 존재의 정체성도 아득하기만 하다. 거울의 풍경 안에 "있다가 없는 것/보이다 안 보이는 것" 그 "변화와 아픔"들을 쉽사리 감당하기 곤란하다. 그래서 시적 주체는 견딜 수 없음을 고즈넉하게 되뇐다.

시간을 견딜 수 없네.
시간의 모든 흔적들
그림자들
견딜 수 없네.
모든 흔적은 상흔(傷痕)이니
흐르고 변하는 것들이여
아프고 아픈 것들이여.

—「견딜 수 없네」 부분

예전에 시인은 한 산문에서 "살아 있다는 것은 상처 입을 수 있다는 것이며 상처는 살아 있는 자만이 누릴 수 있는 일종의 생명 현상"(「젊은 날의 사랑 연습」, 『관심과 시각』, 중원사, 1983, p. 101)이라고 적은 바 있다. 「견딜 수 없네」에서 "모든 흔적은 상흔(傷痕)"이라고 했을 때, 생명 현상의 심연에 자리 잡은 깊은 허무를 느낀다. 「밑도 끝도 없이 시간은」에서도 "시간은 슬픔이다"라며 시간에 대한 깊은 인식을 보인다. "무량(無量) 슬픔은/욕망과 더불어 〔……〕 시간이여, 욕망의 피류이여/무슨 거짓말도 변신술도/필경 고통의 누더기이니"라고 했다. 여기서 "고통의 누더기"는 곧 「견딜 수 없네」의 시적 대상인 "상흔"과 등가다. "무량(無量) 슬픔"과 정직하게 맞서고 하염없이 교감하되, 거기에 속절없이 젖어들지 않는다. "무량 슬픔"의 "상흔"이나 "고통의 누더기"를 노래하면서도, 정현종의 어조가 결코 눅진하지 않은 것은 일찍부터 "시간의 바람결"을, 그 리듬을, 온몸으로 감당할 수 있는 시인의 숨결이 있었기 때문이다. 그런 숨결이 심미적 의지를 자연스럽게 생성하고, 시적 위의(威儀)를 향한 소망을 간직하게 한다. "다만 미의지(美意志)가 어떤 무너진/신전(神殿)에 위엄이 어리게 했듯이/욕망의 폐허여 애틋한 거기/내 노래는 허공을 받치는 기둥들을 세워/한 줌의 위엄이라도 감돌게 하였으면……"(「내 마음의 폐허」). 결국 정현종은 시간의 바람결에 따라 "무량 슬픔"에 빠지기 쉽고 "욕망의 폐허"에서 헤어나기 어려운 인간 삶의 "허공을 받치는 기둥들을 세"울 수 있는 노래로서 자신의 시 창작 작업을 의미화하고 있는 것이다. 그렇다면 그 "허공을 받치는 기둥들"은 어떻게 세울 수 있을 것인가. 무엇보다 허공에 대한 깊은 인식에서 출발해야 한다. 자연과 세상의 깊은 허공, 마음의 깊은 허공에 대한 시적 직관이 허공의 기둥을 세울 수 있는 시적 언어를 탄생케 한다. 「낙엽」에서 그 시적 실천의 구체적 형상을 가늠해볼 수 있다.

낙엽은
발바닥으로 하여금
자기의 말을
경청하게 한다.
(은행잎이든 단풍잎이든)
낙엽은
스스로가
깊어지는 생각
깊어지는 느낌으로서
즉시
그 깊어지는 것들을
뿌리내리게 한다.
낙엽은 하나하나
깊은 생각의 뿌리
깊은 느낌의 뿌리이다.
그 뿌리에서 자라 다시
낙엽은 지고,
떨어진 잎들은
마음의 허공에

다시 떨어진다.
마음의 허공에서
한없이 깊어지는
땅.

—「낙엽」 전문

낙엽은 영락없이 조락의 상관물이다. 낙엽이 지다, 나뭇잎이 떨어지다, 떨어진 낙엽들이 바람에 이리저리 흩날리다, 이런 정황들은 곧 상흔이고 허무고 폐허기 일쑤다. 그런데 시인은 "그 깊어지는 것들을 뿌리내리게" 하는 어떤 동력으로 파악한다. "깊은 생각의 뿌리/깊은 느낌의 뿌리"에서 다시 잎이 자라고 다시 떨어지고 하는 자연 순환의 그윽한 경지를 인식할 수 있는 "마음의 허공"을 지니고 있기에 그 허공에 노래의 기둥을 세울 수 있는 것이다. 떨어지는 것과 다시 자라나는 것 사이의 상생의 지평, 이 생태학적 진실에 대한 시인의 믿음은 매우 오래된 것이고 매우 도저한 어떤 것이다. 모든 기운들이 서로 연결되어 있고, 상호작용을 통해 무한 변전할 수 있다는 것, 생명의 근원 작용에 대한 깊이 있는 천착이 시인으로 하여금 단순한 감상성으로부터 훌쩍 비켜나게 한다. 또한 생명은 가이아의 숨결, 그 생명의 리듬에 맞추어 서로 기대어 더불어 사는 어떤 실체다. "생명은 그래요/어디 기대지 않으면 살아갈 수 있나요?/공기에 기대고 서 있는 나무들 좀 보세요. 〔……〕 비스듬히 다른 비스듬히를 받치고 있는 이여"(「비스듬히」). '비스듬히' 서로 받치고 있는 생명 현상에 대한 인식은 1990년대 정현종의 시 작업의 의미심장한 결실 중의 하나다. 나무와 나무, 나무와 공기, 나무와 인간, 인간과 공기가 서로 비스듬히 기대며 살아가는 생명의 자연이야말로 정현종의 「시창작 교실」에서 중핵적인 오브제였던 것이다. 그렇다. 오로지 시인이 생명의 숲에 감각적으로 기대어 호흡하고 공통의 리듬으로 회귀할 수 있을 때 "온 숲에 일기 시작하는 파동!"을 느낄 수 있고, 그 파동을 형상화할 수 있다. "그 일렁임 널리 퍼져 나간다./천지에 활동하는 기운을 퍼뜨리고/천지의 근육을 만들고/12월이 꽃피는 듯하다"(「동물의 움직임을 기리는 노래」). 그 파동, 천지간의 기운에 감응할 때 "12월이 꽃"핀다. 실내 화원에서 인공 조작하는 경우를 제외하면, 북반구에서 12월을 꽃피울 수 있는 것은 오로지 시적 상상력의 은총을 통과할 때나 가능한 것이다. 그런 면에서 12월이 꽃핀다는 정현종의 메타포는 참으로 웅숭깊다. 정현종다운 절정의 시혼이 아니고서는 이를 수 없는 경지가 아닐까 싶다. 그런 시인에게 봄에 피는 진달래, 벚꽃의 부력(浮力)을 느끼는 것은 비교적 쉬운 일에 속한다.

진달래, 벚꽃 핀 하늘에
새가 선회하며 난다.
꽃 때문인 듯 저 비상(飛翔)은,
꽃들의 부력(浮力)으로 떠서
벗어날 길이 없는 듯.
미풍이나 거기 들어 있는 온기도
꽃에서 시작되는 것이었다!

—「꽃들의 부력으로」 전문

여기서 꽃의 이미지는 그야말로 가이아의 촉매제 같은 것이다. 일찍이 "모든 순간이 다아 꽃봉오리인 것을"(「모든 순간이 꽃봉오리인 것을」, 『사랑할 시간이 많지 않다』, 세계사, 2005)이라고 찬탄했던 정현종이다. 또 "바보도 꽃피고/괴로움도 꽃핀다"며 "모든 건 꽃핀다"(「모든 건 꽃핀다」)고 했다. 그게 "자연의 길"이라고 했다. 그렇기에 그에게 꽃은 결코 평면적이고 정태적인 미적 대상일 수 없다. 입체적이고 역동적이다. "꽃봉오리"는 생명의 역동적 과정을 통해 피어나거니와, 그러기에 꽃들은 새들의 비상을 가능케 하는 부력을 제공한다. 비상을 위한 "미풍"이나 "온기" 또한 꽃들에서 발원된 것임을 시인은 직관한다. 꽃이 아름다운 것은 그 때문이다. 이렇게 시인이 "가이아의 숨결"을 섬세하게 느끼는 순간은 곧 "전 생명 과정의 균형과 자생력을 기약하는 신비한 움직임의 한 현현"(「신은 자라고 있다」, 『날아라 버스야』, p. 106)을 체감하는 순간이기도 하다. 그 현현의 순간에 집중하면서 모든 생명적인 것의 아름다운 그물코로서의 꽃의 존재론을 형상화한 것은 오로지 정현종의 시적 공적에 속한다. 이러한 생태 시인이기에 세속에서 벌어지는 많은 일들에 대해 안타까운 생각을 때때로 드러내기도 한다. 가령 「아귀들」에서 시인은 "이 나라 산천 가는 데마다/식당이요 카페요 레스토랑뿐"인, 그래서 "아귀들은 몰려들어 아귀아귀 먹는" 현실을 크게 개탄한다. "이 나라 이 국민은 어쩌다 이렇게 되었는가"라는 시적 질문으로 그는 장소의 생태학을 형상화한다. 또 「시간의 게으름」에서는 시간의 생태학에 대한 비판적 인식도 겹쳐진다. "자동차를 부지런히 닦았으나/마음을 닦지는 않"는, "인터넷에 뻔질나게 들어갔지만/제 마음속에 들어가보지는 않"는 세태 속에서 "돈과 권력과 기계"에 시간을 다 바치는 현실을 개탄하면서, 시간의 이름으로 "당신은 어디 있습니까?"라고 묻는다. 그러면서 느린 삶의 실천, 느림의 미학, 그 자아 성찰의 여정에 동참하지 않겠느냐고 곡진하게 제안한다.

　　나, 시간은 원래 자연입니다.
　　내 생리를 너무 왜곡하지 말아주세요.
　　나는 천천히 꽃 피고 천천히
　　나무 자라고 오래오래 보석 됩니다.
　　나를 '소비'하지만 마시고
　　내 느린 솜씨에 찬탄도 좀 보내주세요.

―「시간의 게으름」 부분

4. 신명의 영매(靈媒), 더불어 찬탄하는 시인

　자연의 생리를 서둘러 왜곡하지 않고 그 숨결과 천천히 교감할 때, 상상력으로 꽃을 피우고 언어로 나무를 자라게 할 수 있다. 정현종이 보기에 그런 "느린 솜씨"로 "무의식의 즙이 오른 언어"를 빚어내고 "노래의 자연을 막판 피워"낸 시인 중의 한 사람이 서정주였다. '미당 서정주 선생을 추모하며 그의 시를 기리는 노래'라는 부제를 붙인 「노래의 자연」은 부제 그대로 미당을 기리는 노래이자, 정현종이 추구하는 시 세계의 열망을 가늠케 하는 시이다. 모름지기 시인은 "신명을 풀무질"하는 "느낌의 영매(靈媒)"라는 것, "그 노래에서 태어난 사물의 목록/그 탄생의 미묘한 파동의 목록"을 통해

"노래의 일미행(一味行)"을 경험케 하는 존재라는 것, 그리하여 미당이 노래했던 것처럼 "그리운 사람을 그리워"할 수 있는 심연의 경지를 보여주는 영매자라는 인식을 보여준다. 일찍이 김현은 정현종을 두고 '에피큐리언'이라 불렀거니와 그의 시력(詩歷)은 대체로 '신명의 영매자는 어떻게 시라는 꽃봉오리를 피울 수 있는가' 하는 가능성의 경지를 보여준 것이라고 해도 지나치지 않다.

그렇다고 해서 이 시인이 현실과 비켜난 자리에서 신명의 풀무질을 한 베짱이형 시인으로 오해해서는 곤란하다. 두루 아는 것처럼, 정현종은 '고통의 축제'의 시인이었음을 거듭 상기해야 한다. 그는 누구보다도 현실적 고통의 심연에서 "수심이 깊"던 시인이다. "인류가 저지르는/내가 해결할 수 없는/비극과 참상" 때문에 괴로워했고, 여러 "광신(狂信)의 역사,/이 밑 빠진 탐욕의 싸움의 역사,/이 잔혹과 잔혹의 되풀이,/비참의 되풀이"로 인하여 "수심이 깊"(「수심가」)었던 시인이다. 그러나 깊은 수심을 천착하되 거기에 매몰되지 않는 둥근 탄력을 지닌 시인이었다. 되풀이되는 수심 속에서도 "끝없는 열림"의 지평을 응시하며 "거기 내 마음 항상 합류하"며 "시적 들림"(「마음의 무한은」)의 지평을 모색해온 시인이었다. 그렇기에 정현종만의 독창적인 '고통의 축제'를 열 수 있었다. 그것을 시인은 "자연의 길" 혹은 시라는 '인공자연의 길'의 측면에서 이해한다. 「모든 건 꽃핀다」에서 "너의 고통에도 불구하고/내가 꽃피었다면?/나의 괴로움에도 불구하고/네가 꽃피었다면?/아, 자연의 길은 그렇다"고 노래할 수 있었던 것은 그런 이유 때문이다. 자연의 길은 있으면서도 없고, 없으면서도 있는 현묘한 길이다. 그 길의 그림자를 따라가노라면 때때로 "샘솟는 무(無)"(「일상의 빛」, 『갈증이며 샘물인』)

와 마주하기도 한다. 있었다가 사라지는 것들의 "무한 공허"를 끌어안으면서 시인은 역설적인 신명의 풀무질을 수행한다.

정현종은 "만물과 더불어 시인"(「신은 자라고 있다」, 『날아라 버스야』, p. 106)을 유난히 강조한 바 있다. "좋은 시인의 생리"란 모름지기 그러한 모양새를 띤다는 것이다. 휘트먼을 일러 정현종이 "자기가 보는 모든 것에 감동, 찬탄하는 시성(詩聖)"(p. 106)이라고 지칭했는데, 오늘의 독자들이 시인 정현종을 두고 같은 호명을 한다고 해서 전혀 이상할 일이 아니다. 「감격」에서 그런 시인의 초상을 보게 된다.

　　재 속의 불씨와도 같이
　　나는 감격을 비장하고 있느니
　　길이여 시간이여 살림살이여
　　점화(點火) 없이는 살아 있지 못하는 것들이여.

　　　　　　　　　　　　　　　　　　　　　　—「감격」 전문

시인은 "재 속의 불씨와도 같이" "감격을 비장하"고 있다고 했다. 그러다가 현현의 순간에 상상력의 점화를 시도한다. 이 몽상의 불꽃이 튀는 순간이 곧 정현종의 시가 탄생하는 순간이다. 그 순간을 위해 시인은 "무한 마음—대공(大空)"의 경지를 꿈꾼다. "태양을 밝히고/길을 밝히고 발길을/비춘 건 큰 산과 맑은 공기와/마음—무한 마음—대공(大空)하는/적요(寂寥)이었다." 이어서 노래한다. "적요한 테는/닿지 않는 데가 없었고/보이지 않는 게 없었으며/들리지 않는 게 없었다"(「형광등으로 태양을 비추다」). 그러니까 적요의 시간은 단순하게 고즈넉한 순간이 아니라 이런저런 수런거림과 일렁임으로 움직이고 파동 치는 순간이다. 시인이 그것을 볼 수 있는 눈을 지녔기 때문이다. 하여 적요는 "무한 마음 – 대공"의 경지에서 시적 바람〔風〕을 일으키고, 서정적 바람〔願〕을 낳는다. 그 바람들이 신명의 풀무질과 호응하며 흥을 지핀다. 흥에 겨워 더불어 추임새를 넣을 때 정현종의 어조는 유머러스해지면서 상호 소통의 지평에 접근한다. 그러면서 영혼의 강장제로서 시를 나누게 된다.

다시 말하거니와 그 심층의 기반은 "무한 마음 – 대공"이다. 그것도 투명한 대공이다. 허허로운 대공이다. "이런 투명 속에서는/일체가 투명하여,/아무것도 보이지 않아,/몸도 마음도/보이지 않아,/(그야말로)/나지도 않고/죽지도 않아,/성스러워,/전무(全無)하여!"(「이런 투명 속에서는」)에서 확인할 수 있는 것처럼, 시인이 투명함에 찬탄을 보내는 것도 그런 맥락에서이다. 더불어 찬탄하는 시인은 추임새의 시학이라고 불림 직한 어법을 종종 구사한다. 앞의 시에서 괄호 처리된 "(그야말로)" 같은 부분이 그렇다. 이 시 말고도 여러 시편들에서 그는 시적 진술을 확대 심화하거나, 부연하거나, 호응하거나, 공감하거나, 찬탄하거나 할 때 종종 괄호 안의 추임새를 사용한다. 그 추임새로 인해 시적인 흥 내지 신명은, 마치 판소리 판에서 창자와 고수가 주고받듯이, 시인과 독자, 시적 화자와 청자 사이에 상호 소통의 지평을 역동적으로 열어나간다.

'눈'사람 시인 정현종이 "무한 마음 – 대공"의 경지를 보고자 하고 독자와 더불어 찬탄하고자 하는 것은 매우 자연스럽다. 갈수록 세상은 더 자극적이고, 더 폭력적이고, 더 혼탁해지고, 더 천박해지는 경향으로부터 자유롭지 않다. 이런 세상에서 내면적 영혼의 몽상을 꿈꾸는 시인의 작업이란 고단하기 짝이 없다. 현상적으로 보이는 것, 들리는 것을 지우고 반성하면서, "무한 마음"으로 "대공"을 보려 하지 않으면 범속한 세상의 혼탁한 리듬에 침윤되기 쉽다. 그렇기에 정현종은 "무한 마음"으로 "대공"의 꿈을 꾸려 하는 것이다. 문득 그가 예전에 쓴 산문 구절이 떠오른다. 맨발로 흙을 밟고 풀을 밟아 나가다가 어느덧 가볍게 날아오르는 신비 체험을 하게 되었다고 했었다. "나는 떠올랐다. 가벼운 에테르처럼 날아올라 바람처럼 높이 솟으면서, 그리고 흙과 풀이 나를 바라보고 있는 동안 나는 춤추듯 하나씩 하나씩 옷을 벗었다. 〔……〕 나는 인제 벌거숭이의 투명함이 내뿜는 빛에 싸여, 상승과 비상의 이미지의 육체인 듯 영원히 움직이지 않을 것처럼 움직이고 있었다"(「날자, 우울한 영혼이여」, 『날아라 버스야』, pp. 34~35). 그렇게 비상하면서 "무한 마음"으로 "대공"의 몽상, "대공"의 리듬을 독자들에게 선사할 수 있지 않았을까, 시인 정현종은…… 그의 시적 각성과 리듬에 취한 독자들은 새삼 견딜 수 없게 된다. 새롭게 꿈꾸지 않을 도리가 없는 것이다.

안과 밖의 경계를 넘어서

— 황지우의 선(禪)적 낭만주의와 혼성 시학

1. 비극적 세계관과 미학적 심연

황지우는 개성적 언어 감각으로 현실을 깊이 있게 인식하고 의미심장하게 변용하여 실험적 상상력의 한 절정을 보였다. 일상적이고 사소한 것, 비속한 것에서도 그는 결코 범상치 않은 새로운 인식과 발상을 이끌어냈다. 혹은 새로운 경계를 넘기 위한 발작적 몽상을 보였다. 그의 낯선 감각과 심화된 인식은 독자들로 하여금 새로운 인지의 충격을 알게 했다. 특히 현실에서 갖은 비(非)시적인, 혹은 산문적인 사건을 체험하면서 그것을 시적인 것으로 창조하는 다양한 에너지를 그가 지녔다는 것에 우리는 놀라지 않을 수 없다.

두루 알다시피, 그는 오랫동안 세계와 화해할 수 없었다. 자기 세계와 화해할 수 없는 타고난 시인이었기에, 그는 결코 세상과 자연을 섣불리 예찬할 수 없었다. 서정적 자아와 세계가 어우러져 서정적 동일성을 이룰 의미론적 내포를 발견하기 어려웠기에, 시인은 세계를 통해서 혹은 세계와 대결하여, 세계를 탈출하고 동시에 자아를 넘어서야 했다. 자아와 세계가 서로 상충하고 갈등하면서 야기하는 날카로운 긴장을, 그리고 그 순간의 파토스를 시인은 예리하게 주목한다. 그 긴장과 파토스라는 심리적 사건이 황지우 시의 객관적 상관물이다. 또한 황지우의 시적 에너지의 원천이다.

세계와 불화하고 긴장했던 시인이기에, 그의 시를 읽으면서 우리는 어렵지 않게 시인의 비극적 세계관을 확인하게 된다. 그에게는 이미 청춘마저 "한밤에 일어나 통곡하고 싶은 삶"(「청동 마로니에 숲」)에 불과하며, "희망"마저 "광기"(「눈보라」)가 되고, "목숨"은 "한숨"(「근황」) 이외에 다른 것이 아니다. 그러니 "삶이란/얼마간 굴욕을 지불해야/지나갈 수 있는 길이라는 생각"(「길」 1연)이란 표현은 차라리 가벼운 것이며, 그것을 넘어 "생은 영원히, 영원히 되풀이되는 난장판"(「청동 마로니에 숲」)으로 받아들여질 정도이다. 그렇기에 그는 마침내 "나, 이번 生은 베렸어/다음 세상에선 이렇게 살지 않겠어"(「거울에 비친 패종시계」), 혹은 "나는 미래를 포기한다"(「입성한 날」)라고 토로하고 만다. 혹은 "환멸이여, 환멸이여!"라며 아파하거나 "모든 현실은 지옥이다"(「버라이어티 쇼, 1984」)라고 체념한다. 또 그는 호소한다. "이건 삶이 아냐"(「펄프劇」); "우리가 사람이라는 걸 그만둡시다"(「자물쇠 속의 긴 낭하」). 무엇이 그로 하여금 이 같은 비관적 정념에 젖게 한 것일까.

물론 황지우가, 식민지를 혹독하게 경험했고 분단국가인 한국에서 그것도 한국전쟁이 진행 중이던 때에 태어났다는 것, 그리고 그의 청소년기를 내내 군부 독재 치하에서 보냈다는 사실을 참조할 수도 있겠다. 전쟁의 폭력과 경제적 고난, 그리고 정치적 억압과 같은 현실적 상황은 그로 하여금 불가피하게 "얼마간의 굴욕을 지불"하게끔 했을 터이다. 누구든 그 민족과 조국의 고통으로부터 함부로 자유로울 수 있는 시인은 없다. 시인의 가족 구성 또한 예사롭지 않다. 그의 가형(家兄)은 불교의 선승(禪僧)이고 동생은 노동운동가였다. 이렇게 승려, 시인, 노동운동가인 3형제를 두었던 그의 어머니는 기독교 신자였던 것으로 보인다. 시인의 체험적 성격이 강한 「이 세상의 밥상」이란 시에 보이는, "내가 잠시 들어가 고생 좀 했을 때나/아우가 밤낮없는 수배 생활을 하고 있을 때,/새벽 교회 찬 마루에 엎드려 통곡하던" 어머니의 슬픔은 곧 그의 가족의 비애요, 조국의 비애이기도 했다.

이런 외적 현실 내지 조건보다 오히려 더 주목되는 것이 그의 내면이 아닐까. 그토록 고통스러운 현실을, 매우 섬세하게 감각하는 성정을 그가 지녔기 때문이다. 때때로 보들레르처럼 엄살이 심하기도 한 황지우는 현실의 고통이나 비극을, 보이는 실제보다 훨씬 더 심각하게 그 심연에서 아파하고 앓는다. 그렇다는 것은 그가 심연의 눈을 지닌 시인이라는 말과 통한다. 가령 "수퍼마케트 양쪽 벽이 다 거울이다. 한쪽 거울이 다른 쪽 거울을 監視하고 다른 쪽 거울은 감시하는 한쪽 거울을 감시하고 한쪽 거울은 또또 그것을 감시하고 또또또 감시하고……"(「버라이어티 쇼, 1984」) 부분에서 일차적으로 시인은 감시와 처벌의 현실적 메커니즘과 그 심연을 보고하지만, 그 마주 선 거울의 심연 즉 미장아빔을 응시하는 시인의 깊은 눈을 우리 독자들은 보게 되는 것이다.

심연에 드리운 깊은 시인의 눈 그물은 시대적 정황에 따라 조금씩 변화를 겪어온 게 사실이다. 그의 시는 「청동 마로니에 숲」이나 「나의 누드」를 비롯한 여러 시편들에서 느껴지듯 기본적으로 정치적 상상력이 기저에 깔려 있다. 그것은 그가 1970년대 군부 독재에 저항했던 세대의 일원임을 환기한다. 그러나 그의 정치적 상상력은 날것으로서의 현실을 모사하는 것과는 질적으로 다른 것이다. 그의 독특한 관찰을 통해 정치적인 것은 항상 시적인 것과의 대결을 통해서 일정한 변용을 거치게 된다. 황지우의 개성적 감각은 가장 비속한 정치적인 사건을 철학적 담론으로 변용시키며, 펄프극과도 유사한 세속의 풍경에서도 미학적 문제성을 길어 올린다.

2. 부정의 변증법과 선(禪)적 낭만주의

산업 자본주의의 증후와 정치적 억압이 여전히 문제적이었던 1980년대에 황지우는 "오늘도 나는 제5공화국에서 가장 낯선 사람으로./걷는다"(「活路를 찾아서」) 같은 표현처럼 소외된 산책자였다. 파리에서 산책자 보들레르가 독특하게 우울과 불안을 악몽처럼 그렸듯이, 서울의 산책자였던 황지우는 "거리의 모든 것을" 읽는다. 일어난 사건과 사고와 사태뿐만 아니라 "아직 오지 않은 사고와 사건과 사태와 우발과 자발과 불발의 세월"(「活路를 찾아서」)까지 읽는다. 「목마와 딸」이나 「아내의 수공업」 같은 시는 불우했던 처지에 놓였던 그 시절 시인이 가정적으로 얼마나 신산스러웠는가를 보여주며, 「活路를 찾아서」는 그럼에도 시인이 산문적 현실과 어떻게 맞씨름하려 했는가를 잘 보여준다.

그의 초기작들은 부정의 변증법과 시적 긴장을 통해 부정적 현실에서 시적인 미학을 이끌어낸다. 시인은 병든 현실을 고통스럽게 진단하지만, 그의 언어는 감상적 신음에 젖지 않고 신선한 위트와 야유로, 구체적 현실 상황을 낯설게 일깨운다. 첫 시집 『새들도 세상을 뜨는구나』(문학과지성사, 1983)에서부터 황지우는 병든 현실에 대해 강한 부정 정신을 보여주었다. 가령 표제작 「새들도 세상을 뜨는구나」는 애국가를 패러디하여 당시의 국가 이데올로기와 그에 의해 고통받던 젊은이들의 우수를, 풍자(諷刺)와 자조(自嘲)가 섞인 목소리로 그린 작품이다.

영화(映畵)가 시작하기 전에 우리는
일제히 일어나 애국가를 경청한다
삼천리 화려 강산의
을숙도에서 일정한 군(群)을 이루며
갈대숲을 이륙하는 흰 새떼들이
자기들끼리 끼룩거리면서
자기들끼리 낄낄대면서
일렬 이열 삼렬 횡대로 자기들의 세상을
이 세상에서 떼어 메고
이 세상 밖 어디론가 날아간다
우리도 우리들끼리
낄낄대면서
깔쭉대면서
우리의 대열을 이루며
한 세상 떼어 메고
이 세상 밖 어디론가 날아갔으면

하는데 대한 사람 대한으로

길이 보전하세로

각각 자기 자리에 앉는다

주저앉는다

           —「새들도 세상을 뜨는구나」 전문

그 시절을 우리는 생생하게 기억한다. 영화가 상영되기 전에 관객이 모두 일어나 국민의례를 해야 했던 1980년대까지의 영화관 풍경을 말이다. 스피커에서는 커다랗게 애국가가 흐르고, 삼천리 화려 강산을 편집한 동영상이 영사막을 장식했다. 관객들이 일사불란하게 기립하여 그 영상을 보면서 애국가를 듣다가 다시 앉는 장면을, 시인 특유의 감수성으로 새롭게 포착한다. 영상 속에서 새떼들은 자기들끼리 "자기들의 세상을/이 세상에서 떼어 메고/이 세상 밖 어디론가 날아간다". 이 세상이 아닌 다른 세상으로의 탈출 내지 비상의 이미지가 확연하다. 이런 새의 비상처럼 "우리"도 "이 세상 밖 어디론가 날아갔으면" 하지만, 새의 비상과는 대조적으로 그저 "주저앉"고 만다. "대한 사람 대한으로 길이 보전하세"는 애국가의 후렴구 끝부분이다. 국민의례의 관례상 애국가가 끝나면 의자에 앉게 되어 있었지만, 시인의 직관은 그 장면을 국가 이데올로기에 의해 기존 체제 안에 주저앉는 절망의 포즈로 형상화한다. 이 "세상 안"이 아닌 "세상 밖"으로의 탈출을 꿈꾼다는 점에서, 다시 말해 초월적 비상을 낭만적으로 동경하고 욕망한다는 점에서 새들과 우리는 같다. 그러나 새들은 수직적으로 상승하고 비상하여 세상을 뜨지만, 우리는 아래로 주저앉는다. 이 하강 이미지가 새들의 상승 이미지와 대조되면서 전경화된다. 전체적으로 이 시는 "이 세상 안"의 현실을 부정하는 1980년대 젊은이들이 나름대로 "이 세상 밖"의 "자기들의 세상"을 추구하려 하지만, 전체주의적 국가 이데올로기에 의해 좌초되고 절망할 수밖에 없었던 당대의 상황을 매우 핍절하게 그린 텍스트라 할 수 있다.

이 세상 밖으로의 탈출이나 초월이 어찌 그토록 간절했을까. 활로를 찾기 위해서였다. 어째서 활로인가. 살 수 없는 비관적인 현실 때문이다. 「活路를 찾아서」나 「잠든 식구들을 보며」 등 여러 시편에서 그 현실의 세목들이 여실하게 묘사되고 있다. 예컨대 「잠든 식구들을 보며」에서 묘파되는 현실은 "맹목의 40년"을 보낸, "끝끝내 용서할 수 없는, 더러운, 더러운, 더러운 땅", 반성도 참회도 하지 않기에 용서받을 수도 없는 땅이다. 거기서 사람들은 "돌 속의 캄캄한 잠"을 자는 "인질"일 뿐이다. 이런 시편들에서 분명하듯, 황지우는 자신의 현실이 고통스러운 부정의 대상이라고 직접 설명하지 않는다. 대신 구체적이면서도 낯선 방식으로 보여준다. 시인의 부정 정신은 날것으로 진술되기보다 현실과 실존의 구체적 갈등으로 극화된다는 것이다. 황지우 시의 중요한 특징 중의 하나인 극적 서정은 화해하기 어려운 현실 자체에 대한 구체적 탐문의 방식에 적합한 시적 담론이라 하겠다.

황지우 시가 현실의 구체적인 세목을 탐문한다고 해서, 건조하고 때로 프로파간다적인 리얼리즘 시와 닮은 것은 아니다. 그는 기본적으로 낭만주의적 심성을 지닌 시인인 것처럼 보인다. 초기작의 하나인 「草露와 같이」는 매우 아름다우면서도 깊이 있는 인식을 보인 시편이다. 이슬을 환생을 꿈꾸며 우는 풀의 눈물로 인식한 것부터가 인상적이거니와, 흔히 찰나적이고 순간적인 그래서 무상적인 것으로 받아들여지는 이슬에서 유상적인 운동 작용을 파악한 것 또한 의미심장하다. 영롱한 이슬의 심연에서 타오르는 불의 이미지를 발견하여, 물과 불이라는 상극 이미지를 돌연하게 병치하여 새로운 생명성의 지평을 알게 한다. 그것은 어쩌면 '있는 것'과 '있는 것이 아닌 것', '사는 것'과 '사는 것이 아닌 것'이라는 반대를 역설적으로 통합하여 마련한 초월적 공간에서나 가능한 것인지도 모른다. 이렇게 초기부터 황지우는 보이는 것이나 존재하는 것과는 다른 이면, 다른 시간과 공간을 투시하거나 상상하려 한 시인이다.

두번째 시집인 『겨울―나무로부터 봄―나무에로』(민음사, 1985) 이후, 황지우는 상투적이고 무의미한 일상의 수면 아래로 자맥질하면서 존재의 참 의미를 찾아 나서는 시적 여정을 보였다. 이 과정에서 그는 순간적으로 스쳐 지나가는 어두운 삶의 기미들과 자조적인 생각들을 선명한 이미지로 포착했다. 여러 면에서 황지우는 독특한 스타일리스트요 이미지스트이기도 하다. 그런데 그의 스타일은 그 나름의 선(禪)적 직관 혹은 선적 역설과도 관련된다. 동양의 선사들은 흔히 불립문자(不立文字)를 강조했다. 그럼에도 그 불립문자의 경지를 역설적으로 문자화하려는〔立文字〕선(禪)시인들이 면면히 있었던 게 사실이다. 그런 맥락에서 황지우도, 그 자신이 지적한 것처럼, 어떤 '선적인 것'을 '시적인 것'으로 전환하는 데 상당한 기예를 보인 시인이다. 그 과정에서 그는 상당히 위험한 실험을 많이 한다.

고난의 인식 여정을 거치는 동안 시인이 동경하는 세상은, 혹은 시인이 새처럼 비상할 수 있다면 "날고 싶은 아침 나라"(「비화하는 불새」)는 당연히 이런 것과 닮은 어떤 공간이었을 것이다. "無能

이 죄가 되지 않고/삶을 한번쯤 되물릴 수 있는 그곳//초월을 기쁨
으로 이끄는 계단 올라가면/영원한 바깥을 열어주는 문/이 있는 그
곳"(「노스탤지어」). 하지만 삶을 한번쯤 되물릴 수 있는 곳이 과연
있을 수 있을까. 현실적으로 불가능하기에 영원한 동경의 대상이 될
수 있는 법. 그래서 "어쩌다 한순간/나타나는, 딴 세상 보이는 날은/
우리, 여기서 쬐끔만 더 머물다 가자"(「여기서 더 머물다 가고 싶다」)
고 시인은 호소한다. 확실히 "딴 세상"에 대한 시인의 동경은 매우
도저하다. 시인의 소망은 "초월을 기쁨으로 이끄는 계단"으로 올라
가서 "영원한 바깥을 열어주는 문"에 다다르는 것이지만, 그 소망마
저도 시인은 다시 의심하고 반성하고 해체한다. 그 결과 시인은 "안
에서는 바깥만 보고 있었는데/안에는 또 안이 있었구나"라거나 "아
무리 멀리 밖으로 나가봐, 거기에 또 바깥이 있지!"(「바다로 돌아가
는 거북이」)라는 새로운 인식 지평에 도달한다. 그에게 이제 '안'과
'밖'은 단순한 이분법적 대립소가 아니다. 안에는 또 안이 있고 밖에
는 또 다른 밖이 있다. 무한 우주에 대한 중층적이고도 심원한 인식
의 소산이다.

　그러니 어쩌겠는가. 이런 복잡한 인식 우주에서 어떤 이는 체념할
수도 있을 것이다. 그러나 황지우는 체념을 넘어서 역동적 자유의
공간을 마련하고자 한다. 혹은 허허롭게 안과 밖의 경계를 넘어서려
한다. 그 기저에는 동양의 선적 에너지가 깔려 있다. 가령 옛 선사가
"나간 발자국이 없네"라고 표현했던 것처럼 시인도 "떠나지 말고 머
물지 말자"(「경고」)라고 묘사하는 시적 전략을 마련한다. 혹은 "눈
속에 들어갈 수 없는 연꽃을/게는, 그러나, 볼 수 있었다"라거나 "바
다 한가운데에는/바다가 없네"(「게 눈 속의 연꽃」)라고 적는다. 그

러나 황지우의 시에서 보이는 선적인 낭만주의는 소박하게 현실 부정하기 혹은 벗어나기와는 전적으로 다른 것이다. 앞에서도 언급했던 것처럼, 온갖 실존적 갈등의 구체적 풍경들을 껴안으면서 게걸음으로 그것을 넘어서려는 전략을 시인이 구사하고 있기 때문이다. 그런 면에서 황지우의 선적 낭만주의는 현실의 문제적 실존을 가장 구체적으로 부각하면서도 그것으로부터 자유롭고자 하는 인식적 상상 전략의 일환으로 보인다. "알지만 나갈 수 없는, 無窮의 바깥"(「바깥에 대한 반가사유」)으로 나가고자 하는 구체적이면서도 몽상적인 자유 의지가 그 선적 낭만주의의 요체다.

3. 육체적 상상력과 혼성 시학

황지우의 시적 담론은 늘 구체성의 바다에서 길어 올려진다. 그의 선적 낭만주의 경향이 현실 도피적이거나 몽상적인 것과는 질적으로 다른 것이기 때문이다. 이때 그 구체성의 징표를 우리는 그의 시에서 중요한 이미지의 하나인 육체성의 이미지를 통해서 확인할 수 있다. 육체에 대한 관심은 니체 이후 전 세계적인 경향의 하나인 게 틀림없지만, 특히 황지우에게 있어서 그 육체는 "이미 마음은 죽고 아직 몸은 살아 남은 사람들"(「흔적 Ⅲ·1980(5.18×5.27cm)」)의 몸에 대한 구체적 탐색이라는 점에서 각별한 의미를 지닌다. 앓는 육체의 "그 身熱과 오열의 밑 모를 심연"을 탐사한다는 얘기다. 또 때로는 "드디어 미친년처럼 날뛰고/흰 무명천을 가르고/시멘트 바닥에 나뒹굴고/섹스하듯 허공을 어루만질 때/아, 그 더운 체온이/순수한 허공을 육체로 만들었다"(「춤 한 벌─故김남주 시인 노제에 추었던 강혜숙의 넋풀이 춤」) 같은 부분에서 확인할 수 있듯이, 있는 육체적 율동과 함께 없는 육체(순수한 허공)에 새로운 육체성을 부여하는 상상적 여정을 보이기도 한다.

대개의 경우 황지우의 시에 등장하는 육체는 영혼 깊숙한 밑자리로부터 상처받은 육체이기 십상이다. 그래서 많은 경우 '겨울 나무'의 형상을 하고 있다. 가령 그의 평판작의 하나인 「겨울─나무로부터 봄─나무에로」는 "나무는 자기 몸으로/나무이다/자기 온몸으로 나무는 나무가 된다"는 진술로 시작된다. 자기 온몸으로 헐벗은 겨울 나무는 "무방비의 나목으로 서서/두 손 올리고 벌 받는 자세로 서서" 존재한다. 그러나 "이게 아닌데 이게 아닌데/온 혼(魂)으로 애타면서 속으로 몸속으로 불타면서/버티면서 거부하면서 영하(零下)에서/영상(零上)으로 영상(零上) 오도(五度) 영상(零上) 십삼도(十三度) 지상(地上)으로/밀고 간다, 막 밀고 올라간다". 이러한 겨울 나무의 자기 부정의 정신과 상승에의 욕망을 시인은 매우 실감 있게 형상화한다. 겨울 나무는 봄 나무가 되고 싶어 하는 것이다.

온몸이 으스러지도록
으스러지도록 부르터지면서
터지면서 자기의 뜨거운 혀로 싹을 내밀고
천천히, 서서히, 문득, 푸른 잎이 되고
푸르른 사월 하늘 들이받으면서
나무는 자기의 온몸으로 나무가 된다
아아, 마침내, 끝끝내

꽃피는 나무는 자기 몸으로

꽃피는 나무이다

──「겨울─나무로부터 봄─나무에로」부분

　겨울 나무는 온몸으로 자기 몸으로 꽃피는 봄 나무가 된다. 헐벗었던 겨울 나무가 푸른 싹을 틔우는 봄 나무로 바뀌는 것은 매우 자연스런 현상이다. 이를 시인은 나무─몸의 의지로 파악했다. 여기서 몸과 마음은 더 이상 나뉠 수 있는 어떤 것이 아니다. 그 경계를 넘어선 상태에서의 몸이고 마음이다. 몸에도 의지가 있다고 직관하는 것, 그래서 몸을 바꾸고 싶다고 몸의 욕망을 드러내는 것을 우리는 황지우의 여러 시편에서 발견한다. 반복이 되겠지만 황지우가 기본적으로 비극적 세계관을 견지하고 있는 시인이기에, 혹은 그의 현실이 그만큼 신산한 것이었기에, 그가 관찰하는 몸 혹은 나무들은 기본적으로 헐벗은 몸 혹은 겨울 나무의 형상을 하고 있다. 그 몸들은 어쩌면 "그 자리에서 그만 허물어져버리고 싶은 생"(「어느 날 나는 흐린 酒店에 앉아 있을 거다」)을 닮은 것인지도 모른다. 또는 "뚱뚱한 가죽부대에 담긴 내가, 어색해서, 견딜 수 없다"와 같은 형상을 하고 있다. 그래서 황지우는 「겨울─나무로부터 봄─나무에로」의 경우처럼 몸 바꾸기에 대한 열망으로 신열을 앓는 육체를 그린다. 안에서 또 안을 보고, 밖에서 또 다른 밖을 직관할 수 있는 시인이기에 몸 안의 몸, 몸 밖의 몸을 거듭 투시한다. 가령 「나의 연못, 나의 요양원」은 "목욕탕에서 옷 벗을 때/더 벗고 싶은 무엇인가가 있다"는 흥미로운 진술로 시작된다. 몸을 더 벗고 싶다는 것은 "이것 아닌 다른 생으로 몸 바꾸는/환생을 꿈꾸는 오래된 배롱나무"를 동경하기 때

문이다. 그래서 시적 자아는 마침내 이런 소망을 피력한다. "저 화엄
탕에 발가벗고 들어가/생을 바꿔가지고 나오고 싶다." 신생에의 도
저한 의지를 보이는 대목이다. 그 신생 의지 혹은 몸 바꾸기에의 의
지는 지금, 여기의 현실과 몸을 부정하는 정신에서 비롯된 것이다.
아니, 현실을 몸으로 앓는 자의 보이는 증상이자 보이지 않는 증후
를 심연에서 길어 올리고자 한 의도의 소산이다. 그의 시에서 몸의
사건이 마음의 사건과 자연스럽게 교호하는 것은 그런 까닭이다. 그
는 "지옥 같은 혼돈"에 대응하면서, "환자로서 병을 앓으면서 병을
가지고 깨달음을 실행했던 유마힐"처럼 앓는 몸의 시적 담론화로
선적인 깨달음과 시적인 트임을 동시에 모색했던 것이 아닐까 짐작
된다. 실제로 그는 이렇게 말했다.

90년대 나의 시적 전략은 마음에서 일어나는 사건을 탐침하는 것
이었다. 나는 우울, 상실감, 분열, 환각, 공포, FLIGHT OF IDEAS 증
세와 관련된 '유사−광증'을 실험했으며 이는 앞서 말한 우리 삶의,
유지되고 있는 그래서 더욱 지옥 같은 혼돈에 대응하는 것이라고 생
각했다. 이것은 검은 유머라 하기에는 적이 재앙스럽고 위험한 장난
일 수 있다. 병을 시뮬레이트하는 것 자체가 병이 될 수 있기 때문이
다. 나의 몸과 나의 정신 역동 속에서 정신적인 꾀병은 실제로 헤어나
올 수 없는 급격한 소용돌이와 현기증을 만들기도 했다. 그러나 확실
히, 모든 착란적인 것이 시적인 것은 아닐지라도 '어떤 착란적인 것'
은 시적이다. 그것은 나에게 모든 선적(禪的)인 것이 시적인 것은 아
닐지라도 '어떤 선적인 것'은 시적인 것으로 체험되었던 것과 마찬가
지였다. 이 같은 '시적인 것'의 탐험이 자취를 남기는 내 문학 지도에

서 이런 변화는 급전직하하는 심연에의 추락을 의미하는 것이었지만,
정신병리에 대한 심취는 말하자면 나에게는 '어두운 선(禪)'이었다.
나는 환자로서 병을 앓으면서 병을 가지고 깨달음을 실행했던 유마힐
생각이 많이 났다.

— 에세이 「이제 문학은 은둔하자」 중에서

유사－광증을 실험하는 '어두운 선(禪)'의 탐험으로 새로운 문학
지도를 그리기 이전부터 황지우는, 부정 정신을 바탕으로 다채롭게
실험적 상상력을 펼치고 다양한 형식 실험을 구사한 시인으로 평가
된다. 기법 면에서 황지우의 시는 기존의 시적 문법을 부정하고 파
격적으로 보일 정도로 실험적인 언어와 상상력을 구사한 것이 사실
이다. 그는 시에서 광고나 신문 기사 그리고 심지어는 만화나 낙서
까지도 시적 대상으로 응시하고 선택한다. 비단 낯선 제재뿐만 아니
라 스타일 측면에서도 다각적으로 형태 실험을 펼친다. 여러 형태
실험으로 그의 시는 기성의 권위와 관습을 해체하고, 형식을 파괴한
다. 그러면서 부단히 새로운 열린 형식을 창조한다. 확실히 그의 시
는 서정시의 순수 혈통으로부터 너무 멀리 나가 있는 듯하다. 불순
한 시, 시 안에서 시의 몸을 부수고, 시 밖의 현실의 다른 몸들로부
터 새로운 시의 육체를 빌려 온다. 이질 혼성적인 해체(解體)와 재구
(再構)의 과정은 물론 물리적인 것이 아니라 생화학적이다. 단순히
시의 제재 측면에서뿐만 아니라 시의 장르적인 측면에서 그런 양상
은 더욱 두드러진다. 황지우가 추구하는 '시적인 것' 안에는 기존의
전통적 장르 3분법에 의한 서정·서사·극 장르 셋 모두 포괄되어 있
는 것처럼 보인다. 대부분의 시편에서 의미심장한 이야기적인 요소

를 지니고 있는 것은 물론이거니와, 특히 그의 시만큼 극적인 요소를 잘 갖춘 경우도 드물다. 이미 오래전부터 연극에 관심을 많이 가져왔었고, 무엇보다도 「오월의 예수」를 비롯한 괄목할 만한 희곡을 쓴 극작가이기도 한 시인이 쓴 시답다는 얘기다.

가령 「잠든 식구들을 보며」는 아내가 잠들어 있는 집 안 풍경과 탈영병이 벌이는 인질극을 비롯한 여러 끔찍한 사건들을 극적으로 대조하면서 죽음과도 같은 현실을 극화한 시다. 「솔섬」 역시 극적 대사를 기둥 줄기로 하고 있는 시이다. 「베이루트여, 베이루트여」 역시 주목에 값한다. 아무래도 황지우의 혼성 시학을 대표하는 시편은 「華嚴光州」 「버라이어티 쇼, 1984」 「살찐 소파에 대한 日記」 등일 것이다. 「華嚴光州」는 서사와 결사 사이에 여섯 장면을 배치해놓고 있다. 1980년 5월 광주항쟁 때의 주요 무대였던 각각의 공간들을 마치 무대 장치를 변환하는 것처럼 극화했다. 가장 반(反)화엄적이었던 사건들을 극화하면서 정녕 화엄적인 지평을 응시한다. 목소리 또한 매우 극적이다. 이렇게 극적인 것도, 이야기적인 것도, 시적인 것도 모두 섞여 있다. 이를 일러 서사극시(敍事劇詩)라 부르면 어떨까. 스타일 분리와는 반대로 스타일 혼합의 한 절정을 보인 문학 장르를 연상케 한다. 이런 서사극시는 황지우의 개성적 언어 감각에 의해 더욱 의미 있는 시적 성취의 지평에 도달한다. 그의 시가 구사하는 생동하는 언어, 선명한 이미지는 그가 그 어떤 시인보다도 개성적인 언어 감각을 지닌 시인이라는 것을 알게 해주며, 시의 극적인 성격을 강화해주는 구실을 충분히 한다.

서사극시를 생각게 한다는 점은 조지 오웰의 『1984년』을 패러디하여 지옥 같은 현실의 모습을 풍자적으로 극화한 「버라이어티 쇼,

1984」나 권태라는 현대적 주제를 동양의 고전적 무위(無爲)라는 주제로 재해석한「살찐 소파에 대한 日記」의 경우도 마찬가지다. 특히「살찐 소파에 대한 日記」는 실제로 희곡으로 각색되어 인기리에 공연된 바 있다. 여기서 노자의 무위(無爲)는 황지우의 '공기족(空氣族)'에 의해 현대적 형상을 얻고 있다〔노자는 누구든지 계급적 요구에서가 아니라 모두 자신의 필요에 따라 자신의 천성을 발전시킬 수 있도록 허락되어야 함을 주장하기 위해서 자연이란 개념을 제시했고, 또 각각 다른 욕구들이 조화와 평형을 이룰 수 있도록 '무위(無爲)'라는 관념을 내놓았다. 자연 상태의 행위 원칙인 '자연 무위'처럼 행위하면 억압도 소외도 사라질 수 있다고 생각한 것 같다. 무위라는 행위는 하는 것이 없는 게 아니다. 역설적으로 말해 하는 것도 없는 듯, 그렇다고 하지 않는 것도 없는 듯 보이면서도 실은 "모든 것을 이뤄주는"("無爲而無不爲",『道德經』, 3章) 엄청난 성공을 가져다주는 방식이기 때문에 노자에게서 그렇게 중요한 것이다〕.

나는 오늘 아침에 일어나 세수하고 밥먹고 소파에 앉아서
아내가 나갔기 때문에 하루 종일 집에서 혼자서 놀았다
비계 덩어리인 구석기시대 어머니상에 푸욱 파묻혀서
괘종시계가 내 여생을 사각사각 갉아먹는 소리를 조용히 들었다
너무 많이 남아도는 나의 시간들이 누에똥처럼 떨어졌지만
나는 수락했다, 이것도 삶이며
이제는 그것에 개입하지 않겠다는 걸
사람이 희극(喜劇)이 되는 것처럼 견딜 수 없는 일이 있을까마는
그러므로 무위(無爲)는 내가 이 나머지 삶을 견딜 수 있게 하는 격

(格)이랄까

　　사람이 만화가 되어서는 아니 되기 때문에

　　비록 사나이 나이 사십 넘어서 '내가 헛, 살았다'는 깨달음이

　　아무리 비참하고 수치스럽다 할지라도, 격조 있게,

　　이 삶을 되물릴 길은 내가 아무것도 아니라는 것,

　　이것 인정하기 조금은 힘들지만

　　세상에 조금이라도 복수심을 갖고 있는 자들의 어쩔 수 없는 천함
보다야

　　무위도식배(無爲徒食輩)가 낫지 않겠는가! 나는 소파에 앉아서 하
루 종일,

　　격조 있게, 놀았다

─「살찐 소파에 대한 日記」부분

「살찐 소파에 대한 日記」는 한 살찐 백수 남자가 아침에 일어나 세
수하고 밥 먹고, 하루 종일 집 소파에 앉아서 놀다가, 아내가 돌아오
자, 밥 먹고 TV를 보고 잤다는 일기 형식의 서사극시다. 평범한 백수
의 사소한 일상을 시인은 사소하지 않은 감각으로 낯설게 날 세워놓
고 있는데, 인용한 부분에서 우리는 황지우가 형상화한 '무위'의 현
대적 감수성을 어렵지 않게 확인할 수 있다. 백수 주체가 세상에 대
해서 흔히 가질 수 있는 적개심이나 복수심을 넘어서 '무위'로 견디
고자 하는 것이다. 자신이 아무것도 아니라는 인식을 바탕으로 아무
것도 하지 않는 것으로써 하지 않는 것이 없는 격조 있는 삶의 지평
을 희극적 역설로 꿈꾼다. 무위로써 자연의 공기처럼 존재하려는 탈
자본주의적 존재론 혹은 해방적 존재론의 한 단면이라 할 수 있다.

이렇게 황지우의 혼성 시학은 형식 면에서의 역동성뿐만 아니라 주제적인 측면에서의 심화를 알게 한다. 비록 그의 시가 서정시의 순수 혈통에서 너무 멀리 나갔다고 하더라도, 그의 혼성 실험으로 인해 현대시는 새로운 육체를 알게 되었고, 그것을 통해 짧은 서정시가 담을 수 없는 가장 현대적인 시대정신을 함축할 수 있게 되었으며, 시를 통한 새로운 몽상도 가능하게 되었다. 그리고 그가 일련의 서사극시를 통해 형상화한 현대적 주제는 아주 비좁은 변두리 지역의 한갓 푸념이 아니라 세계화 시대의 보편 담론 구성에도 기여할 수 있는 것이다. 특히 그의 시적 지향은 이분법과 이성 중심주의를 기저로 한 근대성을 초극하려는 새로운 몽상과도 통한다. 안과 밖의 경계를 넘어서기 혹은 경계선의 역설에서 새로운 의미 발견하기 또한 근대의 초극을 위한 서정적 기획의 일환이라 하겠다. 때때로 황지우는 "한 시대의 삶과 文化 전체가 포르노그라피일 때 우리가 식은 새벽 방바닥에 엎드려 詩를 쓰는 이것은 무슨 짓이냐? 무슨 짓거리냐?"(「버라이어티 쇼, 1984」)라고 한탄하기도 하지만, 그럼에도 그런 현실을 넘어설 수 있는 미학적 심연을 줄곧 꿈꾼다. 그러나 그의 시적 몽상은 적이 위험스럽고 고통스러운 것이기도 하다. 온몸으로 앓으면서 온몸으로 온몸인 시를 쓰고자 하기 때문이다. 낭만적 역설에 속하겠지만 그가 심하게 앓을수록 우리는 더 좋은 시를 가질 수 있게 될지 모른다. 부디 황지우가 편안한 대가가 되지 않길 바라는, 더 앓으면서 더 위험한 시를 쓰기를 바라는 마음을 적으려니, 마음이 참으로 편치 않다.

절망의 검은 심연, 노래의 푸른 이랑

—송재학의 『푸른빛과 싸우다』

*

　"노래, 그것은…… 뒤돌아보면 갈 수 없는 길의 입구"(「노래는 왜 금방 꽃핀 홀아비꽃대를 찾아가는가」, 『푸른빛과 싸우다』, 문학과지성사, 1994)라고 시인 송재학은 적는다. 심각한 진술이다. 그렇지만 이것만으로 시인이 무엇을 말하고자 하는지 쉽게 알아차릴 수는 없다. 막연한 길목에서 우리를 서성이게 하기 때문이다. "뒤돌아보면"의 앞과 뒤의 형상은 물론 궁극적으로 어떤 "길"인지 헤아리기 곤란하다. 따라서 우리는 그다음의 시적 진술을 진지하게 경청할 필요를 느낀다.

　　노래에는 어둠을 껴안는 마음이 먼저 보인다

　　한 사람이 한 소절 부르고 한 사람이 그 소절 뒤따르는 숲에는 머리카락 허연 할머니 몇 소나무를 껴안고 아니 소나무와 할머니들 몸섞

으며, 무릎 아래는 벌써 뒤엉켜 희디흰 실뿌리로 땅속에 단단히 벋어
가는데 몸의 모든 구멍마다, 썩은 곳마다 쏟아져나오는 노래는 노래
를 떠밀며 아우성치며 나비떼 벌떼가 되어 홀아비꽃대를 찾는다
    ──「노래는 왜 금방 꽃핀 홀아비꽃대를 찾아가는가」 부분

이쯤 되면 우리는 몇 가지 사실을 짐작하게 된다. 먼저 "어둠을 껴
안는 마음"이 눈에 띈다. 시인이 세계를 인식하는 기본적인 태도를
암시한다. 시인이 상정하고 있는 서정의 본질이 거기 들어 있다. 그
러나 '마음'으로는 아직 부족하다. 추상적이다. '마음'은 몸의 '눈'
을 만날 때 비로소 구체성을 확보한다. 그렇다면 '눈'이 구체적으로
응시한, 그래서 '마음'으로 껴안은 시적 대상은 무엇인가. "소나무
와 할머니들"이다. 그리고 그들의 몸섞음의 형상이며, 그 결과로서
의 "실뿌리"이다. 이것은 다시 세 가지 단서를 지시한다. 하나는 소
나무와 할머니로 총칭되는 자연적·인간적 대상을 상관적으로 아우
르고자 하는 인식 의지요, 그 둘은, 이를 위해 상관성의 구체상을 몸
섞음의 과정에서 '구멍'의 통찰로 포착하겠다는 방법적 의지이다.
마지막은 형상의 연원으로, 그 심연으로 침잠해 들어가는 '실뿌리'
에의 서정적 의지가 그 셋이다. 이 같은 세 의지들을 보듬은 채 시인
은/서정은 "아우성치며 나비떼 벌떼가" 된다. 그리고 그 서정의 지
향 의식이 끝닿은 곳은 "홀아비꽃대"이다. 여기서 홀아비꽃대의 비
밀이 과연 무엇인지 미리 조급해할 필요는 없다. 조금은 천천히 그
비의에 다가가볼 일이다. 일단 시인 송재학에게 있어 세계 인식과
시 인식의 기본 태도를, 이 시 한 편에서 짐작한 것으로 만족하기로
한다. 이런 우리의 관찰을 좀더 밀고 나가기 위해 「歌客」을 겹쳐 읽

기로 한다.

　　　그는 강을 건넌다
　　　이번에 아내를 데리고 올 건가
　　　몇 년 만에 그는 뼈마저 썩는
　　　깊은 병을 안고 돌아온다
　　　강은 벼랑을 넘보며 검붉은 혀를 널름거린다
　　　절망만이 부적처럼 보이자
　　　누군가 신발을 벼랑가에 벗어두고
　　　몸을 던진다
　　　집 없는 여자가 아이를 버리고
　　　유곽으로 숨어버린 해
　　　상류의 비로 강은 범람한다
　　　경전을 안고 벼랑에
　　　절이 세워진다
　　　다리를 자르고 그는 경을 읽는다
　　　말은 사라지고 광기에 매달리는 오랜 가뭄
　　　사람들은 소를 잡아 피를 뿌린다
　　　절을 불태우며 그를 붙잡는다
　　　이미 제 목을 친 그의 노래를
　　　푸른 달빛 속에서 듣는다
　　　노래는 밤을 삼킨다

　　　　　　　　　　　　　　　　—「歌客」전문

'그'에 관한 행위 진술과 시적 자아의 의식 진술이 교묘하게 얽혀 있어 다소 모호하게 보이기도 하는 이 시에서, 우리는 어쨌든, "절망만이 부적처럼 보이"는 현실에서 태동할 수 있는 노래의 가능성을 읽어낸다. "절망만이 부적처럼 보이"는 서정의 근원 상황에서 '그'와 '강'은 탈난 대상으로 정서적 등가를 이룬다. '그'는 "뼈마저 썩는/깊은 병"을 앓고 있다. 마찬가지로 '강'도 "검붉은 혀를 널름거"리다 "범람"하고 만다. 모두 몸이 구멍 나고 탈난 상태이긴 마찬가지다. 존재를 벼랑으로 내몰린 상태에서 둘은 서로 친화성을 지니며 섞인다. 둘이 섞인 현실을 시인은 "말은 사라지고 광기에 매달리는 오랜 가뭄"이란 압축적인 표현 속에 녹여놓고 있다. 물론 말과 광기는 대립항이다. 그런데 현실의 지표는 대부분 광기의 패러다임에 묶여질 따름이다. 구체적으로 오랜 가뭄이거나 피와 불이 광기의 상관물이 된다. 이 고리를 "제 목을 친 노래"가 끊는다. 제 목을 쳐야 노래를 생성시킬 수 있다는 인식은 매우 끔찍하다. 그러나 이는 삶의 유일한 부적처럼 보이는 절망의 검은 심연이 너무 깊은 까닭이다. 그 결과 노래는 광기의 대립항인 말의 상관물이 된다. 그리고 푸른 달빛(여기서 '푸른빛'은 앞에서 본 시의 홀아비꽃대와 겹친다) 속에서 이랑을 이루며 밤을 건져낼 수 있게 된다.

　이처럼 송재학은 현실의 검은 심연을, 그 어둠을 껴안는 마음을 지니고 있는 시인이다. 그리고 그 심연을 응시하는 눈을 통해 현실의 육체성을 해부해가면서 노래의 푸른 이랑을 이루고자 하는 시인이다. 이 때문에 그는 매우 절박한 길의 입구에서 "제 목을 친 노래"로 "푸른빛"을 지향하는 것이다.

그러나, "푸른빛"을 쫓아 선 길 위에서 시인은 홀로 적막하고 고
통스럽다. 가도가도 끝이 보이지 않는 길이어서일까. 그래서 오랫동
안 시인은 폐허처럼 황량한 길 위에서 서성거린다. 그러고 보면 그
의 많은 시편들이(예컨대 「적천사를 지나치다」 「노을」 「李賀를 덮는
다」 「죽은 이들도 바라보는 바다」 「안개 속으로 숨는 마을 중에는」 「구
랑리 시편」 등등) 길 찾아 떠나는 영혼의 목소리로 시작되고 있는 것
도 결코 우연일 수 없다. 이런 사실은 그의 시가 현실과 인생의 비밀
스러운 국면을 찾아들어가고자 하는 탐색적 태도를 기본적으로 견
지하고 있다는 것을 알려준다.

그러나, 앞질러 말하자면, 그 길은 매우 비좁다. 그것은 열림을 모
른 채 닫힘으로 치닫는 현실의 길이 지니는 상징성 때문이기도 하지
만, 무엇보다도 그 길의 비의에 다가서려는 시인의 다부진 태도 때
문에 그러하다. "제 목을 친 노래"를 인식하는 시인이 "길의 한쪽을
묶어서 간히는 마음이"(「구랑리 시편」) 되고자 하는 것이다. 이럴 때
시인은 "닿을 수 없는 산과 읽을 수 없는 경전"을 떠메고 방황하는
존재가 된다. 때때로 "마음이 촘촘한 사람이"(「배롱나무에 기대다」)
거나 "보이지 않는 신(神)의 부재에 항거한 싸움꾼"(「와시표 일츕죠
선소리반」)을 모방하고자 하지만, 오히려 세상은 점점 멀어지기만
한다. 그리하여,

길은 막힌다 이제 비린 물냄새나
어린 아이 울음이 세상을 대신하리라

욕망과 들판이 한곳에 섞이고 은쟁반의 달빛이 간섭하여 눈부시다
사납고 차갑고 날카로운 저 첩첩산마저 내 안에서 비롯된 것을
李賀를 채 펼치지 못하고 길마저 멀어지는 하루!

—「李賀를 덮는다」 부분

처럼 되고 만다. 또는 "눈물 아니면 적막"(「은해사 길」) 속에서 "식은
국 떠먹는 누추한 하루"(「다시 철아쟁」)를 보낼 따름이다. 반복이 되
겠지만, 송재학의 길은 좀처럼 열리지 않는 길이다. 이 열리지 않는
길 위에서 그가 응시한 풍경이란 앞서도 말한 바와 마찬가지로 구멍
뚫리고 탈난 몸의 모습이다. 세상은/인간은 성난 수성(獸性)의 "아
가리" 속에 함몰되어 있다. 가령 다음과 같은 시구들을 눈여겨보자.

① 짧은 生에는 욕망과 상승이 서로 아가리 벌리면서
지옥같이 엉켜 있다,

—「섬세함을 옹호하다」 부분

② 화엄 세상을 죄다 후루루루 집어삼켜도 배가 고프다

—「수미단」 부분

③ 때로 신음하고 울부짖는, 보이는 것마다 간음하고 질투하던 돌
이킬 수 없던 정신의 은빛 몸이 우리를 관통했던 것

—「밀양강」 부분

④ 때아니게 넘치는 계류의 황톳물과 짐승의 식욕은 흉포해져

제 살을 뜯어먹는 입과

죄를 헤매는 마음과

저녁의 어두워지는 입들……

— 「저녁의 어두워지는 입」 부분

⑤ 무거운 트럭이 앞날을 덮쳐 뇌수도 흩어지고 마음도 스산해지
면서

사람들이 그의 몸에서 망가짐의 의미만 읽어가고

식구들조차 외면하는 죽음을 바란다

— 「이 앙다문 어둠」 부분

인용한 ① ② ③ ④는 대체로 탈난 욕망의 놀이에 의해 탈난 몸의
환부를 매우 극적으로 환기한다. 욕망은 헛것이고, "육체의 슬픔만
찌꺼기처럼 남아 있다"(「밀양강」). 언어로 번역되거나 번역되지 않
는 외적 풍경들이 이러하기 때문에 시적 자아의 의식은 스산스럽고
누추해진다. 하고 보니 이제 ⑤에 이르러, 시인의 눈은 검은 절망의
심연에서 육체의 슬픔을 넘어선 죽음의 세계로 옮겨 간다. 망가질
대로 망가져 더 망가질 곳조차 없는 상처 속에서 죽음이 기다리고
있는 것이다. 여기서 죽음에 관한 일상적 편견은 시인의 의식을 경
유하면서 유예된다. 죽음 속에서, 죽음의 응시를 통해서 새롭고 치
열한 인식의 눈이 열릴 수 있기를 시인이 갈망하기 때문이다.

이에 시인은 아버지(「소래 바다는」), 작은고모(「화살나무」) 등 친
족의 죽음과 시인 기형도의 죽음(「정거장에서」)을 비롯한 여러 이웃
들의 죽음을, 그 살을 파고들어오는 죽음을 응시하는 죽음 시편들

(「건란의 꽃대를 자르다」 등등)을 창작한다. 또 「개」의 경우와 같은 동물의 죽음이거나, 「별을 찾아 몸을 별로 바꾸는 이야기가 있다」처럼 식물의 죽음 양상에도 관심을 기울인다. 이 같은 일련의 죽음 시편들을 통해 시인은 삶과 죽음을 뒤섞거나 서로 몸을 바꾸어본다. 또는 역으로 번역해낸다. 삶의 모퉁이를 돌아 삶과 몸을 섞고 있는 죽음의 세계에서 시인은 삶의 자리를 반성하고 재성찰할 수 있는 의미있는 기회를 갖게 된다. 실제로 시인은 「죽은 이들도 바라보는 바다」에서 죽은 이와 산 자의 시선과 몸을 교환하며 '어둠/밝음(빛)' '검은 옷/흰 옷' '죽음/삶'이라는 대립적인 경계를 허물고 탈영토화시키면서, 새로운 인식의 지평을 얻어낸다. 그 결과 시인은 대립물의 짝패가 와해된 연후에야 얻을 수 있는 "검은빛은 죽음이 아니다"라는 시적 표현에 이른다.

검은빛은 죽음이 아니다, 비애가 아니다 검은빛은 환하다 때로 파도와 맞물리면서 新生의 거품을 떠밀거나 버려진 돌들을 이끌고 바다 깊이 담금질하며 주전의 검은 돌들은 더욱 맑아져 사람의 삶을 부추기고, 그때 검은빛은 심연의 입구이다

검은빛을 세계라 부를 수 있을 것이다, 모든 빛이 그로부터 비롯된다면

—「주전」 부분

상생(相生)하고 상승(相昇)하는 신생의 인식이다. "이쪽은 저쪽과 전혀 다른 정신이고 그 사이에 완강한 문이 있"는 경계를 "파도"가

허물고 "신생의 거품"으로 품어 올린 인식론적 "담금질"의 결과여서, 더욱 값진 것으로 다가온다. 물의 이미지는 신화적 차원에서 생생력(生生力)의 상상력으로 일렁인다. 이 같은 물의 상상력이 죽음을 넘어서 빛으로 향해 열린 "심연의 입구"를 가리켜 보이고 있는 것이다. 이때 '심연의 입구'는 곧 새로운 '세계의 입구'이다. 그것은 또한 노래의 이랑이 어렵사리 일구어놓은 '길의 입구'이기도 하다.

*

이제 '심연의 입구'는 '길의 입구'이다. 그러므로 그것을 새로운 길트기의 진정한 시작이라고 불러도 좋을 터이다. 그것은 원형(圓形)이기도 하고 원형(原型)이기도 한 길에 난 열린 구멍이다. 시인이 처음 선 자리는 원형의 길이 아니었다. 뾰족하게 날 선 선(線)의 길이었던 것이다. 그 길 위에서 시인은 절망과 상처로 점철된 방황만을 거듭했을 뿐이다. 그러다가 그 절망의 검은 심연에서 '검은'의 상징성을 갱신하여 원형의 길 안에 들어서게 된 것이다. 불교적 세계관과도 친연성을 지니고 있는, 이 원형의 길 안에서 시인은 크게 두 가지의 새로운 세계로 나아간다. 이미 밝힌 대로, 상생하고 상승하는 신생의 세계 인식이 그 하나라면, 나머지 하나는 그 신생의 원인항으로서의 구근(球根)의 상상력이다. 먼저 앞의 경우:

결국 고무나무는 죽었다, 〔……〕 어느 날 나무를 흔드니 남은 잎들이 남김없이 떨어졌다 버쩍 갈라진 고무나무 근처 봄이 시작되고 식구들은 소철의 부쩍 커가는 잎을 즐거워했다 어머니가 죽은 나무 아

래 망개를 심었다

　몇 달이 지나 여러 화분 틈에서 그 나무는 살아 숨쉬는 것처럼 보인
다 망개 덩굴이 치렁치렁 감고 올라간 고무나무는 푸른 잎과 푸른빛
을 내뿜는다 흰 살결에 덩굴 흔적이 제대로 패이고 오래 전부터 망개
덩굴을 위해 잎을 모두 털어버리고 몸을 바꾼 것처럼 여겨지는……
어쩌면 그 나무는 예쁜 망개 열매를 떨어뜨릴 수 있으리라
　　　　　　　──「별을 찾아 몸을 별로 바꾸는 이야기가 있다」 부분

　죽은 고무나무가 산 망개 덩굴과 몸을 바꾸어 상생으로 신생을 이
룬다는 이야기를 시인은 고즈넉하게 풀어내고 있다. 자기를 죽이고
타자의 몸으로 스며들어 타자의 운명에 "푸른빛"을 보탰다는 이야
기, 그리고 자신도 타자의 몸과 운명을 빌려 "예쁜 망개 열매"를 잉
태할 수 있었다는 이 이야기는, 실로 우리의 주목에 값한다고 하겠
다. "이쪽은 저쪽과 전혀 다른 정신이고 그 사이에 완강한 문이 있"
는 경계, 기존 인식으로는 도저히 넘나들 수 없는 것처럼 보였던 그
경계를 허물고, 다시 말해 위태롭게까지 보이던 기존의 독아론의 경
계를 해체하고 난 이후의 고급 정신이요 멋진 담론이기 때문에 그러
하다. 이와 관련된 두번째 경우:

　임하댐 수몰 지구에서 붉은 꽃대가 여럿 올라온 상사화를 캤다 상
사화가 구근을 가진다는 것을 알고 있었지만 나는 놀랍도록 크고 흰
구근을 너덜너덜 상처입히고야 그놈을 집에 가져올 수 있었다 아무도
없었지만 얼굴은 붉어지고 젖은 신문지 속 구근의 근심에 마음을 보
태었다 깊은 토분을 골라 상사화를 심었어도 아침에 시들한 꽃대를

들여다보면 저녁에는 굳이 외면하고 말았다 〔……〕 상사화 꽃대가 차
례로 시들어갈 때 내 귀가는 늦어졌다 한밤중에 일어나 바깥의 상사
화를 들여다보고 한숨쉬는 내 불안을 알아보는 식구는 없었다 〔……〕
결국 내가 시든 줄기를 토분에서 뽑아냈을 때 상사화는 그러나 완전
한 구근과 수많은 잔뿌리를 토해내었다 그 아래 두근거리는 둥근 세
계가 숨어 있었으니, 시든 꽃대 대신 뾰족한 푸른 잎이 구근과 무거움
을 딛고 겨울을 준비하였으니! 내 근심은 겨우 꽃의 지척에만 머물렀
던 것이다 나는 얼굴을 붉히고 상사화가 스스로의 꽃대를 말려 죽인
이유를 사람의 말로 중얼거려보았다

——「얼굴을 붉히다」 부분

　사물의 철리나 우주의 비의를 간직하고 있는 "두근거리는 둥근
세계"와 이를 제대로 알지 못하고 조바심에 떠는 인간의 사소한 "근
심"을 대조하고 있는 시이다. 수선화과에 딸린 여러해살이 꽃풀인
상사화가 스스로의 꽃대를 말려 죽여가며 "완전한 구근과 수많은
잔뿌리"를 준비한 까닭은 무엇인가. 바로 뿌리로부터의 근본적인 신
생을 예비한 것이 아니겠는가. 구근(리좀) 구조에 대해서는 이미 들
뢰즈와 가타리를 비롯한 포스트모더니즘 이론가들에 의해 설명된
바 있거니와, 줄기나 꽃대 혹은 꽃만 보고 곧잘 사물을 전면적으로
판단하고 평가하고자 했던 인간 의식의 오류, 그 이성의 편협성을,
이 시의 구근 구조는 철저하게 해체한다. "두근거리는 둥근 세계"가
암시하는 바처럼, 장엄한 미의식을 함께 동반하는 해체이고 자성에
의 촉구여서, 그 울림은 대단히 큰 것이라고 할 수 있다.
　그렇다면 과연 예의 "두근거리는 둥근 세계"란 어떤 세계일까. 앞

에서 우리는「얼굴을 붉히다」의 구성적 상징인 구근의 상상력과 구조가 신생의 핵심적인 원인항이 된다고 했었다. 그렇다면 이 뿌리의 상상력은 필경「별을 찾아 몸을 별로 바꾸는 이야기가 있다」의 줄기와 열매의 상상력과 조응하는 것이리라. 해서 "완전한 구근"이 "예쁜 망개 열매"와 짝을 이루는 것이라면, 이제 "두근거리는 둥근 세계"는 "푸른빛"과 어울리는 것이 될 터이다.

이때, 송재학의 "두근거리는 둥근 세계", 달리 말해 "푸른빛"의 세계가 결국 '화엄의 세계'에 맞닿아 있다고 말하면 어떨까. "화엄 세상을 죄다 후루루루 집어삼켜도 배가 고프다"던 타락한 싸움의 세계에서 벗어나 진정한 화엄의 빛으로 충만한 세계, 바로 그것이야말로 송재학이 이 난세에 추구하고자 하는 서정적 이데아가 아닐까. 1986년에 등단해『얼음시집』(문학과지성사, 1988)과『살레시오네 집』(세계사, 1992)을 거쳐『푸른빛과 싸우다』에 이르는 10여 년 동안 송재학의 서정적 도정을 뭉뚱그려 "완전한 구근"의 "두근거리는 둥근 세계"로부터 촉발되는 "예쁜 망개 열매"의 "푸른빛" 지향의 진정한 역정이었다고 말하고 싶다. 80, 90년대를 거치는 동안 우리 사회에 편만화된 여러 문제들을 절망의 심연에서 가로지르면서, 절망의 심연의 심연으로 거듭 침잠해 들어가, 절망으로 현실의 절망을 넘어서고, 그 넘어섬의 물결 위에, 푸른 서정의 이랑을 다듬어온 시인이 곧 송재학인 것이다. 표제작「푸른빛과 싸우다 1 — 등대가 있는 바다」는, 특별한 설명 없이도, 이와 같은 송재학 시의 세계 인식과 시적 편력의 도정을 함축적이면서도 웅숭깊게 보여준다. 푸른 서정의 이랑에 표상된 "밝음과 어둠이 같은 느낌인 바다"는, "폭풍" 전후를 거치고 '절망의 바다'를 경유하여 '화엄의 바다'에로 이르고자 하는 현묘한 비의를 예비하고 있다.

　등대가 보이는 커브를 돌아설 때 사람이나 길을 따라왔던 욕망들은 세계가 하나의 거울인 곳에 붙들렸다 왜 푸른빛인지 의문이나 수사마저 햇빛에 섞이고 마는 그곳이 금방 낯선 것은 어쩔 수 없다 밝음과 어둠이 같은 느낌인 바다

　바다 근처 해송과 배롱나무는 내 하루를 기억한다 나무들은 밤이면 괴로움과 비슷해진다 나무들은 잠언에 가까운 살갗을 가지고 있다 아마 모든 사람의 정신은 저 숲의 불탄 폐허를 거쳤을 것이다 내가 만졌던 고기의 푸른 등지느러미, 그리고 등대는 어린 날부터 내 어두운 바다의 수평선까지 비추어왔다

　돛이 넓은 배를 찾으려고 등대에 올라가면 그 어둔 곳의 바다가 갑자기 검은 비단처럼 고즈넉해지고 누군가가 불빛을 보내고 그의 항로와 내 부끄러움을 빗대거나…… 죽은 사람이 바다 기슭에 묻힐 때 붉은 구덩이와 흰 모래를 거쳐 마침내 둥근 지붕 생기고 그 아래 파도와 이어지는 것들…… 혼자 낡은 차의 전조등 켜고 텅 빈 국도를 따라가면 고요를 이끌고 가는 어둠의 집의 굴뚝이 보인다, 낯선 이가 살았던 어둠, 왜 그는 등대를 혹은 푸른빛을 떠나지 못하는가

　바다를 휩쓸고 지나가는 햇빛은 폭풍처럼 기록된다, 그리고 등대
　　　　　　　　　　　　　　　　　　　　　—「푸른빛과 싸우다 1」 전문

고비의 내림굿

─ 양진건의 『귀한 매혹』

1. '구겨진 생'의 이미지와 견인주의

당신은 보았는가. 삶과 죽음의 고비와 맞씨름하며, 고비의 위태로운 경계에서, 처절한 듯 고비의 신명을 역설적으로 지피는 노래꾼을, 당신은 보았는가. 삶과 죽음을 동시에 경험한 자, 그야말로 고비의 절정에 서본 자, 예리한 고비의 작두날에 온몸을 운명처럼 맡겨본 자가 부르는 속 깊은 노래를, 당신은 들었는가. 당신의 가슴에 스민 고비의 노래는 어떤 음색이었을까. 당신도 이미 짐작했겠지만, 그 노래꾼은 시종 당신과 서정의 동행을 수행하면서, 우리 모두를 '귀한 매혹'의 세계로 안내하고 있다. 진정한 생체험의 깊이를 바탕으로 관찰과 인식의 벼리를 보이면서, 존재하는 모든 것들에 대한 연민의 심연에서 역설적인 신명의 리듬을 우리와 나누고자 한, 서정적 기미들을 당신도 느낄 수 있었을 것이다.

일찍이 그는 『대담한 정신』(문학과지성사, 1995)의 시인이었다. "신을 예언해주는 위용" 같은 "한라산정의 구름" 속에서 "비약한 신의 충만함"을 보기도 하고 "대담한 징후에 대한/완벽한 예감"에 젖어들기도 했었다. 그러면서 "다 주고 있는 신"과 "가슴 여린 인간" 사이에서 빛나는 어둠을 성찰하면서 "첫사랑의 신비" 같은 "대담한 정신"(「대담한 정신」)을 가늠해보기도 했던 시인이 바로 양진건이다. 제주 출신인 그는 제주의 바다와 한라산을 태생적 배경으로 하여 존재의 우주적 비의를 성찰하는 서정시를 우리 앞에 선사했다. 이를테면 그의 첫 시집 『대담한 정신』을 통해 우리는 "섬의 봉우리 봉우리들"에서 "넉넉한 우주" 혹은 "풍족한 꿈"(「풍경」)을 볼 수 있었으며, "봉기하는 격렬한 이단자"인 사나운 파도 속에서도 "흔들릴 것도 없이 안심한 좌정"(「섬의 기상」)의 풍경을 직관할 수 있었다. 때때로 "제주 바다 본연의 싸움"(「제주 바다」)과 마주치기도 하고, "바다가 드러내는 이 거대한 위용"(「출어의 징후」)에 놀라기도 했었다. 기백과 품격 넘치는 어조와 우주적 비의가 현묘하게 어우러지면서 독특한 제주도 시풍을 보여주었던 시인 양진건은, 그러나 한동안 우리 앞에 예의 '출어의 징후'나 '대담한 정신'을 보여주지 않았다. 아니 보여줄 수 없었다. 시인의 몸에 찾아온 속절없는 고비 탓이었다. '낯선 병'과 싸우면서 세 차례의 고비를 넘겼다고 했다. "내가 살아오는 동안 넘겨왔던 고비와/넘겨야 할 고비들을 생각하다보면,/그 고비 사이에 부는 바람이나 햇빛,/혹은 먼지 따위를 생각하다보면"(「낯선 병」) 같은 구절이 새삼스럽게 다가오는 것은, 시인의 전기적 사실의 절박함 때문이기도 하다. 시인의 고비 체험은 우선 '구겨진 생'의 이미지로 다가온다. 우선 몇몇 병원 시편들을 보기로 하자.

① 내 입원실 창 아래로

유년의 긴 골목,
양편에 흐릿한 옛집들이 서 있고
그늘엔 치어처럼 아이들 서너 명.
어느 때인가 그들처럼 나도
지느러미에 빛 오를 적이 있었다.
삶은 그런 힘이려니 했지만
나뒹구는 신문지처럼 구겨진 내 생이여.

　　　　　　　　　　　　　　　　　　　—「그들처럼 나도」 부분

② 길게 벌어진 생채기에
담배가루를 쑤셔놓자
통증이 살 속에 박히면서
손이 아픈 건지 어디가 아픈 건지
입술도 바싹 타들고
당신의 표정마저 구겨진다.

　　　　　　　　　　　　　　　　　　　—「어떤 필연」 부분

③ 앞 병동 할머니가
휠체어에 앉아
오랫동안 밖을 응시한다
〔……〕
텅 빈 하늘만
구겨져 있다.

　　　　　　　　　　　　　　　　　　　—「병원에서」 부분

모두 병원을 배경으로 씌어진 시들이다. ①에서 시적 자아는 입원실 창문을 통해 밖을 내다보고 있다. 창밖 골목에서 아이들이 뛰어논다. 현재 아이들의 모습을 통해 과거 "유년의 긴 골목"을 반추한다. "그들처럼 나도/지느러미에 빛 오를 적이 있었다"는 상념에 젖으면서, 현재 "구겨진 내 생"을 돌올하게 부감한다. '유년의 골목'과 '성년의 입원실'이 명확히 대조되면서, 과거에 대한 그리움이 현재의 비루함으로 전화된다. 그럴 때 시적 자아는 '견딜 수 없는 존재의 무거움' 때문에 어찌지 못한다. "구겨진 내 생"의 이미지는 「병실에서」라는 시에서는 "쉽게 난파하는 생"으로 변주된다. 시적 자아 '나'의 삶만 구겨진 게 아니다. 2인칭 '당신'의 삶도 구겨짐에서 자유롭지 못하다. ②에서 시적 자아 '나'는 생선회를 뜨다가 손가락을 벤다. 시적 자아는 통증으로 인해 입술이 바싹 타들어간다. 그러자 '나'의 통증과 교감한 '당신'의 표정도 구겨지고 만다. ③에서는 3인칭 그녀의 삶이 문제 된다. 휠체어에 앉아 밖을 응시하는 할머니의 "웅크린 그림자가/전혀 흔들림이 없다"고 했다. "천천히 낙하"하는 링거액의 동성(動性)과 대조되는 정성(靜性)이다. 그것은 물론 구겨짐을 내장한 정지 풍경이다. 이렇게 1, 2, 3인칭 모두가 구겨졌을 때 세계는 모두 구겨진 것이나 마찬가지다. 시인은 "텅 빈 하늘만/구겨져 있다"고 적었지만, 이 대목을 "텅 빈 하늘마저/구겨져 있다"로 고쳐 읽어도 무방하다.

이토록 구겨진 삶을 도대체 어찌해야 할 것인가. 현재의 삶이 구겨졌다고 생각될 때, 과거 구겨지기 이전의 "기억들만 부서져 부유할 뿐"이고 "삶이란 굴욕"(「망각」)처럼 다가온다. 혹은 "뼈를 버리는 살이나/또 살을 외면하는 뼈처럼/우리들만의 시간도/매번 치명적인 아픔이어서"(「짧은 편지」)나 "밤늦도록 치명적인 아픔"(「밤 찔레꽃」) 같은 부분에서 확인할 수 있듯이, "치명적인 아픔"을 겪게 마련이다. 하고 보면 "나는 이미 애타면서 혼수상태인 채/늘 죽음 직전입니다"(「다시 애월에서」)란 진술 역시 단순한 포즈가 아닌 절실한 토로로 받아들여진다. 이 지점에서 치명적인 아픔을 겪게 하는 고비의 시간 의식이 전경화된다. 원하지 않은, 의도하지 않은 고비의 통과 의례를 겪어야 하는 주체의 현재 시간은 대체로 "혹독한 시간"(「짧은 편지」) 이외에 다른 것일 수 없다. 혹은 "엉킨 채 잘 풀리질 않"(「저녁」)는 시간이거나, "마침내 흩어져버릴 평생의 시간들"(「코스모스」)일 따름이다. 고비의 시간이 농익을수록 주체의 사정은 악화되기 마련이다. 소품임에도 「단풍」 같은 시편이 주목되는 것은 그런 사정과 관련된다.

아흔아홉 골
단풍 보고 있자니
아, 억장이 무너져
나도
언제 한번이라도 저렇게
제 몸 온전히
불사를 수나 있을지.
저렇게
비탈 구르며 달려와
제 몸 기꺼이

내어줄 수나 있을지.

찬란해라, 절정이여.

서러움이여.

—「단풍」전문

아흔아홉 골 곱게 물든 단풍은 찬란한 절정을 이루고 있다. 그에
반해 시적 자아/주체는 "억장이 무너"질 뿐이다. 단풍처럼 "제 몸 온
전히/불사를 수"도 "제 몸 기꺼이/내어줄 수"도 없는 까닭에, '찬란
한 절정'의 대안에서 '찬란한 서러움'에 빠지고 만다. 시적 대상인
단풍의 충만한 풍경과 대조되는 주체의 결여의 통증은 간절한 열망
이 전이된 모습이기도 하다. 첫 시집에서부터 간절한 열망과 대담한
열정으로 충일해 있던 시인이 바로 양진건이다. 간절한 열망과는 달
리 탈난 몸의 형상은 열망의 대상과의 거리를 더욱 멀어지게 한다.
물론 자연과 인간의 대립 혹은 자연의 섭리에 미치지 못하는 인간의
유한성에 대한 서정적 탐문은 고전주의 미학 이래 유구한 전통의 하
나였다. 양진건이 다만 그것을 되풀이하는 것으로 보이지는 않는다.
자연에 대한 단순한 이끌림이나 자연 동화에의 온순한 감정이입의
서정과는 질적으로 변별되는 서정 정신을 양진건은 시종 긴장감 있
게 견지한다. 이는 일차적으로는 탈난 주체의 몸에 대한 진정한 자
의식에서 출발한다. 그러나 그것은 단지 탈난 몸에 대한 억울함이나
안타까움의 정조와는 다르다. 견인주의(堅忍主義)에 가까운 시인의
서정 의지는 나 안에 갇힌 주체의 폐쇄성을 넘고, 주체와 대상의 험
악한 분열을 넘고, 자연과 인간의 대립이라는 고전적 주제를 넘어,
진정한 행복에의 몽상을 위한 당신과의 서정적 동행을 시도한다.

2. 당신과의 서정적 동행, 혹은 '어음' 가는 길

당신과 동행하는 양진건의 서정 행로에는 우선 당신의 발견이 있다. "아득한 것들은 모두/당신의 얼굴을 하고 있다."(「관매도」)고 했거니와, 그와 같은 당신의 얼굴은 "불가피 사랑해야 할 것들을"(「관매도」) 향한 시적 자아의 전면적 기투가 있은 연후에야 발견 가능한 어떤 것이다. 양진건의 시에서 '당신'은 한용운의 경우처럼 온전히 그윽한 절대적인 님의 경지가 아니다. 매우 탄력적이고 복합적인 심상을 하고 있다. 흰색의 꽃말처럼 "변하기 쉬운 마음"을 지닌 존재이기도 하고, "잔인함"이 "당신의 사랑법"(「수국」)의 요체이기도 하다. 그런가 하면 "당신과 함께 있으면 마음이 온화해진다"는 베추니아 꽃말의 형상처럼 당신이 다가오기도 한다. 이와 같은 당신의 의미론적 탄력성은 당신과 나의 상호작용을 통해 더욱 역동적인 의미의 자장을 형성한다. 「다시 애월에서」를 보면 나와 당신의 만남은 결코 현존재 상태에서 이루어지는 게 아니다. "나는 나를 무너뜨리며"와 "당신은 지금 당신을 무너뜨리며"(「다시 애월에서」)가 스미고 짜일 때 어렵사리 이루어진다. 그래야 주체의 몸은 "농밀하게 진저리치는 몸"(「동백」)의 형상을 얻는다. 그리고 "당신을 따르겠습니다"(「감자꽃」)라는 감자꽃의 고운 꽃말이 제 의미를 얻게 된다. 이런 과정을 거쳐 「노고단 새벽꽃」에서 분명하듯, 당신과의 동행이 본격화된다.

새벽 노고단에 올랐습니다.
꽃을 보자는 당신 성화에 등 떠밀려

성삼재까지 차에서 내내 졸다가
노고단 나무계단에 와서야 겨우 깼습니다.
꽃 따위에 아침잠을 설치다니
당신을 원망하는 사이
불현 햇살이 산봉우리 위로 뻗쳐오르자
어디서부터인지 서둘러
형형색색의 제 몸을 드러내는
꽃, 꽃, 꽃.
아니 일출만으로도 개운한데
원추리를 비롯해 키 작은 범꼬리,
동자꽃, 까치수염, 며느리밥풀꽃 들이
구름이 발 아래로 휘감는 산등성이마다
갈증처럼 피는 것을 보며
비로소 당신의 재촉이 이해되었습니다.
그런데다 "구름 위의 꽃밭"이라는
당신의 탄성마저 하도 적절해서
한동안 할 말을 잊고 말았지만
아, 노고단 새벽꽃,
꽃들이 부딪치는 소리는
삶의 이유가 되어 오늘도 나를 깨웁니다.

―「노고단 새벽꽃」 전문

새벽꽃을 보자는 당신의 제안에 나는 원망하면서 노고단에 오른
다. 그러나 함께 노고단에 올라 갈증처럼 피어나는 새벽꽃을 보면

서 나는 당신을 이해하게 된다. 그리고 거기서 "삶의 이유"를 재발견하는 인지의 충격을 얻는다. 『대담한 정신』의 시절에도 양진건은 공간적인 상승 운동을 통해 존재의 새로운 벼리를 다지는 인식을 얻은 바 있다. 이런 양상은 『귀한 매혹』(문학과지성사, 2008)에서도 계속된다. 일종의 견인적 정신주의라고나 할까. 수직적 상승 이미지는 「노고단 새벽꽃」을 비롯해 일련의 '꽃말' 시편들에서 현저하게 드러난다. 또 「동백」 「오미자」 「단풍」 「망월사 접시꽃」 등 꽃이나 자연물을 시적 대상으로 삼은 여러 시편들에서도 어슷비슷하게 나타난다.

그렇다고 해서 양진건의 시편이 현실 도피적인 전원시풍으로 빠지는 것은 결코 아니다. 수직적 상승 이미지의 곁에 수평적 확산 이미지를 부려놓고 있는 까닭이다. 다시 말하자면 그의 시가 "하늘로만 향하던 상상력"으로만 이루어진 게 아니라는 것이다. 태풍으로 인한 소나무의 "생채기"(「키 큰 소나무 부러지다」)를 예리하게 인식한다. 가령 미국 댈러스에서 씌어진 것으로 보이는 「아이들 울음소리에」 같은 시에서는 "해외입양아 수"를 거론하면서 "갑자기 어디선지 들리는 아이들 울음소리에/나는 도통 잠을 이룰 수 없었다"고 한다. 탈북자 문제를 다룬 「그들이 국경을 넘을 때」에서는 "단지 배고픔 때문에/그들이 국경 넘어 몸을 팔 때/어디서 나는 무엇을 했는가"라며 반성적 자의식에 젖어든다. 노숙자 문제를 다룬 「노숙자」도 그런 사례다. 노숙자에게 가고 싶은 시적 자아의 마음과는 달리 사고로 무너져 내린 그를 만날 수는 없다. 이에 "그가 없고부터/문득 나의 삶도 부재중"임을 깨닫는다. 그러니까 양진건의 시에서 수직적 상승 이미지가 인식의 고양 경로를 드러낸다면, 수평적 확산 이미지는 시인의 사회적 책무와 윤리 의식을 드러낸다. 시인은 자신의 인식을 부단히 고양해나가면서 동시대의 윤리에 대한 무한 책임을 절감하는 것이다. 그러기에 시인은 더욱 겸허해진다. 「구두끈 매기란」 같은 시가 주목되는 것도 이 지점에서다. 구두를 신을 때마다 허리를 조아리며 끈을 매는 사소한 일상적 사건에서 극적인 발상을 얻어 "나에게로 돌아오는 행로가 막힌 지친 영혼"이 행하는 "참회의 정교한 예식"을 이끌어낸다. 그러한 미덕과 덕성의 예식을 통해 시인은 사소한 것에서도 '귀한 매혹'을 성찰하는 감각의 깊이를 심화한다. 표제시 「귀한 매혹」은 여러 가지 귀한 버섯으로 요리한 태국식 볶음국수에 관한 이야기를 담고 있다. 이 음식의 특장은 버섯에 있기에 버섯국수라고 해도 좋을 터이지만, 버섯은 뒤로 물러나고 다만 볶음국수라고 명명한 것에서 시인은 '귀한 매혹'을 느낀다.

> 귀한 것은 귀한 것을 불러 더욱 큰 귀함이 되는가.
> 버섯이 다른 버섯을 귀하게 만들고
> 또 다른 귀한 버섯을 부르는 유혹,
> 그러나 끝내 귀하기를 감추는 삶.
>
> —「귀한 매혹」 부분

버섯의 웅숭깊은 타자 지향성을 직관하면서 시인은 당신과 동행하는 서정의 행로가 '귀한 매혹'의 세계가 되기를 희구한다. 그러면서 누구나 할 것 없이 자신을 앞세우는 천박한 현실 상황에 대한 반성적 인식을 촉구한다. 드러내기보다 감춤으로써 귀해지는 그런 존재론을 시인은 강조하고 싶어 한다. 일련의 '어음 풍경' 연작들도 그런 관심의 결과가 아닐까 싶다. '어음'은 시인이 거주하는 제주의 장소이자 시적 탄생의 원향이다. 육체적·정신적 인큐베이터이다. 한편으로는 시인의 몸을 감싸고 다른 한편으로는 시인의 몸을 밀어내면서 시적 인식의 새로운 도전을 수행하게 하는 그런 공간이다. 때로는 검은 빛의 고즈넉한 풍경(「어음 풍경 1」)이거나 소란한 듯 더 고요해지는 풍경(「어음 풍경 2」)을 자아내기도 한다. 그런가 하면 "떠난 사람과 떠나가는 사람들 틈에서"(「어음 풍경 4」) 균열이 생기기도 하고, 온통 바람에 흔들리는 대나무 숲일 뿐 "마을에/사람이 없"(「어음 풍경 6」)어 쓸쓸한 연민을 환기하기도 한다. "기다리는 사람은 오지 않고,/온다는 사람도 보이지 않고"(「어음 풍경 6」)와 같은 풍경이다. 하고 보니 시인은 어음에 있으되 여전히 어음을 향해 서두르지 않고 나가야 한다. 그렇다는 것은 어음이 고정된 장소가 아니라 끊임없이 탄력적이고 역동적인 시적 창조의 공간이기 때문이다. 나아가 양진건의 서정이 지향하는 소망스러운 공간의 표상처럼 인식되는 까닭이다. 적어도 시인 양진건에게 있어 어음은 시적 탄생의 원인이자 목적인 공간이다. 양진건 시의 표상적 어음(증권)이면서, 존재하는 모든 것들이 시적 언어로 소통하고자 하는 어음상통(語音相通)의 상징이다.

아직도 나는
어음을 향해가고 있다
거기 닿기 전에
그 무엇도 서두르지 마라
서두르지 마라, 피로 붉은 마음이여
서두르지 마라,

계절이여,

하얀 밥알 같은 별들이여

—「어음 풍경 5」 전문

3. 유배지에서의 서정적 내림굿

　시인 양진건은 '붉은 마음'으로 어음에서 어음을 향해 가고 있다. 시인의 몸이 세 차례나 큰 고비를 겪었다고 했거니와, 이와 같은 몸의 고비가 아니더라도 그는 기본적으로 존재론적 유배 의식을 지닌 시인이다. 일찍이 보들레르가 항해 중 갑판에 널브러진 알바트로스를 보면서 창천을 유장하게 비상해야 할 알바트로스가 지상에 유폐된 모습을 시인이 자신과 동일화한 적이 있거니와, 제주 출신인 양진건 시인이 보이는 유배 의식 역시 매우 도저하다. 가령 「유배」라는 시에서 그는 "잔인한 길./살아야 하리"라고 화두처럼 적는다. 왜 잔인한 길인가. "무엇보다 사람이 사람에게 저지르는 참혹" 때문에 인간의 길은 잔인하다고 그는 생각한다. 이런 사태를 "매우 진지"하게 성찰해야 함을 인식하면서 시인은 "애초 감당치 못할 아픔이란 없다./가슴에 슬픈 칼 품고/다시 시작이니/목숨 건졌다 하여/쉽사리 잠들 수야 없잖은가"(「유배」)라고 다짐한다. 유배지에서의 고비의 극점에서도 결코 잠들지 말아야 한다는 것, 감당하지 못할 아픔은 없다는 시인의 도저한 견인주의를 새삼 확인할 수 있는 대목이다. 게다가 매 순간 "다시 시작"하는 삶에 대한 인식 역시 의미심장하게 다가온다.

이렇게 유배지에서 견디고 넘어서며 다시 시작하려는 시인의 다짐 어린 태도는 「내림굿」에서 더욱 종합적인 형상으로 빚어진다. 시인마다 자신의 시적 다짐을 밝히는 일종의 '서시'와 비슷한 성격을 지닌 이 시에서, 시인은 고비의 고통의 극점에서 신명을 지피는 샤먼-시인의 존재론을 인상적으로 극화한다. 글쓰기 판의 진정한 주인이 되려면 "평생 세 번 정도의 내림굿"을 정성스럽게 벌여야 한다고 소리한다. 잡생각을 비우는 '허침굿'이 그 하나요, '잡생각'을 물리친 다음에 '참 생각'만 넘치게 하는 '내림굿'이 그 둘이요, 존재하는 모든 것들의 꿈과 괴로움과 슬픔과 더불어 시적 해방을 도모하는 '솟을굿'이 마지막 셋이다. 잡생각과 포즈로 휘청거리는 시편들이 많은 세상에서 진정한 시인의 고해성사로 보아도 좋을 그런 시적 고해가 아닐 수 없다. 어디 시뿐이겠는가. 당신도 이미 알고 있다. 우리네 전반적인 삶 또한 그런 내림굿을 통해 진정성의 지평으로 나아갈 수 있지 않겠는가. 양진건의 『귀한 매혹』의 세계가 당신과 나를 매혹게 하는 여러 이유 중의 하나는 분명 이런 내림굿의 세계관이다. 이제 당신과 나, 바로 우리 차례다. 양진건의 글쓰기 내림굿판을, 그 고통스러운 신명의 판을, 우리 삶의 존재론적 판으로, 매혹적으로 전환해야 하지 않겠는가.

> 그대, 글쓰기 판을 벌였구나.
> 글쓰기에 진력하려면
> 발바닥에 잘 붙는 시퍼런 작두날 위에서
> 내림굿을 해야 하리.
> 먼저 마음 자리를 비트는 잡생각,

천하 구원의 허튼 생각을 베어내기 위해
허침굿에 정성들인 뒤
새끼 새가 아니라 진짜 까마귀 되어
글쓰기만 사무치게 용맹정진 할 수 있도록
참 생각만 넘치게 해줄 내림굿으로
마구 판을 달군 뒤
그리고 그대의 촘촘한 글이
끝내 모든 사람의 꿈을 훼방하고
천지 사방의 닫힌 문을 열게 하는 괴로움이,
슬픔이 될 수 있도록
마침내 솟을굿으로 마감해야 하리.
그대 평생 세 번 정도의 내림굿을 통해
정녕 글쓰기의 주인으로
탄탄하게 글쓰기 판을 벌여야 하리.

—「내림굿」 전문

5부 소통의 비평

자유의 스타일, 스타일의 자유

1. 자존심과 자기 세계

4·19세대의 초상을 그린 『숨통』에서 작가 최일남은 자존심의 담론을 제출한다. "혁명으로 추앙되는 학생들의 정의로운 열정이 급기야는 노회한 독재자를 바다 밖으로 몰아내는 데 성공했을 때, 그들은 일단 자존심을 충족시키고 무수한 희생자들의 피값을 받아냈다고 믿었다."[1] 개개인의 자존심은 나아가 민족과 국가의 자존심으로 심화된다. 혁명에 참여했던 승재는 해방 후 미군정기를 거치고 정부를 수립했지만 일제 잔재를 제대로 청산하지 못한 상태에서 반공을 구실로 민족주의자들을 탄압했던 시기를 상기하면서 "우리는 사일구 전까지도 식민지백성 신세를 면치 못했다"고 진단한다. 그러니까 4·19는 "민족의 생존과, 여전히 청산되지 않은 일제 식민지상태에서 벗어나려는 신생독립국 국민들의 몸부림"(p. 90)이었다는 것이

---

1) 최일남, 『숨통』, 한국문학사, 1989, p. 22.

다. 그러면서 "민족의 생존"이란 말 대신에 "자존" 혹은 "자존심"이라는 말로 바꿔도 무방하다고 언급한다. 4·19가 개인, 민족, 국가의 자존심 혹은 자기 효능감을 느끼게 하는 데 매우 의미 있는 역사적 기제였다는 생각은, 여기에 사회과학적인 논리틀을 보태지 않는다고 하더라도 퍽 설득력 있게 다가온다. 그러나 각 심급에서의 자존심은 이듬해 벌어진 5·16쿠데타에 의해 심화, 확산되는 경로를 차단당한다. "사일구의 피도 마르기 전에 권력에 허천들린 놈처럼 들입다 뛰어가 붙어먹는 자"(p. 57)들, 그러니까 이런저런 이유를 들어 4·19혁명 대열에 앞장섰던 학생은 물론 교수, 기자들이 5·16 세력에 동참해서 4·19 정신을 왜곡시키는가 하면, 5·16 군부 세력의 폭압에 의해 4·19의 영혼은 거세 일로에 놓이기 때문이다. "버둥거리면 버둥거릴수록, 이편저편에서 씌우는 올가미만 단단해질 것 같은 불안한 예후(豫後)를 점치게도 만들었다. 시시로 결딴나는 희망 앞에 몸부림치는 사람들과 사그라지려는 희망의 불씨라도 되일으키려는 사람들 사이에 끼어 바람막이 구실을 해야 한다는 인식은 아직 짓무르지 않았으나, 먼저 찾아드는 건 무력감이라는 걸 외면하기 힘들었다"(p. 51). 4·19에서 불 지핀 "자존" 혹은 "자존감"이 5·16으로 인해 "불안" 혹은 "무력감"으로 전환되기에 이르렀다는 것이다.[2]

---

2) 김병익은 4·19 기념 좌담에서 4·19의 혁명적 성격을 나름대로 진단한 다음 5·16 이후의 한국 사회의 전개 과정을 4·19와 5·16의 이인삼각 형태로 논의한 바 있다. "4·19가 갖는 문화사적인 의미는 [······] 한글 세대였다는 것과 민주주의를 어려서부터 교육받은 세대라는 것, 한글과 민주주의, 두 개가 묘하게 서로 결합된 세대라는 점이거든요. [······] 6·25라는 것, 그리고 4·19라는 것이 전근대적인 혹은 전후적인 체제를 극복하는 것이라고 할까요? 그렇게 되어서 거기에서부터 근대화가 이루어지면서 문화적인 민족적 정체성, 인식의 민주화, 그리고 이성이라든가 자유에 대한 의식이 개화된 것

이런 감정들의 길항 속에서 4·19세대의 삶과 문학적 감수성이 새롭게 형성되고, 그 진자 운동 속에서 나름대로 '자기 세계'를 형성하려는 문학적 수고를 통해 미완의 혁명을 진행형의 혁명으로 계기하고자 한 것이 4·19세대의 문학이 아닐까 생각한다.

가령 4·19 원년인 1960년에 대학에 입학한 김승옥은 대학 2학년 때 쓴「생명연습」으로 1962년 한국일보 신춘문예에 당선한다. 6·25를 체험한 4·19세대로서 "6·25 이후 한국인은 아버지를 상실한 세대, 민족대혼란의 전쟁과 이데올로기 때문에 성리학적 전통문화가 깨져버리고 아직은 새로운 것이 붙잡히지 않은 세대, 이렇게 압축시켜보자 해서 그렇게 썼"[3]다는「생명연습」에 나오는 '자기 세계' 담론을 주목해보기로 하자. "'자기 세계'라면 분명히 남의 세계와는 다른 것으로서 마치 함락시킬 수 없는 성곽과도 같은 것이 아닌가 생각한다. 그 성곽에서 대기는 연초록빛에 함뿍 물들어 아른대고 그 사이로 장미꽃이 만발한 정원이 있으리라고 나는 상상을 불러일으

이 아닐까 싶어요. [……] 우리에게도 혁명이 있었다고 한다면 그 시점을 4·19로 잡는 것이 어떨까. 그것은 전 시대의 식민지 체제라든가 6·25 체제를 극복하는 단계였고, 근대성이 시작되는 때였고, 그래서 이건 혁명으로 봐야 하지 않을까 하는 생각을 많이 합니다. [……] 저는 4·19와 5·16은 이인삼각(二人三脚)이 아닌가 생각했거든요. 자유민주주의라는 4·19의 정신과 달리 5·16 군사쿠데타는 정치사적으로나 정신사적으로 여러 가지 부정적인 요소가 압도하고 있지만 근대적인 경제 체제를 개발하려고 했다는 점에 주목할 수 있을 것 같아요. 민주주의라든가 자유라는 것의 물적 토대는 역시 어떤 경제적인 기반 위에서 가능한 것이지 그것 없이 실재하기 어려우니까요. 그래서 경제적인 근대화와 정신적인 근대화, 이것이 60년대를 이인삼각 형태로 끌고 간 것이 아닌가. 그리고 둘 사이가 제휴하거나 협력한 것이 아니라 오히려 견제하고 길항한 것이었지만 거기에서 우리 현대사가 시작된 것이 아닌가 생각이 듭니다"(김병익·김승옥·염무웅·이성부·임헌영·최원식,「좌담: 4월혁명과 60년대를 다시 생각한다」,『4월혁명과 한국문학』, 최원식·임규찬 엮음, 창작과비평사, 2002, pp. 38~39).

3) 같은 좌담, p. 32.

켜보는 것이지만, 웬일인지 내가 알고 있는 사람들 중에서 '자기 세계'를 가졌다고 하는 이들은 모두가 그 성곽에서도 특히 지하실을 차지하고 사는 모양이었다. 그 지하실에는 곰팡이와 거미줄이 쉴 새 없이 자라나고 있었는데 그것이 내게는 모두 그들이 가진 귀한 재산처럼 생각된다."[4] 여기서 단단한 성곽과 장미꽃 정원으로 표상되는 상상적 '자기 세계'는 아마도 4 · 19 이상의 낭만적 형상일 터이고, 그와 대조되는 곰팡이와 거미줄로 얼룩진 지하실은 5 · 16으로 인해 상실감에 젖어들 수밖에 없었던 상징적 '자기 세계'에 대항하는 것이 아닐까 짐작해도 그다지 무리는 아닐 것이다. 「생명연습」에서 "련민! 련민! 아 련민뿐이여"(p. 27)라며 거듭 탄식해마지않는 것도 그런 까닭이다. 물론 작가 스스로 6 · 25 이후 상실감에 대해 언급한 바 있으므로 이를 참조하여 다시 말하자면, 6 · 25 이후 지속되었던 상실감으로 인해 4 · 19의 희망은 더욱 고귀한 것이었는데 5 · 16으로 인해 그 상실감은 더욱 중첩되고 심화될 수밖에 없었다는 것으로 정리해볼 수 있겠다. 거미줄과 곰팡이로 얼룩진 지하실, 혹은 연초록빛 대기가 아닌 안개 자욱한 다락방 같은 것은 작가 김승옥이 상실의 세대의 감수성을 극화하기에 적당한 메타포요 리얼리티에 값한다. 이른바 1960년대 "감수성의 혁명"[5]은 그와 같은 무의식에서 오믈렛처럼 빚어진다. 김승옥의 평판작의 하나인 「무진기행」에서 "마치 이승에 한(恨)이 있어서 매일 밤 찾아오는 여귀(女鬼)가 뿜어 내놓은 입김과"도 같은 무진의 '안개'는 "손으로 잡을 수 없으면서도

---

4) 김승옥, 「생명연습」, 『김승옥 소설전집 1: 생명연습 외』, 문학동네, 1995, p. 26.
5) 유종호, 「감수성의 혁명—김승옥」, 『현실주의 상상력』, 나남, 1991, p. 85.

그것은 뚜렷이 존재했고, 사람들을 둘러쌌고, 먼 곳에 있는 것으로부터 사람들을 떼어 놓"(김승옥, 같은 책, p. 126)는 존재로 그려진다. 이런 안개 속에서 존재와 소유 사이의 곤혹스러운 갈등 혹은 존재론적 아이러니를 보이는 윤희중의 초상은 5·16 이후 현실과 타협할 수밖에 없어서 더욱 상실감에 젖어들게 되는 일군의 행태에 대한 비판적이고 반성적인 진단의 결과로 보이기도 한다. 그만큼 '자기 세계'에 이르는 길은, 혹은 '자기 세계'를 탐문하는 상상적 도정은 곤혹스럽고 험난할 수밖에 없었던 것이다.

2. 자기 정립 의지와 '자유민의 꿈'

자기 세계를 탐문하기 위해 김승옥처럼 상처와 상실감을 가지고 지하실로 강림하는 모습은 어쩌면 4·19세대 문인들의 공통된 집단 무의식처럼 보이기도 한다. 강등과 전락의 상처는 최인훈, 서정인, 이청준 등의 소설에서도 거듭 변형 생성된다. 「강」의 서정인이라면 "아―, 되찾을 수 없는 것의 상실임이여!"라고 한탄할 수밖에 없는 "천재가 열등생으로 변모해가는 과정"[6]이 한 예가 되겠고, 이청준

---

6) "그의 머릿속에는 몽롱한 가운데서 하나의 천재가 열등생으로 변모해가는 과정들이 하나씩 떠오른다. 너는 아마도 너희 학교의 천재일 테지. 중학교에 가선 수재가 되고, 고등학교에 가선 우등생이 된다. 대학에 가선 보통이다가 차츰 열등생이 되어서 세상에 나온다. 결국 이 열등생이 되기 위해서 꾸준히 고생해온 셈이다. 차라리 천재이었을 때 삼십 리 산골짝으로 들어가서 땔나무꾼이 되었던 것이 훨씬 나았다. 천재라고 하는 화려한 단어가 결국 촌놈들의 무식한 소견에서 나온 허사였음이 드러나는 것을 보는 것은 결코 즐거운 일이 못 된다. 그들은 천재가 가난과 끈질긴 싸움을 하다가 어느 날 문

이라면 「이어도」 「황홀한 실종」 「시간의 문」 『자유의 문』 『인문주의자 무소작씨의 종생기』 등 여러 소설에서 되풀이되는, 현실에서 패배한 자의 자기 유폐 내지 자기 실종의 기호가 그러하다. 평론가 김현이 "정치사적인 측면에서 보자면 1960년은 학생들의 해이었지만, 소설사적인 측면에서 보자면 그것은 『광장』의 해"[7]이었다고 평가한 최인훈의 『광장』에서라면 부채의 '사북자리' 상징으로 형상화된다.

 펼쳐진 부채가 있다. 부채의 끝 넓은 테두리 쪽을, 철학과 학생 이명준이 걸어간다. 가을이다. 겨드랑이에 낀 대학신문을 꺼내 들여다본다. 약간 자랑스러운 듯이. (……) 다음에, 부채의 안쪽 좀 더 좁은 너비에, 바다가 보이는 분지가 있다. 거기서 보면 갈매기가 날고 있다. 윤애에게 말하고 있다. 윤애 날 믿어줘. 알몸으로 날 믿어줘. 고기 썩는 냄새가 역한 배 안에서 물결에 흔들리다가 깜빡 잠든 사이에, 유토피아의 꿈을 꾸고 있는 그 자신이 있다. 조선인 꼴호즈 숙소의 창에서 불타는 저녁놀의 힘을 부러운 듯이 바라보고 있는 그도 있다. 구겨진 바바리코트 속에 시래기처럼 바랜 심장을 안고 은혜가 기다리는 하숙으로 돌아가고 있는 9월의 어느 저녁이 있다. 도어에 뒤통수를 부딪치면서 악마도 되지 못한 자기를 언제까지나 웃고 있는 그가 있다. 그의

득 열등생이 되어버린다는 사실을 몰랐다. (……) 문제는 적중하느냐 않느냐가 아니라 적중하건 안 하건 간에 아무런 차이가 없다는 데에 있다. 적중하건 안 하건 간에 그는 그가 처음 출발할 때에 도달하게 되리라고 생각했던 것으로부터 사뭇 멀리 떨어져 있는 곳에 와 있음을 깨닫는다. 아—, 되찾을 수 없는 것의 상실임이여!"(서정인, 『강』, 문학과지성사, 1976/1996, pp. 138~39).

7) 김현, 「사랑의 재확인」, 최인훈, 『광장/구운몽』(최인훈 전집 1), 문학과지성사, 1976/1999, p. 313.

삶의 터는 부채꼴, 넓은 데서 점점 안으로 오므라들고 있었다. 마지막으로 은혜와 둘이 안고 뒹굴던 동굴이 부채꼴 위에 있다. 사람이 안고 뒹구는 목숨의 꿈이 다르지 않느니. 어디선가 그런 소리도 들렸다. 그는 지금, 부채의 사북자리에 서 있다. 삶의 광장은 좁아지다 못해 끝내 그의 두 발바닥이 차지하는 넓이가 되고 말았다. 자 이제는?[8]

부채로 비유된 이명준의 과거 삶 전체, 의식과 무의식 전체가 총람적으로 압축되어 있다. "펼쳐진 부채"로 상징되는 존재 공간 혹은 존재 광장의 축소 괴멸 과정이 점진적으로 묘사된다. 그래서 마침내 부채의 사북자리 끝까지 내몰린 상태임을 환기한다. 사북자리 끝에서 주인공은 환멸 속에서 자기를 방기한 채 제3국으로 표류하고 있었던 것임을 반성하면서 제정신이 들게 되고, "푸른 광장"을 보게 된다. 그리고 "신내림"과도 같은 분위기 속에서 "활짝 웃"으며 "푸른 광장"으로 몰입해 들어간다. 사북자리 끝에서 이어지는 이명준의 죽음은 매우 절박하다. 식민지에서 태어나 분단된 조국의 남과 북에서 공히 환멸을 체험한 청년, 온몸으로 세계와 대결하고자 했던 청년의 죽음이기에 더욱 그러하다. 그렇다면 『광장』에서 이명준의 역정과 죽음의 의미는, 4·19와 관련하여 무엇인가. 발표 당시 서문에서 최인훈이 "아시아적 전제의 의자를 타고 앉아서 민중에겐 서구적 자유의 풍문만 들려줄 뿐 그 자유를 '사는 것'을 허락지 않았던 구정권 하에서라면 이런 소재가 아무리 구미에 당기더라도 감히 다루지 못하리라는 걸 생각해보면 저 빛나는 4월이 가져온 새 공화국

8) 최인훈, 『광장/구운몽』, pp. 186~87.

에 사는 작가의 보람을 느낍니다"(『새벽』, 1960년 11월)[9]라고 밝혔
거니와, 자유에의 열정으로 들끓던 4·19의 기운에 힘입어 한국 사
회를 전면적으로 비판하는 이데올로기적 성찰의 소설을 쓸 수 있었
던 것이다. 그러나 "운명을 만나는 자리"인 "광장"을 발견하기란, 결
코 쉬운 일이 아니었다. 대립적인 남북의 이데올로기와 체제를 초극
하고 제3의 이데올로기와 체제를 전망하기도 난망에 가까운 것이었
다. 진정한 사랑으로 운명처럼 광장에서 어우러지는 새로운 삶의 기
획 역시 상상 이상의 곤혹이었을 것이다. 그러니까 이명준의 역정과
죽음은 개인적 삶의 방정식에서 한국 사회 체제론, 나아가 세계 체
제론에 이르는 문제틀을 시사한다. 결코 쉽게 풀릴 방정식이 아니지
만 그럼에도 도전해야 하는 상상적 과제를 안겨준 것이라고 하겠다.
이에 이명준을 이데올로기와 사랑이라는 심해에 장사 지내고 진혼
의 묘비명을 쓴 최인훈은 이어지는 작업에서 계속 자아와 세계에 대
한 심도 있는 성찰을 계속한다. 이러한 문제틀과 성찰 및 상상의 기
본적인 동력은 4·19의 광장에서 얻어진 심원한 것들이었을 것이다.
　『광장』에서 발견한 문제틀을 성찰하기 위해 최인훈은 이어지는
『회색인』에서 독고준이라는 문제적 인물을 형상화한다. 확실히 독
고준은 최인훈다운 자기 정립 의지를 보이는 인물이다. 분단된 "남
북조시대"[10]의 상황으로 인하여 '독고(獨孤)' 상태에 처한 단독자의
초상인 독고준은 그야말로 고독한 자유인이다. 그는 기존의 경계를
허물고 기존의 영토를 넘어서 새로운 사유와 인식으로 진정한 삶의

---

9) 같은 책, p. 19.
10) 김우창, 「남북조시대의 예술가의 초상—— 최인훈 『소설가 구보씨의 일일』」, 『궁핍한 시
대의 시인』, 민음사, 1977/1993, p. 272.

지평을 열기를 간절히 소망하고 갈구하는 인물이다. 그 자신이 결여로 인해 매우 불완전한 존재임을 승인하는 인물이기에 결여를 넘어서기 위한 허심탄회한 보헤미안의 방랑을 서슴지 않는다. 지난한 관념의 방랑과 탐색 과정을 거친 독고준은 자신이 넘어서기를 주저한 어떤 곳과의 이피퍼니와도 같은 교감을 통해 새로운 근대인으로 거듭난다. "그렇다. 내가 신(神)이 되는 것. 그 길이 있을 뿐이다. 그러나. 그것은 번역극이 아닌가? 거짓말이다. 유다나 드라큘라의 이름이 아니고 너의 이름으로 하라. 파우스트를 끌어대지 말고 너 독고준의 이름으로 서명하라. 너의 이름을 회피하고 가명을 쓰려는 것, 그것이 네가 겁보인 증거다. 남의 이름으로는 계약하지 않겠다는 깨끗한 체하는 수작은 모험을 회피하자는 심보다."[11] 다른 사람, 다른 존재가 아닌 자신의 이름으로 하겠다는 것, 자신의 이름으로 서명하겠다는 것, 바로 이것이야말로 독고준의 근대 선언이자, 근대 작가 선언인 셈이다. 그리고 그것은 곧 작가 최인훈의 준열한 선언이기도 하다. 4·19라는 자유의 광장에서 상상적 에너지를 충전한 최인훈의 문학은 이와 같은 자기 인식, 자기 서명 의식, 관념적·예술적 모험 의식과 자기 실험 정신의 소산이다.

소설 『회색인』에서 문학적 자기 성찰, 자기 정립, 자기 정초에의 의지를 분명히 보인 최인훈은 『서유기』를 거치고 『소설가 구보씨의 일일』을 경유하고 『태풍』을 지나 『화두』에 이르기까지 부단히 상상력과 스타일을 혁신하는 문학적 역정을 펼친다. 특히 『화두』에 이르면 이명준 시절부터 소망했던 "자유민의 꿈"을, 그리고 "푸른 광장"

---

11) 최인훈, 『서유기』(최인훈 전집 3), 문학과지성사, 2008, p. 301.

을 운명처럼 큰 규모로 펼쳐놓는다. 세계의 변두리 한반도의 청년으로 성찰과 고난을 거듭하다가 동지나해에서 죽어간 이명준의 초상은 이제 『화두』에서 20세기의 중심적 인물로 새로 탄생하기에 이른다. 『화두』는 20세기의 운명과 20세기인들의 지적 자산과 20세기 한국인들의 집단무의식과 20세기 한국인의 성찰을 집적한 작품이다. 『화두』에서 한반도의 변두리에서 태어난 한 작가의 인식 여정은, 기억의 타자성과 기억의 변증법을 통해 세계의 중심부에 진입한다. 20세기에 의해 "동원되었다"고 생각하는 인물이, 혹은 20세기에 의해 동원될 수밖에 없었던 인물이, 역설적으로 20세기를 전면적으로 "동원하면서" 한 편의 복합적인 소설을 완성한다.[12] 러시아 방문 여정에서 주인공이 중학교 문학 시간 때부터 인연이 깊었던 조명희의 영혼과 교감하는 장면이 있다. 자기를 빼앗기면 안 된다는 것. "너 자신의 주인이 되라"[13] "빛이 있을 때 빛 속을 걸어라"(2권, p. 522)와 같은 조명희의 화두와 교감하는데, 이는 '레닌구성체' 이야기와 겹쳐지면서 이런 인식으로 심화된다. "나 자신의 주인일 수 있을 때 써둬야지. 아니 주인이 되기 위해 써야 한다. 기억의 밀림 속에 옳은 맥락을 찾아내어 그 맥락이 기억들 사이에 옳은 연대를 만들어내게 함으로써만 나는 나 자신의 주인이 될 수 있겠다. 그 맥락, 그것이 '나'다. 주인이 된 나다"(2권, pp. 542~43). 이런 자기 정립 의지는 "자유민의 꿈" 내지 문학적 세계인의 꿈과 연계된다. "몸은 비록 노예일망정, 자유민의 꿈을 유지하는 것, 작품이란 것은, 꿈의 필름

---

12) 졸고, 「현실의 유형인·인식의 세계인, 그 가역반응——최인훈의 『화두』」, 『상처와 상징』, 민음사, 1994, pp. 36~37.

13) 최인훈, 『화두』 2, 민음사, 1994, p. 511.

이 아니라 의식이 스스로 연기(演技)하여 꿈을 발생시키기 위한 연기 순서의 기록이다. 시나리오다. 〔……〕 한 번 깨달으면 그만인 어떤 것이 아니라, 그 깨달음의 상태를 끊임없이 유지해야 하는 '되풀이'의 운동이었다"(2권, p. 460). 최인훈의 문학은 대수의 법칙과 소수의 법칙 사이의 삼투 현상, 역사와 인생의 상호작용, 현실과 예술의 상투(相鬪)/삼투 현상, 공동체적 이성과 공동체적 감정의 상호 침투 과정에서 길어 올려진 "자유민의 꿈"의 결실이다. 이를 위해서는 늘 긴장하고, 늘 깨닫고, 늘 화두 풀이에 몰입해야 한다는 것, 그리고 그것들은 정태적으로 머물러서는 안 되고 역동적으로 되풀이되어야 한다는 것, 아울러 자유롭게 세계와 대결하고 자유롭게 자기를 반성하면서 동시에 스타일 혁신을 계속해야 한다는 것과 같은 문학 의식의 소산이다. 이러한 최인훈의 문학 의식, 혹은 인식과 상상의 힘, 내지 그가 나름대로 구안한 정신현상학의 원천의 상당 부분을 4·19의 광장에서 찾는 것은 그리 어려운 일이 아니다.

3. 자유의 문을 향한 운명의 스타일

이청준 역시 4·19의 희망과 5·16의 좌절 사이에서 곤혹스러운 갈등을 하면서 자신의 4·19문학을 형성해나간 작가이다.[14] 그의 인

---

14) 이와 관련해 이청준은 다음과 같이 언급한 바 있다. "6·25 때는 마성적 존재로서의 인간상을 목도했습니다. 인간성의 어두운 면과 그 불신감 때문에 무척 고통스러웠습니다. 4·19 때는 흔히 말하듯 자기 가능성과 희망, 꿈이 거의 무한대로 확산되는 느낌이었어요. 그러나 솔직히 내던져졌다는 느낌 또한 강했고, 자기 책임 아래서 어떻게 살

물들은 종종 "환부다운 환부가 없는"[15] 환자로 소설이라는 병원에 입원한다. 등단작 「퇴원」(1964)의 주인공부터 그렇거니와 「병신과 머저리」(1968), 『조율사』(1971) 등 여러 소설에서 인물들은 근거 없는 배앓이를 겪는다. 「병신과 머저리」에서 6·25세대인 형과 4·19 세대인 아우는 현저한 대조를 보인다. 6·25 전상자로서 의사이자 시인인 형은 수술 실패로 소녀를 숨지게 한 사건 이후 낙담하여 병원 일을 그만두고, 6·25 경험을 바탕으로 자전적인 소설을 쓴다. 패잔병으로 남았다가 동료를 죽이고 도망치는 이야기다. 이 이야기를 쓴 다음 형은 현업에 복귀하지만, 아우는 다르다. 형은 상처가 분명했지만 화가인 아우는 그의 애인이었던 혜인의 지적처럼 "환부다운 환부가 없는" 환자로 삶의 활력을 잃은 채 무기력한 예술가로 방황한다. 아우는 깊은 고뇌에 빠진다. "인간의 근원에 대해서 생각을 좀 더 깊게 하지 않으면 안 된다는"(p. 67) 절실함으로 에덴의 동산으로부터 그 이후 아벨이나 카인 같은 인간들의 의미와 속성을 궁리한다. 그럼에도 고통스러운 것은 심미적 대상을 만나기 어렵기 때문이다. "감격으로 나의 화필이 떨리게 하는 얼굴은 없었다. 실상 나는 그 많은 얼굴들 사이를 방황하고 있었는지도 모른다"(p. 67). 아마도 아우는 「창세기」의 카인과 아벨 이야기의 신앙적 맥락뿐만 아니라, 신의 뜻과 단죄, 인간의 의지, 질투라는 감정, 살인이라는 행위, 그

것인가에 대한 막막한 두려움도 있었지요. 그러다가 맞이한 5·16은 반동적 좌절감을 가져다주기에 충분했습니다. 나중에 정리한 느낌이겠지만, 조직의 폭력성과 자신의 무력감 사이에서 괴로워했습니다"(이청준·권성우·우찬제 대담, 「이청준: 영혼의 비상학을 위한 자유주의자의 소설 탐색」(1990년 2월 13일), 『말·삶·글』, 열음사, 1992, p. 77).

15) 이청준, 『병신과 머저리』, 열림원, 2001, p. 84.

리고 히브리어로 얼음을 뜻하는 카인과 허무를 의미하는 아벨의 속 뜻 등 여러 가지를 고민했을 것이다. 외적 행동이 아니라 근원을 깊이 탐문하는 것, 존재의 심연을 성찰하는 것, 그래서 인간의 상처를 근원적으로 헤아리고 치유의 지평으로 나갈 수 있는 지혜를 구하는 것, 그런 것들이 이청준 소설의 심층에 속한다. 그래서 이청준 소설에서 환자의 담론과 치유자(의사)의 담론은 전이와 역전이를 복합적으로 거듭한다.

「병신과 머저리」에서 아우가 허무와도 같은 방황의 심연에 빠진 정황을 우리는 장편 『씌어지지 않은 자서전』(1969)을 통해 헤아려 볼 수 있다. 여성지 편집자이자 소설가인 주인공은 직장 일에 회의를 느껴 사직하려 하나 국장의 재고 권유를 받고 열흘간의 유예 휴가에 들어간다. 이 휴가 기간 동안 주인공은 정체불명의 신문관을 환상적으로 만나게 되고 자기 진술을 강요받는다. 어린 시절의 허기와 대학 시절의 단식, 전짓불 불안 얘기만을 되풀이하는 주인공의 진술에 신문관은 마침내 "불필요한 사고를 중지시키는 수술"인 "대뇌 기능 제거 수술 형"[16]을 선고한다. "우리들에 대한 부단한 의심과 불복 그리고 당신의 그 끝없는 망설임과 스스로에게마저 정직해질 수 없는 위험한 추상 관념"(p. 164)이 선고 이유다. 이에 주인공 이준은 사고 능력을 제거당하느니 차라리 사형을 택하겠다고 한다. 그러나 이준은 자신이 쓴 소설로 인하여 사형 집행의 유예를 받게 된다. 신문관의 배후인 각하가 "소설이라는 것이 가장 성실한 진술의 한 가지 형식"(p. 255)임을 인정하고 이미 쓴 소설을 검토하는

---

16) 이청준, 『씌어지지 않은 자서전』, 열림원, 2001, p. 166.

동안 집행을 연기할 것이며 앞으로도 계속 소설을 쓴다면 집행을 계속 연기할 것이라고 결정했기 때문이다. 이렇게 진술을 강요하는 신문관과 억압당하는 작가 사이의 속절없는 대질 신문 과정이 주를 이루는 이 소설에는 4·19 담론이 비교적 명료하게 제시되어 있다. "우린 정말 세상을 좀더 나은 것으로 만들어보려는 의욕에 불타 있었어요. 그런 의욕의 실현 가능성을 우리는 4·19혁명 성공에서 얻을 수 있었거든요. 아까도 말했듯이 그 결과는 여하 간에 우리는 그런 가능성과 자부심을 누리고 살았지요. 그런데 그 꿈과 의욕이 5·16으로 좌절을 당하고 말았어요"(p. 114). 4·19혁명을 통해 자유의 가능성을 얻었던 4·19세대가 5·16으로 인해 철저한 좌절감을 맛보아야 했던 사정을 확인할 수 있는데, 바로 이 대목에서 4·19세대 작가로서 이청준의 정치적 무의식이 분명해진다. 그렇다는 것은 소설 속에서 주인공 이준이 유예 휴가 동안에 자신이 스스로 선택할 수 있을 것으로 생각했었는데, 실제로는 이미 선택은 주어진 게 아니었다는 사실에서도 확인된다. 동료 임갈태는 말한다. "네가 만약 그 일로 아직까지 머릿속을 굴리고 있었다면 그거야말로 서글픈 코미디잖아? 애초에 주어지지도 않은 선택을 가지고 혼자 고심을 하고 있었다면 말야. 〔……〕 어쨌든 마지막 선택은 네가 할 수 있는 게 아니었어"(p. 264). 선택의 불가능성 테마는 곧 역설적인 자유의 테마이다. 도저한 자유 지향 의식을 보였던 이청준은 이 소설 이외에도 『당신들의 천국』(1976), 「숨은 손가락」(1985), 『흰옷』(1994), 「지하실」(2005) 등 여러 소설에서 반복적으로 이 테마를 다루었다. 4·19의 동력은 그처럼 지속적이었던 셈이다.

자유 지향의 소망이 끝없이 미끄러지는 가운데 4·19세대 작가로서 이청준은 곤혹스러운 가운데서도 줄곧 진정성 있는 모색을 수행한다. "4·19세대의 좌절의 의식 그리고 돌파구의 처절한 모색"[17]을 보인 소설 『조율사』에서는 정작 연주회는 하지 못한 채 악기만 조율하는 악사들의 처지에 빗대어 4·19세대의 단면을 성찰한다. "그들은 어느덧 연주회에 대한 희망은 까마득히 사라지고, 오로지 악기의 소리를 잃지 않으려고 애쓰던 기억만을 갖게 되리라. 자기들은 연주회를 가지려는 악사임을 잊어버리고, 조율이 자신들의 본래 몫이었던 것처럼 착각을 하게 된다는 말이다. 그리하여 이제 이들은 조율에만 열중하고 조율에만 만족한다. 언제까지나 연주회를 갖지 못하고, 그 연주회의 꿈조차 잃어버린 영원한 조율사들—"[18] 「소문의 벽」(1971)에서도 주인공 박준은 자유로운 진술을 허락하지 않는 억압적 분위기 때문에 언어의 벽 혹은 소문의 벽에 부딪혀 극한의 불안과 진술 공포증을 느끼며 위장된 광기를 보이기도 한다. 『씌어지지 않은 자서전』에서 그랬던 것처럼, 「소문의 벽」에서도 진술을 강요하거나 통제하는 사회적 억압 때문에 제대로 된 이야기를 하지 못한 채 '언어-조율사'에 머물고 만다. 여러 소설에서 되풀이되는 이런 상황은 「전짓불 앞의 傍白—가위 밑 그림의 음화와 양화 2」(1988)에서 이렇게 정리된다.

그것은 이를테면 내 소설을 감시하는 두 개의 전짓불인 셈이다. 말할 것도 없이 하나는 개인적 진실 쪽에서요, 다른 하나는 사회적 공의

---

17) 정과리, 「지식인의 사회적 자리」, 이청준, 『조율사』, 열림원, 1998, p. 218.
18) 이청준, 『조율사』, p. 32.

(당국과 독자는 그런 점에서 같은 편의 검열관들이다) 쪽에서다.

나는 소심하게도 그 두 개의 전짓불에 쫓기면서 끊임없이 선택을 강요당하고 있는 꼴인 것이다. 하지만 그것은 이미 선택의 문제가 아니다(보다는 차라리 자신과 세상과의 싸움의 문제이다). '지시된' 선택은 선택이 아니려니와, 양자는 다 같이 소설이나 삶 속에서 선별적 택일의 대상이 될 수가 없기 때문이다. 그것은 선택의 대상이 아니라 필경은 조화와 통합의 대상인 것이다(그것을 끝끝내 대립 관계로 수용하여 전짓불의 감시에 강압당하고 있는 데선 쫓기는 자의 역설적 권리마저 생길 수 있고, 거기 의지하는 이점도 그리 적지 않을 터이기 때문이다).[19]

잘 알려진 대로 '전짓불' 모티프는 이청준 소설에서 주체를 억압하여 불안에 빠지게 하는 대타자의 향락의 징표이다. 그런데 눈여겨봐야 할 것은 이 대목에서 작가가 외적인 대타자의 전짓불 말고도 내면의 전짓불을 또 하나 상정하고 있다는 점이다. 새로운 모색 혹은 진정한 화해와 통합을 위해서는 반성적 성찰이 항상 수반되어야 한다는 도저한 작가 의식을 거듭 확인하게 하는 대목이다. 이 안팎의 전짓불의 갈등 가운데 쫓기면서 불안스럽게 진술할 수밖에 없었는데, 그 전짓불의 감시 때문에 불안하긴 했지만 "쫓기는 자의 역설적인 권리"를 발견할 수도 있었음을 밝히는 대목이 인상적이다. 이청준 특유의 역설적 인식이다. 개인 또는 작가의 존재를 폭력적인 전짓불 신호에 의한 단순한 수동적 피해자, 혹은 불안신경증 환

---

19) 이청준, 「전짓불 앞의 傍白―가위 밑 그림의 음화와 양화 2」, 『가위 밑 그림의 음화와 양화』, 열림원, 1999, p. 57.

자로 머물게 하지 않는 점이 눈에 띈다. 일차적으로 불안과 공포의 대상인 전짓불 폭력을 역설적으로 성찰하여 문학적 권력 의지를 생산적으로 추동케 하는 기제로 파악하고 있는 것이다.[20] 말하자면 이청준은 "쫓기는 자의 역설적인 권리"에 기대어 한밤중 구불구불한 산길 소설 여정을 걸어온 작가라고 할 수 있다. 그러면서 그가 추구한 것은 "우리의 삶에 대해 드넓고 화창한 자유의 질서"[21]였다. "자유의 질서야말로 우리의 가장 크고 깊은 삶의 진실이 아닐 수 없"(p. 131)는 것이기 때문이다. 그리고 그것은 계속 새롭게 탐색되어야 하는 혁신적 대상이다. 자신이 발견한 자리에 머물면 곧 타락할 수 있기 때문에 탈주는 계속되어야 한다는 생각을 그는 견지한다. "언제나 그가 도달한 세계에서 또 다른 다음번 이념의 문을 향해 고된 진실의 순례를 떠나야 하는 숙명적 이상주의자"(p. 127)가 바로 이청준이 생각하는 진정한 작가의 초상이다.

이 때문에 이청준은 4·19 이후 줄곧 탐색해온 자유의 가치에 대해서도 여러 차례 반성적 성찰을 하며 새로운 '자유의 문'을 열어 보이고자 한다. 가령 『당신들의 천국』(1976)을 보자. 조백헌 원장은 진심으로 선한 의지를 지니고 섬 환자들의 낙원을 구상하고 실천하고자 했었다. 그러나 그것은 섬사람들의 자유로운 의사에 입각한 선택이 아니라 주어진 것이었다. 그것을 섬사람들은 견디기 어려워한다. 실제로 소록도의 나환자들은 그들의 원장을 자유롭고 민주적으로 선택할 수 없었거니와 그들의 삶을 위한 어떤 명분도 실천 행동

20) 졸저, 『텍스트의 수사학』, 서강대학교출판부, 2005, p. 83.
21) 이청준, 「지배와 해방」, 『자서전들 쓰십시다』, 열림원, 2000, p. 133.

도 자유롭게 선택할 수 없었다. 게다가 미래를 위한 선택의 변화와 개선 가능성도 없다고 비판자 이상욱은 생각한다. "하지만 진정한 천국이라면 전 그것을 누리고자 하는 사람에게 먼저 선택이 행해져야 할 것이고, 적어도 어느 땐가는 보다 더 나은 자기 생의 실현을 위해 그 천국을 버릴 수도 있어야 하는 것으로 믿고 싶습니다. 천국이란 실상 그 설계나 내용이 얼마나 행복스러워 보이느냐보다 그것을 누리고자 하는 사람들의 선택 여부와 내일의 변화에 대한 희망이 어느 정도까지 허용될 수 있느냐에 더욱 큰 뜻이 실릴 수 있기 때문입니다."[22] 그런데 그가 보기에 소록도에는 다양성이 보장된 상황에서 행할 수 있는 자유로운 선택과 변화 가능성이 없다. 그런 상황에서라면 원장이 꾸미는 천국 역시 "섬 원생들의 천국"이기 이전에 오직 "원장님 한 분만의 천국"이라고 그는 생각한다. 심지어 "선택과 변화가 전제되지 않은 필생의 천국이란 오히려 견딜 수 없는 지옥일 뿐"(p. 399)이라고 말한다.[23] 이렇게 이상욱은 섬사람들의 자유를

---

22) 이청준, 『당신들의 천국』, 열림원, 2000, pp. 399~400.

23) 여기서 우리는 『자유론』의 저자 J. S. 밀의 생각을 떠올려도 좋을 것이다. 그는 "인간의 삶에서 각자가 최대한 다양하게 자신의 삶을 도모하는 것 이상으로 더 중요한 것은 없다"는 훔볼트의 말을 즐겨 인용했다. 인생의 목적을 달성하기 위해서는 자유와 상황의 다양성이라는 두 조건이 충족되어야 함을 훔볼트는 강조한다. 훔볼트를 존중하면서 J. S. 밀은 진지하면서도 열정적으로 자유의 소중함과 불가침성에 대해 논의한다. 밀에 따르면 자유를 향유할 수 없으면 이미 인간일 수 없다. 비록 아주 훌륭한 역할 모델이 있다고 하더라도 그에 무조건 추종하면 안 된다. 자신의 구체적 경험과 자유의사에 따라 사리를 판단하고 행동하는 것이 인간만의 특권이자 인간다운 조건이기 때문이다. 밀은 다른 사람에게 해를 끼치게 될 경우, 이 유일한 예외적 상황을 제외하면 자유는 절대적으로 보장되어야 한다고 주장했다. 자유를 행사하는 개인에게 최대의 이익 내지 최선의 결과를 가져다줄 수 있기 때문에, 개인에게 자유가 보장되어야 한다고 밀은 생각했다. 설령 최선의 결과를 가져오지 못한다고 하더라도 자기 방식대로 사는 것은 매우 중요하다. "자기 방식대로 자기 삶을 살아가는 것이 가장 바람직하다. 그것

강조한다. 자유에 입각한 민주적인 질서를 존중한다. 그래야 진정한 주인으로서 살아갈 수 있다고 믿는 까닭이다.[24] 그러나 작가는 그런 자유의 문제에 대해 반성한다. 자유와 사랑의 어울림을 모색한다. 이런 생각은 황 장로의 발언을 통해 정리된다. "이제 이 섬에선 자유보다도 더 소중스러운 사랑으로 행해나갈 수 있어야 한다는 소리일 뿐이지. 자유가 사랑으로 행해지고 사랑이 자유로 행해져서, 서로가 서로 속으로 깃들이면서 행해질 수만 있다면야 사랑이고 자유고 굳이 나눠 따질 일이 없겠지만, 이 섬에서 일어난 일들로 해서는 자유라는 것 속에 사랑이 깃들이기는 어려워도, 사랑으로 행하는 길에 자유가 함께 행해질 수도 있다는 조짐은 보였거든. 그리고 아마 이 섬이 다시 사랑으로 충만해지고 그 사랑 속에서 진실로 자유가 행해지는 날이 오게 되면, 그때 가선 이 섬의 모습도 많이 사정이 달라질 게야"(p. 349).

"자유와 사랑의 실천적 화해"[25]는 이청준 소설이 추구한 소중한 덕목이다. 그것이 가망 없는 희망에 가까운 것이기에 더욱 그에게는

이 최선의 결과를 낳을 것이기 때문만이 아니라 바로 자기가 선택한 자기 방식대로 살 수 있기 때문이다"(『자유론』). 폴 발레리의 "생각한 대로 살지 않으면 사는 대로 생각하게 될 것"이라는 시구를 떠올려도 좋을 대목이다.

24) 이상욱은 이렇게 말한다. "전 결국 이 몇 년 동안 원장님과 원생들의 관계에서, 한 선의의 지배자와 피지배자들 사이의 어떤 대등한 상호 지배 질서, 만인 공유의 화창한 지배 질서가 탄생하는 것을 본 것이 아니라, 한 지배자가 어떤 불변의 절대 상황 속에 갇힌 다수의 인간 집단을 얼마나 손쉽게, 그리고 어느 단계까지 저항 없는 조작을 행해갈 수 있는가 하는 슬픈 지배술의 시범을 보아왔던 셈입니다. 〔……〕 원생들은 자기 천국의 진정한 주인이 아니라 오히려 그것을 받들고 복종하는 그 천국의 종으로서 괴로운 봉사만을 강요당할 수도 있을 것입니다"(p. 412).

25) 김현, 「자유와 사랑의 실천적 화해」, 이청준, 『당신들의 천국』, 문학과지성사, 1976/1999, p. 430.

절실했던 것으로 보인다. 하여 그는 그것의 탐문에 운명을 거는 소설 스타일을 보인다. 『자유의 문』(1989)에서 진실을 증거하기 위해 죽음으로 입사해 들어가기를 마다하지 않는 작가 주영섭이 강조하는 것도 바로 그것이다. "인간의 유한성과 그 도덕성에 바탕한 실천적 자유와 사랑을 목표로 하는 것"[26]이 바로 소설이다. 이를 위해 소설은 "영구불변의 절대계율"에 얽매이면 안 된다. "소설의 길은 끊임없는 자기반성과 변화"(p. 253)로 이루어져야 한다. 계율을 버리거나 바꾸는 것이 소설의 파탄이 아니냐는 백상도 노인의 질문에 영섭은 "파탄이 아니라 재탄생"이며, "우리의 삶과 정신의 자유, 나아가 그 소설 자체의 자유를 보여주는 것"(p. 254)이라고 강조한다. '자유의 문'을 향한 4·19세대 작가 이청준의 운명적 탄생은 그런 모습이었다. 삶과 정신, 소설 모두의 자유를 위해 끊임없이 탐색하고 부단히 새로운 스타일을 모색했던 것이다. 혁명이나 혁신은 일거에 이루어지는 것이 아니라는 생각을 4·19의 현장에서 그리고 그 이후의 전개 과정을 통해 절실하게 체감했던 작가였기 때문이다.

4. 스타일의 자유와 혁신을 위하여

서정인 역시 4·19와 5·16 이후 속악한 현실에 대한 비판의 형식으로 소설을 택한 작가다. 1962년에 「후송」(『사상계』)으로 등단한 이후 50년 가까운 창작 기간 동안 그는 끊임없이 새로운 소설 언어

---

26) 이청준, 『자유의 문』, 나남, 1989, p. 253.

와 낯선 담론 스타일을 나름대로 모색하고 혁신하며 현실에 대한 의미 있는 문학적 메시지를 전달해왔다. 끊임없이 기존의 소설 스타일을 넘어서서 새로운 소설 스타일을 탐색해온 서정인의 서사적 혁신 도정은 한마디로 소설을 소설답게 하는 소설성의 역동적 탐색이었으며, 그것은 또한 우리 삶에서 소설이란 무엇인가 하는 근본 질문에 답하려는 모색의 과정이었다고 할 수 있다.[27] 사실 그도 초기에는 고전적 소설 미학을 충실하게 구현했던 작가였다. 억압적인 군대 공간을 배경으로 실존적 분노의 문제를 이명(耳鳴)의 문제학으로 풀어본 데뷔작 「후송」을 비롯하여, 자유 의지에 입각한 삶의 방향 모색의 비극적 좌절을 보여준 「미로」「물결이 높던 날」 등 실존주의 색채를 지닌 초기 단편에서, 그는 비속한 현실에서 인간 실존의 문제를 내면적으로 다루었다. 소설 형식의 고전적 미학을 유지하던 시절의 작품의 백미는 아무래도 평판작 「강」(1968)일 터이다. 「강」 이후에 차츰 그는 속악한 현실을 그같이 단정한 형식으로 실체화하기 어렵다고 생각한다. 삭막하고 막막한 소시민들의 일상적 풍경들을 조명하고 그 삶의 리듬과 자잘한 기미들을 형상화하기 위해 서정인은 서사적 스타일 혁신을 도모한다. 그 과정에서 「圓舞」(1969)가 새로운 리듬으로 휘돌아가고, 「南門通」(1975)이 새로운 소설 언어로 생기를 얻게 된다. 연작 중편 「철쭉제」(1983~86)에서 생기 있는 인물들의 발랄한 대화를 적극적으로 끌어들이는 시도를 보인 그는 『달궁』(1987~90)에 이르러 더욱 적극적으로 소설적 실험을 펼친다. 판소

---

27) 서정인은 "삶의 형식적 모방이 그 삶의 혼돈을 보여주고, 형식이 모방의 현실로부터 유리되어 실체를 보여줄 수 없을 때 그 형식을 새로운 형식으로 파괴하여 유리된 현실이 아니라 놓친 실체를 보여주려는 노력이 리얼리즘"(「리얼리즘考」)이라고 강조한다.

리의 창조적 계승이라 평가되기도 한 『달궁』에서 작가는 해학과 연민의 페이소스를 넘나들면서 다양한 인간 군상들의 교감의 형식을 창출한다. 그런 가운데 삶의 누추함과 고단함을 비판적으로 조명한다. 살아 있는 말과 그 말의 리듬으로 생기 있는 현실을 포착하고자 한 의도였던 것으로 보인다.[28] 『달궁』의 세계는 『봄 꽃 가을 열매』 (1991), 『붕어』(1994)를 거쳐 『베네치아에서 만난 사람』(1999), 『용병대장』(2000)의 세계로 나아간다. 특히 『달궁』 이후 서정인의 자유로운 스타일 모색은 4·19를 체험한 한국 작가의 자존감 혹은 자주의식과도 긴밀하게 관련되는 것처럼 보인다. 만약 한국인이 서양의 소설 스타일을 받아들이지 않았다면, 어떻게 이야기를 주고받고 있었을까, 혹은 서구의 소설 스타일과는 다른 한국만의 스타일을 개성적으로 구축할 수 있지 않을까 하는 생각이, 서정인의 스타일 혁신

---

28) 『달궁』의 세계는 대화적 상상력에 기초한다. 미하일 바흐친에 따르면, 이 대화적 상상력은 예술이건 삶이건 영구불변하고 고정된 실체를 전혀 인정치 않는 미래 지향적, 개방적 사고 패턴이다. 예술에 있어서 유동적인 변화와 생성을 강조하는 대화적 상상력은 절대적 일원론을 배격하고 상대성과 다원성을 중시한다. 무엇보다 대화라는 것은 언어가 가리키는 대상 속에서 상이한 언어 의식이 교차되고 중첩되는 현상을 가리킨다. 『달궁』은 이러한 대화적 상상력을 바탕으로 유동적이고 부조리한 삶을 소설화한 것이다. 언어적인 측면에서 볼 때, 여러 언어가 서로 타자의 언어에 활기를 불어넣어주는 개방적인 갈릴레오적 언어의 세계가 바로 이 소설에서 두드러지는데, 그것은 대위법적 이야기 구성이나 발화자와 수화자가 동시 공존하는 상호 대면 화법, 관례적 언술 방식에서 탈피한 자유직접화법과 자유간접화법의 구사, 4·4조의 판소리 창투, 자연스러운 대화체 문장, 반복 어투, 말 뒤집기 등으로 직조되어 나타난다. 또 복수 주체의 언어 의식에 의한 혼합 구성으로 된 이중적 목소리와 중층적이고 전방위적인 시점은 퍽 이채롭다. 중층적 혼합 구성으로 이루어져 있으면서도 절제된 호흡을 보여주고 있다는 점, 각기 일탈되고 독립된 멜로디들을 대위법적 구성에 의해 『달궁』 특유의 화성으로 결합시켜나가면서 높은 품격을 지니고 있다는 사실 등이 주목된다. 졸고, 「대화적 상상력과 광기의 풍속화」, 『세계의 문학』 1988년 겨울호, 민음사, pp. 253~54 참조.

의 심층 의식이었을 것이다.

물론 4·19 이후 자유로운 스타일 혁신 도정은 여러 작가들에 의해 수행되었다. 조세희는 4·19세대의 자유 의식에 보태어 1970년대 본격적인 산업화 경험을 바탕으로 평등의 이념을 본격적으로 제출했다. 이런 문학 사상사의 맥락과 더불어 스타일 혁신 측면에서도 조세희의 『난장이가 쏘아올린 작은 공』(1978)은 단연 돋보인다. 짧은 문장의 절묘한 결합과 빈번한 시점 이동으로 창조해낸 아주 새로운 담화 방식, 리얼리즘과 반리얼리즘의 접합, 문학의 사회성과 미학성의 결합, 산업 시대 현실과 이상의 갈등과 긴장의 형상화 등등의 측면에서 매우 이채롭고 복합적인 소설 스타일로 혁신한 작품이기 때문이다. 독특한 은유 감각과 문체로 여성소설의 스타일을 새롭게 정립한 오정희의 소설은 구리거울에 새겨진 인생과 우주의 만화경이다. 불안과 공포의 늪을 건너는 섬뜩한 아름다움, 선험적인 고향을 상실한 잃어버린 영혼들의 존재론적 심연, 일상적이고 제도적으로 자동화된 세상의 질서를 낯설면서도 날카롭게 해부하는 시선의 메스, 자기 안의 넋의 우주적 부활을 위한 닫힌 듯 열린 몽상, 의미를 소진한 죽음의 동굴에서 긴장하면서 환멸의 풍경을 응시하고 그 심연에서 새로운 문학적 우주를 지피는 작가의 현묘한 연금술 등과 같은 미학과 스타일 창조를 통해 독자로 하여금 생과 우주의 다양한 스펙트럼을 확인하게 하는 것이 오정희의 소설이다. 1980년대에 이인성과 최수철, 박인홍 등의 실험적 스타일 모색 또한 아주 인상적인 것이었다. 1990년대 이후에도 미분화된 차이의 감각으로 탈주하는 스타일 혁신은 계속되었다.

분단된 남북조시대라는 큰 틀 안에서 4 · 19 이후 한국 문학은 5 · 16이라는 반대 거울을 마주 비추지 않고는 헤아리기 어렵다. 두 거울의 마주 봄 가운데로 움푹 팬 깊은 심연의 굴곡을 한국 문학은 살아왔다. 혹은 탈주했다. 그 심연 안에서 다시 현실적인 것과 심미적인 것이 마주 보며 복잡하게 형성하는 미장아빔과 나름대로 대결하면서 탈주해왔던 흔적은 결코 간단치 않다. 어느 시대, 어떤 상황에서도 그랬듯이 문학은, 역사는 결코 직선으로 된 포장도로를 닮지 않았다. 구불구불하거나 휘돌아가는 길, 척박하거나 둔탁한 길 위에서 오랜 성찰과 모색을 거쳐 상상력과 스타일의 횡보를 해왔던 것이다. 역사적으로 4 · 19는 1960년에 발생했으되, 결코 그해에 끝나지 않았다. 문학에서도 마찬가지다. 4 · 19는 4 · 19세대 문인들을 중심으로 새로운 상상의 지평을 열었으되, 결코 그들의 전유물만은 아니었다. 또 1960년대 문학만의 몫도 아니었다. 물론 4 · 19 정신으로 한국 문학 공간에 본격적이면서도 다양한 모더니티의 고원을 구축하고 혁신한 4 · 19세대 문학인들의 공적을 한국 문학사가 합당하게 기리는 것은 마땅한 일이다. 특히 5 · 16으로 인한 4 · 19의 정치적 좌절을 딛고 문화적으로 승화된 모더니티의 새로운 지평을 응시했다는 점, 근대적 개인과 자유의 이념을 새롭게 탐문하고 발견하면서 역동적인 반성을 통해 한국 문학의 내면을 혁신했다는 점, 부단히 열린 감수성과 스타일 혁신으로 미적 전위의 존재 방식을 입증했다는 점 등을 4 · 19문학과 관련하여 숙고하는 일은 매우 의미심장하다. 그와 아울러 그 이후에 지속되고 변화된 4 · 19 정신의 문학적 지평을 온당하게 가늠하는 일도 중요하다. 체험이나 기억을 넘어 부단히, 또 다른 4 · 19를, 또 다른 한국 문학의 모더니티를 향해 탈주하는 과정에 대한 심미적 성찰이 요긴하다. 더 중요한 것은 아마도 지금, 여기서 발본적으로 문학의 4·19를 진행하는 일일 터이다. 대중 소비 사회의 소용돌이에 속절없이 휘말리는 타락한 시장의 동굴에서 문학마저 휘청거리고 있는 현실을 냉철하게 성찰한다면, 지금, 여기의 문학이야말로 혁명의 기운을 간절하게 바라는 것이 아닐까 싶다. 그 동굴은 깊고도 어둡다. 달리자, 4·19!

탈구성적 서사와 탈구성적 소통

— 조세희의 『난장이가 쏘아올린 작은 공』 수용의 문제성

1

『난장이가 쏘아올린 작은 공』 연작은 1975년 12월부터 3년여에 걸쳐 여러 문예지에 발표되었고,[1] 1978년에 문학과지성사에서 단행본으로 출간되었다. 출간 직후부터 독자들의 뜨거운 사랑을 받기 시작하여, 1996년에 1백 쇄를, 2005년에 2백 쇄를 넘어섰다. 출간 29년만인 2007년 8월 1백만 부(228쇄)를 돌파하는 스테디셀러로 문학사적·사회사적 사건이 되었다. 출간 30주년 기념 문집을 편집한 비평가 권성우는 대학 2학년 때인 1983년 이래 모두 일곱 차례 이 작품을 읽었는데 "그때마다 새로운 느낌과 신선한 감동을 받았다"며, 거

---

1) 「칼날」(『문학사상』 1975년 12월호), 「뫼비우스의 띠」(『세대』 1976년 2월호), 「우주여행」(『뿌리깊은 나무』 1976년 9월호), 「난장이가 쏘아올린 작은 공」(『문학과지성』 1976년 겨울호), 「육교 위에서」(『세대』 1977년 2월호), 「궤도회전」(『한국문학』 1977년 6월호), 「은강 노동 가족의 생계비」(『문학사상』 1977년 10월호), 「잘못은 신에게도 있다」(『문예중앙』 1977년 겨울호), 「클라인씨의 병」(『문학과지성』 1978년 봄호), 「내 그물로 오는 가시고기」(『창작과비평』 1978년 여름호), 「에필로그」(『문학사상』 1978년 3월호).

듭 읽으면서 "이전에 읽을 때는 충분히 감지하지 못했던 새로운 미학적 전율을 느꼈으며 독특한 소설미학을 인식할 수 있었다"[2]고 고백한 바 있다. 출간 30년 후의 이런 찬사는 이제 많은 이들의 공감을 얻게 되었다.

그러나 출간 직후의 수용 상황은 꼭 그런 것만은 아니었다. 본격적인 산업화가 진행되면서 노동자 1세대들이 처한 역경과 그로부터의 해방을 위한 간절한 염원을 담은 소설임에도 불구하고, 특히 리얼리즘 계열의 수용자들에게 아주 불편한 소설로 받아들여졌다. 이런 수용 양상은 작가 조세희에게도 퍽 불편한 것이었음에 틀림없다. 그 불편한 기류들은 훗날 이런 소설사적 평가로 이어지기도 했다. "구체성의 부족을 보완하기 위해 환상을 동원하였고, 윤리적 이분법을 더욱 선명한 것으로 부각시키기 위해 낭만적 사랑의 철학을 내세웠다. 모두가 추상의 범주에 속하는 것들이니, 이처럼 추상화의 정도가 커지면 커질수록 소설적 탐구성은 약화된다."[3] 이런 불편함의 연원과 맥락을 현실, 작가, 독자, 텍스트 등 여러 층위에서 헤아리면서, 한국 현대 문학사의 어떤 장면을 반성적으로 성찰하기 위해 이 글을 쓴다. 주로 발표 당시나 작품집 출간 직후의 반응을 중심으로 논의하겠다.

---

2) 권성우, 「삼십 년의 사랑과 침묵에 대한 열 가지 주석」, 『침묵과 사랑: 『난쏘공』 30주년 기념문집』, 권성우 엮음, 이성과힘, 2008, p. 17.

3) 김윤식·정호웅, 『한국소설사』, 문학동네, 2000, pp. 438~39.

발표순으로 치자면 두번째 소설인 「뫼비우스의 띠」가 『세대』
1976년 2월호에 발표된 후 그해 『문학과지성』 여름호에 재수록되면
서 이 연작 일부에 대한 첫번째 독서 반응이 나왔다. 소설가 홍성원
은 "간결하고 스피디한 문장과 더불어" 이 작품은 "자칫하면 우리가
빠지기 쉬운 허위와 함정에 대해 경고"하는 "산뜻한 작품"으로 평했
다. 끊임없이 선택과 결단을 강요하는 현실에서 "독단을 경계하고,
선택을 주저하고, 긍정을 유보하고 찬성을 재고"하는 것이 지성인
데, 조세희는 그 지성의 미로에서 "〈내부와 외부를 경계지을 수 없〉
고 〈무한하고 끝이 없〉이 바쁘게 돌아가는 현대에서, 당장 〈무슨 해
결이 날〉 것을 기대하고 선뜻 행동을 작심하는 사람들에게" "조심스
런 음성으로 침착하게" "경고와 충고"를 주고 있다고 지적했다.[4] 현
상학적 판단 중지를 떠올리게 하는 조심스러운 성찰의 소설로 받아
들였다.

이후 이 소설집의 발행인이자 해설자이기도 했던 비평가 김병익
은 가장 적극적으로 『난장이가 쏘아올린 작은 공』의 문학성을 옹호
했다. 여기서 다루어지는 소외된 도시 빈민 노동자들의 문제는 당대
의 급박한 당면 과제이고, "생존에 필요한 최소 수준에도 미달하는
저임금, 그들의 열악한 작업 환경, 사용자들로부터 강요되는 근로
조건, 제 구실을 못 다하는 노동 조합에의 탄압, 폭력으로 저항할 수
밖에 없는 그들의 궁핍한 심리 상태 그리고 가진 자들의 위선과 사

---

4) 홍성원, 「시멘트 정글과 지성의 미로」, 『문학과지성』 1976년 여름호, pp. 422, 424.

치, 그들의 교묘한 억압 방법 등 이 소설집에 묘사되고 있는 산업화 사회의 부정적인 제증상들은 우리의 안이한 삶에 대한 치열한 반성을 환기시키기에 충분한 것"[5]이라면서, 사회적 실감과 감정적 호소력, 정서적 울림 등이 세계관과 방법론의 밀접한 관련 속에서 긴밀하게 스미고 짜여 있다고 했다. 특히 "방법적인 상관관계를 통해 집단적 실감과 주관적 정서간의 변증법을 구성하고 있는데 그것이 개인과 사회, 사실주의와 반사실주의, 혹은 형식과 내용을 대립시키면서 복합시키는 효과"[6]를 거두고 있음에 주목했다. 또 당면한 지극히 현실적인 문제들을 "단절과 대립적 세계관 위에 자명성(自明性)·단순성(單純性)·환상성(幻想性)의 기법이란 동화적 공간으로 용해시킴으로써 화해 불가능의 세계"를 형상화했는데, 그 "이룰 수 없는 아름다움 때문에 현실의 어두움과 아픔을 더욱 격렬하게 느낄 수 있"으며, "동화적 발상과 비사실적인 문체"도 "사실 세계의 억압된 불행을 보다 사실적으로 드러내 보여주며 사실적 실감을 주관적 공감으로 실체화·내면화시키면서 초월적 승화를 유도"하고 있다고 보았다.[7] 작가 조세희가 어느 공개된 토론장에서 언급했다는 "기법의 자유로움을 통해 정신의 자유로움을 드러내 주고 싶다"[8]는 말을 원용하면서, "기법과 정신에서의 낭만주의적 성격과 주제의 사실주의적 관점이란 것은 어쩌면 기이한 인상을 줄지도 모"르지만, 편협한 문예 사조의 명제나 규율에 얽매이지 않고 자유로운 시선으로 넉

---

5) 김병익, 「대립적 세계관과 미학」, 『문학과지성』 1978년 겨울호, p. 1231.

6) 같은 글, p. 1233.

7) 같은 글, p. 1239.

8) 같은 글, p. 1239에서 재인용.

넉하게 상상력의 경지를 성찰한다면 "『난장이』의 그 주제와 방법, 정신과 태도의 대립은 창작품이 지닌 현실성과 문학성, 시대성과 영원성의 대립을 드러냄으로써 그것을 지양시켜 주는 효과를 얻게 될 것"이며, 그러기에 "순수와 참여의 대립된 견해를 극복시키는 하나의 범례로 보아도 좋을 것"임을 강조했다.[9]

말하자면 텍스트의 탈구성적 서사 효과를 강조한 셈인데, 김치수와 오생근 역시 탈구성적 서사 기법과 그 미학적 효과를 주목했다. 김치수는 대립적 구도를 드러낸 것은 1970년대 소설의 특징인데 그중 조세희의『난장이가 쏘아올린 작은 공』은 '빈곤의 상대적 구조'를 시점의 변화, 대조법과 반복법을 통해 드러내면서 진정한 초월의 가능성을 탐문하고자 한 점에서 그 독창성을 찾을 수 있다고 논의했다.[10] 오생근은 "달나라와 우주여행이라는 무한한 상상력의 희망을 통해서, 그리고 대담한 생략으로 절제된 문장들의 긴장을 통해서" 억압받는 자들의 절망적 상황을 보여주는데, 그럴 때 조세희가 "그들의 희망과 좌절을 새로운 기법으로 표현"한 것이 인상적이라고 했다. 동화적 아름다움과 결부되는 그러한 아름다움은 "현실을 미화시키는 상투적인 아름다움이 아니라 현실의 모순과 진실을 깊이 있게 드러냄으로써 얻어지는 아름다움"이며 "힘을 내포"한 아름다움이다. 그런 서사 기법과 효과에 의해서 현실의 "절망은 아름다운 희망으로 승화되고 읽는 사람으로 하여금 용기를 일깨운다"는 것이다.[11] 송재영은 저항 의지와 적극 행동을 보이는 새로운 인물형

---

9) 같은 글, p. 1240.

10) 김치수, 「산업사회에 있어서 소설의 변화」,『문학과지성』1979년 가을호, pp. 901~09.

11) 오생근, 「진실한 절망의 힘」,『창작과비평』1978년 가을호, pp. 361~62.

의 창안에 주목했다. "근래 한국소설에서도 볼 수 없었던 사회계층 간의 경제적 모순과 그 갈등, 근로자의 임금문제와 이에 대한 신랄한 고발, 그리고 보다 이상적인 균등한 사회적 개조를 위한 강력한 저항과 의지가 예리하게 드러나고 있"는 이 소설에서 그려낸 적극적인 행동의 인간형은 이전 리얼리즘 계통 소설에서 찾기 힘들다고 했다.[12] 뿐더러 "주관적인 감정을 억제하고 대상을 순수하게 조명하기 위한 매우 절제된 문체"로 "사실적 묘사와 입체적 감각을 묘사하는 데 적절히 성공"[13]하고 있다고 평했다.

김우창은 『난장이가 쏘아올린 작은 공』이 "도덕과 생존 그리고 문학이 산업 시대에 있어서 어떻게 서로 관련되는가에 대하여 좋은 범례를 제공"한다고 강조했다. "현실 참여 계열의 소설"로서 분노와 교훈 효과를 노리고 있지만 "반드시 높은 도덕적인 어조를 띠고 있지 않"으면서 "서정시적인 문체"로 "평화와 행복에 대한 비전"[14]을 암시한다는 것이다. 그 결과 통속적인 도덕주의를 탈피하고 "삶에 있어서의 도덕과 생존의 일치를 보여주는" 문제적인 "도덕의 동력학의 차원"에 이르렀기에, "선험적 도덕주의가 가질 수 있는 독선이나 위선의 위험을 피하면서도 독자의 도덕적 감성에 강력하게 호소"할 수 있게 되었다고 했다.[15]

정과리의 1979년 신춘문예 등단작 「고통의 개념화」는 『난장이가 쏘아올린 작은 공』의 이야기 층위와 서술 층위를 함께 고려하면서

---

12) 송재영, 「삶과 현장과 그 언어」, 『세계의 문학』 1978년 가을호, p. 162.

13) 같은 글, p. 163.

14) 김우창, 「산업 시대의 문학」, 『문학과지성』 1979년 가을호, p. 840.

15) 같은 글, p. 842.

본격적으로 분석한 글이다. 세계에 대한 작가의 태도를 드러내는 서술 행위를 종합적으로 검토한 그는 "구체적 현실을 리얼하게 드러내지 않고 개념화 작업을" 거치는 조세희 소설은 "지식인을 위한 것"이었다고 논의한다. "작품의 추상화된 세계는 지식인에게 보다 충격적으로 전달되기란 심상한 일이다. 현실의 추상화와 병행하여 그는 스타카토식 단문을 사용한다. 단문들 사이에는 많은 구체적인 현실이 생략되어 있다. 생략된 현실은 독자에게 사고의 여지를 남겨둔다. 사고의 여백 속에 독자는 작품과 자신의 현실과 꿈의 뼈저린 단절을 체험하게 된다. 이러한 구성이 지식인에게 보다 유리함은 두말할 나위도 없다. 다시 말하면 조세희의 소설은 무지한 지식인에게 질문거리를 제공하는 노동자소설이기도 하다."[16] 서술의 여백을 통해 독자가 실현하는 탈구성적 텍스트 효과를 주목한 점이 인상적이다. 이처럼 『난장이가 쏘아올린 작은 공』에 대한 긍정적 수용은 대체로 『창작과비평』 계열이 아닌 쪽에서 이루어졌다. 단지 이 소설집이 문학과지성사에서 출간되었기 때문만은 아니었을 터이다. 당겨 말하자면 탈구성적 서사 전략과 스타일에 대한 모종의 불편함이 리얼리즘 계열의 비평가들에게 적잖이 자리 잡고 있었던 것으로 보인다.

---

16) 정과리, 「고통의 개념화」, 『문학, 존재의 변증법』, 문학과지성사, 1985, pp. 211~12(첫 발표 지면은 『신동아』 1979년 2월호).

3

그렇다는 것은 『창작과비평』에 참여하는 비평가 중에서 매우 드물게 이 작품에 대한 독자 반응을 보인 염무웅의 글에서 어느 정도 가늠해볼 수 있다. 그는 우선 "노동자의 현실을 자신의 절실한 체험으로 장악하고 있지는 못한" 듯하다고 했다. "과거와 현재의 복합 내지 중첩, 환상적 분위기의 조성, 시점(視點)의 빈번한 이동 등 마치 서구의 실험소설을 연상케 하는 복잡한 테크닉"에 대한 불편함도 지적했다. 그런 '복잡한 테크닉'이 구사되는 것은 "표현의 대상과 주체가 체험적 동질성을 충분히 확보하지 못한 데서 오는 하나의 필연적 현상"이라는 것이다. 그러면서도 종종 그런 기법이 "현실의 모순과 기괴함을 극적으로 표현하는 충격효과"를 보이기도 한다는 평가를 했다.[17] 체험의 질과 형상화의 관련성, 주제와 기법의 측면에서 토론의 여지를 남기는 대목이다. 다만 염무웅은 연작 중 「잘못은 신에게도 있다」에 대해서는 긍정적으로 평가한다. "우리 노동현실의 심장부를 통렬하게 해부"하고 "이 시대 노동현실의 기본적 문제점들을 핵심적으로 거론하고 있어 우리 소설문학이 이 시대의 가장 중심적 쟁점에 육박하는 단계까지 성장했음을 보여주는 감명 깊은 성과"인데, 그 이유는 "문제의식의 방향에 있어서 예리할뿐더러 신선하고 서정적인 아름다움마저 빚어내고 있다는 점에서 우리 시대 문학의 한 수준을 대표"[18]한다는 것이다. 『난장이 마을의 유리병정』의

---

17) 염무웅, 「도시 – 산업화시대의 문학」, 『민중시대의 문학』, 창작과비평사, 1979, pp. 343~44.
18) 같은 글, p. 345.

해설을 쓰면서 염무웅은 조금 더 열린 자세를 보인다. "진정한 문학 작품은 인간을 자유롭게 하고 그의 마음을 열어서 진실을 받아들이게 하며 인간의 내재적인 가능성을 확충시키는 작용을 하는 법"[19]이라 전제하고, "조세희의 문학은 기본적인 모순을 중심으로 얽힌 복잡한 사회적인 관련을 제시하는 데에서뿐만 아니라 그것의 역사적인 원근법을 구사하는 데에서도 매우 예리하다"[20]고 했다. 그러면서 조세희의 소설을 리얼리즘 범주로 받아들인다. "조세희의 작품에는 이처럼 환상적이며 거의 동화적이라 할 만한 장면들이 자주 나온다. 현세에 실재하지 않는 세계에 대한 간절한 그리움이 사실적인 묘사로 나타나기 어렵다는 것은 명백하다. 그러나 조세희 작품의 환상은 이 시대의 사회 원리에 대한 강렬한 비판적인 함축으로 쓰여지고 있다는 점에서 리얼리즘의 범주에 든다. 그리고 그 꿈의 역사적인 현실화를 앞당기는 싸움에 문학이 참여하고 있는 동안 리얼리즘은 그 원숙한 경지로 발전되고야 말 것이다."[21]

해설을 쓰면서 자신의 최초의 입장을 일부 수정하긴 했지만 처음에 염무웅이 이 소설집에 대해 불편해했던 점, 그리고 이 그룹의 비평가/독자들이 불편해했던 까닭과 관련해 출간 30주년 기념 문집에 실린 비평가 김명인의 글은 매우 시사적이다. "소설을 많이 읽는 사람들, 문학에 대해 할 말이 많은 사람들, 문학은 모름지기 세상을 바꾸는 일에 쓰여야 한다고 생각하던 사람들"은 "문학은 쉬워야 한다

---

19) 염무웅, 「난장이 세상의 문학」, 조세희, 『난장이 마을의 유리병정』, 동서문화사, 1979, p. 353.
20) 같은 글, p. 361.
21) 같은 글, p. 363.

고" "익숙한 말로 쓰여야 한다"고 생각했는데, 이 소설집은 그렇지 않았다고 말한다. "이 책은 어려운 말로 쓰이지는 않았지만 익숙한 말로 쓰이지도 않았다. 난장이 가족은 이 책을 읽을 수 없다는 것이 그들의 생각이었다. 그것은 미묘한 문제였다. 난장이 가족은 쉽고 익숙한 글만 읽을 수 있을까, 혹은 읽어야 할까. 하지만 당시엔 그게 가장 힘이 있는 생각이었다." 또 "말뿐만 아니라 생각도 문제였다" 는 것이다. "사람들의 생각에 의하면 난장이 가족은 승리해야 했다. 그들은 누구의 힘도 빌리지 않고 자기들의 힘으로 싸워서 세상을 바꿀 운명을 타고났고, 그것은 법칙이자 섭리에 가까웠다. '난장이들' 을 다룬 모든 문학은 이 섭리를 알아차리지 않으면 실패하게 되어 있다는 게 그 시절의 생각이었다. 이 섭리가 어떻게 이루어지는가를 보여주는 게 좋은 문학이었던 것이다. 그러나 이 책도 글쓴이의 생각도 그와는 다른 것으로 간주되었다. '릴리푸트읍'이라든가 '뫼비우스의 띠'라든가 '클라인씨의 병'이라든가 하는 우화적 장치들이 그런 착각을 일으켰다. 또 사랑에 대한 거듭된 강조가 그런 인상을 더 부추겼다. 사람들은 그런 알 듯 모를 듯한 불투명한 비유들을 거추장스러워했다. 나도 마찬가지였다. 특히 사랑 타령을 싫어했다."[22] 이처럼 말과 생각 모두에서 불편하고 거추장스러웠던 작품이었지만 30년 후 김명인은 그 불편함을 넘어서 새로운 해석의 지평에 이르렀음을 밝힌다.

---

22) 김명인, 「부끄러움의 서사」, 『난쏘공』, 『침묵과 사랑: 『난쏘공』 30주년 기념문집』, p. 41.

사람들은『난쏘공』을 두고 노동자계급의 이야기를 가장 노동자계급적이지 않은 방식으로 이야기했다고 말한다. 하지만 노동자계급의 이야기를 노동자계급적 방식으로 쓰면 쓴 사람은 노동자인가. 쓴 사람이 있을 자리는 어디인가. 부끄러움이 설 자리는 어디인가. 글쓴이의 이 '비산문적이고 비리얼리즘적인' 문체는 바로 부끄러워하는 자의 표현방식이다. 리얼리즘적 산문이 지닌 이중성, 완강한 객관주의적 독선성과 그 상투성은 부끄러움의 감각과는 거리가 멀다. 그렇다고 그의 문체가 애매모호하고 우유부단한 것은 아니었다. 글쓴이의 문장은 상투적 개념어를 가급적 배제하여 낯설어진 문장이지만 동시에 거두절미하고 간명한 단문이기도 했다. 그는 그 어떤 진리를 굳게 믿었지만 그것을 고민과 염치도 없이 상투적인 방식으로 자명한 것처럼 말하고 싶지 않았다. 그리고 그 비상투적 문장 속에서, 단문과 단문 사이의 강제된 휴지부에서 독자들이 산문적 이차원성을 넘는 시적 삼차원성을 찾아낼 수 있기를 기대했고 그 기대는 상당히 이루어졌다. 그래서『난쏘공』은 노동계급의 서사이면서 동시에 그것을 넘어서는 모든 난장이들의 해방을 위한 서사로 발돋움할 수 있었다.[23]

30년이라는 시간 거리를 두고 보인 김명인의 성찰은 한국 문단의 전개 과정은 물론 한국 문학사에서 문학성이나 문학의 수용 문제와 관련하여 많은 생각거리를 제공한다. 결국 '문학이란 무엇인가'라는 근본 질문에 이르게 되는 문제일 터인데, 변죽을 울려 중심에 이를 수 있기를 소망하면서 몇몇 국면들을 성찰해보기로 하자.

---

23) 같은 글, p. 49.

4

첫째, 가장 불편한 리얼리티 문제부터 시작해보자. 조세희의 『난장이가 쏘아올린 작은 공』은 대립적 세계관에서 비롯되었으되 그것을 해체하고 넘어서 새로운 인식 지평을 탈구축하고자 기획된 새로운 탈구성적 텍스트였다. 그렇기에 거기서 현실 내지 리얼리티는 하나의 층위가 아니라 여러 복합적인 층위에서 소용돌이친다. 추상적 대위법으로 부정적이고 허위적인 현실 인식을 모색한 인식론적 리얼리티가 있고, 대립의 초극을 위한 카오스모스를 탈구성적으로 서사화한 지향 의식의 리얼리티가 있으며, 복합적인 창의 은유와 몰평 기법을 활용한 형태론적 리얼리티가 있다.[24] 결코 한가롭게 "사랑 타령"을 한 소설이 아니고, 그야말로 열린 리얼리티 의식과 간절한 지향 의식을 가지고 쓴 소설인데, 저마다 닫힌 리얼리티 감각으로 수용하면 불편할 수밖에 없다. 닫힌 리얼리티 감각은 어쩌면 백미러를 보고 운전하는 것과 비슷할지도 모른다. 새로운 리얼리티는 늘 앞쪽에서 탈주한다. 열린 리얼리티 효과는 역동적이고 복합적이다. 난장이 가족의 실패라는 이야기는 그 성공을 소망하는 이들의 여망을 배반하는 것이 아니라 역설적으로 그 비극을 극화함으로써 그 소망을 더욱 강화하게 하는 미학적 성취를 이룬다. 그리고 그 미학적 효과는 현실 의지와 행동으로 심화될 수 있는 에너지를 지닌 것이다.

둘째, 체험과 상상력, 그리고 재현의 상관관계 문제다. 재현의 대

---

24) 이에 대한 자세한 논의는 졸저, 『텍스트의 수사학』, 서강대학교출판부, 2005, pp. 242~59 참조.

상으로서 체험은 언제나 중요한 것이지만, 생체험이 곧 재현으로 이어지는 것은 아니다. 생생한 체험이 오히려 상상력을 위축시킬 수 있으며, 상상력이 체험을 질적으로 고양시킬 수도 있다. 염무웅이 언급한 인간의 내재적 가능성은 체험을 넘어서 시대정신으로 확산하는 상상력의 고양 과정에서 더욱 빛을 발할 수 있다. 표현 주체와 대상의 동질성이 빚어낸 좋은 사례도 많지만, 이질성을 통해 역설적으로 탁월한 문학성을 실현한 사례도 세계 문학사에서는 얼마든지 많다. 환상이나 동화적 발상을 통해 사람들은 꿈꾸기 어려운 처지에서 꿈꿀 수 있는 상상과 희망의 지렛대를 마련할 수도 있다. 또 노동자들의 현실을 다룬 문학이 꼭 노동 현실을 그대로 재현하는 데서 머물 수 없음을 입증할 논거는 얼마든지 많다. 노동 현장에서 어느 정도 일하거나 겪으면 그 체험이 충분한 것일까. 또 노동 현실의 이야기를 꼭 전형적으로 재현한다고 해서 정당한 문학성을 보증받을 수 있는 것인지에 대해서도 생각해야 한다. 노동자들의 이야기, 노동 계급의 비극성을 재현하고 환기하는 서사 전략은 여럿으로 열려 있다. 또 노동자들의 이야기가 전형적인 노동문학에 그치지 않고 그것을 넘어서 새로운 문학으로 확산 심화된다면 더 좋은 일 아닐까. 김명인이 언급한 것처럼 "노동계급의 서사이면서 동시에 그것을 넘어서는 모든 난장이들의 해방을 위한 서사로 발돋움"하면 말이다. 무릇 좋은 작가들은 언제나 이전과는 다른 방식으로 이야기하고자 혼신의 노력을 다하는 법이다. 그러므로 체험의 동질성으로 문제를 좁히는 것은 문학의 가능성, 문학 소통의 가능성은 물론 인간의 가능성, 세계의 가능성을 제한하는 결과를 낳을 뿐이다.

　셋째, 독자의 문제, 더 좁혀 특정 계급의 문식성 문제나 수용의 취향 문제다. 난쟁이 가족은 그리고 그들이 속한 계급은 그들에게 익숙한 말만 제한적으로 사용하는가. 그들만의 친숙한 언어로 말하고 듣고 읽고 쓰는 것일까. 언어의 이질 혼성성 문제와 적격성 문제는 그리 단순하지 않다. 그들에게 익숙한 말로 일상적으로 체험하는 사태를 재현하면 그들은 그것을 마냥 선호할 것인가. 다른 측면에서 생각해보면 노동 현장의 구체적인 사실들을 아주 실감 있게 재현한 이야기는 노동자들을 위한 소설일 수도 있지만, 그런 현실을 모르는 다른 계급을 위한 소설일 수도 있지 않을까. 같은 맥락에서 현실을 다소 추상화하고 비극적 상황을 관념적으로 서술한 이야기도 지식인을 위한 소설일 수 있지만, 그 다름과 익숙하지 않음을 욕망하는 노동자들을 위한 소설일 수도 있지 않을까. 그러니까 독자의 취향이나 가독성 문제, 문식성 문제는 그리 쉽게 재단할 사안이 아니라는 말이다. 어떤 계급의 자유로운 가능성을 특정 사조나 이론을 참조하여 제한하려는 경향은 언제나 조심스러워야 할 터이다. 그러므로 이 작품에 대한 추상성이나 관념성에 대한 기존 평가는 재고되어야 마땅하다. 독자의 가능성은 언제나 열려 있고, 탈구성적 소통의 양상들은 매우 탄력적이고 역동적이기 때문이다.

넷째, 『난장이가 쏘아올린 작은 공』이 발표될 무렵의 정치사회적 맥락과 관련한 검열의 문제이다. 대립적 세계관으로 현실을 인식하되, 탈대립적 세계관으로 소망스러운 지향 의식을 드러내는 복합성의 미학과 스타일은, 이 연작이 씌어진 1970년대 당시의 현실과 매우 긴밀한 관련을 갖는다. "사람이 태어나서 누구나 한번 피 마르게 아파서 소리 지르는 때가 있는데, 그 진실한 절규를 모은 게 역사요, 그 자신이 너무 아파서 지른 간절하고 피맺힌 절규가 『난쏘공』이었

다"고, 그렇기에 "무슨 일이 있어도 '파괴를 견디고' 따뜻한 사랑과
고통받는 피의 이야기로 살아 독자들에게 전달되지 않으면 안 된다
는 생각"으로 "'칼'의 시간에 작은 '펜'으로 작은 노트에 글"[25]을 썼
다고, 작가 조세희는 말한 바 있다. 그런 맥락에서 독자의 입장에서
도 '칼'의 현실에 대응한 '펜'의 수사학적 전략에 관심을 둘 필요가
있다. 언론의 자유가 제한적이었고 공안 당국의 검열이 자심했던 그
시절에 고통과 불안 속에서 어떻게 하든 검열을 넘어 소통하려 했던
작가의 처지와 상황을 고려해야 한다는 것이다. 이 연작에서 보이는
독특한 시점 조작 원리라든가, 개성적 문체소, 특별한 형태소와 상
징적 해석소 등은 상당 부분 그런 정치 현실과 관련하여 새롭게 해
명될 수 있다. 역설적인 말이지만 어쩌면 결과적으로 그런 정치 현
실이 매우 전위적이고 미학적인 노동소설을 낳게 했는지도 모른다.
엄혹한 정치 현실을 곱씹으며 새로운 리얼리티 효과를 산출하고 '리

---

25) "나는 지금도 박정희·김종필 등 이 땅 쿠데타의 문을 활짝 연 내란 제일세대 군인들
이 무력으로 집권해 피 말리는 억압 독재를 계속하지 않았다면 『난장이가 쏘아올린
작은 공』은 태어나지 않았을 것이라고 생각하고 있다. 물론 자기가 태어나 자란 땅의
암흑 현실 때문에 글을 쓰게 되는 경우는 우리 이전에도 많았다. 무엇보다 이민족이
아닌 동족에 의해 고통받는 제삼세계 쪽 문학이 어두운 세계의 똑같은 경험인 독재와
고문·착취·억압의 이야기로 가득 차고 그 뛰어난 성과물에 관한 소문의 일부를 우리
가 이미 접할 수 있었는데도, 그때 나는 남의 경험에서 배운 것이 하나도 없는 사람처
럼 힘이 들었다. 처음부터 탄압 기구에 의해 내가 낼 책이 판금이 되어도 좋다는 생각
을 했다면 나의 작업은 쉬웠을 수도 있다. 하루 자고 나면 누가 잡혀갔고, 먼저 잡혀간
누구는 징벌 독방에서 죽어가는 지경이고, 노동자들이 또 짐승처럼 맞고 끌려가는, 다
시 말해 인간의 기본권이 말살된 '칼'의 시간에 작은 '펜'으로 작은 노트에 글을 써나
가며, 이 작품들이 하나하나 작은 덩어리에 불과하지만 무슨 일이 있어도 '파괴를 견
디고' 따뜻한 사랑과 고통받는 피의 이야기로 살아 독자들에게 전달되지 않으면 안 된
다는 생각을 나는 했었다"(조세희, 「작가의 말: 파괴와 거짓 희망, 모멸의 시대」, 『난장
이가 쏘아올린 작은 공』, 이성과힘, 2000, pp. 9~10).

얼리즘의 확대와 심화'에 기여하는 작품을 낳게 했으니 말이다.

　요컨대 조세희의 『난장이가 쏘아올린 작은 공』은 탈구성적 서사의 새로운 지평을 열었고, 그 탄력적 특성에 걸맞은 탈구성적 소통 양상을 보였으며, 앞으로도 그런 소통이 더욱 다채롭게 이어질 수 있는 문학사적인 작품이다. 결국 김병익의 예상처럼 "순수와 참여의 대립된 견해를 극복시키는 하나의 범례"로 자리 잡게 되기까지, 그 소통의 전개 과정은 창작과 담론 양면에서 한국 문학장의 진화에도 크게 기여했다.

위기의 담론, 혹은 대화적 읽기의 진정성
— 김병익의 '자본–과학 복합체' 시대의 비평 논리

1. 4·19세대 문학주의자의 1990년대식 사유 방식

비평에 대한 의혹의 눈초리가 요즘 심상치 않다. 불만도 여기저기서 많은 모양이다. 게다가 비평의 위기라는 말도 적잖이 나돌고 있다. 사정은 여럿일 터이다. 일반 독자들이 비평가의 글을 외면하려는 경향도 경향이지만, 창작자들 또한 비평 풍토를 퍽 걱정하는 모양이다. 최근 한 문예지의 설문에 의하면, 우리 창작자들은, 편중성과 정실 비평, 편파성, 논리적 일관성의 결여, 불필요한 전문 용어의 남용이나 평론 문체의 현학성·고답성, 난삽한 논리, 불성실한 독서와 미숙한 해석, 특정한 주제나 소재만을 선호, 비평가의 개성과 독자적 문체 빈곤, 엘리트적 폐쇄성에 의한 대중에 대한 영향력 상실, 계몽주의적 태도로 작가와 독자에게 군림하려는 경향 등등을 현행 비평의 문제점으로 들고 있다.[1] 물론 이런 의혹이나 불만은 비단 어

---

1) 「특집/문학평론, 무엇이 문제인가」, 『내일을 여는 작가』 1997년 1·2월호, 민족문학작

제오늘의 문제만은 아닐 것이다. 이런 의혹 중 비평가의 개인적인 역량과 관련되는 문제들, 이를테면 불성실한 독서나 미숙한 해석, 독자적 문체 빈곤 등 일련의 문제들은 어쩌면 문제가 아닐 수 있다. 그것은 비평 문학 이전의 것들이기 때문이다. 정작 문제는 새로운 상황 변화에 대응하는 성찰과 전망의 노력 내지 능력의 부족이라고 생각한다. 그리고 이른바 문학의 위기라는 좀더 큰 범주 안에서의 비평의 위기 문제일 터이다. 다른 글에서도 논의한 바 있지만, 90년대 들어 자본주의 성장 법칙에 따른 상업주의의 팽배와 신문화 대중의 등장과 관련한 소비 사회의 징후, 정보화 시대, 뉴미디어 시대에 따른 문화 변동 내지 문화 권력의 이동, 다시 말해 코드 전환 및 정보 전달 양식의 변화와 그와 관련된 문학의 상대적 위상 약화 등 문학 외적인 문제와, 이와 관련된 문학 내적인 문제로 재현 대상의 성격 변화와 그에 따른 재현의 곤혹성 내지 불가능성, 역사의 소멸과 서사적 의미 사슬의 해체, 심미적 대상과 주체 사이의 미학적 자동 조절 추의 훼손, 혹은 작가의 왜소화 현상과 예술적 · 전위적 충동의 고갈 경향 등은 문학의 위기 담론의 중요한 논의거리였다. 이것과 관련하여 '비평의 위기' 담론이 거론되었거니와, 그것은 주로 이와 같이 급변하는 흐름 속의 문화와 문학 상황에 대처할 만한 비평적 지혜와 감각을 제대로 보여주지 못하고 있다는 의혹으로 압축된다.[2]

현행 비평의 상황은 분명 그 역량의 부족을 자인해야 하는 처지임에 틀림없어 보이지만, 바로 그렇기 때문에, 역설적으로 비평적 호

가회의, pp. 158~59 참조.

2) 졸고, 「'비평의 위기'론을 넘어서는 비평을 위하여」, 『타자의 목소리: 세기말 시간 의식과 타자성의 문학』, 문학동네, 1996, pp. 140~41 참조.

기일 수도 있다. 그것이 호기일 수 있다는 이유는 다른 것이 아니다. 원론적으로 보더라도 비평이란 위기를 딛고 일어서는 담론이거니와, 현실적이고 구체적으로 보더라도 현행 문학과 비평의 상황이야말로 성찰하고 궁리하기에 따라서는 새로운 문학적 지성의 탄생을 견인하고 문학 논의의 새로운 패러다임을 도출해내도록 유인하는 바 크다고 생각되기 때문이다. 이는 비평가들에게 난세의 도전적 인식을 요청하는 것인데, 그 구체적 양상은 비평가의 개성에 따라 달라지게 마련이다. 그 여러 가능성 있는 개성 가운데 최근 김병익 비평의 특징을 간략히 살펴보는 것을 목적으로 이 글은 씌어진다.

김병익 비평은 한마디로, 그의 비평집 제목이기도 한, '전망을 위한 성찰'[3]의 나날의 인식론적 궤적을 보여준다. 그것은 작게는 한 비평가 개인의 궤적이면서 동시에 한국 사회에서 문학의 구체적인 동향과 문학적 지성의 궤적 내지 지식사회학의 흐름을 보여주는 아주 중요한 역사이기도 하다. 이른바 1960년대 4·19세대 비평가의 중요한 일원으로서 그는 지성·지식인·문화·장인 정신, 인식 지평의 확대, 전망을 위한 성찰, 문화적 초월, 다원주의 등등의 여러 중요한 비평적 화두를 저작하며 우리 비평사의 뚜렷한 한 줄기를 살아왔고 또 살고 있다고 말해도 좋을 것이다.[4] 여기서 내가 특별히 『전망을 위한 성찰』을 주목하는 것은 거기에 그의 비평적 개성의 많은 것들이

---

3) 문학과지성사에서 1987년에 간행된 평론집 제목이다.
4) 김병익의 비평적 사유의 지평을 전반적으로 조감하는 데 참조할 만한 자료로는 다음과 같은 것들이 있다. 정과리, 「깊어져 열리기」, 『존재의 변증법』 2, 청하, 1986; 박혜경, 「자유와 문화적 초월, 혹은 열린 전망」, 『비평 속에서의 꿈꾸기』, 문학과지성사, 1991; 이광호, 「비평의 이타성과 초월적 전망」, 『환멸의 신화』, 민음사, 1995.

망라되어 있다고 여기는 까닭이다. 즉 그는 "현실 – 문화 – 문학의 복잡한 연결 회로"[5]를 다양한 시각과 관점으로 '성찰'하고 구체적으로 분석하면서도, 구체성의 맹목과 가치의 상대성의 허무주의를 극복하기 위해 끊임없이 '전망' 추구의 정념을 버리지 않았으며, 아울러 현실성을 결여한 독아론이나 문학적 지성에서 일탈한 단독자성에 빠지지 않고 진정한 '전망'의 지평을 열기 위해 부단히 그 복잡한 연결 회로의 구체를 '성찰'하고자 했던 것이다. 다시 말해 깊이 있는 성찰을 통한 새로운 현실과 문학의 전망 열어가기, 바로 그것이 김병익 비평의 고유한 개성이요, 특징이랄 수 있겠다.

열린 마음으로 '전망을 위한 성찰'을 계속해오며 '인식 지평의 확대'를 다양하게 도모해온 김병익이지만, 그 비평적 자아의 심층에서 4·19세대의 자기 인식이 언제나 구조적 핵으로 기능했던 것은 새삼 지적할 필요도 없는 말일 터이다. 최근 급변하는 현실과 문학의 와중에서 그가 퍽 곤혹스러워하는 것도 4·19세대의 비평적 자아와 90년대적 정황 사이의 심각한 충돌 때문이다. 지난 80년대에 그에게는 익숙하지 않은 "진보주의적 이념 체계와 거기서 도출된 문학들"로 인해 때때로 당혹감에 빠졌지만, 비평적 열린 대화성으로 그 당혹감을 넘어서 "우리의 문학과 인식에 대한 관념의 확산"[6]이라는 새로운 지평에 이르렀던 그였다. 그러나 90년대에 이르러 새로운 변화상은 매우 근본적인 것임을 그는 직감한다. 하여 그는 "60년대적 사

---

5) 김병익, 「나의 세대, 그리고 우리 세대의 문화」, 『두 열림을 향하여』, 솔, 1991, p. 21.
6) 김병익, 『새로운 글쓰기와 문학의 진정성』, 문학과지성사, 1997, p. 5. 이 비평집이 이 글의 주된 텍스트이다. 이하 이 텍스트에 대한 인용은 모두 같은 책을 출전으로 하며 페이지만 밝혀 적는다.

유가 90년대적 정황에 부닥쳐 생겨난 곤혹 속에서, 나 스스로 판단하여 확정하지 못한 채 갈팡질팡하게 만드는, 내적 가늠자의 혼란 탓"임을 승인하고 자기 반성을 전제한 다음, 그 반성을 딛고 일어서, "환경과 매체가 달라지면서 글쓰기의 실제로부터 문학의 관념에 이르기까지의 모든 것도 함께 바뀌지 않을 수 없으리라는 것, 그 바뀌어감을 열린 마음으로 껴안으면서 우리의 문학사 속으로 수용해야 한다는 것"을 수긍한다. 그야말로 열린 마음이요 탄력적인 비평 감각이라 할 수 있다. 그럼에도 불구하고 그 새로운 글쓰기를 수용하는 척도로, "시간과 자리의 다름에도 결코 달라져서는 안 될 문학적 진정성"(p. 6)을 강조할 때, 거듭 4·19세대 비평적 자아의 구조핵을 확인하게 된다. 혼란과 반성, 변화에 대한 열린 수용 태도와 문학적 진정성에 대한 지속적 신뢰, 바로 이 지점에서 4·19세대 문학주의자의 90년대식 사유 방식과 비평적 내면 정경을 읽을 수 있지 않을까 싶다. 비평집 『새로운 글쓰기와 문학의 진정성』과 「자본-과학 복합체 시대에서의 문학의 운명」(『문학과사회』 1997년 여름호)에서 보이는 90년대식 성찰과 전망의 노력을 리뷰하는 가운데, 이 세기말의 터널을 잘 헤쳐나갈 수 있는 의미 있는 문학적 지혜를 발견할 수 있게 되기를 바란다.

2. '자본-과학 복합체 시대'의 새로운 글쓰기

김병익은 현 단계를 성찰하고 21세기를 전망하는 자리에서 '자본-과학 복합체 시대'의 논리를 제출한다. 비평집 『새로운 글쓰기와 문학의 진정성』에서 우리 시대의 현실과 문학을 다각적으로 검토한 바 있는 그는 그 출간 직후 발표된 글에서 '자본 – 과학 복합체 시대'라는 용어를 채택한다. 「자본 – 과학 복합체 시대에서의 문학의 운명」이란 글에서 김병익은 이 세기말 현실을 추동하는 가장 강력한 두 요소로 자본과 과학을 지목하고, "한계를 모르는 자체 증식력"[7]을 공통점으로 하는 "그 둘이 유착하여 하나의 거대한 복합체로 결합하면서 그 속도와 규모는 기하급수적인 누진율로 빨라지고 커질 것"이라고 예단한다. 이 자 – 과 복합체는 자본의 증대와 과학 기술의 발전을 상승적으로 증진시키면서 21세기에는 독특한 양상을 묘출하게 될 것이라는 게 그의 전망이다. 구체적으로는 "자 – 과 복합체 자체의 논리로 자기 증식을 폭발적으로 실현시킴으로써 거기에 어떤 한계나 견제가 힘들어질 것이라는 점" "그 복합체의 주도적인 결정과 수행에 인간의 모습은 보이지 않거나 숨어 있으며 익명들의 집단이 그것을 이끌어갈 것이라는 점" "인간의 소외가 극대화되고 그의 존재는 더할 수 없이 왜소해지며 그들의 생활은 더욱 가난해진다"[8]는 점 등이 그 전망의 세목들이다. 아울러 문화와 예술이라는 독창적인 인간 행위 역시 문화 산업이라는 자본주의 구조에 편입되어 전래의 인간성 · 진지성 · 진정성을 바탕으로 했던 예술성이 희석되거나 약화될 것이라고 본다. 그동안 문화와 예술이 지녀왔던 위의를 박탈당한 채 한갓 엔터테인먼트의 대상으로 전락할 것이며, 사이버 공간의 혁명적 약진은 기존의 문화 예술 지도를 완전히 전복시

---

7) 「자본 – 과학 복합체 시대에서의 문학의 운명」, p. 500.
8) 같은 글, pp. 501~02.

킬 것이라고 예상한다. 물론 이것은 머잖은 장래에 대한 예상이고, 그런 까닭에 상당 부분 큰 이야기의 성격을 띠는 것도 사실이다. 그러므로 이런 예상의 배경부터 살펴보는 것이 좀더 타당하다. 그 배경이 되는 논의가, 그러나 사실은 더욱 구체적이고 핵심적인 이야기가 그의 비평집『새로운 글쓰기와 문학의 진정성』의 1부 내용이다.

90년대 이후 변화된 문학과 문학 환경에 대한 다각적인 검토로 이루어진 이 부분에서 저자가 주목하는 두 가지 핵심은 '컴퓨터'[9]와 '자본주의'이다. 지난 연대까지만 하더라도 문학적인 것과 이념적인 것 사이의 상충을 놓고 갈등하던 문학주의자가 이데올로기가 급하게 뒷걸음질 치는 90년대 들어 맞부닥친 것이 바로 그 둘이었던 셈이다. 둘 다 괴물이긴 마찬가지였으나, 그럼에도 불구하고 문학의 운명에 아주 중대한 영향력을 행사하는 괴물이니 대적할 수밖에 없다고 생각한 것 같다.「컴퓨터는 문학을 어떻게 변화시킬 것인가」등의 평문에서 컴퓨터를 비롯한 뉴미디어의 개발과 보급으로 인한 문학 (환경)의 변화상을 구체적으로 논의한 다음, 그 자신이 이렇게 요약 제시한다.

1) 컴퓨터의 워드 프로세서에 의한 글쓰기는 종래의 육필 작업 시절과 다른 문체를 개발할 것이다; 2) PC 통신 등의 새로운 미디어에 의한 문학 행위는 새로운 다중의 필자와 독자와 유통 회로를 가질 것이며 그것은 문학의 민주화와 혹은 우중화를 가져올 수 있을 것이다;

---

9) 여기서의 컴퓨터 환경과 관련된 논의를 확장시켜「자본 – 과학 복합체 시대에서의 문학의 운명」에서 과학의 논리로 발전시킨 다음, 예의 '자본 – 과학 복합체' 논리를 채택한 것으로 보인다.

3) 이 PC 통신 문학은 이 통신 가입자들에 의한 쌍방향 집필 혹은 집단의 창작을 가능케 하며 그것은 가령 하이퍼 문학과 같은 새로운 창작 형식을 만들어낼 것이다; 4) 이럴 경우 문학은 작가의 독자적인 창작이며 작품에는 그의 서명이 있어야 한다는 근대 문학의 기초 개념이 전복될 것이고, 인격권과 재산권을 가진 저작권 개념, 다시 말하면 '저자'의 개념도 크게 흔들릴 것이다 등.[10]

컴퓨터는 문학의 중요한 생산 수단이면서 동시에 중요한 소통 수단(미디어)이다.[11] PC 통신 문학이 고도화되어 위의 3)항과 같은 하이퍼 텍스트가 창작되고 소통되는 경우라면 그 둘은 온전히 통합될 터이다. 그러나 그 이전까지는 둘은 나누어질 수 있으며, 그것이 정교한 논의에 이롭다. 예컨대 컴퓨터를 필기도구 수준으로 이용하는 1단계, 워드 프로세서로 작성한 문학 작품을 컴퓨터 통신망을 통해 소통시킴으로써 생산 수단이면서 소통 수단으로 컴퓨터를 활용하는 2단계,[12] 위의 3)항처럼 컴퓨터를 통한 생산과 소통이 동시에 쌍

---

10) 「자본 과학 복합체 시대에서의 문학의 운명」, pp. 504~05.
11) 컴퓨터는 워드 프로세서 기능을 담당하는 필기도구라는 점에서 우선 생산 수단이라고 말할 수 있고, 뿐만 아니라 문학 생산 과정에서 다양한 정보 제공을 통한 창작 동기 부여 및 창작 과정의 경제성 제고 등을 도모하게 해준다는 점에서 아주 중요한 생산 수단이 될 수 있다. 또 기존의 종이책 중심의 소통 체계를 일거에 혁신시켰다는 점에서 문학 소통의 아주 중요한 미디어가 된다 하겠다(이에 대해 필자는 「디지털 복제 시대의 문학」이라는 글에서 비교적 자세하게 논의한 바 있다).
12) 이 단계까지는 컴퓨터를 통한 문학 생산과 소통의 시차가 분명히 존재한다. 즉 선(先)생산 후(後)소통이다. 컴퓨터의 자기 증식 능력을 충분히 활용하지 못한 상태에서 다만 도구로서만 이용할 따름이다. 필자가 보기에 우리의 현 단계 PC 통신 문학은 일부 전위들의 존재에도 불구하고 대체로 이 단계에 머물고 있는 게 아닐까 싶다.

방에서 혹은 다(多)회로에서 진행되는 3단계로 나누어볼 수 있다는 것이다. 그럴 때 앞의 인용문에서 1)항은 1단계, 2)항은 2단계, 3)항은 3단계, 4)항은 2단계 이후의 현상이다. 물론 김병익은 이런 양상을 포괄적으로 논의하면서 컴퓨터가 문학 제도, 내용, 저자의 성격을 어떻게 변화시킬 것인가를 전망한 것으로, 그 내용은 대체로 합리적인 수긍을 유도한다. 다만 이런 생각들은 덧붙일 수 있을 것이다. 먼저 2)항의 경우. PC 통신 공간에서 이루어지는 일련의 문자 형태들의 소통 양상을 어디까지 문학의 소통으로 수용할 수 있겠는가 하는 정도가 문제 된다. 조선조의 선비들은 생활 속에서 늘상 시회(詩會)를 즐겼다. 그렇다고 그 시절 놀이판에서 읊었던 모든 시들이 문학 작품으로 소통되었던 것은 아니다. PC 통신이 활성화되기 직전 상황만 하더라도 그렇다. 사춘기 젊은이들의 편지나 낙서, 그들의 연습장에 씌어진 시나 산문 구절들, 혹은 스포츠 신문의 희담(戲談)들…… 이른바 변두리 형식이라 불리는 이 같은 대중적 '생활 문학'들이 있었던 것이다. 지난 80년대에 문학 장르의 해체와 통합을 논의하는 자리에서, 다른 측면에서 변두리 형식이 크게 존중되었던 적이 있긴 하나, 어쨌든 '생활 문학'과 '전문 문학' 혹은 '순문학'은 구분되어야 하는 게 아닐까. 그렇다면 이런 생활 문학들이 컴퓨터 통신이라는 미디어를 통해 약진을 보이고 있는 양상은, 그래서 문학의 우중화 경향을 띠는 것처럼 보이는 것은 그다지 심각하게 우려하지 않아도 좋으리라. 문학을 지향한다고 해서 혹은 흉내 낸다고 해서 다 문학인 것은 아니다.

단 「문학의 제도성은 어떻게 바뀌고 있는가」에서도 거듭 논의되고 있는 것처럼, 문학의 민주화 경향은 문제적이다. 기존 문학 제도

508

의 닫힌 체계가 포착하지 못하고 수용할 수 없었던 새로운 문학적 에너지들이 폭넓게 실험되는 가운데 새로운 문학을 형성할 가능성은 높아 보인다. 그러나 여기에도 유보 조건이 있는바 PC 통신 문학의 경우 현재 기성 작가들이 참여하고 있는 '하이텔 문학관'의 일부 코너를 제외하고는 글쓰기에 대한 경제적 보상이 거의 주어지지 않는다는 점이다. 보다 대중화된 혹은 속중화된 70년대식 학원 문단의 오믈렛처럼 될 가능성을 배제할 수 없는 까닭이다. 하지만 여전히 가능성은 긍정적인 측면에서 찾아야 하리라. 김병익이 "권위주의적 문단 구조를 해체하는 새로운 '시민 문단'이 형성될 수도 있을 것(p. 61)이라 쓰고 있는 까닭도 대중화된 학원 문단의 상층부가 공동체적 초월을 도모할 때 가능한 양상으로 여긴 게 아닐까 생각한다.

그러나 새로운 '시민 문단'을 형성하고, 현존의 문학 시장 체제를 전반적으로 재편성할 에너지를 확보하기 위해서는 새로운 PC 통신 문학의 내포가 튼실해야 한다. 3)항에서 저자가 그 일부 형식으로서 공동 창작 가능성이나 하이퍼 픽션의 열린 가능성, 또는 "문학은 언어만의 것으로부터 풀려"(p. 63)나 "복합 미디어 문학"(p. 64)으로 전개될 수 있는 가능성 등을 지적하고 있는 것도 그 때문이다. 새로운 문학의 가능성은 너그러운 문학주의자인 저자에게 흥미로운 것이기도 하지만 우려스러운 것이기도 하다. 틈이 있을 때마다 "기왕의 문학의 개념은 근본적으로 흔들리지 않을 수 없게 될 것이다"(p. 63)라고 적는 까닭도 거기에 있지 않을까. 그런데 실상 이 항목은 새로운 형태에 대한 범박한 예상이나 기존의 문학관 해체에 대한 우려에서 그칠 문제가 아니다. 「컴퓨터는 문학을 어떻게 변화시킬 것인가」라는 글이 1994년에 씌어진 것이라서 그렇지만, 「자본 – 과학 복합체 시대에서의 문학의 운명」을 쓴 1997년 버전이라면 그 내포를 또 달리했으리라 짐작된다. 컴퓨터 관련 모든 사이버리아들의 기본적인 특징이 바로 '버전 업'이니까 말이다. 저자는 다른 글(「문학의 제도성은 어떻게 바뀌고 있는가」)에서 "전자 미디어를 타고 나올 이런 문학은 말 그대로 '근대 이후' 그러니까 포스트모더니티의 문학이 될 것"(p. 107)이라고 쓴 바 있지만, 포스트모더니티라고 하건 디지털 리얼리티라고 하건 그 새로운 리얼리티의 미학성 내지 세계관의 특성에 대한 조망을 거쳐야 이 새로운 문학 형태들에 대한 문학적 평가가 가능해질 수 있을 것이다.

4)항에서 저자의 문제, 특히 비인격적인 가상 저자를 논의하고 있는 대목은 김병익의 통찰력을 잘 보여주는 사례이다. 다른 자리에서 그는 자본주의 시장 체제와 관련하여 저자의 문제를 다시 상론하고 있는데, 우선 컴퓨터와 관련한 논의만을 보면, 통신 공간에서의 상호작용성을 고려하여 근대적인 의미에서의 저자의 해체를 인지하고, 또 그 과정은 '복합 줄거리 소설'이나 '하이퍼 픽션' 등에서 현실화될 수 있음을 간파한다.[13]

---

13) 황현산은 '가상 작가'의 문제를 '가상 현실'과 관련하여 생각한다. "가상 현실이 문학화하기 이전에 '가상 작가'가 먼저 탄생하리라 본다. 이 가상 작가는 필명이나 익명 작가와 다르다. 익명이나 필명 뒤에는 현실 인격의 실체가 있지만, 가상 작가 뒤에는 가상의 경력과 가상의 학력, 가상의 감수성과 가상의 훈련 과정을 지닌, 즉 가상의 경험으로 조합된 가상 인격이 있을 뿐이다. 익명·필명 작가를 비롯한 모든 현실 인격 작가는 항상 자기 이력과 문학적 경력의 제약을 받지만, 가상 작가는 이 제약을 벗어나거나 이 제약을 임의로 선택한다. 이 점은 이 가상 작가의 모든 작가적 능력이 진정한 창조력이라기보다는 이제까지 확보되었던 모든 능력의 순열 조합에 불과할 것이라는 말이 된다(흔히 이야기하는 '작가의 죽음'은 아마 이 가상 작가를 통해 완성될 것이다. 작가의 죽음이란 따지고 보면 문학에서의 진정한 창조가 불가능하다는 말과 다른 것이 아니기 때문이다). 따라서 한 번의 가상 작가의 탄생은 곧 한 번의 소설의 소비를

컴퓨터와 멀티미디어 등의 새로운 디지털 과학과 관련된 관심과 더불어 자본주의 시장 경제 체제에 대한 관심도 남다르다. "이념의 붕괴와 체제의 변화, 사회와 문화 및 문학적 풍토의 변모는 창작의 성격을 대중화·상업화의 추세에 얹어 진정성의 문학을 위축시키고 생산과 소비의 시장 경제의 체계로 흡수하고 있으며 따라서 문학 자체는 문화 산업의 한 기능적 부분으로 퇴화될 우려"(p. 120)가 그 관심의 요체라 할 수 있는바, 이를 변화된 문학의 내용·자본주의·작가 정신 등의 논점으로 나누어 정리한 것이 다음 부분이다.

1) 문학적 주제가 역사·현실·변혁 등 '큰 이야기'로부터 개인·욕망·꿈과 작은 미시 권력의 '작은 이야기'로 옮겨간다; 2) 이 경향은 PC 문학의 새로운 개발과 보조를 같이하면서 근대 문학의 기초인 리얼리즘으로부터의 탈피를 유도한다; 3) 풍요한 소비 사회 속에서 문학은 대중의 읽을거리로 자리잡으며 에로소설·추리소설·SF 등 엔터테인먼트로서의 장르가 왕성해질 것이다; 4) 이럴 때 문학은 창작과 수용에서 생산과 소비의 시장 경제적 메커니즘에 종속되고 광고와 유통에 크게 영향받는다; 5) 이래서 문학은 문화 산업의 한 부문으로 내려앉고 작가는 영상 문화를 비롯한 그 문화 산업의 한 창의적 기능인으로 자리매김될 것이다; 6) 이것은 작가가 위대한 정신이라는 전래의 위엄과 영광으로부터의 퇴위를 의미할 것이고 그래서 문학은 문화

뜻하는 셈인데, 이 점은 통신 문학이 또다시 겸손해야 할 필요를 방증한다"(「'컴퓨터 통신 문학'의 권위와 탈권위」, 『PC 통신 문학의 현황과 전망: 하이텔 문학관 개설 5주년 심포지엄 자료』, pp. 37~38).

의 중심으로부터 변두리로 밀려날 것이다 등.[14]

「문학은 이제 어떻게 생산·소비되는가」「문학적 리얼리즘은 어떻게 변할 것인가」「문학의 제도성은 어떻게 바뀌고 있는가」「오늘의 우리 문학과 장인 정신을 위하여」 등의 글에서 논의한 내용들을 압축해 보인 것이다. 1)에서 3)까지는 논란의 여지가 적은 예상이다. 3)에서 추리소설이나 SF 등을 꼭 엔터테인먼트의 장르로 한정해서 논의할 수 있을 것인가가 문제 될 수 있을 터이나, 그보다는 「문학은 이제 어떻게 생산·소비되는가」와 관련된 4)항 이후의 논점들을 주목해보기로 한다. 오랜 문화주의자 김병익이 여기서 문화적 맥락에서의 '창작'과 '수용'이라는 용어 대신, 경제적 맥락에서 '생산'과 '소비'라는 말을 채택한 것은 철저한 내지는 각고의 현실 성찰의 결과로 보인다. 전래의 수공업적 장인 의식을 바탕으로 한 창작 과정과 감동적인 파장을 동반한 그것의 수용 과정 대신에, "시장 조사 – 소비자 기호 확인 – 제품 기획 – 제작 – 광고 – 대량 판매 – 소비자 사용 – 폐기의 이 일련의 과정"(p. 75)으로 문학이 생산되고 소비될지도 모를 미구의 현실을 그는 퍽 안타까운 마음으로 그려보았으리라. 이런 과정에서라면 작가의 이름이 작아질 것은 당연하고, 문학성의 의미가 약화될 뿐만 아니라 문학 자체가 '위락적 소비의 대상'으로 전락할 것이라 우려한다. 이 우려의 끝에서 그는 "문학이 생산 – 소비의 시장 메커니즘에 함몰되어 이제 '진정한 가치 추구'를 포기하고 한낱 소모품으로 스스로를 전락시켜버린다면, 그때도 우리는 여

---

14) 「자본-과학 복합체 시대에서의 문학의 운명」, p. 505.

전히 '문학'이란 말을 쓰고 '창조'며 '영원'이며 '보편성'과 같은 의미를 붙이고 고통스런 정신 혹은 초월적 감동이란 내적 환희를 얘기할 수 있을까"(p. 79)라며 우려의 괴로움을 실토한다.

이 대목에서 나는 제임스 미치너의 장편 『소설』(1991)이 생각난다. 여기서 작가 루카스 요더는 전통적 작가 정신을 가지고 있는 사람이지만 시장 메커니즘 속에서 성공하기도 한다. 편집자(이본느 마르멜르)나 비평가(칼 스트라이베르트), 독자(제인 갈런드)의 여러 형태의 개입, 특히 편집자의 시장 경제적/문학적 개입 상황에 직면하지만, 그는 그런 상황과 대화하면서도 최종적으로는 자신의 문학적 소신에 의한 창작을 한다. 즉 시장 경제 메커니즘까지를 긍정적 타자로 활용하고 있는 것이다. 물론 이것은 소설이다. 그렇지만 나는 있을 수 있는 일이라 생각한다. 자본주의 경제 원리의 자기 증식성은 김병익도 여러 차례 지적하고 있다시피 매우 위력적인 질주를 보이고 있다. 그러나, 그럼에도 불구하고, 자본주의가 가장 관철되기 어려운 갈래가 문학이라고 여긴다면, 그것은 혹 어린 생각일까.[15] 즉 자본주의적 체계의 사고를 거부할 수 있는 나름의 합리적인 내적 근거를 확보하고 있는 것이 문학 아닐까 생각하는 것이다. 그렇다면 자본주의적 체계의 사고와 아울러 문학적 반체계의 사고가 고려되어야 할 터이다. 이를테면 아무리 시장 경제 메커니즘이 문학의 생

---

15) 개인적인 이야기지만, 나는 이 같은 '어린 생각' 때문에 경제학도에서 문학도로 전신한 경우에 속한다. 다른 자리에서도 언급한 바 있지만, 문학은 여러 문화 장르 중에서도 가장 수공업적인 갈래기 때문에, 자본주의화 정도나 과학화 정도 면에서 가장 낙후될 수밖에 없으리라고 생각한다. 그리고 그것이 문학의 문학다운 생명이다. 자본 – 과학 복합체 시대를 가장 더디게 살 수 있는 조건을 문학은, 그것이 진정성을 구유하고 있다는 전제하에서, 이미 확보하고 있다고 여기는 편에 속한다, 나는.

산-소비 과정을 철저하게 관철해나간다 하더라도 최종적이고 가장 중요한 생산자는 역시 작가이며, 작가의 창조적 상상력일 수밖에 없다는 것, 다시 말해 예의 메커니즘이 아무리 철저하게 작동한다 하더라도 그런 시절에도 아무나 작가가 될 수는 없을 것이라는 점, 독자 측면에서 보더라도 광고 등 시장 메커니즘에 매몰되지 않을 문화적/비판적 교양층은 앞으로도 여전히 존재할 것이라는 점, 혹은 (소망스러운 생각이지만) 새롭게 형성된 신문화 대중들이 교양의 성장을 도모하여(그러기 위해서는, 김병익도 지적하고 있다시피, 문학 교육과 저널리즘의 역할이 대단히 중요하겠지만) 사회의 문화적 밑흐름을 바꾼다면(정말 그럴 수만 있다면!?) 계속해서 그레셤의 법칙이 관철되지는 않을 것이라는 점, 등등…… 물론 김병익의 예상대로 시장 메커니즘의 '주문 생산자-작가'가 많이 늘어날 것이다. 그러나 여전히 1급의 문학은 그 메커니즘을 넘어선 '창조자-작가'에 의해 씌어질 것이다. 그리고 그 '창조자-작가'의 창작품이 '주문 생산자-작가'의 문학 상품에 비해 시장에서도 상당 부분 경쟁력을 지닐 수도 있지 않을까.[16]

16) 이 또한 너무 낙관적인 견해일지 모른다. 그러나 나는 그럴 수 있고, 그랬으면 좋겠다고 생각한다. 좀 다른 사례지만, 몇 안 되는 전통 공예 전문가들에 의해 수공으로 제작된 전통 가구의 희소가치에 따른 현실적인 경제성을 보라. 문외한이 겉으로 보기엔 비슷한 가구인데도 불구하고, 공장에서 생산된 것에 비해 몇 곱절 비싼 값으로 판매되는 것을 보면, 나는 매우 신난다. 비록 내가 구매할 수 없어 속상하기도 하지만. 신나는 이유는 자명하다. 비록 그 높은 가격으로도 다 평가받는다고 보기 어렵긴 하지만, 나름대로 예술적 품격을 인정받고 있다고 생각되기 때문이다. 혼자의 공상일 수 있겠지만, 작가의 이름이 점점 작아지는 시대일수록 역설적으로 작가의 이름을 크게 할 필요가 있다. 물론 단순히 상업적/대중적으로 키우라는 이야기는 결코 아니다. 가령 이런 크기는 어떤가. 같은 소설이라고 하더라도, '주문 생산자-작가'의 상품이 5천 원에 팔리는 데 반해, '창작자-작가'의 작품은 5만 원에 소통된다면? 과연 만화적 상상력일까?

그렇다면 5)항의 우려 역시 반감될 수 있다. 아무리 영상 문화가 약진한다 하더라도, '스크립터 – 작가'와는 다른 '창조자 – 작가'의 존재 방식과 그 의의는 뚜렷할 것이기 때문이다. 정말 뛰어난 작가의 상상력에 의해 창조된 문학 작품만이 작곡가에게는 음악적 영감을, 화가에게는 미술적 감수성을, 영화감독에게는 영상적 상상력을 추동하는 충격을 줄 수 있지 않을까.[17] 그리고 아무리 더한 '자본 – 과학 복합체 시대'라 하더라도 음악이나 미술, 심지어는 영화로 번역되기 어려운, 오직 언어로만 표현될 수 있는 문학의 순금 지대를 우리 작가들이 계속 확보해낼 수 있다면 6)항의 우려 역시 줄어들 수 있지 않을까 짐작한다.

컴퓨터 및 자본주의 시장 메커니즘과 관련한 이상의 10가지 진단과 예상은 대체로 4·19세대 문학주의자인 김병익의 우려를 낳게 하는 것들이다. 그런 우려는 그가 상정한 '자본 – 과학 복합체 시대'에는 더욱 심각해질 것으로 보고 있다. 앞서 살펴보았듯이 그의 우려는 자본주의나 과학을, 다시 말해 새로운 현실과 그 변화상을 성찰

이 가격 차별화 정책은 화장품이나 고급 외제 소비 상품에서만 통하는 것일까? 혹은 전통 원목 가구 등속에서만 그치는 것일까? 자본주의가 점점 위력을 더해가는 이 시대의 작가들이라면 응당 자본주의적인 방식으로 자본주의를 견디고 넘어서는 고도의 문학적 전략 수립도 검토해볼 필요가 있을 터이다.

17) 영화 「장미빛 인생」을 만든 김홍준 감독은 언젠가 내게 이런 말을 했다. 최근 작가들이 소설의 영화화를 생각하여 충무로의 눈치를 보고, 의도적으로 소설 속에 영화적 장면을 많이 넣기도 한다고 하는데, 이는 그들이 영화는 물론 소설도 잘 모르기 때문이 아닐까 생각한다는 것이다. 수준 있는 영화감독일수록 보통은 영화로 표현하기 어려운 것처럼 보이는 소설에 의욕을 보인다는 것, 이미 영화적인 요소를 많이 갖춘 소설을 영화화한다면 그것은 영화 제작이 아니라 단순 번역에 불과하다는 느낌을 주기 때문이라는 것, 그리고 무엇보다 문학으로 잘된 작품이라야 보다 풍성하고 깊이 있는 영화적 상상력을 가져다준다는 것, 이런 것들을 모르는 소치가 아니겠느냐며 우려를 표했다.

하는 체계의 사고에 근거한 것이었다. 말이 허용된다면, 합리적인 우려라고나 할까. 새롭게 예상되는 현상에 근거한 체계의 사고가 자아낸 우려는 그 저편에서 문학적 변이의 체계를 추동시키기도 한다. 그것은 4·19세대 비평가의 비평적 자아의 뿌리를 확인하는 작업이기도 하다. 바로 '문학적 진정성'과 '장인 정신'에 대한 애정 어린 강조가 그것이다. 그것은 또한 문학의 실존적 선택과도 관련되는 절박한 문제라고 그는 생각한다. '자본 – 과학 복합체 시대'의 문학의 운명이 거기에 달려 있다고 보는 것이다.

삶의 의미와 세계의 허위에 대한 각성이 어느 시대에든 있어왔고 기능해왔기 때문에, 그것은 앞으로의 시대에도 여전히 나타나, 의미를 키우기 위해, 허위를 벗기기 위해 자 – 과의 거대한 세계 체제와 싸움 싸울 것이다. 그 싸움이 문학적 진정성이란 이름으로 수행되기를, 수행될 수 있기를 나는 기대하는 것이다. 그 진정성은, 세계 자본과의 싸움이고 신적 존재를 도모하는 과학과의, 골리앗스러운 싸움이다. 나는 그것이 알타미라 동굴에 소를 그린 원시 시대로부터 연면히 이어온 예술가들의 장인 정신에서 발현될 것임을 믿는다. 그들은 영상의 시대에도 여전히 문자로, 상업주의 시대에도 꾸준히 가난한 창조의 정신으로, 과학 만능의 시대에도 다름없이 수작업으로 자기만의 세계와 인간을, 그들의 고독과 진실과 품위를 드러낼 것이다. 바로 그들의 존재함 자체가 자본과 과학의 독재에 저항하는 존재성을 발휘할 것이다. 그것이 문학의 종말을 유예시키고 삶의 진의를 밝혀낼 것이다.[18]

---

18) 「자본 – 과학 복합체 시대에서의 문학의 운명」, pp. 508~09.

3. 심리적 이중 구조의 대화성과 새로운 인식의 지도 그리기

「오늘의 우리 문학과 장인 정신을 위하여」에서 김병익은 "장인 정신이란 자기 자신에 대한 엄격성을 요구하는 대신 타인에 대해 또는 새로운 세대에 대해 자신이 이루지 못한 새로운 가능성을 발견할 관대함을 가질 수 있고 또 가져야 한다"(p. 131)고 적고 있다. 우리는 이 대목에서 그의 견해를 십분 수긍하면서, 바로 그 자신이 그 같은 장인 정신을 지닌 비평가가 아닐까 생각해보게 된다. 그 이유를 여럿 댈 수 있을 것이다. 앞서 김병익론을 개진한 논자들도 그랬지만, 실제로 김병익론이란 그가 장인 정신을 구유한 비평가라는 이유 대기 이외에 달리 무엇이겠는가.

나는 앞에서 '전망을 위한 성찰'을 계속 견지해온 비평가라며 그 하나의 이유를 댔다. 또 하나. 자본 - 과학 복합체 시대, 혹은 정보 - 자본주의 시대에는 누구나 한결같이 "꿀벌통의 외톨이 벌집 속에 들어 있는 벌과 같은 존재"[19]이기 십상이다. 개인은 점점 왜소해지고 상대적으로 점점 더 무지해지며, 판단력 비판의 근거를 확보하기 힘들어진다. 이 점 비평가 - 개인이라고 해서 예외일 리 없다. '전망을 위한 성찰'은 매우 어렵고, 그런 까닭에 미시 담론에 어쩔 수 없이 빠져드는 경우도 많다. 더 나쁘게는 "비평의 중간화, 잡담화, 가십화가 가속"[20]화되기도 한다. 이런 상황에서도 여전히 변화된 현실을 조감하며 새로운 문학적 인식을 보인다는 것은, 그것도 사태를

---

19) 「자본 - 과학 복합체 시대에서의 문학의 운명」, p. 496.
20) 유종호, 「비평 50년」, 『한국 현대 문학 50년』, 민음사, 1995, p. 273.

종합적으로 성찰하여 그 결과를 제출할 수 있다는 것은 여간한 장인 정신의 발로가 아니고는 어려운 일이라고 생각된다. 그의 종합의 능력이나 의지는 다름 아닌 장인 정신의 소산이다.

하나 더. 비평 과정상에 보이는 심리적 이중 구조 혹은 비평적 반성 기제를 들 수 있다. 「책머리에」를 비롯한 여러 자리에서 그는 그 자신의 "피할 수 없는 심리적 이중 구조"(p. 91)에 대해 토로한다. 아니 어쩌면 그의 근작 비평 전체가 이 같은 심리적 이중 구조로 구성되어 있다고 보아도 과언이 아니다. 변화된 현실을 객관적으로 관찰하는 심리와 평가하는 심리 사이의 거리, 현실과 신념 혹은 소망 사이의 심리적 거리, 자본 – 과학 복합체 상황과 문학적 진정성 사이의 심리적 거리, 신세대적인 양상과 4·19세대 의식 사이의 심리적 거리 등등이 그의 비평적 판단과 진술의 심층에 한결같이 드리워져 있다. 예컨대, 컴퓨터로 인한 문학의 변화 양상을 검토하면서 그가,

문학의 민주화는 바람직하다, 그러나 그것으로 인한 문학의 저급화는 못마땅하다; 또는, 문학이 열린 텍스트가 되어 수정이 자유로워진다는 것은 흥미롭다, 그러나 그 결과로 작가의 아우라가 사라진다는 것은 슬픈 일이다; 혹은 문학이 전적으로 문자와 언어에만 종속된다는 것은 보수적인 문학관이며 그것으로부터 자유로워져야 문학의 새로운 가능성이 개발될 것이다, 그러나 그럴 때, 문학이 다른 장르, 특히 대중적 예술 장르와 다름으로써 자부할 수 있었던 문학의 독자적인 위엄을 잃어버리는 것은 인간 정신을 위해 비극적이다……

—「컴퓨터는 문학을 어떻게 변화시킬 것인가」, p. 64

라고 적을 때, 우리는 그 피할 수 없는 심리적 이중 구조의 한 단면을 잘 알게 된다. 그것은 사태의 실상을 왜곡하지도 않고, 문학적 소신을 버리지도 않는 상태에서 균형 잡힌 비평적 진술의 가능성은 어디에 있는가를 보여준다. 또는 그 이중 구조의 대화 속에서 그의 비평이 생산적인 에너지를 지닌다고 볼 수도 있다.[21] 물론 이 이중 구조의 대화성은 비평적 포괄의 지혜를 지닌 이에게만 허용된다. 김병익은 그런 비평가다. 아래에서 보이는 것처럼 "'그래서'와 '그럼에도 불구하고'의 갈등"을 거듭하고 있는, 김병익의 심리적/비평적 이중 구조는 그 자신뿐만 아니라 여러 타자들에게 적극적인 대화를 요청하고 있는 공간이기도 하다.

전래의 문학적 감동과 기능을, 형태는 어떻든 질로써 여전히 살려내기 위해서는 그 순환의 고리가 잘려야 하는데, 그 황금의 칼을 가진 사람은 결국 작가 자신에게 있다는 점을 결론적으로 제시하지 않을 수 없다. 작가는 자신의 문학을 지켜내기 위해, 한편으로는 문학사적 전통을 지켜가면서, 다른 한편으로는 시대 변화의 도도한 흐름을 담아내면서, 문학을 위협하고 그래서 한갓진 소비품으로 추방하려는 세력과 싸움싸우지 않으면 안 된다. 우리가 문학적 제도의 변화를 예감하면서 그럼에도 그것을 통해 문학의 수명을 유지하기 위해서 가장

---

21) 김병익 비평의 가장 큰 미덕으로 나는 '대화성'을 들고 싶다. 일차적으로는 비평의 대상(그것이 현실이든, 작가든, 작품이든 간에)과 충분한 대화를 나누며, 그다음에는 그 대상과 관련한 여러 타자들과 교감하고 대화를 나누어가며 자기 논리를 펼쳐가고 있는 것이다. 그 비평문에서 여러 타자들의 목소리가 다성적으로 어울리면서 하나의 새로운 비평 논리를 탐색해 들어가는 과정을 발견하는 일이란 그리 어려운 일이 아니다.

오래된 작가의 진정성에 그 미래를 걸어야 한다는 것은 아이러니이다. 그러나 문학은 아이러니의 산물이며 작가는 그 같은 아이러니를 먹고 문학을 창조한다. 그래서, '그래서'와 '그럼에도 불구하고'의 갈등은 이렇게 해서 새로운 시대의 문학적 화두가 될지도 모른다. 삶과 사유와 정서의 양식이 변한다는 것, 그래서 문학도 변한다는 것, 그럼에도, 가장 오랜, 문학적 존재 이유에 기대어 그것의 진정성을 여전히 살려내려고 노력한다는 것, 거기에 문학의 미래가 달려 있는 것이며 작가들에 대한 우리의 신뢰가 매여 있는 것이다.

—「문학의 제도성은 어떻게 바뀌고 있는가」, pp. 118~19

줄곧 작가에게 우려될 상황들을 검토하고 작가의 이름이 작아질 수밖에 없다고 생각하면서도, 그럼에도 불구하고, 작가에게 신뢰를 보낼 수밖에 없는 심리적 이중 구조 혹은 비평적 곤혹을 우리는 잘 알고 있다. 그러므로 그가 '문학적 진정성'을 결론적으로 강조하고 있는 것은 그 나름의 새로운 탐색과 종합, 그리고 대화적 읽기의 소산이라고 보아야 한다. 김병익은 자신의 대화적 읽기의 결과를 여러 타자들과 다시 나누고 대화하고자 한다. 특히 최근에는 진정한 작가들과 더욱 내밀하게 교감하고 대화를 나누고 싶어 하는 것 같다. 그에게 있어 비평은 권력이 아니다. 대화다. 대화를 위한 공공의 마당 public sphere이다. 전망을 위한 성찰과 대화를 계속하고 있다는 점에서 그는 진정한 장인 정신을 지닌 비평가로 불려도 좋다고 생각하는 것이다.

그 이유는 또 얼마든지 더 댈 수 있다. 이미 인용해 보인 대로 그가 생각하는 장인 정신의 내포 중 "새로운 세대에 대해 자신이 이루지 못한 새로운 가능성을 발견할 관대함을" 가지고 있다는 것 또한 그렇다. 앞에서도 구체적인 세목이나 각론의 버전 업 가능성을 열어두고 있다고 적은 바 있는데, 적어도 나는 그의 최근 비평을 읽으면서 몇 가지 새로운 비평 글감을 발견했다. 아니 과제를 받은 느낌이었다. 새로운 세대의 가능성에 대한 관대함을 그가 보여준 것이다. 모름지기 새로운 인식의 지도를 그려야 한다고 강조하는 그 과제들을 잊기 전에 간략히 메모해두는 것으로, 변죽만 울린 형국이 돼버린 김병익의 최근 비평 읽기의 초고를 마치고자 한다. 가령 이런 것들이다: 1) 김병익이 '자본-과학 복합체 시대'라 부르고 있는 그 새로운 시대의 새로운 패러다임을 더 효율적으로 설명할 수 있는 학제간 이론틀은 무엇인가. 불확실성 이론이나 퍼지 이론 등이 혹 그 구성에 도움을 줄 수 있지 않을까?; 2) 김병익이 포스트모더니티라고 언급한 그 부분, 어쨌든 새로운 리얼리티에 대한 다각적이고 심층적인 탐색이 필요하다. 김병익의 최근 성찰이 사회문화론의 측면에서 의미 있을 뿐만 아니라, 전문화된 문학론의 지평을 심화하는 데 기여하기 위해서라도 요긴한 작업이다. 특히 버추얼 리얼리티를 탐구하다 보면 사이버 문학이 단순한 위락의 문학만은 아니라는 사실이 밝혀지게 될 것이다; 3) 자본과 과학이 지배적인 우세종이라면, 가령 정수복의 저작 제목처럼 '녹색 대안을 찾는 생태학적 상상력'이 그 대안 사고로서 아주 중요하지 않을까? 미래의 정보-자본주의 시대는 디지털토피아와 유토피아 사이의 경쟁과 긴장으로 구성되지 않을까? 비록 현실적인 위력은 약하다 할지라도 진정한 인간다운 삶을 소망하는 문학에서는 아주 중요한 명제가 아닐까?; 4) '문학적 진정성'이나 '문학성'에 대한 심화된 논의가 비평 공간을 위해서는 물론 창작 공간을 위해서도 아주 필요하다; 5) 장인 정신을 통한 언어 미학의 미래적 가능성에 대한 탐구? 혹은 장인 정신의 실존적 의미 재고? 등.

비평의 소통, 소통의 비평

1980년대 초에 김현은 1970년대 비평을 정리하는 자리에서 이런 말을 한 적이 있다. "나는 이제야말로 문학 비평가가 정말 해야 하는 것은 무엇인가를 명확하게 생각해야 할 시기라고 생각한다. 〔······〕 문학 비평은 문학 비평이 문학 비평으로 남을 수 있게 싸워야 한다. 그 싸움과 동시에 문학 비평이 정말 할 수 있는 것은 무엇인가, 문학 비평이란 무엇일 수 있을까. 1980년대의 앞자리에 나는 그 질문을 나에게 되풀이하여 던진다."[1] 이런 질문은 매우 근본적인 것이어서 언제든지 비평가들로부터 제기됨 직한 문제가 아닐 수 없다. 김현 이전에도 있었고, 그 이후에도 거듭 되물어진, 그만큼 오래된 질문이다. 그럼에도 불구하고 김현과 그 이후 이 질문에 대한 우리의 소회는 매우 곡진하다. 김현이 타계한 1990년 이후 이 질문은 더욱 절실하게 다가왔고, 또 20여 년이 지난 요즘은 더욱 절박한 문제가 되

---

1) 김현, 「비평의 방법」, 『전체에 대한 통찰』, 나남, 1990, pp. 213~14.

었다.

무엇보다 정보 자본주의와 소비 자본주의의 전 지구적 위력 앞에서 그 누구라도 자유로울 수 없게 되었다. 불연속적인 것과 연속적인 것이 얽히고설킨 나날의 삶은 존재의 불확정성을 가중시키고 있으며, 파시스트적인 속도로 질주하는 문화 변동은 문화 지체라는 말조차 무색하게 여겨질 정도다. 공유하는 인간 경험과 문화 체험의 정도는 날이 갈수록 줄어들고, 그에 따라 개개인의 삶과 의식은 더더욱 파편화되는 경향을 보인다. 경제적·문화적으로 겉보기에는 이전보다 풍요롭고 화려하고 다채로워 보이지만, 정작 인간의 내면적 행복 지수나 문화적 감동 지수는 하향 곡선을 그리고 있다. 작은 인간, 왜소한 인간들의 불안감이나 피로감, 존재 박탈감들이 길고 짙은 그림자를 드리운다. 작은 인간들은 나날이 상품을 소비하며 살지만, 소비의 주체인 자신마저 자기도 모르는 사이에 더 큰 타자에 의해 소비되거나 소진된다.

비평으로 좁혀 말하더라도 사정은 마찬가지다. 현실의 전체적 지형은 물론이거니와 문화와 문학의 전체적 지형도를 그릴 수 있는 '전체에 대한 통찰'을 갖춰 지니기 매우 어려운 상황에 처해 있다. 이는 비평가 개인의 성실성 여부에서만 생겨나는 문제가 아니다. 매우 복합적이고 혼돈스러운 현실은 이미 가장 성실한 비평가에게조차도 그런 예지와 종합에의 꿈을 앗아갈 정도로 위력적이다. 아주 오래전에 헬렌 가드너는 유행이라고 하는 파괴의 물결 앞에서 탁월한 작가들을 보호해주는 것[2]이 비평의 임무라고 말했는데, 그 임무

---

2) Helen Gardner, *The Limits of Literary Criticism*, London: Oxford University Press,

를 다하기도 쉽지 않게 되었다. 게다가 문학적 전망 제시에 힘을 실을 수 있는가 하면 그것도 여의치 않아 보인다. 또한 비평가 자신의 문학에 대한 새롭고 독자적인 의견을 전개하여 그 비평 자체에 예술적인 창조성을 부여하는 비평 행위 역시 활발한 것 같지 않다. 그렇기보다는 여러 경로에서 의심과 의혹의 눈초리를 받고 있는 실정이다. 비평가들이 문학적 진정성과는 별개로 상업주의나 저널리즘에 휘말리고 있다는 것, 자신들의 권력을 유지 내지 강화하기 위한 소아적 분파주의에 사로잡혀 있다는 것, 많은 작품들을 읽지 않거나 읽더라도 제대로 읽지 못한다는 것, 비평가의 비평적 판단력이나 감식안에 문제가 있다는 것, 비평적 평가 기준이 모호하거나 타당하지 않다는 것, 문학 텍스트 현실에 근거하지 않고 자신의 입장만을 앞세운 발언만을 하거나 문학 생산이나 문화 수준 향상에 별로 도움이 되지 않는 지엽 말엽적인 논의로 시간을 소모한다는 것, 기생적인 주례사 비평에 머문다는 것, 등등 여러 의혹과 추문 속에서 자유롭지 못하다.

물론 이런 의혹의 시선이나 추문은 어제오늘의 일이 아니다. 작가들에 의한 불만은 예로부터 많이 있어왔다. 콜린스를 "작품을 좀먹고 사는 벼룩"으로 혹평한 테니슨의 말이나, "시인을 평가하는 것은 오로지 시인만의 임무이며, 그것도 모든 시인의 임무가 아니라, 최상의 시인만이 할 수 있는 일"이라고 한 벤 존슨의 지적을 비롯해, "악의에 찬 평자들은 시시한 작가들의 하위 서열 중에서도 이류에 속한다"(셸리), "자신을 돌아보면서 평자들은 생산 능력을 잃어버린

1956, p. 62.

환관들의 모습을 발견한다"(조지 스타이너), "심지어 가장 저급한 시도 그 시에 대한 언급과 같거나 더 나을 수밖에 없다"(그레이)는 등등이 그런 사례들이다. E. M. 포스터 역시 "비평은 적절치 못하다"고 말하면서, 그 이유로 비평이 한 번도 무엇을 해야 할지에 대해 말한 적이 없고, 대신 해서는 안 될 것만 지적했다고 언급한 바 있다.[3] 이런 사례들을 원용하면서 루스벤은, 평자들은 항상 고전이라고 불리는 작품들로부터 평가 지침을 받음으로써 평가 기준의 하향을 막으려고 노력하고 있는데, 이러한 기준으로 인해서 항시 부당한 대접을 받아야 하는 젊은 작가들에 대해 미리 규정된 원칙에 의거해 평가를 내리는 것은 마치 뒷거울을 보면서 운전하는 것과 같으며, 기껏해야 앞에 놓인 현재의 상황과 충돌하는 결과를 가져올 뿐이라고 경고한 바 있다.[4] 또 「비평가 없는 예술과 독자 없는 비평가」라는 시사적인 제목의 글에서 미국의 비평가 메리 프랫은 "대부분의 예술 작품에 대해 사실상 비평이 쓰여지지 않고 있는 형편이고" "대부분의 비평이 읽히지 않고 만다"[5]는 사실을 지적한 바 있다. 김현이 비평가가 정말 해야 하는 것이 무엇인가를 생각해야 하는 시기라고 말했던 무렵이었다. 물론 이런저런 의혹의 시선들이 시비의 여지가 없는 것은 아니나, 그에 대한 시비보다는 발본적 성찰을 통해, 문학 비평이 무엇으로 어떻게 소통할 것인가에 대한 새로운 가능성을 모색하고 실천해야 할 때임은 분명해 보인다. 그렇다면 비평은 어떻게

---

3) K. K. 루스벤, 『문학비평의 전제』, 윤교찬 옮김, 현대미학사, 1998, pp. 378~79.

4) 같은 책, p. 378.

5) 메리 프랫, 「비평가 없는 예술과 독자 없는 비평가」, 『비평이란 무엇인가』, 폴 헤르나디 엮음, 최상규 옮김, 예림기획, 1998, p. 227.

그 새로운 가능성에 도전할 수 있을 것인가.

첫째, 문학과 현실의 전체적 상황과 맥락의 성찰을 위한 비평적 긴장을 늦추지 말아야 한다. 두루 아는 것처럼 정보/소비 자본주의가 만개한 가운데 현실은 매우 빠른 속도로 변화하고 있다. 생태계의 전면적 균형 상실과 아울러 생명의 전체성에 대한 인간 감각의 파괴와 상실 경향도 심각하다. 그런 가운데 문화 일반은 비속화 일로에 있으며, 상징적이거나 실제적인 폭력으로부터 인간 삶은 자유롭지 못하다. 새로운 세계 자본주의 질서 속에서 계급 문제나 불평등 문제에 대한 성찰은 물론 한반도 내적으로 분단 문제, 민족 문제 역시 비평적 성찰의 긴장을 요하는 대목이 아닐 수 없다. 무한 경쟁 시대의 타자의 윤리학이나 디지털 시대의 윤리학에 대해서도 우리는 적극적인 성찰을 보일 수 있어야 한다. 우리의 일상생활 그 자체도 얼마나 문제적인가. 근대의 이성이 의심받고 전체성이 회의받기 시작한 것은 오래전의 일이나, 우리는 여러 가지 맥락에서 그것들을 의심하고 회의하면서도 현묘하게 새로운 시대의 윤리 감각에 대해 역동적으로 성찰할 필요를 느낀다. 현실과 문화, 문학에 대한 진정한 비판과 전면적 성찰을 바탕으로 문학과 인문 문화의 건강성을 추구하고, 세계의 생명력의 불꽃을 다시 지필 수 있어야 한다. 문화적·현실적 맹목으로부터 벗어나 진정한 가치를 추구하고 그것으로 인간 역사의 수레바퀴를 새롭게 굴릴 수 있는 비평적 긴장과 성찰이 그 어느 때보다도 절실하게 요구되는 시점이다. 그러니까 비평의 종언은 없다. 문제가 깊고 넓을수록 비평적 주제도 심화될 수 있는 법이다.

둘째, 해설과 비판의 담론을 넘어 비평은 생산과 창조의 담론을 지향해야 한다. 물론 기존에 비평이 견지했던 해석과 비판의 담론은 그 자체로 새로운 창조와 생산을 위한 기획들을 함축하고 있는 것들이었다. 하지만 이제 좀더 적극적으로 생산과 창조의 담론이 될 수 있을 때 비평의 새로운 지평이 열릴 수 있을 터이다. 불연속적이고 불확정적인 현실에서 인간 의식의 신명에 상응하는 상상력을 회복하는 방향은 어디에 있을지, 새로운 문학 지도 그리기를 위한 가능 세계 탐색의 가능성과 방향은 어디에 있을지에 대해, 비평이 창조적인 지혜를 보여줄 수 있기를 희망한다. 경험된 세계이거나 경험하기를 소망하는 세계에 대한 상상적 공동 제작자라는 자의식을 비평이 지닐 수 있을 때, 비평은 창작의 진정한 타자가 될 수 있을 터이다. 나아가 문학의 새로운 존재 방식에 대해서도 창작자 이상으로 고민과 지혜를 생산적으로 나눌 수 있어야 한다. 요컨대 비평과 창작과의 관계에서 비평이 사후성(事後性)에만 머물지 말고, 비판과 반성의 사후성은 물론 새로운 창조와 생산에 적극적으로 관여하는 동시성이나 사전성(事前性)의 영역까지 포괄할 수 있었으면 한다. 동시대의 의미심장한 주제들에 대한 예민한 탐색과 첨단 감각, 오랜 인문적 지혜와 교양 등이 조화롭게 어우러져 생산된 비평들은 독자들과 행복한 소통의 지평을 알게 될 것이다.

셋째, 자설적인 비평 이론을 계발하고 이를 바탕으로 살아 있는 비평적 쟁점을 부각시키는 가운데 대화적 비평을 모색해야 한다. 가벼운 인상 비평이나 가십성 비평이나 주례사 비평 등이 만연하면 비평은 점점 왜소화되고 주변으로 밀려날 운명에 처할 것이다. "작품을 좀먹고 사는 벼룩" 신세는 곤란하지 않겠는가. 또 소비 자본주의의 쳇바퀴에 휘말려 가볍게 소비되거나 소진될 여지마저 있다. 무엇보다 이미 이루어진 창작물에 대한 기생성에서 벗어날 길이 없을 터이다. 비평이 자기 정체성과 존재 기반을 다지기 위해서라도 우선 비평 이론에 대한 심화된 성찰이 요구된다. 20세기 후반에 서구에서 많은 비평 이론들이 개진되고 실험되었다는 사실을 우리는 잘 알고 있다. 형식주의, 구조주의, 마르크스주의 비평, 정신분석 비평, 독자 반응 비평, 신화 비평, 탈구조주의 비평, 탈식민주의 비평, 페미니즘 비평, 신역사주의 비평, 생태주의 비평 그리고 또 다른 이름의 많은 비평 방법들을 우리는 학습했다. 소쉬르, 레비스트로스, 루카치, 골드만, 마슈레, 미하일 바흐친, 프레드릭 제임슨, 테리 이글턴, 크리스테바, 주디스 버틀러, 프로이트, 융, 라캉, 푸코, 들뢰즈, 가타리, 지젝, 지그문트 바우만, 조르조 아감벤과 그 밖의 많은 논자들을 탄력적으로 주목한 바 있다. 여기에 노장사상이나 불교의 윤리 감각, 유가의 사상이나 퇴계학 등 동아시아의 담론들을 보태고 융합하고 새롭게 성찰하면 수용을 넘어선 새로운 비평 이론의 구상도 가능할 것이다. 비평 이론의 틀이 넉넉하고 튼튼할 때 비평 담론의 적절성 및 정당성과 생산성을 높일 수 있다. 비판적 대화나 논쟁의 경우에서도 마찬가지다. 아울러 비평 이론을 바탕으로 한 전작 비평의 저작도 우리 시대의 과제이다. 단편소설 중심의 근대소설사가 어느덧 당당한 장편소설의 시대를 맞이했다. 비평도 자기 체계를 명실상부하게 갖춘 전작 장편 비평의 시대를 열어나갈 때 새로운 활력을 얻을 수 있을 것이다. 〔여러 사례가 있겠지만, 노스럽 프라이의 『비평의 해부』(1957) 같은 경우를 떠올려보기로 한다. 현대 미국 문학 비평을 개관하는 자리에서 A. 월튼 리츠(프린스턴 대학 석좌교수)는 새로운 비평의 시대의 전주곡으로 노스럽 프라이의 『비평의 해부』를 주목했다. 프라이에 와서야 비로소 비평가는 자신의 특별한 지식과 힘을 가지고 더 이상 예술가의 시종이 아닌 동료가 되었다고 리츠는 지적한다. 인간성과 문화에 깊은 관심을 가졌던 프라이는, 비평가가 자신의 독자적인 창조력을 가지고 어떻게 예술가와 독자 사이에 위치할 수 있는지, 그 가능성을 보여주었다는 것이다. 여러 가지 면에서 『비평의 해부』는 그 자체가 하나의 조직적 상상력의 결과물이라는 것이 리츠의 견해다. 일찍이 영국의 비평가 프랭크 커모드도 1958년에 쓴 서평에서 "이 책은 핵심적이고 자주적이고 윤리적이라는 면에서 하나의 문학 작품이 되어버린 비평서라고 생각하는 것이 합당할 것"이라고 적은 바 있다.)[6]

넷째, 문학 교육에 실질적으로 기여하는 비평의 역할에 대해 적극적으로 탐색해야 한다. 비평은 예로부터 폭넓은 의미에서 문학 교육의 장이기도 했다. 흔히 말하는 대로 인문 문화적 가치를 계발하고 보존 전승하며, 비판적 시민을 교육하며, 문화적 능력을 함양한다는 측면에서 문학 교육과 비평은 실질적인 협력을 해야 한다. 문학의 위기, 비평의 위기, 문학 교육의 위기는 서로 운명을 같이하는 것이다. 문학 교육 현장은 수준 높은 문학 교양과 비판적 안목을 지닌 독자 내지 예비 창작자를 양성하는 곳이다. 이 목표가 실효를 거둘 수 있을 때 한 사회의 문화적 능력은 향상된다. 진정한 문학과 비평의 생산과 소통이 가능해지는 것도 그 기반에서일 것이다. 그런데 문학 교육이 잘되기 위해서는 교육 재료가 충분해야 한다. 좋은 작품과 그것을 읽고 판별하고 해석하고 비평할 수 있는 안목이 제공되어야

---

6) A. 월튼 리츠, 「현대 미국문학 비평」, 『현대문학의 위기와 미래』, 김성곤 엮음, 다락방, 1999, pp. 135~36.

하는 것이다. 바로 비평가들이 그런 실질적인 교육 재료를 폭넓게 제공할 수 있어야 한다. 문학 교육 현장에 양질의 재료와 동시대의 문제적 측면들에 대한 살아 있는 쟁점을 제공할 수 있을 때, 비평의 사회적인 영향력도 증대될 것이며, 독자 없는 비평의 불우한 운명도 개선될 수 있을 것으로 본다.

다섯째, 한국 문학의 세계화에 실질적으로 기여하는 역할을 할 수 있으면 좋겠다. 그것은 안팎이라는 양방향으로 열려 있다. 한국 문학과 그 담론을 세계에 널리 효과적으로 알리는 것이 그 하나라면, 세계 문학의 수준에 비춰 한국 문학이 부단히 혁신할 수 있도록 돕는 것이 다른 하나이다. 10여 년 전 미국의 어느 대학에서 문학 교수와 대화를 나눌 때의 일이다. 내가 라캉과 지젝 이야기를 하니까, 그녀는 그런 담론은 자신도 잘 아니 자기가 모르는 동양/한국의 다른 담론 이야기를 해달라고 했다. 작년 가을 멕시코 과달라하라 국제도서전에서 한국 문학 이야기를 하는데, 스페인어권 청중들은 한국 문학의 맥락에 대해 더 듣고 싶어 했다. 올림픽이나 월드컵을 개최한 나라, 휴대폰이나 자동차를 잘 만드는 나라 이야기가 아니라 문학 이야기의 다양한 맥락을 알고 싶어 했다. 세계 문학적 보편성을 염두에 두면서도 한국 문학의 특수성을 잘 설명할 수 있는 심화된 담론을 정립하는 데 게을리하지 않아야 할 이유는 참으로 많다. 드라마나 영화, K팝을 중심으로 한 한류가 문학으로 심화될 때, 한국적인 가치의 세계화는 그 진정한 깊이를 알게 될 것이다. 아울러 세계 문학의 첨단 감각에 대한 감식안을 바탕으로 한국 문학이 세계 문학과 탄력적으로 소통하고 혁신적으로 대응할 수 있도록 다각적인 지혜와 정보를 제공하는 것도 우리 시대 비평가들의 몫이다. 번역이나 홍보의 문제에만 집착할 것이 아니라 번역되고 홍보될 것의 심미적 가치를 혁신하는 것이 중요하겠기 때문이다.

여섯째, 전위적인 실험 정신으로 비평의 새로운 스타일을 창조해 나가야 한다. 흔히 언어는 소리와 침묵으로 구성되어 있다고 말하는데, 창작 텍스트도 그렇듯이 비평도 실험된 영역과 실험되지 않은 영역으로 이루어져 있다. 이미 실험된 고답적인 비평 언어와 관점, 스타일로는 새로운 시대의 비평 역할을 다하기 어렵다. 실험되지 않은 영역에서 새로운 비평의 탄생을 부단히 꿈꾸어야 한다. 구축, 해체, 재구축의 과정을 반복해왔던 담론의 질서와 계보를 헤아리면서, 정녕 새로운 비평 언어와 관점, 스타일로 문학과 비평의 역사를 새롭게 열겠다는 다부진 정념과 지혜가 요구된다.

우리 시대 비평의 과제는 그 밖에도 더 많을 것이다. 요컨대 나는 비평의 위기를 넘어 새로운 가능성을 여전히 꿈꾸고 싶다. 비평이 사회 문화의 주요한 조감도나 나침반 역할을 담당하고, 인문 문화의 신경 중추가 되어 문화 대중들과 폭넓게 소통하는 꿈을 말이다. 의미심장한 문학 담론으로 한국과 세계의 문학/문화 지도를 역동적으로 바꾸어나갈 소망을, 비평의 이름으로 견지하고 싶다. 창작 텍스트를 추수하는 소박한 해설자를 넘어서서 비평으로 문학의 꿈을 새롭게 꾸고, 인문적 지혜의 벼리를 알게 하려는 역동적 기획을, 추구하고 싶다. 인문 문화의 전위가 되고, 인문 문화의 소통을 통해 문화 대중들과 위안과 행복의 감각을 교감할 수 있는 그런 담론의 공간으로서 비평의 자리를 모색하고 싶다. 그러니까 새로운 가능성을 탐문하는 도전으로서의 비평의 꿈은 여전히 현재 진행형이다.

한국 문학, 무엇으로 소통할 것인가

1. K팝이라는 소프트파워

이른바 K팝K-Pop 열풍이 대단하다. 1996년부터 한국 드라마가 중국에 수출되기 시작하여 「사랑이 뭐길래」「겨울연가」 등 여러 작품들이 극적 반향을 불러일으켰다. 특히 2002년 「겨울연가」 신드롬은 매우 뜨거운 것이었으며, 이로써 아시아를 중심으로 한류(한류 1.0) 붐은 가속화되었다. 2000년대 중반 이후에는 한국의 아이돌 그룹의 음악이 아시아는 물론 유럽, 미주 지역까지 폭넓게 각광받고 있다(한류 2.0). 그들의 리듬은 경쾌하다. 발랄한 비트감을 준다. 흥미로운 노랫말을 따라 부르기 쉬운 멜로디에 실었다. 무엇보다 그들은 멋진 외모를 바탕으로 감각적이고 역동적인 댄스를 화려한 무대 위에서 유감없이 펼쳐 보인다. 대체로 그들의 무대는 시각성이 청각성을 압도하는 광경을 연출한다. K팝 무대의 화려한 볼거리들이 세계 도처에서 관객들의 뜨거운 호응을 견인한다.[1] 이런 K팝 문화는 드라마, 영화 등과 더불어 한국 문화가 세계 문화와 소통하는 유력한 소프트파워가 되고 있는 것은 틀림없는 사실이다. 그 긍정적 효과를 인정하면서 다른 한편으로 겸허한 반성적 성찰도 요구된다.

2012년 4월 말에 열린 '한류 3.0 심포지엄'에서 일본의 후카가와 유키코 교수는 "자생적이고 독창적이며 깊이 있는 한국 문화가 한류에 내재돼 있는가" 물었다. 미국의 대중문화, 일본의 애니메이션과 초밥, 프랑스의 영화가 각자 자생적인 문화적 배경을 가지고 있는 반면, 한류는 역사 드라마 등을 제외하고는 '지나치게' 글로벌화돼 있어 그 뿌리를 찾기 어렵다는 지적이다. 그러면서 후카가와 교수는 "K팝은 곧 중국 팝이나 싱가포르 팝으로 대체될 수도 있다"[2]고 내다봤다. 이에 대한 반론도 없지 않다. 정선 싱가포르 국립대 연구펠로는 K팝의 정체성에 대해 "여러 나라의 문화적 요소를 절묘하게 결합해 한국적인 분위기를 창출하는 대중음악의 한 장르일 뿐, 한류가 꼭 한국적 독창성에 의존해야 할 필요는 없다"[3]는 견해를 피력했다. 이렇게 K팝은 글로컬라이제이션 전략부터 정체성 문제 및

---

1) 『메인스트림』의 저자 프레데릭 마르텔은 '보아, 슈퍼주니어, H.O.T, S.E.S, 동방신기' 등의 아이돌 그룹을 띄운 SM 이수만 회장의 다음과 같은 발언을 인용한 바 있다. "치밀한 마케팅 작전을 세우는데, 그 특성은 철저하게 현지화한다는 것입니다. 판촉, 제작, 텔레비전 방송, 이런 모든 것을 전부 현지 실정에 맞게 개편합니다. 마지막으로 우리의 연예인들은 '다목적 스타'들입니다. 무슨 말인가 하면 그들은 노래, 춤, 연기, 패션모델 등, 이 모든 것을 소화할 수 있도록 양성된다는 거죠. 이들은 아주 다재다능합니다. [……] 이런 잘생긴 외모야말로 한 미디어에서 다른 미디어로, 아시아의 이 나라에서 저 나라로 가장 잘 옮겨갈 수 있는 값진 자질 중 하나죠"(프레데릭 마르텔, 『메인스트림』, 권오룡 옮김, 문학과지성사, 2012, p. 331).

2) 최규민, 「〔한류 3.0 심포지엄〕 "K팝, 한국 뿌리 찾을 수 없다" vs "꼭 한국적일 필요 없어"」, 『조선닷컴』 2012년 4월 30일 자. (http://biz.chosun.com/site/data/html_dir/2012/04/29/2012042901581.html)

3) 같은 글.

한국 문화의 방향에 이르기까지 다양한 생각거리를 제공한다.

물론 오늘 우리의 관심사는 K팝에 있는 것이 아니라, K팝이 역동적인 흐름을 형성하는 이 시기에 한국 문학의 새로운 소통 가능성에 있다. K팝이 유행이라고 해서 바로 한국 문학 작품이 그 한류의 흐름에 자연스럽게 실릴 수 있는 것은 아닐 터이다. 다만 K팝의 성공이 한국 문학의 확산에 얼마간 도움이 될 수 있을 것 같긴 한데, 그럼에도 문학은 문학 나름의 의미 있는 비전을 추구해야 할 것이다. 그렇다는 것은 K팝이라는 대중문화와 오래된 문학의 존재 방식과 미래가 비슷할 수 없는 까닭이다. 전적으로 그런 것은 아니겠지만, K팝은 하이테크 기술과 문화 자본의 논리를 바탕으로 전략적으로 접근할 수도 있을 것이다. 그러나 문학은 다르다. 문화 예술 장르 중에서 가장 로테크 예술이라고 할 수 있는 문학은, K팝처럼 화려한 무대나 아이돌의 외모 같은 시각적 장치나 요소에 기댈 수 없으며, 하이테크에 기반을 둔 첨단 사운드의 도움을 받기도 곤란하다. 더욱이 K팝과 같은 현대의 대중문화가 시청각적 요소의 직접성, 즉흥성에 호소한다면, 문학은 철저하게 간접화되어 있는 언어 형식과 행간의 응집성과 심연에 집중해 의미의 자장을 심화 확대해야 한다. 결정적으로 문학은 외국의 독자들과 소통함에 있어 번역이라는 지난한 장벽을 효과적으로 통과해야 한다. 번역 없이도 리듬과 비트로 소통할 수 있는 K팝과는 달리 대상국 언어로 정밀하게 번역되어야 하고, 현지의 기대 지평과 행복하게 조우해야 한다. 서둘러 말하건대, K팝 시대라고 해서 한국 문학의 새로운, 특별한 길은 없다. 오랜 세월을 그리했던 것처럼 문학은 '한없이 낮은 숨결'로, 문학의 진정성의 이름으로, 게걸음처럼 둔중하게 자기 길을 가야 할 따름이다.

2. 번역의 가치, 가치의 번역

한국 문학이 세계 문학 장에서 효율적으로 소통하기 위해서는 좋은 번역 과정을 거쳐야 한다. 간혹 한국 문학 작가들이 노벨 문학상 같은 세계 유수의 상을 아직 받지 못한 이유가 번역의 문제에 있다고 하는 말을 듣는데, 이는 부분적으로는 그럴듯하지만, 부분적으로는 그럴듯하지 않은 말이다. 좋은 번역 이전에 좋은 문학이 선행되어야 하기 때문이다. 번역이란 무엇인가? 보이드 화이트에 따르면 번역이란 "텍스트들 사이, 언어들 사이, 사람들 사이"의 거리, 그러니까 바로 "연결될 수 없는 불연속성과 불가능성"에 대면케 하는 기술이다. 그래서 번역은 그 자체로 "윤리적이고 지성적인 국면"을 지닌다. 번역가가 타자(텍스트의 저자)를 자기 자신과 분리된 혹은 자신에게는 결여된 "의미의 센터a center of meaning"로 인지할 수 있을 때 비로소 번역은 시작된다. 그렇다는 것은 자신의 언어와 의미 내지 미적 영역이 지닌 한계를 인정함과 동시에, 타자의 언어와 미학이 지닌 가치를 발견할 수 있을 때 번역이 비롯된다는 뜻이다. 그러므로 보이드 화이트에 따르면 좋은 번역은 "지배나 습득을 위한 동기"에서 이루어지는 것이 아니라, "경의respect"에 의해 이루어지는 것이다. "차이, 유동적인 문화, 불안정한 자아와 더불어 사는 것을 배울 수 있는 일련의 실천들"로 구성된다. 그래서 번역한다는 것은 "타자와의 관계에서 내가 존재하는 방식"이기도 하다.[4]

---

4) James Boyd White, *Justice as Translation: An Essay in Cultural and Legal Criticism*, Chicago: The University of Chicago Press, 1990, p. 257.

번역 전문가가 아닌 입장에서 보이드 화이트의 번역론을 언급한 이유는 다른 데 있지 않다. 나는 우리 문학이, 세계 문학의 번역가들로 하여금 한국 문학에 경의를 표하면서 진지하게 번역할 수 있도록 더욱 충만한 "의미의 센터"가 될 수 있기를 소망하는 것이다. 좀처럼 연결될 수 없는 불연속성과 불가능성을 느끼게 하면서도 그 불연속성을 넘어, 좋은 한국 문학과 더불어 번역가들이 새롭고 의미 있는 삶을 살아가고 있다는 생생한 느낌을 가지고 도전할 수 있도록, 더 좋은 한국 문학이 많이 나오기를 기대하는 것이다. 당연하게도 번역의 가치는, 가치 있는 것을 잘 옮길 때 더욱 빛날 터이기 때문이다.

그렇다면 번역가들로 하여금 '번역에의 의지'를 다질 수 있게 할 한국 문학의 가치는 어떤 방향으로 열릴 수 있을까? 그런데 이 질문을 던져놓고 보니 매우 막연하고 막막한 느낌이 드는 것이 사실이다. 누구라도 쉽게 답할 수 없는 질문이어서 영원히 탐문 도정에 놓일 질문이겠기 때문이다. 다만 변죽을 두드려서라도 중심에로 향한 울림을 기대하는 심정으로 몇 가지 단상을 언급해보기로 한다. 보이지 않는 세계 문학 독자들은 참으로 막막한 대양과 같다. 어쩌면 셰에라자드에게 천 일하고도 하룻밤 더 이야기를 계속하게 했던 술탄 샤리아르보다 더 엄혹한 존재들인지도 모른다. 그러니까 야우스나 볼프강 이저 같은 수용미학론자들이 상정했던 모범적인 독자, 이상적인 독자 이미지를 그려보는 것은 결코 쉽지 않다. 문학성의 측면에서도 그렇거니와, 문학 독서 시장에서의 반응 측면은 더더욱 그러하다. 반복이 되겠지만, 세계 문학과 한국 문학의 소통 과정에 왕도는 없다. 다만 한국 문학이 그동안의 문학적 축적을 바탕으로, 세계 문학의 다양한 양상들과 대화하면서 역동적으로 한국적인 세계 문학을 창안해나갈 따름이다. 아직까지 한국 문학은 '소수 문학'의 운명에서 자유롭지 않은 게 사실이다. 그러니 소수 문학으로서의 한국 문학의 개성과 세계 문학 전반의 보편성을 동시에 추구해야 할 과제가 한국 문학 담당자들에게 주어진 셈이다. 한국적인 분위기와 정신적 가치, 한국적 현실에 토대를 두었으되 세계인의 새로운 문제틀에 도전하는 산문정신, 흥미롭고 감동적인 스토리 구축, 실험적인 스타일로 새로운 문학의 윤리를 보여주는 것, 등등 방향은 여러 쪽으로 열려 있다.

3. 자기 통합과 자기 해체 사이의 긴장 혹은 혼종의 문제의식

문학의 가치는 어떤 경우에도 하나로 수렴되지 않는다. 가치의 복수화, 스타일의 복수화야말로 세계 문학사의 전개 과정에서 뚜렷한 양상이었다. 세상이 오랫동안 '이것 – 아니면 – 저것'이라는 이원론적 사유 체계 안에서 소모적인 싸움을 벌일 때에도 진정한 문학은, 언제나 그것을 넘어서, 혹은 그것을 해체하여 '이것 – 그리고 – 저것'이나 '이것 – 혹은 – 저것'의 지평을 탐문했다. 그 과정은 끊임없는 자기 해체와 자기 통합 사이의 긴장감 넘치는 도정이었으며, 혼종의 문제의식이 다각적인 프리즘으로 묘출되는 풍경이었다.

21세기 들어 한국 문학의 한 흐름은 한국의 근대성을 다시 숙고하고 한국의 문제를 세계사적 맥락에서 재구성하려는 쪽으로 진행되었다. 한국인들의 삶의 내력을 다시 보아, 다시 있게 하고, 다시 살게 하려는 서사적 의도의 일환으로 보인다. 강영숙의 『리나』(2006), 강희진의『유령』(2011), 김경욱의『천년의 왕국』(2007), 김연수의『밤은 노래한다』(2008), 김영하의『검은 꽃』(2003), 이응준의『국가의 사생활』(2009), 천운영의『잘 가라, 서커스』(2005) 등등의 소설들이 그런 사례들이다. 김경욱의『천년의 왕국』은 1627년 조선에 표착한 네덜란드인 벨테브레(한국명 박연)와 그 동료들의 조선 체류기를 재구성한 소설이다. 조선에 들어온 이방인들을 내보내지 않는다는 방침에 따라 억류되어야 했던 그들의 시선으로 17세기 조선을 다시 바라본다. 흥미로운 것은 조선을 탈출해 고국으로 돌아가고 싶어 했던 그들이 서서히 조선을 이해하는 방식이다. 이교도의 야만국으로 치부했던 조선을 "시적인 나라"[5]로 이해하게 되는 과정에서 보이는 타자적인 것들의 복합적 대화 양상이 잘 구성되어 있다. 강제적 억류와 그로 인한 불안과 불만이 타자적인 이방인의 환대로 승화되면서 조선에 대한 이해와 네덜란드인에 대한 이해가 중층적으로 이루어지고 있다.『천년의 왕국』이 밖의 시선으로 안쪽을 다시 보고자한 것이라면, 김영하나 김연수의 경우는 바깥으로 나가서 안쪽을 다시 성찰하려 한 시도이다. 김영하의『검은 꽃』은 20세기 초 멕시코 에네켄 농장으로 팔려 나갔던 조선인들의 이야기이다. 국운이 기울어 국가를 망실했던 시기의 망국인들이 세계 자본주의의 주변부에서 착취당하며 겪은 비극적 이야기를 통해, 한국인들의 비극적 근대 체험을 극화하고 있다. 김연수의『밤은 노래한다』는 1930년대 초반

---

5) "선장, 일전에 말했듯이 이 왕국의 이교도들은 모두 시인입니다. 듣자하니 관리를 뽑는 시험에서도 시를 짓게 한답니다. 시인들이 나라를 다스리고, 시인들이 군대를 지휘하고, 시인들이 병을 치료하고, 시인들이 장래를 점치는…… 이곳은 가히 시인의 왕국입니다. 멋지지 않소?"(김경욱,『천년의 왕국』, 문학과지성사, 2007, p. 255).

동만주의 항일 유격 근거지에서 벌어진 '민생단 사건'을 다룬 소설이다. 항일 혁명의 빛과 그림자, 열정과 비극이 혼돈스럽게 뒤섞여 있는 비극적인 이 사건을 통해 작가는 인간 비극의 심연을 예리하게 해부한다. 천운영의 『잘 가라, 서커스』는 한국으로 시집온 조선족 여인의 안타까운 사랑의 이야기를 통해 치유와 위안의 지평을 모색하는 가운데 다문화 현상의 문제성을 성찰하고 있다. 이응준의 『국가의 사생활』은 2011년 남한에 의한 북한의 흡수 통일이 이루어졌다고 가정하고 그 5년 후인 2016년 시점에서 한국의 비극적인 생태를 조망한 가상소설이다. 문제는 정치적인 것에 있지 않고 정녕 인간적인 것에 있을 따름이라는 사실을, 작가는 디스토피아적 상황을 극화하면서 암시한다.

이런 소설들은 그 스타일의 다양성에도 불구하고 다음과 같은 몇몇 특징들을 공유하고 있다. 첫째, 근대 이후 한국인의 운명을 산문적으로 탐색하고 있다. 그 결과 강렬한 서사성으로 독자들의 눈길을 끈다. 둘째, 한국의 분위기를 잘 살리면서도 타자 – 외국과의 교섭을 통해 대화적 상상력을 묘출하고 있다. 셋째, 고정된 근대 의식을 해체하고 한국적인 근대성을 재구축하려는 서사적 노력의 일환으로 보인다. 다시 보고, 다시 살게 하고, 다시 존재케 하려는 재귀적 서사 전략이다.[6]

이런 문제의식을 공유하면서도 강영숙의 『리나』는 좀더 인상적인 분위기를 연출한다. 『리나』는 주인공 이름 '리나'의 명명법부터 그

6) 문순홍은 게리 스나이더 등을 원용하면서 생물 지역주의가 택하고 있는 전략적 개념을 '다시 봄reenvisioning' '다시 삶reinhabitation' '다시 있게 함restoration' 등 세 가지로 논의한 바 있다(문순홍, 『생태학의 담론』, 아르케, 2006, pp. 349~51).

러하듯 무국적적인 인물의 이야기가 무국적적 공간 위에서 전개된다. 리나를 비롯한 여러 인물들은 어디에 속해 있기도 하고 속해 있지 않기도 한 일종의 퍼지적 인물들이다. 그들이 유랑하는 공간 역시 한국 내부일 수도 있고, 외부일 수도 있다. 탈북자 이야기처럼 보이기도 하고 그러지 않기도 한다. 현실적 리얼리티로부터 훌쩍 비켜나 그저 유랑한다. 해체와 통합 사이의 긴장감이 어지간하다. 그들에게는 목적지도 분명치 않다. 목적지가 있다고 하더라도 그리로 향해 직선적으로 나아가지 않는다. 이응준이나 천운영의 소설과 관련하여, 그들의 목적지로 나아가지 않는 숨은 의도를 짐작할 수는 있을 뿐이다. 마찬가지로 유랑의 기원도 분명치 않다. 기원도 목적지도 분명치 않으니 유랑의 반복과 순환이 있을 뿐이다. 반복의 문법과 순환적 연쇄 과정은 직선적 역사관이나 인생관에 대한 우회적 비판의 형식으로 보인다. 혼종적인 스타일로 국경 없는 시대의 윤리에 대한 반성적 성찰을 보인 소설이라 할 수 있다.

4. 분단 상황, 디지털 천국, 에코토피아

강희진의 『유령』은 한국의 작가만이 쓸 수 있는 이야기를 세계 보편적인 서사 스타일로 펼쳐 보인 소설이어서 주목된다. 북한에서 탈북한 주인공과 그 동료들의 생태를 사실적이면서도 상징적으로 형상화했다.[7] 사실적이라고 한 것은, 탈북할 수밖에 없었던 북한의 정치적·경제적 사정, 탈북 이후 남한의 경제적·문화적 사정 등을 실감 있게 기술했다는 말이다. 상징적이라는 것은 단순한 탈북자들의 생리를 그린 것이 아니라 21세기 세계의 문제의식을 독특하게 구성해놓고 있다는 뜻이다. 개인과 집단, 가족과 사회, 남한과 북한, 한국과 세계, 양성애자와 동성애자, 현실과 가상현실 사이의 경계를 중층적으로 탐문한다. 이러한 경계선의 인물인 문제적 주인공을 통해 작가는 분단 문제와 가상현실 문제를 복합적으로 성찰한다. 아울러 넓게 보아 추리소설의 기법을 활용해 읽는 재미 또한 보태고 있다.

『유령』의 주인공 주철(하림)은 최인훈의 『광장』(1960)의 이명준보다 2세대 다음 세대이다. 이명준이 북한군 장교로 참전했던 한국전쟁 당시 주인공의 할머니는 아버지를 잉태한 몸이었다. 지주였던 할아버지는 전쟁 중에 월남했다. 북한에서 아버지는 월남한 지주의 자식이라는 오명 때문에, 노래를 잘 불러 배우로 중앙 무대에 서보고 싶었던 꿈을 이루지 못하고 농민으로 전락해 어렵게 살았다. 그럼에도 아버지는 북한 공산주의 사상이 강해 함께 탈북하자는 아들의 말을 일언지하에 거절한다. 그러나 주인공은 먹고살기 어려운 북쪽의 삶을 과감히 포기하고 탈북하여 중국을 거쳐 남한에서 살게 된다. 북한에서 쓰던 본명 주철을 버리고 중국에서 아사한 친구 하림의 이름으로 산다. 대학에서 연극을 했던 그는 아버지가 북쪽에서 못 이룬 배우의 꿈을 남쪽에서 펼칠 수 있게 되었지만, 북쪽 가족에게 피해가 될까 두려워 TV에 나가는 것을 꺼리다 보니 어느새 단역

---

7) 『유령』 이전에도 탈북자들을 다룬 소설들은 여럿 있었다. 박덕규의 『고양이 살리기』(청동거울, 2005), 강영숙의 『리나』(랜덤하우스코리아, 2006), 황석영의 『바리데기』(창비, 2007), 권리의 『왼손잡이 미스터 리』(문학수첩, 2007), 이대환의 『큰돈과 콘돔』(실천문학, 2008), 정도상의 『찔레꽃』(창비, 2008), 이호림의 『이매, 길을 묻다』(아이엘앤피, 2008) 등 이외에 몇몇 단편들이 있다.

하나 맡기 어려운 룸펜이 되어 탈북자들이 모여 사는 허름한 곳에서 지낸다. 이렇게 현실에서는 비루한 처지지만, 온라인 가상현실에서는 그렇지 않다. 리니지 게임 공간에서 그는 쿠사나기 군주로서 한 용맹한 혈맹을 이끈다. 현실의 비루함과 가상현실의 행복함 사이의 대조가 그의 몸과 마음을 더욱 힘들게 한다. 그럴수록 현실과 가상현실의 경계를 지우려고 의식적으로 몸부림친다. "쿠사나기는 내 아바타가 아니다. 바로 나다."[8] 게임 속의 아바타인 쿠사나기가 바로 자신이라는 이런 인식은 디지털 시대의 게임 폐인의 한 단면을 엿보게 한다. 외상후 스트레스 증후군으로 정신과 치료를 받으면서도 의사에게 "게임은 현실이에요. 꼭 같은 건데요"[9]라고 말할 정도이다. 그에게 게임이 왜 현실인가라는 질문은 곧 왜 사느냐는 질문과 같다. 그에게 현실은 불안을 가중시키는 환경이지만, 게임이란 가상현실은 편안한 모태와도 같은 생명의 공간으로 받아들여진다. 가상현실의 게임 공간이 주인공이나 그의 탈북자 동료 일반에게 그런 느낌을 주었다는 것은 관심거리다. 그가 속한 게임 그룹 '내복단' 명의로 정리된 바에 따르면, 내복 한 벌 달랑 걸치고 두만강이나 압록강을 건너 그들이 찾은 세상이 바로 '리니지라는 천국'이라는 것이다. 중국에서와 마찬가지로 남한에서 비루하게 살다가 만난 새 세상이 바로 리니지 가상공간이라고 말한다.

우리는 좋은 말로 게임 매니아, 솔직히 말하면 게임 폐인이 된 겁니

---

8) 강희진, 『유령』, 은행나무, 2011, p. 25.
9) 같은 책, p. 51.

다. 비루한, 너무나 비루한 삶을 살아가는 우리에게 인터넷은, 게임은, 위대한 수령의 교시 같은 것이었습니다. 그것이 비록 한여름 밤의 꿈일지라도⋯⋯ 최소한 그 순간은 행복하니까요. 그 순간만은 비루하고 못난 자신을 잊을 수 있으니까요. 우리가 힘들게 도달한 조국인 남조선은 우리에게 게임이란 천국을 허락한 것입니다. 드디어 우리는 천국을 찾았습니다.[10]

이렇게 가상현실에서만 생명감, 행복감을 느끼는 탈북자들의 현실은 대체로 비루하다. 탈북 초기에는 남한 정부의 지원금에 의해 살아가지만, 그것도 충분하지 않고, 체제가 다른 남한에서 그들이 사회의 중심부에서 당당하게 활동하며 살기가 쉽지 않기 때문이다. 물론 소수의 예외가 있기는 하지만 많은 탈북자들이 남한 사회의 주변부에서 비루하게 살면서, 그들이 원했던 현실이 이게 아니었음을 떠올리며 불행해하는 경우가 많다. 그들은 북한을 떠나왔기에 더 이상 북한 사람이 아니다. 그렇다고 남한 사람으로 온전하게 정착한 것도 아니다. 남한 사람들은 탈북자들을 동류로 공감하기보다 특별한 그룹의 사람들로 취급한다. 이해나 공감이 부족하고, 삶의 터전도 막막한 환경이라, 그들의 삶은 더욱 비루해질 수밖에 없다. 그래서 젊은 층들은 게임 폐인이 되거나, 마약 혹은 포르노 중독으로 피폐해지기도 하고, 중장년층들은 절망한 나머지 자살로 삶을 서둘러 마감하기도 한다. 정주 아주머니의 전남편이 그런 사례이다. 북한 평안북도 정주 출신의 시인 백석의 시 세계를 기려 서울에 조성한

---

10) 같은 책, pp. 285~86.

백석공원의 플라타너스 나무에 목을 매고 그는 자살한다. 그는 북한에서 교사 생활을 하다가 정치적인 발언이 문제가 되어 농민으로 전락해, 아사가 북한을 덮칠 당시 아들을 잃고 탈북을 감행한 탈북자이다. 탈북 과정에서 아내와 딸을 압록강에서 잃었는데, 수장됐다고 믿었던 아내는 거꾸로 남편이 국경수비대의 총에 맞아 죽었다고 믿으며 한국에 들어와 목사의 아내로 살아가고 있다. 그러다가 둘이 서로 만나게 되고 이 기막힌 운명에 절망한 그는 결국 자살을 택하고 마는 것이다. 주인공 같은 젊은 세대와는 달리 정주 아주머니나 그녀의 남편은 잃어버린 고향에 대한 기억을 지니고 있는 세대이다. 북한이 공산화되기 이전의 시기에 백석이 그린 고향은 조화와 상생의 가능성을 알게 하는 에코토피아와도 같은 정겨운 장소였다. 그런 고향을 정치적인 이유로 상실했다는 느낌, 이식된 남한 사회에서 그런 고향의 삶으로 돌아갈 수 없다는 절망감, 가족 파탄의 고통 등이 정주 아주머니의 전남편으로 하여금 비극적인 종말을 맞이하게 했던 것이다.

탈북자 젊은이들의 처지는 더욱 가혹하다. 그들에게는 정주 아주머니 세대처럼, 백석이 노래했던 진정한 고향에 대한 기억마저 없다. 북한에서도, 탈북한 이후 중국에서도, 그리고 한국으로 입국한 이후에도 그들의 현실에서 고향은 허용되지 않았다. 그들이 리니지 게임에서 그토록 바츠 해방전쟁의 승리를 위해 고투하는 이유도 바로 그 때문이다. 그러면 그럴수록 그들은 더욱 폐인으로 전락한다. 실제 기억을 상실하고 가상 정보에 취해 살다 보니 정체성의 분열을 경험한다. 예전에는 빼어난 기억력을 지니고 있던 주인공도 점점 쇠퇴하는 기억력으로 인해 고통받는다. 심지어 자신의 모습을 거울에 비추어보면서도 자기인 줄을 모르기도 한다. 북한에 남은 가족을 위해 죽은 친구 하림의 이름을 쓰고 있는 주인공은, 이름뿐만 아니라 자기 몸도 하림이 되어 있는 망상에 시달리기도 하는 것이다. "꿈에서 가족이 나를 알아보지 못한 이유를 알았다. 보위부 군인 복장 때문이 아니었다. 나는 북조선에 있을 때의 얼굴이 아니었다. 눈을 똑바로 떴다. 정말 북한에 있을 때와 다른 얼굴인가? 거울을 다시 쳐다보았다. 북쪽의 변방에 살던 하림이 이런 얼굴을 하고 있었다. 나는 하림이 아닌 주철이다. 하림은 내 이름이 아니다. 북쪽의 가족 때문에 본명을 사용할 수 없어 빌려 쓴 이름이다."[11] 그가 시달리는 외상 후 스트레스 증후군에 대해 서술자는 이런 주석을 붙인다. "이것은 과거가 현재와 미래를 괴롭히는 병이다. 어떤 상처는 빨리, 어떤 상처는 아주 천천히, 기억을, 마음을, 고스트를 갉아먹는다."[12]

주인공의 분열증은 매우 심각하다. 자신이 하림인지, 주철인지 혼란스러워하며, 안과 밖이 분열되어 있다. 또 자신을 향한 위협이 실제 세계에서 일어나는 일인지, 가상세계에서의 일인지 혼란스러워한다. "꿈도 게임도 아니다"라고 말하고 있지만, 그는 게임 속에서 현실을 만나고, 현실에서 게임을 만나며 또한 분열증을 일으킨다. 현실의 위협을 가상현실 속에서 해결하려 하고, 가상현실의 위협을 현실에서 느낀다. 현실이 가상현실이 되고, 가상현실이 현실이 된다는 점에서 일종의 뫼비우스의 띠 같기도 하다. 혹은 더 헝클어진 실타래처럼 분열되어 있다. 그런 혼란과 경계 착란 상태에서 한 달 넘

---

11) 같은 책, pp. 107~08.
12) 같은 책, p. 136.

게 게임방에 처박혀 폐인처럼 지내기도 한다. 그러다 보니 모든 것이 뒤죽박죽이다. 이 소설의 줄기 중의 하나가 회령 아저씨를 살해한 범인이 누구냐인데, 주인공은 경찰에서 외적인 알리바이로 혐의를 벗었음에도 불구하고, 자신이 그를 죽였는지 그러지 않았는지 기억하지 못한다. 또 자기가 회령 아저씨를 죽였다는 유서를 남기고 죽은 정주 아주머니의 유서를 보고도 그것이 자신이 위조한 유서인지 아니면 그녀의 필체인지 알지 못하는 것으로 얘기된다. 현실과 가상현실 사이에서 그에게 분명한 것은 아무것도 없다. 그는 더 이상 그가 아니다. 그 어떤 행위도 기억도 분명치 않다. 분단 환경에서 이식된 탈북자의 비극적인 초상의 한 단면을 극적으로 환기한다. 북한을 탈출하면서 꿈꾸었을 에코토피아에 대한 기억조차 상실한 모습이다. 1960년 이명준이 꿈꾸었던 '푸른 광장'으로부터 2011년의 주철은 너무 멀리 떨어져 있다. 21세기 한반도의 문제적 상황을 다시 보고, 한국인들을 다시 살게 하려는 문제의식을 바탕으로 쓴 강희진의 『유령』은 한국에서 발신하는 의미 있는 세계 문학적 신호가 될 수 있을 것이다.

5. 소통을 위한 '오래된 미래'의 가치 탐문

강희진의 『유령』에서 주철/하림은 분단 상황의 희생양인 탈북자이면서 디지털 시대의 폐인이다. 그런 그에게 비추어진 반성의 거울은 에코토피아와 관련된 백석의 시였다. 작가 이청준은 그런 에코토피아의 세계를 '새와 나무'의 비유로 거론한 바 있다. 나무는 "혼자서 수분을 빨아들이고 햇빛을 취하여 줄기를 키우고 잎을 펼치며 열매를 맺는" 자족적인 실체이다. 나무 잎들이 무성해지면 새들이 찾아들고 아름다운 노래가 깃들어진다. "높고 울창한 나무 가지 속에 갖가지 새들이 날아들어 그 낭자한 노래 소리로 하여 나무와 새가 하나의 삶으로 어우러져 합창을 하는 그런 사랑의 나무", 바로 그 것이 이청준이 소설로 꿈꿀 수 있는 "가장 아름답고 힘찬 생명과 삶의 나무, 혹은 자유와 사랑의 빛의 나무"[13]라고 한다. 얼핏 보기에도 『장자(莊子)』의 「제물론(齊物論)」에 나오는 천뢰(天籟) 즉 하늘의 퉁소 소리를 떠올리게 한다. 즉 온갖 소리들을 나름의 조화 속에 잠기게 하는 자연의 절대음 말이다. 그러나 그것은 따로 있는 어떤 것이 아니라 저절로 그러한 혹은 모든 조화를 자연의 절대 속에서 차지하는 그런 모습이다. 이 세상의 모든 소리들이 저절로 조화를 획득하여 어울리는 그런 합창이다. 그런 조화와 합창이 가능한 것은 에코토피아를 향한 오래된 생태학적 무의식이라는 공분모 때문일 것이다. 새와 나무에 관한 이청준의 꿈, 혹은 이청준의 합창은 생태학적 무의식에 기반을 둔 그런 경지를 동경한 것처럼 보인다.

이청준의 소설 「새와 나무」는 비가 와도 제 몸 하나 가릴 둥지를 지니지 못한 채 구슬피 울어대는 '빗새'를 위해 잎과 가지가 무성한 동백나무를 심은 어머니의 이야기와 그 어머니의 뜻을 이어받아 남을 위해 나무를 심는 아들의 이야기이다. 빗새를 위해 나무를 심는 어머니와 사내의 마음은 근대 이후 나무를 남벌(濫伐)하면서 세속

---

13) 이청준, 「존재적 언어와 관계적 언어 사이에서」, 『말없음표의 속말들』, 나남, 1985, pp. 142~43.

적인 문명을 이룬 사람들의 세계관에 전면적인 반성을 촉구한다. 가령 다음의 진술을 주목해보자. "사람들은 누구나 자기중심의 관계만을 원했다. 그리고 상대방을 탐욕스럽게 꺾어 이겨서 그를 차지하고 다스리는 관계를 만들려 하였다. 그런 관계 속에서 나 자신의 얼굴과 자리를 팔려 하였다. 그것은 소유와 지배의 관계였다."[14] 자기중심의 소유와 지배욕, 그 배타적이고 파괴적인 탐욕으로 타락한 인간 현실에 대한 반성 말이다. 그것은 "사람의 옳은 모습"이 아니며, "원래 사람으로서 있어야 할 자리"[15]가 아님을 작가는 새삼 환기한다.

사내는 자신이 심은 나무를 통해 모종의 수입을 기대한 것도 아니었다. "꽃으로 보라고 심은 나무를 돈거래거리로 생각하기란 세상살이가 너무 각박하고 치사한 느낌이 든다"는 사내는 "그저 나무를 심고 돌보아 왔을 뿐, 그리고 열매를 맺는 나무는 열매를 맺게 해주고, 꽃과 잎이 좋은 나무는 제 꽃과 잎이 보기 좋게 피어나도록 돌보아 왔을 뿐 그것들에다 생계를 기대어 본 일은 없"[16]다고 했다. 또 시인을 위해 남의 땅에 심은 나무를 사내의 수림으로 옮겨 올 생각이 없었느냐는 질문에 사내는 이렇게 대답한다. 이는 노자(老子)가 강조한바 공을 이루어도 그 자리에 머물지 않는다는 "공성이불거(功成而弗居)"와 무위(無爲)로 모든 것을 이룬다는 "무위이무불위(無爲而無不爲)"[17]의 세계와 상통한다.

14) 이청준, 「새와 나무」, 『서편제』, 열림원, 1998, p. 130.
15) 같은 글, p. 130.
16) 같은 글, p. 103.
17) 老子, 『道德經』, 37章.

한번 심거 준 나무를 뭣 땀시 다시 파옵니껴. 나무들은 거기서 그냥 자라 가게 두었어요. 푸나무 한 그루도 다 제 생명을 지녀 사는 것이라 나무의 생명은 내 것이 아니지요. 생명 있는 것을 이리저리 파옮기는 버릇들이 많은디, 그런 건 모두 그 남의 생명을 너무 내 것이라고들 여기는 탓일 게요. 남의 생명을 내 것이라 우기면 내 생명도 누군가 그렇게 우기고 나설 일이 생길 거 아니겠소. 사람은 사람대로 나무는 나무대로, 각기 제 자리에서 사는 겝니다. 나무의 생명도 그만 권리는 있는 거외다……[18]

이런 이야기에서 나무와 새는 물론 서로 나눔을 통해 조화를 이루고 더불어 사는 존재들이다. 물론 「새와 나무」에서 좀더 전경화되는 것은 나무의 초상이다. 어머니의 나무도 그렇고 사내의 나무도 일종의 우주수(宇宙樹)다. 수직적으로는 땅과 하늘, 물과 흙과 공기를 순환시키고, 수평적으로는 새로 하여금 자신의 잎과 열매와 더불어 춤추게 한다. 그것이 나무의 삶이다. 그런 나무들이 신성한 숲을 이룬다. 그 숲에서 모든 존재들은 신비롭고 아름답고 평화롭고 행복할 수 있다. 이 같은 나무의 우주적 역학은 연민과 동정, 나눔과 베풂의 윤리와 연계되면서 생태학적 진정성과 심미적 감동을 준다. 그와 같은 나무를 키울 수 있었던 어머니와 사내의 행위는 다름 아닌 '감싸 안기'의 생태 윤리로 요약될 수 있다. 세상의 모든 빗새들을 감싸 안으려 했던 그들의 마음 바탕과 윤리 감각이 그와 같은 생태학적 우주수를 키울 수 있었던 것이다.

---

18) 이청준, 같은 글, pp. 131~32.

노자가 보는 바람직한 사회는 아직 구분되기 이전의 순수한 상태가 잘 유지되고 모든 것이 자연의 원리에 따라 저절로 '감화'되어가는 사회였다. 시어도어 로작이라면 생태학적 무의식을 억압하지 않는 사회이다.[19] 이청준의 「새와 나무」에서 그린 비유적 형상은 바로 그와 같이 생태학적 무의식이 억압되지 않는 자연 상태에 다름 아니다. 거기서 새와 나무는 각각 자연 상태의 행위 원칙인 '자연 무위(自然無爲)'처럼 행한다. 노자가 '자연(自然)'이라는 개념을 제시한 것은 누구든지 계급적 요구에서가 아니라 모두 자신의 필요에 따라 자신의 천성을 발전시킬 수 있도록 허락되어야 함을 주장하기 위해서이고, 또 각각 다른 욕구들이 조화와 평형을 이룰 수 있도록 '무위(無爲)'라는 관념을 내놓았다. 아울러 노자가 자연 무위라는 관념을 정치에 운용하는 것은 백성들로 하여금 최대의 자주성을 가지고 각자의 특수성을 발전시킬 수 있도록 하기 위해서인 것이다. 이런 관점에서 보았을 때 이청준의 「새와 나무」의 세계는 곧 자연 무위의 세계 그 자체에 대한 동경의 형식이었다고 할 수 있다. 그것은 생태학적 무의식에 바탕을 둔 동아시아적 생태 인식의 보편성과 맞닿아 있다.

이렇게 이청준은 동아시아의 전통적 사유와 한국의 민족 심상을 바탕으로 '감싸 안기' '기다리기' '묻어두기' 같은 윤리 감각을 형상화하면서 근대적 이성의 부정성을 해체하려 했던 작가이다. 「새와 나무」에서 보이는 연민과 '감싸 안기'의 윤리는 생태학적 진정성과 사람살이의 기반을 환기한다. 「새와 나무」「빗새 이야기」『축제』

---

19) Theodore Roszak, *The Voice of the Earth*, New York: Simon & Schuster, 1992, p. 320.

『당신들의 천국』 등에서 보이는 '기다리기'의 윤리는 생태학적 상생의 지평에서 매우 중요한 미덕이다. 「지하실」 「이상한 선물」 등 후기작에서 강조된 '묻어두기'의 윤리는 드러내기보다는 감싸고 감춤으로써 오히려 진실의 빛을 밝힐 수 있었던 옛 공동체 구성원들의 속 깊은 윤리 감각을 되살린 결과이다. 이러한 윤리 감각들은 오래된 생태학적 무의식으로 열린 길 위에서 서사적으로 재구성된 것들이다. 경쟁과 효율성이 강조되는 시대를 다시 보면서, '오래된 미래'의 가치를 재구성하여 다시 살게 하려는 기획의 일환이었다.

다시 K팝으로 돌아가보자. 글로컬라이제이션 전략을 구사했다고 했다. 현지화를 위해서 우선 고유성에 대한 성찰이 중요하지 않을까. 게리 스나이더 같은 미국의 저명한 생태 시인도 동양의 선불교 전통에서 그의 시적 비전을 탐문했다. 그런데 하물며 한국 작가들임에랴. 물론 꼭 전통적인 가치만을 강조하자는 것은 아니다. 앞의 여러 소설들에서 보았듯이 자기 해체와 자기 통합의 긴장이 요긴하다. 한국은 여전히 분단국가이며, 정치경제적·사회문화적으로도 여전히 문제적인 공간이다. 그 문제적인 역사는 매우 오래된 것이었으며, 그 오랜 역사를 통해 문제에 대한 탐문의 역사, 문제 해결을 위한 가치 추구의 역사도 오래되었다. 그러니 한국이야말로 역설적으로 말해 대단히 행복한 문학적 공간이 될 수 있지 않겠는가. 한국적인 것과 세계적인 것의 역동적 소통을 위해 '오래된 미래'의 가치를 다시 보고, 그 해체와 재구축을 통해 다시 살게 하자고 말하고 싶은 것이다. 그 진정성 있는 문학적 노력을 통하여 한국 문학을 통해 새로운 한류 3.0 시대를 의미심장하게 열었으면 하는 것이다.

수록 평론 발표 지면

1부 애도와 소통

애도의 윤리와 소통의 아이러니 『문학과사회』 2014년 겨울호

뫼비우스의 띠와 제3의 지평 융합—소통의 수사학 『문학과사회』 2011년 겨울호

벌거벗은 페르소나와 가해자의 상상력 『자음과모음』 2018년 여름호

벙어리 울음과 애도의 지연—이동하의 『장난감 도시』 다시 읽기 이동하, 『장난감 도시』, 문학과지성사, 2009

겨울의 심연—오정희 문학 50년 다시 읽기 『문학과사회』 2018년 봄호

역사적 상처와 서정적 치유—임철우의 소설 『문학과사회』 2010년 겨울호

'숨은 아버지'의 역설 한국문학번역원 주관 "2011 KOREA LITERATURE TRANSLATION INSTITUTE U.S. FORUM" 주제 발표, 미국, UCLA & UC Berkeley, 2011년 4월

고통의 역설과 상상의 향유—20세기 후반 한국 문학의 표정 "La paradoja del sufrimiento y el goce de la imaginacion: semblante de la literatura coreana a fines del siglo XX"(수록 제목), *LUVINA*, Vol. 65, Mexico, Universidad De Guadalajara Revista Literaria, 2011

2부 비행운의 꿈과 허공의 만돌라

진실의 숨결과 서사의 파동—한강론 『문학과사회』 2010년 봄호

비루한 운명의 볼록 렌즈—천운영론 『문학과사회』 2004년 가을호

포스트잇의 언어로 지하철 타기—김애란론 『문학과사회』 2007년 겨울호

비행운의 꿈, 혹은 행복을 기다리는 비행운—김애란과 그 막막한 친구들 김애란, 『비행운』, 문학과지성사, 2012

수사학 시대와 독백의 다성성—한유주의 『달로』 한유주, 『달로』, 문학과지성사, 2006

허공의 만돌라—김성중의 『개그맨』 김성중, 『개그맨』, 문학과지성사, 2011

3부 난장의 문화 공학

난장의 문화 공학과 그 그림자—최제훈의 『퀴르발 남작의 성』 최제훈, 『퀴르발 남작의 성』, 문학과지성사, 2010

삐딱한 욕망의 카니발—이기호의 『최순덕 성령충만기』 이기호, 『최순덕 성령충만기』, 문학과지성사, 2004

악몽의 탈주와 혼돈의 수사학—박형서의 『토끼를 기르기 전에 알아두어야 할 것들』 박형서, 『토끼를 기르기 전에 알아두어야 할 것들』, 문학과지성사, 2003

달리와 달리—원종국의 『그래도』 원종국, 『그래도』, 문학과지성사, 2013

'한 박자 쉬고', 그 시간의 대화—백가흠의 『사십사』 백가흠, 『사십사』, 문학과지성사, 2015

도서관 작가와 콜라주 스토리텔링—정지돈 소설에 다가서기 『문학과사회』 2015년 여름호